O REI PÁLIDO

DAVID FOSTER WALLACE

O rei pálido
Um romance inacabado

Tradução
Caetano W. Galindo

COMPANHIA DAS LETRAS

Copyright © 2011 by David Foster Wallace Literary Trust

Grafia atualizada segundo o Acordo Ortográfico da Língua Portuguesa de 1990, que entrou em vigor no Brasil em 2009.

Título original
The Pale King

Capa
Alceu Chiesorin Nunes

Preparação
Ciça Caropreso

Revisão
Ana Maria Barbosa
Aminah Haman

Os personagens e as situações desta obra são reais apenas no universo da ficção; não se referem a pessoas e fatos concretos, e não emitem opinião sobre eles.

Dados Internacionais de Catalogação na Publicação (CIP)
(Câmara Brasileira do Livro, SP, Brasil)

Wallace, David Foster
    O rei pálido : Um romance inacabado / David Foster Wallace ; tradução Caetano W. Galindo. — 1ª ed. — São Paulo : Companhia das Letras, 2022.

    Título original : The Pale King
    ISBN 978-65-5921-322-1

    1. Ficção norte-americana I. Título.

21-74918   CDD-813

Índice para catálogo sistemático:
1. Ficção : Literatura norte-americana 813

Cibele Maria Dias – Bibliotecária – CRB-8/9427

[2022]
Todos os direitos desta edição reservados à
EDITORA SCHWARCZ S.A.
Rua Bandeira Paulista, 702, cj. 32
04532-002 — São Paulo — SP
Telefone: (11) 3707-3500
www.companhiadasletras.com.br
www.blogdacompanhia.com.br
facebook.com/companhiadasletras
instagram.com/companhiadasletras
twitter.com/cialetras

O REI PÁLIDO

Nota do editor

Em 2006, dez anos depois da publicação de *Graça infinita*, de David Foster Wallace, a editora Little, Brown se preparava para lançar uma edição de aniversário daquele romance incrível. Eles organizaram comemorações em livrarias de Nova York e Los Angeles, mas, com os eventos já se aproximando, David resistia à ideia de participar. Eu liguei para ele, para tentar convencê-lo. "Você sabe que eu vou se você insistir", ele disse. "Mas por favor não insista. Eu estou enfiado numa coisa mais longa aqui, e é difícil pra mim mergulhar de novo quando fazem eu me afastar."

"Uma coisa mais longa" e "a coisa longa" eram os termos que David usava para se referir ao romance que estava escrevendo nos anos que se seguiram a *Graça infinita*. Ele publicou vários livros nesses anos — coletâneas de contos em 1999 e 2004 e de ensaios em 1997 e 2005. Mas o plano de um novo romance não saía do horizonte, e David não gostava de falar disso. Uma vez, quando o pressionei, ele comparou o processo de trabalhar no novo romance com uma pessoa tentando controlar lâminas de madeira balsa sob um vento forte. De sua agente literária, Bonnie Nadell, eu ouvia uma ou outra notícia: David estava assistindo a aulas de contabilidade como parte da pesquisa para o romance. A história se passava num centro de processamento de declarações de imposto de renda da Receita Federal americana (Internal Revenue Service — IRS). Eu tivera a imensa honra de trabalhar com David, como seu editor, em *Graça infinita*, e tinha visto os mundos inteiros que ele fez nascer a partir de uma academia de tênis e de uma casa de reabilitação. Se alguém podia deixar o imposto de renda interessante, imaginei, seria ele.

Até a morte de David, em setembro de 2008, eu não tinha visto uma única palavra desse romance; havia lido apenas alguns contos dele publicados em revistas, contos sem nenhuma ligação aparente com contabilidade ou com o fisco. Em novembro, Bonnie Nadell e Karen Green, a viúva de David, foram dar uma olhada no escritório dele, uma garagem com uma janelinha pequena na casa onde moravam, em Claremont, na Califórnia. Sobre a mesa de David, Bonnie encontrou uma pilha bem organizada de páginas inéditas, doze capítulos que chegavam a quase 250 páginas. Na etiqueta de um CD que continha esses capítulos, ele tinha escrito "Para LB, adiantamento?". Bonnie tinha conversado com David sobre a possibilidade de ele reunir alguns capítulos do romance e enviar à Little, Brown, para eles começarem as negociações de um novo contrato e de um adiantamento de direitos autorais. Ali estava aquele manuscrito parcial, jamais enviado.

Ao examinar o escritório de David, Bonnie e Karen encontraram centenas e centenas de páginas desse romance em elaboração, ao qual ele dera o título de "O rei pálido". Pastas com folhas soltas, HDs, pastas de arquivos, cadernos de espiral e disquetes continham capítulos impressos, resmas de papel escritas à mão, notas e muito mais. Fui até a Califórnia a convite delas e dois dias depois voltei para casa com uma mala verde de viagem e duas sacolas de compras entupidas de manuscritos. Uma caixa com os livros que David tinha usado em sua pesquisa seguiria pelo correio.

Lendo esse material nos meses seguintes, encontrei um romance impressionantemente completo, criado com a originalidade transbordante e o humor que eram a marca singular de David. Enquanto lia aqueles capítulos, sentia uma alegria inesperada, porque estar naquele mundo que David havia criado era como estar na presença dele, como se eu pudesse esquecer por alguns momentos o fato horroroso de ele estar morto. Alguns trechos estavam datilografados com capricho e tinham sido revisados inúmeras vezes. Outros eram esboços escritos com a caligrafia minúscula de David. Alguns — entre os quais os capítulos encontrados na mesa — tinham sido aprimorados recentemente. Outros eram bem mais velhos e continham linhas de enredo abandonadas ou substituídas. Havia notas e tentativas que não vingaram, listas de nomes, ideias de enredos, instruções para ele mesmo. Tudo com uma exuberância viva e repleto de observações; ler essas coisas era o que de mais próximo havia de ver sua mente atordoante brincando com o mundo. Um caderno de trabalho com capa de couro ainda estava fechado em volta de uma hidrográfica verde com a qual David tinha escrito não fazia muito tempo.

Em nenhum lugar de todas essas páginas havia um esquema ou qualquer outra indicação da ordem que David vislumbrava para esses capítulos. Havia umas poucas notas bastante gerais sobre a trajetória do romance, e as versões dos capítulos muitas vezes vinham precedidas ou seguidas das orientações que David escrevia para si próprio sobre de onde vinha ou para onde poderia ir um personagem. Mas não havia uma lista de cenas, nenhum desfecho estabelecido, nada que pudesse ser visto como um conjunto de instruções ou orientações para O rei pálido. Enquanto eu lia e relia esse monte de páginas, mesmo assim foi ficando claro que David tinha se aprofundado muito no romance, criando um ambiente complexo e vivo — o Centro Regional de Análise do IRS em Peoria, Illinois, em 1985 — e um interessante grupo de personagens que combatiam ali os demônios gigantescos e aterrorizadores da vida comum.

Karen Green e Bonnie Nadell pediram que a partir daquelas páginas eu montasse a melhor versão de O rei pálido que eu pudesse. Fazer isso foi o maior desafio que encarei na vida. Mas, depois de ler aquelas páginas de versões prévias e notas, eu queria que as pessoas que apreciavam o trabalho de David pudessem ver o que ele tinha criado — queria que tivessem a chance de dar mais uma espiada naquela mente extraordinária. Apesar de não ser de maneira alguma uma obra terminada, O rei pálido me pareceu tão profundo e tão corajoso quanto toda a obra de David. Trabalhar neste livro foi o melhor gesto de carinho que eu pude fazer à memória de David.

Para a montagem deste livro, segui pistas internas contidas nos próprios capítulos e nas notas de David. Não foi um trabalho simples: mesmo um capítulo que parecia ser o óbvio ponto de partida do romance revela, numa nota de rodapé e, ainda mais indiretamente, numa versão anterior do próprio capítulo, ter sido concebido como algo que aparece bem depois de começado o livro. Outra nota no mesmo capítulo se refere ao romance como algo cheio de "pontos de vista alternados, fragmentação estrutural, incongruências internas propositais". Mas muitos capítulos revelavam uma narrativa central que segue uma cronologia razoavelmente clara. Nessa trama, vários personagens chegam ao Centro Regional de Análise de Peoria no mesmo dia de 1985. Eles recebem um treinamento básico e começam a trabalhar e a aprender a respeito do vasto mundo do processamento de declarações de imposto de renda. Esses capítulos e esses personagens recorrentes têm uma sequência evidente que forma a espinha dorsal do romance.

Outros capítulos são autossuficientes e não estão incluídos em nenhuma cronologia. Organizar essas seções autônomas foi a parte mais difícil do processo de edição de *O rei pálido*. Foi ficando claro, enquanto eu lia, que David planejava para o romance uma estrutura parecida com a de *Graça infinita*, com grandes porções de informação aparentemente não relacionadas sendo apresentadas ao leitor antes que uma trama principal comece a emergir. Em várias notas que escreveu para si próprio, David se referia ao romance como algo "tornádico" ou que transmitia uma "sensação de tornado" — sugerindo pedaços de histórias que vão desabando sobre o leitor em giros de alta velocidade. Quase todos os capítulos não cronológicos têm a ver com o cotidiano do Centro Regional de Análise, com os trâmites e o folclore do IRS, e com ideias relacionadas a tédio, repetição e familiaridade. Alguns deles são histórias nascidas de diversas infâncias incomuns e difíceis, cuja relevância aos poucos vai ficando clara. Meu objetivo ao colocar essas partes em ordem foi fazer isso de modo que a informação nelas contida surgisse a tempo de dar apoio à trama cronológica. Em alguns casos a localização de cada parte é essencial para que a história se desenrole; em outros trata-se de uma questão de ritmo e de atmosfera, por exemplo inserir breves capítulos cômicos entre longos trechos sérios.

A história central do romance não tem um final claro, e a pergunta inevitavelmente surge: quanto esse romance é inacabado? Quanto ainda haveria? Não podemos saber, dada a inexistência de um esquema detalhado que indicasse cenas e histórias ainda por escrever. Algumas notas entre os manuscritos de David sugerem que ele não pretendia que o romance tivesse uma trama substancialmente diferente da que aparece nestes capítulos. Uma delas diz que o romance é "uma série de preparações para que as coisas aconteçam sem que nada jamais aconteça". Outra declara que há três "figuras centrais... mas nunca os vemos, só seus auxiliares e aqueles que preparam o caminho deles". Outra ainda sugere que em todo o romance "algo grande *ameaça* acontecer sem chegar de fato a acontecer". Essas linhas poderiam sustentar o argumento de que a aparente incompletude do romance é de fato intencional. David terminou seu primeiro romance no meio da fala de um personagem e o segundo com grandes questões da trama abordadas apenas de maneira tangencial. Um personagem de O *rei pálido* descreve uma peça que escreveu em que um homem fica sentado a uma mesa, trabalhando em silêncio, até a plateia ir embora, quando então a ação da peça se inicia. Mas, ele continua, "eu nunca consegui decidir isso da ação, se era pra ter ação". Na seção intitulada "Notas e apartes", no fim do livro, transcrevi algumas notas de David sobre os personagens e a história. Essas notas e certos trechos do livro sugerem determinadas ideias sobre a direção e o formato do romance, nenhuma das quais me parece definitiva. Acho que David estava explorando o mundo que havia criado e ainda não tinha lhe dado uma forma final.

As páginas do manuscrito sofreram apenas uma leve edição. Um dos objetivos foi tornar os nomes dos personagens coerentes (David inventava nomes novos o tempo todo) e fazer nomes de lugares, postos de trabalho e outras questões concretas coincidirem ao longo do livro. Outra meta foi corrigir erros gramaticais óbvios e repetições de palavras. Alguns capítulos do manuscrito estavam designados como "Versão zero" ou "Escrita livre", termos que David usava para suas primeiras tentativas, nos quais havia notas como "Cortar 50% na próxima revisão". Fiz um ou outro corte para privilegiar o sentido ou o ritmo, ou para encontrar o ponto onde se pudesse encerrar um capítulo que se interrompia ainda em desenvolvimento. Minha intenção ao pôr o manuscrito em ordem e editá-lo foi permitir que os leitores se concentrassem nas enormes questões que David pretendia apresentar e deixar a história e os personagens o mais compreensíveis possível. As versões originais completas desses capítulos, bem como todo o material de onde se extraiu este romance, vão ficar, futuramente, à disposição do público no Harry Ransom Center da Universidade do Texas, que abriga todos os documentos de David Foster Wallace.

David era um perfeccionista do mais alto grau, e não há dúvida de que O *rei pálido* seria imensamente diferente se ele tivesse sobrevivido para concluí-lo. Há nestes capítulos certas recorrências de palavras e imagens que, tenho certeza, ele teria reconsiderado: as expressões "sacanagem" e "pegar no pé", por exemplo, provavelmente não seriam repetidas tantas vezes. Pelo menos dois personagens têm fantoches de dobermanns. Essas e inúmeras outras repetições e desleixos típicos de um original teriam sido corrigidos e aperfeiçoados se David tivesse continuado a escrever *O rei pálido*. Mas ele não continuou. Se minha escolha era entre me esforçar para disponibilizar este texto menos-que-pronto na forma de livro ou colocá-lo numa biblioteca onde apenas acadêmicos o leriam e comentariam, não hesitei nem um único segundo. Mesmo inacabada, esta é uma obra brilhante, a exploração de alguns dos desafios mais profundos da vida e uma empreitada de uma extraordinária audácia artística. David decidiu escrever um romance sobre alguns dos temas mais difíceis do mundo — tristeza e tédio — e transformar essa exploração em nada menos que algo dramático, engraçado e comovente ao extremo. Todos que trabalharam com David sabem como ele resistia à ideia de permitir que o mundo visse um trabalho que não estivesse burilado segundo seus exigentes padrões. Mas um romance inacabado é o que temos, e como poderíamos não olhar para ele? David infelizmente não está aqui para nos impedir de ler ou para nos perdoar por querermos.

Michael Pietsch

Preenchemos formulários preexistentes e quando os preenchemos nós os modificamos e somos modificados por eles.

Frank Bidart, *Borges and I*

§ 1

Além das planícies de flanela e dos gráficos asfálticos e horizontes de ferrugem enviesada, e além do rio marrom-tabaco toldado de plantas chorosas e pontos de raios de sol que passavam por entre elas para a água rio abaixo, até o ponto além do quebra-vento, onde campos não arados fervilham estridentes no calor matutino: massambala, huauzontle, andrequicé, salsaparrilha, junça, estramônio, alevante, amargosa, cauda-de-raposa, muscadínea, repolho-de-espinha, lanceta, dinheiro-em-penca, abútilo, beladona, ambrósia, semeia-vento, vícia, capim-de-açougueiro, invaginadas vagens voluntárias, cabeças todas sob a brisa da manhã acenando delicadas como a mão suave de uma mãe no seu rosto. Uma seta de estorninhos disparada do teto de colmo do quebra-vento. O brilho de orvalho que fica onde está e solta fumaça o dia todo. Um girassol, mais quatro, um em reverência, e cavalos à distância parados rígidos e imóveis como brinquedos. Todos acenando. Sons elétricos de insetos ocupados cuidando da vida. Luz do sol cor de cerveja e céu clarinho e verticilos de cirros tão altos que não projetam sombra. Insetos ocupadíssimos o tempo todo. Crostas de quartzo e sílex e xisto e de ferro de condritos no granito. Uma terra muito velha. Olhe em volta. O horizonte trepidante, sem forma. Somos, todos nós, irmãos.

Uns poucos corvos vêm no alto então, três ou quatro, não um augúrio, alados, calados e embalados, rumo à cerca da pastagem e do milho, além da qual um cavalo cheira o traseiro do outro e o da frente aceita levantar a cauda. A marca do teu sapato gravada no orvalho. Uma brisa de alfafa. Cardos nas meias. Sons secos de arranhões sob um bueiro. Arame enferrujado e postes adernados, mais um símbolo de limites que uma cerca propriamente. PROI-BIDO CAÇAR. A interestadual que zumbe te mandando ficar quieto lá além do quebra-vento. Os corvos da pastagem pousados nos cantos, revirando esterco para pegar as minhocas embaixo deles, as formas das minhocas gravadas no esterco revirado e assadas pelo sol o dia todo até endurecer, vieram para ficar, minúsculas linhas vagas em fileiras e espirais entalhadas que não se fecham porque a cabeça nunca chega bem a tocar a cauda. Leia isso tudo.

§ 2

De Midway Claude Sylvanshine foi depois até Peoria num voo de alguma coisa chamada Consolidated Thrust Regional Lines, num aviãozinho apavorante de trinta lugares cujo piloto tinha espinhas na nuca e esticava o braço para puxar uma cortina de tecido e isolar a cabine e cujo serviço de bordo consistia numa moça cambaleante que te passava sub-repticiamente umas castanhas enquanto você virava uma Pepsi. A poltrona junto à janela de Sylvanshine era 8-alguma-coisa, saída de emergência, ao lado de uma senhora de mais idade com uma papada que parecia um alforje e que apesar de aplicados esforços parecia não conseguir abrir as castanhas. A equação contábil básica $A = L + C$ pode ser dissolvida e reembaralhada de tudo quanto é jeito, de $C = A - L$ em diante. O avião percorria correntes de ar ascendentes e descentes como um bote numa ventania. Os únicos voos para Peoria eram regionais, saindo ou do aeroporto de St. Louis ou dos dois de Chicago. Sylvanshine tinha um problema no ouvido interno e não conseguia ler em avião, mas leu o cartão plastificado de emergência duas vezes. Eram quase só figuras; por questões jurídicas, a companhia aérea era obrigada a pressupor analfabetismo. Sem consciência de estar fazendo isto, Sylvanshine repetiu mentalmente a palavra *analfabeto* várias vezes até ela deixar de fazer sentido e se tornar apenas um som rítmico, não desprovido de fascínio mas fora de sincronia com o pulsar do fluir das hélices. Era algo que ele fazia quando estava sob tensão e não queria uma incursão. O ponto de partida dele foi Dulles depois que um ônibus do Serviço o trouxe de Shepherdstown/Martinsburg. Já que as três principais codificações da lei tributária americana, é claro, são as de 16, 39 e 54, com as determinações de indexação e de antiabuso fiscal de 81 e 82 sendo também relevantes. O fato de que outra grande recodificação estava no horizonte não iria cair, obviamente, no exame para Contador Oficialmente Credenciado. O objetivo pessoal de Sylvanshine era passar no exame para COC, galgando assim de imediato duas posições na escala salarial. A extensão da recodificação dependeria, certamente, em parte do sucesso do Serviço em levar a cabo as diretrizes da Iniciativa. O trabalho e a prova tinham que ocupar duas partes separadas da cabeça dele; era crucial manter a separação dos poderes. A separação das duas áreas. Calcular a recuperação da depreciação de artigos §1231 é um processo de cinco etapas. O voo demorou cinquenta minutos e pareceu bem mais longo. Não havia o que fazer e nada ficava quieto dentro da cabeça dele com todo aquele barulho enclausurado, e depois que as castanhas acabaram a única coisa que Sylvanshine podia fazer para ocupar a mente era tentar olhar o chão que parecia tão próximo que ele podia distinguir as cores das casas e os tipos diferentes de veículos na pálida rodovia interestadual que o avião parecia cruzar e recruzar. As figuras que no cartão abriam portas de emergência, puxavam cordões e se agarravam aos assentos da poltrona com braços de morto cruzados sobre o peito pareciam desenhadas por um amador e tinham traços que eram pouco mais que calombos; você não via medo, alívio nem nada de real no rosto delas enquanto escorregavam pelas saídas de emergência ali do desenho. As maçanetas das portas de emergência abriam de um jeito e as escotilhas de emergência acima das asas abriam de outro completamente diferente. Os componentes do patrimônio líquido incluem ações comuns, lucros não realizados e quantos tipos diferentes de transações SE. Diferencie inventário perpétuo e periódico e explique a(s) relação(ões) entre um inventário físico e o custo dos bens vendidos. A cabeça de um cinza-escuro à sua frente soltava um aroma de Brylcreem que naquele exato momento haveria de estar empapando e manchando a toalhinha de papel da parte de cima da poltrona. Sylvanshine desejou de novo que Reynolds estivesse com ele no voo. Sylvanshine e Reynolds eram auxiliares do ícone dos Sistemas Merrill Errol ("Mel") Lehrl embora Reynolds fosse um GS-11 e Sylvanshine apenas um miserável e patético GS-9. Sylvanshine e Reynolds moravam juntos e iam juntos a todo e qualquer lugar desde a debacle do CRA de Rome em 82. Eles não eram homossexuais; só moravam juntos e trabalhavam os dois muito próximos do dr. Lehrl nos Sistemas. Reynolds tinha tanto o COC quanto um diploma em Gerenciamento de Sistemas de Informação apesar de ser apenas dois anos e pouco mais velho que Claude Sylvanshine. Essa assimetria era só mais uma das coisas que fragilizavam a autoestima de Sylvanshine depois de Rome e o deixavam duplamente leal e grato ao Diretor de Sistemas Lehrl por tê-lo resgatado dos destroços da catástrofe de Rome e acreditado no seu potencial assim que ele encontrasse seu nicho como engrenagem do sistema. O método de entradas duplas criado pelo italiano Pacioli no mesmo período em que C. Colombo et alia. O cartão indicava que se tratava do tipo de aeronave cujo suprimento de oxigênio de emergência era uma coisinha meio com jeito de extintor de incêndio embaixo dos assentos, em vez de cair do alto. A opacidade primitiva do rosto das figuras era na verdade mais aterrorizante do que teria sido o medo ou algum tipo de expressão visível. Não ficava claro se a função primária do cartão era jurídica ou de RP ou as duas coisas. Por algum tempo tentou lembrar a definição de *arfagem*. Bem de vez em quando ao estudar para a prova durante o inverno, Sylvanshine arrotava e parecia que era mais que um arroto; o gosto era quase como se ele tivesse vomitado um pouquinho. Uma chuva leve criava um rendilhado móvel na janela e distendia a terra hachurada que eles sobrevoavam. No fundo do peito, Sylvanshine se via como um bocó amedrontado que tinha no máximo um único talento marginal cuja conexão com ele era também marginal.

 Eis o que aconteceu no Centro Regional de Análise Nordeste do Serviço em Rome, NY, na ou em torno da data em questão: dois departamentos estavam acumulando atrasos e reagiram de maneira lamentavelmente não profissional, permitiu-se que uma atmosfera de tensão extrema nublasse os raciocínios e passasse por cima dos protocolos estabelecidos, com o departamento tentando ocultar a pilha cada vez maior de declarações e recibos de auditoria e cópias W-2/1099 em vez de relatar devidamente o atraso e solicitar que algo desse acúmulo fosse redistribuído para outros centros. Deixou de haver total transparência e pronta ação paliativa. O ponto exato da ocorrência do fracasso e do colapso era ainda questão controversa apesar da gritaria generalizada nos mais altos níveis da Adimplência, conquanto a responsabilidade final recaia sobre a Diretora do CRA de Rome apesar do fato de nunca se ter estabelecido de maneira plena se os chefes dos departamentos tinham informado integralmente a extensão dos atrasos. A piadinha de humor negro no Serviço sobre essa Diretora agora era que a mesa dela tinha uma trumanesca placa de madeira que dizia: QUE GRANA? Levou três semanas para as seções de Auditoria Distrital começarem a berrar por causa do déficit de declarações verificadas para as auditorias e/ou os Sistemas de Coleta Automatizada e as queixas foram chegando lentamente até Inspeções como qualquer um teria sido capaz de imaginar que era só questão de tempo. A Diretora de Rome tomou uma aposentadoria precoce e um Gerente de Grupo foi demitido de cara, o que era extremamente raro para um GS-13. Sem dúvida era importante que as ações corretivas fossem discretas e que nenhuma atenção indevida comprometesse as plenas fé e confiança do público no Serviço. Ninguém jogou fora as declarações. Esconder, tudo bem, mas destruir ou descartar, não. Nem no meio de uma desastrosa psicose departamental alguém teria chegado a ponto de queimar, picotar ou meter em sacos plásticos e descartar. Isso teria sido um desastre de verdade — isso teria se tornado público. A janela da escotilha de emergência era nada mais que várias camadas de plástico, ao que parecia, cuja parte interna cedia ominosamente sob pressão digital. Acima da janela havia uma severa injunção contra a ideia de abrir a escotilha de emergência, acompanhada de um tríptico icônico que explicava em detalhe como abrir aquela escotilha. Como sistema, em outras palavras, era bem mal concebido. O que hoje se chama *estresse* antes as pessoas chamavam de *estafa* ou *pressão*. Pressão agora era mais tipo uma coisa que você põe nos outros, como na expressão "vendedores que trabalham sob pressão". Reynolds disse que um dos contatos interescritórios do dr. Lehrl tinha descrito o CRA de Peoria como "uma puta panela de pressão", se bem que isso era em termos da Análise, e não do RH, onde Sylvanshine acabou lotado para sondagens e preparações de *um possível redimensionamento dos Sistemas*. A verdade, que Reynolds praticamente disse com todas as letras, era que a tarefa não podia ser tão central assim se eles a confiavam a Sylvanshine. Havia, segundo suas pesquisas, vagas para se inscrever para a prova de COC do Peoria College of Business nos dias 7 e 8 de novembro e no Joliet Community College em 14-15 de novembro. Duração desse trabalho: desconhecida. Um dos mais efetivos exercícios isométricos para quem trabalha o dia todo numa mesa é sentar em posição bem ereta e tensionar os grandes músculos das nádegas, segurando assim enquanto se conta até oito, e aí soltar. Ele tonifica, estimula a circulação sanguínea e mantém a pessoa alerta, e pode, ao contrário de outros exercícios isométricos, ser realizado até em público, sendo em grande medida obnubilado pela massa material da mesa. Evite caretas ou exalações ruidosas ao soltar a tensão. Transferências preferenciais, legislação de falência, credores sem garantias, solicitações contra espólios em bancarrota cf. Cap. 7. Ele estava com o chapéu no colo, sobre o cinto. Lehrl, o Diretor dos Sistemas, começou como auditor GS-9 em Danville, VA, antes de sua fulgurante ascensão. Tinha a força de dez homens. Quando Sylvanshine estudava para a prova a pior parte agora era que estudar uma coisa detonava uma tempestade na cabeça dele a respeito de todas as outras coisas que não tinha estudado e em que ainda se sentia fraco, o que praticamente impossibilitava a concentração, fazendo com que ele se atrasasse ainda mais. Ele estava estudando para a prova de COC havia três anos e meio. Era como insistir em montar uma maquete sob um vento forte. "O componente mais importante para a organização de uma estrutura eficiente de estudo é": alguma coisa. O que acabava com ele eram os problemas narrativos. Reynolds tinha passado de primeira na prova. Arfagem é a rotação em que o avião ergue e abaixa o nariz. A palavra para oscilar lateralmente era outra. Tinha uma coisa de eixos. Existia alguma coisa chamada cardan ou "cardã" que vinha à sua cabeça sempre que ele via aquele rapaz, o Donagan, lá da escola Lombard que depois acabou no Controle da Missão das duas últimas Apollos e cuja foto ficava numa estante de vidro perto do escritório da Lombard. O pior era que aí ele sabia quais dos seus professores eram as pessoas menos adequadas para aquele trabalho, e aí eles farejavam alguma parte desse conhecimento nele e davam o seu pior quando ele estava olhando. Era um círculo completo. O livro de formatura de Sylvanshine, dentro do baú que ele guardava num depósito na Filadélfia, praticamente não tinha assinaturas. A pessoa idosa ali ao lado ainda estava tentando abrir o pacote de castanhas com os dentes, mas tinha deixado bem claro que não queria nem precisava de ajuda. A obrigação de benefícios projetados (OBP) é igual ao valor presente de todos os benefícios atribuídos pela fórmula de benefícios de pensão aos serviços prestados por funcionários anteriormente àquela data. Se você falar rapidinho com um *tch* no lugar do *x* e como se tivesse trema, aí *enxaqueca* vira uma parlendinha infantil, quase dá pra pular corda. Olhe pra dentro da sua camisa e soletre *ócio*. Um dos adolescentes na frente do fliperama perto das instalações do aeroporto de Midway estava com uma camiseta preta com o texto SYMPATHY FOR NIXON TOUR e aí uma lista enorme de cidades numas letrinhas minúsculas de aplique. O adolescente, que não estava no voo, depois tinha ficado um tempo sentado na frente de Sylvanshine na área dos portões cutucando o rosto com uma concentração que não era nada semelhante ao gesto distraído de cutucar e tatear partes do rosto que acompanhava o trabalho concentrado no Serviço. Sylvanshine ainda sonhava com gavetas de mesas e dutos de ar entupidos de declarações, pontas e mais pontas de declarações despontando das grades dos dutos, o armário de material de limpeza cheio de holerites até o teto, a moça da Divisão de Inspeções arrombando a porta, os cartões todos caindo em cima dela como o armário de Fibber McGee quando a debacle toda desabou na cabeça deles depois que eles acumularam atraso na reanálise de declarações no CRA de Rome. Ele ainda sonhava com Grecula e Harris inutilizando o mainframe Fornix com alguma coisa que derramaram de uma garrafa térmica na grade traseira de ventilação enquanto zumbidos e jatos de uma fumaça azulada saíam dali. O adolescente não tinha nenhuma aura vocacional; acontecia com algumas pessoas. Padrões éticos compunham toda a primeira unidade da prova, e sobre eles havia também muitas piadas internas no Serviço. Uma violação dos padrões éticos da profissão muito provavelmente teria tido maior chance de ocorrer quando: o som alienígena das hélices era tão alto que Sylvanshine agora só conseguia ouvir sílabas soltas das conversas à sua volta. As garras da mulher presas ao apoio de braços de aço ali entre os dois era uma visão horrenda que ele declinava de contemplar. Mão de gente velha lhe dava medo e repulsa. Ele havia tido avós de cujas mãos se lembrava largadas no colo com aparência de garras e de coisa de outro mundo. Depois de sua incorporação, a empresa Jones Inc. lança ações ordinárias com um preço bem acima do valor real. Difícil não imaginar o rosto das pessoas cujo emprego era criar essas perguntas. O que elas pensavam, quais eram suas esperanças e seus sonhos profissionais. Muitas perguntas eram como historinhas com toda a carne humana extirpada. No dia 1º de dezembro de 1982, a Clark Co. aluga escritórios por três anos a um valor mensal de $20 000. Enquanto contava até cem, Sylvanshine tentou contrair uma nádega e depois a outra em vez das duas ao mesmo tempo, o que exigia concentração e um tipo curioso de não controle, como tentar mexer as orelhas se olhando no espelho. Ele tentou aquela coisa de inclinar-para-o-lado e alongar os músculos do pescoço um lado de cada vez bem aos poucos e delicadamente, mesmo assim ganhou uma olhada da senhora de mais idade, que com seu vestido preto e rosto encovado parecia cada vez mais uma caveira e uma coisa de dar medo e algum tipo de presságio de morte ou de fracasso retumbante na prova para COC, duas coisas que tinham se fundido na psique de Sylvanshine, gerando uma única imagem em que ele, calado e impassível, empurrava um largo esfregão industrial por um corredor cheio de portas de vidro jateado com nomes de outros homens. A mera visão de um esfregão, de um balde com rodinhas ou de um zelador com seu nome bordado em cursivas vermelhas tipo Palmer no bolso do peito do macacão cinzento (como em Midway, em frente ao banheiro masculino cuja plaquinha amarela alertava bilingualmente sobre o piso molhado, sendo o nome cursivo alguma coisa começando com M, Morris ou Maurice, um homem sob medida para seu trabalho como um homem que preenche exatamente o bolsão de espaço que ocupa) agora transtornava Sylvanshine a tal ponto que um tempo precioso se perdia antes de ele sequer conseguir pensar em como construir um cronograma exequível para revisões de eficiência máxima para a prova, nem que fosse só mentalmente, o que ele fazia todo dia. Seu grande ponto fraco era organização estratégica e gerenciamento de tempo, como Reynolds fazia questão de ressaltar sempre que tinha oportunidade, intimando Claude a pelo amor de Deus simplesmente ir lá e pegar um livro da pilha e estudar em vez de ficar ali sentado matutando impotente sobre quais as melhores maneiras de estudar. Enfiar declarações atrás de armários e em dutos de ar. Trancar gavetas tão entupidas de formulários de referências cruzadas que elas não iriam abrir mesmo que não estivessem trancadas. Esconder coisas embaixo de outras coisas nos nichos da mesa Tingle. Reynolds simplesmente apareceu no escritório da Diretora antes da audiência e todo o desastre pessoal aparentemente sumiu no meio de alguma cortina de fumaça burocrática roxa e uma semana depois Sylvanshine estava organizando suas coisas nos Sistemas em Martinsburg sob a chefia do dr. Lehrl. Aquilo tudo lembrava a sensação de ter estado num quase acidente de trânsito evitado por centímetros e depois não conseguir nem pensar naquilo tudo sem começar a tremer e se ver incapaz de funcionar, de tão quase desastre que foi. A Célula inteira das Gordas se desmanchou. O sonzinho de uma simulação de sino acompanhou o glifo de cintos de segurança e cigarros se iluminando ou se apagando lá no alto; Sylvanshine olhava para cima toda vez sem conscientemente pensar em fazer isso. Ao buscar provas materiais que sustentem asserções de declarações financeiras, o auditor desenvolve objetivos auditoriais específicos à luz dessas asserções. Um bebê uivava em algum ponto atrás dele; Sylvanshine imaginou a mãe simplesmente soltando o cinto, se recolhendo em outro lugar e deixando o bebê ali. Em Philly, depois da loucura que cercou a introdução de indexações de inflação para as quais os novos modelos tiveram que ser reconfigurados em 81, ele recebeu o diagnóstico de um nervo pinçado decorrente da tensão no pescoço e na coluna dorsal que a postura não natural e forçada da minúscula e estreita 8-B e as garras fatídicas no apoio de braços ao lado dele agravavam se desse atenção a elas. Era verdade: o negócio todo, em termos tanto da prova quanto da vida, era a que coisas você dava atenção versus a que coisas você se determinava a não dar. Sylvanshine se considerava fraco ou defeituoso nessa área da determinação. Quase tudo que os outros estimavam ou valorizavam nele não era fruto de determinação, era simplesmente algo que já tinha vindo com ele, como a estatura de alguém ou a simetria facial. Reynolds dizia que ele era fraco de espírito, e era verdade. Tinha uma lembrança recorrente do vizinho da família, o sr. Satterthwaite, preenchendo raspões no sapato do seu uniforme postal com uma caneta preta que aí antes de ele se dar conta se expandia para toda uma lembrança narrativa do sr. e da sra. Satterthwaite, que não tinham filhos e não pareciam, se você tinha acabado de conhecer os dois, as pessoas mais simpáticas ou mais interessadas em criança, mas que mesmo assim permitiram que o quintal deles se tornasse o QG efetivo de todas as crianças do bairro e que até Sylvanshine e o menino Católico Romano com aquele tique que parecia estar sempre apertando os olhos tentassem construir numa das árvores a improvisada e insegura casa da árvore, e Sylvanshine não conseguia lembrar se tinha sido por causa da mudança da família do menino que a casa não foi terminada ou se a mudança tinha acontecido depois e a casa da árvore foi sendo simplesmente improvisada e ficando tão empapada de seiva de árvore que não deu para eles continuarem. A sra. Satterthwaite tinha lúpus e vivia sofrendo de indisposições. Taxas de desvio, limites de precisão, amostras estratificadas. Segundo a explicação do dr. Lehrl, a entropia era uma medida de certo tipo de informação que não fazia sentido conhecer. O axioma de Lehrl era que o teste definitivo da eficiência de qualquer estrutura organizacional era a informação e a filtragem e disseminação da informação. A entropia de verdade tinha lhufas a ver com temperatura. Outro recurso eficaz de concentração era evocar mentalmente uma cena externa, tranquilizadora e de baixa pressão, imaginada ou recordada, e era ainda mais eficaz se a cena compreendesse ou incluísse um tanque lago rio riacho, pois já se provou que a água tinha um efeito calmante e estimulante sobre o sistema nervoso involuntário, mas por mais que ele tentasse depois dos exercícios de nádega Sylvanshine só conseguia evocar um quadro indefinido em cores primárias que parecia um pôster psicodélico ou alguma coisa que lembrava o que você vê quando te dão uma dedada no olho e você fecha o olho por causa da dor. A estranheza da palavra *indisposição*. Prove que a relação entre as alíquotas fiscais de preços de ação no longo prazo e os ganhos capitais de longo prazo não é inversa. Ele sabia quem no avião estava apaixonado, quem diria que estava apaixonado porque era o que se esperava dele e quem diria que não estava apaixonado. A declarada opinião de Reynolds a respeito de casamento/família era que desde a infância ele nunca gostou de pais e não tinha desejo de se tornar um. Em três locais diferentes dos vários aeroportos de hoje Sylvanshine tinha visto a si mesmo devolvendo olhares de homens de trinta anos de idade com bebês nas costas presos em bolsas high-tech com jeito de mochila, as mulheres deles com sacolas acolchoadas cheias de artigos de puericultura, esposas no comando, os homens parecendo essencialmente moles ou amolecidos de alguma maneira, desesperados de uma maneira resignada, com um passo que não era exatamente arrastado, olhos vazios e mansíssimos com o exausto estoicismo dos pais jovens. Reynolds não chamaria isso de estoicismo mas de aquiescência diante de alguma verdade imensa e terrível. O termo *dependente* inclui qualquer pessoa classificável como isenção de dependência, ou que poderia ser classificável como isenção de dependência não fosse o fato de que os testes de renda bruta e declaração conjunta não deram o resultado devido. Elenque dois instrumentos-padrão pelos quais os fiduciários podem legalmente transferir um custo fiscal aos beneficiários. A expressão "perdas passivas" nem estava na prova para COC. Era vital dividir as prioridades do Serviço e da Prova em dois módulos ou redes excludentes. Um dos quatro projetos anunciados era aumentar a capacidade de o Peoria 47 distinguir sociedades de investimento legítimas de paraísos fiscais cujo único propósito era evitar o fisco. A chave era identificar perdas passivas versus ativas. O projeto de fato era criar tanto uma defesa da necessidade quanto uma estrutura de controle para a automação de funções cruciais de análise no Centro de Peoria. A meta era ter a automação funcionando no momento em que as Determinações da Receita contra certas provisões acerca de perdas passivas fossem registradas na lei fiscal do ano que vem. O ruge vermelhíssimo da senhora de mais idade e um livro com a língua de um marcador de páginas fechado no colo dela; as garras cheias de veias e todas pintadas. O número da poltrona de Sylvanshine estava bem ali gravado no aço escovado do apoio de braços, perto das garras. As unhas delas eram intensa e perfeitamente rubras. O cheiro do removedor de esmalte da mãe dele, do pó de maquiagem dela, o jeito com que fiozinhos de cabelo escapavam do coque dela e desciam se enroscando pela nuca no vapor da cozinha quando ele e o O'Dowd voltavam do quintal dos Satterthwaite com dedões martelados e seiva nos cílios. Fiapos e penugens de nuvens descoloridas passavam velozes pela janela. Acima e abaixo era outra coisa, mas havia sempre algo de decepcionante nas nuvens quando você estava dentro delas; elas simplesmente deixavam de ser nuvens. Ficava tudo só meio enevoado. *Arfagem* vinha do mesmo verbo *arfar*, lhe ocorreu assim sem mais nem menos. Sylvanshine então passou algum tempo tentando sentir o fato de que seu próprio corpo estava viajando na mesma velocidade da aeronave dentro da qual ele estava. Num jato grande a sensação era meramente a de estar sentado numa sala estreita e barulhenta; aqui pelo menos as mudanças nas pressões da poltrona e do cinto contra seu corpo lhe permitiam ter consciência do movimento, e parecia haver certa segurança na candura física desse fato, que parcialmente compensava a fragilidade e o potencial destroçador do som das hélices, e Sylvanshine tentava pensar a que se assemelhava o som das hélices mas não conseguia a não ser por um zumbido rotatório torturantemente hipnótico tão total que podia ser o próprio silêncio. Uma lobotomia envolvia algum tipo de espeto ou sonda inserida através do globo ocular, o termo era sempre lobotomia "frontal"; mas havia outro tipo? Saber que a tensão interna podia provocar o fracasso na prova só servia para criar tensões internas sobre a possibilidade da tensão interna. Devia haver outro jeito de lidar com a consciência das consequências desastrosas que o medo e o estresse podiam provocar. Alguma resposta ou algum truque voluntário: a capacidade de não pensar a respeito. E se todo mundo conhecesse esse truque menos Claude Sylvanshine? Ele tendia a conceitualizar certo Terror final de dimensão platônica, como uma ave de rapina cuja simples sombra lá no alto bastava para deixar a presa paralisada e em choque, tremendo enquanto a sombra aumentava e se transformava em inevitabilidade. Ele com frequência tinha essa sensação: e se houvesse algo de essencialmente errado com Claude Sylvanshine que não estava errado nas outras pessoas? E se ele fosse simplesmente inadequado, assim como certas pessoas nascem sem membros ou alguns órgãos? A neurologia do fracasso. E se ele tivesse simplesmente nascido destinado a viver à sombra do Medo e Desespero Totais e todas as suas supostas atividades fossem tentativas patéticas de distraí-lo do inevitável? Discuta diferenças relevantes entre contabilidade de reservas e contabilidade de *charge-offs* no tratamento fiscal de dívidas não pagas. Com certeza o medo é um tipo de estresse. O tédio é como o estresse mas é sua própria Categoria de Dor. O pai de Sylvanshine, sempre que acontecia alguma coisa ruim em termos profissionais — o que não era raro —, tinha o costume de dizer "Ai do Sylvanshine". Existe uma técnica antiestresse chamada Parar o Pensamento.* O índice de valor presente em excesso é a relação entre o valor presente das futuras entradas de capital e o investimento inicial. Segmento, segmento significativo, receita do segmento combinado, receita absoluta do segmento combinado, lucro operacional. Variância de preço material. Variância direta de preço material. Ele pensou na grade removível que cobria o duto de ar sobre a mesa dele e de Ray Harris no CRA de Rome e no som da grade sendo removida e aí enfiada de novo no lugar e socada com a base da mão de Harris para encaixar, e aí fugiu dessa ideia de um jeito que fez ele sentir como se o avião estivesse acelerando. A rodovia interestadual lá embaixo desaparecia e aí às vezes reaparecia num ponto que Sylvanshine tinha que espremer a bochecha direita inteira contra a janela de plástico interna para poder ver, aí quando a chuva estava voltando e ele podia ver que eles estavam começando a descer ela reapareceu no centro da janela, com um trânsito leve rastejando com um páthos vão e sem sentido que você nunca ia conseguir sentir em terra. E se dirigir parecesse uma coisa tão lenta quanto a que se via dessa perspectiva? Ia ser que nem tentar correr embaixo d'água. O negócio todo era uma coisa de perspectiva, filtragem, a escolha dos objetos de percepção. Sylvanshine tentou visualizar o aviãozinho visto do solo, um objeto cruciforme contra a cor de água suja da banheira das nuvens, luzes piscando em complexos padrões contra a chuva. Ele imaginou a chuva no seu rosto. Era leve, uma chuva da Virgínia Ocidental; ele não tinha ouvido um único trovão. Sylvanshine uma vez teve um primeiro encontro com uma representante da Xerox que tinha padrões complexos e um pouco repulsivos de calos nos dedos por tocar banjo semiprofissionalmente como uma paixão das horas vagas; e ele lembrou, enquanto o sino lá no alto soou mais uma vez e o sinal acendeu, com o glifo de não fumar já legalmente redundante, os calos nas almofadas dos dedos de um amarelo profundo sob a fraca luz do jantar enquanto ele conversava com a musicista sobre intricadas questões de contabilidade forense e a organização colmeiforme do CRA Nordeste, que era apenas uma pequena parte do Serviço, e da história e dos quase sempre incompreendidos ideais e senso de dever do Serviço e da velha (para ele) piada de que os funcionários do Serviço em situações sociais fariam absolutamente de tudo para evitar contar aos outros que trabalhavam para a Receita porque isso muitas vezes gerava exclusão social por causa das percepções populares sobre o Serviço e seus funcionários, observando o tempo todo os calos enquanto a mulher mexia no garfo e na faca, e que ele tinha ficado tão nervoso e tenso que foi tagarelando sem parar sobre ele e nunca nem lhe perguntou o suficiente sobre ela, a história dela com o banjo e o que aquilo representava para ela, que foi o motivo de ela não ter gostado tanto dele e de eles não terem se acertado. Ele não deu a menor chance para a mulher do banjo, hoje ele via. Que o que parece egoísmo muitas vezes não é. Em certos sentidos Sylvanshine era uma pessoa completamente diferente agora nos Sistemas. A descida era de fato um realçar da especificidade do que estava ali embaixo — campos que se revelavam arados e perpendicularmente sulcados e silos cercados de rampas adernadas e esteiras e um parque industrial que se mostrava composto de prédios com janelas refletoras e complicados aglomerados de carros nos estacionamentos. Cada carro não só estacionado por um ser humano diferente mas concebido, projetado, montado com peças que eram, cada uma, concebida, projetada e feita, transportada, vendida, financiada, adquirida e segurada por seres humanos, cada um com histórias de vida e conceitos de eu que se encaixavam todos num padrão mais amplo de fatos. O lema de Reynolds era que a realidade era um padrão de fatos fundamentalmente entrópico e aleatório. O truque era sacar quais eram os fatos importantes — Reynolds era um rifle diante da carabina de Sylvanshine. A sensação de um leve fio de sangue saindo da narina direita era uma alucinação e devia ser ignorada; a sensação simplesmente não existia. Os problemas de sinusite percorriam a família de Sylvanshine com uma intensidade horrenda. Aurélio da Roma antiga. Princípios básicos. Isenções vs. deduções, para Renda bruta vs. da Renda bruta. Uma perda gerada por uma dívida não paga e de origem não comercial será sempre classificada como perda de capital de curto prazo e poderá portanto ser deduzida no Formulário D nos termos do seguinte § das Diretrizes Tributárias: o teto de um dos prédios tinha o que era ou heliponto marcado ou um complicado sinal visual para os aviões que desciam lá do alto, e o tom do zumbido duplo das hélices estava diferente e o seio nasal direito dele estava naquele exato momento inflando rubro dentro do crânio e eles estavam descendo mesmo, o termo era descida controlada, a interestadual era agora um rococó de saídas e meios trevos e o trânsito, mais denso e com algo de insistente, e as garras se ergueram do braço metálico da cadeira quando surgiu embaixo um corpo d'água, lago ou delta, e Sylvanshine sentiu um dos pés dormentes quando tentou relembrar a peculiar configuração de braços cruzados com que os bonecos do cartão seguravam os assentos das cadeiras contra o peito na improvável situação de uma aterrissagem na água, e agora eles arfaram de fato e sua velocidade ia ficando mais evidente no ritmo da passagem das coisas lá embaixo no que tinha que ser um distrito mais antigo de Peoria enquanto cidade humana, compactas quadras de tijolos fuliginosos e tetos angulados e uma antena de televisão com uma bandeira presa, e um relance de um rio bordô que não era o corpo hídrico anterior mas poderia estar ligado a ele, nada como o imponente e escumoso trecho do Potomac que se infiltrava pelas janelas dos Sistemas nas sacrossantas instalações de Antietam, percebendo que a aeromoça lá no seu banquinho dobrável estava de cabeça baixa e os braços em volta das pernas onde no fim do ano o valor total de mercado dos títulos financeiros vendáveis da Brown excede o valor total restante no começo do ano quando do meio do nada surgiu uma faixa de cimento claro que subia ao encontro deles sem nenhuma campainha de aviso e sem anúncios e a lata de refrigerante dele enfiada no bolsão da poltrona quando a cinzenta cabeça-da-morte ao lado chicoteava para a direita e para a esquerda e o som cintilante das hélices mudava ou de tom ou de timbre, e a senhora de mais idade se enrijecendo na poltrona e erguendo o queixo pregueado de medo e repetindo o que para Sylvanshine soava como a palavra *tchau* quando veias saltavam azuis no pulso à frente dela, em que estava preso o amarfanhado e bulboso mas ainda lacrado pacote prata de nozes sem marca de mercado.

"O quinto efeito tem mais a ver com você, com como você é percebido. É poderoso apesar de um uso mais restrito. Preste atenção, guri. A próxima pessoa adequada com quem você estiver numa conversa tranquila, pare de repente no meio da conversa e olhe bem de perto para a pessoa e diga: 'O que foi?'. Você fala isso de um jeito preocupado. Ela vai dizer: 'Como assim?'. Você diz: 'Alguma coisa está te incomodando. Dá pra ver. O que é?'. E ela vai fazer uma cara impressionadíssima e dizer: 'Como é que você sabe?'. Ela não percebe que *sempre* tem alguma coisa errada com todo mundo. Muitas vezes mais de uma coisa. Ela não sabe que todo mundo está sempre andando por aí com alguma coisa errada na vida e acreditando que está exercendo uma grande força de vontade e um controle incrível para evitar que os outros, com quem elas acham que nada, nunca, está errado, acabem vendo. As pessoas são assim. Pergunte de repente o que foi, e caso elas se abram e vomitem tudo ou neguem e finjam que você está enganado, de todo jeito elas vão achar que você é atencioso e compreensivo. Vão ficar ou gratas ou assustadas e vão passar a te evitar daí em diante. As duas reações têm suas utilidades, como vamos ver. Pode ser útil de um jeito ou de outro. Funciona em mais de 90% das vezes."

E levantou — tendo se espremido para passar pela senhora de mais idade empoada, sendo ela do tipo que espera sentada até todos terem desembarcado e aí sai sozinha, com uma falsa dignidade — segurando suas coisinhas num corredor cuja porção dianteira engarrafada era toda composta de viajantes de empresas locais, homens de negócios, sujeitos voluntariamente simples do Meio-Oeste que vinham ao sul do estado como vendedores ou voltavam de Chicago, dos QGs de empresas cujos nomes terminam em "-co", homens para quem aterrissagens como esse horror de arfagens sacolejantes que acabou de se encerrar são coisa normal. Homens pançudos com manchas no rosto e ternos marrons mesclados e ternos castanhos com pastas 007 encomendadas em catálogos de bordo. Homens cujos rostos suaves se encaixam naqueles empregos como uma salsicha preenche sua capa de carne. Homens que ordenam que gravadores de bolso recebam memorandos, homens que olham para o relógio por reflexo, homens com testas vermelhas amontoados todos de pé numa rampa metálica enquanto o zumbido das hélices desce a escala tonal e a ventilação se interrompe, o tipo de avião de voos regionais cujas escadas com rodinhas têm que encostar antes de as portas abrirem, por motivos legais. A impaciência vítrea de homens de negócios parados mais perto de homens estranhos do que jamais teriam escolhido estar, peito e costas que quase se tocam, bolsas de viagem a tiracolo nos ombros, pastas chocando-se umas com as outras, mais carecas que cabeludos, respirando os cheiros uns dos outros. Homens que não suportam esperar ou ficar imóveis forçados a ficar imóveis ali todos juntos e esperar, homens com agendas de pelica e diplomas de Gerenciamento de Tempo de Franklin Quest e a clássica aparência do confinamento apertado e indesejado, a aparência de um comerciante local prestes a sonegar o recolhimento do seguro-saúde, sem capital de giro, com falta de liquidez, tentando esticar o cobertor mensal, peixes que se debatem na redes de suas próprias obrigações. Dois futuros suicídios neste avião, um classificado para sempre como acidente. Em Philly havia todo um subgrupo de GS-9s implacáveis com mentes metálicas e a missão apenas e tão somente de ir atrás de pequenas empresas atrasadas no recolhimento do seguro-saúde, apesar de que em Rome durante quase um ano inteiro a única funcionária da Adimplência que recebia alertas de SS de Martinsburg era Eloise Prout, vulgo dra. Sim, uma GS-9 quarentona com boné de macramê que almoçava na mesa de trabalho com um complexo sistema de recipientes Tupperware e era uma putinha de festa do tipo mais patético, com os carinhas das Análises tendo batizado ela de dra. Sim depois que ela aparentemente dormiu com Sherman Garnett só pela promessa — não cumprida — de um passeio pelo parque da cidade com neve no chão e tudo branco e lindo. A Eloise Prout que ficava tão abaixo das cotas mensais de encaminhamento e recuperação que qualquer outro GS-9 teria tomado um capacete marrom mas o bobo e bondoso sr. Orkney do CRA tinha mantido o emprego dela, tendo a Prout aparentemente enviuvado depois de um acidente de carro com um salário de

GS-9 que mal pagava a comida para gato, Sylvanshine tinha plena consciência, com o pé latejando com o sangue recém-chegado e pedindo perdão toda vez que alguém trombava com a sua mala, sua terceira lotação em quatro anos e ainda era GS-9 com uma promessa de 11 se passasse na prova para COC na primavera e desse conta direitinho do seu trabalho como o olho dos Sistemas na região até a tempestade dos 1040s e ESTs das pessoas jurídicas em 15 de março e aí a geral em 15 de abril que o 047 de Peoria tinha que analisar, depois de ter feito a prova duas vezes até aqui e até aqui ter passado só até Gerencial com Baixa Autonomia, com a fama de Sylvanshine em Philly tendo vindo com ele até Rome para trancá-lo firmemente em Declarações Nível 1, nem mesmo nas Gordas ou na Conferência, o que fazia dele pouco mais que um abridor de cartas profissional, coisa que Soane, Madrid, et al. não tinham hesitado em observar.

  Sylvanshine tendia a dar conta da sua papelada de uma maneira meio frenética contrária à disposição lenta, austera e metódica dos contadores realmente grandes, tinha lhe dito o seu primeiro supervisor de grupo em Rome, um ocupante vitalício do segundo escalão que usava um paletó excêntrico e sempre saía do CRA com um romboide de papelão com comida chinesa delivery para levar para a mulher dele, que diziam ser algum tipo de reclusa. Esse GS-11 logo no começo da carreira tinha sido lotado no Centro de Serviços de St. Louis, literalmente à sombra daquela coisa estranha tipo um arco metálico gigante e amedrontador, onde todos os dias chegavam cartas em grandes caminhões de dezoito rodas que vinham de ré até a longa esteira da doca, e nos descansos na sala de descanso o líder de grupo gostava de se reclinar segurando o guarda-chuva e soprar argênteas nuvens de fumaça de charuto até as lâmpadas fluorescentes e evocar o verão no Meio-Oeste, região que Sylvanshine e os outros jovens GS-9s da Costa Leste ignoravam e onde o líder de grupo de alguma maneira semeava visões de pescarias de pés descalços nas margens de rios de águas paradas e de um luar que dava até para ler jornal e todo mundo sempre dizia Oi para todo mundo toda vez que se via e se movia numa espécie de alegre câmera lenta. Chamado Bussy, sr. Vince, ou Vincent Bussy, que usava uma parca do Kmart com um capuz debruado de pele falsa e sabia rolar palitinhos de comida chinesa nas costas dos dedos da mão como um mágico com uma moedinha reluzente, e desapareceu logo depois da segunda festa de Natal que Sylvanshine viu no CRA, quando a mulher dele (i.e., a sra. Bussy) apareceu de repente no meio dos festejos com uma camisolinha bege e uma parca do Kmart idêntica e com o zíper aberto e se aproximou do Comissário Ultra-Zonal Assistente de Notificações e, com fala lenta e atonal e total convicção, disse a ele que seu marido o sr. Bussy tinha dito que ele (o CUZAN) tinha potencial para ser uma pessoa realmente má se arranjasse uns colhões maiorzinhos, e o Bussy zarpando uma semana depois tão de repente que seu guarda-chuva continuou pendurado no cabideiro comum por quase um trimestre até alguém enfim tirá-lo de lá.

Eles desembarcaram, desceram, coletaram a bagagem de mão que não tinha sido confiscada e etiquetada em Midway e agora formavam uma fila heterogênea na pista molhada ao lado do avião, e ficaram aglomerados por um tempo num chão de cimento coberto de complexas pinturas enquanto alguém com protetor auditivo alaranjado e uma prancheta os contava e depois conferia a contagem com a contagem prévia feita em Midway. Toda a operação parecia algo ad hoc e mal-ajambrada. Na escada íngreme e portátil, Sylvanshine obtivera a satisfação de sempre ao colocar o chapéu na cabeça e ajustar seu ângulo com uma só mão. Seu ouvido direito estalava e farfalhava um pouco cada vez que ele engolia. O vento estava quente e pleno de vapor. Uma grande mangueira seguia de um caminhãozinho até a barriga do avião regional e parecia estar reabastecendo a aeronoave para seu retorno a Chicago. Sobe e desce e vai e volta o dia todo. Um cheiro forte de combustível e cimento molhado. A senhora de mais idade, evidentemente não contada, descia os assustadores degraus e seguia para algum tipo de automóvel comprido que Sylvanshine não tinha percebido estacionado ali mais a estibordo do avião. Uma asa intrometia-se, mas Sylvanshine conseguiu ver que ela não abriu a própria porta. Os topos de uma distante fileira de árvores dobraram-se à esquerda com o vento e de novo se puseram eretos. Por causa de problemas anteriores com acidentes que tinham suas raízes em decisões infelizes e apressadas em Philly, Sylvanshine não dirigia mais. Ele tinha 75% de certeza de que o pacote de nozes estava agora dentro da bolsinha da senhora de mais idade. Houve algum tipo de consulta entre o funcionário da prancheta e outra pessoa com protetor auditivo alaranjado. Diversos passageiros faziam gestos ostensivos de olhar para o relógio. O ar estava quente e abafado e bem além de úmido ou pesado. Todos eles estavam ficando empapados do lado do corpo que dava para o vento. Sylvanshine percebeu que os sobretudos escuros que muitos homens ali usavam eram bem parecidos, assim como as pontas dos colarinhos virados. Ninguém usava nenhum tipo de chapéu. Ele estava tentando prestar bastante atenção ao seu entorno como forma de evitar pensamentos e angústia. O atraso administrativo ou logístico estava se dando sob um céu baixo e uma chuva tão fina que parecia vir de lado com o vento em vez de cair. Não havia sons de chuva no chapéu de Sylvanshine. A pele do debrum do capuz do sr. Bussy era suja de um jeito meio nauseabundo que foi piorando no decorrer dos dois anos em que ele foi o supervisor do grupo de Sylvanshine no Processamento de Declarações. Alguns passageiros mais assertivos estavam caminhando por conta própria pela trilha contornada de vermelho que passava pelo portão da cerca e ia até o terminal. Sylvanshine, que tinha embarcado malas, estava preocupado com as sanções que pudesse sofrer por um abandono não autorizado de pista. Por outro lado, tinha horários predefinidos para cumprir. Parte do que o mantinha parado no grupo irrequieto de homens que esperavam a autorização para entrar no aeroporto era uma espécie de paralisia resultante das reflexões de Sylvanshine a respeito da logística de como chegar ao CRA Peoria 047 — a questão de se o CRA mandava uma van para os traslados ou se Sylvanshine ia ter que pegar um táxi naquele aeroportinho ainda não tivera uma conclusão definitiva — e aí de como chegar e se registrar e de onde guardar suas três malas enquanto se registrava e preenchia os formulários de chegada e Endereço Fiscal e Recolhimento de Benefícios e os materiais de orientação e de aí dar algum jeito de conseguir informações e se dirigir ao apartamento que os Sistemas tinham alugado para ele a preços governamentais e chegar lá a tempo de encontrar um lugar para comer que ou fosse pertinho para ir a pé ou precisasse de outro táxi — só que o telefone do suposto apartamento ainda não estava ligado e ele ponderou que as possibilidades de conseguir pegar um táxi na frente de um conjunto de apartamentos eram na melhor das hipóteses vagas, e se ele pedisse ao táxi que o levaria ao apartamento que ficasse esperando haveria dificuldades porque como ele ia poder tranquilizar o motorista de que de fato ele ia voltar assim que deixasse as malas e desse uma rápida olhada geral nas condições do apartamento e em sua adequação em vez de ser tudo um truque concebido para não pagar ao motorista a corrida, com Sylvanshine saindo abaixado pelos fundos do conjunto de apartamentos de Angler's Cove ou até possivelmente se entrincheirando no apartamento sem responder às batidas do motorista na porta ou ao toque da campainha se o apartamento tivesse campainha, o que o apartamento atual dele e de Reynolds em Martinsburg com certeza não tinha, nem às perguntas/ameaças do motorista do outro lado da porta do apartamento, golpe que habitava a consciência de Claude Sylvanshine somente porque diversos operadores de serviços comerciais de transporte da Filadélfia tinham proposto pesadas perdas de Formulário C sob a rubrica "Perda Devida a Roubo de Serviço" e detalhado esse tipo de golpe como algo prevalente nos anexos mal datilografados ou até às vezes manuscritos que eram necessários para explicar deduções-C incomuns ou específicas como essas, enquanto se Sylvanshine fosse pagar a corrida e deixar a gorjeta e talvez até uma certa quantia adiantada para ajudar a tranquilizar o motorista sobre suas respeitáveis intenções no que se referia à segunda etapa do trajeto não havia nenhuma garantia tangível de que o taxista prototípico — membro de uma espécie cínica e eticamente marginalizada, de pés-rapados, como até a baixíssima relação entre entrada-de-gorjetas e número-de-corridas de suas declarações garatujadas em Philly demonstrava — não fosse simplesmente se mandar com o dinheiro de Sylvanshine, criando um transtorno imenso em termos de preenchimentos dos formulários internos para conseguir o reembolso de uma porcentagem de sua ajuda de custo diária além de deixar Sylvanshine sozinho, faminto (ele nunca conseguia comer antes de viajar), desprovido de telefone, privado dos conselhos de Reynolds e de sua esperteza logística ali no novo apartamento estéril e desmobiliado, com o estômago se revirando sozinho de tal forma que a única coisa que Sylvanshine conseguiria fazer seria desfazer as malas de qualquer jeito semiorganizado e ir dormir no colchonete de viagem de náilon naquele chão sem acabamento com a possível presença de exóticos insetos do Meio-Oeste, isso sem falar daquela uma horinha de revisão para a prova de COC que ele tinha se prometido fazer hoje de manhã quando dormiu um tantinho além da conta e aí se deparou com problemas bagagísticos de última hora que tinham cancelado a revisão matinal para a prova, firmemente agendada, antes ainda de uma das vans não identificadas dos Sistemas chegar para levar a ele e às malas por Harpers Ferry e Ball's Bluff até o aeroporto, isso sem falar ainda mais de qualquer tipo de organização sistemática dos volumosos materiais de Lotação, Trabalho, Pessoal e Protocolos de Sistemas que ele ia receber imediatamente depois do registro e de ter seus formulários processados no novo posto de trabalho, o que qualquer Diretor de RH razoável teria esperado que um novo analista tivesse internalizado plenamente antes de se apresentar para o primeiro dia de efetiva interação com analistas do CRA, e que nem a pau em qualquer mundo real Sylvanshine poderia esperar tentar rever e internalizar depois de um jejum de dezesseis horas e depois de uma noite num colchonete com a capa de chuva úmida servindo de travesseiro — ele não tinha conseguido incluir na bagagem o travesseiro ortopédico com contorno especial para o nervo cronicamente pinçado ou inflamado que tinha no pescoço; ele precisaria de uma mala exclusiva, portanto ultrapassaria o limite de bagagem e acarretaria uma sobretaxa exorbitante que Reynolds se recusou a deixar Sylvanshine pagar simplesmente por uma questão de princípios — com o problema adicional de ele conseguir qualquer espécie de desjejum substancioso ou uma nova ida até o CRA de manhã sem um telefone, ou como se esperava que alguém sem telefone conseguisse inclusive analisar se e quando o telefone do apartamento seria ativado, fora é claro a ominosa probabilidade de dormir demais na manhã seguinte por consequência tanto da fadiga da viagem quanto de não ter colocado na mala seu despertador de viagem — ou de pelo menos não ter certeza de ter posto o despertador na mala em vez de deixar que ficasse numa das três caixas de papelão grandes que ele tinha enchido e etiquetado mas feito um trabalhinho apressado, meia-boca, na hora de escrever as Listas de Conteúdos das caixas para poder consultar quando fosse desembalar tudo em Peoria, e que Reynolds tinha jurado que ia colocar nos mecanismos de malote do Departamento de Apoio do Serviço mais ou menos no momento em que estava agendada a partida do voo de Sylvanshine que saía de Dulles, o que significava dois ou talvez até três dias antes de as caixas com todos os bens essenciais que Sylvanshine não tinha conseguido acomodar na bagagem chegassem, e mesmo aí, elas iriam chegar ao CRA e ainda não estava claro como Claude então as levaria para casa, no apartamento — tendo sido a percepção da questão do despertador de viagem o principal motivo de Sylvanshine ter precisado destrancar e abrir todas as malas cuidadosamente feitas naquela manhã ao levantar da cama já meia hora atrasado, para tentar achar ou analisar a inclusão do despertador portátil, o que não conseguiu fazer — a coisa toda apresentava um ciclone tão gigante de problemas e complexidades logísticas que Sylvanshine foi forçado a fazer um pouco de Interrupção de Pensamento bem ali na pista molhada, cercado de respiradores irrequietos, girando

360° várias vezes e tentando fundir sua própria atenção com o panorama circunstante, que a não ser pelos itens aeropórticos era uniformemente indistinto e de um cinza de moeda velha e tão impressionantemente plano que era como se a terra tivesse sido pisoteada por alguma botina cósmica, com a visibilidade em todas as direções limitada apenas pelo horizonte, que tinha as mesmas cor e textura gerais do céu e criava a impressão especular de que se estava no centro de algum imenso corpo de água estagnada, uma impressão oceânica tão literalmente obliterante que Sylvanshine era jogado ou lançado para trás e como que de volta para dentro de si e sentia de novo o gume da sombra da asa do Terror Total e da Desqualificação passar por cima de si, a certeza de que ele era certa e imprestavelmente inadequado para o que quer que o esperasse, e de ser apenas uma questão de tempo antes de esse fato emergir e se fazer manifesto para todos os que estivessem presentes no momento em que Sylvanshine finalmente, e para sempre, perdesse a cabeça.

§3

"Por falar nisso, no que é que você pensa quando se masturba?"
"..."
"..."
"Como é que é?"

Nenhum deles abriu a boca na primeira meia hora. Estavam rodando de novo pela rota estúpida e monocromática que levava ao QG Regional em Joliet. Num dos Gremlins da frota, apreendidos como parte de uma avaliação de risco numa concessionária AMC cinco trimestres antes.

"Olha, acho que dá pra gente deduzir que você se masturba. Algo como 98% dos homens se masturbam. Está documentado. Quase todos os outros desses dois pontos percentuais são retardados ou coisa do tipo. A gente pode pular a parte das negações. Eu me masturbo; tu te masturbas. Acontece. Todo mundo faz e todo mundo sabe que todo mundo faz, no entanto ninguém para pra discutir o assunto. É um trajeto incrivelmente monótono, não tem nada pra gente fazer, a gente está preso neste carrinho constrangedor — vamos correr riscos aqui. Vamos forçar a barra."

"Que barra?"

"Só me diz no que você pensa. Pense um pouco. É um momento muito

interior. É uma das raras ocasiões de uma verdadeira autossuficiência na vida. Nada que venha de fora de você é necessário. É se dar prazer sem mais nada que não sejam seus próprios pensamentos na cabeça. Esses pensamentos revelam um monte de coisa sobre você: sobre o que é que você sonha quando é você quem escolhe e controla os seus sonhos."
"..."
"..."
"Peitos."
"Peitos?"
"Você perguntou. Eu estou te dizendo."
"Só isso? Peitos?"
"O que você quer que eu diga?"
"Só peitos? Descolados de alguém? Só peitos abstratos?"
"Já deu. Vai se foder."
"Assim, só flutuando ali, dois peitos no espaço? Ou aninhados na sua mão, ou o quê? São sempre os mesmos peitos?"
"Isso é pra eu aprender. Você faz uma pergunta dessas, eu penso dane-se e respondo e você passa uma DIF-3 na resposta."
"Peitos."
"..."
"..."
"E você? No que é que *você* pensa, sr. Forçabarra?"

§4

Do Peoria Journal Star,
Segunda-feira, 17 de novembro, 1980, p. C-2:

FUNCIONÁRIO DO I.R.S. MORTO HÁ QUATRO DIAS

Supervisores do complexo regional do IRS no distrito de Lake James estão tentando descobrir por que ninguém percebeu que um de seus funcionários estava sentado morto diante de sua mesa há quatro dias antes de alguém perguntar se ele estava se sentindo bem.

Frederick Blumquist, 53, que trabalhava como analista de declarações de renda naquela agência havia mais de trinta anos, sofreu um ataque cardíaco no escritório coletivo que dividia com vinte e cinco colegas no Centro Regional de Análise da agência na Self-Storage Parkway. Ele faleceu silenciosamente na terça-feira passada em sua mesa de trabalho, fato que só foi percebido no fim do expediente de sábado, quando um dos funcionários da limpeza se perguntou como seria possível que o analista ainda estivesse trabalhando num escritório com todas as luzes apagadas.

O supervisor do sr. Blumquist, Scott Thomas, disse: "Frederick era sempre o primeiro a chegar de manhã e o último a sair à noite. Ele era muito focado e diligente, então ninguém achou estranho ele estar na mesma posição aquele tempo todo sem falar nada. Ele ficava sempre absorvido no trabalho e não era de jogar conversa fora".

Uma autópsia feita ontem pelo Instituto Médico Legal do Tazewell County revelou que Blumquist estava morto havia quatro dias depois de sofrer um infarto. Ironicamente, segundo Thomas, quando morreu Blumquist fazia parte de um grupo especial de agentes do IRS que analisava a situação fiscal de empresas médicas da região.

§ 5

É este o menino que enverga a bandoleira laranja-brilhante e pastoreia os meninos menorzinhos que atravessam a rua na frente da escola. Isso depois de terminar sua ronda de Refeições sobre Rodas no lar de caridade para idosos no centro da cidade, cuja administradora salta para trancar a porta do escritório quando ouve as rodas do carrinho que ele empurra pelo corredor. Ele pagou do próprio bolso o apito de aço e as luvas brancas que estende com as palmas erguidas para os carros enquanto crianças que nem se vestiram sozinhas atravessam atrás dele, algumas tentando correr apesar do ANDE, NÃO CORRA!!, a placa de homem-sanduíche com a carinha de um smiley que ele mesmo fez. Para os automóveis cujos donos conhece ele acena e dá um sorriso extragrande e lança palavras animadoras enquanto a faixa de pedestre fica livre e os carros arrancam e passam voando, alguns só de brincadeirinha fazendo uma manobra para cima dele e desviando por centímetros enquanto ele ri e sai de lado num passo de dança e fazendo uma careta de pânico fingido para as laterais e os para-choques traseiros. (Na vez em que aquele SUV não desviou em cima da hora *aconteceu* mesmo um acidente, e ele enviou vários bilhetes para deixar perfeitamente claro que sabia disso e compreendia, e pediu que um montão de gente com quem ainda não tinha tido a oportunidade de fazer amizade assinasse seu gesso, e decorou as muletas com todo o cuidado com pedacinhos de fita colorida, papel laminado e lantejoulas adesivas, e antes mesmo do mínimo de seis semanas que o médico rigorosamente prescreveu ele doou as muletas para a ala pediátrica do hospital Calvin Memorial para iluminar a convalescência de alguma outra criança menos afortunada e menos feliz, e quando aquilo tudo acabou ele se sentiu inspirado a escrever uma redação bem longa para inscrever no Concurso Anual de Redações de Estudos Sociais sobre como até mesmo um ferimento acidental doloroso e debilitante pode gerar novas oportunidades para fazer amigos e ajudar aos outros, e por mais que a redação não tenha vencido e nem mesmo conseguido uma menção honrosa ele para dizer a verdade nem ligou porque sentia que escrever a redação já tinha sido uma recompensa e que ele tinha ganhado muito com todo aquele processo de revisar nove versões dela, e ficou feliz de verdade pelas crianças cujas redações ganharam prêmios e lhes disse que tinha mais que 100% de certeza de que elas mereciam e que se elas quisessem conservar as redações premiadas e talvez até quem sabe transformá-las em objetos de exposição para seus pais seria um prazer para ele plastificar as redações e até corrigir qualquer errinho de ortografia que encontrasse se elas quisessem, e em casa seu pai põe as mãos no ombro do pequeno Leonard e diz que fica orgulhoso por seu filho ser tão bom perdedor e se oferece para levá-lo à sorveteria Dairy Queen como uma espécie de recompensa, e Leonard diz ao pai que agradece muito e que o gesto significa bastante para ele mas que com toda a sinceridade ele ia gostar ainda mais se eles pegassem o dinheiro que o pai ia gastar em sorvetes e fossem doá-lo ou para a Apae ou, melhor ainda, para o Unicef, para que ele atendesse às necessidades de criancinhas biafrenses mortas de fome que ele sabe com certeza que provavelmente nunca nem ouviram *falar* de sorvete, e diz que aposta que isso ia acabar dando aos dois uma sensação ainda melhor do que a que viria da DQ, e enquanto o pai larga as moedas na fenda para moedas do cofrinho-abóbora especial de voluntário do Unicef, feito de papelão laranja-brilhante, Leonard para um segundo para manifestar outra vez sua preocupação com o tique facial do pai e lhe dar um delicado cutucão sobre sua relutância em ir falar com o médico da família a respeito disso, registrando mais uma vez que de acordo com a planilha atrás da porta do seu quarto o pai está três meses atrasado para o checape anual e que já se passaram quase oito meses da data recomendada para a dose de reforço da antitetânica.)

Ele atua como monitor de corredor para os Períodos 1 e 2 (ele tem meio semestre adiantado de créditos) mas dá muito mais advertências oficiais que punições efetivas — sente que está ali para servir e não para humilhar as pessoas. Normalmente com as advertências ele aplica um sorriso e diz aos alunos que só se é jovem uma única vez, e que então é melhor aproveitar, e que eles saiam logo dali e façam aquele dia valer a pena, então. Ele é membro do Unicef e da Apae e inaugura um programa de reciclagem de lixo em três séries consecutivas da escola. Ele é saudável e limpinho e está sempre bem-vestido o suficiente para projetar uma noção básica de cortesia e respeito pela comunidade de que faz parte, e educadamente levanta a mão em sala de aula para todas as perguntas, mas só se tiver certeza de que sabe não apenas a resposta correta mas a formulação daquela resposta que a professora está querendo para adiantar a discussão do tema geral daquele dia, muitas vezes ficando depois da aula para conferir com a professora se a abordagem dele dos objetivos gerais dela está em ordem e para perguntar se havia alguma maneira de tornar melhores ou mais úteis suas respostas em sala de aula.

A mãe do menino sofre um acidente horrível enquanto está limpando o forno e é levada às pressas para o hospital, e muito embora fique fora de si de tão preocupado e reze constantemente pela estabilização e recuperação dela, ele se prontifica a ficar em casa e fazer telefonemas, transmitir informações para uma lista alfabética de parentes e amigos preocupados, e a garantir que o correio e o jornal sejam entregues, e a manter as luzes da casa acendendo e apagando num padrão aleatório à noite como recomenda o Policial Chuck do programa Chega de Crime que a Polícia Estadual do Michigan montou em colaboração com a educação pública por mera questão de bom senso quando os adultos repentinamente têm que sair de casa, e também para ligar para o número de emergência da empresa de gás (que ele decorou) e pedir que eles venham dar uma olhada no que pode muito bem ser uma válvula ou um circuito com defeito no fogão antes de mais alguém da família se ver exposto aos riscos de ferimentos acidentais, e também (em segredo) para trabalhar na elaboração de um imenso espetáculo de faixas, bandeirolas e cartazes de BEM-VINDA DE VOLTA e A MELHOR MÃE DO MUNDO que ele pretende usar a escada de armar da garagem (com um adulto responsável da vizinhança segurando a escada e supervisionando tudo) para prender com todo o cuidado na fachada da casa com cola solúvel em água para que estejam lá para receber e animar a mamãe quando ela receber alta dos Cuidados Intensivos com a saúde totalmente em ordem, coisa por que Leonard liga repetidas vezes para o pai no telefone pago da ala de Cuidados Intensivos para lhe garantir que não tem a menor sombra de dúvida, dessa saúde totalmente em ordem, ligando de hora em hora com pontualidade britânica até que acaba havendo algum problema mecânico com o telefone e quando ele liga só ouve um apito agudo, o que ele devidamente relata à linha especial 1-616-PROBLEMA da companhia telefônica, lembrando de incluir os oito dígitos do Código de Produto Externo do telefone pago (que tinha anotado só para garantir) como recomenda o material técnico em letrinhas miúdas para a linha 1-616-PROBLEMA nas ultimíssimas páginas da lista telefônica, para um serviço mais rápido e eficiente.

Ele consegue produzir diversos tipos diferentes de caligrafia, frequentou a oficina de origami (duas vezes), sabe fazer desenhos extraordinários à mão livre da flora local, assobia todos os seis *Nouveaux Quatuors* de Telemann além de imitar praticamente todo canto de pássaro e outros em que nem Audubon jamais teria pensado. Ele às vezes escreve a editoras acadêmicas a respeito de possíveis erros de categorização e/ou sintaxe nos manuais. Não vamos nem falar dos concursos de soletração. Ele sabe fazer vinte tipos diferentes de chapéus de almirante, caubói, clericais e multiétnicos com uma folha comum de jornal e se propõe a visitar as turmas de pré-2 da escola para ensinar às crianças como se faz, oferecimento que o diretor da Escola Fundamental Carl P. Robinson diz que agradece e que analisou mui cuidadosamente antes de recusar. O diretor odeia a mera ideia de ver o menino mas não sabe bem por quê. Ele vê o menino em sonhos, nos momentos mais excruciantes de seus pesadelos — a camisa xadrez bem passadinha, a risca reta do cabelo, as sardas, o sorriso generoso e sempre pronto: tudo ele sabe fazer. O diretor imagina um dia enfiar um gancho de açougueiro na carinha iluminada de Leonard Stecyk e arrastar o menino de cara no chão atrás do seu fusquinha pelas ruas irregulares da pequena cidade de Grand Rapids. Essas ideias vêm do nada e aterrorizam o diretor, que é um menonita fiel.

Todo mundo odeia o menino. Trata-se de um ódio complexo, que muitas vezes faz com que quem o odeia se sinta mau e culpado e se odeie por sentir algo assim a respeito de um menino tão talentoso e bem-intencionado, o que então tende a fazer com que a pessoa sem querer odeie ainda mais o menino por ele provocar essa espécie de auto-ódio. A coisa toda é totalmente confusa e incômoda. Toma-se muita aspirina quando ele está por perto. Os únicos amigos de verdade do menino entre as crianças são os defeituosos, os aleijados, os gordos, os últimos escolhidos, as *non grata* — ele vai atrás dessas pessoas. Todos os 316 convites para o *FESTÃO ARRASA-QUARTEIRÃO* do seu aniversário de onze anos — 322 convites se você contar os feitos em fita cassete para os cegos — são impressos em ofsete em pergaminho de alta qualidade com envelopes de papel de fibra de algodão endereçados numa elaborada caligrafia Filipe II em que ele gastou três fins de semana, com cada convite detalhando em formato de esquema numerado com algarismos romanos o período de meio dia a ser passado no parque Six Flags, com passeio particular guiado por um ph.D. pelo Blanford Nature Center, e a Área Privada para Banquetes c/ jogos grátis na Pizzaria e Flíper Indoor Shakey's na Remembrance Drive (tudo grátis e pago com as coletas de papel e de alumínio que o menino levantou às 4h da manhã durante todo o verão para organizar e liderar, indo o saldo restante da receita para a Cruz Vermelha e os pais de um aluno de terceiro ano em Kentwood com *spina bifida* terminal que sonha acima de tudo ver Dick "Night Train" Lane dos Lions jogar ao vivo, de sua cadeira de rodas motorizada), e os convites explicitamente chamam a festa disso — um *FESTÃO ARRASA-QUARTEIRÃO* — numa fonte em formato de balão como legenda para uma explosão ilustrada de bons-fluidos e -espíritos e de uma *ALEGRIA* total-e-absoluta-sem-limite-e-sem-censura, com o aviso negritado POR FAVOR — NÃO TRAGA PRESENTES nos quatro cantos do cartão; e os 316 convites, enviados via Correio Registrado para cada aluno, professor, professor substituto, auxiliar, administrador e zelador da Fundamental C. P. Robinson, rendem um público total de nove celebrantes (sem contar os pais e os cuidadores dos incapacitados), no entanto todos se divertem definitivamente a valer, e é esse o consenso nos cartões de Avaliação Franca e Sugestões (também em pergaminho) que circularam no final da festa, sendo que as sobras gigantescas de bolo de chocolate, sorvete napolitano, pizza, batatas fritas, pipoca doce, Hershey's Kisses, panfletos da Cruz Vermelha e do Policial Chuck a respeito de doações de órgãos e tecidos e dos procedimentos corretos em caso de abordagem por estranhos, respectivamente, pizza kosher para os ortodoxos, guardanapos de grife e refrigerantes dietéticos em copos plásticos especiais *Eu sobrevivi ao Festão Arrasa-Quarteirão do Aniversário de 11 anos de Leonard Stecyk, 1964* c/ lemniscáticos canudinhos embutidos que os convidados guardariam como suvenires foram doados para o Lar Infantil de Kent County através de procedimentos e esquemas de transporte que o aniversariante começou a organizar ainda enquanto se desenrolava o grande festerê de arromba, movido pela preocupação com sorvetes derretidos e coisas rançosas e azedas e com perda de uma oportunidade de ajudar os menos afortunados; e o pai dele, guiando a perua com laterais de madeira e firmando a bochecha com uma mão, reconhece mais uma vez que o menino ao seu lado tem um coração grande e generoso, e que ele tem orgulho, e que se a mãe do menino um dia recobrar a consciência como eles esperam muito que aconteça, ele sabe que ela também vai ter o mesmo orgulho.

O menino tira As e uma quantidade razoável de Bs de vez em quando para se impedir de ficar todo metido por causa das notas, e os professores dele estremecem só de ouvir seu nome. No quinto ano ele organiza uma arrecadação em todo o distrito para garantir um Fundo Especial de moedinhas para qualquer pessoa que na hora do recreio já tenha gastado o dinheiro do seu leite mas que ainda possa por qualquer razão querer ou achar que precisa de mais leite. A marca de leite Jolly Holly fica sabendo e põe uma notinha a respeito do Fundo e uma foto estilizada do menino na lateral de algumas embalagens de 200 ml. Dois terços da escola param de tomar leite, enquanto o Fundo Especial cresce tanto que o diretor precisa requisitar um pequeno cofre para seu escritório. O diretor agora toma Seconal para dormir, sofre de leves tremores e por duas vezes é multado por não frear na faixa de pedestres.

Uma professora em cuja sala de aula o menino sugere uma planilha para a reorganização dos cabides de casacos e das caixas de botas de uma das paredes de modo que os casacos e galochas do aluno cuja mesa fica mais perto da porta fiquem também mais perto da porta, e os do segundo fiquem em segundo, e assim por diante, acelerando a saída dos pupilos e reduzindo os atrasos e as possíveis briguinhas e aglomerações de crianças semiagasalhadas na porta da sala (atrasos e aglomerações que o menino tinha se dado ao trabalho naquele semestre de mapear por incidência estatística, com gráficos e setas relevantes, mas com os nomes desconsiderados), essa professora veterana, com anos de casa e muito respeitada, acaba brandindo tesouras sem ponta e ameaçando matar o menino primeiro e depois cometer suicídio, e é afastada em Licença Médica, durante a qual recebe cartões de Melhoras três vezes por semana, com resumos muito bem datilografados das atividades e do progresso da classe em sua ausência, polvilhados de glitter e dobrados em perfeitas formas de diamante que se abrem com um apertão nas duas longas facetas internas (i.e. dentro dos cartões), até que os médicos da professora ordenam que sua correspondência seja guardada até que a melhora ou pelo menos a estabilização de seu estado permita.

Logo antes da grande arrecadação para o Unicef no Dia das Bruxas de 1965 três alunos do sexto ano abordam o menino na sala de recreação sudeste depois da quarta aula e fazem coisas indizíveis com ele, deixando-o pendurado em um gancho de roupa num dos cubículos do banheiro pelo elástico da cueca; depois de ser tratado e liberado do hospital (um hospital diferente daquele em que sua mãe é paciente na ala de convalescença de longa permanência) o menino se recusa a identificar quem o atacou e depois lhes entrega discretamente bilhetinhos individualizados explicando sua renúncia a todo e qualquer rancor sobre o incidente, pedindo desculpas por qualquer ofensa involuntária que possa ter cometido para provocar aquilo, exortando os que o atacaram a por favor deixarem tudo aquilo para trás e de maneira alguma ficarem se recriminando por causa do acontecido — especialmente no futuro, porque até onde o menino soubesse era esse tipo de coisa que às vezes podia virar uma espécie de assombração na vida adulta no futuro, citando um ou dois artigos de periódicos acadêmicos em que os que o atacaram bem podiam querer dar uma olhada se quisessem uma documentação dos efeitos psicológicos de longo prazo sobre autorrecriminação — e, nos bilhetes, afirmando sua esperança de que uma verdadeira amizade pudesse de fato surgir de todo aquele lamentável incidente, linhas que vinham acompanhadas de um convite para uma breve Mesa-Redonda de Resolução de Conflitos sem-precisar-de-explicações que o menino convenceu uma organização local de serviços de apoio à comunidade a patrocinar depois das aulas na terça-feira seguinte "(*Lanches à Disposição!*)", o que ocasiona que o armário com as coisas de Educação Física do menino, além dos quatro de cada lado dele, seja destruído num ato de vandalismo pirotécnico que todos de ambos os lados no subsequente julgamento concordam que saiu totalmente de controle e que não foi uma tentativa premeditada de ferir o zelador noturno ou de causar o tipo de danos estruturais que acabou causando à sala em que estava o armário do menino, julgamento este no qual Leonard Stecyk recorre repetidamente aos advogados das duas partes a fim de solicitar a oportunidade de se apresentar como testemunha de defesa, no mínimo para atestar o bom caráter dos acusados. Uma grande porcentagem dos colegas do menino se esconde — eles efetivamente adotam procedimentos de retirada tática — quando o vê chegando. Por fim até os marginais e os desvalidos param de retornar suas ligações. A mãe dele precisa ser virada na cama e ter os membros manipulados duas vezes por dia.

§6

Eles estavam numa mesa de piquenique naquele parque junto do lago, à beira do lago com parte de uma árvore derrubada no raso meio escondida pela margem. Lane A. Dean Jr. e sua namorada, ambos de calça jeans e camisa. Estavam sentados na parte que era o tampo da mesa e com os sapatos na parte do banco, em que as pessoas se sentavam e faziam piqueniques em momentos felizes. Eles tinham estudado em colégios diferentes, mas na mesma universidade, onde se conheceram em grupos de oração. Era primavera, a grama do parque estava muito verde e o ar banhado de madressilvas e de lilases também, o que era quase um excesso. Havia abelhas, e o ângulo do sol fazia as águas do raso parecerem escuras. Tinha havido mais tempestades naquela semana, com algumas árvores derrubadas e o som das motosserras para cima e para baixo na rua dos pais dele. A postura dos dois em cima da mesa de piquenique era inclinada para a frente do mesmo jeito com ombros curvos e cotovelos nos joelhos. Nessa posição a menina se balançava ligeiramente e uma vez pôs as mãos no rosto, mas não estava chorando. Lane estava muito rígido e imóvel e olhava para além da margem, para a árvore caída no raso e sua bola de raízes expostas indo para todo lado, e a nuvem de galhos da árvore toda meio na água. A única outra pessoa ali perto estava a doze mesas espaçadas de distância, sozinho, ereto, em pé. Olhando para o buraco rasgado no chão lá onde tinha caído a árvore. Ainda era cedo e as sombras iam girando para a direita e encurtando. A menina usava uma camisa rala e velha de algodão xadrez com botões de pressão cor de pérola de mangas compridas abaixadas e sempre cheirava muito bem, limpa, como alguém em quem você podia confiar e com quem podia se importar mesmo que não estivesse apaixonado. Lane Dean tinha gostado logo de cara do cheiro dela. A mãe dele dizia que ela tinha *os pés no chão* e gostava dela, achava que era uma pessoa boa, dava para ver — ela deixava isso evidente de formas discretas. As águas batiam na árvore vindas de direções diferentes quase como que afiando os dentes nela. Às vezes quando estava sozinho e pensando ou lutando para entregar uma questão a Jesus Cristo em oração ele se via pondo o punho cerrado na palma da mão e girando-o de leve como se ainda estivesse jogando e batendo a luva para se manter esperto e alerta no centro. Ele não fez isso agora; seria cruel e indecente fazer isso agora. O sujeito mais velho estava de pé ao lado de sua mesa de piquenique, à mesa mas não sentado, e também parecia deslocado com um paletó ou um blazer e o tipo de chapéu de velho que o avô de Lane usava nas fotos de quando era um jovem vendedor de seguros. Parecia estar olhando para o outro lado do lago. Se ele se mexeu, Lane não viu. Parecia mais uma pintura que um homem. Não havia patos à vista.

Uma coisa que Lane Dean fez foi garantir mais uma vez que iria junto e estaria lá com ela. Era de fato uma das poucas coisas seguras ou decentes que podia dizer. Na segunda vez que disse isso de novo ela agora sacudiu a cabeça e riu de uma maneira infeliz que mais pareceu ar saindo pelo nariz. Sua risada verdadeira era diferente. Onde ele estaria era na sala de espera, ela disse. Que estaria pensando nela e se sentindo mal por causa dela, isso ela sabia, mas ele não ia poder estar lá dentro com ela. Isso era uma verdade tão óbvia que ele se sentiu um otário por ter ficado insistindo naquilo e agora soube o que ela tinha pensado todas as vezes em que ele foi lá e disse isso; não tinha lhe dado conforto nem sequer aliviado o fardo dela. Quanto pior ele se sentia, mais imóvel ficava. Aquilo tudo parecia estar equilibrado numa faca ou num arame; se ele se mexesse para erguer o braço ou tocá-la tudo podia despencar. Ele se odiava por ficar ali sentado tão travado. Quase conseguia se ver passando na ponta dos pés no meio de um material explosivo. Uma bela de uma passada imbecil, como num desenho animado. Toda a sombria e pesada semana anterior tinha sido daquele jeito e isso não estava certo. Ele sabia que não estava certo, sabia que algo se exigia dele e sabia que não era esse cuidado e essa cautela terrível e paralisante, mas fingia a si próprio que não sabia que coisa era essa que se exigia dele. Fingia que ela não tinha nome. Fingia que não dizer em voz alta o que sabia ser correto e verdadeiro era algo que fazia por ela, por respeito às necessidades e aos sentimentos dela. Ele também trabalhava com carga e encomendas na UPS, além da universidade, mas trocou de horário para ficar com o dia livre depois que decidiram juntos. Dois dias antes ele tinha acordado muito cedo e tentado rezar mas não conseguiu. Cada vez ficava mais travado, parecia, mas não tinha pensado no pai, ou na gélida imobilidade do pai, nem na igreja, que antes o enchia de uma pena tão grande. Era essa a verdade. Lane Dean Jr. sentia o sol sobre um braço enquanto via mentalmente uma imagem de si próprio num trem, acenando para algo que ficava cada vez menor enquanto o trem se afastava. Seu pai e o pai de sua mãe faziam aniversário no mesmo dia, Câncer. O cabelo de Sheri era louro quase como palha de milho, muito limpo, a pele que se via onde ele se dividia era rosa sob a luz. Estavam ali havia tempo suficiente para que apenas o lado direito de cada um estivesse agora na sombra. Ele podia olhar para a cabeça dela, mas não para ela. Partes diferentes dele pareciam desligadas umas das outras. Ela era mais inteligente que ele e os dois sabiam. Não era só a escola — Lane Dean estava cursando contabilidade e administração e ia bem; estava se segurando. Ela era um ano mais velha, tinha vinte, mas também era algo a mais — Lane sempre achou que ela conduzia bem sua vida de uma forma que a idade não explicava. A mãe dele tinha dito que ela *sabia o que queria*, que era enfermagem, um curso que estava longe de ser dos mais fáceis no Peoria Junior College, e além disso ela trabalhava como recepcionista no Embers e tinha comprado um carro. Era séria de um jeito que agradava a Lane. Ela teve um primo que morreu quando ela tinha treze, catorze anos, que ela adorava e de quem era muito próxima. Ela só falou disso aquela única vez. Ele gostava do cheiro dela, da penugem de seus braços e do seu jeito de exclamar quando algo a fazia rir. Gostava de apenas estar com ela e de conversar. Ela era séria em sua fé e em seus valores de uma forma que havia agradado a Lane e da qual agora, sentado aqui com ela em cima da mesa, ele via que tinha medo. Isso era uma coisa horrorosa. Ele estava começando a acreditar que podia não ser sério em sua fé. Podia ser meio hipócrita, como os assírios em Isaías, o que seria um pecado bem maior que a consulta — ele tinha decidido que acreditava nisso. Estava desesperado para ser uma pessoa boa, para ainda ser capaz de sentir que era bom. Antes ele quase nunca tinha pensado na danação e no inferno, essa parte da coisa não falava a seu espírito, e nos cultos ele meio que se desligava e aturava o inferno quando ele aparecia, do mesmo jeito que você atura o emprego que precisa ter para guardar dinheiro para aquilo que deseja ter. O tênis dela tinha coisinhas e detalhes rabiscados de quando ela ficava assistindo às aulas. Ela ficava olhando para baixo daquele jeito. Pequenos lembretes ou referências bibliográficas escritas com Bic em sua bela caligrafia redonda nas partes de borracha em torno da borda do tênis. Lane A. Dean olhando para as presilhas do lado da cabeça inclinada dela em forma de joaninhas azuis. A consulta era naquela tarde, mas quando a campainha tocou tão cedo e a mãe chamou seu nome lá do andar de baixo ele soube, e um tipo terrível de vazio principiou a cair através dele.

Ele lhe disse que não sabia o que fazer. Que sabia que se fosse o vendedor daquilo e o forçasse a ela, seria horrível e errado. Mas estava tentando entender, eles tinham orado e pensado no assunto de todos os ângulos possíveis. Lane disse o quanto ela sabia que ele lamentava, e que se ele estava errado em acreditar que tinham realmente decidido juntos quando decidiram marcar a consulta, ela por favor devia lhe dizer, porque ele achava que sabia como ela devia ter se sentido à medida que a data se aproximava cada vez mais e como ela devia estar com medo, mas que o que ele não sabia dizer era se era mais que isso. Ele estava totalmente imóvel a não ser pela boca que se movia, parecia. Ela não respondeu. Que se eles precisavam orar mais e conversar direito, então ele estava ali, estava disposto, disse. Disse que a consulta podia ser adiada; era só ela dizer e eles podiam ligar e adiar para ter mais tempo para terem certeza da decisão. Ainda era muito cedo, os dois sabiam, ele disse. Isso era verdade, que ele se sentia assim, no entanto ele também sabia que também estava tentando dizer coisas que fizessem ela se abrir e responder o bastante para que ele pudesse vê-la e ler seu coração e saber o que dizer para fazer com que ela levasse aquilo a cabo. Ele sabia disso sem admitir a si próprio que era o que queria, pois isso o tornaria um hipócrita e um mentiroso. Ele sabia, em alguma partezinha trancafiada de si próprio, qual era o motivo de não ter ido procurar pessoa alguma para se abrir e pedir conselhos, nem o pastor Steve nem os colegas de oração no grupo de oração nem seus amigos da UPS nem a orientação espiritual que a velha igreja de seus pais oferecia. Mas ele não sabia por que a própria Sheri não tinha ido procurar o pastor Steve — não conseguia ler seu coração. Ela estava vazia e escondida. Ele desejava ardorosamente que aquilo nunca tivesse acontecido. Sentia que agora sabia por que se tratava de um pecado de verdade e não de uma regra remanescente de uma sociedade antiga. Sentia que tinha sido rebaixado por aquilo, e humilhado, e agora acreditava que as regras tinham um motivo para existir. Que as regras diziam respeito a ele pessoalmente, como indivíduo. Jurou a Deus que tinha aprendido sua lição. Mas e se essa, também, fosse uma promessa oca, de um hipócrita que se arrependia só depois, que prometia submissão mas na verdade queria apenas a suspensão de sua pena? Talvez ele nem pudesse conhecer seu próprio coração ou ser capaz de ler e de conhecer a si próprio. Ficava pensando também em 1 Timóteo, 6 e no hipócrita ali citado, que *discute as palavras*. Sentia uma terrível resistência interior mas não conseguia sentir a que tanto resistia. Era essa a verdade. Todos os ângulos e modos possíveis pelos quais tinham chegado juntos à decisão jamais a incluíram, a palavra — pois se ele a tivesse dito uma só vez, reconhecido que de fato a amava, que amava Sheri Fisher, então tudo teria se transformado, não seria um ângulo ou um ponto de vista diferente, mas uma diferença na própria coisa pela qual estavam rezando e que decidiam juntos. Algumas vezes eles rezaram juntos por telefone, como que numa espécie de código caso alguém pegasse sem querer a extensão. Ela continuava sentada como se estivesse pensando, na posição de quem pensa, como quase aquela estátua lá. Estavam em cima daquela mesa. Era ele quem olhava para além dela, para a árvore na água. Mas não podia dizer, não era verdade.

 Mas ele também nunca se abriu e lhe disse diretamente que não a amava. Essa podia ser sua *mentira por omissão*. Podia ser essa a resistência travada — caso ele olhasse bem para ela e dissesse que não a amava, ela iria à consulta marcada. Isso ele sabia. Algo nele no entanto, alguma terrível fraqueza ou falta de valores, não conseguia dizer. Parecia um músculo que ele simplesmente não tinha. Ele não sabia por quê, ele não conseguia, e não conseguia nem rezar para conseguir. Ela acreditava que ele era bom, de valores sérios. Parte dele parecia disposta a simplesmente meio que mentir para alguém com esse tipo de fé e de confiança, e o que isso fazia dele? Como uma pessoa dessas conseguia até mesmo orar? O que aquilo realmente parecia era uma amostra da realidade do que o Inferno poderia querer dizer. Lane Dean jamais acreditara no inferno como um lago de fogo ou num Deus de amor que mandava as pessoas para um lago de fogo em chamas — ele sabia no fundo do coração que não era verdade. Acreditava era num Deus vivo de amor e compaixão e na possibilidade de uma relação pessoal com Jesus Cristo através de quem esse amor se encenava no tempo humano. Mas sentado aqui ao lado dessa menina, tão desconhecida para ele quanto o espaço sideral, esperando o que quer que ela pudesse dizer para destravá-lo, agora ele se sentia capaz de enxergar a borda ou o contorno do que talvez fosse uma verdadeira visão do Inferno. Eram dois exércitos grandes e terríveis dentro de si, opostos e um diante do outro, calados. Haveria batalha, mas não vencedor. Ou jamais uma batalha — os exércitos ficariam assim, imóveis, olhando um para o outro e vendo ali algo tão diferente e alheio a si próprios que não conseguiam entender, não conseguiam nem ouvir a fala do outro como palavras nem ler qualquer coisa da aparência de seu rosto, assim travados, opostos e incompreensíveis, por todo o tempo humano. Com dois corações, um hipócrita para si próprio de um jeito ou de outro.

Quando ele mexeu a cabeça, a parte do lago mais além brilhou ao sol; a água bem próxima não estava negra agora e dava para ver dentro do raso e ver que a água toda estava se movendo, mas suavemente, para lá e para cá, e da mesma maneira ele se esforçou por voltar a si quando Sheri mexeu a perna e começou a se virar para o lado dele. Lane Dean podia ver o homem de terno e chapéu cinza parado imóvel agora à beira do lago, segurando alguma coisa embaixo do braço e olhando para o outro lado, onde uma fileira de pequenas sombras em cadeiras de armar estava sentada de uma maneira que sugeria que tinham linhas na água para pescar peixe miúdo, o que praticamente só os pretos do East Side faziam, e a pequena sombra branca no fim da fila, um balde de isopor. Em seu momento ou em seu tempo no lago que agora estava quase chegando, Lane Dean primeiro sentiu que podia absorver tudo isso de uma vez; tudo parecia distintamente iluminado, pois o círculo da sombra do carvalho havia girado inteiro para longe e eles agora estavam sentados sob o sol, a sombra dos dois uma coisa de duas cabeças na grama à frente deles. Ele estava de novo olhando ou encarando o lugar em que os galhos da árvore pareciam todos se curvar tão rispidamente logo abaixo da superfície do raso quando lhe foi dado saber que durante todo esse silêncio travado que ele havia desprezado ele, na verdade, tinha estado orando o tempo todo, ou alguma partezinha de seu coração que ele não podia conhecer nem ouvir estivera, pois agora ele recebeu uma resposta na forma de uma espécie de visão, o que mais tarde chamaria em sua própria mente de visão ou *momento de graça*. Ele não era um hipócrita, era só partido e cindido como todos os homens. Mais tarde, pensou que o que aconteceu foi que por um momento ele quase os viu, os dois, como Jesus os via — cegos, mas tateantes, querendo agradar a Deus apesar da inata natureza decaída deles. Pois naquele mesmo preciso momento ele viu, rápido como um relâmpago, o fundo do coração de Sheri, e lhe foi dado saber o que ocorreria aqui enquanto ela terminava de se virar na direção dele e o homem de chapéu olhava a pescaria e o olmo caído largava células na água. Essa menina de pés no chão que cheirava bem e queria ser enfermeira iria pegar e segurar uma das mãos dele dentro das suas, para destravá-lo e fazê-lo olhar para ela, e ela ia dizer que não podia fazer aquilo. Que lamentava não ter sabido disso antes, que sua intenção não tinha sido mentir, que tinha concordado porque queria acreditar que conseguia, mas ela não consegue. Que vai deixar ir até o fim; é o que ela tem que fazer. Com um olhar límpido e firme. Que a noite inteira ontem à noite ela orou e examinou sua consciência e decidiu que é isso que o amor lhe ordena. Que Lane devia por favor por favor amorzinho deixar ela acabar. Que escute — é uma decisão dela que não o obriga a nada. Que ela sabe que ele não a ama, não daquele jeito, sempre soube, e que está tudo bem. Que as coisas são como são e está tudo bem. Ela vai levar até o fim e dar-lhe amor, sem exigir nada de Lane a não ser que ele lhe deseje felicidades e respeite o que ela precisa fazer. Que ela o libera de todas as obrigações, espera que ele termine o PJC, se dê muito bem na vida e só tenha alegrias e coisas boas. A voz dela estará límpida e firme, e ela estará mentindo, pois a Lane foi dado ler seu coração. Vê-la. Um dos pretos do outro lado ergue o braço no que pode ser um cumprimento ou um gesto para espantar uma abelha. Há uma máquina cortando grama em algum lugar atrás deles, longe. Será uma aposta terrível, um último recurso nascido do desespero da alma de Sheri Fisher, a percepção de que ela não pode nem levar isso a cabo hoje nem ter uma criança sozinha e envergonhar sua família. Os valores dela trancavam o caminho em ambos os caminhos, Lane percebe, e ela não tem outra opção ou escolha, esta mentira não é um pecado. Gálatas 4, 16, *Fiz-me acaso vosso inimigo?* Ela está apostando que ele é bom. Ali sobre a mesa, nem travado nem ainda se mexendo, Lane Dean Jr. vê tudo isso e se sente tocado pela piedade e também por algo mais, algo sem um nome que ele conheça, que lhe é dado sentir na forma de uma pergunta que nem por uma só vez em todos os longos raciocínio e divisão da semana toda lhe ocorrera — por que ele tem tanta certeza de que não a ama? Por que um único tipo de amor tem que ser diferente? E se ele não tiver nem sombra de uma ideia do que seja o amor? O que o próprio Jesus faria? Pois foi bem agora que ele sentiu as duas mãos pequenas e fortes dela na sua, para fazer com que ele se virasse. E se ele só estiver com medo, se a verdade não for mais que isso, e se o que devesse pedir em orações não fosse nem amor, mas a simples coragem para encarar os dois olhos dela enquanto ela diz aquilo, e confiar em seu coração?

§ 7

"Novo?" havia agentes à sua direita e à sua esquerda e Sylvanshine achou meio esquisito ter sido o da carinha rosa e amedrontada de hamster quem se virou como quem se dirigia a ele mas que o outro do outro lado olhando para longe foi quem disse. "Novo?" eles estavam quatro fileiras atrás do motorista, em cuja postura no banco havia algo esquisito.

"Em oposição a quê?" o pescoço de Sylvanshine até a altura da omoplata estava em chamas, e ele podia sentir o princípio de um tremor muscular em uma pálpebra. Explique o tratamento fiscal de alguém que está dando ações legítimas para a caridade versus aquela mesma pessoa vendendo as ações e dando os lucros para a caridade. Os flancos da estrada rural pareciam mascados. A luz lá fora era o tipo de luz que faz você acender os faróis mas que aí os impede de fazer qualquer diferença porque tecnicamente ainda está claro lá fora. Era impossível determinar se aquilo era uma van ou ônibus com cap. máx. de 24. O que perguntou tinha uma costeleta e o sorriso invulnerável de alguém que tomou dois coquetéis de aeroporto e comeu nada além de castanhas. O motorista da última van, na qual Sylvanshine enquanto GS-9 tinha sido acomodado, montava no volante como se seus ombros fossem pesados demais para as costas. Como que agarrado ao volante para se apoiar. Que tipo de motorista usava um chapeuzinho de papel? Uma tira era a única coisa que mantinha a vertiginosa pilha de bagagem no lugar. "Eu sou o Assistente Especial do novo Enviado dos Sistemas aos Recursos Humanos, cujo nome é Merrill Lehrl, que está para chegar."

"Novo aqui. Recém-chegado, era o que eu queria dizer." A voz do homem era limpa muito embora ele parecesse se dirigir à janela, que não estava limpa. Sylvanshine se sentia preso; os assentos estavam mais para um banco estofado e não havia apoios de braço para propiciar nem que fosse a ilusão ou a impressão de um espaço pessoal. Fora que a van balançava assustadoramente na estrada, que ou era uma estrada ou uma espécie de autopista rural, e dava para ouvir as molas do chassi. O homem murino, cuja aura era tímida mas bondosa, um sujeito triste e bondoso que morava dentro de um cubo de medo, estava com o chapéu no colo. Capacidade de 24 e lotada. Havia o cheiro levedado de homens úmidos. O nível de energia estava baixo; estavam todos voltando de alguma coisa que tinha consumido muita energia. Sylvanshine podia quase literalmente ver o homenzinho rosa tomando Pepto-Bismol direto do pote e indo para casa encontrar sua mulher que o tratava como um desconhecido desinteressante. Os dois homens ou trabalhavam juntos ou se conheciam muito bem; estavam falando alternadamente sem nem ter consciência disso. Um sistema alternado alfa-beta, o que significava ou Auditorias ou DIC. Ocorreu a Sylvanshine que a janela continha um vago reflexo oblíquo dele e que o alfa dos dois estava se divertindo um pouco ao se dirigir ao reflexo de Sylvanshine como se fosse ele, enquanto o hamster adotava a expressão facial de quem vai se dirigir a alguém mas não abria a boca. Doações de ações são maneiras dissimuladas de lidar com ganhos de capital — via também um som, gasoso e gotejante como meio compasso de realejo, quando o motorista reduzia as marchas ou a van quadradona balançava mais forte num S invertido perto de um cartaz que dizia ISSO QUE É INFLAÇÃO e aí uma imagem que Sylvanshine não conseguiu pegar, e enquanto o sujeito cortês estava apresentando todos informalmente (Sylvanshine não pegou os nomes, o que ele sabia que ia gerar problemas, sobretudo se você estava subordinado a um suposto prodígio na área de Pessoal, e Pessoal era também a sua área, e ele teria que passar por tudo quanto era ginástica conversacional no futuro para evitar tocar nos nomes deles, e Deus que ajudasse se eles fossem alpinistas sociais e esperassem um dia subir e pedir que ele os apresentasse a Merrill, se bem que se eles eram da DIC isso ia ser menos provável porque o pessoal de Investigações e Fraudes normalmente tinha a sua própria estrutura e o seu próprio escritório, muitas vezes em um prédio diferente, pelo menos em Rome e Philly, porque os contadores forenses gostam de se ver mais como policiais do que como membros do Serviço, e via de regra eles não se misturam muito, e na verdade o mais alto, Bondurant, de fato identificou tanto a si próprio quanto a Britton como GS-9s da DIC, o que Sylvanshine estava ocupado demais se mortificando por ter lhe escapado os nomes deles para internalizar até bem mais no fim da noite, quando recordaria o teor geral da conversa e viveria um momento de alívio). O amedrontado raramente mentia; o agente mais cortês da DIC mentia bastantinho, dava para Sylvanshine sentir. A janela estalava sob uma chuva fina, o tipo de chuva que te pinica mas não molha. Gotinhas — gotículas — martelavam o vidro, no que o menos estritamente confiável dos dois segurava o queixo e soltava um suspiro que pelo menos tinha seu lado cênico. Em algum ponto atrás deles havia o som de um videogame portátil, e os barulhinhos de outros agentes que assistiam ao progresso do jogo por cima do ombro do homem que estava jogando o jogo, que estava calado. Os limpadores de para-brisa da van ou ônibus faziam um barulhinho gritado passada sim, passada não — ocorreu a Sylvanshine que o motorista parecia estar descansando o queixo em cima do volante porque estava bem inclinado para a frente e tentando ficar mais perto do para-brisa como as pessoas ansiosas ou de vista ruim fazem quando estão com dificuldades para enxergar. O mais elegante dos dois da DIC na janela tinha um rosto quase com forma de pipa, simultaneamente quadrado e pontudo nos zigomas e no queixo; Bondurant podia sentir a pressão aguda do queixo na palma da mão e o jeito como a borda do encaixe da janela cavava uma linha reta entre os ossos do seu cotovelo. Todo mundo menos Sylvanshine sabia de onde eles vinham e o que tinham feito em Joliet, mas nenhum deles estava falando do assunto de uma maneira minimamente informativa porque não é assim que as pessoas pensam no que acabaram de fazer. De fora do veículo ficava claro o que ele era — tanto o formato quanto o balanço, assim como o fato de que a camada superior de tinta castanha ter sido aplicada às pressas e de em certos lugares os faróis dos carros que vinham atrás realçarem relances das cores mais vivas que estavam por baixo, as letras infladas e os ícones sobre anteninhas anguladas que sugeriam delícias de alguma maneira misteriosa que só as crianças entendem.

Dentro havia o som do motor e o murmúrio flutuante de pequenas conversas que se desfaziam na expectativa do fim de alguma coisa — uma conferência ou um retiro, talvez, ou quem sabe um curso de reciclagem no trabalho; o pessoal de Rome vivia indo para Buffalo ou Manhattan para esses Cursos de Reciclagem — e o jogo portátil, e um leve chiado ou um apito na respiração do sujeitinho rosa-claro, que Sylvanshine podia sentir olhando para o lado direito do seu rosto, e o som de Bondurant perguntando a Sylvanshine sobre a divisão DIC do Posto de Rome, e de um assento à frente e um atrás, e à direita o sussurro minúsculo de alguém ouvindo coisas em prováveis fones de ouvido — a marca segura de um agente mais jovem, e ocorreu a Sylvanshine que a última vez em que ele tinha visto qualquer espécie de negro ou latino tinha sido no aeroporto de Chicago que não era O'Hare mas ele não conseguia laçar direitinho o nome e achava esquisitão tirar o canhoto da passagem da mala — enquanto o menorzinho parecia estar olhando para ele, esperando que ele fizesse alguma coisa que traísse alguma espécie de inadequação ou déficit de retenção. Descreva as vantagens da Linguagem de Máquina Octal em relação à Linguagem de Máquina Binária ao se projetar um programa Nível-2 para acompanhar padrões nas planilhas de fluxo de caixa de empresas inter-relacionadas, elenque duas vantagens essenciais para uma franquia declarar rendimentos da Tabela 20-50 como subsidiária de sua empresa matriz ao invés de preenchê-las como entidade jurídica autônoma — e lá estava de novo o trechinho de música de ar comprimido que Sylvanshine não conseguia identificar mas que o deixava com vontade de sair do assento e ir a pé em busca de alguma coisa na companhia de todas as crianças da vizinhança, que surgem todas aos borbotões de suas respectivas portas de casa e correndo rua abaixo com cédulas ao vento, e antes de poder pensar Sylvanshine disse: "Por mais bizarro que isto possa parecer, será que um de vocês de vez em quando está ouvindo…?".

"Mister Squishee", disse agora o agente à sua direita num barítono que não combinava nem a pau com o seu corpo. "Confiscados catorze caminhões Mister Squishee que cumpriam rotas cíclicas com confeitos congelados para a dita empresa tipo S no leste de Peoria, além das instalações comerciais, saldos em haver, cotas acionárias de quatro dos sete membros da família que detinha o que o conselho regional convenceu o Sétimo Distrital que era *de facto* uma empresa tipo S mas de propriedade privada", Bondurant disse.

"Um empregado insatisfeito falsificou formulários de depreciação para tudo quanto é coisa, de freezers a carros como este aqui..."

"Avaliação de risco", Sylvanshine disse, basicamente para mostrar que conhecia o jargão. O assento bem à frente de Sylvanshine estava desocupado, rendendo uma visão do pescoço carnudo e riscado de quem quer que estivesse sentado à frente daquele lugar, com a cabeça coberta por um chapéu Busch empurrado para trás para dar ideia de relaxamento e informalidade.

"Isso aqui é um carro de sorvete?"

"Maravilhoso para o moral do pessoal, né? Como se a pintura enganasse qualquer um, que a nata da Agência aqui está sendo transportada de volta numa van que vendia picolé e era conduzida por um cara com um uniformão acolchoado bem branquinho e cara de borracha pra ficar parecendo manjar."

"O motorista dirigia esse carro pro pessoal da Mister Squishee."

"Por isso que a gente está indo tão devagar.

"O limite é oitenta; dá só uma sacada no montão de carro travado atrás da gente dando luz alta, se estiver a fim."

A cara do sujeito menor e mais rosa, Britton, era redonda e coberta de penugem. Ele tinha seus trinta e poucos anos e não ficava claro se ele fazia a barba. O estranho era que a vizinhança de Sylvanshine em King of Prussia era uma comunidade planejada, com lombadas, cuja associação de moradores tinha proibido qualquer atividade de venda, principalmente com realejo — Sylvanshine nunca na vida tinha corrido atrás de um carro de sorvete.

"O motorista ainda está preso à decisão — o confisco acabou de ser aprovado no trimestre passado, a revisão final decidiu que a margem referente a manter os carros e os motoristas servindo a gente durante o período do contrato ultrapassa tanto o que se ganharia com o leilão desses bens que agora todo mundo abaixo de GS-11 anda em carros da Mister Squishee", Bondurant disse. A mão dele andava pelo queixo quando ele falava, o que Sylvanshine achou desajeitado e falso.

"Srta. Pensamento a Curto Prazo."

"Terrível para o moral do pessoal. Sem falar da catástrofe de RP que são as crianças e os pais delas vendo caminhões que eles associam a inocência e deliciosos sorvetinhos de caramelo agora confiscados e por assim dizer alistados no Serviço. Até na fiscalização."

"A gente sai pra fazer fiscalização com esses caminhões, se é que dá pra você acreditar."

"Só falta jogarem pedra."

"Mister Squishee."

"Tem umas músicas piores; tem uns caminhões que tocam um pedacinho toda vez que trocam de marcha."

Eles passaram por outra placa, esta do lado direito, mas Sylvanshine pôde ver: É PRIMAVERA, PENSE NA SEGURANÇA NAS FAZENDAS.

Bondurant, com a bunda cansada por ter passado dois dias numa cadeira de armar, estava olhando para fora sem olhar de verdade para um trecho de doze acres de milharal — eles revolviam a terra ainda com os talos do milho enquanto preparavam os campos para a semeadura de abril em vez de revolver no outono para eles terem o inverno inteiro para apodrecer e fertilizar a terra, o que com fertilizantes de organofosfato e essas coisas Bondurant achava que não valia a pena hoje em dia revolver no outono, fora que por algum motivo que o pai do Higgs tinha contado para ele mas que ele tinha esquecido eles gostavam de ficar com a terra toda socada no inverno, protegia alguma coisa na terra — e sem se dar conta se viu pensando no campo arrepiado que evocava a axila de uma mulher que não depilava sempre as axilas, e sem estar consciente de nenhuma das conexões entre o campo que agora passava e era substituído na janela por um bosque de carvalhos e a axila e a mulher, ele se viu pensando de forma desorientada em Cheryl Ann Higgs, hoje Cheryl Ann Standish e hoje datilógrafa da American Twine e mãe divorciada de dois filhos num trailer extragrande que seu ex aparentemente tinha sido preso por tentar incendiar logo depois de Bondurant ter ido como GS-9 para a DIC, que foi sua acompanhante no baile de formatura da Peoria Central Catholic em 71 quando os dois foram escolhidos para a Corte do baile e Bondurant ficou empatado em segundo lugar na votação para Rei e usou um smoking azul-bebê e sapato alugado que apertava seu pé e ela não fodeu com ele naquela noite nem na festa pós-Baile quando todos os carinhas se revezaram sendo fodidos pelas meninas que foram com eles no Chrysler New Yorker preto e dourado que eles tinham alugado para aquela noite com o pai do interbases lá na Hertz e que eles deixaram manchado e aí o interbases teve que passar o verão lá na Hertz do aeroporto trabalhando no balcão para pagar a limpeza do New Yorker. Danny alguma coisa, o pai dele morreu não muito depois, mas ele não pôde jogar na divisão Legion naquele verão por causa daquilo e não conseguiu se manter na linha e quase que não entra no time de beisebol da NIU e acabou perdendo a bolsa e sabe lá Deus o que foi que aconteceu com ele no fim mas nenhuma das manchas era de Bondurant e Cheryl Ann Higgs apesar do tanto que ele insistiu. Ele não usou a garrafa de schnapps porque se levasse ela bêbada para casa o pai dela ou matava ele ou punha a menina de castigo. O ponto alto da vida de Bondurant até aqui tinha sido em 18/5/73 quando estava no segundo ano da faculdade com aquela tripla como rebatedor substituto no último jogo em casa na Bradley, que trouxe Oznowiez, o futuro catcher estrela da liga júnior, para ganhar da SIU-Edwardsville e colocar a Bradley nos playoffs do vale do Missouri, que eles acabaram perdendo mas ainda assim não passa um dia de trabalho na mesa com os pés erguidos e as pranchetas empilhadas no colo sem que ele veja o balão daquela bola com efeito da SIU parada no ar e sinta o baque seco da carne do taco tocando a bola e ouça o estalido de dois sinos do taco de alumínio caindo enquanto vê a bola como que ricochetear no poste da cerca da linha de falta e balançar a outra cerca da linha de falta e vê e ele até jurava que ouviu as duas cercas vibrando com a força da bola, que ele tinha acertado tão forte que ia sentir para sempre mas não consegue evocar nenhuma lembrança assim tão nítida da sensação de entrar em Cheryl Ann Higgs deitada num cobertor ao lado do lago lá depois da banca depois do limite do pasto da pequena leiteria que o sr. Higgs e um dos seus inumeráveis irmãos tocavam, apesar de lembrar bem o que cada um deles estava usando e o cheiro das algas novas do lago perto da manilha de esgoto cujo gorgorejo era quase o de um riacho, e a expressão no rosto de Cheryl Ann Higgs quando a postura e a posição supina dela iam se tornando aquiescentes e Bondurant soube que estava tudo certo como se diz por aí mas evitou os olhos dela por causa daquela expressão, que sem jamais ter voltado a pensar nela Tom Bondurant nunca esqueceu, uma expressão vazia, de uma tristeza terminal, que lembrava não tanto a de um faisão na boca de um cachorro quanto a de uma pessoa que está prestes a transferir alguma coisa cujo retorno ela sabe de cara que nunca vai conseguir obter adequadamente. O ano seguinte tinha visto os dois caírem na espiral louca e obsessiva de amor em que eles terminavam e aí não conseguiam ficar longe um do outro até que um dia ela conseguiu ficar longe, e pt saudações.

 O agentezinho rosa-claro da DIC, Britton, sem nenhum tipo de limpar de garganta ou de deixa perguntou a Sylvanshine o que ele estava pensando, o que Sylvanshine achou grotesca e quase obscenamente inadequado e invasivo, mais ou menos como perguntar como era a sua mulher nua ou como cheiravam as suas funções fisiológicas, mas claro que seria impossível dizer isso em voz alta, especialmente para alguém cujo trabalho aqui envolvia cultivar boas relações e linhas de comunicação bem abertas para Merrill Lehrl explorar quando chegasse — ser um mediador para Merrill Lehrl e ao mesmo tempo obter informações sobre tantos aspectos e questões envolvidos no processo de análise quanto fosse possível, já que havia certas decisões difíceis, delicadas a tomar, decisões cujo impacto se estendia muito além desse posto local e fosse como fosse aquilo ia ser doloroso. Sylvanshine, virando-se um pouco mas não totalmente para ele (um raio laranja na omoplata direita) para enfim olhar no olho esquerdo de Gary Britton, percebeu que tinha quase nada de "leitura" emocional ou ética a respeito de Britton ou de qualquer pessoa naquele ônibus que não fosse Bondurant, que estava perdido em algum tipo de memória afetiva e cultivando esse lado afetivo, recostando-se um pouco nele como alguém se recostaria numa banheira. Quando algo volumoso e em direção contrária passou por eles, o grande retângulo do para-brisa foi por um momento incandescido e opacificado por água, que os limpadores arfavam poderosamente para deslocar. O olhar de Britton — Sylvanshine achava que ele estava mais olhando *para* o seu olho direito do que *no seu* olho. (Nesse momento passou pela mente de Thomas Bondurant, que tendia a ser tornádica, enquanto ele olhava pela janela mas cada vez mais fundo na sua própria memória, que era possível olhar por uma janela, olhar numa janela como quando há o rabo de cavalo dourado e um relance de ombro cremoso *na* janela, através de uma janela [parecido com *por*], e até *para* uma janela, como quem examina a claridade do vidro e se ele está limpo.) O olhar mesmo assim parecia conter expectativa, e Sylvanshine sentiu de novo atrás do vazio de seu estômago e do nervo pinçado da clavícula como era turvo o humor geral dentro do ônibus e como era diferente da tensão aterrorizada dos cento e setenta agentes do 0104 de Filadélfia ou do torpor alucinado da dúzia do minúsculo 408 de Rome. O seu próprio humor, o complexo híbrido de fadiga relacionada à chegada e de medo por antecipação que o viajante sente ao fim não de uma jornada mas de uma mudança, de maneira nenhuma complementava o humor do antigo caminhão da Squishee nem do cortês e nostálgico agente à sua esquerda nem da lacuna humana que tinha feito uma pergunta invasiva cuja resposta franca acarretaria reconhecer a invasão, colocar Sylvanshine num beco sem saída de relações pessoais ainda antes de chegar ao Posto, o que pareceu por um momento terrivelmente injusto e deixou Sylvanshine corado de autopiedade, uma sensação não tão sombria quanto a asa do desespero mas tingida de carmesim com um ressentimento que era tanto melhor quanto pior que a raiva comum por não ter objeto específico. Não parecia ser culpa de alguém específico; algo na aparência de Gary ou Gerry Britton deixava óbvio que a pergunta dele era alguma extensão inevitável de seu caráter e que ele não tinha mais culpa nisso do que uma formiga tinha culpa de subir na sua maionese num piquenique — as criaturas só faziam o que faziam.

§8

Sob a placa erguida todo mês de maio à beira da estrada mais externa e que dizia É PRIMAVERA, PENSE NA SEGURANÇA NAS FAZENDAS e passando pela entrada norte com o seu próprio nome adulterado e placas dedicadas a vendas e velocidades e ao glifo universal de crianças brincando e descendo o corredor polonês asfaltado de casas móveis mais bonitas passando pelo rottweiler que encoxa o nada em espasmos alucinados no extremo da corrente e pelo som de fritura que vem da janela da cozinha do trailer depois de uma curva aguda à direita e aí de outra à esquerda seguindo o comprimento de uma lombada para entrar num bosque denso ainda não derrubado para novos trailers e pelo som de coisas secas quebrando e do estridular dos insetos nas folhas decompostas do chão do bosque e por duas garrafas e uma colorida embalagem plástica empalada no ramo da amoreira enxergando através da móvel paralaxe dos cortes dos ramos dos brotos e aí dos trailers ao longo das anfractuosas estradas e ruelas que desviam do trailer de metal ondulado onde dizem que o sujeito deixou a família e voltou um tempo depois com uma arma e matou todo mundo enquanto eles assistiam *Dragnet* e pelo trailerzinho sucateado semicoberto de mato à beira do bosque onde meninos e suas meninas faziam estranhas formas agnadas sobre esteiras e deixavam coloridas embalagens rasgadas até um incidente com um fogão que explodiu a entrada de gás e rasgou a parede sul do trailer numa grande fenda labial que expõe as entranhas abertas do trailer aos olhares provindos da beira do bosque e à pluralidade de olhos enquanto as agulhas e os caules de um longo inverno estalam ruidosos sob uma pluralidade de sapatos onde o bosque se interrompe numa tangente para lá do fim de um beco sem saída inabitado onde eles vêm agora ao pôr do sol para ficar vendo o carro estacionado arfar sobre as molas. Os vidros embaçados quase opacos e tão vivos no chassi que ele parece andar mesmo desligado, o carro do tamanho de um barco, rangido de barras e amortecedores e um sacudir que por pouco não se conforma de fato em ritmo. Os pássaros do crepúsculo e o cheiro de pinho partido e do chiclete de canela de uma mais nova. Os movimentos oscilantes lembram os de um carro em alta velocidade por uma estrada ruim, tornando onírica a aparência estática do Buick, e carregada de alguma coisa como romance ou morte sob o olhar das meninas agachadas à beira arrepiada do bosque, lembrando dríades e com olhos quase tão abertos e solenes quanto, esperando a eventual passagem da sombra clara de um membro por uma janela (uma vez foi só um pé descalço contra o vidro, e que tremia), aproximando-se progressivamente e aos poucos e mais abaixadas a cada noite da semana antes da vera primavera, desafiando-se caladas umas às outras para ver quem chegaria perto do carro arfante e olharia lá dentro, e quando a única que finalmente vai e aí enxerga nada além que o reflexo de seus próprios olhos estalados enquanto do outro lado do vidro vem um grito que conhece bem demais, que a desperta de novo toda vez do outro lado da parede de papelão do trailer.

Havia incêndios nos morros de gipsita mais ao norte, cuja fumaça pairava e fedia a sal; aí os brincos de estanho desapareceram sem queixas e nem mesmo menção. Aí uma noite toda ausente, e duas. A criança como mãe da mulher. Eram augúrios e sinais: Toni Ware e a mãe de novo no estrangeiro em noites sem fim. Rotas em mapas que não geram nenhuma forma razoável quando retraçadas.

À noite do parque dos trailers os morros dotados de encardido brilho laranja e os sons de árvores vivas que explodiam no calor do fogo iam longe, e o ruído de aviões que aravam o ar ondulante no alto e largavam grossas línguas de talco. Em algumas noites chovia uma cinza fina que ao tocar as coisas virava fuligem e mantinha as almas todas do lado de dentro de modo que por todo o parque a janela de cada trailer se via dotada da subaquática luminosidade dos televisores e quando havia muitas sintonizadas identicamente os sons dos programas chegavam nítidos à menina por entre a cinza como se a televisão das duas ainda estivesse com elas. Tinha desaparecido sem comentários antes da última mudança. O sinal daquela última vez.

Os meninos do parque usavam grandes chapéus amassados e gravatas fininhas e alguns exibiam turquesa no corpo, e um desses a ajudou a esvaziar o tanque sanitário do trailer e aí a pressionou a um compensatório ato de felação, quando ela então lhe garantiu que qualquer coisa que saísse da calça dele não voltaria mais. Nenhum menino do tamanho dela tinha sucesso nessas pressões desde Houston e dos dois que colocaram alguma coisa no refrigerante dela que fez com que eles girassem de lado no ar e ela aí não pôde lutar e ficou deitada olhando o céu enquanto eles atingiam seus distantes objetivos.

No pôr do sol então oeste e norte eram da mesma cor. Em noites limpas ela podia ler à luz ambarina do céu noturno sentada na caixa de plástico que servia de degrau de entrada. A porta de tela não tinha tela mas era ainda assim uma porta de tela, fato em que ela pensava. Sabia pintar com os dedos na fuligem em cima do fogão da cozinha do trailer. Em laranja incendiário até o crepúsculo cada vez mais denso no cheiro de creosoto queimando nos ríspidos morros vento abaixo.

Sua vida interior, rica e multivalente. Em fantasias romantizadas era ela que lutava e por conseguinte resgatava algum objeto ou figura que nunca na imaginação se resolvia ou adotava forma ou nome quaisquer.

Depois de Houston sua boneca favorita era a mera cabeça de uma boneca, cabelo prolixamente arrumado e o buraco da cabeça preso a um fio para encontrar o fio também de um pescoço; tinha oito anos quando corpo se perdeu que ora jazia para sempre supino e perdido no capim enquanto sua cabeça seguia vivendo.

As habilidades relacionais da mãe eram insignificantes e não incluíam a fala confiável ou consistente. A filha foi aprendendo a confiar em ações e detalhadamente ler sinais dos quais o grosso das crianças se mantém inocente. O surrado atlas rodoviário tinha então aparecido e estendido jazia sobre a fresta mediana do balcão aberto no estado natal da mãe sobre cuja representação de seu ponto de origem restava um esporo de muco seco rajado de rubro fio de sangue. O atlas ficou aberto daquele jeito por quase uma semana inconsulto; elas comiam em volta dele. Acumulava cinzas que o vento trazia pela tela rasgada. Formigas assolavam todos os trailers do parque, havendo algo na cinza do fogo de que elas precisavam. O ponto de formicação daquelas duas era o trecho no alto em que os painéis amadeirados da cozinha tinham desgrudado no calor anterior e se curvado para fora e de onde desciam duas colunas vasculares de formigas negras. De pé comendo direto da lata diante da pia anodizada. Duas lanternas e uma gaveta com pedaços diferentes de velas que a mãe desconsiderava porque os cigarros eram sua luz de entrada no mundo. Uma caixinha de bórax em cada canto da cozinha. A água em baldes da torneira do lave e pague, o trailer isolado com os cabos laterais pendurados e o paradeiro do dono desconhecido dos anciãos do parque, cujas cadeiras de jardim restavam imolestadas pela cinza na sombra central da árvore que esfumava o parque. Uma entre eles, Dona Tia, lia a sorte, couraçada e trêmula no rosto como uma peça descascada enrodilhada inteira em xales pretos e com dois dentes solitários como pinos que sobraram num boliche, e tinha seu próprio baralho e uma bandeja em que a cinza coletada restava branca, chamando-a de *chulla* e sem cobrar tarifa por causa do Mau Olhado que dizia temer quando a menina olhava para ela pelo buraco da tela com o telescópio de uma revista enrolada. Dois cães ossudos e de olhos amarelos deitados pulsando à sombra da árvore que esfumava o parque levantavam só de vez em quando e latiam para os aviões que assolavam os incêndios.

O sol lá no alto como um olho mágico que se mostrava o coração do inferno consumindo-se sozinho.

Mas outro sinal foi quando Dona Tia então se negou a prever e o fez suplicando clemência em vez de recusar pura e simplesmente ante o riso rachado dos outros anciãos e viúvas da sombra; ninguém entendia por que ela temia a menina e ela não dizia, lábio inferior preso atrás de um dente enquanto retraçava repetidamente a carta especial apenas no ar à sua frente. Cuja falta sentiria e cuja memória em confiança dali por diante a cabeça da boneca portaria também.

Sendo indiferentes a isso as habilidades relacionais da mãe desde o período de confinamento clínico em University City MO onde foram negadas visitas à mãe por dezoito dias úteis e a menina escapou ao Serviço Social durante esse período e dormiu num Dodge abandonado cujas portas podiam ser trancadas com cabides bem enroscados.

A menina olhava sempre o atlas aberto e a cidade lá marcada com um espirro. Nasceu ali, logo na periferia, na cidade que tinha seu nome. Sua segunda experiência do tipo que graças a uma linguagem indiferente seus livros faziam parecer delicada ocorreu no carro abandonado em University City MO nas mãos de um homem que sabia como deslocar um cabide com o gancho endireitado de um outro e que disse ao rosto dela sob a luva sem dedos dele que aquilo ali podia acabar de duas maneiras.

O maior período em que ela sobreviveu apenas de comida roubada de lojas foi de oito dias. Ladra não mais que competente. Quando estiveram em Moab UT um parceiro uma vez lhe disse que os bolsos dela não tinham imaginação e logo depois foi preso e obrigado a catar lixo na beira da estrada enquanto ela e a mãe passavam no trailer reformado dirigido pelo "Chute", o vendedor de pirita e pontas de flecha feitas em casa a quem a mãe jamais dirigia uma única palavra ali sentada diante do rádio pintando cada unha de uma cor diferente e que uma vez lhe deu um soco tão forte no estômago que ela viu cores e cheirou bem de perto a base grudada do carpete e pôde ouvir o que a mãe então fez para distrair o "Chute" de novas atenções àquela menina desbocada. Tendo sido assim também que ela aprendeu a cortar um cabo de freio de maneira a retardar seu rompimento até onde a profundidade do corte deixou ela aguentar.

À noite na esteira sob o brilho ocreado sonhava também com um banco à beira de um lago e o sonolento resmungo dos patos enquanto a menina segurava a cordinha de algo que flutuava no alto com um rosto pintado, uma pipa ou um balão. De outra menina que jamais veria ou reconheceria.

Uma vez no sistema interestadual de rodovias da nação a mãe falou de uma boneca sem cabeça que também tivera e que guardou durante o inferno na terra que foram os anos de sua infância em Peoria e da *doença nervosa* de sua mãe (perfil todo enfarruscado enquanto pronunciava as palavras) durante os quais a mãe da mãe se recusava a deixar que ela saísse da casa na qual contratara andarilhos de passagem para pregar calotas achadas e abandonadas em todo centímetro do interior de modo a defletir as transmissões de um certo Jack Benny, um homem rico que a mãe tinha passado a acreditar que era insano e buscava o *controle global dos pensamentos* através de ondas de rádio de um tom e matiz especial. ("'Um sujeito malvado desses nunca ia deixar o mundo escapar'" era uma citação indireta ou um boato quando ela dirigia, o que a mãe podia fazer enquanto ao mesmo tempo fumava e lixava as unhas.) A menina decidiu se ocupar de ler placas e saber os fatos da sua própria história passada e presente. Moer vidro quebrado até virar pó requer uma hora com uma lasca de tijolo numa superfície sólida. Roubou acém moído e uns pãezinhos, enfiou o vidro em pó na carne que preparou num braseiro coberto por uma tela de janela no porta-malas do Dodge abandonado e deixou essas refeições tão esmeradas de sanduíches no banco da frente por dias a fio até o homem que a forçara a usar sua ferramenta de cabide para arrombar o veículo e roubá-las não voltar mais; a mãe então logo liberada sob responsabilidade da filha. A imbricação é impossível com discos, mas as especificações da avó eram que cada calota tocasse as outras em todos os cantos possíveis. Assim a eletrificação de uma tornava-se a carga de todas, para deter o bombardeio de ondas. A criação de um campo letal que bloqueava aparelhos de rádio na quadra toda. Depois de receber duas notificações por desvio de amperagem doméstica, a velha descobriu um gerador em algum lugar que funcionava ainda que ruidosamente a querosene e batia e sacudia ao lado do tanque de propano em forma de bomba na frente da cozinha. A jovem mãe às vezes tinha autorização de sair para enterrar as andorinhas que pousavam na casa e cujas almas partiam num único raio de uma bola de fumaça em forma de ave.

A menina lia estórias sobre cavalos, biologia, ciência, psiquiatria e a revista *Popular Mechanics* quando estava à disposição. Ela lia história de maneira determinada. Leu *Minha luta* e não conseguiu entender por que tanto carnaval por causa do livro. Leu Wells, Steinbeck, Keene, Laura Wilder (duas vezes) e Lovecraft. Leu metades de muitas coisas rasgadas e descartadas. Leu um *Emblema vermelho* sem capa e soube só por instinto que o autor nunca tinha visto a guerra nem sabia que depois de um certo grau de extremidade você apenas flutua logo além do medo e pode olhar para ele sem piscar enquanto faz o que deve ser feito ou permitido para se manter viva.

O menino do parque de trailers que a forçara ali no cheiro denso do próprio esgoto deles reunia agora os amigos diante dos trailers à noite para espreitar e fazer sons animalescos sob a queda das cinzas enquanto a filha da filha desenhava círculos dentro de círculos sobre seu nome de batismo no mapa e nas artérias que levavam a ele. As chamas de gipsita e a placa iluminada do parque eram os polos da noite do deserto. Os meninos arrotavam e uivavam para a lua e os uivos não pareciam em nada os de verdade e a risada deles era forçada e as palavras, indiferentes ao amor que diziam que os fazia inchar e que cairia sobre ela vezes sem fim.

    Nessas ausências da mãe com os homens a menina encomendava catálogos e Ofertas Gratuitas que chegavam diariamente pelo correio com amostras de produtos que as pessoas com casas compravam para usar quando lhes bem aprouvesse como a menina, que se considerava autodidata e não andava de ônibus com as crianças do parque. Elas todas possuíam a aparência atordoada e apagada daqueles que se veem pobres num mesmo lugar; os trailers, a placa e os caminhões que passavam eram a mobília do mundo delas, que orbitava mas não girava. A menina muitas vezes as imaginava num espelho retrovisor, afastando-se, com os dois braços erguidos num gesto de adeus.

    Tecido de amianto cortado cuidadosamente em tiras das quais uma foi depositada na secadora paga quando a mãe do pretenso ameaçador deixou sua carga e retornou ao Circle K para pegar mais cerveja fez com que nem o menino nem a mãe fossem mais vistos fora de seu trailer duplo, que repousava em blocos de cimento. As serenatas do rapaz também cessaram.

    Uma latinha de sopa cheia de esgoto ou de uma carcaça encontrada na estrada, quando posta sob os blocos ou a treliça plastificada de uma extensão de varanda comprada em alguma loja assola um trailer com uma praga de moscas moles. Uma árvore de sombra podia ser morta se você inserisse um tubo curto de cobre em sua base, a um palmo do chão; as folhas de pronto se punham marrons. O truque com um cabo de freio ou com uma mangueira de combustível era usar um alicate de eletricista para deixar só um risquinho em vez de cortar tudo de uma vez. Precisava de certa sensibilidade. Quinze gramas de açúcar cristal de pacotinhos no tanque de gasolina inutilizavam qualquer veículo sem demandar habilidade. O mesmo vale para uma moedinha na caixa de fusíveis ou tinta vermelha na caixa-d'água de um trailer, acessível pelo painel sanitário de todos os modelos a não ser os bem atuais, inexistentes no parque Vista Verde.

    Concebida num carro e nascida noutro. Esgueirando-se em sonhos para ver sua própria concepção.

O deserto não era dotado de ecos e nisso era como o mar de onde provinha. Por vezes à noite os sons do fogo iam longe, ou dos aviões que circulavam, ou dos caminhões estradeiros na 54 rumo a Santa Fé cujos pneus pranteavam lembrando a longínqua lalação das ondas; ficava deitada ouvindo na esteira e imaginava não o mar ou caminhões em movimento mas o que quer que naquele momento escolhesse. Ao contrário da mãe ou da boneca sem corpo, era livre dentro da cabeça. Um gênio ilimitado, maior que qualquer sol.

A menina leu uma biografia de Hetty Green, a matricida acusada de falsária que dominou o Mercado de Ações enquanto guardava restos de sabão numa caixinha amassada de metal que levava consigo o tempo todo, e que não temia vivalma. Leu *Macbeth* como gibi colorido com diálogos em quadros.

O artista de palco Jack Benny largava o rosto numa mão de um jeito que a mãe, quando lúcida, dissera que via como terno e que lhe provocava desejos, sonhos, dentro daquela casa e de sua carapaça de escudos eletrificados enquanto sua própria mãe escrevia cartas em código para o FBI.

Perto do nascer do sol as planícies vermelhas do leste perdiam seu tom escuro e o terrível calor dominante do dia se remexia em seu covil subterrâneo; a menina colocava a cabeça da boneca no peitoril da janela para ela ver o olho rubro se abrir e pedrinhas e pedaços de lixo projetarem sombras do tamanhão de um homem.

Nem uma única vez, em cinco estados diferentes, usou um vestido ou sapato de couro.

Na aurora do oitavo dia do incêndio sua mãe surgiu num veículo de tamanho aumentado pela caçamba corrugada a cujo volante estava um macho desconhecido. A lateral da caçamba dizia LEER.

Bloqueio de ideias, hiperinclusão. Vagueza, hiperespeculação, pensamento difuso, confabulação, salada de palavras, obstrução, afasia. Mania de perseguição. Imobilidade catatônica, obediência automática, achatamento afetivo, diluição Eu/Tu, desorganização cognitiva, associações frouxas ou obscuras. Despersonalização. Mania de centralidade ou de grandeza. Compulsividade, ritualismo. Cegueira histérica. Promiscuidade. Solipsismo ou estados de êxtase (raros).

D./L de N. da menina: 4/11/60, Anthony IL.

D./L de N. da mãe: 8/4/43, Peoria IL.

Endereço mais atual: 17 Dosewallips, Unidade E, Parque para Habitações Móveis Vista Verde, Organ NUM., 88 052.

A.P.O./C. da menina: 1,60 m, 43 kg, Castanhos/Castanhos.

Ocupações declaradas da mãe, 1966-1972 (do Formulário 669-D do IRS [Certificado de Subordinação de Penhor de Imposto Federal, Distrito 063(a)], 1972): Assistente de Limpeza e Lavadora de Pratos de Cantina, Agronomia Rayburn-Thrapp, Anthony IL; Operadora Qualificada de Prensa de Serigrafia Até Ferimento no Pulso, Uniformes All City, Alton IL; Caixa, Corporação de Mercados Convenient, Norman OK e Jacinto City TX; Atendente, Corp. de Restaurantes Stuckey's, Limon CO; Funcionária Assistente para Agendamento de Mistura de Produtos Adesivos, Companhia Nacional de Gomas e Produtos Químicos, University City MO; Hostess e Administradora de Bebidas, Clube Noturno com Atrações ao Vivo Double Deuce, Lordsburg NM; Vendedora de Contratos, Serviços Temporários Cavalry, Moab UT; Organização e Limpeza de Áreas de Confinamento Canino, Canil e Tosa Best Friends, Green Valley AZ; Vendedora de Entradas e Gerente Noturna Substituta, Entretenimento Adulto Riské's Live XX, Las Cruces NM.

Então voltaram a viajar à noite. Sob uma lua que se erguia redonda à frente delas. O que se chamava de banco traseiro da caminhonete era uma prateleira estreita em que a menina conseguia dormir se acomodasse as pernas no vão entre os assentos de verdade cujos apoios de cabeça tinham o brilho fosco do cabelo não lavado. A bagunça e o cheiro de levedo delatavam uma caminhonete que tinha sido ou era uma casa. A caminhonete e o homem da caminhonete tinham o mesmo cheiro. A menina com o colante de algodão e a calça jeans que se consumia nos joelhos. A concepção que a mãe tinha dos homens era que ela os usava como uma feiticeira faria com animais irracionais, como símbolo e objeto de seus poderes extraordinários. Seu nome em voz alta para eles, que a menina não reprovava, era *daemons*. Homens de costeletas, queimados do sol, que chupavam fósforos de madeira e amassavam latinhas com as mãos. Cujos bonés tinham abas com linhas de suor como anéis de árvores. Cujos olhos percorriam o seu corpo no retrovisor. Homens que era impossível conceber que um dia tivessem sido crianças ou tivessem olhado nus para alguém em quem confiavam, com um brinquedo na mão. Com quem a mãe conversava como se fossem bebês e que deixava que a tratassem como uma boneca sem cabeça, *sevícias*.

    Num hotelzinho Amarillo de beira de estrada a menina ficou com um quarto só para si, onde não pudesse ouvir. Os cabides ficavam presos à barra do armário. A cabeça da boneca usava um batom de giz de cera rosa e olhava para a TV. A menina muitas vezes desejava ter um gato ou algum bichinho pequeno para alimentar e confortar afagando-lhe a cabeça. A mãe tinha medo de insetos com asas e andava com latas de veneno. Spray de pimenta, cosméticos derretidos, o estojinho imitação de couro dos cigarros e o isqueiro tudo ao mesmo tempo numa bolsa de lantejoulas vermelhas imbricadas que a menina tinha arranjado para o Natal em Green Valley só com um rasgo bem pequeno perto do fundo onde a etiqueta eletrônica tinha sido arrancada com uma lixa e então usado para carregar o mesmo colante que a menina agora usava, no qual corações cor-de-rosa bordados formavam uma linha como de uma cerca na altura dos seios.

    A caminhonete também tinha cheiro de mantimentos estragados e uma janela com a alavanca desaparecida que ele erguia e baixava com um alicate. Um cartão grudado com durex num dos vidros proclamava que as cabeleireiras ficam alisando até ficar duro. Os dentes dele não sobreviveram num lado da boca; o porta-luvas ficava trancado. A mãe aos trinta com o rosto começando a exibir as vagas emendas do mapa do segundo rosto que a vida tinha guardado para ela e que ela temia viesse a ser o de sua própria mãe que na época do confinamento em University City ficava sentada abraçada aos joelhos se balançando e se arranhando, tentando destruir o mapa do rosto. A fotografia sépia da mãe da mãe com a idade da menina usando um aventalzinho num banco de pelo de cavalo enrolada e enfiada na cabeça da boneca e levada por aí com restos de sabonete e três carteiras de biblioteca no seu nome de batismo. Seu diário no forro duplo da mala redonda. E aquela única foto da mãe dela criança, a céu aberto, atordoada pelo inverno com tantos casacos e gorros que ela e o tanque de propano pareciam aparentados. A casa eletrificada fora do campo de visão, o círculo de neve derretida a sua volta e a mãe atrás da mãezinha segurando-a de pé; a criança tivera crupe e uma febre tão forte que temeram que viesse a morrer e a mãe tinha se dado conta de que não tinha fotos dela pequena para guardar se ela morresse e empacotou a filha e a mandou para fora, na neve, para esperar enquanto ela implorava uma chapa com a Polaroid do vizinho para sua filhinha não ser esquecida quando morresse. A foto distorcida por tanto tempo dobrada e sem pegadas à vista em qualquer parte da neve no quadro que a menina pudesse ver, a boca da criança escancarada e os olhos erguidos para o homem com a câmera como quem confia que aquilo fazia sentido, que era assim que a vida correta se dava. Os planos da menina para a avó, muito refinados com a idade e a habilidade adquirida, ocupavam boa parte do primeiro terço do diário mais recente.

Sua mãe, e não o homem, estava ao volante quando ela acordou com o estardalhaço dos pedregulhos no Kansas. Uma parada de caminhões se afastava enquanto algo vertical corria pela estrada atrás deles e acenava com o boné. Ela perguntou onde estavam mas não perguntou do homem que por três estados dirigira tendo na coxa da mãe a mesma mão criminosa que tinha sido posta nela, uma mão estudada pela fresta entre os assentos pela cabeça da boneca assim de canto e sua desconexão e seu voo pelo ar vistos no mesmo sonho de que o solavanco e os sons pareciam fazer parte. A filha agora com treze e começando a aparentá-los. Os olhos de sua mãe eram distantes e de pálpebras baixas em companhia de homens; agora no Kansas ela fazia caretas para o retrovisor e mascava chocolate. "Vem pra cá pra aqui na frente aqui, vamos." O chiclete tinha cheiro de canela e seu papel-alumínio dobrado podia dar uma ferramenta de abrir porta-luvas enrolado para suavizar o grão de uma lixa na ponta.

Diante de um posto de beira de estrada em Portales, sob um sol de ouro malhado, a menina em decúbito dorsal e semiadormecida num cochilo poroso sobre a prateleirinha dos fundos suportou o homem que se içou de trás do volante da caminhonete e formou com a mão uma garra nada sensual que enviou por sobre o encosto do assento para apertar o seu próprio peitinho, esganar o peitinho, olhos claros e ilascivos, ela se fingindo de morta e encarando sem piscar um ponto atrás dele, audível a respiração do homem e recendente seu boné cáqui, espremendo o peitinho com o que parecia uma descolada assentimentalidade, abandonando aquilo ao som dos saltos altos lá no estacionamento. Ainda assim uma nítida evolução em relação ao Cesar do ano anterior, que trabalhava pintando placas de estrada e sempre trazia grãos verdes nos poros do rosto e das mãos e exigia que tanto a mãe quanto a menina deixassem a porta do banheiro aberta não importava o que tivessem de fazer lá dentro, ele próprio por sua vez um avanço em relação ao distrito de armazéns e apartamentos abandonados de Houston em que com elas se vira por dois meses "Murray Facada", o soldador semiprofissional cuja faca no suporte com mola do antebraço cobria uma tatuagem da mesmíssima faca entre dois seios azuis sem dona que o apertão de um punho fazia incharem nos lados o que ele achava divertido. Homens com coletes de couro e gênios ruins que quando bêbados eram delicados de maneiras que faziam a pele das suas costas se eriçar em pedrisco.

A rodovia 54 leste não era federal e o vento dos caminhões em sentido contrário batia na caminhonete e em sua caçamba e causava uma arfagem que a mãe controlava com o volante. Todos os vidros abertos para combater o cheiro acumulado do homem. Uma coisa inconcebível no porta-luvas que a mãe disse para fechar porque ela não queria nem ver. O cartão com seu calembur desenhou espirais rococós na esteira de ar da caminhonete, sumindo atrás dela contra a cintilação da estrada.

A oeste de Pratt KS elas adquiriram e consumiram burritos do Convenient Mart aquecidos no aparelho fornecido para tal propósito. Uma imensa raspadinha gigante inacabável.

Por trás da carapaça dela de discos e papel-alumínio a mãe da mãe sustentava que quando o ensandecido Jack Benny ou seus escravos com olhos vorticosos viessem buscá-las, a melhor defesa possível era se fingirem de mortas, ficar deitadas com olhos vazios e abertos e sem piscar nem respirar enquanto os homens guardavam as armas de raios e andavam pela casa olhando para elas, dando de ombros e dizendo uns aos outros que tinham chegado tarde porque olha ali a mulher e sua filha núbil estavam já falecidas e era melhor deixá-las em paz. Forçada a praticar com ela nas camas geminadas com frascos abertos de comprimidos sobre a mesa a meio caminho e as mãos compostas sobre o peito e os olhos bem abertos e respirando de forma tão leve que o peito nunca subia. A mulher mais velha conseguia manter os olhos abertos por um tempo muito longo; a mãe quando criança não, e eles logo se fechavam sozinhos, pois uma criança viva não é boneca e precisa de fato piscar e respirar. A mulher mais velha disse que era possível se autolubrificar com a devida aplicação e disciplina e tempo. Ela rezava sua década num colar que ganhou numa brincadeira de parque de diversões e tinha um cadeadinho de níquel na caixa de correio. Janelas cobertas de papel-alumínio nos crescentes entre os círculos negros das calotas. A mãe andava com um colírio e sempre dizia que estava com os olhos secos.

Ir na frente era bom. Ela não perguntou sobre o homem da caminhonete. Era na caminhonete dele que estavam mas ele não estava nela; era difícil achar que isso merecesse algum tipo de lamentação. Os relatos da mãe eram menos indiferentes quando as duas encaravam a mesma coisa; fazia piadinhas, cantava e dava olhadelas para a filha. O mundo para além do alcance dos raios dos faróis ficava muito obscuro. O nome dela era o de solteira da mãe, Ware. Podia encostar a sola dos pés no painel negro da caminhonete e ficar olhando por entre os joelhos, no meio deles toda a língua de estrada sob os faróis. A interrupta linha central disparava Morse na direção delas, a lua branca como osso era redonda, as nuvens ganhavam forma ao passar por ela. Primeiro dedos depois mãos inteiras e árvores de relâmpagos vibravam no horizonte oeste; nada vinha atrás delas. Ficava procurando faróis ou sinais de perseguição. O batom da mãe era intenso demais para o formato da sua boca. A menina não perguntou. As chances eram grandes. O homem era ou da espécie de homem que registraria uma queixa ou da que tentaria seguir como um segundo "Chute" e encontrá-las por ter sido deixado na beira da estrada abanando o boné. Se ela perguntasse, o rosto da mãe murcharia como se ela pensasse no que dizer quando a verdade era que nem tinha pensado. Sendo a bênção e o fardo da menina conhecer a mente das duas como se uma fossem, segurar o volante enquanto de novo ela pingava Murine.

Tomaram café da manhã sentadas em Plepler MO sob uma chuva que escumava as calhas e batia contra o vidro do café. A garçonete que trajava branco-enfermeira tinha um rosto escarpado, chamava as duas de querida, usava um bóton que dizia só me sobrou um nervo e você está dando bem nele e flertava com os trabalhadores cujos nomes conhecia enquanto saía vapor da cozinha sobre o balcão acima do qual ela pregava folhas de seu bloco, e a menina usou a escova de dentes das duas num banheiro com tranca sem ferrolho. O sino pendente da porta da frente soava quando acionado para indicar a presença de clientes. A mãe queria biscoitos, batata palha e mingau com xarope, elas pediram e a mãe foi atrás de um palito de fósforo seco e logo a menina ouviu ela rindo de alguma coisa que os homens do balcão disseram. A chuva rolava pela rua, os carros passavam lentos, a caminhonete delas com sua caçamba encarava a mesa e ainda estava com o farol baixo aceso, o que ela viu, e mentalmente viu também o legítimo proprietário da caminhonete ainda lá na estrada perto de Kismet com as mãos estendidas em garras para o espaço onde a caminhonete tinha sumido de vista enquanto a mãe dava socos no volante e soprava o cabelo dos olhos. A menina arrastava a torrada na gema. Dos dois homens que entraram e ocuparam a mesa ao lado um tinha costeletas e olhos parecidos com os dele sob um boné vermelho enegrecido pela chuva. A garçonete com seu toquinho de lápis e seu bloco disse para eles:

"Por que é que cês me foram escolher uma mesa suja?"

"Pra eu poder ficar mais pertinho de você, querida."

"Mas cês podia ter sentado ali e ficado mais perto ainda."

"Manda ver."

§ 9

PREFÁCIO DO AUTOR

Autor aqui. Ou seja, o autor de verdade, o ser humano vivo que segura o lápis, não alguma persona narrativa abstrata. Tudo bem que às vezes tem uma persona dessas em *O rei pálido*, mas trata-se basicamente de um construto compulsório formal, uma entidade que existe apenas por motivos comerciais e legais, mais ou menos que nem uma empresa; ela não tem nenhuma conexão direta, verificável, comigo como pessoa. Mas este aqui sou eu enquanto pessoa real, David Wallace, quarenta anos, RG 975-04-2012,[1] que me dirijo a

---

[1] Fato pouco conhecido: os únicos cidadãos dos Estados Unidos cujos números de seguro social começam com o algarismo 9 são aqueles que são, ou em algum momento foram, funcionários contratados do Internal Revenue Service, o IRS. Através de sua relação especial com a Administração de Seguridade Social, o IRS te emite um novo número de SS no dia em que começa o seu contrato. É como se você nascesse de novo, SS-mente, quando entra para o Serviço. Pouquíssimos cidadãos comuns sabem disso. Eles não têm por que saber. Mas pense no seu próprio número de Seguro Social ou no das pessoas próximas a você a ponto de te confiarem o SS delas. Há apenas um dígito com que esses números de SS nunca começam. O número é 9. O 9 fica reservado para o Serviço. E se você recebe um desses ele fica com você o resto da vida, mesmo se por acaso você tiver saído do IRS há muito tempo. Ele meio que te marca

você da minha casa dedutível em Formulário 8829 no número 725 do Indian Hill Blvd., Claremont 91 711 CA, neste quinto dia da primavera de 2005, para lhe informar o seguinte:

Tudo aqui é verdade. Este livro é real de verdade.

Obviamente eu tenho que explicar. Primeiro, por favor volte as páginas e dê uma olhada no termo de responsabilidade legal, que está na página com as informações de copyright, anverso, quatro folhas depois da capa algo infeliz e enganosa. O termo é o texto sem defesa de parágrafo que começa com: "Os personagens e as situações desta obra são reais apenas no universo da ficção". Tenho consciência de que os cidadãos comuns quase nunca leem esse tipo de termo de responsabilidade, exatamente como não nos damos ao trabalho de olhar os dados do copyright ou as especificações da ficha catalográfica ou todo aquele material tedioso e protocolarmente obrigatório em contratos de venda e anúncios que todo mundo sabe que só está ali por motivos legais. Mas agora eu preciso que você leia, o termo, e entenda que aquela abertura "Os personagens e as situações desta obra…" inclui até este Prefácio do Autor. Em outras palavras, este Prefácio é descrito naquele termo como algo também ficcional, o que quer dizer que ele fica dentro da jurisdição de proteção legal definida por aquele termo. Eu preciso dessa proteção legal para te informar que o que se segue,[2] na verdade, não tem nada de ficção, mas é substancialmente verdadeiro e preciso. Que *O rei pálido* é, a bem da verdade, mais uma memória que um tipo qualquer de estória inventada.

Isso pode aparentemente gerar um paradoxo espinhudo. O termo de responsabilidade do livro descreve tudo que se segue a ele como sendo ficção, inclusive este Prefácio, mas agora, aqui neste Prefácio, eu estou dizendo que a

---

numericamente. Todo mês de abril — e trimestralmente, claro, para os que são autônomos e pagam ESTs trimestrais — as declarações de renda e os ESTs de declarantes cujos SSs começam com 9 são automaticamente retirados e passam por um regime especial de processamento e análise no Centro de Computação de Martinsburg. O seu status no sistema fica eternamente alterado. O Serviço reconhece os seus, sempre.

2 Trata-se de uma expressão convencionada juridicamente; o que de fato eu quero dizer é que tudo que cerca este Prefácio é essencialmente verdade. O Prefácio ter sido movido 79 páginas para dentro do texto é algo que se deve a mais um espasmo de cautela de última hora do editor, coisa que fica mais esclarecida mais abaixo.

coisa toda na verdade é não ficção; então se você acreditar em uma coisa não pode acreditar na outra &c. &c. Por favor saiba que eu também acho irritante esse tipo de paradoxo espertinho e autorreferencial — pelo menos agora que já passei dos trinta — e que a última coisa neste mundo que este livro seria é alguma espécie de sacanagenzinha metaficcional de nariz empinado. É por isso que eu estou fazendo questão de quebrar o protocolo e me dirigir aqui diretamente a você como eu mesmo; é por isso que todos os dados específicos que me identificam enquanto pessoa real foram expostos no começo deste Prefácio. Para eu poder te informar a verdade: que a única "ficção" de boa-fé aqui é o termo de responsabilidade lá na página do copyright — que, repetindo, é um instrumento legal: o único e total objetivo daquele termo é proteger a mim, ao tradutor, ao editor do livro e aos distribuidores escolhidos pelo editor de qualquer imputabilidade legal. O motivo de essas proteções serem especialmente necessárias aqui — o motivo, na verdade, que levou o editor[3]

---

3 Por conselho de seu departamento jurídico, a editora declinou de ser mencionada pelo nome neste Prefácio do Autor, apesar de que qualquer um que olhe para a lombada ou a capa do livro vá saber imediatamente qual é a empresa. O que significa que se trata de uma restrição irracional; mas vá lá. Como os meus próprios representantes legais observaram, advogados corporativos não são pagos para ser totalmente racionais, mas são pagos para ser totalmente cautelosos. E não é difícil ver por que uma empresa oficialmente registrada nos EUA como a editora deste livro fosse tomar cuidado com a mera possibilidade de parecer estar metendo a colher nas questões do Internal Revenue System ou (isso vem de um dos primeiros e mais históricos memorandos do Jurídico) parecer estar "aquiescendo" com a violação por parte de um autor do Termo de Confidencialidade que todos os funcionários do Tesouro precisam assinar. Entretanto — como meu advogado e eu tivemos que lembrar a eles umas 105 vezes antes que o Jurídico da empresa parecesse sacar —, a versão do Termo de Confidencialidade que se aplica a *todos* os funcionários do Tesouro, e não só aos agentes do Bureau de Álcool, Tabaco e Armas de Fogo e do Serviço Secreto, como anteriormente, foi promulgada em 1987, que por acaso foi o primeiro ano em que computadores e uma fórmula estatística poderosíssima conhecida como Anada (para "Auditar/Não Auditar Declarações Anexadas") foram usados pela primeira vez para a análise de quase todas as declarações de renda de pessoas físicas nos Estados Unidos. Sei que se trata de uma carrada de informações confusas e bem enroladas pra eu jogar assim em cima de você num mero Prefácio, mas o cerne da questão aqui é que é o Anada[(a)] e os elementos constituintes da sua fórmula para determinar quais declarações têm mais probabilidade de gerar receita adicional quando auditadas, que o Serviço se preocupa em proteger, e que foi por isso que o Termo de Confidencialidade foi repentinamente estendido aos funcionários do IRS em 1987. Mas eu já tinha saído do Serviço em 1987. A pior parte de certas dificuldades pessoais já tinha passado, e a minha transferência para outra universidade

tinha sido aceita, e no outono de 1986 eu estava de volta à Costa Leste e mais uma vez ativo no setor privado, apesar é claro de ainda estar com meu novo número de ss. Toda a minha carreira no IRS foi entre maio de 1985 e junho de 1986. Daí minha isenção do Termo. Isso sem nem mencionar que eu mal estava em posição de saber qualquer coisa comprometedora ou específica a respeito do Anada. O meu posto de trabalho era totalmente humilde e regional. Durante quase todo o meu tempo lá, fui analista moleza, ou seja, um "fraldinha" na nomenclatura do Serviço. Meu nível como funcionário público contratado era GS-9, o que na época era o nível mais baixo dos funcionários em tempo integral; havia secretárias e zeladores que eram meus superiores hierárquicos. E fiquei lotado em Peoria IL, o que é praticamente o mais distante que se possa imaginar do 666 e do Centro de Martinsburg. É bem verdade, ao mesmo tempo — e isto foi o que causou mais preocupações ao Jurídico da empresa —, que Peoria era um CRA, um dos sete eixos de organização da Divisão de Análise do IRS, que foi exatamente a divisão a ser eliminada ou, mais precisamente (apesar de isto ser discutível), transferida do Setor de Adimplência para o recém-expandido Setor Técnico, com o advento do Anada e de uma rede Fornix digital. Isso é o tipo esotérico e descontextualizado de informações referentes ao Serviço que eu não esperava ter que pedir para você engolir assim de cara, e posso te garantir que tudo isso acaba sendo explicado e/ou glosado em termos muito mais agradáveis e dramaticamente adequados no livro de memórias propriamente dito, assim que ele embalar. Por enquanto, só para você não ficar totalmente assoberbado e entediado, digamos apenas que Análises é a divisão do IRS encarregada de passar um pente-fino geral em vários tipos de declarações de renda e de classificar algumas como "20s", que é terminologia do Serviço para as declarações que têm de ser encaminhadas para o escritório distrital relevante, para auditoria. As auditorias propriamente ditas são conduzidas por agentes da Receita que são normalmente GS-9 ou 11, e funcionários da Divisão de Auditoria. É difícil expor tudo isso suave ou agradavelmente — e por favor, saiba que nenhuma dessas informações mais abstratas é vital para a missão desse Prefácio. Então fique à vontade para pular um trecho ou só passar os olhos pelo que segue, se quiser. E não pense que o livro inteiro vai ser assim, porque não vai. Se você estiver loucamente interessado, no entanto, cada declaração de renda pescada, por qual-/quaisquer razão/-ões (algumas delas inteligentes e prescientes e outras, francamente, piradas e ocultas, dependendo do fraldinha), por um analista de rotina e encaminhada para auditoria deveria ser acompanhada por um Memorando Interno Série 20 do IRS, que é de onde vem o termo "20". Como a maioria das agências insulares e (sejamos francos) desprezadas do governo federal, o Serviço fervilha de jargões especiais e códigos que parecem de início incompreensíveis mas que acabam sendo internalizados tão rápido e usados com tanta frequência que quase viram um hábito. Às vezes eu ainda sonho em servicês. Para voltar à questão central, no entanto, Análises e Auditorias eram duas das divisões principais do Setor de Adimplência do IRS, e a preocupação do departamento Jurídico da editora era que o Jurídico do próprio IRS viesse, caso eles ficassem suficientemente ofendidos e quisessem criar problema com aquela coisa do Termo de Confidencialidade, a argumentar que eu e vários colegas e administradores do Posto 047 do CRA que fazemos parte dessa história deveríamos ser incluídos retroativamente nas provisões do Termo de Confidencialidade, porque éramos não apenas funcionários do Setor de Adimplência mas ainda estávamos lotados no CRA que veio a ter papel de tanto destaque nos momentos que antecederam o que ficou conhecido seja como "O Novo IRS", seja como a insistir na sua presença como precondição para a aceitação do manuscrito e o pagamento do adiantamento — é a mesma razão pela qual, se formos ser estritamente rigorosos, o termo de responsabilidade é uma mentira.[4]

Eis a verdade verdadeira: o que se segue é substancialmente verdadeiro e preciso. No mínimo é um registro basicamente verdadeiro e preciso do que eu vi e ouvi e fiz, de quem eu conheci e de com quem trabalhei, e sob ordens de quem, e da coisarada toda que aconteceu no Posto 047 do IRS, o Centro Regional de Análise Meio-Oeste, de Peoria IL, em 1985-6. Boa parte do livro na verdade se baseia em diversos cadernos e diários que mantive durante os meus treze meses como analista de rotina no IRS do Meio-Oeste. ("Baseado" quer dizer mais ou menos copiado direto, por motivos que sem dúvida ficarão claros.) *O rei pálido*, portanto, em outras palavras, é uma espécie de memória vocacional. Ele também deveria funcionar como o retrato de uma burocracia — possivelmente a burocracia federal mais importante da vida dos americanos — num tempo de imensas disputas internas e angústias, as dores do parto do que veio a ser conhecido entre os profissionais do ramo como o Novo IRS.

Em nome da sinceridade total, no entanto, preciso ser claro e dizer que o modificador em "substancialmente verdadeiro e preciso" se refere não apenas à inevitável subjetividade e ao viés típico das memórias. A verdade é que há, nesse relato não ficcional, certas leves alterações e reorganizações estratégicas, quase todas surgidas de várias revisões textuais em reação às opiniões

---

"a Iniciativa Spackman", ou simplesmente como "a Iniciativa", que foi ostensivamente algo criado pelo Ato de Reforma Fiscal de 1986 mas que na verdade era resultado de uma longa e complicadíssima briguinha burocrática entre o Setor de Adimplência e o setor Técnico a respeito das Análises e da função de análise nas operações do IRS. Fim da carrada de dados. Se você ainda está lendo, espero que pelo menos parte significativa disso tudo tenha feito sentido para você ao menos entender por que a questão de eu dizer explicitamente ou não o nome da editora não foi algo com que decidi gastar muito tempo e boa vontade editorial. Você meio que tem que deixar algumas coisas passarem, nisso de escrever não ficção.

([a]) Aliás, é sério isso do nome da fórmula. Será que os estatísticos do Setor Técnico tinham consciência de estar dando ao algoritmo um acrônimo tão pesado, de sonoridade quase tanatoide? Parece duvidoso, na verdade. Como montes de americanos hoje em dia sabem, programas de computador são total e enlouquecedoramente literais e não conotativos; e o pessoal do Setor Técnico também era.

4 (fora aquela parte de "Todos os direitos reservados", claro)

do editor do livro, que por vezes ficou em posição muito delicada no que se refere ao equilíbrio de prioridades literárias e jornalísticas, de um lado, e preocupações jurídicas e empresariais, de outro. Provavelmente eu não devo dizer mais nada quanto a isso. É claro que há toda uma tortuosa história de bastidores aqui, no que se refere ao veto jurídico das três versões finais do manuscrito. Mas você vai ser poupado de ter que ouvir muita coisa a respeito disso tudo, quando menos porque relatar essa história interna iria contra a própria finalidade do processo repetitivo e microscopicamente cauteloso dos vetos e da miríade de pequenas alterações e reorganizações para acomodar tais mudanças que passaram a ser necessárias quando, p. ex., certas pessoas se recusaram a assinar autorizações legais ou quando uma empresa de porte mediano ameaçou entrar na Justiça se seu nome real ou detalhes que permitissem a identificação de sua situação atual sobre impostos atrasados fossem usados, com ou sem termo de responsabilidade.[5]

Em última análise, no entanto, há muito menos dessas mudanças e reorganizações temporais destinadas a obscurecer identidades do que se poderia esperar. Pois há vantagens nisso de você limitar o escopo de um livro de me-

---

[5] Este último caso é um bom exemplo do tipo de coisa que deixava o pessoal do Jurídico da editora numa total piração obsessivo-cautelosa. Nem sempre as pessoas entendem a seriedade com que as grandes empresas americanas recebem até mesmo a ameaça de um processo. Como acabei percebendo, não se trata nem mesmo de uma questão de saber se a editora perderia nos tribunais; o que realmente incomoda esse pessoal é o custo da defesa e o efeito desses custos nas franquias dos seguros da empresa, que já são uma grande despesa operacional. Problemas jurídicos, em outras palavras, são uma questão de lucro; e é melhor que o editor ou o departamento jurídico que acabarem expondo uma editora a possíveis problemas legais consiga demonstrar ao presidente da empresa que todo mínimo gesto razoável de cautela e prudência foi executado quanto ao manuscrito, para que não acabe usando o que nós nas Análises chamávamos de "capacete marrom". Ao mesmo tempo, não é justo atribuir cada mudançazinha e cada desvio tático aqui ao editor. Eu (ou seja, de novo, o humano real David Wallace) também tenho medo de tribunais. Como muitos americanos, fui processado — duas vezes, na verdade, apesar de os dois processos terem sido ações sem mérito e de um deles ter sido considerado de má-fé ainda antes de eu prestar depoimento — e sei o que muitos de nós sabemos: brigar na Justiça não é divertido, e bem vale gastar tempo e se dar ao trabalho de evitar essa possibilidade sempre que der. Fora, é claro, que pairava por todo o processo de revisão e acautelamento de O rei pálido a sombra do Serviço, que ninguém em sua sã consciência jamais sequer sonharia em querer irritar desnecessariamente ou até em chamar a atenção, já que o Serviço, como os processos cíveis, pode fazer a sua vida virar uma desgraça sem nem te arrancar uma moedinha a mais.

mórias a um determinado intervalo de tempo (mais os flashbacks relevantes) no que agora para todo mundo parece um passado distante. Com o que me refiro às pessoas presentes neste livro. Os parajurídicos da editora tiveram muito menos trabalho para conseguir as assinaturas nas liberações do que o departamento tinha previsto. Os motivos são variados mas (como o meu advogado e eu tínhamos levantado antecipadamente) óbvios. Das pessoas mencionadas, descritas e até às vezes cuja consciência foi sondada sob a forma de supostos "personagens" em O rei pálido, a maioria já saiu do Serviço. Das que ficaram, muitas atingiram níveis de hierarquia GS em que são basicamente invulneráveis.[6] Além disso, por causa do período do ano em que os manuscritos do livro foram apresentados para que elas os avaliassem, tenho certeza de que outras pessoas ligadas ao Serviço estavam tão ocupadas e distraídas que nem chegaram a ler de fato o manuscrito e, depois de esperarem um intervalo decente para darem a impressão de uma análise detalhada e da devida deliberação, assinaram a autorização legal para poderem sentir que tinham uma coisa a menos por fazer. Alguns também pareceram lisonjeados com a possibilidade de que alguém tivesse prestado tanta atenção neles a ponto de ser capaz, anos depois, de lembrar as contribuições que eles deram. Uns poucos assinaram porque continuaram sendo, por todos esses anos, meus amigos pessoais; um deles é provavelmente a mais valiosa e mais profunda amizade que já tive. Alguns morreram. Dois nós descobrimos que estavam encarcerados, sendo que um deles era uma pessoa que você nunca ia ter imaginado ou suspeitado.

Nem todo mundo assinou as autorizações legais; eu não quero insinuar isso. Só que a maioria assinou. Vários também consentiram em ser entrevistados e até citados. Onde isso cabia, partes de suas respostas gravadas foram transcritas diretamente no texto. Outros assinaram com boa vontade autorizações adicionais que liberavam o uso de certas gravações audiovisuais feitas em 1984 como parte de uma abortada iniciativa motivacional e de recrutamento da Divisão de RH do IRS.[7] Como bônus, eles ainda ofereceram reminiscências

---

6 P. ex., uma delas é agora o Comissário Regional Assistente da Assistência ao Contribuinte no Escritório da Comissão Regional Oeste em Oxnard CA.
7 Um pedido assinado, com firma reconhecida, baseado no Ato da Liberdade de Acesso à Informação, que solicita cópias dessas fitas de vídeo está nos arquivos do Escritório de Informação Pública do Internal Revenue System, 666 Independence Avenue, Washington DC. ... E sim: o endereço do QG nacional do Serviço é mesmo "666". Até onde eu saiba, não passa de um

e detalhes concretos que, quando combinados com as técnicas da reconstrução jornalística,[8] geraram cenas de intenso realismo e de grande autoridade, independentemente do fato de este autor ter ou não estado de corpo presente na cena quando de sua ocorrência.

O que estou querendo deixar claro aqui é que ainda é tudo substancialmente verdade — i.e., o livro de que este Prefácio faz parte — independentemente das várias maneiras em que alguns dos §§ vindouros tiveram que ser distorcidos, despersonalizados, polifonicizados ou sacudidos em geral para se adequarem aos contornos do termo de responsabilidade legal. Isso não quer dizer que essa sacudida toda é só uma sacanagenzinha gratuita; dadas as supramencionadas preocupações legais-barra-comerciais, ela acabou sendo fundamental para todo o projeto do livro. A ideia, conforme decisão dos representantes legais das duas partes, é que você venha a considerar características como pontos de vista alternados, fragmentação estrutural, incongruências internas propositais &c. simplesmente como os análogos literários modernos de um "Era uma vez…" ou "Num reino muito distante, morava um…" ou quaisquer outros recursos tradicionais que assinalavam para o leitor que o que estava se passando era ficção e devia ser processado consoantemente. Pois como todos sabemos, seja consciente, seja inconscientemente, há sempre uma espécie de acordo tácito entre o autor de um livro e seu leitor; e os termos desse acordo sempre dependem de certos códigos e gestos que o autor emprega para sinalizar ao leitor o tipo de livro que ele está lendo, i.e., se é invenção ou verdade. E esses códigos são importantes, porque o acordo subliminar para não ficção é bem diferente do da ficção.[9] O que estou tentando fazer neste exato momen-

---

acidente infeliz durante a alocação de espaço de escritórios do Departamento do Tesouro depois da ratificação da Décima Sexta Emenda em 1913. Em níveis regionais, o pessoal do Serviço tende a se referir ao escritório nacional como "Três-Meias" — o significado do termo é óbvio, apesar de que ninguém com quem eu tenha conseguido falar parecia saber quando exatamente ele passou a ser usado.

8 O emprego desse termo vago pretende designar a reconstrução dramatizada de uma ocorrência empiricamente real. Trata-se de uma ferramenta moderna comum e totalmente respeitável usada tanto no cinema (q. v. *A tênue linha da morte, Forrest Gump, JFK*) quanto na literatura (q. v. *A sangue frio*, de Truman Capote, *A nave da revolta*, de Wouk, *Zumbi*, de Oates, *O emblema rubro da coragem*, de Crane, *Os eleitos*, de Wolfe &c. &c.).

9 A principal forma de se perceber que os acordos são diferentes vem das reações que temos quando eles são desrespeitados. A sensação de traição ou infidelidade que o leitor tem quando

to, dentro dos limites da proteção do termo de responsabilidade da página de copyright, é passar por cima dos códigos tácitos e ser 100% franco e direto sobre os termos do contrato em questão aqui. *O rei pálido* é basicamente um livro não ficcional de memórias, com elementos adicionais de jornalismo reconstrutivo, psicologia organizacional, educação moral e cívica básica e teoria fiscal &c. Nosso acordo mútuo aqui se baseia na pressuposição de (a) minha veracidade e (b) a sua compreensão de que quaisquer dados ou sêmions que possam parecer minar essa veracidade são na verdade artefatos jurídicos de proteção, não muito diferentes das letras miúdas que acompanham bilhetes de loteria ou contratos cíveis, e assim não estão aqui para serem decodificados ou "lidos" mas sim meramente tolerados como parte do custo dessa nossa transação, por assim dizer, no ambiente comercial dos dias de hoje.[10]

Fora isso, tem o fato autobiográfico de que, como tantos outros jovens meio nerds e descontentes daquela época, eu sonhava em me tornar "artista", i.e., alguém cujo emprego na vida adulta fosse original e criativo em vez de tedioso e mecânico. Meu sonho específico era me tornar um grande autor de ficção à la Gaddis ou Anderson, Balzac ou Perec &c.; e muitas das entradas dos cadernos em que trechos dessas memórias são baseados eram por si sós textos literariamente sacudidos e fraturados; era apenas a ideia que eu fazia de mim mesmo na época. De certa maneira, pode-se dizer que as minhas ambições literárias eram o motivo principal de eu ter tirado uma pausa da universidade e de estar trabalhando naquele CRA do Meio-Oeste pra começo de conversa, apesar de a maior parte dessa história prévia ser tangencial e vir a ser abordada somente aqui no Prefácio, e de forma muito breve, a saber:

---

descobre que um texto aparentemente de não ficção tem partes inventadas (como se revelou em alguns escândalos literários recentes, e. g. *O pássaro pintado*, de Kosinski, ou aquele infame livro de Carcaterra) se deve ao fato de os termos do acordo da não ficção terem sido violados. É claro que existem formas de entre aspas enganar o leitor na ficção também, mas elas tendem a ser mais técnicas, ou seja, pertencentes à estrutura interna das regras formais da própria história (cf., p. ex., o narrador em primeira pessoa do romance policial que só revela que na verdade o assassino é ele na última página, apesar de obviamente saber disso o tempo todo e ter escondido a informação só pra zoar com a gente), e o leitor tende a se sentir mais esteticamente desiludido que pessoalmente sacaneado.

10 Mil perdões pela sentença anterior, que é resultado de muita discussão e de muitas concessões à equipe jurídica da editora.

Em resumo, a verdade é que os primeiros textos de ficção pelos quais cheguei até mesmo a receber um pagamento envolviam certos outros alunos da primeira universidade que frequentei, que era extremamente cara e de nível altíssimo e recebia acima de tudo egressos de escolas particulares de elite de Nova York e Nova Inglaterra. Sem entrar em muitos detalhes, digamos apenas que houve lá certos textos que produzi pra certos alunos a respeito de certos temas acadêmicos, e que esses textos eram ficcionais na medida em que tinham estilos, teses, personas acadêmicas e nomes autorais que não eram os meus. Acho que deu pra sacar. A principal motivação por trás desse modesto empreendimento era, como tantas vezes no mundo real, financeira. Não é que eu fosse desesperadamente pobre quando cursava a universidade, mas a minha família estava longe de ser rica, e parte do meu pacote de auxílio financeiro envolvia pedir pesados empréstimos tipo crédito estudantil; e eu tinha consciência de que esses empréstimos tendiam a ser uma coisa ruim para alguém que queria seguir qualquer espécie de carreira artística depois da universidade, já que é fato mais que sabido que a maioria dos artistas trabalha em ascética obscuridade por anos a fio antes de ganhar dinheiro de verdade com a profissão.

Por outro lado, havia muitos alunos naquela universidade cujas famílias estavam em posição não apenas de pagar totalmente a faculdade mas, parece, de dar dinheiro também pra quaisquer despesas pessoais em que seus filhos viessem a incorrer, sem mas nem meio mas. "Despesas pessoais" aqui se refere a coisas como viagens para esquiar no fim de semana, sistemas de som ridiculamente caros, festas de fraternidades com bares cheinhos &c. Sem falar que o campus inteiro tinha menos de dois acres e mesmo assim a maioria dos estudantes tinha carro, o que custava a eles U$ 400 por semestre para deixar o carro num dos estacionamentos da universidade. Era tudo bem inacreditável. Em muitos quesitos, aquela universidade foi minha introdução à dura realidade das questões de classe, de estratificação econômica e das realidades financeiras diferentíssimas que diferentes tipos de americanos habitavam.

Alguns desses alunos de classe alta eram profundamente mimados, imbecis e/ou nem um pouco incomodados por questões éticas. Outros estavam sob grande pressão familiar e se viam incapazes de alcançar, por quaisquer motivos, o que seus pais consideravam ser o verdadeiro potencial de desempenho deles. Alguns simplesmente não gerenciavam direito tempo e responsabilidades, e se viam contra a parede na hora de entregar um trabalho. Tenho certeza que dá pra sacar. Digamos apenas que, como forma de me pôr em posição de pagar alguns dos meus empréstimos em ritmo acelerado, eu oferecia determinados serviços. Não eram serviços baratos, mas eu era bem competente, e cuidadoso. P. ex., eu sempre exigia um grande corpus de amostras de textos do cliente antes de redigir o texto final para determinar como ele tendia a pensar e soar, e nunca cometia o equívoco de entregar alguma coisa que fosse irrealmente superior aos trabalhos anteriores da pessoa. Você talvez consiga ver o quanto esses exercícios eram um bom aprendizado para alguém interessado na suposta "escrita-criativa".[11] Os lucros do empreendimento foram investidos em uma carteira de fundos de alta rentabilidade; e as taxas de juros da época estavam altas, enquanto os empréstimos do crédito estudantil só começavam a acumular juros depois que você saísse da universidade. Era uma estratégia conservadora, tanto financeira quanto academicamente. Não que eu estivesse fazendo por encomenda vários textos ficcionais por semana, ou coisa assim. Afinal eu também tinha bastante trabalho meu para fazer.

Antecipando-me a uma provável pergunta, deixa eu já admitir que na melhor das hipóteses a ética aqui era cinzenta. Por isso decidi já ser sincero lá em cima sobre não ser um pobretão nem precisar de uma renda extra pra poder comer ou coisa assim. Eu não estava desesperado. Estava, no entanto, tentando fazer uma poupança para me preparar para o que eu já imaginava[12] que seriam dívidas terríveis pós-universidade. Tenho consciência de que isso não é desculpa no sentido mais estrito do termo, mas realmente acredito que me serve pelo menos de explicação; e também havia outros fatores, mais gerais, e outros contextos que poderiam ser considerados atenuantes. Pra começo de conversa, no final das contas a própria universidade tinha lá uma hipocrisia moral que não era pouca, p. ex., ao se autocongratular por sua diversidade e pelo bom-mocismo esquerdista da sua política enquanto na verdade se dedicava à tarefa de preparar os filhos da elite para entrar em profissões de elite e ganhar um monte de dinheiro, aumentando assim o universo de doações vindas de ex-alunos prósperos. Sem que ninguém discutisse nem se permitisse tomar consciência disto, a universidade era um verdadeiro templo

---

11 (que, caso você queira saber, não era tema de aulas formais naquela época)
12 (corretamente, como veio a se revelar)

de Mamon. Não estou brincando. Por exemplo, o curso mais popular era economia, e os melhores e os mais inteligentes alunos da minha turma pareciam obcecados com uma carreira em Wall Street, cujo éthos público na época era "Ganância é bacana". Sem falar que havia traficantes varejistas de cocaína no campus que ganhavam muito mais do que eu podia sonhar. Esses eram apenas alguns fatores atenuantes que eu poderia, se quisesse, apresentar. A minha atitude a respeito disso era descolada e profissional, não muito diferente da de um advogado. O meu ponto de vista básico era que, por mais que no meu empreendimento houvesse elementos que pudessem tecnicamente ser definidos como um ato de cumplicidade criminosa com a decisão do cliente de violar o Código de Conduta Acadêmica da universidade, essa decisão, assim como a responsabilidade prática e moral por ela, assentava-se no cliente. Eu estava realizando tarefas literárias como um autônomo remunerado; por que determinados alunos queriam determinadas monografias de determinada extensão sobre determinados temas, e o que eles iriam fazer com elas depois da entrega, isso não era problema meu.

Digamos apenas que esse não era um ponto de vista compartilhado pelo Conselho Jurídico da universidade em fins de 1984. Aqui a história se complica e fica meio pesada, e um livro de memórias tipo-padrão provavelmente iria se demorar nos detalhes, nas injustiças e hipocrisias gritantes envolvidas na história toda. Eu não vou fazer isso. Só estou mencionando tudo isso para situar o contexto dos elementos de aparência ostensivamente "ficcionais" das memórias não-tipo-padrão que você (espero) comprou e que agora está se divertindo ao ler. Além, claro, da ideia também de explicar o que eu estaria fazendo num dos trabalhos de escritório mais tediosos e mecânicos dos Estados Unidos durante o que teria sido o meu terceiro ano numa universidade de elite,[13] para que essa pergunta óbvia não fique solta gerando desconcentração ao longo do livro (um tipo de desconcentração que eu, como leitor, detesto). Dados esses limitados objetivos, então a debacle toda relacionada

---

13 O terceiro ano, aliás, era quando muitos dos outros, mais privilegiados, alunos da universidade, inclusive vários que tinham sido meus clientes, estavam gozando do seu tradicional "semestre no exterior" em lugares como Cambridge e a Sorbonne. Só pra constar. Não há nenhuma expectativa de que você fique torcendo as mãos por causa de alguma hipocrisia ou injustiça que possa discernir neste estado de coisas. De forma nenhuma este Prefácio é uma tentativa de conquistar a sua simpatia. Fora que agora já são tudo águas passadas, obviamente.

ao Código-de-CA provavelmente fica mais bem esboçada com pinceladas esquemáticas, a saber:

(1a) Pessoas ingênuas são, mais ou menos por definição, inconscientes da sua ingenuidade. (1b) Eu era, quando olho para trás, ingênuo. (2) Por vários motivos pessoais, não era membro de nenhuma das fraternidades do campus, e assim ignorava muitos dos costumes bizarros e práticas tribais da assim chamada comunidade "grega" da universidade. (3a) Uma das fraternidades da universidade tinha instituído a prática fenomenalmente estúpida e arriscada de colocar atrás do bar da sala de bilhar um armário com duas gavetas cheias de cópias de determinadas provas recentes, problemas, relatórios de laboratório e monografias que tivessem recebido notas altas, que ficavam à disposição para plágio. (3b) Por falar em estupidez fenomenal, no fim não apenas um mas *três* membros dessa fraternidade tinham, sem se dar ao trabalho de consultar o prestador de serviço de quem as tinham encomendado e recebido, jogado monografias que não eram tecnicamente suas nesse arquivo comunitário. (4) O paradoxo do plágio é que na verdade é necessário muito cuidado e um trabalho muito aplicado pra que o ato dê certo, já que o estilo, a substância e as sequências lógicas do texto original têm que ser suficientemente modificados pro plágio não ser total e ofensivamente óbvio pro professor que vai corrigir o trabalho. (5a) O tipo de aluninho mimado e imbecil dessas fraternidades que recorre a um arquivo comunitário em busca de uma monografia sobre o uso de deflatores implícitos de Produto Interno Bruto na teoria macroeconômica também é o tipo que não vai nem saber fazer nem se importar com o paradoxal trabalho extra que um bom plágio requer. Ele, por mais que pareça inacreditável, vai simplesmente sentar a bunda e redatilografar aquilo tudo, palavra por palavra. (5b) E, coisa ainda mais inacreditável, ele nem vai se dar ao trabalho de analisar se outro irmão da fraternidade não pretende plagiar a mesma monografia pra mesma disciplina. (6) O sistema moral de uma fraternidade universitária no final de contas é classicamente tribal, i.e., caracterizado por uma profunda noção de honra, discrição e lealdade pra com os supostos "irmãos", além de uma falta de consideração total, sociopata, pelos interesses e até pela humanidade de qualquer indivíduo que não pertença ao conjunto fraterno.

Vamos parar este esboço por aqui. Duvido que você precise de um diagrama inteiro pra prever o que aconteceu, ou de uma grande cartilha de dinâmica de classe nos EUA, com os cinco alunos que acabaram academicamente suspensos ou forçados a cursar de novo certas disciplinas versus o único aluno suspenso de modo formal durante a análise do pedido de expulsão e possível[14] entrega do caso ao Promotor Público do condado de Hampshire, que não por acaso é este que vos fala, o autor vivo, sr. David Foster Wallace de Philo IL, cidadezinha minúscula, morta-viva e insignificante à qual nem eu nem minha família estávamos morrendo de vontade de me ver voltar pra ficar à toa vendo TV por pelo menos um e possivelmente os dois semestres que a administração da universidade ia usar com a maior calma do mundo pra determinar meu destino.[15] Enquanto isso, pelos termos do §106(c-d) do Ato de Cobrança de Pendências Federais de 1966, o relógio do pagamento dos meus Empréstimos de Crédito Estudantil começou a correr, a partir de 1º de janeiro de 1985, a uma taxa de juros de 6,25%.

E, de novo, se alguma coisa aqui parece vaga ou truncada, é porque estou te passando só uma versão bem nua, monotarefa, de quem eu era e onde estava, em termos de situação, nos treze meses em que passei como analista do IRS. E tem mais: infelizmente, a forma específica como fui parar nesse emprego governamental, pra começo de conversa, é um assunto pregresso que eu só posso explicar de maneira meio torta, i.e., ostensivamente explicando os motivos de eu não poder discutir esse assunto.[16] Primeiro, eu te pediria pra

14 (mas tremendamente improvável, dada a preocupação da universidade com a sua reputação e RP)

15 Desculpa essa frase. A verdade é que essa situação toda de armário-da-fraternidade-e-necessidade-de-bode-expiatório-pra-um-escândalo-fora-de-controle ainda me deixa às vezes meio emocionalmente acelerado. Dois fatos podem tornar mais compreensível a durabilidade dessas emoções: (a) dos cinco alunos que o Conselho-J descobriu que ou compraram as monografias ou as plagiaram dos que tinham comprado, dois acabaram se formando *com louvor e distinção* e (b) um terceiro agora faz parte do Conselho Administrativo da universidade. Só vou deixar assim, como fatos brutos, pra você tirar suas próprias conclusões a respeito de toda essa história mesquinha. *Mendacem memorem esse oportet*. [Para ser mentiroso é preciso ter boa memória].

16 E por favor desculpe todos esses subterfúgios. Dados os possíveis constrangimentos família-jurídicos detalhados logo abaixo, esse tipo de antiexplicação é a única maneira que me é permissível de evitar que toda a coisa da minha presença em um Posto 047 do IRS vire um vazio imenso, não explicado e não motivado, o que em certos tipos de ficção de repente tudo bem (tecnicamente), mas num livro de memórias constituiria uma violação profunda e essencial do acordo.

não esquecer a supracitada indisposição de me ver cumprir em Philo o meu período de limbo, relutância mútua esta que por sua vez tem a ver com uma cacetada de problemas e de histórias anteriores entre mim e a minha família que eu não poderia abordar nem se quisesse (vide infra). Segundo, eu te informaria que a cidade de Peoria IL fica a mais ou menos cento e trinta quilômetros de Philo, o que é uma distância que permite um monitoramento familiar básico sem nenhum tipo de conhecimento detalhado, íntimo mesmo, que poderia conferir sensações de preocupação ou responsabilidade. Terceiro, eu poderia chamar a sua atenção pro Ato de Práticas de Cobrança de Dívidas de 1977 do Congresso Americano, que no final de contas anula o §106(c-d) do Ato de Cobranças Federais e autoriza a postergação de pagamentos de Crédito Estudantil para funcionários documentados de certas agências governamentais, inclusive adivinha qual. Quarto, eu tenho o direito, depois de exaustivas negociações com o jurídico da editora, de dizer que o meu contrato de treze meses, com lotação e salário de funcionário GS-9, foi resultado de ações de bastidores de certo parente[17] cujo nome não será mencionado, com ligações não especificadas com o Escritório da Comissão Regional Meio-Oeste de certa agência governamental cujo nome não será mencionado. Por fim, e importantissimamente, também me permito dizer, embora em linguagem que não me é de todo própria, que membros da minha família foram quase unânimes em declinar de assinar as necessárias autorizações legais para qualquer uso mais específico, qualquer menção ou representação dos supracitados parentes ou qualquer imagem deles em qualquer âmbito, ambiente, forma ou guisa, o que inclui referências *sine damno*, no escopo da obra escrita doravante intitulada *O rei pálido*, e que é por isso que eu não posso entrar em maiores detalhes acerca dos comos e dos porquês mais amplos. Fim da explicação da ausência de explicação real, que, por mais que possa soar irritante ou obscura, é (de novo) melhor do que deixar a questão de por que/como eu estava trabalhando num Centro Regional de Análise do Meio-Oeste só ali parada, imensa e não comentada durante todo o texto que virá,[18] como o proverbial elefante na sala.

Aqui eu provavelmente também deveria abordar outra questão tipo motivação central que tem a ver com as questões de veracidade e confiança le-

---

17 (*não* um dos meus pais)
18 Cf. nota 2, supra.

vantadas vários §s acima, v.g., por que um livro não ficional de memórias, pra começar, já que eu sou primariamente um autor de ficção? Sem falar na questão de por que um livro de memórias restrito a um único ano bem lá atrás no passado, em que fiquei exilado de tudo que ao menos remotamente me interessasse ou a que eu desse bola, cumprindo minha sentença como pouco mais que uma minúscula engrenagenzinha mecânica e efêmera da imensa burocracia federal?[19] Há dois tipos de respostas válidas, uma pessoal

---

19 A palavra *burocracia* aqui vai não obstante o fato de que parte do espírito que levou a toda aquela coisa do "Novo IRS" era uma mentalidade cada vez mais anti ou pós-burocrática tanto da Besta quanto do Regional. Veja, só pra dar um exemplo, este trechinho de uma entrevista com o sr. Donald Jones, um GS-13 Líder de Equipe do grupo das Gordas do CRA Meio-Oeste entre 1984 e 1990:

> Talvez fosse útil definir *burocracia*. O termo. O nosso assunto. Eles disseram que era pra você ir olhar no dicionário. Administração caracterizada pela autoridade difusa e pela adesão a regras inflexíveis de operação, fecha aspas. Regras inflexíveis de operação. Um sistema administrativo em que a necessidade ou o desejo de seguir procedimentos complexos impede a ação efetiva, fecha aspas. Eles tinham transparências da definição que eles projetavam na parede durante as reuniões. Eles disseram que mandavam todo mundo recitar as definições quase como um tipo de catequese.

O que significa, em termos discursivos, que esses anos em questão aqui viram uma das maiores burocracias de qualquer lugar passar por uma convulsão em que ela tentava se reconceber como uma não- ou até como uma antiburocracia, o que assim de cara pode soar como só mais uma loucurinha burocrática. A bem da verdade, foi de dar medo; era como ver uma máquina imensa ganhar consciência e começar a pensar e sentir como um ser humano real. O terror de filmes coetâneos como *O exterminador do futuro* e *Blade Runner* se baseava justamente nessa premissa... mas claro que no caso do Serviço as convulsões e suas consequências, ainda que mais difusas e nada dramáticas, tiveram um impacto efetivo na vida dos americanos.

N.B. que o "eles" do sr. Jones se refere a certas figuras alto nível que eram expoentes da assim chamada "Iniciativa", que seria totalmente não prático aqui tentar explicar em termos abstratos (se bem que cf. Item 951458221 do §14, Documentário com Entrevistas, que consiste de uma longa e provavelmente não idealmente centrada versão de uma explicação como essa, fornecida pelo sr. Kenneth ["Meio que assim"] Hindle, um dos fraldinhas mais antigos do grupo moleza onde acabei [depois de um monte de confusões e trapalhadas iniciais] sendo lotado), a não ser pra dizer que a única figura dessas que alguém do nosso nível baixo jamais chegou a ver de perto foi M. E. Lehrl do Setor Técnico e a sua estranha equipe de intuitivos e efebos do oculto, que tinham a tarefa (viemos a saber) de implementar a Iniciativa em tudo que se referia às Análises. Se isso não faz o menor sentido a esta altura, por favor nem se preocupe. Tive várias dúvidas sobre o que explicar aqui versus o que deixar se desenrolar de forma mais natural e dramática nas memórias propriamente ditas. Acabei decidindo oferecer certas explicações rápidas e potencialmente confusas, apostando que se elas forem obscuras ou barrocas

e a outra mais literária/humanística. A coisa pessoal é de início tentar dizer que não é da sua conta... só que uma das desvantagens de me dirigir aqui diretamente a você e em pessoa no presente cultural de 2005 é o fato de que, como tanto eu quanto você sabemos, não há mais nenhuma linha nítida entre o público e o pessoal, ou na verdade entre o privado versus o performativo. Entre os óbvios exemplos estão os *web logs*, os *reality shows*, as câmeras do telefone celular, as salas de chat... sem falar da popularidade extremamente aumentada das memórias como gênero literário. Claro que *popularidade*, nesse contexto, é sinônimo de lucratividade; e na verdade esse mero fato já deveria bastar, em termos de motivação pessoal. Considere que em 2003 o adiantamento[20] típico que um autor recebia por um livro de memórias era quase 2,5 vezes o que era pago por uma obra de ficção. A verdade pura e simples é que eu, como muitos outros americanos, sofri alguns revezes com a volatilidade econômica dos últimos anos, e esses reveses ocorreram ao mesmo tempo em que minhas obrigações financeiras aumentaram junto com a idade e as responsabilidades;[21] enquanto isso, tudo que é escritor americano — al-

---

demais agora, você simplesmente não vai prestar muita atenção, o que, de novo, faço questão de te garantir que súper tudo bem.

20 Caso você esteja interessado, o termo se refere a um pagamento adiantado e não reembolsável feito com base numa projeção dos direitos autorais (numa escala progressiva que vai de 7,5% a 15% do preço de capa) sobre as vendas de um livro. Como é difícil prever as vendas reais, é do interesse financeiro do autor receber o maior adiantamento possível, mesmo que o pagamento de uma bolada possa criar problemas fiscais pro ano em que a renda entrou (em grande medida pelo fato de o Ato de Reforma Fiscal de 1986 ter eliminado o recurso à média da renda). E porque, de novo, a previsão de vendas não é uma ciência exata, o tamanho do adiantamento imediato que uma editora se dispõe a pagar ao autor em troca dos direitos de um livro é a melhor indicação tangível da disposição do editor de "trabalhar" aquele livro, este último termo se referindo a tudo que vai desde o número de exemplares impressos até o tamanho do orçamento de marketing. Esse trabalho é praticamente a única maneira de um livro ganhar a atenção de um público massificado e garantir vendas significativas — gostando você ou não, é essa a realidade comercial de hoje.

21 Aos quarenta anos, artista ou não, a realidade é que só um mané imprudente deixaria de começar a poupar e investir pra uma eventual aposentadoria, especialmente nessa era de planos de previdência tipo IRA e SEP-IRA, com desconto no Imposto de Renda e tetos de isenção anual generosos — extraespecialmente se você pode abrir um pequeno negócio e deixar a empresa fazer uma contribuição anual adicional, acima ainda do seu plano, como "benefício" pago ao "funcionário", isentando assim aquela quantia extra da sua renda tributável. As leis fiscais de hoje são praticamente escritas nas coxas, implorando que os americanos de nível econômico

guns dos quais conheço pessoalmente, incluindo um a quem cheguei a emprestar dinheiro pras despesas básicas de sobrevivência ainda no começo de 2001 — andou fazendo um enorme sucesso com livros de memórias,[22] e eu seria um hipócrita imundo se fingisse que estava menos sintonizado do que os outros com as forças do mercado.

Como todas as pessoas maduras sabem, no entanto, é possível que tipos muito diferentes de motivos e emoções coexistam na alma humana. Não há possibilidade de que um livro de memórias como *O rei pálido* pudesse ser escrito apenas pra obter lucro. Um dos paradoxos da literatura como atividade profissional é que livros escritos apenas por dinheiro e/ou sucesso quase nunca vão ser bons o suficiente pra garantir uma das duas coisas. A verdade é que a narrativa mais ampla que abrange este Prefácio tem significativo valor social e artístico. Isso pode soar metido, mas fique tranquilo, eu não poderia investir e não teria investido três anos de trabalho puxado (fora os quinze meses de futricação jurídica e editorial) nesse *O rei pálido* se não estivesse convicto dessa verdade. Dê, p. ex., uma olhada no que se segue, que foi transcrito verbatim dos comentários feitos pelo sr. DeWitt Glendenning Jr., Diretor do Centro Regional de Análise Meio-Oeste durante a maior parte da minha estada por lá.

> Se você sabe a posição de uma pessoa em relação aos impostos, você pode determinar toda a filosofia [dela]. O código tributário, depois que você conhece ele bem, incorpora toda a essência da vida [humana]: ganância, política, poder, bondade, caridade.

A essas qualidades que o sr. Glendenning atribuía ao código eu respeitosamente acrescentaria mais uma: tédio. Opacidade. Hostilidade ao usuário.

Isso tudo pode ser dito de outra maneira. Pode soar meio seco e até obsessivo, mas é porque estou reduzindo tudo ao esqueleto abstrato:

---

mais alto tirem vantagem dessa brecha. O truque, claro, é ganhar o bastante pra ser classificado como americano de nível econômico mais alto — *Deos fortioribus adesse* [Os deuses favorecem os mais fortes].

22 (Apesar de sua celebridade e prosperidade repentinas eu ainda, quase quatro anos depois, espero pelo pagamento do empréstimo feito a esse escritor cujo nome não será evocado e a quem me refiro não por mimimi nem por vingança, mas meramente como uma pequena parte da minha situação financeira enquanto motivação.)

1985 foi um ano crítico para a tributação americana e para a aplicação do código tributário dos EUA pelo seu Internal Revenue Service. Em poucas palavras, aquele ano viu não apenas mudanças fundamentais no escopo operacional do Serviço, mas também o clímax de uma complexa batalha intra-Serviço entre defensores e oponentes de um sistema tributário cada vez mais automatizado, computadorizado. Por intricadas razões administrativas, o Centro Regional de Análise Meio-Oeste tornou-se um dos locais em que a fase crucial dessa batalha se desenrolou.

Mas isso é só parte da história. Conforme alusão em Nota lá bem supra, subjacente a essa batalha operacional entre aplicação humana versus digital do código tributário estava um conflito mais profundo a respeito das próprias missão e *raison d'être* do Serviço, um conflito cujas consequências se estenderam dos corredores do poder lá no Tesouro e na Besta até o escritório distrital mais fuleiro e afastado. Nos níveis mais altos, a luta aqui era entre servidores tradicionais ou "conservadores",[23] que viam os impostos e sua administração como uma arena de justiça social e virtude cívica, de um lado, e os administradores mais progressivos, "pragmáticos", que valorizavam o modelo de mercado, a eficiência e um retorno máximo do investimento feito no orçamento anual do Serviço. Reduzida à sua essência, a questão era se, e em que medida, o IRS deveria ser concebido como uma entidade com fins lucrativos.

Talvez isso é tudo o que eu devia dizer aqui em termos de síntese. Se você souber pesquisar e decodificar os arquivos governamentais, vai encontrar pilhas de documentos históricos e teóricos sobre praticamente cada faceta do debate. Está tudo nos registros públicos.

Mas eis o problema. Tanto naquela época como agora, muito poucos americanos comuns sabem alguma coisa a respeito disso tudo. Também não sabem muita coisa das profundas mudanças que o Serviço sofreu na metade dos anos 80, mudanças que hoje afetam diretamente a forma de determinar e fiscalizar as obrigações fiscais dos cidadãos. E o motivo dessa ignorância pública não é o sigilo. Apesar da bem documentada paranoia e da aversão do IRS por publicidade,[24] o sigilo, no caso, não teve nada a ver com isso. O verdadei-

---

23 (ou seja, de maneira algo confusa, liberais clássicos)
24 (atitudes que não são de todo injustificadas, dada a hostilidade que os contribuintes nutrem pelo Serviço, o hábito dos políticos de falar mal da agência para ganharem pontos populistas &c.)

ro motivo de os cidadãos americanos não estarem conscientes desses conflitos, dessas mudanças e do que elas acarretam é que o tema política tributária e sua administração é muito chato. Gigantesca e espetacularmente chato.

É impossível exagerar a importância dessa característica. Considere, do ponto de vista do Serviço, as vantagens do chato, do arcano, do estupefacientemente complexo. O IRS foi uma das primeiras agências governamentais a aprender que tais qualidades ajudam a isolá-las dos protestos públicos e da oposição política, e que a aridez mais abstrusa é na verdade um escudo muito mais eficiente que o sigilo. A grande desvantagem do sigilo é que se trata de algo interessante. As pessoas se sentem atraídas por segredos; elas não conseguem evitar. Não esqueça que o período de que estamos falando foi só uma década depois de Watergate. Tivesse o Serviço tentado esconder ou camuflar seus conflitos e convulsões, algum ou alguns jornalistas dedicados teriam feito revelações que provocariam muita atenção e interesse e uma balbúrdia escandalosa. Mas isso nem de longe foi o que aconteceu. O que aconteceu foi que boa parte do debate político de alto nível se desenrolou por dois anos diante dos olhos do público, p. ex., em audiências abertas do Comitê Conjunto de Tributação, do Subcomitê de Procedimentos e Estatutos do Tesouro no Senado, e do Conselho de Comissários Assistentes e Auxiliares do IRS. Essas audiências eram uns amontoados de sujeitos anaeróbicos com ternos foscos que falavam um burocratês desprovido de verbos — termos como "modelo de utilização estratégica" e "vetor de redistribuição" em vez de "plano" e "imposto" — e levavam dias só pra chegar a algum consenso sobre a ordem dos itens em pauta. Até na área econômica da imprensa mal houve cobertura; você imagina por quê? Se não, considere que praticamente todas as transcrições, registros, estudos, documentos oficiais, emendas ao código, regras tributárias e memorandos internos estão disponíveis ao público desde a data de sua emissão. Nem é necessário recorrer à Lei de Acesso à Informação. Mas nem um único jornalista parece ter jamais verificado tudo isso, e por um bom motivo: aquilo ali é rocha sólida. Os olhos giram e ficam branquinhos lá pelo terceiro ou quarto §. Você simplesmente não faz ideia.[25]

---

[25] Estou razoavelmente seguro de que sou o único americano vivo que de fato leu todos esses arquivos do começo ao fim. Não sei se consigo explicar como eu fiz uma coisa dessas. O sr. Chris Acquistipace, um dos GS-11 Líderes de Mesa no nosso grupo de Análise Moleza e pessoa

Fato: as agonias do parto do Novo IRS levaram a uma das mais grandiosas e terríveis descobertas no território das RP da democracia moderna, que diz que se questões delicadas da condução do governo puderem ser transformadas em coisas suficientemente chatas e arcanas, não há necessidade de que os funcionários públicos as ocultem ou disfarcem, porque ninguém que não esteja diretamente envolvido vai prestar atenção a ponto de causar problemas. Ninguém vai prestar atenção porque ninguém vai se interessar, em razão, mais ou menos a priori, da monumental chatice dessas questões. Se devemos lamentar essa descoberta de RP por seus efeitos corrosivos para o ideal democrático ou celebrá-la pela melhoria que causou na eficiência geral do governo depende, ao que parece, do lado em que estamos no debate mais profundo sobre ideais versus eficácia mencionado na p. 97, o que resulta em mais uma espiral convoluta que eu não vou testar a sua paciência tentando retraçar ou esmiuçar.

Para mim, pelo menos quando faço uma retrospectiva,[26] a questão realmente interessante é por que a chatice se mostra um obstáculo tão grande à atenção. Por que fugimos do que é chato? Talvez porque a chatice é intrinsecamente dolorosa; talvez venham daí expressões como "chato de doer" ou "chato de morrer". Mas pode haver mais por trás disso. Talvez a chatice esteja associada à dor psíquica porque algo que é árido ou obscuro não proporciona estímulo suficiente para distrair as pessoas de outro tipo mais profundo de dor que está sempre ali, ainda que de maneira ambiente, de fundo, e na qual a maioria de nós[27] investe quase a vida toda e quase toda a nossa energia tentando não sentir, ou pelo menos não sentir diretamente ou com a nossa atenção plena. A verdade é que a coisa é bem tortuosa e difícil de abordar de forma abstrata... mas com certeza algo há de estar por trás não apenas do Muzak em lugares chatos e tediosos de tempos passados mas agora por trás também da presença efetiva de televisores em salas de espera, caixas de supermerca-

---

de não pouca intuição e sensibilidade, propôs uma analogia entre os registros públicos que cercam a Iniciativa e os gigantescos budas de ouro maciço que ladeavam alguns templos no antigo Khmer. Essas estátuas de valor inestimável, jamais vigiadas nem protegidas, estavam a salvo de roubo não apesar de mas por causa de seu valor — eram imensas e pesadas demais para alguém removê-las dali. Algo nisso me consolava.
26 (o que é, afinal, a especialidade das memórias)
27 (estejamos ou não conscientes disso)

do, portões de embarque de aeroportos, bancos traseiros de SUVs. Walkmen, iPods, Blackberries, celulares que ficam presos na nossa cabeça. Esse pavor do silêncio sem nada de divertido pra gente fazer. Eu não consigo imaginar que alguém acredite mesmo que a dita "sociedade da informação" dos dias de hoje seja somente uma questão de informação. Bem lá no fundo todo mundo sabe[28] que se trata de outra coisa.

O que é relevante aqui em termos de livros de memórias é que eu aprendi, no meu tempo de Serviço, alguma coisa sobre chatice, informação e complexidade irrelevante. Sobre lidar com o tédio como quem vence um terreno cheio de obstáculos, planícies, florestas e desertos sem fim. Aprendi a respeito disso tudo de maneira intensiva, afetiva, no meu ano interrompido. E agora, daquele tempo em diante, percebi no trabalho e nas horas de recreação com os amigos, e até na intimidade da vida em família, que as pessoas reais não falam muito do que é chato. Das partes da vida que são e devem ser chatas. Por que esse silêncio? Talvez porque o tema é, em si e por si próprio, chato... só que aí estamos de novo bem lá onde começamos, o que é tedioso e irritante. Mas pode, é minha opinião, haver mais por trás disso... tipo assim muito mais, bem aqui na nossa cara, escondido por seu próprio tamanho.

---

28 (de novo, consciente ou inconscientemente)

§ 10

Malgrado a famosa caracterização feita pelo Meritíssimo H. Harold Mealer e incluída no parecer majoritário do Quarto Tribunal Distrital de Apelação sobre o caso *Atkinson et al. vs. a União*, de uma burocracia governamental como "o único parasita conhecido que é maior que o organismo de que subsiste", a verdade é que uma burocracia como essa é muito mais um mundo paralelo, tanto conectado ao nosso quanto independente dele, um mundo que funciona com uma física própria e seus próprios imperativos causais. Pode-se conceber um grande e intricadamente ramificado sistema de braços, roldanas, engrenagens e alavancas que irradia de um operador central de maneira que minúsculos movimentos do dedo do operador sejam transmitidos por esse sistema para se transformarem nas grandes mudanças cinéticas dos braços da periferia. É nessa periferia que o mundo da burocracia age sobre o nosso.

A parte crucial da analogia é que o operador do complexo sistema não é ele próprio isento de uma causa original. A burocracia não é um sistema fechado; é isso que faz dela um mundo e não uma coisa.

§ 11

*Do Memorando Interno 4123-78(b) do Escritório
de Assistência aos Funcionários e Supervisão de Pessoal
do Comissário Assistente da Renda Interna para
Recursos Humanos, Gerenciamento e Apoio*

Conclusão da Pesquisa/Estudo 1-76—11-77 do IRSEAFSPCARIRHGA: síndromes/sintomas autorizados pela AMA/DSM(II) e associados a postos de Análise que excedam o teto de 36 meses (prazo médio de lotação nos dados: 41,4 meses), em ordem inversa de incidência (segundo requisições médicas/AFSP segundo o IRSM §743/12.2(f-r)):

Paraplegia crônica
Paraplegia temporária
Paralisia *agitans* temporária
Estados de fuga paracatatônica
Prurido
Edema intracraniano
Discinesia espasmódica

Paramnésia
Parese
Ansiedade fóbica (numérica)
Lordose
Neuralgia renal
Tinnitus
Alucinações periféricas
Torcicolo
Sinal de Cantor (destro)
Lumbago
Lordose diedral
Estados de fuga dissociativa
Síndrome de Kern-Børglundt (radial)
Hipomania
Ciática
Torcicolo espasmódico
Baixo limiar de susto
Síndrome de Krendler
Hemorroidas
Estados de fuga ruminativa
Colite ulcerativa
Hipertensão
Hipotensão
Sinal de Cantor (sinistro)
Diplopia
Hemeralopia
Cefaleia vascular
Ciclotimia
Visão borrada
Tremores finos
Tiques faciais/digitais
Ansiedade localizada
Ansiedade generalizada
Déficits cinéticos
Sangramento inexplicado

§ 12

Stecyk começou pelo fim do quarteirão, subiu a primeira calçadinha de pedra com a pasta na mão e tocou a campainha. "Bom dia", disse à senhora de idade que atendeu a porta com o que era ou um roupão ou um vestido muito informal de ficar em casa (eram 7h20, então um roupão de banho era não só provável como totalmente adequado) cuja gola ela segurava firme com uma mão para manter fechada, e que olhava pela fresta aberta na porta para diferentes pontos acima dos ombros de Stecyk como se tivesse certeza de que havia mais alguém atrás dele. Stecyk disse: "O meu nome é Leonard Stecyk, as pessoas me chamam de Leonard mas Len também está mais do que bom se for o caso, e recentemente tive a oportunidade de me mudar e me estabelecer no 6F do conjunto Angler's Cove logo ali na outra rua, tenho certeza de que a senhora já viu o prédio seja saindo ou voltando pra casa, fica ali bem na outra rua, no 121, e eu queria dizer Oi e me apresentar e dizer que estou satisfeito de fazer parte da vizinhança aqui e oferecer à senhora como demonstração de saudação e agradecimento essa cópia gratuita da Lista Nacional de Códigos Postais de 1979 dos Correios dos Estados Unidos da América, que traz os CEPs de cada comunidade e zona postal de cada estado dos Estados Unidos em ordem alfabética" — ajeitando a pasta embaixo do braço para abrir a Lista e segurá-la aberta de modo que a mulher pudesse ver — algo parecia errado com um dos olhos da mulher, como se ela estivesse tendo dificuldade com uma lente de contato ou talvez houvesse algum objeto estranho sob a pálpebra superior, coisa que podia ser bem incômoda — "e que ainda traz aqui no verso da última página e na terceira capa, a quarta é a continuação, os endereços e números com discagem gratuita de mais de quarenta e cinco agências e serviços governamentais dos quais a senhora pode receber material informativo gratuito, com algumas coisas que são quase ridiculamente importantes, veja só que coloquei uns asteriscozinhos do lado destes, que sei por experiência que são úteis e uma pechincha incrível, e que para dizer a verdade afinal de contas se a gente for falar às claras são pagos com o dinheiro dos seus impostos, então por que não tirar alguma vantagem desses tributos se é que a senhora me entende, se bem que sem dúvida que a escolha é toda sua" — a senhora também estava virando de leve a cabeça como fazem as pessoas cuja audição não é mais exatamente o que um dia foi, e ao perceber isso Stecyk largou a pasta para marcar com a caneta dois asteriscos extras perto de números que naquele caso podiam ser especialmente úteis. Depois fez um gesto largo para estender a lista e deixá-la ali pairando no ar bem na frente da porta enquanto a senhora já de cara amarrada parecia decidir se soltava a corrente da porta para aceitar aquilo. "De repente eu só largo ela aqui encostadinha na caixa de leite" — apontando para a caixa de leite — "e a senhora pode examinar à vontade quando bem lhe aprouver em outro momento do dia ou na verdade quando a senhora preferir mesmo", Stecyk disse. Ele gostava de fazer um movimento ou uma firula como quem toca a aba do chapéu mesmo que sua mão nunca tocasse o chapéu; ele achava aquilo tanto cortês quanto divertido. "Tchauzinho então", disse. Voltou pela calçadinha, pulando todas as emendas das pedras e ouvindo a porta atrás de si fechar apenas quando chegou à rua e dobrou direto à direita e deu dezoito passos até a próxima calçadinha e direto à direita rumo à porta, que tinha uma porta de segurança de ferro forjado instalada à sua frente e na qual não houve resposta depois de três toques de campainha e de uma batidinha tá-tarará-tá... Ele deixou o cartão com o seu novo endereço, o teor geral de sua saudação e de seu oferecimento e outra lista de códigos postais de 1979 (a lista de 1980 só sairia em agosto; ele já tinha feito o pedido) e seguiu calçadinha abaixo, num passo animado, um sorriso tão grande que até parecia doer.

§13

Foi no colegial da escola pública que esse menino aprendeu o terrível poder da atenção e daquilo em que você presta atenção. Aprendeu de um jeito cujo ridículo era parte do que o tornava tão terrível. E como era terrível.

Aos dezesseis anos e meio, ele começou a ter humilhantes crises públicas de sudorese.

Quando criança, ele sempre foi de suar muito. Suava bastante quando praticava esportes ou quando estava com calor, mas isso não lhe causava grande incômodo. Ele só se enxugava com maior frequência. Não lembrava de alguém jamais ter falado disso. Além do mais, aparentemente não cheirava mal; não é que fosse fedido. O suor era só uma coisa diferente nele. Alguns meninos eram gordos, alguns baixos demais, ou altos ou com dentes tortos, ou gagos, ou tinham cheiro de mofo por mais que trocassem de roupa — ele apenas calhava de ser alguém que suava pesado, especialmente com a umidade do verão, quando só de andar de bicicleta por Beloit com seu macacão de brim ele suava feito louco. Isso quase nunca chamou sua atenção, até onde ele se lembrava.

No seu décimo sétimo ano, no entanto, ele começou a se incomodar e a prestar atenção nessa coisa da sudorese. Certamente tinha relação com a puberdade, com a fase em que você de repente fica mais preocupado com como as outras pessoas te veem. Com a possibilidade de haver alguma coisa visivelmente medonha ou nojenta em você. Poucas semanas depois do começo das aulas, ele foi percebendo cada vez mais e de um jeito cada vez mais diferente que parecia suar mais que os outros meninos. Os primeiros dois meses de aula eram sempre quentes, e muitas salas de aula do velho prédio da escola nem tinham ventiladores. Sem se esforçar e sem nem querer, ele começou a imaginar a impressão que o seu suor causava na sala: o rosto brilhando com uma mistura de sebo e suor, a camiseta empapada na gola e nas axilas, o cabelo separado em bananinhas medonhas e molhadas por causa do suor que escorria da cabeça. O pior era quando ele estava em alguma situação em que achava que as meninas iam ter chance de ver. As carteiras das salas de aula eram todas grudadas umas nas outras. Até uma menina bonita ou popular que entrasse na sua linha de visão fazia a temperatura interna dele subir — ele sentia aquilo acontecer espontaneamente, contra a sua vontade — e a sudorese pesada começar.[1]

Só que de início, à medida que se instalava o outono daquele seu décimo sétimo ano de vida e o tempo ia se tornando mais fresco e seco e as folhas iam ficando amarelas e caíam e podiam ser recolhidas em troca de uns trocados, ele teve razões para sentir que o problema do suor estava diminuindo, que o problema na verdade era o verão, que sem o calor abafado do verão não haveria muitas ocasiões para o problema. (Ele pensava nessa dificuldade da forma mais geral e abstrata possível. Tentava nunca pensar na palavra de fato, *suor*. A ideia, afinal, era tentar atingir o mínimo possível de autoconsciência daquilo.) As manhãs agora eram frias, e as salas da escola não ficavam mais

---

[1] Psicodinamicamente, ele estava, enquanto sujeito de reflexão, chegando a uma compreensão tardia e portanto traumática de si próprio também como objeto, corpo entre outros corpos, algo que podia ver e também ser visto. Era o tipo de autoimagem binária a que muitas crianças chegam às vezes aos cinco anos de idade, muitas vezes graças a um encontro ocasional com um espelho, uma poça, uma janela ou uma fotografia vista assim do jeito certo. Apesar de o menino ter uma quantidade-padrão de refletores à sua disposição na infância, no caso dele no entanto, esse estágio de desenvolvimento foi de alguma maneira retardado. A compreensão de si próprio também como um objeto-para-outros no caso dele foi postergada até praticamente as vésperas da vida adulta — e, como a maioria das verdades reprimidas, quando finalmente eclodiu ela veio como algo atordoante e terrível, como uma coisa alada que cuspia fogo.

quentes, a não ser perto dos aquecedores barulhentos lá no fundo. Sem se permitir ter plena consciência disso, ele tinha começado a se apressar um pouco nos intervalos para chegar cedo à aula seguinte e não ficar limitado a uma mesa perto do aquecedor, que era quente o bastante para disparar o suor. Mas isso envolvia um controle delicado, porque se corresse demais pelos corredores entre as aulas esse esforço também poderia gerar um leve suor, o que aumentava sua preocupação e ajudava a sudorese a ficar mais severa caso ele achasse que as pessoas podiam estar percebendo. Alguns outros exemplos de controle e preocupações como esses existiam, e ele tentava evitar ter consciência da maioria deles tanto quanto possível sem ter total noção do porquê dessa atitude.[2]

A essa altura, havia graus e gradações de sudorese pública, de um leve verniz aos extremos de um suor humilhante, incontrolável e totalmente visível e medonho. E o pior era que um grau podia levar a outro se ele se preocupasse demais, se ficasse com medo demais que um suorzinho leve piorasse e se fizesse força demais para evitá-lo ou controlá-lo. O medo do suor podia fazer suar. Ele não começou a sofrer de verdade até entender esse fato, uma compreensão à qual de início chegou lentamente e depois súbita e terrivelmente.

O dia que ele classificava como o pior de sua vida, fácil, até ali, veio depois de uma semana atipicamente fria de começo de novembro em que o problema tinha começado a parecer tão contornável e controlado que ele achou que até podia estar começando a quase esquecer aquilo. Com o macacão e uma camisa de veludo cor de ferrugem, ele sentou numa carteira longe do aquecedor no meio de uma das fileiras do meio na aula de culturas do mundo e estava ouvindo e anotando coisas sobre sabe lá que módulo do livro fosse o tema da aula, quando um pensamento horrível surgiu de dentro dele como do nada: *E se de repente eu começar a suar?* E naquele dia esse pensamento, que se apresentou acima de tudo como um medo súbito e apavoran-

---

[2] No sentido clínico, ele estava lutando para re-reprimir uma verdade que para começo de conversa tinha ficado reprimida demais, confinamento este que lhe havia conferido energia psíquica demais para que, depois que o espelho tivesse estourado (por assim dizer), ela pudesse ser ativamente empurrada para fora da consciência. A consciência das coisas simplesmente não funciona assim.

te que passou por ele como uma maré fervente, fez com que ele começasse na mesma hora a suar pesada e incontrolavelmente, e o pensamento secundário de que devia parecer ainda mais aterrorizante ele estar suando se não estava nem quente ali para os outros foi piorando tudo enquanto ele ficava bem quieto ali de cabeça baixa e com o rosto logo se cobrindo de palpáveis riachos de suor, sem nem se mover, dividido entre o desejo de enxugar o rosto antes que começasse a pingar e que alguém visse pingando e o medo de que qualquer movimento de enxugar fosse chamar a atenção dos outros e fazer com que os que estavam nas carteiras ao lado vissem o que estava acontecendo, que ele estava suando feito louco sem motivo. Foi de longe a pior sensação que ele teve na vida, e o ataque durou quase quarenta minutos, e ele passou o resto do dia meio que num transe causado pelo choque e pela descarga de adrenalina, e aquele dia foi o começo de verdade da síndrome em que ele compreendia que quanto pior ficava o seu medo de começar a suar terrivelmente em público, maiores as chances de ele passar de novo por algo como o que tinha acontecido na aula de culturas do mundo, quem sabe todo dia, quem sabe mais de uma vez por dia — e essa percepção lhe causava um pânico, uma frustração e um sofrimento interno maiores do que ele já tinha sonhado ser possível alguém viver, e a estupidez e a esquisitice do problema só tornavam tudo pior.

A partir daquele dia na aula de culturas do mundo, o horror que ele tinha de aquilo acontecer de novo, e suas tentativas de evitar, contornar ou controlar o medo passaram a dar o tom a praticamente todos os momentos de sua vida. O medo e a obsessão só ocorriam em sala de aula ou no almoço na cantina — não na aula de educação física no último horário, já que suar na educação física não ia ser considerado assim tão estranho e dessa forma não inspirava o tipo especial de medo que o deixava predisposto a sofrer um ataque daqueles. Ou acontecia também em qualquer lugar lotado de gente como reuniões de escoteiros ou a ceia de Natal na sala de jantar abafada e superaquecida da casa dos avós dele em Rockton, onde ele literalmente sentia os pontinhos extras de calor das velas da mesa e o calor corporal de todos os parentes amontoados em volta da mesa, ele de cabeça baixa tentando dar a impressão de que estava observando o desenho dos pratos de porcelana enquanto o calor do medo do calor se espalhava pelo seu corpo como adrenalina ou uísque, aquela onda física de calor interno que ele fazia força para não temer. Não acontecia quando ele estava sozinho, no quarto em casa, lendo — no quarto dele de porta fechada aquilo normalmente nem lhe passava pela cabeça —, ou na biblioteca numa daquelas mesinhas fechadas do lado que parecem um cubo aberto, onde ninguém podia vê-lo ou onde seria fácil ele simplesmente levantar quando quisesse e ir embora.[3] Só acontecia em público com gente em volta dele e em salas abarrotadas de pessoas ou em volta de uma mesa bem iluminada onde você tinha que usar a blusa vermelha nova de Natal e ficar com os ombros e os cotovelos quase encostando mesmo nos primos amontoados dos dois lados e com todo mundo tentando falar ao mesmo tempo por cima da comida fumegante e todo mundo se olhando o que posibilitava tudo que era chance de que as pessoas vissem até as primeiras bolhinhas brilhantes de suor na testa dele e na parte de cima do rosto que aí, se o medo de perder o controle crescesse demais, iam se transformar em gotas gordas e reluzentes que logo começariam a escorrer visivelmente, e era impossível enxugar o rosto com um guardanapo porque ele tinha medo que a imagem esquisita dele enxugando o rosto no inverno chamasse a atenção de todos os parentes para o que estava ocorrendo, que era o que ele teria vendido a própria alma para não acontecer. Basicamente podia acontecer em qualquer lugar de onde fosse difícil sair sem chamar a atenção. Levantar a mão na aula e pedir para ir ao banheiro enquanto cabeças se viravam para olhar — só de pensar nisso um pânico absoluto o invadia.

Ele não entendia por que tinha tanto medo que as pessoas o vissem suando ou que pensassem que aquilo era esquisito ou nojento. E daí? Ele se dizia isso sem parar; sabia que era verdade. Também repetia — muitas vezes num dos cubículos do banheiro dos meninos na escola entre as aulas depois de um ataque mediano ou severo, sentado na privada com a calça erguida e tentando usar o papel higiênico do cubículo para se secar sem que o papel

---

[3] Principalmente não acontecia quando ele estava sozinho no banheiro do andar de cima, tentando fazer um ataque acontecer para que pudesse se examinar diante do espelho e ver com os próprios olhos, de modo objetivo, quanto aquilo parecia feio e óbvio visto de vários ângulos, e de que distância era visível. Ele esperava, e em algum canto escondido acreditava que de repente aquilo não fosse tão óbvio ou não tivesse um aspecto tão bizarro quanto ele sempre temia que tivesse durante um ataque real, mas nunca conseguia analisar porque nunca conseguia fazer um ataque de verdade acontecer quando queria, só quando não queria de forma alguma, de forma alguma.

higiênico se desintegrasse em bilotos e pelotas na sua testa, espremendo porções grossas de papel higiênico na frente do cabelo para ver se secava — o discurso de Franklin Roosevelt na aula de história americana II do segundo ano: *A única coisa que devemos temer é o próprio medo*. Ficava se repetindo isso mentalmente sem parar. Franklin Roosevelt tinha razão, mas não adiantava nada — saber que o medo era o problema não passava de um fato; não fazia o medo desaparecer. Na verdade, ele começou a pensar que pensar tanto assim naquele trecho do discurso só o deixava com mais medo ainda do próprio medo. Que o que ele realmente devia temer era o medo do medo, como um infinito salão de espelhos de parque de diversões, todos ridículos e estranhos. Começou às vezes a se flagrar falando sozinho sobre aquilo do suor e do medo num tipo acelerado de sussurro tênue que ia soltando sem ter consciência, e agora começou a considerar seriamente a possibilidade de estar ficando louco. Quase toda a loucura que ele tinha visto na TV envolvia gente rindo de um jeito aloprado, o que agora lhe parecia totalmente bizarro, tipo uma piada que não só não era engraçada como não fazia sentido. Imaginar a possibilidade de rir dos ataques ou do medo era como se imaginar indo até alguém tentando explicar o que estava acontecendo, tipo ao seu escoteiro-chefe ou ao psicólogo da escola — era inimaginável; não tinha como.

O colegial virou uma tortura diária, apesar de as notas dele melhorarem ainda mais graças à quantidade adicional de horas de estudo e de leitura que se impôs porque era só quando estava sozinho e totalmente desligado e concentrado em outra coisa que ele ficava legal. Também começou a fazer caça-palavras e jogos com números, que propiciavam essa concentração. Na sala de aula ou na cantina, era uma preocupação constante não pensar naquilo e não deixar o medo atingir o ponto em que sua temperatura subia e sua atenção se condensava até ele só sentir aquele calor descontrolado e o suor começando a pipocar nas mãos e nas costas, já que, assim que sentia o suor pipocando e gotejando, o medo explodia e ele só conseguia pensar em jeitos de sair dali e ir para o banheiro sem chamar a atenção. Só acontecia de vez em quando, mas ele estava sempre em pânico, apesar até de saber muito bem que o pânico constante e a preocupação o deixavam predisposto a um ataque. Ele pensava naquilo em termos de *ataques*, apesar de não provirem de nada exterior e sim de alguma parte interna dele que sofria ou que o traía, como num *ataque cardíaco*. Da mesma forma, *predisposto* tornou-se seu código particular para o estado de medo e pânico iminente que podia levá-lo a sofrer um ataque em público praticamente a qualquer hora.

O melhor jeito que ele encontrou de lidar com o fato de estar sempre predisposto e obcecado com o medo de tudo aquilo na escola foi desenvolver vários truques e táticas sobre o que fazer se um ataque de suor em público começasse e ameaçasse ficar totalmente sem controle. Saber onde eram todas as saídas de determinada sala assim que ele entrava não era um truque, passou a ser algo que ele agora fazia de modo automático, e também saber direitinho a que distância ficava a saída mais próxima e se ela podia ser alcançada sem chamar muita atenção. A cantina da escola era um exemplo de lugar de onde era fácil fugir sem ninguém perceber de verdade. Sair da sala de aula durante um ataque no meio da aula, no entanto, nem pensar. Se ele simplesmente se levantasse e saísse correndo da sala, como sempre morria de vontade de fazer durante um ataque, ia ser problema disciplinar que não acabava mais, e todo mundo ia querer uma explicação, inclusive seus pais — fora que quando ele voltasse para a sala no dia seguinte todo mundo ia saber que ele tinha saído correndo e ia querer saber o que foi que tinha dado nele, e o resultado final seria um monte de atenção voltada para ele na sala, o medo de que todo mundo o estivesse observando e olhando para ele, o que ia deixá-lo predisposto de novo. Ou se um dia ele chegasse a levantar a mão e pedisse autorização para sair da sala, aquilo ia chamar a atenção de todos os estudantes entediados da fileira dele que iam querer ver quem tinha falado, a cabeça de todo mundo ia virar para olhar e lá estaria ele suado, pingando e com uma cara bizarra. Sua única esperança então seria estar com cara de doente, o pessoal ia achar que ele estava mal ou a ponto de vomitar. Esse era um dos truques — tossir ou fungar ou apalpar com ar dolorido os gânglios se ficasse com medo de um ataque, para, caso aquilo ficasse sem controle, ele ter a esperança de que as pessoas só fossem pensar que ele estava doente e que não devia ter ido à escola naquele dia. Que ele não era esquisito, que só estava doente. Era a mesma coisa quando fingia que não estava passando bem na hora do almoço na cantina — às vezes ele não comia e jogava fora a bandeja toda e aí saía e ia comer num cubículo do banheiro um sanduíche que tinha trazido de casa num saquinho. Assim o pessoal tinha mais chance de achar que ele estava doente.

Uma das outras táticas era sentar numa fileira bem lá no fundo da sala, assim a maioria dos alunos ficava na sua frente e ele não precisava se preocupar que eles o vissem se tivesse um ataque, o que só funcionava em aulas sem lugares marcados,[4] mas que também podia sair pela culatra naquela pior situação possível que ele fazia força para não imaginar. E também evitar os aquecedores, claro, e carteiras entre as meninas, ou tentar conseguir uma carteira bem na ponta de uma fileira para em caso de emergência poder desviar a cara do resto da fileira, mas de uma maneira sutil que não parecesse esquisita — ele simplesmente passaria as pernas para o corredor entre as carteiras e cruzaria os tornozelos para se inclinar para o outro lado. Ele parou de ir de bicicleta à escola porque o exercício de pedalar podia deixá-lo quente e predisposto à ansiedade antes até de começar a primeira aula. Outro truque, no início do terceiro bimestre, era ir a pé à escola e sem casaco para passar frio e meio que dar uma congelada no sistema nervoso, o que ele só conseguia fazer quando era o último a sair de casa, porque sua mãe teria um treco se ele tentasse sair sem casaco. Também dava para usar várias camadas de roupa que ele podia ir tirando se sentisse aquilo chegando na aula, se bem que tirar as camadas ia parecer meio esquisito se ele também estivesse tossindo e palpando os gânglios — pelo que ele já tinha visto, pessoas doentes normalmente não ficavam tirando blusas. Ele tinha noção de que estava emagrecendo mas não sabia quanto. Também começou a cultivar o gesto de afastar o cabelo da testa, que treinou no espelho do banheiro para deixar bem com cara de um hábito inconsciente mas que na verdade tinha sido pensado para remover o suor da testa e fazê-lo sumir no cabelo em caso de ataque — mas aqui também se tratava de um controle delicado, porque depois de certo ponto o gesto não ajudava mais, já que se a parte da frente do cabelo ficasse úmida a ponto de formar aqueles gomos e aquelas mechinhas molhadas, aí o fato de ele estar suando ficava ainda mais evidente se as pessoas acabassem olhando para ele. E a pior situação possível que ele temia mais do que tudo era estar no fundo da sala e começar a ter um ataque tão terrível que o professor, lá na frente da sala, percebesse que ele estava empapado e pingando de um suor visível e interrompesse a aula para perguntar se ele estava legal, fazendo todo mundo se virar para trás e olhar para ele. Nesses pesadelos havia literalmente um holofote apon-

---

4 O sobrenome desse menino, que era *Cusk*, o deixava bem perto da frente nas aulas que tinham lugares marcados.

tado para ele quando todos se viravam para ver quem estava causando tanta preocupação e/ou nojo no professor.[5]

Em fevereiro sua mãe fez um comentário ligeiro e semijocoso sobre a vida amorosa dele e se estava gostando de alguma menina em especial naquele ano, e ele quase teve que sair da sala, quase caiu no choro. Agora a ideia de um dia vir a convidar uma menina para sair, de levar uma menina a algum lugar e ficar com ela ali olhando para ele bem de pertinho, esperando que ele estivesse pensando nela em vez de no quanto estava se sentindo predisposto a suar — isso o enchia de pavor e ao mesmo tempo o deixava triste. Tinha inteligência suficiente para saber que havia algo de triste naquilo. Mesmo ao abandonar o escotismo sem reclamar quando estava a quatro insígnias de ganhar o lis de ouro e ao recusar o convite de uma menina tímida e meio socialmente anônima da turma de álgebra e trigonometria avançada para a festa da Sadie Hawkins, e ao fingir estar doente na Páscoa para poder ficar em casa sozinho adiantando a leitura de *Dorian Gray* e tentando provocar um ataque na frente do espelho do banheiro dos pais em vez de ir com eles para o jantar de Páscoa na casa dos avós, ele se sentia meio triste, além de aliviado, fora o sentimento de culpa por causa das diversas mentiras que havia nas desculpas que dava, e também sozinho e meio trágico, como alguém parado lá fora na chuva e olhando para dentro de casa, e também medonho e repulsivo, como se o seu eu secreto interior fosse medonho e os ataques não passassem de um sintoma, do seu eu verdadeiro literalmente tentando vazar — se bem que nada disso era visível para ele no espelho do banheiro, cujo reflexo parecia ignorar completamente[6] tudo o que ele sentia enquanto o examinava.

---

[5] Em qualquer interpretação de profundidade e digna de respeito, um holofote ou um farol representa um nítido símbolo onírico da atenção humana. No nível do conteúdo latente, no entanto, o pesadelo recorrente podia ser interpretado como a representação de qualquer coisa entre, p. ex., um desejo narcísico reprimido pelos olhares dos outros e um reconhecimento inconsciente da obsessão do menino por si próprio enquanto causa imediata do sofrimento. Teriam relevância clínica questões como a fonte do holofote onírico, a condição da figura do professor seja como imago, seja como arquétipo (ou, talvez, como autoimagem projetada, já que é nessa figura que o incômodo se externaliza como afeto), bem como as associações feitas pelo próprio sujeito no que se referia a termos como *nojento*, *ataque* e *terrível*.
[6] Mas os segredos escondem segredos — sempre.

§14

É um analista do IRS numa cadeira numa sala. Não há muito mais para ver. Encarando o tripé da câmera, falando com a câmera, um analista depois do outro. É uma antiga sala de armazenamento de cartões que dá para o corredor radial do núcleo de processamento de dados do Centro Regional de Análise, então o ar-condicionado funciona e nada se vê do brilho do verão no rosto das pessoas. De dois em dois, eles são trazidos das salas de espera; o analista da vez fica atrás de uma divisória de vinil, para receber instruções. As instruções consistem basicamente em apenas assistir à abertura. Dizem a eles que a abertura do documentário veio da Besta através do QG do Comissário Regional lá em Joliet; a caixa da fita tem o brasão do Serviço e uma advertência legal. O putativo título provisório é *O seu IRS hoje*. Possivelmente para a televisão pública. Para alguns eles dizem que é para as escolas, para as aulas de educação moral e cívica. Isso na introdução. As entrevistas são descritas como coisa de RP, com um objetivo sério. Para humanizar, desmistificar o Serviço, ajudar os cidadãos a entender como o trabalho deles é difícil e importante. Quanto está em jogo ali. Que eles não são hostis nem máquinas. O sujeito que faz a apresentação lê uma série de cartões impressos; há um espelho perto do canto da sala para o sujeito da vez ajeitar a gravata ou alisar a saia. Eles devem assinar uma autorização, especialmente elaborada — cada analista lê aquilo com todo o cuidado, por reflexo; eles ainda estão no escritório. Alguns estão animadões. Empolgados. É alguma coisa sobre a perspectiva de receberem atenção, o objetivo real do projeto. Conceitualmente, ele é cria do PD Tate, apesar de Stecyk ter feito o trabalho todo.

Há também o monitorzinho de vídeo para eles poderem ver a abertura improvisada, cujo mal-ajambramento é reconhecido já de cara na introdução, a necessidade de ajustes. São só cenas isoladas e tomadas que vieram dos arquivos fotográficos e cujo tom estilizadamente carinhoso não combina com a voz que narra. É desorientador, e ninguém sabe direito qual é a daquela abertura; os responsáveis pela introdução sublinham que se trata apenas de uma orientação.

"O Internal Revenue Service, o IRS, é o setor do Departamento de Tesouro dos Estados Unidos que tem a responsabilidade de recolher no momento adequado todos os impostos federais devidos na vigência dos estatutos atuais. Com mais de cem mil funcionários em mais de mil escritórios nacionais, regionais, distritais e locais, o seu IRS é a maior agência de policiamento da nação. Mas é mais que isso. No organismo político dos Estados Unidos da América, muitos já compararam o seu IRS ao coração pulsante da nação, recebendo e distribuindo os recursos que permitem que o seu governo federal opere de maneira eficaz a serviço e em defesa de todos os americanos." Cenas de frentes de trabalho, o Congresso visto da galeria do Capitólio, um carteiro na varanda rindo de alguma coisa junto com o dono da casa, um descontextualizado helicóptero com o código de arquivamento ainda no canto direito inferior, uma funcionária da Previdência sorrindo enquanto entrega um cheque a uma negra em cadeira de rodas, uma frente de trabalho em que os operários erguem o capacete numa saudação, um centro de reabilitação de veteranos de guerra &c. "O coração, também, desses Estados Unidos enquanto equipe, com cada tributado contribuindo para a grandeza da nossa nação." Um dos cartões da responsável pela introdução a instrui a se aproximar do entrevistado nesse ponto e comentar que o texto da narração ainda não está fechado e que a narração do produto finalizado vai ter inflexões humanas reais — é para usar a imaginação. "O sangue vital desse coração: os homens e as mulheres do IRS de hoje." Agora várias tomadas do que podem até ser funcionários reais mas estranhamente atraentes do Serviço, quase todos GS-9s e -11s de gravata e em mangas de camisa, apertando a mão dos contribuintes, curvados sorridentes sobre a papelada de alguém que caiu na malha fina, com um sorriso enorme diante de um Honeywell 4C3000 que na verdade é um chassi vazio. "Longe de serem burocratas anônimos, esses [inaudível] homens e mulheres do IRS de hoje são cidadãos, contribuintes, pais, vizinhos e membros de sua comunidade, todos eles responsáveis por uma tarefa sagrada: manter o sangue vital do governo saudável e circulante." Uma foto de um grupo que seria uma equipe ou de Análise ou de Auditoria organizada não por hierarquia mas por altura, todos acenando. Uma tomada do mesmo brasão com lema que orna a fachada norte do CRA. "Como o lema fundador da nação, *E pluribus unum*, o do nosso Serviço, *Alicui tamen faciendum est*, diz tudo — essa tarefa difícil, complexa, tem de ser realizada, e é o seu IRS que arregaça as mangas e cumpre esse trabalho." É ridiculamente ruim, daí sua intrínseca plausibilidade para os fraldinhas, inclusive claro o lapso de não traduzir o lema para um público de contribuintes que muitas vezes chegava até a errar a grafia do próprio nome nas declarações, que o pessoal dos Sistemas do Centro de Serviço pega e manda para as Análises, desperdiçando o tempo de todo mundo. Mas que aparentemente deveriam saber latim clássico. Talvez testando na verdade para ver se os analistas que passam pela introdução percebem esse erro — às vezes é difícil saber o que o Tate está armando.

A cadeira não é estofada. É tudo muito espartano. A iluminação é a luz fria do CRA; não há refletores nem rebatedores. Nada de maquiagem, embora durante a introdução o cabelo dos analistas seja cuidadosamente penteado, mangas dobradas em exatas três vezes sem vincos, blusas abertas no botão superior, crachás de identificação removidos do bolso da camisa. Nenhum diretor propriamente dito na sala; ninguém para dizer que ajam com naturalidade ou que falem dos remendos na edição. Um técnico cuidando da câmera no tripé, um sujeito cuidando do boom com fones de ouvido para analisar os níveis de áudio, e o entrevistador. O teto rebaixado de espuma de poli-isocianurato foi removido por causa da acústica. Encanamentos expostos e chicotes de fiação de quatro cores passando sobre os vigotes do antigo teto, fora do enquadramento. O quadro é só o analista na cadeira de armar diante de uma tela cor de creme que tapa uma parede de cartões holerite em caixas de papelão. A sala podia estar em qualquer lugar, em lugar nenhum. Isso é parcialmente explicado, teorizado antes; a introdução é orquestrada com precisão. Uma tomada fechada, eles explicam, do torso para cima, com movimentos aleatórios sendo desencorajados. Os analistas estão acostumados a ficar imóveis. Há uma sala do monitor, um ex-closet, ligado a ela, com Toni Ware e um técnico fazendo hora extra ali dentro, assistindo. É um monitor de vídeo. Eles têm um microfone ligado ao fone intra-auricular que o documentarista/interlocutor para de usar quando ele acaba emitindo um feedback rascante toda vez que o leitor de cartões Fornix do outro lado da parede roda determinada sub-rotina. O monitor é de vídeo, como a câmera, sem nenhuma iluminação nem maquiagem. Pálidos e atordoados, com a superfície dos rostos numa sombra esquisita — isso não é problema, se bem que no vídeo alguns rostos ficam de um branco-acinzentado meio exangue. Os olhos são um problema. Se o analista olha para o documentarista e não para a câmera, pode ficar parecendo evasivo ou coagido. Não é o melhor, e o conselho que eles recebem na introdução é olhar para a câmera como quem olha para os olhos de um amigo de confiança ou um espelho, depende.

Os responsáveis pela introdução, ambos GS-13s emprestados de algum Posto em que o Tate tem uma influência não especificada, receberam também suas introduções no escritório de Stecyk. Os dois são verossímeis, com roupas combinadas marrons e azul-marinho, a mulher com algo ríspido por baixo dos seus encantos que sugere uma carreira que começou lá nas Coletas. Mas o homem é um vazio para Ware; podia ser de qualquer lugar.

Como seria de se esperar, alguns analistas são melhores que outros. Naquilo ali. Alguns conseguem atuar, esquecem o ambiente, a artificialidade rígida, e falam como que de coração. De modo que com esses os técnicos de gravação podem esquecer por algum tempo o tédio terrível daquele trabalho, o fingimento, o cansaço de ficar parados diante de máquinas que podiam funcionar sozinhas. Os técnicos, em outras palavras, ficam encantados com os melhores; a atenção não demanda esforço. Mas só uns poucos são melhores... e a questão no monitor é por que, e o que isso quer dizer, e se o que aquilo quer dizer vai ter importância, em termos de resultados, quando aquilo tudo for dado ao Stecyk, para ele avaliar lá na frente.

Arquivo em Fita VHS *047 804(r)*
© *1984, Internal Revenue Service*
Uso Autorizado
945 645 233

"É um trabalho difícil. As pessoas pensam que deve ser mole, escritório, papelada. Coisa do governo, estabilidade, só papelada. Eles não entendem por que é que é difícil. Eu estou aqui já faz três anos. Dá doze trimestres. As minhas avaliações foram todas boas. Eu não vou ficar nas molezas pra sempre, pode crer. Tem gente ali no nosso grupo com cinquenta, sessenta anos. Eles estão fazendo as molezas tem mais de trinta anos. Trinta anos olhando declaração, conferindo declaração, preenchendo os mesmos memorandos sobre as mesmas declarações. Tem alguma coisa no olho deles, de alguns. Eu não sei explicar. No prédio onde os meus avós moravam tinha um cara que cuidava da fornalha, um zelador. Isso era lá perto de Milwaukee. Aquecimento a carvão, e o velhote ali alimentando a fornalha de duas em duas horas. Ele estava ali fazia séculos; era quase cego por ter ficado olhando na boca da fornalha. Os olhos dele eram... Os caras mais velhos são assim; os olhos deles são quase daquele jeito."

968 223 861

"Três ou quatro anos atrás, o presidente novo, esse de agora, foi eleito com a promessa de gastar muito com a defesa e fazer grandes cortes nos impostos. Isso todo mundo sabe. A ideia era que o corte fiscal ia estimular o crescimento econômico. Eu não sei direito como era que isso ia funcionar — a maioria dessas, assim, dessas ideias maiores sobre política fiscal não chegava direto aqui pra gente, elas meio que só ecoavam por aqui por causa das mudanças administrativas no Serviço. Que nem você sabe que o sol andou por causa do jeito diferente das sombras dentro de casa. Você sabe como é."

P.

"Assim de repente veio essa montoeira de reorganizações, às vezes uma em cima da outra, e de trocas de lotação. Teve gente aqui que até parou de desfazer as malas. Aqui é a lotação em que eu fiquei mais tempo agora. Eu não tinha formação em análise. Eu vim do Centro de Serviços. A minha lotação era a 029, o Centro de Serviço Nordeste, Utica. Nova York, mas no norte, no terceiro trimestre de 82. O norte do estado de Nova York é lindo, mas o Centro de Utica tinha muitos problemas. Em Utica eu estava no processamento geral de dados; eu era mais assim um cara que via o que estava dando errado. Antes disso eu trabalhei na subestação 0127 do Centro de Serviços, Hanover NH — fiquei no processamento de pagamentos e depois no processamento de restituições. Os distritos do Nordeste eram todos em sistema octal e os formulários eram aqueles contínuos com buraquinhos na margem que eles contratavam umas vietnamitas pra sentar ali e ficar arrancando. Hanover tinha muito refugiado. Isso foi oito, nove anos atrás, mas eram outros tempos. Isto aqui é uma organização bem mais complexa."

P.

"Eu sou solteiro, e os homens solteiros são os que o Serviço mais troca de lotação. Toda troca de lotação é uma chateação pro departamento de RH, mas com família é pior. Fora que você tem que oferecer incentivos pras pessoas que têm família se mudarem, é RT. Regra do Tesouro. Mas se você é solteiro você para de desafazer as malas.

"É difícil conhecer mulher no Serviço. Não é a coisa mais popular do mundo. Tem uma piada; posso contar?"

P.

"Você conhece uma mulher que você acha legal, assim, numa festa. E ela: o que é que você faz da vida? E você: eu trabalho com finanças. E ela: que tipo? E você: meio que tipo contabilidade, é meio complicado. Ela diz: ah, onde? E você: é pro governo. E ela: cidade, estado? E você: federal. E ela: ah, que área? E você: Tesouro Federal. E vai assim, chegando perto. Num dado momento ela saca o que você está tentando evitar e se manda."

928874551

"O açúcar num bolo tem diversas funções. Uma, por exemplo, é absorver a umidade da manteiga, ou margarina de repente, e liberar a umidade devagar com o tempo, pro bolo ficar úmido. Usar menos açúcar do que a receita diz produz o que a gente chama de bolo seco. Não faça uma coisa dessa."

973876118

"Vamos dizer que você esteja pensando em termos de poder, de autoridade. Inevitabilidade. Aí você vai ter dois tipos de pessoa no fim das contas. De um lado tem aquela mentalidade rebelde que só acha massa, que só curte isto de ir contra o poder e coisa e tal, de se rebelar. Aquele tipo que nada contra a corrente que se acha poderoso porque enfrenta o sistema, o governo e coisa e tal. Aí, o outro tipo, tem aquele outro tipo que é a personalidade de soldado, o cara que acredita em ordem e poder, que respeita a autoridade e fica do lado do poder e da autoridade, do lado da ordem e de como a coisa toda tem que ser se for pro sistema funcionar direito. Então faz de conta que você é um camarada do tipo dois. Isso é mais do que eles imaginam, meu. O tempo dos rebeldes acabou. A gente está nos anos oitenta. Se você é Tipo Dois, A Gente Quer Você — esse devia ser o slogan deles. No Serviço. Olha só a corrente, cara. Entre pro time dos que *sempre* recebem um salário. Não é sacanagem, não. O lado da lei e da força da lei, o lado da maré e da gravidade e daquela lei lá que tudo sempre fica um pouquinho mais quente até o sol resolver explodir. Porque tem essas duas coisas inevitáveis na vida, que eles dizem por aí. Inevitabilidade — isso é que é poder, meu. Seja agente funerário ou entre pro Serviço, se você quer ficar do lado do poder de verdade. Use a corrente a seu favor. Diga pra eles ouvirem bem: nade *com* a corrente, você vai bem mais longe. Pode botar fé em mim nisso aí, cara."

917 229 047

"Eu estava com essa ideia de tentar escrever uma peça. A nossa madrasta ia sempre ao teatro; ela arrastava a gente até o centro cívico toda hora no fim de semana pra ver as matinês. Aí eu aprendi tudo de teatro e de peças. Daí essa peça, porque eles me pediam — a família, os caras lá do golfe — pra eu dar uma ideia do que ia ser. Ia ser uma peça totalmente real, realista mesmo. Ia ser impossível de encenar, isso fazia parte. Isso é pra te dar uma ideia. A ideia é que um fraldinha, um analista moleza, está sentado ali olhando as 1040s, os anexos, os W-2s dos apêndices, as 1099s e tal. O cenário é muito nu e minimalista — não tem nada pra ver a não ser o tal fraldinha, que não se mexe a não ser de vez em quando pra virar uma página ou anotar alguma coisa no bloco. Não é uma Tingle — só uma mesa normal, então dá pra ver o cara. Mas é só isso. Primeiro tinha um relógio atrás dele, mas eu cortei o relógio. Ele fica ali sentando cada vez mais tempo até a plateia ir ficando cada vez mais de saco cheio e incomodada, até que finalmente eles começam a ir embora, primeiro um ou outro, depois a plateia toda, cochichando como aquela peça é chata e horrorosa. Aí, depois que a plateia toda saiu, a ação de verdade pode começar na peça. A ideia era essa — eu disse tudinho pra minha madrasta, que ia ser uma coisa realista. Só que eu nunca consegui decidir isso da ação, se era pra ter ação, já que era uma peça realista. É o que eu digo pra eles. É o único jeito de explicar."

965 882 433

"Já fizeram vários estudos. Dois terços dos contribuintes acham que isenção e dedução são a mesma coisa. E não sabem o que é ganho de capital. Quatro por cento todo ano não assinam a declaração. Porra, dois terços das pessoas não sabem quantos senadores um estado tem. Coisa de três quartos não sabe as áreas do governo. Não é física quântica isto aqui. A verdade é que em geral o nosso tempo é jogado fora. O sistema manda quase só merda. Você gasta dez minutos preenchendo um 20-C de uma declaração não assinada, aquilo volta pro CS, uma auditoria fajuta via correio solicitando assinatura, lhufas na reta. E aí agora nas Molezas a gente é avaliado com base no aumento de receita que venha das auditorias lá na frente. É uma piada. Quase tudo que a gente olha aqui não é nem auditável, é só estupidez mesmo. Desleixo. Você tinha que ver a letra das pessoas — gente comum, gente educada. A verdade é que eles jogam o nosso tempo fora. Eles precisam de um sistema melhor."

981 472 509

"O Tate é uma mariposa rodando em volta das lâmpadas do poder. Passe adiante."

951 458 221

"É uma pergunta fascinante. As questões de fundo são interessantes, se você sondar mesmo. Meio que assim. Um dos sustentáculos do programa da administração que estava entrando era a crença de que as alíquotas máximas podiam ser mais baixas, especialmente nas faixas de renda superior, sem causar uma perda catastrófica de receita. Isso tinha sido parte explícita da campanha. Meio que assim de plataforma mesmo. Eu não sou economista. Conheço a teoria que diz que diminuir alíquotas daria impulso aos investimentos e aumentaria a produção, meio que assim, e que viria uma onda que causaria um aumento da base tributável que mais do que compensaria o reajuste das alíquotas. Há toda uma teoria técnica por trás disso, se bem que teve gente que disse que era só blá-blá-blá. Meio que assim. No fim do primeiro ano, beleza, eles mudam as RTs e baixam as alíquotas superiores. E vai desse jeito. Com coisa, digamos, de dois anos, por outro lado, já dá pra dizer que os resultados contrariaram a teoria. A receita caiu, e eram números sólidos que não dava pra minimizar ou maquiar. E também, eu acho, teve um aumento bem grande de gastos com a defesa, e o déficit do governo federal era o maior da história. Assim corrigido em termos de inflação. Meio que assim. Você precisa entender que tudo isso estava rolando num nível de governo muito, mas muito mais alto que o nível com o qual a gente está lidando aqui. Mas qualquer um podia entender que os problemas orçamentários eram uma verdadeira situação de entre-a-cruz-e-a-caldeirinha, meio que assim, já que voltar atrás e aumentar as alíquotas de novo era politicamente inaceitável, ideologicamente, dava pra dizer, igual a comprometer o Exército, e cortar ainda mais os gastos sociais ia tornar inviável a relação com o Congresso. Meio que assim. Isso tudo dava para saber só lendo jornal, se você soubesse o que estava procurando."

P.

"É, mas em termos do que a gente sabia aqui, no nosso nível aqui no Serviço. Algumas coisas não estavam no jornal. Eu sei que o executivo tinha planos e propostas diferentes que eles estavam considerando pra lidar com o problema. Os déficits, a caldeirinha. A minha impressão é que a maioria deles não era convidativa. Meio que assim. Veja bem, isso tudo ecoando lá do alto, em termos de administração. A versão que chegou aqui pra gente no nível regional é que alguém bem lá no alto da estrutura do Serviço, alguém próximo do que a gente aqui chama de Divina Trindade, ressuscitou um documento originalmente escrito ou em 1969 ou em 1970 por um macroeconomista ou consultor de sistemas da equipe do antigo Comissário Assistente de Planejamento e Pesquisa lá no Três-Meias. O sujeito que ressuscitou esse negócio era, nessa versão, um Comissário Delegado Assistente nos Sistemas, que naquela época tinha absorvido a Área de Planejamento e Pesquisa como nova divisão de Sistemas numa reorganização, os Sistemas, meio que assim, se bem que o antigo CA de Planejamento e Pesquisa agora era CDA."

P.

"Agora em termos de quando ressuscitaram o Memorando Spackman, que foi no quarto trimestre de 1981, ou perto disso."

P.

"O CDA faz parte do que a gente chama de Divina Trindade, o termo [inaudível] pra tríade mais alta de Comissário, Comissário Auxiliar dos Sistemas e Conselheiro Superior. Os três postos mais altos na organização do

Serviço. O escritório nacional do Serviço é conhecido como Três-Meias por causa do endereço. Meio que assim."

P.

"Esses tipos de propostas e documentos de alto nível pipocam o tempo todo. O Planejamento e Pesquisa tem lá o que seriam meio que assim uns laboratórios. Isso todo mundo sabe. Umas equipes dedicadas exclusivamente a produzir estudos e propostas de longo prazo. Existe um documento famoso de um grupo de P&P lá dos anos 60, meio que assim, sobre a implementação de protocolos de tributação depois de um evento nuclear. Chamado 'Planejamento fiscal em tempos de caos', o que virou meio que uma expressão conhecida por aqui, um tipo de piada quando as coisas ficavam loucas, um caos, meio que assim. No geral, poucos vêm a público. Lá do meio dos anos 60. Meio que assim o seu dinheiro dos impostos bem empregado. Esse aí foi ressuscitado nesse contexto, por outro lado era bem menos grandioso ou explosivo. Eu não sei o nome exato. Às vezes o pessoal diz Memorando Spackman ou Iniciativa Spackman, mas o que eu sei é que ninguém sabe quem era o tal Spackman, meio que assim, se ele foi o autor do documento ou um executivo do P&P que encomendou aquilo. A coisa foi gerada, afinal, em 1969, o que é história antiga na vida profissional do Serviço. Quase todos eles acabam arquivados, meio que assim. Veja lá, isso aqui é uma agência compartimentalizada. A maioria dos procedimentos e das prioridades do Três-Meias fica simplesmente fora da nossa área. Meio que assim. As reorganizações da Iniciativa, por outro lado, afetavam a gente diretamente, como eu tenho certeza que alguém já andou explicando. Dizem que o documento original tinha centenas de páginas e era muito técnico, como tendem a ser as coisas de economia. Meio que assim. Mas num nível geral o princípio efetivo da parte ou das partes que depois vieram à luz parece que era bem simples, e ele — [inaudível] — por caminhos não conhecidos o documento chegou aos ouvidos de membros dos níveis mais altos ou do Serviço ou do Departamento do Tesouro e criou certo interesse porque, com o impasse orçamentário do executivo atual, ele parecia descrever uma forma politicamente mais atraente de melhorar a coisa cruz-e-caldeirinha da receita inesperadamente baixa dos impostos, dos altos investimentos em defesa e de um piso incortável de gastos sociais. No fundo, meio que assim, a proposta do documento dizem que eram bem simples, e claro que o executivo atual aprova isto da simplicidade, a princípio porque essa administração é meio que assim uma reação, uma negação da complexa engenharia social da Grande Sociedade, que era um tempo completamente diferente pras políticas fiscais e pra administração. Mas essa preferência pelos argumentos simples e instintivos é coisa que todo mundo sabe. Meio que assim. Aliás, eu não pude deixar de notar que você fez uma cara estranha."

P.

"Mas claro."

P.

"Pelo que a gente entendeu, a observação de base do documento Spackman era que aumentar a eficiência com que o Serviço aplicava a legislação fiscal já existente podia provavelmente aumentar a receita líquida do Tesouro Americano sem nenhuma mudança correspondente nas leis e sem mexer nas alíquotas. Meio que assim. Ou seja, que ele chamava a atenção pra Adimplência e a lacuna fiscal. Quer que eu defina a lacuna, meio que assim? Alguém já definiu? Vocês estão perguntando meio que assim as mesmas coisas pra todo mundo aqui? Será que o Serviço prefere que eu não entre nisso?"

P.

"Acho que a coisa se explica sozinha, meio que assim. É a diferença entre o total de imposto de renda legalmente devido ao Tesouro Americano num determinado ano e o total de impostos recolhido de fato pelo Serviço naquele ano. Raramente se fala disso, é em grande medida [inaudível]. Isso agora é meio que assim a *bête noire* dos objetivos do Serviço. Mas na época não. Tinha uma estimativa, no documento Spackman, de que entre seis e sete bilhões de dólares legalmente devidos ao Tesouro em 1968 não tinham sido pagos. As projeções econométricas do Spackman colocavam a cifra da lacuna pra 1980 perto de vinte e sete bilhões, o que parecia, na época da ressurreição do documento, uma coisa imensamente otimista. Sem contar recursos e processos em andamento, a lacuna fiscal medida pra 1980 na verdade estava acima de trinta e um bilhões e meio de dólares. O que era impressionante é que o tamanho da lacuna fiscal não tinha sido muito comentado nem tinha sido objeto de grande atenção. Acho que é por isso que se fala tão pouco do assunto, da estupidez institucional da coisa toda, meio que assim. Ou que foi por isso que o documento Spackman nunca mereceu grandes atenções, apesar de que como eu disse os Sistemas geram esses documentos sem parar.

As organizações podem ser bem menos inteligentes que os indivíduos que as compõem. Meio que assim. Também tem o fato de que o Serviço só quer é ser visto pelos contribuintes como um instrumento completamente eficiente e onisciente de recolhimento de impostos — tem toda uma psicodinâmica complicada nisso do regime fiscal e na disposição do cidadão de acatar a lei fiscal. Pra começo de conversa, eficiência demais pode ser mal interpretada e parecer hostilidade, meio que assim um excesso de agressividade, o que aumenta a hostilidade dos contribuintes e pode até afetar negativamente a adimplência pública e a liberdade de ação e o orçamento do Serviço, meio que assim. Ou seja, a coisa toda é complexa, meio que assim, e a psicodinâmica é areia demais pro meu caminhãozinho, e a minha compreensão da coisa toda é meio que assim bem vaga e geral, apesar da gente saber que é motivo de considerável interesse e estudo lá no Três-Meias. O relatório Spackman, a subseção relevante, foi ressuscitado por alguma pessoa ou pessoas próximas da Divina Trindade. Existem versões conflitantes de quem seria. Meio que assim. Eu estou falando de um período de basicamente dois anos e meio atrás."

P.

"Na base, segundo o documento, a lacuna era uma questão de adimplência. Meio que assim. Óbvio — já que a lacuna representava uma dada porcentagem de inadimplência. Mas a subseção do memorando em questão se referia a partes da lacuna fiscal que podiam ser lucrativamente abordadas pelo Serviço. Reduzidas, colmatadas. Meio que assim. Ou seja, mais receita. Uma certa porção da lacuna fiscal anual se devia a uma economia informal em dinheiro, a mecanismos de escambo e trocas em espécie, rendas ilícitas e certos mecanismos sofisticadíssimos de desvio fiscal pros ricos que não podiam ser resolvidos a curto prazo. Mas a análise do documento Spackman defendia que uma significativa parcela da lacuna era resultado de informações erradas e retificáveis, inclusive Declarações Individuais 1040, que ele defendia que podiam ser abordadas e corrigidas em curto prazo. Curto prazo que, por motivos compreensíveis, parecia especialmente interessante pra administração atual. Daí a intercessão de procedimentos técnicos e políticos, que é como as coisas mudam em nível nacional, e aí acabam ecoando aqui nas trincheiras, meio que assim, por reorganizações e mudanças nos critérios de Análise de Desempenho, já que as 1040 são prerrogativa das Análises Moleza. Explico as diferentes áreas e tipos de análises que a gente faz aqui?"

P.

"De maneira nenhuma. Na base, o memorando Spackman dividia as parcelas da lacuna fiscal que eram remediáveis e relativas às 1040 em três grandes áreas, categorias, meio que assim — não preenchimento, renda informada a menor e imposto pago a menor. Não preenchimento, na maioria dos casos, é prerrogativa da DIC. Investigações Criminais. Pagamento a menor passa pela Divisão de Coleta, um grupo meio que assim totalmente diferente, tanto filosófica quanto operacionalmente, do que a gente faz aqui nas Análises, apesar das nossas duas divisões, Análises e Recolhimento, junto, claro, com as Auditorias, formarem o grosso da Iniciativa. O que é também, organizacionalmente, o Setor de Adimplência. Na base, enquanto analistas, a gente aqui lida com informação a menor. Meio que assim. Renda declarada abaixo do real, deduções inválidas, gastos inflacionados, créditos requisitados de maneira indadequada. Discrepâncias, meio..."

P.

"Assim na base, o argumento da Iniciativa Spackman, como ela acabou sendo conhecida aqui, tanto filosófica quanto organizacionalmente, era que esses três elementos da lacuna fiscal podiam ser melhorados com um aumento da eficiência do IRS no que se refere à adimplência. Não é difícil ver por que essa ideia chamou a atenção da administração política como uma terceira via em potencial, uma forma de ajudar a lidar com a queda cada vez mais insustentável da receita sem sobrecarga tributária nem cortes de gastos. Meio que assim. Nem precisa dizer que isso tudo está supersimplificado. Eu estou tentando explicar os acontecimentos extraordinários que se deram na estrutura e nas operações do Serviço como nós aqui no nível regional vimos acontecer. Pra dizer o mínimo, foi um ano incomumente empolgante. E o motivo de base da empolgação, e também de certa controvérsia, era a Iniciativa Spackman. É assim que ela passou a ser conhecida. Uma reorientação total e profunda da autoconcepção institucional do Serviço e também do seu papel na política. Meio que assim. Escuta — tudo bem com você?"

P. [Pausa, intervalo de estática.]

"... assim, o que o Três-Meias também achou vantajoso, defendia que, sob certas condições técnicas, cada dólar acrescentado ao orçamento anual do Serviço podia gerar mais de dezesseis dólares em renda adicional pro Tesouro. Boa parte do corpo central da tese se dedicava a considerar o estatuto singular e a função do IRS enquanto agência federal. Uma agência federal é, por definição, uma instituição. Uma burocracia. Mas o Serviço também era a única agência no aparato federal cuja função era gerar renda. Verba. O que significa que a sua tarefa era maximizar o retorno legal de cada dólar investido no seu orçamento anual. Meio que assim. Mais do que qualquer outra, então, segundo o ressuscitado Spackman, existiam excelentes motivos pra conceber, constituir e gerir o IRS como uma empresa — uma atitude direta e capitalista, meio que assim — em vez de uma burocracia institucional. Na base, o relatório Spackman era enormemente antiburocrático. O modelo ali era mais classicamente de economia de mercado. Se entende o quanto isso era atraente pros conservadores pró-mercado da administração atual. A gente, afinal, está numa era de desregulamentação empresarial. Qual seria o melhor jeito de por assim dizer desregulamentar, e até que ponto desregulamentar, o IRS — que, claro, como agência federal, é organizado e opera como um conjunto de regulamentações legais e mecanismos de policiamento, era meio que uma questão espinhuda e não plenamente desenvolvida, meio que assim. Tinha gente que via o Spackman como um ideólogo. Nem todas as propostas do documento original foram ressuscitadas — nem tudo passou a ser parte da Iniciativa. Mas era a hora, politicamente falando, meio que assim, pelo menos pra essência de base da proposta do Spackman. Ia ser difícil exagerar demais as consequências dessa mudança de filosofia e de objetivos pra nós aqui na linha de frente desse trabalho. Da Iniciativa. Por exemplo, um intenso projeto novo de recrutamento e contratação e um aumento de quase 20% do pessoal do Serviço, o primeiro aumento desse tipo desde a RF de 78. Estou me referindo também a uma reestruturação geral e aparentemente infinita do Setor de Adimplência do Serviço, sendo que o [inaudível] mais relevante deles aqui foi o fato de que os sete Comissários Regionais ganharam mais autonomia e autoridade sob a filosofia mais descentralizada da Iniciativa Spackman."

P.

"Aí já é outra questão complicada, que envolve profundos conhecimentos da lei fiscal americana e da história do Serviço enquanto parte do executivo e ao mesmo tempo também fiscalizado pelo Congresso. Uma parte central do que veio a ser conhecido como a Iniciativa Spackman envolvia encontrar um meio-termo eficiente entre as duas tendências opostas que vinham tra-

vando as ações do Serviço fazia décadas, sendo uma a descentralização preconizada pela Comissão King de 1952 no Congresso e a outra o centrismo político e burocrático exacerbado da administração nacional no Três-Meias. Dava pra dizer que os anos 60 foram um período, pensando na história institucional do Serviço, em que os escritórios distritais tiveram predominância. Os anos 80 estão no caminho de virar a era da Região. Meio que assim. Como meio-termo organizacional entre muitos Distritos e uma administração unitária no Três-Meias. As decisões administrativas, estruturais, logísticas e processuais agora estão muito mais nas mãos do Comissário Regional e dos seus auxiliares, que, por sua vez, delegam responsabilidades segundo preceitos operacionais flexíveis mas coerentes, meio que assim, gerando uma maior autonomia de base pros centros."
P.
"Cada Região inclui um Centro de Serviços e, com uma exceção atualmente, um Centro de Análise. Explico a exceção?"
P.
"Na base, com a Iniciativa, os Centros Regionais de Serviços e Análise recebem uma latitude bem maior em termos de estrutura, pessoal, sistemas e protocolos operacionais, resultando numa autoridade maior e numa maior responsabilidade dos Diretores dessas unidades. A ideia geral é liberar essas grandes unidades de processamento central de regulamentações opressivas ou tacanhas que atravancam as ações efetivas. Meio que assim. Ao mesmo tempo, eles aplicam uma pressão extrema no que se refere a um e apenas um objetivo maior e primário: resultados. Aumento de receita. Redução de inadimplência. Redução da lacuna. Não chega bem a cotas, claro — isso nunca, claro, por motivos que envolvem a sensação de justiça e a imagem pública —, mas quase. Todo mundo aqui leu jornal, você e eu, e, sim, processos de auditoria mais agressivos são parte da coisa toda. Meio que assim. Mas as mudanças e as ênfases nas Divisões de Auditoria são em grande medida mudanças de grau, meio que assim uma coisa quantitativa — inclusive o advento de auditorias postais automáticas, o que de novo está fora da nossa área de conhecimento operacional aqui. Mas pra nós, nas Análises, teve uma mudança dramática, qualitativa, na filosofia e nos protocolos operacionais. Até um mero GS-9 lá no seu console de trabalho pode sentir. Se as auditorias são as armas da Iniciativa, meio que assim, nós das Análises somos

os telemetristas, com a tarefa de determinar o melhor alvo pra arma. Com a desregulamentação, agora só tem uma grande questão operacional: que declarações rendem auditorias mais lucrativas e qual é a forma mais eficiente de encontrar essas declarações?"

947676541
"A minha tolerância à dor é bem maior que o normal."

928514387
"Bom, o meu pai gostava de cortar a grama em quadradinhos e listras. Ele fazia o canto leste do jardim, entrava um pouco em casa, aí fazia a faixa sudoeste do quintal e um quadradinho perto da cerca sul, voltava pra dentro, e ia assim. Ele tinha um monte de rituaizinhos como esse, era a cara dele. Sabe como? Demorou um tempo pra eu sacar que ele fazia isso com a grama porque gostava da sensação de ter terminado. De ter uma tarefa, sentir que tinha feito e que estava pronto. É uma sensaçãozinha bem sólida, é como se você fosse uma máquina que sabe que está funcionando bem e fazendo o que foi projetada pra fazer. Sabe como? Dividindo a grama assim em coisa de dezessete pedacinhos, o que a nossa mãe achava sempre uma doidice, ele ficava com a sensação de terminar uma tarefa dezessete vezes em vez de uma só. Assim: 'Terminei. Terminei outra vez. Outra vez, olha só, terminei'.

"Bom, aqui tem um pouco dessa mesma coisa. Nas Molezas. Eu curto. Uma 1040 típica leva uns vinte e dois minutos pra analisar e analisar e preencher o memorando. Talvez um pouco mais dependendo dos teus critérios, algumas equipes dão uma mexida nos critérios. Sabe como. Mas nunca leva mais de meia hora. Cada uma que você completa dá aquela sensaçãozinha sólida.

"O negócio aqui é que as declarações não acabam nunca. Sempre tem mais uma pra fazer. Você nunca acaba de verdade. Mas por outro lado era a mesma coisa com a grama, sabe como? Pelo menos quando chovia bastante. Quando ele chegava lá no último pedacinho que tinha delimitado, já precisava cortar de novo o primeiro. Ele gostava de um gramado baixinho, com cara de bem cuidado. Ele passava muito tempo ali, se você para pra pensar. Tempo pacas."

951 876 833
"Ou foi em *Além da imaginação* ou na *Quinta dimensão* — um dos dois. Um cara claustrofóbico vai se sentindo cada vez pior até que começa a gritar e tem um chilique, e eles arrastam o cara pra um sanatório mental, e no sanatório eles colocam o cara no isolamento, de camisa de força num quartinho minúsculo com um ralo no chão, um quarto do tamanho de um armário, que claro que seria a pior coisa do mundo pra um claustrofóbico, mas eles explicam pra ele por uma fenda na porta que são as regras e os procedimentos, que se alguém está gritando eles têm que pôr o cara no isolamento. Daí o sujeito está ferrado, ele fica lá pra sempre, porque enquanto ele estiver gritando e tentando se jogar na parede do quartinho até perder a consciência vão manter ele ali no quarto, e enquanto estiver naquele quartinho ele vai estar gritando, porque o problema todo é ele ser claustrofóbico. Ele é um exemplo vivo de como tem que ter uma flexibilidade ou certa margem de manobra nas regras e nos procedimentos em alguns casos, senão às vezes vai dar numa cagada monstruosa e a vida de alguém vai virar um inferno. O nome do episódio inclusive era 'Regras e procedimentos', e nenhum de nós nunca esqueceu aquilo."

987 613 397
"Eu não acho que eu tenha alguma coisa a dizer que não esteja no código tributário ou no Manual."

943 756 788
"A mãe chamava isto de travar. Ela se referia ao meu pai assim, um hábito que ele tinha no meio de quase qualquer coisa. Ele era um sujeito bacana, contador do distrito escolar. Travar tinha a ver com a pessoa ficar encarando alguma coisa fixamente e sem nenhuma expressão no rosto por um longo período de tempo. Pode acontecer quando você dormiu pouco ou dormiu demais, ou comeu demais, ou está distraído, ou apenas pensando em outra coisa. Só que não é pensar em outra coisa, porque envolve ficar encarando alguma coisa. De um jeito fixo. Quase sempre alguma coisa bem ali na sua frente — a prateleira de uma estante, o centro da mesa de jantar, a sua filha, o seu filho. Mas travado você não está olhando de verdade pra essa coisa que você parece estar encarando, você não está nem percebendo de verdade que

ela existe — mas isso também não significa que você está pensando em outra coisa. Você na verdade não está fazendo nada mentalmente, está só fazendo fixamente, com o que parece ser uma grande concentração. É como se a concentração da pessoa girasse em falso que nem as rodas de um carro giram em falso na neve, bem rápido, sem ir pra frente, apesar de parecerem em grande concentração. E agora eu também faço isso. Eu me vejo fazendo. Não é desagradável, mas é estranho. Alguma coisa te abandona — dá pra sentir o rosto largado ali, sem músculos, sem expressão. Os meus filhos se assustam, eu sei. É como se o seu rosto e a sua atenção fossem de outra pessoa. Às vezes no espelho, no banheiro, eu volto a mim e dou comigo travada, sem noção do que aconteceu. O sujeito morreu já tem doze anos.

"Esse é que é o desafio novo aqui. De fora do analista, não existia nenhuma garantia de que alguém distinguisse a diferença entre fazer o trabalho direito e estar como ela dizia travado, encarando as declarações mas sem reagir a elas, sem prestar atenção de verdade. Desde que você processasse o seu número devido de declarações todo dia, eles não tinham como saber. Não que eu fizesse isso, as minhas travadas acontecem depois do expediente aqui, ou antes, quando estou me preparando. Mas eu sei que eles iam se preocupar: quem são os bons analistas e quem está passando a perna neles, passando o dia travado ou pensando em outras coisas. Isso pode acontecer. Mas agora, neste ano, eles conseguem saber, eles sabem quem está fazendo o trabalho. Fica real, depois, a diferença. Porque agora eles registram a receita que você gerou em vez do número de declarações processadas. Isso é uma mudança pra gente. Agora é mais fácil, a gente está procurando alguma coisa, o que vai gerar AR, e não só quantas declarações você consegue processar. Isso ajuda a prestar atenção."

984 057 863

"A casa da gente ficava na periferia da cidade, saindo de uma das estradas asfaltadas. A gente tinha um cachorrão que o papai deixava na corrente no gramado da frente. Uma cruza de pastor-alemão, bem grande. Eu odiava a corrente mas a gente não tinha cerca, a gente ficava bem encostado na estrada ali. O cachorro odiava a corrente. Mas ele tinha dignidade. O que ele fazia era que ele nunca ia até o comprimento todo da corrente. Ele nunca ia nem até onde a corrente ficava tensa. Nem se o carteiro encostava o carro ou um vendedor. Por dignidade, aquele cachorro fingia que tinha escolhido uma área pra ficar que só por acaso ficava nos limites da corrente. Nada fora daquela área bem ali lhe interessava. O interesse dele era simplesmente zero. Aí ele nunca percebia a corrente. Ele não odiava. A corrente. Ele só foi lá e decidiu que ela não era relevante. De repente ele nem estava fingindo — de repente ele foi lá mesmo e escolheu aquele circulozinho como o mundo dele. Ele tinha lá o seu poder. A vida inteira naquela corrente. Eu gostava pra caralho daquele cachorro."

§ 15

Um item obscuro mas verdadeiro de trívia paranormal: existe um tipo de *médium de fatos*. Às vezes também conhecido na literatura especializada como *místico de dados* e a síndrome como IFA (= *Intuição de Fatos Aleatórios*). Os súbitos momentos de percepção ou de tomada de consciência que essas pessoas experimentam são estruturalmente similares mas em geral bem mais tediosos e comezinhos que o conhecimento antecipado e dramaticamente relevante que costumamos conceber como PES ou precognição. Esse, por sua vez, é o motivo de o fenômeno ser tão pouco estudado ou divulgado e de as pessoas dotadas de IFA se referirem a ela de forma quase unânime como um transtorno ou uma limitação. Nos poucos estudos e monografias sérios que existem, abundam no entanto os exemplos; a bem da verdade, a abundância, junto com a irrelevância e a interrupção da atenção e do pensamento normais, compõem a essência do fenômeno da IFA. O nome do meio do amigo de infância de um desconhecido que passa por elas num corredor. O fato de que alguém sentado ao lado delas no cinema uma vez esteve dezesseis carros atrás delas na I-5 perto de McKittrick CA num dia quente e chuvoso de outubro de 1971. Essas coisas vêm do nada, são inconvenientes e desconcertantes como toda irrupção mediúnica. Só que são efêmeras, inúteis, nada dramáticas, incômodas. O sabor do Cointreau para alguém com um resfriado leve na esplanada da ópera estatal de Viena no dia 2 de outubro de 1874. Quantas pessoas se viraram para o sudeste para testemunhar o enforcamento de Guy Fawkes em 1606. O número de fotogramas de *Acossado*. Que alguém chamado Fangi ou Fangio ganhou o Grand Prix de 1959. A porcentagem de divindades egípcias com cabeças de animais e não humanas. O comprimento e a circunferência média do intestino delgado do secretário de Defesa Caspar Weinberger. A altitude exata (não estimada) do Monte Érebo, mas não o que ele seja ou onde esteja.

No caso do médium de fatos Claude Sylvanshine, GS-9, digamos, no dia 12 de julho de 1981, o peso preciso e a velocidade, ambos no sistema métrico, de um trem que seguia rumo sudoeste passando por Prešov, Tchecoslováquia, no exato momento em que ele deveria estar conferindo o preenchimento de recibos 1099-INT da declaração de Edmund e Willa Kosice, cujas persianas foram trocadas em 1978 por alguém cuja esposa ganhou três rodadas de bingo seguidas na igreja de Santa Brígida em Troy MI, muito embora o endereço residencial dos Kosice seja em Urbandale IA — motivo de incongruência de IFR desconhecido para Sylvanshine, para quem os factoides são apenas uma distração a mais de que ele precisa se livrar na barulheira e no moral insanamente baixo do CRA da Filadélfia. Daí o deus tolteca do milho, só que em glifos toltecas, o que faz que para Sylvanshine ele pareça um desenho abstrato de origem incerta. O vencedor do prêmio Nobel de fisiologia-barra-medicina em 1950.

Dado: pelo menos um terço dos videntes e feiticeiros dos governantes dos povos antigos era na verdade demitido ou morto logo depois de serem empregados porque se revelava que grande parte do que eles previam ou intuíam era irrelevante. Não incorreta, apenas irrelevante, sem sentido. O motivo real do apêndice humano. O nome que Norbert Wiener deu à bolinha de couro que ele tinha como único amigo quando era uma criança doente. O número de folhas de grama no jardim da casa de certo carteiro. Esses fatos se intrometem, entram de penetras, fazem barulho. Um dos motivos de o olhar de Sylvanshine estar sempre tão concentrado e desconcertado é que ele está tentando filtrar todo tipo de fatos intrusivos e mediunicamente intuídos. A quantidade de parênquima em determinada samambaia da sala de espera de um ortodontista em Athens GA, apesar de não e de nunca aparecer o que um parênquima seria. Que o campeão dos pesos-pluma da WBA de 1938 tinha uma leve escoliose na região T10-12. Ele nem vai conferir — você não vai atrás desses fatos; eles são como uma isca que te leva a lugar nenhum. Ele aprendeu isso a duras penas. A taxa em unidades astronômicas a que o Sistema ML435 está se afastando da Via Láctea. Ele não fala para ninguém dessas intrusões. Algumas são interligadas, mas raramente de modo que gere o que alguém com uma PES verdadeira chamaria de sentido. O peso no sistema métrico de todos os fiapos de tecido em todos os bolsos de todas as pessoas presentes no observatório de Fort Davis TX no dia de 1974 em que um eclipse previsto foi obscurecido pelas nuvens. Talvez um de cada quatro mil desses fatos seja relevante ou sirva para alguma coisa. A maioria deles é o equivalente a alguém cantando o Hino Americano na sua orelha enquanto você tenta recitar um poema para ganhar um prêmio. Claude Sylvanshine não consegue evitar. Que a tataravó de alguém que passa por ele na rua tinha uma irmã caçula que morreu de coqueluche e se chamava Hesper. O custo, em valor ajustado pela inflação no período, daquele eclipse obnubilado; o número da concessão pública da rádio cristã que o diretor do observatório ouvia enquanto ia de carro para casa, onde encontraria a esposa descomposta e o boné do leiteiro no balcão da cozinha. A forma das nuvens na tarde em que duas pessoas que ele nunca conheceu conceberam seu filho, vítima de um aborto espontâneo seis semanas depois. Que o pioneiro da mala com rodinhas vendida no varejo era o ex-marido de uma comissária da People Express que tinha passado um ano e meio quase enlouquecendo na tentativa de pesquisar especificações de fabrico de malas e pedidos de patentes na região porque não conseguia acreditar que ninguém tivesse pensado em vender isso em grande escala antes dele. O número do registro no Escritório de Marcas e Patentes da máquina que prendia a copa de papel do boné do leiteiro. O peso molecular médio da turfa. O problema foi mantido em segredo de todos desde a quarta série, quando Sylvanshine soube o nome do gatinho que o primeiro amor do marido da sua professora teve na infância e que tinha perdido os bigodes de um lado num acidentezinho perto do fogão a lenha em Ashtabula OH, informação verificada apenas quando ele desenhou um livretinho ilustrado e o marido viu o nome e o desenho de giz de cera do Arranho já de bigodes, ficou branco como marfim e sonhou intensamente por três noites sem ninguém saber.

O médium de fatos vive parte do tempo no mundo das minúcias intratáveis e irrequietas que ninguém conhece nem ia se dar ao trabalho de conhecer mesmo que tivesse a chance. A população do Brunei. A diferença entre muco e esputo. Há quanto tempo um pedaço de chiclete reside sob o assento da quarta cadeira a contar da esquerda na terceira fileira do Virginia Theater, Cranston RI, mas não quem pôs o chiclete ali ou por quê. Impossível prever quais fatos vão se intrometer. Dores de cabeça constantes. Os dados às vezes visuais e estranhamente iluminados por trás, como que por uma luz infinitamente forte e a uma distância infinita. A quantidade de carne vermelha não digerida no intestino grosso do habitante típico do sexo masculino e de quarenta e três anos na cidade de Ghent, na Bélgica, em gramas. A relação entre a lira turca e o dinar iugoslavo. O ano da morte do explorador submarino William Beebe.

Prova um cupcake. Sabe onde ele foi feito; sabe quem operava a máquina que espalhou uma fina cobertura de chocolate sobre o bolo; sabe o peso dessa pessoa, quanto ele calça, sua média de pontos no boliche, sua média de rebatidas na liga de beisebol para veteranos; sabe as dimensões do cômodo em que aquela pessoa está neste exato momento. Esmagador.

§16

Lane Dean Jr. e dois analistas mais velhos de uma Célula diferente estão em frente a uma das portas sem alarme entre as Células, num hexagrama de cimento cercado de uma grama bem cuidada, olhando o sol sobre os campos incultos logo ao sul do CRA. Ninguém está fumando; estão só um tempinho lá fora. Lane Dean não saiu com os dois; ele foi tomar um ar no intervalo ao mesmo tempo que os analistas, e por acaso se encontrou com eles. Ainda está procurando um lugar desejável de verdade, divertido, para frequentar nos intervalos; isso é muito importante. Os dois caras se conhecem ou trabalham na mesma equipe; foram lá para fora juntos; dá para ver que se trata de uma velha rotina.

Um dos homens abre as pernas de um jeito meio artificial e se alonga. "Nossa", diz. "Bom, eu e a Midge, a gente foi lá na casa dos Bodnar no sábado. Sabe o Hank Bodnar, lá da equipe K das Análises de Capital, com aqueles oclões com as lentes que escurecem sozinhas no sol, como é que chama?" O homem está com as mãos atrás das costas e sobe e desce rapidinho na ponta dos pés, como alguém esperando o ônibus.

"Āh-rāh." O outro homem, que talvez seja uns cinco anos mais novo que o homem que foi na casa dos Bodnar, está contemplando uma espécie de cisto ou verruga benigna na parte interna do pulso. O calor está se concentrando no meio da manhã, e o som elétrico dos gafanhotos no capim selvagem cresce e cai nas partes dos campos onde o sol ataca. Nenhum dos homens se apresentou a Lane Dean, que está parado mais longe deles do que eles estão um do outro, ainda que não tão longe que pudesse ser considerado totalmente desligado da conversa. Talvez estejam lhe dando privacidade porque veem que ele é novo e que ainda está se acostumando com o inacreditável tédio do trabalho de analista. Talvez sejam tímidos e desajeitados e não saibam direito como se apresentar. Lane Dean, cuja calça tinha subido tanto que ele precisou ir ao banheiro para tirá-la de dentro da bunda, sente vontade de sair correndo pelo campo naquele calor, correr em círculos batendo os braços como asas.

"Era pra gente ter ido lá no fim de semana passado, que dia, acho que no dia sete", diz o primeiro homem, olhando para uma paisagem que na verdade não tem grandes atrativos para os olhos, "mas a nossa mais nova estava com febre e com a garganta meio inflamada, e a Midge não quis deixar a menina com a babá se ela estava com febre. Aí ela ligou pra cancelar, e a Midge e a Alice Bodnar deram um jeito, e a gente mudou a coisa pra semana seguinte, sete dias depois do dia sete, que assim ficava fácil de lembrar. Você sabe como é que as mamães urso ficam quando seus filhotinhos estão com febre."

"Nem me fale", Lane Dean arrisca de vários metros de distância, rindo meio forte demais. Um sapato está na sombra da marquise da célula e outro no sol da manhã. Lane Dean agora está começando a se sentir desesperado com o fim inexorável dos quinze minutos de intervalo e com o fato de que ele vai ter que voltar e analisar declarações por mais duas horas antes do próximo intervalo. Uma xicrinha vazia de isopor está tombada de lado no cinzeiro preso a uma latinha de lixo num nicho da parede. Estar numa conversa faz o tempo passar de um jeito diferente; não fica claro se é melhor ou pior. O outro homem ainda está examinando a coisa em seu pulso, com o antebraço levantado como o de um cirurgião que acabou de lavar as mãos. Se você para e pensa que os gafanhotos estão é gritando, a coisa toda fica muito mais perturbadora. O protocolo normal é não ouvir; depois de um tempo você não percebe mais que eles existem.

"Mas enfim", diz o primeiro analista. "A gente chega lá, toma uma coisinha. A Midge e a Alice Bodnar ficam lá falando sem parar de umas cortinas que eles estão escolhendo pra sala de estar. Troço bem chato, coisa de esposa. Aí eu e o Hank acabamos na sala de televisão, porque o Hank coleciona moedas — sério, ele leva a coisa bem a sério, pelo que eu vi, não é só aqueles álbuns de papelão com buraquinho redondo, ele entende mesmo do riscado. E ele quis me mostrar a foto de uma moeda que ele estava pensando em adquirir, pra coleção." O outro homem tinha olhado de verdade pela primeira vez quando o cara que estava contando a história mencionou numismática, que é um hobby que para Lane Dean, como cristão, sempre pareceu decadente e desvirtuado de diversas maneiras.

"Um níquel, eu acho", o primeiro camarada está dizendo. Ele fica nisto de quase parecer que está falando sozinho, enquanto o segundo homem começa e para de analisar a coisa da verruga. Você saca que esse é o tipo de conversa que os dois têm nos intervalos há muitos, muitos anos — tão natural que nem é mais consciente. "Não daqueles com um búfalo atrás, mas uma moedinha lá de cinco centavos com uma parte de trás diferente que é bem conhecida; eu não sei grandes coisas de moeda mas até eu já tinha ouvido falar, então deve ser bem conhecido mesmo. Mas não consigo lembrar o termo certo." Ele ri de um jeito que parece dolorido. "Sumiu totalmente da cabeça. Agora eu não lembro."

"A Alice Bodnar cozinha superbem", o outro sujeito diz. As presilhas plásticas de uma gravata marrom-clara de prender aparecem um pouco em volta do colarinho da camisa dele. O nó da gravata propriamente dito está apertado como uma figa; não haveria como soltar. De onde está, Lane dá uma olhada melhor e mais discreta nesse segundo analista. A coisa no lado interno do pulso dele é do tamanho do nariz de uma criança e composta do que parece matéria córnea, ou alguma secreção endurecida, e tem uma aparência avermelhada e meio inflamada, se bem que isso pode ser porque o segundo sujeito fica cutucando tanto. E quem não cutucaria? Lane Dean sabe que corria o risco de ficar obsessivamente fixado na coisa do pulso do homem se eles trabalhassem em mesas vizinhas na mesma Célula — tentando olhar aquilo sem ser percebido, tomando decisões de não olhar etc. Ele fica meio chocado por quase sentir inveja de quem esteja nessa mesa vizinha, imagina o cisto avermelhado e a carreira do cisto como objeto de distração e atenção, algo a se guardar como um corvo guarda coisinhas inúteis e brilhantes que encontra por acaso, até tirinhas de papel-alumínio ou pedacinhos da corrente rompida de um medalhão. Sente um desejo estranho de perguntar ao homem sobre a coisa, qual é a daquele negócio, há quanto tempo etc. Aconteceu bem como o sujeito tinha dito: Lane Dean não precisa mais olhar para o relógio nos intervalos. Agora restam seis minutos.

"Nossa, então, a ideia lá era cozinhar uns filés de salmão e comer na varanda e o salmão lá pincelado com um vinagrete de sálvia que a Midge e a Alice queriam inventar e batatinha escalopada — acho que é escalopada; de repente você diz *au gratin*. E uma saladona, tão grande que não dava nem pra gente passar a saladeira de um pro outro na mesa; ela teve que ficar numa mesinha separada."

Agora o segundo homem está desenrolando cuidadosamente a manga da camisa e a abotoando de novo no pulso sobre a coisa, se bem que quando ele senta com as declarações e a manga sobe um pouquinho, Dean aposta que a borda da penumbra rubra do cisto ainda vai aparecer no punho, e que o movimento do punho para a frente e para trás por cima da coisa num dia inteiro de análises pode ser parte do que a deixa vermelha e machucada — pode ocorrer uma dorzinha minúscula e enjoada toda vez que o punho da camisa do homem passa para cá ou para lá em cima da coisinha córnea.

"Mas foi um dia bem bacana. Eu e o Hank lá na sala de televisão, que tem aquelas janelonas grandes que dão pra uma parte do jardim e da rua; tinha umas crianças da vizinhança andando de bicicleta pela rua, gritando e se divertindo pacas. A gente decidiu, o Hank decidiu, mas, cacete, está um dia bonito pra cacete, vamos ver se as meninas não querem um churrasco. Aí a gente pegou a grelha do Hank, uma grandona modelo Weber com rodinha que dava pra empurrar de um lado pro outro se você inclinasse ela assim pra trás; eram três pernas mas só duas tinham rodinha — você sabe como é."

O segundo homem se inclina para a frente e cospe direitinho por entre os dentes na grama que cerca o hexagrama. Ele talvez tenha seus quarenta anos, fios prateados entre o cabelo do lado da cabeça, assim sob o sol dá para Lane Dean ver. Lane Dean se imagina correndo pelo campo num círculo enorme, batendo os braços como Roddy McDowall.

"Aí a gente levou, com as rodinhas", o primeiro homem diz. "E a gente assou o salmão em vez de cozinhar, apesar do resto ser igual, e a Midge e a Alice ficaram falando de onde eles compraram a saladeira, que tinha assim um monte de entalhes mais perto da borda, que aquilo devia pesar mais de dois quilos. O Hank assou ali no quintal e a gente comeu lá na varanda por causa dos mosquitos."

"Como assim?", Lane Dean pergunta, ciente do leve tom histérico em sua voz.

"Ora", diz o primeiro cara, o mais gordo, "o sol estava se pondo. As muriçocas descem lá do campo de golfe em Fairhaven. Nem a pau que a gente ia ficar sentado ali no quintal pra ser comido vivo. Ninguém nem precisou falar." O homem vê Lane Dean ainda olhando para ele, a cabeça exageradamente inclinada numa curiosidade que nem de longe ele sentia.

"Bom, é uma varanda com tela." O segundo homem está olhando para Lane Dean com cara de quem que é esse fulano?

O homem que tinha jantado na casa dos outros ri. "O melhor de dois mundos. Uma varanda com tela."

"A não ser que chova", o segundo homem diz. Os dois riem pesarosamente.

§17

"Eu sempre assim desde criança acho que meio que imaginei os caras da Receita como aquele tipo assim de herói institucional, burocrático, herói com h minúsculo — que nem policial, bombeiro, assistente social, gente da Cruz Vermelha e do Exército da Salvação, o pessoal encarregado de ajudar os mais pobres no governo, até um certo tipo de gente do clero e de voluntários religiosos — quem tenta suturar ou pôr um curativo nos buracos que o pessoal mais egoísta, mais exibido, mais desligado, mais 'eu-eu-eu' fica sempre abrindo na comunidade. Eu estou falando mais assim da polícia e dos bombeiros e do pessoal da Igreja do que dos que todo mundo conhece e que acabam no jornal por causa do que eles fazem. Eu não estou falando do tipo de herói que 'arrisca a vida'. Acho que o que estou dizendo é que tem outros tipos. Eu queria ser. Do tipo que parecia até mais heroico porque ninguém aplaudia nem pensava neles, ou se pensava normalmente era como se fosse inimigo. O tipo de gente que entra pro comitê que vai organizar a limpeza depois da festa em vez de tocar na banda do baile ou ficar ali com a rainha, se é que você me entende. O tipo quietinho que limpa a bagunça e faz o trabalhinho sujo. Você sabe."

§18

"E os Nomes de Mesa voltaram. Taí outra vantagem com o Glendenning. Nada contra o Rei Pálido, mas o consenso é que o sr. Glendenning está mais a fim disso do moral dos agentes, e os Nomes de Mesa são um exemplo."

[Comentário fora do quadro.]

"Bom, é bem o que diz mesmo. Em vez do seu nome. Tem uma plaquinha na sua mesa com o seu Nome de Mesa. O seu Nome de Guelra, que nem eles dizem. Agora não precisa mais se preocupar que algum cidadão que você meio que teve que apertar um tiquinho saiba o seu nome, de repente eles descobrem onde você mora com a sua família — não pense que isso não passa pela cabeça dos agentes."

[Comentário fora do quadro.]

"Se bem que não é mais exatamente como era antes do Rei Pálido. A coisa se descontrolou, não dá pra negar. Agora não tem mais Nomes de Mesa que sejam obviamente de sacanagem. Coisa que pra te falar a verdade perdia a graça rapidinho e ninguém está sentindo falta; ninguém quer que o contribuinte ache que ele é bobo. A gente está longe de ser bobo aqui. Não tem mais essa de Lu Tarmada ou Dave Yaddo ou John D. Stowe. Se bem que ninguém e muito menos o sr. Glendenning diz que não dá pra usar o Nome de Mesa como ferramenta. Na grande batalha por corações e mentes. Se você for esperto, você usa como ferramenta. A gente faz um rodízio; os mais antigos escolhem primeiro. Neste trimestre, o meu Nome de Mesa é Eugene Fusz — dá pra ver bem ali na plaquinha. Elas agora são bem bonitinhas. Um tipo de ferramenta é você usar um Nome de Mesa que o cara não sabe direito como é que pronuncia. É *fiús*, é *fâs*, é *fuz*? Claro que o cidadão não quer te ofender. Outros bons são Fuchs, Traut, Carallo, Ojerkis, Meleck, Tünivich, Schoewder, Wënkopf. Ainda tem quarenta e três plaquinhas sobrando. La Bialle, Bouhel. Trema é sempre legal; trema parece que deixa o pessoal especialmente maluco. É só mais uma tática pra desorientar. Fora um sorrisinho num dia cinzento e coisa e tal e tal e coisa. O Hanratty pediu uma plaquinha Pehnys pro terceiro trimestre — está sob análise, segundo o sr. Rosebury. Tem limite, afinal, com o Glendenning. O que vale é a receita. Não é exatamente um cirquinho este negócio aqui."

§ 19

"Tem alguma coisa bem interessante nisso de civismo e de egoísmo, e a gente fica na crista dessa onda por aqui. Nos Estados Unidos, a gente espera que o governo e a lei sejam a nossa consciência. O nosso superego, por assim dizer. Tem alguma coisa a ver com o individualismo liberal e alguma coisa a ver com capitalismo, mas eu não entendo muito desse aspecto teórico — o que eu vejo é o que eu vivo. Dá pra dizer que os americanos são loucos. A gente se infantiliza. A gente não se pensa enquanto cidadãos — como parte de alguma coisa maior em que a gente tem responsabilidades profundas. A gente se pensa enquanto cidadãos no que se refere aos nossos direitos e aos nossos privilégios, mas não às nossas responsabilidades. A gente abdica das nossas responsabilidades cívicas com o governo e espera que o governo, de fato, legisle a moral. Eu estou falando basicamente de economia e de negócios, porque é a minha área."

"O que é que a gente faz pra deter o declínio?"

"Eu não tenho nenhuma ideia do que a gente deve fazer. Enquanto cidadãos a gente cede cada vez mais a nossa autonomia, mas se nós do governo tiramos dos cidadãos a liberdade deles cederem essa autonomia, agora a gente tirou a autonomia. É um paradoxo. Os cidadãos têm constitucionalmente o poder de preferir abrir mão e deixar as decisões com empresas e com um governo que a gente espera que os controle. As empresas estão ficando cada vez melhores nisso de seduzir a gente e fazer a gente pensar como elas — pensar no lucro como *telos* e na responsabilidade como uma coisa que é pra ser idolatrada enquanto símbolo e evitada na vida real. Esperteza em oposição a sabedoria. Querer e ter em vez de pensar e fazer. A gente não consegue impedir isso. Suponho que o que vai acontecer é algum tipo de desastre — depressão, hiperinflação —, e aí é que são elas: ou a gente acorda e retoma a nossa liberdade, ou a gente desmonta de vez. Que nem Roma — que conquistou seu próprio povo."

"Eu entendo os contribuintes não quererem dar o dinheiro deles. É uma coisa humana, normal. Eu também não gostei de cair na malha fina. Mas, pô, tem uns fatos básicos pra equilibrar isso aí — a gente votou nesses caras, a gente escolhe viver aqui, a gente quer estradas legais e um Exército bom pra proteger o país. Então paga aí."

"Isso é meio simplista."

"Parece uma coisa assim: imagine que você está num bote salva-vidas com outras pessoas, a comida é limitada e vocês têm que dividir. É bem limitada, tem que ir pra todos e todo mundo está com fome. Claro que você quer toda a comida; você está morrendo de fome. Mas todo mundo também está. Se você comesse toda a comida não ia conseguir viver com essa culpa depois."

"Sem contar que os outros iam te matar."

"Mas a questão é psicológica. Claro que você quer tudo, claro que você quer ficar com cada centavinho que ganha. Mas você não fica, você paga, porque é assim que precisa ser pro bote todo. Você meio que tem um dever com os outros ali no bote. Um dever com você mesmo, de não ser o tipo de pessoa que espera todo mundo ir dormir pra ir lá comer a comida toda."

"Você está falando que nem na aula de moral e cívica."

"Que você nunca cursou, aposto. Você tem o quê, 28? A sua escola tinha moral e cívica quando você era garoto? Você pelo menos sabe o que é educação cívica?"

"Era uma coisa da guerra fria que eles começaram nas escolas. A Declaração de Direitos, a Constituição, o Juramento à Bandeira, a importância de votar."

"A educação cívica é o ramo das ciências políticas que entre aspas se preocupa com a cidadania e os direitos e deveres dos cidadãos dos Estados Unidos da América."

"*Dever* é uma palavra meio pesada. Eu não estou dizendo que é dever deles pagar imposto. Só estou dizendo que não faz sentido não pagar. Fora que a gente ainda te pega."

"Eu não acho que é uma conversa o que você quer ter de verdade, mas se quiser a minha opinião eu te falo."

"Desembucha."

"Eu acho que não é por acaso que não dão mais aula de educação moral e cívica ou que um rapaz como você se arrepia com a palavra *dever*."

"A gente ficou mole, você quer dizer."

"Eu estou dizendo que os anos sessenta, que Deus os tenha, fizeram muita coisa pra aumentar a consciência das pessoas em diversas áreas, como nas questões de raça, no feminismo…"

"Sem falar do Vietnã."

"Não, pode falar do Vietnã, porque aquela foi uma geração que na sua quase totalidade pela primeira vez questionou as autoridades e disse que as crenças morais de cada um deles eram mais sérias que o dever deles irem pra guerra se os seus representantes legitimamente eleitos mandassem."

"Em outras palavras, que o dever mais sério deles era com *eles* mesmos."

"Tudo bem, mas com eles enquanto *o quê*?"

"Isso tudo parece bem simplista, pessoal. Também não é que todo mundo estivesse lá protestando por uma noção de dever. Estava na moda se manifestar contra a guerra."

"Nem o fator dever-final-para-comigo nem o fator moda são irrelevantes."

"Você está dizendo que se manifestar contra o Vietnã levou às chicanas fiscais?"

"Não, ele está dizendo que levou ao tipo de egoísmo que deixa todo mundo aqui querendo comer toda a comida do bote."

"Não, mas eu acho que seja lá o que for que levou as manifestações contra uma guerra a virarem moda, abriu a porta pro que vai acabar com este país. O fim da experiência democrática."

"Eu não te falei que ele era conservador?"

"Mas isso é só um rótulo. Tem tudo que é tipo de conservador dependendo do que eles querem conservar."

"Os anos sessenta foram o começo do declínio dos Estados Unidos rumo à decadência e ao individualismo egoísta — a geração Eu."

"Mas rolava mais decadência nos anos vinte do que nos sessenta."

"Sabe o que eu acho? Que a Constituição e O *Federalista* aqui deste país foram um feito moral e criativo incrível. Pela primeira vez mesmo numa nação moderna as pessoas que estavam no poder montaram um sistema em que o poder dos cidadãos sobre o seu próprio governo ia ser uma questão fundamental e não mero simbolismo. Teve um valor inestimável, e vai ficar na história junto com Atenas e a Carta Magna. O fato de que era uma utopia e que por incrível que pareça *funcionou* por duzentos anos deixa tudo mais inestimável ainda — é literalmente um milagre. E já que eu estou falando de Jefferson, Madison, Adams, Franklin, os verdadeiros pais da Igreja, o que levou o experimento americano pra além de uma grande ideia e fez com que ele funcionasse foi não só a inteligência desses caras mas o profundo esclarecimento moral que eles tinham — a noção de civismo deles. O negócio é que eles se importavam mais com a nação e com os cidadãos que com eles mesmos. Eles podiam simplesmente ter montado os Estados Unidos como uma oligarquia onde os industriais poderosos do Leste e os proprietários de terras do Sul controlassem todo o poder e governassem com mãos de ferro dentro de luvinhas de retórica liberal. Preciso mencionar Robespierre ou os bolcheviques, ou o aiatolá? Esses Pais Fundadores eram gênios de virtude cívica. Eles eram heróis. Quase todo o trabalho deles foi conter o poder do governo."

"Separação dos poderes."

"Todo o poder emana do povo."

"Eles sabiam que o poder tende a corromper…"

"O Jefferson ao que tudo indica mandando ver nas suas escravas e com ninhadas e ninhadas de filhinhos mulatos."

"Eles acreditavam que o poder centralizante ao se ver dispersado entre um eleitorado consciente, educado e dotado de preocupações cívicas garantiria que os Estados Unidos não iam virar mais um caso de nobres e campônios, senhores e servos."

"Um eleitorado educado, dono de terras, *macho e branco*, é bom lembrar."

"E esse é um dos paradoxos do século XX, que tem o seu ápice lá nos sessenta. Será que é bom tornar tudo mais justo e deixar todos os cidadãos votarem? É, na teoria está na cara. No entanto é bem fácil avaliar os nossos ancestrais olhando pela lente do presente em vez de tentar ver o mundo como eles devem ter visto. Os Pais Fundadores concederam esse poder só aos homens brancos ricos e proprietários de terras com o objetivo de colocar o poder nas mãos de pessoas mais parecidas com eles..."

"Para mim, tudo isso não parece assim tão novo ou tão experimental, sr. Glendenning."

"Eles acreditavam na racionalidade — acreditavam que as pessoas privilegiadas, alfabetizadas, educadas e dotadas de sofisticação moral seriam capazes de emular o comportamento deles, de tomar decisões judiciosas e autodisciplinadas pelo bem da nação e não só para favorecer seus próprios interesses."

"Sou obrigado a reconhecer que isso aí é uma racionalização bem engenhosa e imaginativa do racismo e do chauvinismo machista."

"Eles eram heróis, e como todo herói de verdade eram modestos e não se consideravam assim tão excepcionais. Eles supuseram que seus descendentes seriam como eles — racionais, honrados, dotados de consciência cívica. Homens no mínimo tão preocupados com o bem comum quanto com vantagens pessoais."

"Como foi que a gente saiu dos anos sessenta e chegou nisso?"

"E em vez disso a gente deu nesses líderes corruptos ou então bananas que tem por aí."

"A gente elege o que merece."

"Mas é uma coisa bem estranha. Que eles tenham sido tão previdentes e tão astuciosos nisso de erguer barreiras contra a acumulação do poder, nesse medo saudável que eles tinham do governo, e ao mesmo tempo acreditarem ingenuamente na virtude cívica das pessoas comuns."

"Os nossos líderes, o nosso governo somos nós, todos nós, então se eles são venais e fracos é porque nós somos."

"Odeio quando você sumariza o que eu estou tentando dizer e erra tudo, mas eu não sei bem como dizer. É mais forte que isso. Eu não acho que o problema sejam os nossos líderes. Eu votei no Ford e provavelmente vou votar no Bush ou quem sabe no Reagan e tenho segurança nesse voto. Mas a gente vê aqui, com os contribuintes. Nós somos o governo, a pior face do governo — o credor voraz, o pai severo."

"Eles odeiam a gente."

"Eles odeiam o governo — a gente só é a encarnação mais conveniente do que eles odeiam. Mas tem uma coisa bem curiosa nisso aí do ódio. O governo *é* o povo, deixando várias complicações de lado, mas a gente cria uma divisão e finge que não é; a gente finge que um Outro ameaçador é que quer tirar as nossas liberdades, tirar o nosso dinheiro pra redistribuir, legislar a nossa moral sobre drogas, carteira de motorista, aborto, meio ambiente — o Grande Irmão, o Sistema…"

"Eles."

"E o curioso é que a gente odeia o governo por ele usurpar as mesmíssimas funções cívicas que a gente cedeu ao governo."

"O que inverte o mecanismo dos Pais Fundadores de ceder o poder político ao povo e não ao governo."

"Consentimento dos governados."

"Mas foi mais longe que isso, e a ideia dos anos sessenta de liberdade e apetites pessoais e licenciosidade moral tem alguma coisa a ver com isso, se bem que nem a pau eu consigo ver o que seria. Só que tem alguma coisa estranha rolando em termos de civismo e de egoísmo neste país, e a gente aqui no Serviço pode ver isso nas suas manifestações mais radicais. Nós hoje, como cidadãos, homens de negócios, consumidores e tudo mais, nós esperamos que o governo e a lei funcionem como a nossa consciência."

"Mas não é pra isso que as leis servem?"

"Você quer dizer o nosso superego? *In loco parentis?*"

"Tem alguma coisa a ver com o individualismo liberal, alguma coisa a ver com o fato da Constituição ter superestimado o caráter do indivíduo e tem alguma coisa a ver com o capitalismo de consumo…"

"Isso é bem vago."

"É vago mesmo. Eu não sou cientista político. Mas as consequências que gera não são vagas; a realidade concreta dessas consequências é o que define o nosso trabalho aqui."

"Mas o Serviço já andava por aí antes dos decadentes anos sessenta."

"Deixa o cara terminar."

"Eu acho que os americanos de 1980 são loucos. Piraram. Regrediram de algum jeito."

"A falta de disciplina e de respeito pela autoridade entre aspas dos decadentes anos setenta."

"Se você não calar a boca eu vou te colocar no teto do elevador e você pode ficar por lá mesmo."

"Pode soar reacionário, eu sei. Mas todo mundo se sente assim. A gente mudou a nossa forma de nos pensar como cidadãos. A gente não se vê mais como cidadãos no sentido antigo de sermos uma pequena parte de uma coisa bem maior e infinitamente mais importante com a qual a gente tem sérias responsabilidades. A gente ainda se vê como cidadãos no sentido de sermos beneficiários — nós realmente temos consciência dos nossos direitos como cidadãos americanos e das responsabilidades que a nação tem conosco e de garantir a nossa fatia do bolo. A gente se vê hoje como quem vai comer o bolo e não como quem faz o bolo. Aí quem é que faz o bolo?"

"Não pergunte o que o seu país pode fazer por você..."

"As empresas fazem o bolo. Elas fazem e a gente come."

"Provavelmente por causa da minha ingenuidade é que eu não quero colocar isso em termos políticos, quando é provável e irredutivelmente uma questão política. Alguma coisa aconteceu e a gente decidiu num nível pessoal que tudo bem abdicar da nossa responsabilidade individual pelo bem comum e deixar o governo se preocupar com o bem comum enquanto a gente fica por aí cuidando dos nossos problemas individuais autocentrados e lutando pra satisfazer os nossos vários apetites."

"Alguma culpa certamente é das empresas e da publicidade."

"É que eu não penso nas empresas como cidadãos. As empresas são máquinas de produzir lucro; é isso que elas foram engenhosamente projetadas pra fazer. É ridículo atribuir obrigações morais ou responsabilidades morais às empresas."

"Mas a grande genialidade tenebrosa das empresas é que elas permitem recompensas individuais sem obrigações individuais. As obrigações dos trabalhadores são com os executivos, as dos executivos são com o presidente, a do presidente é com o quadro de diretores e as obrigações do quadro são com os acionistas, que são os mesmos clientes que a empresa vai foder na primeiríssima oportunidade em nome do lucro, lucro esse distribuído como bônus para os mesmíssimos acionistas-barra-clientes que eles estão fodendo em nome deles mesmos. Parece meio que um contraponto de responsabilidade evitada a muitíssimas vozes."

"Você está deixando de fora os sindicatos advogando pelos seus fundos de pensão e os efeitos percentuais da SEC sobre o valor das ações."

"Você é o próprio gênio da irrelevância, X. Isto não é um curso universitário. O DeWitt está tentando ir fundo na coisa aqui."

"As empresas não são cidadãos nem vizinhos nem parentes. Empresa não vota nem serve o Exército. Empresa não aprende o juramento à bandeira. Empresa não tem alma. Uma empresa é uma máquina de gerar lucro. Por mim tudo bem. Acho absurdo colocar obrigações morais ou cívicas nas empresas. A única obrigação de uma empresa é estratégica, e por mais que ela possa acabar sendo muito complexa, na base uma empresa não é uma entidade cívica. Com as empresas, eu não vejo problema no fato da política regulatória e as atividades de policiamento do governo cumprirem a função de uma consciência. O que é sim um problema pra mim aqui é isto de parecer que nós enquanto cidadãos individuais adotamos uma atitude empresarial. Que a nossa obrigação mais definitiva é com a gente mesmo. Que a menos que seja ilegal ou traga consequências práticas diretas pra nós mesmos, qualquer atividade está o.k."

"Eu estou cada vez mais arrependido de ter entrado nessa conversa. Isso aqui... você gosta de filmes?"

"E como."

"Você está de brincadeira?"

"Nada melhor que ficar no sofazinho numa noite de chuva com um betamax e um bom filme."

"Imagine que alguém demonstre que o aumento da violência nos filmes americanos tem correlação com o aumento nas estatísticas de crimes violentos. Ou seja, imagine que as estatísticas não fossem meramente *sugestivas* mas que elas de fato estabelecessem de forma *conclusiva* que o aumento do número de filmes explicitamente violentos como *Laranja mecânica*, *O poderoso chefão* ou *O exorcista* teve uma correlação causal com as taxas de deterioração do mundo real."

"E não vamos esquecer *Meu ódio será sua herança*. Fora que *Laranja mecânica* é da Inglaterra."

"Cala a boca."

"Mas defina *violência*. Será que ela não significa coisas muitíssimo diferentes pra pessoas diferentes?"

"Eu vou te jogar pra fora deste elevador, X, juro por Deus."

"O que a gente devia esperar que as empresas de Hollywood que criam os filmes fizessem? Será que a gente devia mesmo esperar que elas se importassem com o efeito dos filmes delas na violência no mundo? A gente podia fazer uma cena e mandar umas cartas enfurecidas. Mas as empresas, apoiadas num monte de bobajada de RP, iam responder que estão no ramo pra ganhar dinheiro pros acionistas, e que só iam dar a mínima bola pro que essas estatísticas dizem do produto que elas comercializam se o governo as forçasse a maneirar com a violência."

"O que com certeza ia dar num problemão de violação da Primeira Emenda."

"Eu não acho que os estúdios de Hollywood pertençam aos acionistas; acho que a grande maioria pertence a outras empresas."

"*Ou*, se sei lá, se os frequentadores normais de cinema parassem de ir em bando ver filmes ultraviolentos. O pessoal do cinema pode dizer que eles estão fazendo o que uma empresa é feita pra fazer — atender uma demanda e ganhar o máximo de dinheiro que for legalmente possível ganhar."

"Esta conversa toda está um tédio."

"Às vezes o importante é o tédio. Às vezes dá trabalho. Às vezes as coisas importantes não são obras de arte pra sua diversão, X."

"O que eu quero dizer é o seguinte. E desculpa, X, porque se eu soubesse mais disso que estou falando, eu podia deixar as coisas claras mais rápido, mas eu não estou acostumado a falar disso e nunca consegui dizer assim com todas as palavras de um jeito organizado — isso tudo é mais um tornadão na minha cabeça enquanto eu venho de carro de manhã pensando no que tenho pra fazer no dia. A única coisa que eu quero dizer sobre cinema é: será que essas estatísticas iam causar uma queda muito grande nas plateias que vão lá ver esses filmes ultraviolentos em bando? Não iam. E o doido é isso; é isso que eu quero dizer. O que é que a gente ia fazer? Na hora do cafezinho a gente ia ficar reclamando das desgraçadas dessas empresas sem alma que estão se fodendo pro estado geral da nação e que só querem é saber de ganhar uma grana. Alguns iam escrever pra página de opinião do *Journal Star* ou até pro seu deputado da região. Que eles deviam fazer uma lei. Uma regulamentação, a gente ia dizer. Mas quando chegasse o sábado à noite eles ainda iam ver qualquer um desses filmes violentos e desgraçados que eles e as patroas quisessem ver."

"É como se eles vissem o governo como o pai que vai lá tirar os brinquedinhos perigosos deles, e enquanto não vai, eles vão continuar brincando sem parar. Um brinquedo perigoso pra *outras* pessoas."

"Eles não se veem como responsáveis."

"Eu acho que o que mudou de alguma maneira é que eles não se veem como *pessoalmente* responsáveis. Eles não veem a coisa como se o ato pessoal, individual deles de ir comprar um ingresso pra O *exorcista* fosse o que aumenta a demanda que mantém as máquinas empresariais criando cada vez mais filmes violentos pra satisfazer a demanda."

"Eles ficam esperando que o governo tome alguma providência."

"Ou que as empresas criem alma."

"Com esse exemplo fica bem mais fácil ver o que o senhor quer dizer, sr. Glendenning", eu disse.

"Eu não tenho certeza se O *exorcista* é o melhor exemplo. O *exorcista* é mais doentio que violento. Agora O *poderoso chefão* — aquilo é que é violência."

"Eu nunca fui ver O *exorcista* porque a sra. G. disse que preferia que cortassem todos os dedos das mãos e dos pés dela com uma tesoura cega do que ter que aguentar uma porcaria dessas. Mas pelo que ouvi dizer e pelo que eu li, era violento pacas."

"Acho que a síndrome é mais aquela de não votar, de eu-sou-tão-insignificante-e-os-outros-todos-são-tantos-que-o-que-eu-faço-não-vai-fazer-diferença, e aí eles ficam em casa vendo As *panteras* em vez de ir votar."

"E resmungando e reclamando dos líderes eleitos."

"Então de repente não é tanto a ideia de que o cidadão como indivíduo não é responsável e sim que eles são tão insignificantes e o governo e o resto do país são tão grandes que eles não têm como causar algum impacto de verdade, então eles só precisam mesmo é cuidar da própria vida o melhor que der."

"Isso sem falar no tamanho dessas grandes empresas; é meio uma questão de como é que o fato de um cara não comprar um ingresso pro *Poderoso chefão* pode afetar a Paramount Pictures de alguma forma? O que ainda é uma bobagem; é um jeito de racionalizar a nossa falta de responsabilidade pela nossa partezinha minúscula de escolher os rumos do país."

"Isso tudo faz parte, eu acho. É duro sacar direitinho qual é a diferença. Eu tenho medo de dar uma de velhusco e ficar dizendo que as pessoas não têm consciência cívica como tinham nos bons e velhos tempos e que o país está indo pras picas. Mas parece que antes os cidadãos — seja na questão dos impostos ou de jogar lixo na rua, tanto faz — sentiam que faziam parte de

Tudo, que o imenso Todo Mundo que determinava as políticas, os gostos e o bem comum era na verdade composto de um montão de indivíduos iguais a eles, que eles na verdade faziam *parte* de Tudo e que precisavam dar conta do que lhes cabia, participar com o que podiam e entender que o que eles faziam tinha um peso igualzinho ao do que os outros faziam, se fosse pro país continuar sendo um lugar bom."

"Os cidadãos agora se sentem alienados. É meio eu-contra-todo-mundo."

"*Alienado* é uma daquelas palavras dos anos sessenta."

"Mas como foi que essa coisa toda alienada, pequena, de não-fazer-diferença emergiu lá dos anos sessenta, já que se os anos sessenta mostraram alguma coisa boa foi que cidadãos que pensam igual podem pensar por eles mesmos e não ficar só engolindo o que o Sistema diz, que eles podem se juntar e sair em passeata, agitar pedindo mudança e que as coisas podem mudar; a gente sai do Vietnã, a gente ganha Saúde Pública e o Ato de Direitos Civis e a liberação feminina."

"Porque as empresas entraram no jogo e transformaram todos os princípios, aspirações e ideologias legítimas numa série de modinhas e de poses — eles transformaram a Rebelião numa atitude chique em vez de num ímpeto real."

"É fácil demais culpar as corporações, X."

"E a palavra *corporação* justamente não vem de *corpo*, como 'corporificado'? Pessoas artificiais foram sendo criadas. Que emenda, acho que foi a Décima Quarta, que deu direitos e deveres de cidadãos pras empresas?"

"Não, a Décima Quarta Emenda foi parte da Reconstrução e teve como objetivo dar cidadania plena aos escravos libertos, e foi algum advogado espertinho de alguma empresa que convenceu o Supremo de que as empresas se encaixavam nos critérios da Emenda."

"A gente aqui está falando de Empresas C, não é?"

"Porque é verdade — hoje em dia nem fica claro quando a gente diz *empresa* se a gente está falando de Cs ou Ss, LLCs, associações corporativas, fora que tem as fechadas e as públicas, fora as de fachada que na verdade são só companhias limitadas entupidas de dações em pagamento pra gerar perdas no papel, que são basicamente só parasitas do sistema tributário."

"Fora que as Cs contribuem por taxação dupla, então é duro dizer que elas não são só um negativo na esfera da receita."

"Veja o meu olhar de total desprezo e menoscabo pra você, X; o que é mesmo que você acha que a gente *faz* aqui?"

"Sem falar nos instrumentos fiduciários que funcionam quase da mesmíssima maneira que as empresas. Fora as franqueadoras, entidades fiscalmente transparentes, fundações sem fins lucrativos estruturadas como instrumentos empresariais."

"Nada disso tem importância. E não estou nem falando do que a gente faz aqui a não ser na medida em que isso nos coloca na posição de ver atitudes cívicas se extinguindo, já que não tem nada mais concreto que um pagamento de impostos, que afinal de contas é o nosso dinheiro, enquanto as obrigações e os lucros projetados dos pagamentos são abstratos, no nível abstrato da nação inteira, do seu governo e dos concidadãos, então as atitudes das pessoas em relação aos impostos parecem ser um dos lugares em que a noção de civismo do indivíduo se revela nos termos mais diretos."

"Não foi a Décima Terceira Emenda que os negros e as empresas exploraram?"

"Deixa eu jogar ele daqui, sr. G., eu estou pedindo por favor."

"Olha só uma coisa que vale mencionar. Foi nas décadas de 1830 e 40 que os estados começaram a conceder foros corporativos pra companhias maiores e mais estruturadas. E foi em 1840 ou 41 que Tocqueville publicou o livro dele sobre os americanos, e em algum lugar do livro ele fala que uma coisa das democracias com o seu individualismo é que pela sua própria natureza elas corroem a verdadeira noção de comunidade do cidadão, a noção de que ele tem concidadãos reais cujos interesses e preocupações são os mesmos dele. O que é uma ironia bem dolorosa, quando você para pra pensar, se uma forma de governo criada pra produzir igualdade deixa os seus cidadãos tão individualistas e autocentrados que eles acabam virando uns solipsistas vidrados no próprio umbigo."

"O Tocqueville também está falando de capitalismo e de mercados, que basicamente andam de mão dada com a democracia."

"Só que eu não acho que era isso que eu estava tentando dizer. É fácil pôr a culpa nas empresas. O DeWitt está dizendo que se você acha que as empresas são malvadas e que cabe ao governo moralizá-las, você está se esquivando da sua própria responsabilidade cívica. Você está transformando o governo no seu irmão mais velho e a empresa no valentão que o seu irmão mais velho vai manter longe de você na hora do recreio."

"O argumento do Tocqueville é que é da natureza do cidadão democrático ser como uma folha que não acredita na árvore da qual ela faz parte."

"O que é interessante de um jeito meio deprimente é essa hipocrisia tácita — eu, o cidadão, vou continuar comprando carrões que bebem um monte e acabam com as árvores e ingressos pra ver O *exorcista* até o governo proibir, mas aí quando o governo proibir *mesmo* eu vou ficar resmungando contra o Grande Irmão e dizendo pro governo sair do nosso pé."

"É só ver a taxa de fraude fiscal e a porcentagem de recursos depois da malha fina."

"É mais que eu quero evitar que *você* torre gasolina e veja *Meu ódio será sua herança*, mas não eu."

"Não aqui em casa é só o que se ouve por aí."

"Uma mulher é esfaqueada perto do rio, todas as casas do quarteirão ouvem os gritos, ninguém põe nem um pé pra fora de casa."

"Pra não se envolver."

"Alguma coisa aconteceu com as pessoas."

"As pessoas dizendo malditas empresas de tabaco enquanto fumam."

"Não é justo vir com uma análise do papel das empresas bem na hora dessa espécie de declínio cívico que faça só uma demonização automática das empresas. O programa empresarial de maximizar os lucros criando demandas e tentando tornar a demanda inelástica pode ter um papel catalisador nessa síndrome que o sr. Glendenning está tentando delimitar sem ser o diabo ou estar determinado, sei lá, a dominar o mundo."

"Pra mim o Nichols tem uma contribuição aí, viu?"

"Acho que ele está tentando dizer alguma coisa."

"Porque eu acho que vai além da política, isso do civismo."

"Eu pelo menos estou ouvindo aqui, Stuart."

"Nem na árvore, agora é mais como folhas no chão e ao vento, sopradas pra lá e pra cá pelo vento, e cada vez que sopra uma rajada o cidadão diz: 'Agora eu escolho voar pra cá; é a minha decisão'."

"Sendo que o vento é a ameaça empresarial do Nichols."

"É quase mais uma questão metafísica."

"Uôpa."

"Ave-maria, cruz-credo."

"E se isso que a gente está vendo agora for alguma transição da economia e da sociedade entre a era da democracia industrial e o estágio que vem depois, em que o objetivo da democracia industrial fosse a produtividade e a economia dependesse de uma produção sempre crescente e a grande tensão da democracia fosse entre as necessidades que a indústria tem de políticas que favorecessem a produtividade e as necessidades dos cidadãos de ao mesmo tempo se beneficiar dessa produtividade toda e ainda terem os seus direitos e interesses básicos protegidos da ênfase simplória da indústria em produção e lucro."

"Eu não sei bem onde é que entra a metafísica aí, Nichols."

"De repente nem é metafísica. De repente é existencial. Eu estou falando do medo profundo e muito individual do cidadão americano, o mesmo medo básico que eu e você temos e que todo mundo tem só que ninguém fala a não ser os existencialistas naquela prosa enrolada em francês. Ou o Pascal. A nossa pequenez, a nossa insignificância, a nossa mortalidade, a minha e a de vocês, a coisa em que nós todos passamos o tempo inteiro não pensando diretamente, que nós somos minúsculos e estamos à mercê de forças poderosas, que o tempo não para de ir embora e que todo dia nós perdemos mais um dia que não volta nunca mais, que a nossa infância acabou, a nossa adolescência, o vigor da juventude, e logo, logo a nossa vida adulta, que tudo que a gente vê em volta o tempo todo está decaindo e indo embora, tudo está indo embora, que nem a gente, que nem eu, e uma vez que esses primeiros quarenta e dois anos passaram tão rápido não vai demorar muito pra eu também ir embora, e sabe lá quem foi inventar esse modo tão apropriado de dizer 'morrer', 'ir embora'... até o som me deixa do jeito que eu fico num fim de domingo de inverno..."

"Alguém sabe as horas? Faz quanto tempo que a gente está aqui, três horas?"

"E não é só isso, mas todo mundo que me conhece ou sabe que eu existo vai morrer, e aí todo mundo que conhece essas pessoas e tem até uma chance remota de ter ouvido falar de mim vai morrer, e assim por diante, e as lápides e os monumentos onde a gente gasta o nosso dinheiro pra garantir que as pessoas vão se lembrar de nós vão durar o quê... cem anos? Duzentos? E vão desmoronar, a grama e os insetos que a minha decomposição vai alimentar vão morrer, os frutos deles, ou se eu for cremado as árvores que forem nutridas pelas minhas cinzas sopradas pelo vento ou vão morrer ou vão ser cortadas ou apodrecer, e a minha urna vai apodrecer, e antes talvez de três ou quatro gerações vai ser como se eu nunca tivesse existido, eu não só vou ter ido embora mas vai ser como se eu nunca tivesse estado aqui, e as pessoas em 2014 ou sei lá quando não vão pensar mais em Stuart A. Nichols Jr. do que eu ou vocês pensamos em John T. Smith, 1790 a 1864, de Livingston, Virginia, ou alguém assim. Tudo está no fogo, num fogo lento, e nós todos estamos a menos de um milhão de respirações de distância de um esquecimento mais total do que podemos, na verdade, nos forçar a conceber, e provavelmente por isso essa obsessão doentia dos Estados Unidos com produtividade, produção, produção, impacto global, contribuição, dar forma à realidade, ajudar a nos distrair do quanto nós somos pequenos e totalmente insignificantes e temporários."

"Isso devia ser novidade pra nós. Extra! Extra! A gente vai morrer."

"Por que você acha que as pessoas fazem seguro de vida?"

"Deixa o cara terminar."

"Agora além de chato isto ficou depressivo."

"O capitalista pós-produção tem alguma coisa a ver com a morte do civismo. Mas também o medo da insignificância e da morte e de tudo estar pegando fogo."

"Eu estou sentindo cheiro de Rousseau na base aqui, bem que nem quando você estava falando do Tocqueville antes."

"Como sempre o DeWitt está bem na minha frente. Provavelmente começa mesmo com Rousseau, a Carta Magna e a Revolução Francesa. Essa ênfase no homem enquanto indivíduo e nos direitos e possibilidades do indivíduo em vez das responsabilidades do indivíduo. Mas as empresas, o marketing, as relações públicas, a criação do desejo e da necessidade de alimentar toda a produção doentia, o jeito da publicidade e do marketing modernos seduzirem o indivíduo dando corda a todas as ilusõezinhas psíquicas que a gente usa pra se esquivar do horror da insignificância e da impermanência, possibilitando a ilusão de que o indivíduo é o centro do universo, a coisa mais importante — e eu estou falando do indivíduo individual, o carinha pequenininho vendo televisão ou ouvindo rádio ou folheando uma revista colorida ou olhando pra uma placa ou em qualquer um dos milhões de jeitos diferentes em que esse cara entra em contato com a mentira com M maiúsculo da Burson-Marsteller ou da Saachi & Saachi, de que *ele* é a árvore, de que a primeira responsabilidade dele é com a sua própria felicidade, de que todos os outros são uma grande massa cinza e abstrata e que a vida dele depende de não se misturar a essa massa, de ser um indivíduo, de ser *feliz*."

"Fazer o que você está a fim de fazer."

"Essa é a sua praia."

"Rebentar os grilhões da autoridade e do conformismo, do conformismo autoritário."

"Vou precisar usar o banheiro daqui a pouquinho, desculpa."

"Isso é mais os anos sessenta que Revolução Francesa, cara."

"Mas se eu estou entendendo o que o DeWitt está querendo dizer, o fulcro foi aquele momento nos anos sessenta em que a rebelião contra a conformidade virou moda, virou pose, um jeito de parecer bacanão pros outros da sua geração que você queria impressionar e que você queria que te aceitassem."

"Ou que fossem pra cama com você."

"Porque no instante em que eu me torno não só uma atitude mas uma atitude chique, é aí que as empresas e os seus publicitários podem entrar em cena e começar a reforçar essa posição e seduzir as pessoas com ela, pra elas comprarem as coisas que as empresas estão produzindo."

"A primeira vez foi a 7 Up com aquele psicodelismo à la *Sgt. Pepper's* e aquela rapaziada de costeleta dizendo 'a Anti-Cola'."

"Mas espera aí. A rebelião dos sessenta de um monte de jeitos foi contra as empresas e o complexo militar industrial."

"Os 'homens dos ternos cinzentos'."

"Aliás, por que isso de terno cinzento? Alguém aí sabe por que não azul-marinho ou preto?"

"Pra mim cinzento é só pra roupa de ficar em casa, cara."

"O sr. Glendenning está acordado mesmo?"

"Ele está superpálido."

"Todo mundo fica com cara de pálido no escuro, cara."

"Mas será que existe símbolo mais total de conformidade e de seguir a banda do que as empresas? Linha de montagem, relógio de ponto e subir na carreira até ganhar um escritório com janela? Você foi lá auditar na Rayburn-Thrapp, Gaines. Aqueles caras não conseguem limpar a bunda sem um memorando de diretrizes."

"Mas a gente não está falando da realidade interna da empresa. A gente está falando do rosto e da voz que os publicitários das empresas começaram a usar no fim dos anos sessenta pra convencer o consumidor a achar que precisa daquilo tudo. Começam falando que a psique do consumidor está escrava do conformismo e de como o jeito de acabar com o conformismo não é *fazer* certas coisas mas *comprar* certas coisas. Você transforma *comprar* certa marca de roupas ou de refrigerante ou de carro ou de gravata num gesto do mesmo nível de representatividade ideológica que usar barba ou protestar contra a guerra."

"O Virginia Slims e as feministas."

"Alka-Seltzer."

"Acho que a ligação com a coisa do eu-vou-morrer me escapou aqui em algum momento."

"Eu acho que o Stuart está delineando a passagem do modelo de produtividade da democracia americana pra uma coisa mais parecida com um modelo de consumo, em que a produção empresarial depende de um enfoque de equipe enquanto ser consumidor é uma empreitada solo. Que nós estamos virando cidadãos consumidores em vez de cidadãos produtores."

"Só espere dezesseis trimestres até 1984. Só espere o tsunâmi de anúncios e de RP pra promover esse ou aquele produto de uma empresa como a melhor maneira de fugir dos cinzentos totalitarismos 1984-enses do presente orwelliano."

"Como é que comprar um ou outro tipo de máquina de escrever ajuda a subverter o controle estatal?"

"Não vai ser o governo daqui a uns anos, sacou?"

"E também não vai ter mais máquina de escrever. Todo mundo vai ter uns teclados plugados direto num tipo de VAX central, e as coisas nem vão mais ser no papel."

"Escritórios livres de papel."

"O que vai significar a obsolescência do nosso amigo Stu aqui."

"Não, vocês estão deixando escapar a genialidade da coisa toda. Vai ser tudo no mundo das imagens. Vai haver esse incrível consenso político de que a gente precisa escapar do confinamento e da rigidez do conformismo, do cadavérico mundo fluorescente dos escritórios e das planilhas orçamentárias, de ter que usar gravata e ouvir música de elevador, mas as empresas vão poder representar padrões de consumo como formas de você se libertar — use esse tipo de calculadora, escute esse tipo de música, use esse tipo de sapato porque todo mundo está usando sapatos conformistas. Vai ser uma era de uma prosperidade e de um conformismo incríveis e de demografia de massa em que todos os símbolos e a retórica vão apelar para revolução, crise e audaciosos indivíduos antenados que ousam nadar contra qualquer corrente se alinhando com marcas que investem pesado numa imagem de rebelião. Essa campanha gigante de RP pra enaltecer o indivíduo vai solidificar mercados enormes formados por pessoas cuja convicção inata de serem solitárias, sem-par, não grupais vai ser afagada a todo instante."

"Mas que papel o governo vai ter nesse cenário meio 1984?"

"Bem como o DeWitt falou — o governo vai ser o pai, com todo o peso das ambivalências amor-ódio-necessidade-desafio que cercam a figura paterna na mente adolescente, e nesse caso aqui eu discordo respeitosamente do DeWitt na medida em que não acho que a nação americana hoje em dia seja infantil mas sim adolescente — quer dizer, ambivalente no seu desejo tanto de estruturação autoritária quanto do fim da hegemonia paterna."

"Nós vamos ser a polícia que eles chamam quando a festa destrambelha."

"Dá pra ver onde isso vai parar. A extraordinária apatia política que se seguiu a Watergate e ao Vietnã e a institucionalização da rebelião comunitária entre as minorias só vão se aprofundar. Política depende de consenso, e o legado publicitário dos anos sessenta diz que consenso é repressão. Votar vai ser coisa de otário: os americanos hoje votam pensando no bolso. O único papel cultural do governo vai ser o de pai tirânico que é foco simultaneamente do nosso ódio e das nossas necessidades. Pode esperar a gente eleger alguém que consiga se colocar na imagem do Rebelde, quem sabe até um caubói, mas que lá no fundo a gente vai saber que é uma criatura burocrática que vai funcionar dentro do mecanismo governamental em vez de ficar ingenuamente dando murro em ponta de faca que nem a gente viu o coitadinho do Jimmy fazer por quatro anos."

"O Carter representa o último suspiro do idealismo Novas Fronteiras dos anos sessenta, então. A obviedade da decência e da impotência política dele ficou fundida na psique dos eleitores."

"Pode esperar um candidato que consiga fazer pelo eleitorado o que as empresas estão aprendendo a fazer, pra que aí o governo — ou, melhor, o Grande Governo, o Grande Irmão, o Governo Intrusivo — possa virar a imagem contra a qual esse candidato se define. Ainda que paradoxalmente, pra essa persona ganhar peso o candidato também vai ter que ser cria do governo, um cara de dentro, com um séquito de burocratas e implementadores tarados que vão ser capazes de ler e de tocar de verdade a máquina. Fora, claro, um orçamento gigantesco de campanha, cortesia de vocês sabem quem."

"Nós já estamos muito, mas muito longe do que eu comecei tentando descrever como as minhas ideias a respeito da relação dos contribuintes com o governo."

"Isso descreve o Reagan ainda melhor que o Bush."

"É que o simbolismo do Reagan é na cara demais. É só a minha opinião. Claro que a coisa maravilhosa pro Serviço no que se refere à possível presidência Reagan é que ele já é oficialmente um anti-imposto. Direto, sem meias-palavras. Nada de aumentar a taxação — pra dizer a verdade, em New Hampshire ele chegou a dizer oficialmente que quer baixar as alíquotas."

"Isso é bom pro Serviço? Mais um político tentando marcar pontos sentando o pau no sistema tributário?"

"Minha opinião: estou prevendo uma chapa Bush-Reagan. Reagan pelo simbolismo, o caubói; Bush como a cria do sistema, quietinho, fazendo o trabalho nada atraente do gerenciamento propriamente dito."

"Pra não falar daquele discurso dele de aumentar os gastos com a defesa. Como é que dá pra baixar as alíquotas e aumentar o orçamento da defesa?"

"Até uma criancinha enxerga a contradição nisso."

"O Stuart está dizendo que é bom pro Serviço porque baixar as alíquotas mas aumentar os gastos só pode acontecer se o recolhimento de impostos for mais eficiente."

"O que significa que acabou a rédea curta. O que significa que as cotas do Serviço disparam."

"Mas também significa uma redução silenciosa dos limites sobre as nossas auditorias e os nossos mecanismos de coleta. O Reagan vai deixar a gente na posição de ser o Grande Irmão voraz e fascinoroso que ele secretamente precisa ter. Nós — os contadores de boquinha fechada, com ternos sem graça e óculos fundo de garrafa —, nós *viramos* Governo: a autoridade que todo mundo tem o direito de odiar. Enquanto isso o Reagan triplica o orçamento do Serviço e transforma a tecnologia e a eficiência em objetivos sérios. Vai ser a melhor era do Serviço desde 45."

"Mas ao mesmo tempo aumentando o ódio que os contribuintes têm do Serviço."

"Coisa que, paradoxalmente, um Reagan ia precisar fazer. Um tratamento mais agressivo dos contribuintes pelo Serviço, sobretudo se for uma coisa bem pública, ia aparentemente deixar gravada na cabeça do eleitorado uma imagem fresca e eminentemente descartável do Grande Governo contra a qual o Presidente Rebelde *Outsider* podia continuar a se definir e que ele podia denunciar como o tipo de intrusão do governo na vida e nos bolsos dos americanos trabalhadores que ele entrou na eleição pra contestar."

"Você está dizendo que o próximo presidente vai conseguir *continuar* se definindo como Rebelde e Renegado quando estiver de fato *na* Casa Branca?"

"Você ainda está subestimando a necessidade que os contribuintes têm de uma mentira, de uma retórica de superfície que eles possam continuar repetindo enquanto no fundo ficam tranquilos sabendo que o Papai está cuidando de tudo e todo mundo ainda está em segurança. Exatamente como os adolescentes fazem uma puta cena pra se rebelar contra a autoridade paterna enquanto ainda pegam as chaves do carro do Papai e usam o cartão de crédito do Papai pra encher o tanque. O novo líder não vai mentir pro povo; ele vai fazer o que os pioneiros do mundo empresarial descobriram que funciona bem melhor: vai adotar a persona e a retórica que permitam que as pessoas mintam para *si próprias*."

"Vamos só dar uma voltadinha aqui pra ver como é que um Bush ou um Reagan triplicaria o orçamento do Serviço? Isso ia ser bom pra nós em nível Distrital? Quais seriam as implicações para uma Peoria ou uma Creve Coeur?"

"Claro que a maravilhosa dupla ironia do candidato que quer Reduzir o Governo é ele ser financiado pelas empresas que são as cacundas em que o governo tende a cair mais pesado. As empresas, como o DeWitt lembrou, cujos cerebrozinhos mirrados só se acendem ao pensar em lucro e expansão, e que bem no fundo a gente espera que o governo mantenha sob controle porque nós não temos capacidade de resistir às seduções consumistas que elas aprontam graças ao nosso próprio caráter, e cujo apelo ao pretenso rebelde é a retórica moderna que vai eleger Bush e Reagan pra começo de conversa, e que vão se beneficiar imensamente com a desregulamentação tipo *laissez--faire* que Bush-Reagan vão fazer o eleitorado acreditar que vai ser empreendida em seu próprio interesse populista — em outras palavras, nós vamos ter como presidente um Rebelde simbólico contra o seu próprio poder e cuja eleição foi apoiada por máquinas de lucro desumanas e desprovidas de alma cuja conquista da vida espiritual e cívica dos Estados Unidos vai convencer os americanos que a rebelião contra a desumanidade desprovida de alma da vida empresarial vai consistir em comprar produtos das empresas que representem melhor a vida empresarial como algo vazio e desprovido de alma. A gente vai ter uma ditadura do não conformismo conformista presidida por um *outsider* simbólico cuja própria *eleição* dependeu da nossa profunda convicção de que essa persona é totalmente fajuta. Um poder exercido através de uma *imagem*, que por ser tão vazia deixa todo mundo apavorado — eles são pequenos e vão morrer, afinal..."

"Jesus, a coisa da morte de novo."

"... e cujo terror de nem mesmo existir deixa todo mundo ainda mais suscetível ao canto ontológico da sereia que é a *gestalt* empresarial do compre-pra-se-destacar-e-então-existir."

§ 20

A família tranquila e boa-praça que morava a duas casas de Lotwis (que se aposentou depois de trinta anos a serviço do Tabelionato do Condado) e da mulher de Lotwis foi então substituída por uma mulher solteira de origem e ocupação desconhecidas que tinha dois cachorrões que faziam muito barulho. Até aí tudo bem. Lotwis tinha lá o seu cachorro que latia bastante, e não só ele na vizinhança. A vizinhança era dessas em que os cachorros das pessoas ficavam latindo atrás da cerca e as pessoas às vezes queimavam lixo ou guardavam carros destruídos no quintal. A vizinhança agora era classificada como semirrural no tabelionato, mas nos anos de Eisenhower, de Kennedy e de Johnson tinha sido classificada como Subd. Classe 2, uma classe de desenvolvimento, na verdade a primeira subdivisão registrada na cidade. Não tinha pego o embalo, se tornado chique e se espalhado como Hawthorne 1 e 2 ou Yankee Ridge, construídas lá nos anos 70 em terras confiscadas de fazendeiros com dívidas a leste da cidade. Eram vinte e oito casas em duas ruas asfaltadas e perpendiculares, e assim tinha ficado, e a parte da cidade que se espalhou para o sul para se aproximar dela não era chique, era só indústria leve e uns depósitos e fornecedores de sementes, e os únicos desenvolvimentos em termos assim de habitação básica mais ou menos perto era um parque grandão de trailers e um menor que limitavam os dois com a antiga subdivisão a norte e a oeste; no sul ficava a interestadual e uns fazendões que iam até lá naquela cidadezinha simpática de plantadores que era Funk's Grove uns vinte quilômetros ao sul indo pela 51. Mas então. Lotwis podia ver, se estivesse no telhado cuidando das calhas ou da tela da chaminé, um ferro-velho e as carnes de atacado e cortes especiais Southtown, que era, quando você esquecia esse palavrório chique, um açougue. Mas então, o pessoal que morava ali que os Lotwis tinham visto se mudar bem devagar e povoar a vizinhança era tudo gente com tendência de independente que estava disposta a morar perto de parques de trailers, de um matadouro e ter um carteiro rural que trazia as cartas com o seu próprio carro e se inclinava todo para fora para colocar nas caixas da rua, tudo em troca dos benefícios de morar numa zona Classe 2 sem casas amontoadas nem regras cheias de detalhes sobre queimar lixo ou deixar o cano de saída da máquina de lavar dando direto na sarjeta ali da rua ou sobre cachorros com sangue nas veias que eram verdadeiros cães de guarda e latiam que nem loucos no meio da noite.

"Que bom que você disse isso", ela falou. Seu nome era Toni; ela tinha se apresentado quando ele foi até a porta dela. "Agora eu vou saber. Se alguma coisa acontecer com esses cachorros. Se eles fugirem ou aparecerem mancando, ou qualquer coisa, eu mato você, mato a sua família, queimo a sua casa e espalho sal no terreno. Eu não tenho nada na vida a não ser esses cachorros. Se eles quiserem correr eles vão correr. Se você não gostar pode vir se entender comigo. Mas se fizerem alguma coisa com esses cachorros eu vou concluir que foi você e vou sacrificar a minha vida e a minha liberdade pra destruir você e todo mundo que você ama."

Daí Lotwis achou melhor deixar ela em paz.

§21

Esfregando os olhos exausto. "Então deixa ver se eu entendi direito. Sobre $218 000 de entrada bruta no seu Formulário C o senhor lucra $37 000 líquidos."

"Está tudo documentado. Eu forneci todos os recibos e as W-2."

"Sei, as W-2. A gente tem $175 471 em W-2s de dezesseis funcionários — investigadores, gente de logística, auxiliares de pesquisa."

"Está tudo aí. O senhor tem as cópias dos recibos deles."

"Só que o que eu acho curioso aqui é que eles estão todos numas alíquotas incrivelmente baixas. Supermal pagos. Por que não quatro ou cinco funcionários bem pagos?"

"O funcionamento desse meu ramo é bem complexo. A maior parte do trabalho é mal paga mas toma muito tempo."

"Só que eu bati um papo com uma das auxiliares de pesquisa — uma certa Thelma Purler."

"Ulp."

"No Centro de Assistência Permanente Oakhaven, onde ela mora."

"Ulp."

"Numa cadeira de rodas, com uma daquelas cornetas acústicas antiquadas até pra poder ouvir as perguntas, e ela respondeu… deixa eu ver" — verificando as anotações — "Fprfifta, fprifta fprifta fprita."

"Eu ãh é."

Desligando o gravador, que não tem fita dentro.

"Portanto se trata de uma potencial fraude fiscal, que é problema da DIC e não do meu departamento. A gente podia conversar com outros desses funcionários ou ir catar alguns. O senhor vai acabar na cadeia. Então olha só o que a gente pode fazer. O senhor tem uma janela de uma hora para preencher uma 1040 retificadora referente ao exercício passado. Na qual o senhor vai omitir as deduções referentes a contribuições trabalhistas. O senhor paga o imposto que deve de verdade mais as multas de mora e de declaração a menor. O senhor segue com um funcionário deste departamento até o seu banco, onde o senhor preenche um cheque administrativo com o valor total. Neste momento eu destruo a sua declaração original, e a DIC não recebe um comunicado."

§ 22

Eu nem sei direito o que dizer aqui. Pra te falar a verdade, um pedaço eu nem lembro. Acho que a minha memória não está mais funcionando que nem antes. Pode ser que esse tipo de trabalho mude a gente. Até só isso das análises. Pode mudar mesmo o cérebro do cara. No geral, é quase como se eu estivesse preso no presente. Se eu tomasse, por exemplo, um Tang, eu não ia me lembrar de nada — só ia sentir gosto de Tang.

Até onde entendi, é pra eu explicar como foi que cheguei a essa carreira. De onde eu vim, por assim dizer, e o que o Serviço representa pra mim.

Acho que a verdade é que eu era o pior tipo de niilista — o tipo que nem percebe que é niilista. Eu era que nem uma folha de papel na rua, voando no vento e pensando: "Agora acho que eu vou pra cá, agora acho que eu vou pra lá". A minha resposta essencial pra tudo era "Tanto faz".

Isso principalmente depois do colegial, quando fiquei à deriva por vários anos, entrando e saindo de três universidades diferentes, uma delas duas vezes, e de quatro ou cinco cursos diferentes. Um deles era só uma habilitação. Eu era basicamente um lesado. No fundo eu não tinha motivação, o que o meu pai chamava de "iniciativa". Além disso, lembro que tudo naquela época era bem vago e abstrato. Eu me inscrevi num monte de disciplinas de psicologia e ciência política, literatura. Umas aulas em que tudo era vago, abstrato, aberto a interpretações, e aí as interpretações eram abertas a mais interpretações. Eu escrevia os meus trabalhos à máquina no dia de entregar e normalmente tirava um B com um "Interessante em certos trechos" ou "Nada mal!" escrito embaixo da nota como comentário didático. A coisa toda era meio automática; não significava nada — até o sentido geral das próprias aulas era que nada significava nada, que tudo era abstrato e infinitamente interpretável. Só que, claro, não estava em discussão o fato de você ter que entregar os trabalhos, ter que fazer toda a sua parte automática, apesar de ninguém explicar por quê, qual era supostamente a sua motivação final. Eu tenho 99% de certeza que só cursei uma turma de introdução à contabilidade nesse tempo todo, e fui bem até a gente chegar nos cronogramas de depreciação, a coisa do método direto em comparação com a depreciação acelerada, e a combinação de dificuldade com tédio extremo dos cronogramas de depreciação detonou a minha iniciativa, principalmente depois que perdi umas aulas e me atrasei com o conteúdo, o que com depreciação é fatal — acabei largando essa disciplina e fui reprovado. Isso na Lindenhurst College — a turma de introdução que eu peguei depois no DePaul tinha o mesmo nome mas uma ênfase meio diferente. Lembro também que esses abandonos irritavam o meu pai bem mais que uma nota baixa, dá pra entender.

Em três ocasiões diferentes desse período desmotivado eu larguei a universidade e tentei o que as pessoas chamam de empregos de verdade. Fui segurança num estacionamento em North Michigan, recolhi ingressos na entrada da Liberty Arena, fiquei um tempinho na fábrica da Cheese Nabs operando o injetor de produtos de queijo, trabalhei numa empresa que fazia e instalava pisos de ginásios esportivos. Aí, depois de um tempo, eu não aguentava mais o tédio dos empregos, todos incrivelmente chatos e sem sentido, pedia demissão e ia me matricular em algum lugar e essencialmente tentava começar a universidade de novo. O meu histórico escolar parecia um trabalho de colagem. Dá pra entender que essa rotina foi dando nos nervos do meu pai, que era supervisor contábil de custos da cidade de Chicago — apesar de nessa época ele estar morando em Libertyville, que a gente pode descrever como um subúrbio burguês chique do Norte. Ele dizia, seco e com uma expressão neutra, que eu estava a caminho de virar um excelente fogo de palha profissional. Era o jeito dele de pegar no meu pé. Ele lia muito e curtia umas expressões secas, sardônicas. Se bem que noutra situação, depois de eu ter sido reprovado ou de ter abandonado alguma universidade e voltado pra casa, lembro que estava na cozinha pegando alguma coisa pra comer e ouvi ele discutir com a minha mãe e a Joyce, dizendo que eu não conseguia achar minha bunda nem usando as duas mãos. Foi a vez que acho que vi ele mais puto nessa minha época de dispersão. Não lembro exatamente o contexto, mas por saber como o meu pai era um sujeito digno e todo reservado, tenho certeza de que devo ter feito alguma coisa especialmente irresponsável ou patética pra deixar ele daquele jeito. Não lembro da reação da minha mãe nem como acabei ouvindo o comentário, já que bisbilhotar as conversas dos pais parece coisa que só uma criança bem pequena ia fazer.

A minha mãe era mais tolerante, e toda vez que o meu pai começava a pegar no meu pé por causa dessa coisa da falta de rumo, a minha mãe me defendia um tempo e dizia que eu estava tentando achar meu caminho na vida, que nem todo caminho vem indicado com luz de neon que nem pista de pouso e que eu tinha o direito de procurar esse caminho e deixar as coisas irem acontecendo. Pelo que eu entendo de psicologia básica, é uma dinâmica bem típica — filho descarado e sem direcionamento, mãe tolerante que acredita no potencial dele e defende o filho, pai emputecido que critica sem parar e pega no pé do filho mas ainda assim, na hora do vamos ver, sempre assina o chequinho pra próxima universidade. Lembro do meu pai se referindo a dinheiro como "o solvente universal da ambivalência" em relação a esses cheques pra universidade. É preciso mencionar que a minha mãe e o meu pai estavam amigavelmente divorciados nessa época, o que também era bem típico daqueles tempos, então também tinha toda aquela dinâmica típica do divórcio, em termos psicológicos. O mesmo tipo de dinâmica que provavelmente estava rolando em casas do país inteiro — o filho tentando se rebelar meio que de forma passiva enquanto ainda estava financeiramente amarrado aos pais, e toda essa coisa psicológica bem típica que vem no pacote.

Enfim, tudo isso na região de Chicago nos anos 70, período que agora parece tão abstrato e disperso quanto eu era. De repente o Serviço e eu temos isto em comum — que a década passada parece bem mais distante do que foi de verdade, por causa do que aconteceu nesse meio-tempo. Quanto a mim, eu tinha dificuldade até pra prestar atenção, e as coisas que eu lembro agora em geral parecem sem sentido. Quer dizer: lembrar de verdade, não só ter uma impressão geral das coisas. Lembro que eu tinha um cabelo bem compridinho, assim comprido dos quatro lados, e eu também dividia do lado esquerdo e mantinha o cabelo no lugar com um spray que vinha numa lata bordô. Lembro da cor dessa lata. Eu não consigo pensar no meu cabelo dessa época sem meio que tremer. Lembro das coisas que eu usava — muito laranja-queimado e marrom, muita estampa de cashmere com bastante vermelho, calça boca de sino de veludo, helanca e náilon, colarinhos largos, coletes de brim. Eu tinha um pingente com o símbolo da paz que pesava quase meio quilo. Docksiders, botas Timberland amarelas e uma bota bacana e brilhante de couro marrom com zíper do lado e só os biquinhos aparecendo por baixo da boca de sino. Cordãozinho de couro no pescoço pra mostrar sensibilidade. A psicodelia de mercado. A obrigatória jaqueta de camurça. Os jeans com a barra arrastando no chão e se desfazendo num mar de fios brancos. Cintos largos, meias brancas, tênis japoneses. O guarda-roupa-padrão. Lembro das japonas redondas e infladas de inverno, de náilon e plumas, que deixavam todo mundo parecendo uma bexiga de parque de diversões. Das calças brancas de pintor que pinicavam, com alças do lado da coxa pras supostas ferramentas. Lembro de todo mundo desprezar o Gerald Ford não tanto por ter perdoado o Nixon mas por viver caindo. Todo mundo detestava o cara. Das calças jeans de grife bem azuis. Lembro daquela tenista feminista, a Billie Jean King, ganhando do que parecia ser um jogador velho e frágil na televisão e a minha mãe e todas as amigas dela muito empolgadas com aquilo. "Porco chauvinista", "liberação feminina" e "estagflação", tudo isso me parecia obscuro e indistinto naquela época, era como ouvir ruídos de fundo sem prestar muita atenção. Não lembro o que eu fazia com toda a minha atenção de verdade, pra onde ela estava indo. Eu nunca fazia nada, mas ao mesmo tempo não conseguia ficar parado e prestar atenção no que estava acontecendo de verdade. É difícil explicar. Eu meio que me lembro de um Cronkite mais jovem, de Barbara Walters e Harry Reasoner — acho que eu não via muito noticiário na televisão. De novo, tenho a impressão de que isso fosse mais típico do que eu pensava na época. Se tem uma coisa que você aprende nas Análises Moleza é como a maioria das pessoas é desorganizada e desatenta e como elas não prestam muita atenção no que está acontecendo fora da esfera pessoal delas. Alguém chamado Howard K. Smith também estava direto no jornal, eu lembro. A gente quase não escuta mais a palavra *gueto* hoje em dia.

Lembro da briga entre Acapulco Gold e Colombia Gold, da Ritalina contra o Ritadex, Cylert e Obetrol, Laverne e Shirley, Café da Manhã Instantâneo Carnation, John Travolta, discoteca e camisetas infantis com o "Fonz". E das camisetas do Robert Crumb que a minha mãe adorava, com os sapatos e as solas de todo mundo parecendo anormalmente grandes. De realmente preferir, como quase todas as crianças da minha idade, Tang e não suco de laranja de verdade. De Mark Spitz e Johnny Carson, da celebração de 1976 com frotas de navios antigos entrando no porto na televisão. De ir fumar maconha depois da aula no colegial e aí assistir TV e comer Tang direto do saquinho com o dedo, molhando o dedo e enfiando lá dentro sem parar, até eu espiar e não acreditar quanto eu já tinha comido. De ficar ali sentado com os meus amigos lesados e assim por diante — e nada disso tinha nenhum sentido. É como se eu estivesse morto ou dormindo sem nem ter consciência disso, como naquela frase de Wisconsin: "Nem se deu ao trabalho de deitar".

Lembro de conseguir Dexedrina no colegial com um garoto que tinha uma mãe com úlcera péptica, e o gosto esquisito daquilo, e de como era impressionante o jeito que ela tinha de fazer sumir aquela coisa de contar enquanto eu lia ou falava — o apelido dos comprimidinhos era beleza negra — mas como depois de um tempo eles te deixavam com dor nas costas e um hálito horrível, horrível mesmo. Você ficava com um gosto na boca igual ao cheiro de um sapo morto há um tempão dentro de um pote de vidro embaçado na aula de biologia quando você abria o pote. Ainda me dá nojo só de pensar. Teve também aquele período que a minha mãe ficou tão transtornada pelo fato do Nixon ter sido reeleito tão fácil, coisa que lembro porque foi mais ou menos quando tentei usar Ritalina, que eu comprei de um cara na aula de culturas do mundo que tinha um irmãozinho no primário que supostamente tomava Ritalina por indicação de um médico que não cuidava muito bem do seu bloquinho de receitas, e que tinha gente que não achava que ela era grandes coisas comparada com a beleza negra, a Ritalina, mas eu gostava pacas, primeiro porque com aquilo era possível ficar sentado estudando bastante tempo, e era até interessante, coisa que eu achava muito, mas muito legal, mas foi duro parar de usar — a Ritalina — principalmente depois que, claro, o tal irmãozinho surtou um dia no primário por não ter tomado a Ritalina e os pais e o médico descobriram as irregularidades com as receitas e de repente não tinha mais o camaradinha espinhento com óculos escuros cor-de-rosa vendendo comprimidos de Ritalina a quatro doletas no corredor dos armários da escola.

Parece que eu lembro que em 1976 o meu pai previu abertamente a presidência Reagan e até mandou uma doação pra campanha deles — se bem que pensando agora eu nem acho que o Reagan disputou a presidência em 76. Isso era a minha vida antes da repentina mudança de direção e de eu acabar entrando pro Serviço. As meninas usavam bonés ou chapéus de brim, mas os caras em geral eram uns bocós se usassem chapéu. Chapéu era motivo de piada. Boné era pros capiaus do interior. Se bem que os caras mais velhos e mais sérios ainda usavam às vezes aqueles chapéus tipo profissional na rua. Eu me lembro do chapéu do meu pai melhor que do rosto dele por baixo. Eu ficava imaginando como seria a cara do meu pai quando ele estava sozinho — quer dizer, a expressão do rosto, os olhos — quando ele ficava sozinho no escritório dele no trabalho lá no anexo da prefeitura no centro e não tinha ninguém que o levasse a adotar uma certa expressão. Lembro que o meu pai usava bermuda xadrez no fim de semana, e meia preta, e ia cortar a grama com esse figurino, lembro de às vezes olhar pela janela, ver ele daquele jeito e sentir uma dor de verdade por ser parente dele. Lembro de todo mundo fingindo ser samurai ou dizendo: "Pega *leve*!" em tudo que era contexto — era bacana. Pra demonstrar aprovação ou empolgação, a gente dizia: "Massa". Na universidade, dava pra ouvir "massa" trocentas vezes por dia. Lembro de algumas tentativas minhas de deixar as costeletas crescerem no DePaul e de sempre acabar tendo que raspar, porque depois de certo ponto elas ficavam só com cara de pentelho. Do cheiro de brilhantina dentro do chapéu do meu pai, Garganta Profunda, Howard Cosell, a garganta da minha mãe exibindo ligamentos dos dois lados quando ela ria com a Joyce. Abanando as mãos ou se dobrando toda. A mãe tinha uma risada muito física — o corpo todo dela entrava na dança.

Também tinha a palavra "maneiro" que era usada o tempo todo, mas já de cara quando apareceu essa palavra me incomodava; eu simplesmente não gostava dela. Se bem que às vezes eu talvez ainda a use sem saber que uso.

A minha mãe é aquele tipo de mulher mais velha e magra que parece que vai ficando seca e dura com a idade em vez de inflar, ela vai ficando fina e ossuda e com os zigomas ainda mais pronunciados. Lembro de às vezes pensar em charque assim que vejo ela, e aí me sentir supermal por ter feito essa associação. Mas ela era bem gata quando nova, e um pouco dessa perda de peso mais tarde também teve a ver com os nervos, porque depois da coisa com o meu pai os nervos dela só pioraram. Devo admitir também que outra razão pra isso dela me defender com o meu pai no negócio de eu ficar saindo da universidade foi a dificuldade que eu tive com leitura no primário quando a gente morava em Rockford e o meu pai trabalhava na prefeitura de Rockford. Isso foi no meio dos anos 60, na escolinha Machesney. Eu passei por um período em que de repente eu não sabia mais ler. Quer dizer, eu não conseguia ler mesmo — a minha mãe sabia que eu lia porque a gente tinha lido livrinhos infantis juntos. Mas durante quase dois anos na Machesney, em vez de eu ler alguma coisa, eu contava as palavras do texto, como se ler fosse a mesma coisa que contar palavras. Por exemplo, "Lá vinha o meu Melhor Companheiro me salvar dos porcos" seria igual a dez palavras que eu contava de um a dez em vez de ser uma frase que fazia você adorar ainda mais o cachorro no livro. Era um problema esquisito lá na minha fiação interna na época que gerou um monte de problema e de vergonha e foi um dos motivos da gente acabar se mudando pra região de Chicago, porque por um tempo parecia que eu ia precisar ir pra uma escola especial em Lake Forest. Lembro pouca coisa desse período fora a sensação de não ter grandes desejos de contar palavras nem de fazer de propósito, mas de simplesmente ser incapaz de evitar — era frustrante e esquisito. Piorava sob pressão ou se eu ficava nervoso, o que é bem normal com esse tipo de coisa. Enfim, parte da atitude furiosa da minha mãe ao defender a ideia que eu precisava viver e aprender as coisas do meu jeito vem dessa época, quando o Distrito Escolar de Rockford reagiu ao problema com a leitura de tudo quanto foi jeito que ela não achou nem útil nem justo. Parte da consciência crítica dela e do fato dela ter entrado pro movimento feminista dos anos 70 provavelmente vem também dessa época em que ela brigou com a burocracia do distrito escolar. Eu às vezes ainda tenho uma recaída nisso de contar palavras, ou na verdade o normal é que a contagem fica acontecendo enquanto eu leio ou falo, meio que assim que nem um ruído de fundo ou um processo inconsciente, mais ou menos que nem respirar.

Por exemplo, até agora eu já disse 2918 palavras desde que comecei. Ou seja, 2918 antes de eu dizer "eu já disse" ou 2921 se você contar "eu já disse" — e eu ainda conto. Os números eu conto como uma palavra só independente do tamanho do número. Não que tenha algum sentido — é mais assim um cacoete mental. Eu não lembro exatamente quando começou. Sei que não tive dificuldade pra aprender a ler ou pra ler os livrinhos do Sam e da Ann que eles usam pra te ensinar a ler, então deve ter sido depois do segundo ano. Eu sei que a minha mãe, quando criança lá em Beloit WI, onde ela cresceu, tinha uma tia que tinha uma coisa de lavar as mãos sem parar e sem conseguir parar, o que acabou ficando tão sério que ela teve que ir pra um asilo. Parece que lembro de pensar que a minha mãe de algum jeito associava isso de eu contar mais com a tia e a pia e que ela não via como uma forma de retardo ou de incapacidade de só ficar ali sentadinho e ler como eles mandavam, que era como as autoridades da escola de Rockford parece que viam. Daí o ódio que ela sentia das instituições tradicionais e das autoridades, que foi outra coisa que ajudou aos poucos a afastar ela do meu pai e a pôr o casamento deles em perigo, e assim por diante.

Lembro que uma vez, acho que em 75 ou 76, eu raspei só uma costeleta e fiquei um tempo daquele jeito, achando que só uma costeleta me transformava num não conformista — sério, meu — e entrando em longas conversas sérias com as meninas nas festas que me perguntavam o que aquela costeleta solitária "queria dizer". Um monte de coisas que eu lembro de dizer e de acreditar nessa época literalmente faz eu me encolher de vergonha na cadeira hoje só de pensar. Lembro do Kiss, do REO Speedwagon, Cheap Trick, Styx, Jethro Tull, Rush, Deep Purple e, claro, do bom e velho Pink Floyd. Lembro de Basic e Cobol. Cobol era o que rodava no equipamento de contabilidade de custos do meu pai no escritório. Ele entendia pacas de computadores naquela época. Lembro dos rádios transistorizados de bolso da Sony e daquela manha da maioria dos negros da cidade de segurar o rádio no ouvido enquanto os garotos brancos dos subúrbios usavam o foninho de ouvido opcional, que nem um tampão da DIC, que a gente tinha que limpar quase todo dia senão ficava supernojento. Teve a crise de energia, a recessão, a estagflação, apesar de eu não lembrar em que ordem essas coisas aconteceram — se bem que eu sei que a principal crise de energia deve ter acontecido quando eu estava morando de novo em casa depois do negócio da Lindenhurst College, porque esvaziei o tanque do carro da minha mãe num dia que eu fiquei festando até de noitão com uns velhos amigos de escola, o que não deixou o meu pai superfeliz, dá pra entender. Acho que a cidade de Nova

York foi de fato à falência por um tempo nessa época. Teve também a calamidade de 1977 que foi a tentativa de o estado de Illinois transformar o imposto estadual sobre vendas num imposto progressivo, o que eu sei que transtornou o meu pai um monte mas que eu nem entendi nem achei importante na época. Depois, claro, eu ia entender por que transformar um imposto sobre vendas num imposto progressivo é uma ideia horrorosa, e por que o caos que ela provocou quase custou o mandato do governador na época. Mas eu não lembro de ter percebido nada na época além de uma multidão maior que o normal nos shoppings e do inferno que foi comprar os presentes de fim de ano em 77. Não sei se isso é relevante. Duvido que alguém que não trabalhe no governo dê muita bola pra isso, apesar de ainda ter umas piadas velhas sobre tudo isso aqui, coisa dos fraldinhas mais antigos no CRA.

Lembro de sentir de verdade uma sensação física de ódio por quase tudo que era rock comercial — que nem discoteca, que se você era legal você basicamente tinha que odiar, e todas as bandas com nomes de lugar de uma palavra só. Boston, Kansas, Chicago, America — ainda sinto um ódio quase corpóreo. E de achar que eu e de repente um ou dois amigos estávamos entre as pouquíssimas pessoas que realmente entendiam o que o Pink Floyd estava tentando dizer. É constrangedor. A maior parte disso tudo quase parece ser lembrança de outra pessoa. Eu não lembro quase nada dos meus primeiros anos de infância, quase só uns estrobos isolados e esquisitões. Mas quanto mais fragmentada é a lembrança, mais ela me parece autenticamente minha, o que é estranho. Fico pensando se alguém por aí sente ser a mesma pessoa que ela se lembra ter sido. Isso acho que ia fazer as pessoas terem um ataque. Acho que nem ia fazer sentido.

Não sei se isso já dá. Não sei o que os outros te disseram.

A palavra que a gente usava com esse tipo de niilista na época era *lesado*.

Lembro que eu morava num dormitório da UIC num prédio bem alto com um aluno superdescolado, supermoderninho de Naperville que também usava costeleta, cordão de couro e tocava violão. Ele se via como um não conformista, todo desconcentrado e niilista também, e mergulhadão na cena lesada e drogada da universidade, e tinha o que preciso admitir era um Firebird 72 hiperbacana que um dia a gente descobriu que eram os pais dele que pagavam o seguro. Não lembro o nome dele por mais que eu tente. UIC era a Universidade de Illinois, Campus de Chicago, uma universidade urbana gigantesca. O dormitório onde a gente morava ficava bem na Roosevelt, e as janelas principais davam pra uma clínica de podologia bem grandona — também não lembro o nome — que tinha um neon imenso vertical que girava num eixo todos os dias úteis das 8h às 8h com o nome e o número mnemônico de telefone que terminava em 2256 de um lado e do outro um contorno imenso de um pé humano colorido — a gente achava que era um pé de mulher, pelo tamanho — e eu lembro que esse meu colega de quarto e eu inventamos um tipo de ritual em que a gente fazia de tudo pra tentar estar a postos na janela às 8h toda noite pra ver a placa do pé apagar e parar de girar quando a clínica fechava. Ela sempre escurecia ao mesmo tempo que as janelas da clínica e a gente criou a teoria de que tudo ficava ligado num disjuntor central. A rotação da placa não parava na hora. Ela ia mais é ficando lenta, com um jeitão quase de roda da fortuna até finalmente parar. O ritual era que se a placa parasse com o pé virado pra longe, a gente ia estudar na biblioteca da UIC, mas se ela parasse com o pé ou com qualquer parte importante do pé virada pra nossa janela, a gente considerava isso um "anúncio" (com o duplo sentido incrivelmente óbvio) e largava no ato toda e qualquer tarefa ou suposta responsabilidade que a gente tivesse e ia pro Hat, que na época era o bar mais bacana e o palco da moda pras bandas da UIC, e ficava tomando cerveja e tentando quicar uma moeda pra ela cair num copo e contando pra todos os carinhas cujos pais pagavam a universidade deles o nosso ritual do pé giratório de um jeito que fazia a gente, todo mundo ali, parecer niilisticamente lesado e bacana. Fico superenvergonhado de lembrar essas coisas. Eu lembro da placa do podólogo, do Hat, da cara e até do cheiro do Hat, mas não consigo lembrar o nome desse colega de quarto, isso apesar da gente passar três ou quatro noites por semana juntos naquele ano. O Hat não tinha nenhuma ligação com o Meibeyer's, que é meio que o bar principal dos analistas moleza aqui no CRA, e também tem uma decoração com chapéus e um porta-chapéus de exposição, mas esses aqui supostamente seriam chapéus históricos do IRS e do COC, chapéus de adultos sérios. O que quer dizer que a similaridade é mera coincidência. Na verdade eram dois Hats, que nem uma franquia — tinha o da UIC na esquina da Cermak com a Western, e outro lá no Hyde Park pros carinhas mais motivados e mais centrados da U de Chicago. Todo mundo do nosso Hat chamava o Hat do Hyde Park de "Quipá". Esse meu colega de quarto não era nem um mau sujeito nem um sujeito mau, apesar de eu ter descoberto que ele só sabia tocar três ou quatro músicas no violão, e ele tocava violão o tempo todo sem parar, e apesar de ele racionalizar de forma descarada a venda de drogas como parte da rebelião social em vez de puro e simples capitalismo, mesmo naquela época eu já sabia que ele era um total conformista em relação aos padrões do suposto não conformismo de fins dos anos setenta, e às vezes eu sentia um certo desprezo por ele. Eu posso ter achado ele um pouco inferior. Como se eu não estivesse na mesma, claro — mas esse tipo de projeção e de deslocamento descarado fazia parte da hipocrisia niilista daquele período todo.

Eu lembro da "Anti-Cola" e de como nos comerciais de Noxzema sempre tocava um tema pesadão de striptease. Parece que eu lembro de muitos padrões que imitavam madeira em coisas que não eram de madeira, e peruas com painéis laterais feitos pra parecer de madeira. Lembro do Jimmy Carter na televisão com um cardigã, e alguma coisa sobre um irmão do Carter que descobriram que era um lesado e um bocó total que só de ser parente já deixava o presidente com vergonha.

Acho que eu não votei. A verdade é que eu não lembro se votei ou não. Provavelmente eu quis ir e disse que ia e aí meio que me distraí e acabei não indo. Isso ia ter toda a cara dessa época.

Claro que provavelmente nem precisa dizer que eu festei pacas nesse período todo. Eu não sei quanto é pra eu falar disso tudo. Mas eu não festei nem mais nem menos do que todo mundo que eu conhecia — pra falar a verdade, muito exatamente nem mais nem menos. Todo mundo que eu conhecia e que saía comigo era lesado, e a gente sabia. Era bacana ter vergonha de ser lesado, de um jeito meio torto. Um tipo doido de um desespero narcisista. Ou só se sentir sem rumo e perdido — a gente romantizava essa coisa toda. Eu gostava mesmo é de Ritalina e de uns tipos de bolinha que nem Cylert, o que era meio incomum, mas todo mundo tinha lá suas preferências idiossincráticas nisso de festar. Eu não tomei quantidades gigantes de bolinhas, já que os tipos que eu curtia eram difíceis de achar — você meio que topava com elas por acaso. O colega de quarto, o do Firebird azul, era obcecado por haxixe, que ele sempre dizia que era *massa*.

Pensando agora, duvido que um dia tenha me ocorrido que o que eu achava desse meu colega de quarto era provavelmente o que o meu pai achava de mim — que eu era tão conformista quanto ele, além de hipócrita, um "rebelde" que na verdade só parasitava a sociedade sob a forma dos seus pais. Eu queria poder dizer que eu tinha um grau de consciência capaz de fazer essa contradição aparecer na época, apesar que eu provavelmente ia ter feito ela virar uma piadinha descolada e niilista. Ao mesmo tempo, às vezes sei que eu me preocupava com essa minha falta de rumo e de iniciativa, com o quanto tudo parecia abstrato e aberto a diferentes interpretações na época, até com o quanto a minha memória estava começando a parecer vaga e sem sentido. O meu pai, em compensação, eu sei bem, lembrava de tudo — particularidades, detalhes, o dia e a hora exatos das coisas marcadas e afirmações anteriores que agora eram inconsistentes com afirmações atuais. Mas aí acabei descobrindo que esse tipo de atenção aos detalhes e de memória perfeita fazia parte do trabalho dele.

O que eu era mesmo era um ingênuo. Por exemplo, eu sabia que mentia, mas eu quase nunca pensava que as pessoas em volta de mim podiam estar mentindo. Agora eu me dou conta do quanto isso era bobo e do quanto deixa a realidade nebulosa de verdade. Eu era uma criança, na verdade. O fato é que quase tudo que sei de verdade sobre mim eu aprendi no Serviço. Isso pode parecer meio puxação de saco, mas é verdade. Eu estou aqui há cinco anos e aprendi pacas.

Enfim, eu também lembro de fumar maconha com a minha mãe e a companheira dela, a Joyce. Elas mesmas plantavam, e não era exatamente forte, mas a questão não era bem essa, porque com elas era meio que mais uma posição política liberada do que se chapar mesmo, e a minha mãe quase parecia fazer questão de fumar maconha toda vez que eu ia lá visitar elas, e por mais que isso me deixasse meio desconfortável, não lembro de ter me recusado nunca a "queimar unzinho" com elas, por mais que eu ficasse meio sem graça quando elas usavam esses termos de universidade. Naquela época, a minha mãe e a Joyce eram sócias de uma livrariazinha feminista que eu sabia que o meu pai não gostava de ter ajudado a financiar com o acordo do divórcio. E eu lembro de estar sentado uma vez com elas nos pufes do apartamento de Wrigleyville, passando um daqueles beques grandões e amadoristicamente enrolados lá delas — e beque era a palavra descolada dos lesados pra baseado na época, pelo menos lá pros meus lados — e ouvindo a minha mãe e a Joyce contarem lembranças bem vívidas e detalhadas da infância delas, as duas rindo, chorando e passando a mão no cabelo uma da outra pra dar apoio emocional, o que não me incomodava mesmo — elas se tocarem e se beijarem na minha frente — ou pelo menos àquela altura eu já tinha tido mais do que tempo de me acostumar, mas lembro de ir ficando cada vez mais paranoico e nervoso na época, porque, quando eu fazia bastante força pra pensar em algumas das minhas próprias recordações de infância, a única lembrança vívida que eu conseguia evocar era de eu socando Glovolium na luva de beisebol Rawlings que o meu pai tinha me dado, e daquele dia que eu peguei a luva autografada do Johnny Bench eu lembrava direitinho, se bem que a casa da minha mãe e da Joyce não era lugar de ficar sentimentalizando a lembrança de ganhar alguma coisa do meu pai, claro. Aí a pior parte era começar a ouvir a minha mãe narrar todas essas lembranças e histórias engraçadas da minha infância e perceber que na verdade ela se lembrava muito mais da minha infância do que eu, como se ela tivesse dado um jeito de arrancar ou confiscar lembranças e experiências que eram tecnicamente minhas. Óbvio que não pensei na palavra *confiscar* na época. Ela é uma palavra mais do Serviço. Mas fumar maconha com a minha mãe e a Joyce não costumava ser uma experiência assim tão agradável, e normalmente me deixava todo esquisito, agora que eu parei pra pensar — e mesmo assim eu ia lá queimar um com elas quase toda vez. Duvido que a minha mãe também curtisse muito aquilo. A coisa toda tinha um ar fajuto de diversão e liberação. Quando penso nisso agora, tenho a sensação de que a minha mãe estava tentando me fazer ver ela mudar e crescer bem ali na minha frente, nós dois do meu lado do abismo de gerações, como se a gente ainda estivesse tão próximo como quando eu era criança. Que nem dois não conformistas, e mostrando o dedo pro meu pai, simbolicamente. Enfim, fumar maconha com ela e com a Joyce sempre parecia meio hipócrita. Os meus pais se separaram em fevereiro de 1972, na semana em que Edmund Muskie chorou em público durante a campanha e a TV ficou o tempo todo passando imagens dele chorando. Eu não lembro por que ele estava chorando, mas aquilo definitivamente acabou com as chances dele na campanha. Foi na sexta semana da aula de teatro do colegial que aprendi a palavra *niilista*. O que sei é que eu não sentia nenhuma hostilidade pela Joyce, apesar de que eu lembro de sempre ficar meio tenso quando estava sozinho com ela e do alívio que era a minha mãe chegar em casa e eu poder meio que lidar com elas como um casal em vez de tentar manter uma conversa com a Joyce, o que era sempre complicado porque sempre parecia que tinha muito mais temas e coisas que eu precisava me lembrar de não mencionar do que de incluir na conversa, e aí tentar bater papo com ela era que nem tentar descer a montanha Devil's Head de slalom com as bandeiras a centímetros umas das outras.

    Vendo daqui, só depois fui perceber que o meu pai era um cara esperto e sofisticado. Na época acho que eu pensava nele como um sujeito que mal estava vivo, assim meio que nem um robô ou um escravo do conformismo. É verdade que ele era certinho, pentelho e rápido nas respostinhas cínicas dele. Ele era 100% convencional e estava totalmente do outro lado do abismo de gerações — ele tinha quarenta e nove anos quando morreu, foi em dezembro de 77, o que obviamente significa que ele cresceu durante a Depressão. Mas acho que eu nunca valorizei o senso de humor dele sobre tudo isso — ele tinha lá o jeito dele de expor as suas opiniões pró-sistema num estilo seco e inteligente que não lembro de ter entendido ou sacado as piadas dele na época. Parece que o meu senso de humor não era lá muito grande ou então embarquei naquela coisa-padrão de criança de considerar tudo que ele dizia como comentário ou crítica pessoal. Tinha umas coisas que eu sabia dele, que eu fui pegando nos anos da minha infância, em geral com a minha mãe. Que, assim, ele era supertímido quando eles se conheceram. Que ele tinha querido fazer mais que um curso profissionalizante mas tinha contas pra pagar — ele serviu na logística e em suprimentos na Coreia, mas como já tinha casado com a minha mãe quando foi mandado pra lá teve que arrumar emprego assim que voltou. Era isso que as pessoas da idade dela faziam na época, ela explicou — se você conhecia a pessoa certa e tinha pelo menos terminado o colegial, você casava sem nem pensar duas vezes e sem nem se questionar. O negócio é que ele era bem inteligente e meio frustrado na vida, como muitos da geração dele. Ele trabalhava duro porque não tinha escolha, e os sonhos pessoais iam ficando pra trás. Isso é tudo indireto, veio pela minha mãe, mas encaixava com certos pedaços e fiapos de histórias que nem eu conseguia deixar de perceber. Por exemplo, o meu pai lia direto. Ele estava o tempo todo lendo. Era a grande diversão dele, principalmente depois do divórcio — ele vivia chegando da biblioteca com uma pilha de livros com aquele plástico transparente por cima das capas. Eu nunca prestei a menor atenção naqueles livros ou por que ele lia tanto — ele nunca falava sobre o que andava lendo. Nem sei que tipo ele preferia, se era história, livros policiais, sei lá. Pensando bem, acho que ele era muito sozinho, principalmente depois do divórcio, já que as únicas pessoas que dava pra dizer que eram amigas dele eram os colegas de trabalho, e na minha opinião ele achava o emprego dele basicamente uma chatice — não acho que ele se sentisse muito envolvido com o orçamento e os protocolos de gastos da cidade de Chicago, até porque não tinha sido ideia dele se mudar pra cá — e acho que os livros e as questões intelectuais funcionavam como válvula de escape pra esse tédio. Na verdade ele era um sujeito bem inteligente. Eu gostaria de conseguir lembrar de mais exemplos do tipo de coisa que ele dizia — na época acho que essas coisas me pareciam mais hostis ou críticas do que piadas que ele fazia de nós dois ao mesmo tempo. Mas lembro que ele às vezes se referia à suposta geração jovem (ou seja, a minha) como "Essa coisa que saiu das entranhas da América". Não é o melhor dos exemplos. É quase como se ele pensasse que a culpa era dos dois lados, que tinha alguma coisa errada com os adultos de todo o país se eles podiam gerar crianças que nem as que estavam por aí nos anos 70. Lembro que uma vez em outubro ou novembro de 76, com vinte e um anos, durante outro período meu de folga, depois de eu ter entrado na DePaul — o que na verdade não foi uma ideia assim tão boa, essa primeira vez que eu entrei na DePaul. Foi basicamente um desastre. Eles meio que me pediram pra sair, pra falar a verdade, e foi a única vez que isso me aconteceu. Nas outras vezes, na Lindenhurst College e depois na UIC, eu mesmo é que saía. Enfim, durante essa folga eu estava trabalhando no turno da noite na fábrica da Cheese Nabs em Buffalo Grove e morando lá na casa do meu pai em Libertyville. Nem a pau que eu ia dormir no apartamento da minha mãe e da Joyce na região de Wrigleyville, em Chicago, onde os quartos tinham cortinas de contas em vez de portas. Mas eu só entrava nesse trabalho bocó às seis, então eu basicamente ficava de bobeira pela casa a tarde toda até a hora de sair. E às vezes durante esse período o meu pai saía da cidade por uns dias — como o Serviço, o financeiro da cidade de Chicago vivia mandando o pessoal mais técnico pra umas conferências e uns eventos de trabalho, que depois eu ia acabar sabendo aqui no Serviço que não são que nem as convenções enormes e beberronas da indústria privada e que são normalmente umas coisas bem intensivas e centradas no trabalho. O meu pai dizia que as conferências da prefeitura eram em geral bem tediosas, que era uma palavra que ele usava consideravelmente, *tedioso*. E nessas viagens era só eu em casa, e você pode imaginar o que acontecia quando eu ficava lá sozinho, ainda mais nos fins de semana, apesar de eu supostamente ser o responsável pela casa enquanto ele estava fora. Mas a lembrança dele chegando em casa mais cedo numa tarde de 76, voltando de uma dessas viagens de trabalho, coisa de um ou dois dias antes do que ele tinha me dito que ia chegar, e entrando e me vendo com dois dos meus velhos supostos amigos lá da escola de Libertyville na sala — que, por causa do projeto levemente elevado da varanda e da porta da frente, era de fato uma sala de estar afundada que mais ou menos começava logo depois da porta de entrada, com uma escadinha que ia pra sala de estar e outra que ia pro andar de cima. Arquitetonicamente, o estilo da casa é chamado de rancho elevado, como a maioria das outras casas mais velhas da rua, e ainda tinha mais uma escada que ia do corredor do andar de cima pra garagem, que na verdade sustenta uma parte do andar de cima — ou seja, a garagem, estruturalmente, é uma parte necessária da casa, e isso é o que diferencia uma planta tipo rancho elevado. No momento que ele entrou, dois estavam escarrapachados no sofá Davenport com os pezões sujos em cima da mesinha de centro especial, e o carpete todo forrado de latinhas de cerveja e embalagens da Taco Bell — as latinhas eram da cerveja que o meu pai comprava no atacado duas vezes por ano e guardava na despensa pra normalmente beber um total de duas por semana — com a gente lá lesado total e assistindo *Rastros de ódio* na WGN, e um dos caras ouvindo Deep Purple nos fones de ouvido do meu pai, especiais pra ouvir música clássica, e o tampo especial de carvalho ou de bordo da mesinha de centro ali com umas rodelonas de condensação das latas de cerveja por tudo que é canto porque a gente tinha aumentado geral o aquecimento da casa pra muito além de onde ele normalmente deixava colocar, pensando na economia de energia e de gastos, e o outro cara do meu lado no Davenport dobrado bem no ato de dar uma bola bem comprida no bong — esse cara era famoso por conseguir dar umas bolas enormes. Fora que a sala toda estava fedendo. Quando aí, de repente, na memória, eu ouvi o som inconfundível dos passos dele na varanda larga de madeira e o som da chave na porta da frente, e um mero segundo depois o meu pai de repente entra junto com uma onda de um ar muito frio e muito limpo, de chapéu e com a malinha de viagem — eu estava no estado paralisado de choque de uma criança flagrada de calça na mão, fiquei ali paralisado, incapaz de fazer alguma coisa e ao mesmo tempo vendo cada quadro da cena da entrada dele com um foco e uma nitidez horríveis — e ele ali parado à beira dos poucos degraus que desciam até a sala, tirando o chapéu com aquele gesto característico que envolvia tanto a cabeça quanto a mão enquanto ele ficava ali parado absorvendo a cena e nós três — ele não fazia segredo do fato de não gostar muito desses velhos amigos de escola, que eram os mesmos caras com quem eu estava na rua quando roubaram a tampinha do tanque de gasolina da minha mãe e chuparam todo o tanque, e nenhum de nós tinha mais dinheiro quando a gente achou o carro, e eu tive que ligar pro meu pai e ele teve que ir lá de trem depois do trabalho pra pagar a gasolina pra eu poder levar o Le Car de volta pra minha mãe e pra Joyce, que era coproprietária e usava o carro pras coisas da livraria — os três largados ali totalmente doidos e paralisados, um dos caras com uma camiseta velha toda ferrada que eu juro que dizia FODA-SE no peito, o outro tossindo aquela bola imensa por causa do susto, uma pluma de fumaça de maconha subia deslizando pela sala na direção do meu pai — pra te encurtar a história, a minha lembrança é dessa cena ser a pior confirmação do pior tipo de estereótipo de abismo de gerações e de repulsa paterna por aqueles filhos decadentes e lesados, e do meu pai largando devagar a malinha e a pasta e só ali parado, sem expressão e sem dizer nada pelo que me pareceu uma enormidade, e aí ele bem devagar fez um gesto com um braço um pouco erguido no ar e olhando pra cima disse: *"Eis minha obra, ó grandes, desesperem!"*, e aí ele pegou de novo a malinha de viagem e sem dizer uma palavra subiu os degraus da entrada, foi pro antigo quarto deles e fechou a porta. Ele não bateu a porta, mas deu pra ouvir ela fechando bem firme. Estranho, a lembrança, que é horrivelmente nítida e detalhada até aí, nessa hora para total, que nem uma fita que chegou no fim, e eu não sei o que aconteceu depois, de eu tirar os caras dali e tentar limpar tudo na pressa e baixar de novo o termostato pra vinte graus, apesar de eu lembrar sim de me sentir uma bosta total, não tanto a sensação de ter sido apanhado de calça na mão ou de estar ferrado, mas simplesmente de ser infantil, uma criancinha egoísta e mimada, sentado no meio do lixo em casa, doido, com o pé sujo em cima da mesinha de centro toda marcada que ele e a minha mãe tinham poupado tanto pra comprar numa loja de antiguidades em Rockford quando ainda eram jovens e não tinham muita grana, e que ele valorizava e esfregava com óleo de limão o tempo todo, e dizia que ele só pedia pra eu por favor não colocar o pé em cima e usar uma bolachinha pros copos — de assim por um ou dois segundos ver o que é que ele devia ter visto em mim enquanto ficou lá parado vendo a gente tratar a sala dele daquele jeito. Não era uma cena bonita, e parecia ainda pior já que ele não gritou nem pegou no meu pé — ele só ficou com uma cara exausta e meio que envergonhada por nós dois — e lembro que por um ou dois segundos consegui até sentir o que ele devia estar sentindo, e por um instante me vi pelos olhos dele, o que deixou a coisa toda muito, mas muito pior do que se ele tivesse ficado furioso ou gritado comigo, coisa que ele nunca fez, nem depois quando eu e ele ficamos sozinhos na mesma sala — coisa que nem lembro quando foi, se eu saí cabisbaixo da casa depois de limpar tudo ou se fiquei lá pra encarar. Não sei qual das duas coisas eu fiz. Nem entendi o que ele falou, apesar de obviamente entender que ele estava sendo sarcástico e de certa forma se culpando ou rindo de si próprio por ter produzido a "obra" que tinha acabado de jogar as embalagens da Taco Bell e os saquinhos no chão em vez de se dar ao trabalho de levantar e dar assim uns oito passos pra ir jogar no lixo. Se bem que depois eu simplesmente topei com o poema que no fim era o que ele tinha citado, em algum contexto esquisitão no CAT de Indianápolis, e o meu olho quase me pula da cabeça, porque eu nem sabia que era um poema — e um poema famoso, do mesmo poeta inglês que evidentemente escreveu o *Frankenstein* original. E eu nem sabia que o meu pai lia poesia inglesa, muito menos que ele citava poesia inglesa quando estava puto. Resumo, ele devia ser muito mais do que eu imaginava, e não lembro nem de sacar como eu sabia pouco dele, de verdade, até depois de ele ter morrido e ser tarde demais. Acho que esse tipo de arrependimento é típico também.

 Enfim, essa única lembrança terrível de erguer os olhos lá no sofá e me ver pelos olhos dele, e daquele jeito triste e sofisticado dele de exprimir toda a sua tristeza e repulsa — isso meio que define todo aquele período pra mim agora, quando penso nisso. Também me lembro do nome daqueles dois ex--amigos daquele dia fodido, mas óbvio que não é relevante.

 As coisas começam a ficar bem mais nítidas, claras e concretas em 1978, e olhando daqui agora acho que concordo com a minha mãe e a Joyce que foi naquele ano que "me achei" ou "larguei de criancice" e comecei o processo de desenvolver alguma iniciativa e alguma orientação na vida, o que obviamente me levou a entrar pro Serviço.

Apesar de não estar diretamente ligado à minha escolha do IRS como carreira, é verdade que o meu pai morrer num acidente de trânsito no fim de 77 foi um acontecimento horrível e de mudar a minha vida mesmo, que eu obviamente espero nunca ter que passar de novo, de jeito nenhum. A minha mãe sofreu demais e teve que tomar tranquilizantes, e ela acabou psicologicamente sem condições de vender a casa do meu pai, deixou a Joyce e a livraria e voltou pra casa de Libertyville, onde ela mora até hoje, com algumas fotos do meu pai e deles quando eram um jovem casal e moravam naquela casa. É uma situaçãozinha bem triste, e um psicólogo de boteco provavelmente ia dizer que de alguma maneira ela se culpava pelo acidente, apesar de que eu, mais que ninguém, estava em condição de saber que não era verdade e que, em última análise, o acidente não foi culpa de ninguém. Eu estava lá quando aconteceu — o acidente — e não tem como negar que foi 100% terrível. Até hoje lembro da coisa toda com detalhes tão nítidos, tão concretos que parece mais uma gravação que uma lembrança, o que já me disseram que é comum nos traumas — e mesmo assim não tinha como contar pra minha mãe exatamente o que aconteceu do começo ao fim sem acabar com ela, já que ela já estava muito abalada, se bem que qualquer um podia ter visto que boa parte da dor dela vinha de conflitos não resolvidos e de coisas que ainda ficaram do casamento e da crise de identidade que ela teve em 72 com quarenta ou quarenta e um anos e com o divórcio, sendo que ela não lidou com nada disso na época porque se jogou tão de cabeça no movimento feminista e naquilo de desenvolver a consciência crítica naquele círculo novo de mulheres esquisitas, a maioria acima do peso e todas com seus quarenta anos, fora a nova identidade sexual com a Joyce quase assim de cara, o que eu sou obrigado a dizer que praticamente acabou com o meu pai, visto que ele era todo quadradinho e convencional, apesar de que eu e ele nunca falamos disso diretamente e de ele e a minha mãe terem dado um jeito de continuarem até que bem amigos e de eu nunca ter ouvido ele abrir a boca pra falar do assunto a não ser por um ou outro resmungo sobre o quanto dos pagamentos de pensão que eles tinham combinado acabava indo pra livraria, que ele às vezes chamava de "aquele vórtex financeiro" ou apenas de "o vórtex" — o que por si só já é uma história comprida. Então a gente nunca falou disso de verdade, o que eu duvido que seja lá muito incomum em casos assim.

Se eu tivesse que descrever o meu pai, ia começar dizendo que o casamento dele com a minha mãe foi um dos únicos que eu vi em que a mulher era visivelmente mais alta que o marido. O meu pai tinha um e sessenta e oito ou um e sessenta e nove, não era gordo mas era troncudo, como esses caras mais baixos de quarenta e tantos anos são troncudos. Ele devia pesar uns oitenta quilos. Ficava bem de terno — como muitos homens da geração dele, o corpo parecia projetado pra rechear e sustentar um terno. E ele tinha uns ternos bacanas, quase todos com um botão e uma fenda atrás, discretos e conservadores, basicamente meia-estação e um ou dois de anarruga pra quando fazia calor, quando ele também deixava de lado o chapéu de sempre. Ele tinha o bom senso — pelo menos pensando agora — de rejeitar o estilo supostamente moderno de gravata larga, cores mais fortes e lapelas enormes, e achava asqueroso o fenômeno dos terninhos tipo safári e dos blazers de veludo cotelê. Os ternos dele não eram feitos por alfaiate, mas quase todos eram da Jack Fagman, uma loja bem antiga e respeitada de roupas masculinas em Winnetka que ele frequentava desde que a nossa família se transferiu pra região de Chicago em 1964, e alguns eram bem bacanas mesmo. Em casa, no que ele chamava de estar "à paisana", ele usava umas calças mais informais e umas camisas tipo polo, às vezes por baixo de um suéter — o preferido era xadrez tipo argyle. Às vezes ele usava um cardigã, se bem que eu acho que ele sabia que os cardigãs deixavam a cintura dele muito larga. No verão, às vezes tinha aquela coisa horrenda da bermuda com meia social preta, que no fim eram as únicas meias que o meu pai teve na vida. Um blazer esportivo, um 48 curto azul-marinho de seda estriada, vinha da juventude dele e dos primeiros dias da conquista da minha mãe, ela explicou — depois do acidente ela sofria até de ouvir falar desse casaco, que dirá me ajudar a pensar o que fazer com ele. No armário de roupas tinha o melhor e o terceiro melhor sobretudo dele, também da Jack Fagman, com o cabide de madeira vazio no meio dos dois. Ele punha os calçados sociais e de trabalho dele em fôrmas; ele herdou do pai. (Ele "herdou" obviamente as fôrmas, não os sapatos.) Lá tinha também uma sandália de couro que ele ganhou de Natal e que não só nunca tinha usado como nem tinha chegado a tirar a etiqueta da loja quando coube a mim vasculhar o armário de roupas dele e esvaziar tudo. A ideia de usar sapato com salto embutido nunca teria nem ocorrido ao meu pai. Naquela época até onde eu soubesse nunca tinha visto uma fôrma pra sapato e nem sabia pra que elas serviam, já que eu nunca cuidei dos meus sapatos ou dei valor a eles.

O cabelo do meu pai, que nitidamente tinha sido quase castanho-claro ou louro quando ele era mais novo, primeiro foi escurecendo e aí ficou misturado com branco, e de uma textura mais dura que a do meu e uma tendência a enrolar na parte de trás nos dias úmidos. A nuca dele estava sempre vermelha; a aparência dele era viva do jeito que o rosto de certos caras mais velhos e troncudos tem de ser meio vivo, aceso. Um pouco desse vermelho era congênito, provavelmente, e um pouco era psicológico — como a maioria dos homens da geração dele, ele era ao mesmo tempo tenso pacas e supercontrolado, uma personalidade tipo A mas com um superego dominante e umas inibições tão radicais que elas apareciam principalmente como uma dignidade e uma precisão exageradas nos movimentos dele. Ele quase nunca se permitia nenhum tipo de expressão facial aberta ou proeminente. Mas não era uma pessoa calma. Ele não falava nem agia de um jeito nervoso, mas havia meio que uma aura de tensão extrema nele — lembro meio que de um zumbido leve emanando dele quando ele estava parado. Olhando daqui, acho que quando o acidente aconteceu ele devia estar a um ou dois anos de precisar tomar remédio pra pressão.

Lembro de ter consciência de que a postura ou o porte geral do meu pai parecia incomum pra um cara mais baixo — a maioria dos baixinhos tende a se pôr reto que nem um pau, por motivos compreensíveis — nem tanto porque ele parecesse corcunda mas meio que dobrado perto da cintura, bem pouquinho, o que aumentava a sensação de tensão dele ou de ele estar sempre andando contra algum vento. Eu só fui entender isso quando entrei pro Serviço e vi a postura de alguns analistas mais velhos que tinham passado dias e dias anos a fio numa mesa de trabalho, inclinados pra frente verificando declarações, em primeiro lugar pra identificar as que mereciam uma auditoria. Em outras palavras, é a postura de alguém cujo trabalho diário significa ficar sentado imóvel na frente de uma mesa e trabalhando concentrado por anos a fio.

Na verdade, sei muito pouco da realidade do trabalho do meu pai e de sei lá o que ele acarretava, apesar de agora eu certamente saber o que é a contabilidade de custos.

Com tudo isso, eu entrar pra fazer carreira no IRS podia parecer uma coisa ligada ao acidente do meu pai — num sentido mais humanístico, ligada à minha "perda" de um pai que tinha sido contador. A área técnica do meu pai era sistemas e processos contábeis, que na verdade está mais pra processamento de dados que pra contabilidade de verdade, como eu depois ia entender. Da minha parte, por outro lado, tenho a convicção de que de um jeito ou de outro eu agora ia estar no Serviço, por causa do evento chocante que lembro que mudou completamente os meus objetivos e a minha atitude e que ocorreu no outono seguinte, no terceiro semestre da minha volta à DePaul e quando eu estava cursando introdução à contabilidade de novo, junto com teoria política americana, que era outra disciplina que eu tinha abandonado na Lindenhurst basicamente depois de eu não encarar a coisa e não me esforçar. Mas é bem verdade que eu posso ter feito isso — cursar introdução de novo — pelo menos em parte pra agradar ou tentar compensar o meu pai, ou pelo menos pra diminuir a repulsa que senti de mim depois que ele entrou e viu aquela cena niilista na sala que eu acabei de mencionar. Foi provavelmente poucos dias depois da cena e da reação do meu pai que eu peguei o trem da CTA até o Lincoln Park e comecei a tentar me rematricular pros dois anos que me faltavam — em termos de créditos, quatro semestres — na DePaul, se bem que por causa de umas questõezinhas técnicas eu só fui conseguir entrar de novo no outono de 77 — outra história comprida — e, graças a eu decidir me esforçar e também engolir o orgulho e pedir ajuda externa pra lidar com as tabelas de depreciação e amortização, acabei passando, junto com a versão DePaul de teoria política americana — que eles chamavam de pensamento político, apesar de que a versão deles e da Lindenhurst desse curso eram quase idênticas — no semestre de outono de 78, apesar de eu não ter exatamente tirado notas excepcionais, porque eu basicamente deixei de estudar a sério pras provas finais dessas duas disciplinas por causa (um negócio meio irônico) do fato chocante que ocorreu por acaso numa aula totalmente diferente na DePaul, de uma disciplina que eu nem estava fazendo mas em que meio que entrei de bobeira por causa de um vacilo na hora da semana de ajustes logo antes dos feriados de Natal, e eu fiquei tão chocantemente tocado e comovido com aquilo que mal estudei pras provas finais das disciplinas normais, apesar de que dessa vez não foi por descuido nem por preguiça mas porque decidi que tinha muito em que pensar, e muito longa e concentradamente, depois do encontro chocante com o jesuíta substituto em tributarismo avançado, que foi a aula que falei que assisti por engano.

O negócio é que provavelmente tem umas pessoas que acabam atraídas por uma carreira no IRS. Pessoas que são, como o padre substituto disse naquele último dia de tributarismo avançado, chamadas a "prestar contas". Quer dizer, a gente está falando aqui quase de um tipo especial de perfil psicológico, provavelmente. Não é um tipo lá muito comum — de repente um em cada 10 mil — mas aí esse tipo de pessoa que decide que quer entrar pro Serviço quer mesmo, mas mesmo, entrar pro Serviço, e o sujeito fica todo determinado e vai ser duro desviar o cara do caminho depois que ele se centrou nessa vocação real dele e começou a ficar ativamente atraído por ela. E até um em cada 10 mil, num país do tamanho dos Estados Unidos, vai chegar a um número razoável de pessoas — cerca de 20 mil — pra quem o IRS preenche todos os critérios profissionais e psicológicos pra ser uma vocação real. Esses mais ou menos 20 mil formam o cerne do Serviço, ou o coração, e nem todos são dos níveis mais altos da administração do IRS, apesar de alguns serem. Eles são 20 mil de um total de mais de 105 mil funcionários do Serviço. E não se pode nem duvidar que essas pessoas tenham em comum características centrais, fatores preditivos que num dado momento entram em cena e geram uma legítima vocação pra seguir contabilidade fiscal, administração de sistemas e comportamento organizacional e pra elas se devotarem a ajudar a administrar e aplicar as leis fiscais do nosso país conforme estabelecido no Caput 26 do Código de Regulamentação Federal e no Código de Receita Interna Revisado de 1954, além de todos os estatutos e regulamentações vinculados ao Ato de Reforma Fiscal de 1969, ao Ato de Reforma Fiscal de 1976, ao Ato de Receita de 1978, e assim por diante. Que razões e que fatores são esses, e em que medida eles coexistem com os talentos e as disposições particulares de que o Serviço precisa — são perguntas interessantes que o IRS de hoje se interessa ativamente por entender e quantificar. No que diz respeito à minha história pessoal e de como acabei aqui, o importante é que descobri que tinha — os tais fatores e as tais características — e descobri isso de repente, pelo que na época pareceu ser nada mais que um equívoco bem irresponsável.

 Eu deixei de fora a questão do abuso de drogas recreativas durante esse período e a relação de algumas drogas com o modo como eu acabei aqui, o que de maneira nenhuma significa um apoio ao uso de drogas, mas é só uma parte da história dos fatores que acabaram me levando pro Serviço. Mas é complicado e meio tortuoso. É óbvio que as drogas eram uma parte bem

193

relevante do cenário daquela época — isso todo mundo sabe. Lembro que no fim dos anos 70 a droga supostamente mais descolada nos campi da região de Chicago era a cocaína, e como eu era superangustiado pra me encaixar tenho certeza que teria usado mais cocaína, ou "coca", se tivesse curtido os efeitos. Mas não — quer dizer, não curti. Pra mim ela não causou excitação e euforia, aquilo mais me deixou como se eu tivesse tomado uma dúzia de cafés de estômago vazio. Foi uma sensação horrorosa, apesar de todo mundo perto de mim que nem o Steve Edwards ficar falando da cocaína como a melhor sensação de todos os tempos. Pra mim não foi. Eu também não gostava de como ela fazia os olhos de quem tinha acabado de cheirar saltarem e a boca das pessoas ficar se mexendo no rosto de uns jeitos esquisitos e incontroláveis, e de como qualquer ideia rasa ou óbvia parecia incrivelmente profunda pras pessoas. A minha lembrança geral da cocaína nesse período era de estar em algum tipo de festa com alguém cheirado que ficava falando comigo de um jeito veloz e intenso e eu tentando delicadamente me afastar, e cada vez que eu dava um passo pra trás eles davam um passo pra frente, e assim por diante, até me acuarem num canto da festa e eu ficar literalmente contra a parede, e eles lá falando bem rápido a centímetros da minha cara, que era um negócio que eu não achava nada legal. Isso aconteceu de verdade numas festas dessa época. Acho que tenho um pouco da inibição do meu pai. Proximidade corpórea radical com alguém muito empolgado ou transtornado é uma coisa que sempre foi difícil pra mim, o que é um dos motivos por que a Divisão de Auditoria ficou fora de questão pra mim na fase de seleção e lotação no CAT — que eu devia explicar que significa "Centro de Avaliação e Treinamento", que coisa de um quarto do pessoal regular do Serviço acima do nível de GS-9 começou frequentando, especialmente quem — como eu — entrou via programa de recrutamento. Hoje em dia são dois centros desses, um em Indianápolis e outro um pouquinho maior em Columbus OH. Os dois CATs são divisões do que o pessoal costuma chamar de Escola do Tesouro, já que o Serviço é tecnicamente um ramo do Departamento do Tesouro dos Estados Unidos. Mas o Tesouro também inclui tudo que vai do Bureau de Álcool, Tabaco e Armas de Fogo ao Serviço Secreto dos EUA, então "Escola do Tesouro" agora cobre uma dúzia de programas e instalações diferentes de treinamento, inclusive a Academia Federal de Polícia em Athens GA, pra onde vão os que forem lotados nas Investigações Criminais pelo CAT, pra treinamento especializado que eles fazem com os agentes do Bureau, do DEA, policiais federais e assim por diante.

Enfim, calmantes que nem Seconal e Valium simplesmente me faziam dormir direto, e com qualquer tipo de barulho, inclusive de despertador, por catorze horas direto, então eles também não ficavam muito lá no alto da minha lista. Você tem que entender que a maioria dessas drogas era não só comum como fácil de comprar naquela época. Isso era ainda mais verdade na UIC, onde o colega com quem eu ficava vendo o pé e saindo o tempo todo pra ir no Hat era meio que uma máquina automática de vender drogas recreativas, por ter estabelecido conexões com traficantes de nível médio nos subúrbios da zona oeste, o que sempre deixava ele superparanoico e desconfiado se você perguntava alguma coisa sobre esses caras, como se eles fossem da máfia e não só casais jovens que moravam nuns conjuntos habitacionais. Eu sei que uma coisa que ele achava legal em mim, por outro lado, como colega de quarto, era que tinha tanto tipo de droga que eu não curtia ou que não me descia bem que ele não precisava viver preocupado se eu ia descobrir onde ele mocozava as drogas — que ele normalmente guardava em dois estojos de violão no fundo da metade dele do armário, o que qualquer imbecil ia ter sacado só por causa do jeito dele com aquele armário ou da quantidade de estojos que ele tinha lá comparada com o único violão que ele pegava pra ficar tocando sem parar aquelas duas músicas — ou roubar tudo dele. Como quase todo trafica estudante, ele não vendia cocaína, já que rolava dinheiro demais nisso, pra não falar dos cheiradões que vinham bater na tua porta às três da matina, daí quem se envolvia com cocaína eram uns caras um pouco mais velhos com chapéu de couro e uns bigodinhos de rato que trabalhavam em bares que nem o Hat e o King Philip, que era outro pub da moda na época, perto da Bolsa na Monroe, onde eles também vendiam pra corretores mais jovens.

Esse meu colega de quarto da UIC costumava ter um estoque generoso de alucinógenos, que naquela época tinham saído com tudo do submundo, mas alucinógeno me dava medo, principalmente por causa do que eu lembrava de ter acontecido com a filha do Art Linkletter — os meus pais gostavam muito de ver o Art Linkletter quando eu era pequeno.

Como qualquer estudante universitário normal, eu gostava de álcool, especialmente de cerveja em bares, apesar de não gostar de beber até ficar mal — ficar de estômago revirado é uma coisa que eu basicamente não encaro.

Prefiro mil vezes sentir dor do que náusea. Mas também, como quase todo mundo que não era cristão evangélico nem estava na Cruzada Universitária, eu gostava de maconha, que na região de Chicago naquela época era chamada de erva ou "marofa". (Ninguém que eu conhecia chamava cocaína de pó, e só quem dava uma de hippie chamava maconha de "fumo", que tinha sido o termo bacana dos anos sessenta, mas agora estava fora de moda.) Esse uso de erva tinha chegado ao auge no colegial, mas eu ainda fumava maconha às vezes na universidade, apesar de eu suspeitar que era basicamente pra fazer o que quase todo mundo fazia — na Lindenhurst, por exemplo, quase todo o pessoal fumava maconha direto e até abertamente às quartas-feiras no gramado, que todo mundo chamava de "Quarta-Farra". Devo acrescentar que agora que estou no IRS, claro, os meus dias de maconheiro já vão longe. Pra começo de conversa, o Serviço é tecnicamente uma agência da lei, e ia ser muito hipócrita e muito errado. Relativamente a isso, a cultura toda da Divisão de Análises é contrária à maconha, já que até as Análises Moleza exigem um estado mental claro, organizado e metódico, a pessoa com capacidade de se concentrar por longos períodos e, mais ainda, com capacidade de escolher em que se concentrar ou o que ignorar, uma capacidade que fumar maconha ia praticamente aniquilar.

Mas, por outro lado, durante esse período todo eu tive de vez em quando os meus problemas com o tal Obetrol, que é quimicamente similar à Dexedrina mas que não tinha aquela coisa horrorosa do hálito e do gosto ruim na boca que a Dexedrina tinha. Também era similar à Ritalina, mas bem mais fácil de conseguir, já que o Obetrol foi o moderador de apetite preferido das gordinhas por vários anos lá pela metade dos setenta, e que eu gostava tanto mais ou menos pelas mesmas razões de eu ter gostado da Ritalina tanto assim naquela única vez, ainda que também em parte — nesse período mais recente, eu já cinco anos mais velho do que na época da escola — por outras razões mais difíceis de explicar. A minha afinidade com o Obetrol tinha a ver com autoconsciência, o que comigo mesmo eu chamava de "redobro". É difícil de explicar. Veja a maconha, por exemplo — tem gente que diz que fumar maconha deixa a pessoa paranoica. Mas pra mim, apesar de eu gostar de maconha em algumas situações, o problema era mais específico — fumar maconha me deixava autoconsciente, às vezes tanto que ficava difícil eu não fugir de todo mundo. Esse foi outro motivo pra ser tão tenso e tão constrangedor fumar maconha com a minha mãe e a Joyce — a verdade é que eu preferia mesmo era fumar maconha sozinho, e eu ficava bem mais à vontade com a maconha se pudesse ficar doidão sozinho e só meio que viajar mesmo. Estou mencionando isso pra comparar com o Obetrol, que dava pra eu tomar ou como cápsula normal ou soltar as duas metadinhas e esmagar as bolinhas lá de dentro pra fazer um pó e cheirar com um canudo ou com uma cédula enrolada, que nem cocaína. Só que cheirar Obetrol queima o nariz por dentro que é uma loucura, então quando eu usava eu costumava preferir à moda antiga, o que eu chamava de obetrolar. Não que eu obetrolasse o tempo todo — era mais uma coisa recreativa, e não era fácil de achar, dependia das gordinhas que você conhecia em determinada universidade levarem ou não a sério a dieta, o que algumas faziam e outras não, como acontece com qualquer coisa. Uma colega que me passou as cápsulas quase um ano inteiro na DePaul nem era tão gorda — a mãe dela é que mandava pra ela, junto com os cookies que ela fazia, estranhamente — estava na cara que a mãe tinha lá seus conflitos psicológicos com a questão da comida e do peso e ela tentava projetar na filha, que não era bem uma gata mas definitivamente descolada e blasé nisso da neurose da mãe com o peso dela, e mais ou menos dizia "Tanto faz", e ficava bem felizinha de desovar os Obetrols dela por dois dólares cada e dividir os cookies com a colega de quarto. Também tinha um cara no dormitório do prédio da Roosevelt que tomava por receita, pra narcolepsia — às vezes ele simplesmente apagava no meio do que estivesse fazendo e tomava Obetrol por necessidade médica, já que aquilo era nitidamente superbom pra narcolepsia — e muitíssimo de vez em quando ele dava um ou outro se estivesse de bom humor, mas nunca vendia nem traficava — ele achava que azedava o carma. Mas no geral não era difícil de achar, apesar de que o colega de quarto da UIC nunca andava com Obetrol pra vender e pegava no meu pé por causa do Obetrol, que ele chamava de "Queridinho da mamãe" dizendo que se alguém quisesse aquilo era só tocar a campainha de qualquer dona de casa gordinha da região de Chicago, o que era obviamente um exagero. O Obetrol não era tão popular assim. Não havia nem um nome de rua ou um eufemismo pra ele — se você estava procurando Obetrol, tinha mesmo é que dizer o nome comercial dele, que por alguma razão parecia incrivelmente careta, e não existia tanta gente assim que eu conhecia que gostasse das capsulazinhas pra "obetrolar" virar uma candidata a palavra bacana.

O motivo de eu mencionar a maconha é a comparação. Obetrolar não me deixava autoconsciente. Mas me deixava muito mais ligado em mim. Se eu estivesse num quarto e tivesse tomado uma ou duas cápsulas com um copo d'água, quando o efeito vinha eu estava não só no quarto mas ciente de estar no quarto. Pra dizer a verdade, lembro que eu vivia pensando, ou me dizendo, baixinho mas bem claramente: "*Eu estou nesta sala aqui*". É uma coisa difícil de explicar. Na época eu chamava de "redobro", mas ainda não sei direito o que eu queria dizer com isso nem por que me parecia tão profundo e tão descolado não apenas estar numa sala mas estar totalmente ciente de estar na sala, sentado em determinada poltrona e em determinada posição ouvindo determinada faixa específica de um disco cuja capa tinha determinada combinação de cores e formas — estar num estado de alerta tão grande que eu podia me dizer conscientemente: "*Eu estou nesta sala aqui neste exato momento. A sombra do pé está girando pra leste naquela parede. A sombra não é reconhecível como um pé por causa da deformação do ângulo da luz da posição do sol por trás da placa. Eu estou sentado bem reto numa poltrona verde-escura com uma queimadura de cigarro no braço direito dela. A queimadura é preta e imperfeitamente redonda. A faixa que eu estou escutando é 'The Big Ship' do* Another Green World *do Brian Eno, cuja capa tem umas figuras coloridas de recorte dentro de um quadro branco*". Dito assim tão claramente, esse nível de detalhe pode parecer tedioso, mas não era. A sensação que dava era meio que de emergir, por mais que fosse por pouco tempo, da vagueza e da deriva da minha vida naquele período. Como se eu fosse uma máquina que de repente percebia que era um ser humano e que não precisava só reproduzir mecanicamente o que eu tinha sido programada pra fazer sem parar. Também tinha a ver com prestar atenção. Não era aquela coisa normal das drogas que deixa as cores mais fortes ou a música mais alta. O que ficava mais forte era a minha percepção da minha própria parte em tudo, que eu podia prestar atenção de verdade naquilo. Que eu podia, por exemplo, ficar olhando a parede do dormitório, de um bege ou castanho bem comerciais, e não só ver a parede mas ter consciência de estar vendo — isso era no dormitório da UIC — e de que eu normalmente vivia dentro daquelas paredes e era talvez afetado de tudo quanto era jeito sutil por aquela cor comercial delas mas costumava não ter consciência do que elas me faziam sentir, não prestava atenção na sensação que ficar olhando pras paredes me causava, nem mesmo na cor e na textura delas, porque eu nunca olhava as coisas de um jeito preciso, atento. Era até impressionante. A textura basicamente era lisa, mas se você prestasse muita atenção também tinha um monte de fios e de grumos encravados que os pintores tendem a deixar quando recebem por empreitada e não por hora e com isso ficam motivados a correr. Se você olhar pra alguma coisa de verdade, quase sempre vai dar pra saber que tipo de acordo salarial a pessoa que fez aquilo tinha. Ou da sombra da placa e de como a posição e a altura do sol naquela hora afetavam a forma da sombra, que basicamente parecia que se contraía e se expandia enquanto a placa de verdade girava do outro lado da rua, ou de como acender e apagar a lampadinha do lado da poltrona mudava o jogo de luz e sombra na sala e alterava as sombras dos objetos e até o tom específico das paredes e do teto e afetava tudo, e — graças ao "redobro" — também perceber que eu estava ligando e desligando a lâmpada e notando as mudanças e sendo afetado por elas, e pelo fato de eu saber que estava notando tudo isso. Que eu percebia que percebia. De repente isso pode soar abstrato ou doidão, mas não é. Pra mim parecia uma coisa viva. Tinha alguma coisa nisso que eu preferia. Eu podia ficar ouvindo Floyd, por exemplo, ou até um dos discos constantes do meu colega lá no quarto dele sei lá *Sgt. Pepper's*, e não só ouvir a música, cada nota, cada compasso, cada modulação e resolução de cada faixa, mas agora, com o mesmo tipo de percepção e de discriminação, saber que eu estava fazendo isso — "*Neste exato momento estou ouvindo o segundo refrão de 'Fixing a Hole' dos Beatles*" — mas ao mesmo tempo consciente das sensações e dos sentimentos exatos que a música produzia em mim. Isso pode parecer ripongão, sentimentos e coisa e tal. Mas baseado nessa minha experiência da época quase todo mundo vive sentindo uma coisa ou adotando uma atitude ou decidindo prestar atenção em alguma coisa ou em alguma parte de uma coisa sem nem saber que está fazendo isso. A gente faz no automático, que nem um coração batendo. Às vezes eu estava lá sentado numa sala e percebia quanto esforço custava prestar atenção só no teu coração batendo por mais de coisa de um minuto — é quase como se o teu coração quisesse ficar fora do limite da atenção, que nem um astro de rock fugindo dos holofotes. Mas está lá se você conseguir se redobrar e se forçar a prestar atenção. A mesma coisa com música também, o redobro era conseguir ao mesmo tempo ouvir com muita atenção e ainda sentir todas as emoções que a música evocava — porque obviamente é por isso que a gente curte música, porque ela faz a gente sentir certas coisas, senão era só ruído — e não só ter essas sensações, ouvindo, mas ter consciência delas, conseguir dizer pra você mesmo: "*Esta música está fazendo eu me sentir ao mesmo tempo quentinho e seguro, como se eu estivesse aninhado igual a um menininho que acabou de ser tirado do banho e enrolado em toalhas que foram lavadas tantas vezes que são incrivelmente macias, e também ao mesmo tempo triste; tem um vazio no centro do calor igual à tristeza de uma igreja vazia ou de uma sala de aula com um monte de janelas que deixam ver a chuva na rua, como se bem no meio dessa sensação de segurança e de abrigo ficasse a semente do vazio*". Não que você fosse necessariamente dizer com essas palavras, só que era nítido e palpável a ponto de poder ser dito de um jeito muito específico, se você quisesse. E de você perceber essa nitidez também. Enfim, por isso é que eu curtia o Obetrol. O negócio não era só apagar com uma trilha sonora bonitinha ou encurralar alguém contra a parede numa festa.

E também não era só de coisa boa e feliz que você ganhava essa consciência, tomando Obetrol ou Cylert. Tinha coisa que você percebia que não era legal, era simplesmente a realidade. Assim que nem estar lá sentado na sala do dormitório da UIC ouvindo o colega-de-quarto-barra-rebelde-social de Naperville no quarto dele falando no telefone — esse suposto não conformista tinha uma linha telefônica própria, que adivinha só quem pagava... — falando com alguma aluna, que se não tivesse música ou a TV ligada, não dava pra deixar de ouvir pela parede, que era famosa por ser fácil de atravessar com um soco se você era do tipo que socava parede, e ouvindo esse palavrório sedutor com a aluna, e não só meio que detestando o cara e sentindo vergonha dele por causa daquele jeito afetado de falar com as meninas — até parece que alguém que prestasse a menor atenção ia deixar de ver a força que ele estava fazendo pra tentar projetar essa ideia de si próprio como um cara descolado e radical sem ter a menor noção de como aquilo soava mesmo, que era mimado, inseguro e fútil — e ouvindo e sentindo isso tudo, mas também desconfortavelmente ciente de estar, ou seja, tendo que sentir e perceber conscientemente essas reações internas em vez de só deixar elas agirem em mim sem admitir direito essas coisas pra mim mesmo. Acho que eu não estou me explicando direito. Era assim uma coisa de ter que conseguir se dizer "*Eu estou fingindo que estou aqui sentado lendo* A queda *do Camus pra primeira prova de literatura e alienação, mas na verdade estou me concentrando pacas em ouvir o Steve tentando impressionar uma menina pelo telefone, e estou sentindo vergonha e desprezo por ele, e pensando que ele é um falso, e ao mesmo tempo eu fico incomodamente desconfortável às vezes porque eu também já tentei projetar uma ideia de mim como um cara descolado e cínico pra impressionar alguém, ou seja, eu não só meio que detesto o Steve, o que com toda sinceridade é verdade mesmo, mas parte da razão de eu detestar o Steve é que quando fico escutando ele falar no telefone eu sou forçado a ver as semelhanças e a perceber coisas a meu respeito que me deixam envergonhado, mas não sei exatamente como parar de fazer essas coisas — assim, se eu parar de tentar ser niilista, até só pra mim mesmo, aí o que é que ia acontecer, como é que eu ia ser? E será que vou conseguir lembrar disso tudo quando eu não estiver obetrolado, ou será que vou voltar a ficar irritado com o Steve Edwards sem me deixar tomar consciência disso direito ou do porquê?"* Será que isso faz sentido? Às vezes dava medo, porque eu via isso tudo com uma nitidez desagradável, se bem que eu não ia ter usado uma palavra que nem *niilismo* durante aquele período sem tentar fazer ela soar descolada ou como se fosse uma alusão a alguma coisa, o que internamente, na clareza do redobro, eu não ia me ver tentado a fazer, já que eu só fazia esse tipo de coisa quando não estava bem ligado no que estava fazendo ou nos meus objetivos reais, mas sim em algum tipo esquisito de piloto automático robô. O que, quando eu tomava Obetrol — ou uma vez só, na DePaul, uma variante chamada Cylert, que só vinha em comprimidos de 10 mg, e só esteve à mão uma vez numa situação bem especial que nunca se repetiu —, eu tendia a perceber de novo que eu nem estava sacando o que estava rolando, quase nunca. Que nem andar de trem em vez de ir dirigindo você mesmo e ter que saber onde é que você está e ter que tomar decisões sobre onde fazer uma curva. No trem, você pode simplesmente desligar e deixar rolar, que era o que parecia que eu estava fazendo o tempo todo. E eu tinha consciência disso, também, com esses estimulantes, e consciência do fato de estar consciente. Só que as consciências eram passageiras, e depois que passava o efeito do Obetrol — o que normalmente incluía uma puta dor de cabeça — depois parecia que eu mal lembrava de tudo que tinha ganhado consciência. A memória da sensação de acordar de repente e ter consciência das coisas parecia vaga e difusa, que nem assim uma coisa que você acha que está vendo bem com o canto do olho, mas aí não consegue ver quando tenta olhar direto. Ou meio que nem um fragmento de memória que você não sabe direito se era de verdade ou fazia parte de um sonho. Bem como eu tinha previsto e tinha temido quando estava redobrado, claro. Então não era só moleza, o que era uma das razões da obetrolagem parecer uma coisa verdadeira e importante e não uma palhaçada e um negócio gostoso que nem maconha. Tinha coisa ali que era desagradavelmente vívida. Uma coisa assim não só de acordar consciente de não gostar do colega de quarto e das camisas jeans de operário dele e de ter que fingir que gostava dele e achava ele bacana pra conseguir aquele grama de haxixe com o cara ou sei lá mais o quê, e não só de não gostar da situação toda de dividir o quarto e até o ritualzinho niilista do pé e do Hat, que a gente fingia que era bem mais descolado e mais engraçado do que era — já que não era uma coisa que a gente tinha feito só uma ou duas vezes, mas que a gente basicamente fazia o tempo todo, que no fundo era só uma desculpa pra não estudar nem fazer a tarefa e ficar sendo uns lesados enquanto os nossos pais pagavam a universidade, a moradia estudantil, a comida — mas também de ter consciência, quando eu olhava de verdade aquilo tudo, de que uma parte de mim tinha escolhido dividir o quarto com o Steve Edwards porque uma parte de mim na verdade gostava de meio que não gostar dele e de catalogar as coisas que eram hipócritas nele e me deixavam meio com uma repulsa constrangida, e de que devia ter umas razões psicológicas lá pra eu morar, comer, festar e jogar conversa fora com uma pessoa de quem eu nem gostava e que eu nem respeitava muito... o que provavelmente queria dizer que eu não me respeitava tanto assim, também, e que era por isso que eu era tão conformista. E o negócio é que, sentado ali entreouvindo o Steve dizer pra menina no telefone que ele sempre achou que as mulheres de hoje tinham que ser vistas como algo além de meros objetos sexuais se ainda houvesse esperança pra raça humana, eu ficava articulando tudo isso sozinho, com muita clareza, muito conscientemente, em vez de só ficar largado ali com esse monte de sensações e de reações sobre aquele cara e sem chegar a ter consciência mesmo disso tudo. Então aquilo no fundo era acordar e perceber o quanto eu normalmente não tinha consciência das coisas e saber que eu ia voltar a dormir daquele jeito quando passasse o efeito artificial das bolinhas. Ou seja, não era só moleza. Mas dava uma sensação de *vida*, e era provavelmente por isso que eu gostava. Parecia que eu era *dono* de verdade de mim mesmo. Em vez de estar, sei lá, só me alugando. Mas essa analogia aí parece muito vagabunda, que nem uma tiradinha vagabunda. É ruim de explicar, e isso aqui já está provavelmente levando mais tempo do que eu devia usar pra explicar. E também é óbvio que eu não estou tentando passar alguma mensagem pró--dependência de drogas aqui. Mas era importante. Hoje em dia eu gosto de pensar no Obetrol e nos outros subtipos de bolinhas como mais assim meio que uma placa ou uma seta no caminho, alguma coisa que apontava o que podia ser possível se eu pudesse ter mais consciência de tudo e pudesse ser mais vivo assim no cotidiano. Nesse sentido, acho que abusar dessas drogas foi uma experiência valiosa pra mim, já que eu era tão totalmente moloide e largado naquela época que eu precisava meio que de uma pista bem clara, bem direta, de que isso de ser um adulto vivo, responsável e autônomo era bem mais complicado do que eu imaginava.

  Por outro lado, nem precisa dizer que o barato é a moderação. Não dava pra você ficar o tempo todo tomando Obetrol e ali sentado redobrado e consciente e ainda ter alguma esperança de cuidar direito da vida. Eu lembro de não ter conseguido ler *A queda* do Camus a tempo, por exemplo, e de ter que enrolar totalmente na prova de literatura da alienação — em outras palavras, eu era uma fraude, pelo menos por tabela — mas não estava me incomodando muito com aquilo tudo, que eu consiga me lembrar, só meio que sentindo um alívio cínico e enojado quando o monitor do professor escrevia alguma coisa tipo "Algumas ideias são interessantes!" embaixo do B. O que significava uma resposta de merda que não significava nada pra uma merda que não significava nada. Mas não dava pra negar que era forte — aquela sensação de que tudo que era importante estava bem ali e que eu podia de vez em quando acordar quase com um pé no ar enquanto andava, e de repente ganhar essa consciência. É difícil de explicar. A verdade é que eu acho que o Obetrol e isso de redobrar foi a minha primeira ideia do tipo de ímpeto que eu acho que acabou me levando pro Serviço e pros problemas e as prioridades especiais aqui do Centro Regional de Análise. Tinha alguma coisa a ver com prestar atenção e com a capacidade de escolher em que prestar atenção, e de ter consciência dessa escolha, do fato de ser uma escolha. Eu não sou o cara mais inteligente do mundo, mas até durante aquele período todo, patético e desorientado, acho que bem no fundo eu sabia que a vida era mais e que eu era mais do que os impulsos psicológicos normais de prazer e de vaidade que eu deixava me conduzirem. Que eu tinha umas coisas que não eram merda e que não eram criancice, mas que eram profundas, e não eram abstratas, mas que eram na verdade bem mais reais que as minhas roupas ou a minha autoimagem, e que brilhavam assim de um jeito quase sagrado — eu estou falando sério; não estou querendo fazer isso tudo soar mais dramático do que foi — e que essas partes mais reais, mais profundas de mim não tinham a ver com impulsos nem com apetites, mas simplesmente com atenção, consciência, era só eu conseguir ficar acordado sem as bolinhas.

Mas não dava. Conforme mencionado, normalmente depois eu nem conseguia lembrar o que era que tinha parecido tão nítido e tão profundo naquilo de que eu ganhei consciência lá naquela poltrona verde e barata do inquilino anterior, que alguém tinha simplesmente deixado lá no quarto quando foi embora do dormitório e que tinha alguma parte quebrada ou empenada na estrutura por baixo das almofadas e meio que adernava de um lado quando você tentava se reclinar, e aí você tinha que sentar nela bem retinho e bem ereto, o que era uma coisa esquisita. O incidente todo do redobro ficava coberto meio que de uma névoa mental na manhã seguinte, e mais ainda se eu acordava tarde — o que era normal acontecer, já que pegar no sono era basicamente um tipo de efeito das anfetaminas — e tinha meio que sair correndinho pra aula sem nem perceber ninguém nem nada que passava na minha frente. Em essência eu era um desses caras que têm horror de atraso mas que vivem chegando atrasados. Se eu chegava atrasado em alguma coisa normalmente ficava tenso e nervoso demais assim de cara até pra poder seguir o que estava acontecendo. Sei que herdei do meu pai esse medo de atraso. Sem contar que é bem verdade que às vezes essa consciência despertada e a autoarticulação do redobro por causa do Obetrol podiam passar do limite — "*Agora eu estou consciente de que estou consciente de que estou sentado reto desse jeito meio esquisito, agora eu estou consciente de que sinto uma coceira no lado esquerdo do pescoço, agora estou consciente de que estou deliberando se coço ou não coço, agora estou consciente de prestar atenção naquela deliberação e da sensação provocada pela ambivalência em relação à coceira e do que essas sensações e a minha consciência delas fazem com a minha consciência da intensidade da coceira*". O que significa que depois de um certo ponto o elemento de escolha de atenção no redobro meio que se perdia e a consciência meio que explodia em um salão de espelhos de sensações conscientemente percebidas e de ideias e de consciências de consciências de consciências disso tudo. Isso era atenção sem escolha, o que significa a perda da capacidade de se concentrar e se centrar numa coisa só, e era outro grande incentivo à moderação no uso do Obetrol, especialmente tarde da noite — tenho que admitir que eu sei que uma ou duas vezes me perdi tão feio nos salões ou nas camadas empilhadas de consciência da consciência que fui ao banheiro bem ali na poltrona — isso foi na Lindenhurst College, onde eram três moradores por unidade e tinha uma "sala social" semimobiliada no meio da unidade, onde ficava o sofá — o que, mesmo naquela época, parecia um nítido sinal da perda de prioridades básicas e do fracasso em lidar com a realidade. Por algum motivo hoje eu às vezes me visualizo tentando explicar pro meu pai como acabei tão totalmente concentrado e consciente que fiquei ali sentado e mijei na calça, mas a imagem se interrompe bem na hora que ele abre a boca pra responder, e eu tenho 99% de certeza de que isso não é uma lembrança de verdade — como é que ele podia saber alguma coisa de uma poltrona lá na Lindenhurst?

Que fique bem claro, é verdade que eu tenho saudade do meu pai e que fiquei bem transtornado com aquilo tudo, e às vezes eu fico bem triste quando penso que ele não está aqui pra ver a carreira que escolhi e as mudanças em mim, enquanto pessoa, por conta disso, e pra ver algumas das minhas avaliações de desempenho PP-47, e pra eu conversar com ele sobre sistemas de custos e contabilidade forense de uma perspectiva incrivelmente mais adulta.

E mesmo assim esses momentinhos de uma consciência mais profunda, gerados ou não pelas drogas — porque dá pra discutir que relevância isso tem no final das contas — provavelmente tiveram um efeito mais direto na minha vida e na minha mudança de rumo e na minha entrada no Serviço em 1979 do que o acidente do meu pai, ou quem sabe até mais que a experiência traumática que eu tive na aula de contabilidade avançada que assisti por engano na minha segunda, que acabou sendo bem mais atenta e bem-sucedida, passagem pela DePaul. Eu já mencionei esse curso. Pra encurtar a história, o lance dessa experiência é que o campus da DePaul no Lincoln Park tinha dois prédios novos bem parecidos, eles eram literalmente quase imagens especulares um do outro, de propósito, arquitetonicamente, e eram interligados tanto no térreo quanto — por um gio elevado não muito diferente desse nosso aqui no CRA Meio-Oeste — no terceiro andar, e os departamentos de ciências contábeis e políticas da DePaul ficavam nos dois prédios diferentes desse conjuntinho idêntico, eu não lembro o nome deles neste momento. O nome dos dois prédios. Era o último horário de aula pras turmas de terça e quinta no semestre de outono de 78, e a gente ia ter aula de revisão pra prova final de pensamento político americano, que ia ser inteira discursiva, e no caminho pra essa aula de revisão eu sei que estava tentando rever mentalmente as áreas que eu queria garantir que pelo menos uma pessoa da turma fizesse alguma pergunta — não tinha que ser eu — em termos de que grau de profundidade essas áreas iam ter na final. Fora introdução à contabilidade, eu ainda estava fazendo basicamente disciplinas de psicologia e ciência política — nesse caso especialmente por causa das exigências pra você poder declarar que diploma ia tirar, senão não dava pra se formar — mas agora que eu não estava tentando escapar com qualquer merda de última hora, essas aulas eram obviamente bem mais difíceis e mais pesadas. Lembro que quase toda a versão DePaul de pensamento político americano tinha a ver com O federalista, de Madison et al., que eu já tinha visto na Lindenhurst mas não lembrava quase nada. Em essência, eu estava tão concentrado pensando na revisão e na prova final que o que aconteceu foi que entrei pela porta errada do prédio sem perceber, e acabei na sala certa do terceiro andar, mas no prédio errado, e essa sala era uma imagem especular tão idêntica da sala certa do prédio ao lado, do outro lado do gio, que nem notei o erro assim de cara. E acabou que nessa sala estava rolando a última aula de revisão de contabilidade avançada, uma disciplina famosa por ser difícil lá na DePaul que era conhecida como o equivalente no departamento de ciências contábeis do que a química orgânica era pros alunos de ciências — a barreira final, a aula que derrubava os fracos, que precisava de vários pré-requisitos e só era aberta pra veteranos prestes a se formar em contabilidade e pós-graduandos, e que diziam que era ministrada por um dos poucos professores jesuítas que ainda restavam na DePaul, o que significava um cara com o conjunto oficial de roupas pretas e brancas e absolutamente lhufas de senso de humor ou de desejo de ser amado ou de criar uma "ligação" com os alunos. Na DePaul, os jesuítas eram notoriamente jogo duro. O meu pai, aliás, foi criado católico, mas tinha nada ou quase nada a ver com a igreja quando adulto. A família da minha mãe originalmente era luterana. Como muita gente da minha geração, não tive uma formação religiosa. Mas esse dia na sala idêntica também acabou sendo um dos acontecimentos mais inesperadamente poderosos, determinantes da minha vida na época, e me causou uma impressão tão grande que até hoje me lembro do que eu estava usando ali sentado — blusa listrada vermelha e branca de orlon, calça branca de pintor e uma bota Timberland de uma cor que o meu colega de quarto — que era um veterano sério de química, àquela altura nada de Steve Edwardses e pés giratórios — chamava de "amarelo bosta de cachorro", com os cadarços desamarrados e arrastando no chão, que era o jeito que todo mundo que eu conhecia ou que andava comigo usava aquela bota naquele ano.

Por falar nisso, acho mesmo que consciência é uma coisa diferente de pensamento. Eu sou igual a quase todo mundo, acho, nisto de que não penso nas coisas mais importantes assim em grandes blocos intencionais de ficar sentado direto numa cadeira e saber de antemão no que é que eu vou pensar — assim, por exemplo: *"Vou pensar na minha vida, no meu lugar nela e no que é realmente importante para mim, para daí poder começar a estabelecer objetivos concretos e determinados, e projetos para a minha carreira de adulto"* — e aí eu sento ali e fico pensando até chegar a uma conclusão. Não funciona assim. No meu caso, tendo a pensar nas coisas mais importantes de uns jeitos incidentais, acidentais, quase distraídos. Fazendo sanduíche, tomando banho, sentado numa cadeira de ferro na praça de alimentação do shopping de Lakehurst e esperando alguém que está atrasado, andando no trem da CTA e olhando ao mesmo tempo a paisagem que passa e o meu reflexo transparente sobreposto a ela na janela — e de repente você se liga que está pensando umas coisas que acaba que eram importantes. É quase o contrário de consciência, se você parar pra pensar. Acho que essa experiência de pensamento acidental é uma coisa comum, por mais que não seja universal, apesar de não ser uma coisa que dê pra falar com os outros porque acaba sendo muito abstrato e difícil de explicar. Enquanto num estirão intencional de pensamento sério de verdade, em que você fica sentado com a intenção consciente de confrontar questões pesadas que nem *"Será que eu sou feliz?"* ou *"Pra que coisas, no final de contas, eu dou importância de verdade, e em que coisas eu acredito?"* ou — ainda mais se alguma figura de autoridade da vida acabou de pegar no teu pé — *"Será que eu sou essencialmente uma pessoa do tipo que contribui, que vale a pena, ou uma pessoa indiferente, perdida, niilista?"*, aí você normalmente acaba não respondendo as perguntas, mas meio que cobrindo elas de porrada, atacando as coitadas por tantos ângulos e com as diferentes objeções e complicações de cada ângulo que elas acabam ainda mais abstratas e radicalmente sem sentido do que quando você começou. Assim você não chega a nada, pelo menos foi o que me disseram. Pode ter certeza: por tudo que se sabe, nem são Paulo, nem Martinho Lutero, nem os autores de O *federalista*, nem o presidente Reagan, eles nunca mudaram a direção da vida deles desse jeito — foi mais por acidente.

Quanto ao meu pai, sou obrigado a admitir que não sei como ele pensava pesado sobre as coisas que levaram aos rumos que ele seguiu a vida inteira. Não sei nem se ele *tinha* uma reflexão séria, consciente nesse caso. Como um monte de homens da geração dele, ele pode muito bem ter sido um desses caras que simplesmente foram seguindo no piloto automático. Essa postura dele na vida era que existem coisas que precisam ser feitas e você vai lá e simplesmente faz — assim, por exemplo, ir trabalhar todo dia. De novo, pode ser que isso seja mais um elemento da diferença de gerações. Eu não acho que o meu pai adorava o emprego dele na prefeitura, mas por outro lado não sei bem se ele algum dia se perguntou coisas sérias que nem *"Será que eu gosto do meu trabalho? Será que é isso que eu quero passar a vida fazendo? Isso está me completando tanto quanto alguns daqueles sonhos que eu tive para mim quando era jovem e servia o Exército na Coreia e lia poesia britânica na minha cama de campanha de noite?"*. Ele tinha família pra sustentar, o trabalho dele era aquele, ele levantava todo dia e fazia o seu trabalho, e ponto final, o resto é só bobajada complacente. Isso pode até ter sido a soma total de uma vida pra ele, no que se referia a pensar sobre o assunto. Ele essencialmente disse "Tanto faz" pro que lhe coube na vida, mas claro que de um jeito bem diferente do "Tanto faz" que os lesados sem rumo da minha geração dizem.

Já a minha mãe mudou o rumo da vida dela de uma forma impressionante — mas, de novo, não sei se foi resultado de alguma reflexão concentrada. Pra dizer a verdade, duvido. Não é assim que essas coisas funcionam. A verdade é que quase todas as escolhas da minha mãe tiveram motivos emocionais. O que era outra dinâmica comum da geração dela. Acho que ela gostava de achar que a coisa feminista da conscientização e a Joyce e aquilo tudo dela com a Joyce e o divórcio foram resultado de reflexão, assim, uma mudança consciente de filosofia de vida. Mas no fundo foi emocional. Ela teve meio que um colapso nervoso em 1971, apesar de ninguém nunca ter usado essa palavra. E de repente ela ia fugir de "colapso nervoso" e acabar dizendo que foi uma súbita mudança consciente de crenças e de rumos. E quem é que pode discutir com uma coisa dessas? Quem dera eu tivesse entendido isso na época, porque eu tive lá os meus jeitos de ser malvadinho e superior com a minha mãe por causa da coisa toda da Joyce e do divórcio. Quase como se eu inconscientemente ficasse do lado do meu pai e assumisse a responsabilidade de dizer tudo de malvadinho e de superior que ele era autodisciplinado e composto demais pra se permitir dizer. Até especular sobre isso tudo provavelmente não faz sentido — como o meu pai dizia, as pessoas são como são, e a única coisa que te cabe de verdade é fazer o melhor jogo possível com as cartas que a vida te deu. Eu nunca soube com nenhum grau de certeza se ele pelo menos sentia saudade dela ou estava triste. Quando penso nele hoje, percebo que ele estava sozinho, que foi bem duro pra ele, divorciado e sozinho naquela casa em Libertyville. Depois do divórcio, de certa forma ele deve ter se sentido livre, o que é claro que tem o seu lado bom — ele podia ir e vir quando quisesse, e quando pegava no meu pé por algum motivo não tinha que ficar preocupado em escolher as palavras com cuidado ou em discutir com alguém que ia me defender de qualquer coisa. Mas esse tipo de liberdade também fica bem perto, no contínuo psicológico, da solidão. As únicas pessoas com quem a gente acaba sendo "livre" de verdade, desse jeito, são os desconhecidos, e nesse sentido o meu pai tinha razão sobre aquilo do dinheiro e do capitalismo serem o equivalente da liberdade, na medida em que vender ou comprar alguma coisa não te obriga a nada mais do que está escrito no contrato — se bem que tem o contrato social, que é onde aparece a obrigação de pagar a sua cota justa de impostos, e eu acho que o meu pai teria concordado com a afirmação do sr. Glendenning de que "A liberdade real é a liberdade de obedecer à lei". Isso tudo provavelmente nem faz muito sentido. Enfim, a esta altura é tudo só especulação abstrata, porque eu nunca conversei de verdade com nenhum dos meus pais sobre como eles se sentiam sobre a vida adulta deles. Não é o tipo de coisa que os pais sentam pra discutir abertamente com os filhos, pelo menos naquela época não era.

Enfim, acho que ia ser útil eu dar umas informações de contexto aqui. A maneira mais simples de definir um imposto é dizer que o valor do imposto, simbolizado por I, é igual ao produto da base tributável e da alíquota tributária. Isso normalmente é simbolizado por I=B×R, de modo que se pode obter R=I/B, que é a fórmula pra determinar se uma tarifa é progressiva, regressiva ou proporcional. Isso é contabilidade tributária superbásica. É tão familiar pra maioria do pessoal do IRS que a gente nem tem que pensar nisso. Mas, enfim, a variável crítica é a relação entre I e B. Se a relação entre I e B se mantiver a mesma apesar de B, a base tributável, poder subir ou descer, então o imposto é proporcional. Isso também é conhecido como imposto de alíquota fixa. Um imposto progressivo é quando a razão I/B aumenta quando B aumenta e diminui quando B diminui — que é essencialmente como o imposto de renda marginal de hoje em dia funciona, quando você paga 0% nos primeiros 2300 dólares, 14% nos próximos 1100 dólares, 16% nos próximos 1000, e assim por diante, até 70% de tudo que ultrapassar $108$300, o que é tudo parte da atual política tributária do Tesouro americano, em teoria, que quanto mais renda anual você tem, maior a proporção da sua renda que a sua obrigação fiscal deve representar — se bem que é claro que na prática nem sempre funciona assim, por causa de todas as deduções e dos créditos legais que fazem parte do código tributário moderno. Enfim, programas de taxações progressivas podem ser representados por um simples gráfico de barras ascendentes, com cada barra representando uma alíquota fiscal. Às vezes as pessoas também chamam um imposto progressivo de imposto gradual, mas não é a palavra usada pelo Serviço. Um imposto regressivo, por outro lado, é quando a razão I/B aumenta na medida em que B diminui, o que significa que você paga mais impostos sobre as menores quantias, o que a princípio não faz muito sentido em termos de justiça e do contrato social. Só que esses impostos regressivos podem frequentemente aparecer disfarçados — por exemplo, os que se opõem às loterias estaduais e aos impostos sobre o tabaco vivem dizendo que essas coisas na verdade equivalem a taxação regressiva disfarçada. O Serviço não tem nenhuma opinião formada sobre o assunto. Enfim, a tributação de renda é quase sempre progressiva, por causa dos ideais democráticos do nosso país. Aqui, por outro lado, estão alguns tipos de impostos que costumam ser proporcionais ou fixos: bens imóveis, bens móveis, aduana, consumo e, principalmente, a tributação de vendas.

Como muita gente aqui lembra, em 1977, com alta da inflação, alta dos déficits, e durante a minha segunda passagem pela DePaul, houve um experimento fiscal em Illinois em que o imposto sobre vendas passou de proporcional a progressivo. Foi provavelmente a minha primeira oportunidade de ver como a implementação de uma política fiscal pode afetar de verdade a vida das pessoas. Como já mencionei, os impostos sobre vendas costumam ser proporcionais, e isso de um jeito quase universal. Como eu hoje entendo a questão, a ideia por trás da tentativa de implementar uma tributação progressiva era aumentar a receita do Estado sem que isso pesasse pros pobres do Estado ou desencorajasse os investidores, sem contar que ia ajudar a combater a inflação ao taxar o consumo. A ideia era que quanto mais você comprasse, mais imposto você pagava, o que ajudaria a desencorajar a demanda e aliviar a inflação. O imposto progressivo de vendas foi fruto das ideias de alguém lá no alto da hierarquia do Escritório do Tesouro Estadual em 77. Quem exatamente era essa pessoa, ou se ele envergou o capacete marrom de alguma maneira depois do desastre que se seguiu, eu não sei, mas tanto o tesoureiro estadual quanto o governador de Illinois definitivamente perderam o emprego por causa do fiasco. Fosse de quem fosse a culpa, no fim, o fato é que a coisa foi um hiperescorregão fiscal que pra dizer a verdade podia ter sido evitado facilmente se alguém no Escritório do Tesouro Estadual tivesse se dado ao trabalho de consultar o Serviço sobre a adequação do esquema. Apesar da existência tanto do Escritório do Comissário Regional Meio-Oeste quanto de um Centro Regional de Análise dentro das fronteiras de Illinois, está confirmado que isso nunca aconteceu. Apesar das agências estaduais da Receita dependerem de declarações tributárias federais e dos arquivos máster do sistema informatizado do Serviço pra poderem fazer cumprir a lei fiscal estadual, tem uma tradição de autonomia e de desconfiança entre os escritórios estaduais da Receita em relação às agências federais como o IRS, o que às vezes detona graves lapsos de comunicação, e o desastre fiscal de Illinois em 77, dentro do Serviço, é um caso clássico e tema de várias piadas e histórias profissionais. Como quase todo mundo aqui no Posto 047 teria dito pra eles, uma regra fundamental da boa execução fiscal é lembrar que o contribuinte típico sempre vai agir movido pelo seu próprio interesse monetário. Isso é lei econômica básica. Na tributação, o resultado é que o contribuinte sempre vai fazer tudo que a lei permite que ele faça pra minimizar os impostos devidos. Isso é simplesmente natureza humana, coisa que os políticos de Illinois ou não conseguiram entender ou deixaram de ver que implicações tinha pras transações que envolviam impostos sobre a venda. Pode ser um caso em que o Escritório do Tesouro Estadual permitiu que a coisa toda chegasse a um tal grau de complexidade e de abstração que eles acabaram deixando de ver o que estava ali bem na cara — a base, B, de um imposto progressivo não pode ser alguma coisa que dê pra subdividir com facilidade. Se der pra subdividir fácil, aí o contribuinte típico, movido pelo seu próprio interesse econômico, vai fazer tudo que ele puder fazer dentro da legalidade pra subdividir o B em dois ou mais Bs menores e evitar a progressão efetiva. E isso, no fim de 77, foi exatamente o que aconteceu. O resultado foi o caos no varejo. Digamos, por exemplo, no supermercado, aí os clientes não compravam mais três sacos grandes de mercadorias num total de $78 pra se submeter ao pagamento de 6%, 6,8% e 8,5% das partes daquela compra que ultrapassassem $5,00, $20,00 e $42,01, respectivamente — eles agora tinham uma motivação pra estruturar aquela compra de mercadorias em diversas pequenas compras separadas de $4,99 ou menos pra tirar vantagem do imposto muito mais atraente de 3,75% pras compras abaixo de $5,00. A diferença entre 8% e 3,75% é mais do que suficiente pra estabelecer um incentivo e fazer o interesse próprio econômico dos cidadãos vir à tona. Aí, na loja, você de repente via todo mundo comprando menos de $5,00 em mercadorias, correndo pro carro, colocando a sacolinha no carro, correndo de volta pra loja e comprando outra quantidade que desse menos de $5,00, correndo pro carro, e assim por diante. As filas das caixas nos supermercados começaram a ir até o fundo da loja. Nas lojas de departamentos era a mesma coisa, e eu sei que os postos de gasolina ficaram até piores — poucos meses depois do choque dos fornecedores da Opep e das brigas na fila da gasolina por causa do racionamento, agora, naquele outono em Illinois, começaram a surgir brigas também nos postos por causa dos motoristas forçados a esperar enquanto as pessoas que estavam na frente deles na fila da bomba tentavam colocar $4,99 em dinheiro, ir pagar, voltar correndo, zerar a bomba, colocar mais $4,99 e assim por diante. Era totalmente o oposto de descolado, pra dizer o mínimo. E o custo administrativo de calcular o imposto sobre quatro margens diferentes de valores praticamente faliu os varejistas. Os que tinham caixas automáticos e sistemas de contabilidade viram os sistemas caírem com a nova demanda. Pelo que entendi, os altos custos administrativos do novo ônus contábil acabaram sendo transferidos pros preços e causando uma bolha inflacionária em Illinois que irritou ainda mais os consumidores que já andavam putos porque o imposto progressivo estava forçando economicamente todo mundo a enfrentar a fila da caixa umas seis vezes — ou mais em muitos casos. Teve quebra-quebra, especialmente na região sul do estado, que faz fronteira com o Kentucky e tende a ser, digamos, não lá muito compreensiva ou tolerante com a necessidade que o governo tem de recolher tributos, pra começo de conversa. A verdade é que o norte, o centro e o sul de Illinois são praticamente países diferentes em termos culturais. Mas o caos foi no estado inteiro. O tesoureiro do Estado quase foi crucificado. Os bancos viram uma corrida desesperada por notas de um e moedinhas. Do ponto de vista dos custos administrativos, a pior parte foi quando comerciantes mais empreendedores viram naquilo uma nova oportunidade e começaram a usar "Subdivisível!" como um apelo de vendas. Inclusive, por exemplo, vendedores de carros usados, dispostos a te vender um carro como um amontoado de transaçõezinhas separadas pro para-choque dianteiro, pro para-lama traseiro direito, pra mola do alternador, pra vela de ignição e assim por diante, com a compra estruturada como se fosse umas mil transações diferentes de $4,99. Era tecnicamente legal, claro, e outros varejistas de mais porte logo seguiram a corrente — mas acho que foi quando os corretores de imóveis também começaram com isso de subdividir que as coisas foram pras cucuias de uma vez por todas. Bancos, corretores hipoteca, vendedores de commodities e de ações, o Departamento de Receita de Illinois, todo mundo viu seus sistemas de processamento de dados abrir o bico — o imposto progressivo sobre vendas gerou um verdadeiro tsunâmi de informação de vendas subdivididas que sufocou a tecnologia da época. A coisa toda foi derrubada menos de quatro meses depois de começar. Pra dizer a verdade, o Legislativo estadual voltou a Springfield no meio do recesso de Natal pra uma convocação especial só pra derrubar a lei, já que aquele período tinha sido o mais desastroso pro varejo — a temporada das compras de Festas de 77 foi um pesadelo que ainda é motivo de conversas melancólicas com gente de fora daqui quando o pessoal se vê parado em filas de caixa aqui no estado, ainda hoje, anos depois. Mais ou menos como um calor ou um clima úmido ao extremo faz as pessoas começarem a trocar lembranças sobre outros verões terríveis que elas viveram. Springfield, aliás, é a capital do estado, além de ser o lugar com uma quantidade insana de lembranças do presidente Lincoln.

Enfim, também foi nessa época que o meu pai morreu de repente num acidente de metrô da CTA em Chicago, durante a correria quase indescritivelmente horrenda e caótica das compras de fim de ano em dezembro de 77, e o acidente, pra falar a verdade, aconteceu enquanto ele estava fazendo essas compras no fim de semana, o que provavelmente ajudou a deixar a coisa toda mais trágica ainda. O acidente não foi na famosa parte "elevada" da CTA — ele e eu estávamos na estação da Washington Square, vindo de Libertyville na linha alimentadora pra pegar uma linha de metrô que ia mais pro centro da cidade. Acho que a gente estava era indo pra loja de presentes do Art Institute. Eu estava passando o fim de semana na casa do meu pai, lembro bem, pelo menos em parte, porque eu tinha que estudar pesado pra minha primeira rodada de provas de final de semestre desde que me rematriculei na DePaul, onde eu estava morando no dormitório do campus da Loop. Pensando nisso agora, parte do motivo de eu voltar pra casa em Libertyville pra estudar pode também ter sido pra dar uma oportunidade pro meu pai ver eu me aplicando e estudando sério num fim de semana, apesar de eu não lembrar de ter consciência dessa motivação naquela época. Além disso, pra quem não sabe, o sistema de trens da Chicago Transit Authority é uma barafunda de linhas elevadas, convencionais e alimentadoras de alta velocidade. Como a gente tinha combinado antes, fui com ele pra cidade naquele sábado pra ajudar a achar algum presente de Natal pra minha mãe e pra Joyce — tarefa que imagino que todo ano ele devia achar difícil — e também, acho, pra irmã dele, que mora com o marido e os filhos em Fair Oaks, OK.

Basicamente, o que aconteceu na estação da Washington Square, quando a gente estava fazendo a baldeação pro centro, foi que a gente desceu a escada de cimento do metrô e foi dar no meio da multidão e do calor da plataforma — até em dezembro os túneis do metrô de Chicago tendem a ficar quentes, apesar de nem passarem perto do insuportável que é nos meses de verão, mas, por outro lado, o calor de inverno nas plataformas é uma coisa que você enfrenta mesmo de sobretudo e cachecol, e ali ainda estava superlotado por causa das compras de última hora de Natal, com a loucura e o caos adicionais também daquela tributação do imposto progressivo naquele ano. Enfim, lembro que a gente chegou no pé da escada e foi pra multidão da plataforma bem quando o trem veio encostando — ele era de aço inoxidável e de plástico marrom, com adesivos de ramos de azevinho total ou parcialmente descolados nas janelas dos vagões — e as portas automáticas abriram com um som pneumático, e o trem ficou parado em ponto morto por um momento enquanto a grande massa de consumidores impacientes e cheios de um monte de sacolas de pequenas compras ia entrando e saindo. Em termos de multidãozidade, também era o horário de pico das compras de sábado à tarde. O meu pai tinha querido fazer as compras de manhã, antes das multidões do centro da cidade saírem totalmente de controle, mas eu dormi demais, e ele ficou lá me esperando, nada satisfeito com isso e sem disfarçar. A gente finalmente saiu depois do almoço — o que significava, no meu caso, o café da manhã — e até da linha alimentadora pra cidade a multidão estava considerável. Nós chegamos na plataforma mais entupida ainda de gente num momento em que quase todo usuário de metrô reconhece que é constrangedor e meio tenso, com o trem parado com as portas abertas, mas sem ninguém saber quanto tempo elas ainda vão ficar assim, enquanto você atravessa a multidão na plataforma, tentando alcançar o trem antes das portas fecharem. Você não chega a pensar em correr ou empurrar as pessoas pra elas saírem do caminho, já que a sua parte mais racional sabe que aquilo está longe de ser uma questão de vida ou morte, que outro trem vai chegar dali a pouco e que o pior que pode te acontecer é você quase conseguir entrar, as portas fecharem bem na hora que você chegou perto delas, que quase você entrou, mas vai ter que ficar esperando uns minutos mais na plataforma quente e entupida de gente. Só que outra parte sua — ou pelo menos minha, e eu tenho quase certeza, olhando agora daqui, que do meu pai também — quase entra em pânico. A ideia das portas fechando e do trem com aquela multidão de gente que conseguiu entrar, todo mundo lá dentro se afastando de você bem na hora que você chegou na porta provoca uma sensação estranha e involuntária de angústia ou desespero — acho que não tem nem nome pra isso, psicologicamente falando, apesar de que pode estar ligado a uns medos primais, pré-históricos, de você de alguma maneira acabar perdendo a chance de comer o que te cabe da caça da tribo ou de se ver sozinho no capim alto da savana no cair da noite — e, apesar de ele e eu com certeza nunca termos falado disso, hoje suspeito que essa sensação profunda e involuntária de angústia de conseguir chegar no trem parado a tempo era ruim acima de tudo pro meu pai, que era um sujeito superorganizado e disciplinadíssimo, com programações bem detalhadas e que estava sempre exatamente na hora pra tudo, e pra quem a angústia primal de quase conseguir chegar perto de alguma coisa era particularmente pesada — apesar de que por outro lado ele também era um cara com uma dignidade e uma compostura pessoal altas pacas que normalmente não ia nunca querer ser visto dando tranco nos outros ou correndo numa plataforma pública com o sobretudo voando atrás dele, a mão segurando o chapéu cinza-escuro na cabeça, as chaves e as moedinhas soltas no bolso chacoalhando pra todo mundo ouvir, a não ser que ele sentisse algum tipo muito forte e irracional de pressão pra chegar no trem, porque no fim são as pessoas mais disciplinadas, organizadas e compostas que você descobre que estão sob as pressões internas mais radicais, por causa da repressão ou do superego, e que podem de repente meio que surtar de trocentos jeitos diferentes e, com pressão suficiente, agir de umas maneiras que assim de cara podiam parecer totalmente nada a ver com o que você achava delas. Eu não tinha como ver os olhos ou a expressão do rosto dele; eu estava atrás dele na plataforma, primeiro porque ele costumava andar mais rápido que eu — quando eu era criança, o termo que ele usava pra isso era "se arrastar" — apesar de que, naquele dia, também foi porque a gente estava no meio de mais uma batalhazinha psicológica infantil sobre eu ter dormido demais e ter feito, pelo ponto de vista dele, ele "se atrasar", por isso tinha alguma coisa marcadamente impaciente no passo rápido e na pressa dele ali na estação da CTA, ao que eu reagia de propósito não acelerando muito meu passo normal nem fazendo muita força pra ficar junto dele, ficando atrás só o suficiente pra ele se irritar, mas não o bastante pra fazer ele se virar e pegar no meu pé por causa daquilo, além de eu adotar uma atitude meio avoadona, apática — mais ou menos como uma criança sem noção, na verdade, apesar, claro, de que eu nunca teria assumido isso na época. Em outras palavras, a situação básica era ele puto e eu emburrado, mas nenhum de nós dois consciente disso, nem de como era normal, pra nós, esse tipo de lutazinha psicológica — olhando agora daqui, me parece que a gente fazia esse tipo de coisa um com o outro o tempo todo, e provavelmente só por um hábito inconsciente. Meio que uma dinâmica típica entre pais e filhos. Vai ver era até parte da motivação inconsciente por trás da minha falta de rumo generalizada e da minha preguiça monstro em todas as várias universidades que ele tinha que acordar cedinho todo dia pra ir trabalhar pra pagar. Claro que nada disso rolava num nível consciente pra mim naquela época, e nem de longe era reconhecido ou discutido por qualquer um de nós dois. Num certo sentido daria pra dizer que o meu pai morreu antes que a gente pudesse se dar conta de até que ponto a gente estava envolvido nesses rituaizinhos infantis de conflito, ou de quanto o casamento deles tinha sido afetado pelo fato de a minha mãe viver sendo colocada no papel de mediadora entre nós, com todo mundo ali representando papéis típicos de que ninguém tinha plena consciência, como umas máquinas que estivessem só fazendo o que tinham sido programadas pra fazer.

Eu lembro que, naquela pressa de passar pelas pessoas na plataforma, vi ele se virar de lado pra abrir caminho com o ombro entre duas mulheres hispânicas gordas e lentas que estavam indo na direção das portas abertas do trem com umas sacolinhas de compras com alça de barbante, e uma delas tomando uma joelhada da perna do meu pai e balançando pra frente e pra trás. Não sei se essas mulheres estavam juntas mesmo ou só se viram forçadas a andar assim tão do ladinho uma da outra pelo tamanho que tinham e pela pressão das pessoas em volta. Elas não estavam entre as pessoas entrevistadas depois do acidente, o que significa que já deviam estar no trem quando tudo aconteceu. A essa altura eu só estava coisa de dois metros, dois metros e meio atrás dele e claramente me apressando pra chegar perto, já que o trem pro centro da cidade estava bem ali parado, e a ideia do meu pai conseguir por pouco entrar no trem e eu ficar pra trás e levar com as portas fechadas na cara, e de ver a expressão no rosto dele emoldurada pelos adesivos de azevinho enquanto a gente se olhava pelas partes envidraçadas das portas e ele ia se afastando no trem — acho que qualquer um consegue imaginar como ele ia ficar puto e enojado, além de cheio de razão e triunfante na nossa lutazinha psicológica a respeito de pressa e "atrasos", e aí eu senti a minha ansiedade crescendo diante da ideia de ele conseguir entrar no trem e eu perder o trem por pouco, então àquela altura eu estava tentando diminuir a distância entre nós. Até hoje não sei se o meu pai teve consciência naquela hora de que eu estava quase grudado atrás dele ou de que eu estava praticamente trombando com as pessoas no caminho, e empurrando, de tão apressado pra chegar nele, porque, até onde sei, ele não olhou pra trás por cima do ombro nem me fez nenhum sinal enquanto ia indo pras portas do trem. No litígio todo que aconteceu depois, nenhum dos interrogados e nenhum dos advogados deles contestaram uma só vez o fato de que os trens da CTA a princípio só podem andar se todas as portas estiverem completamente fechadas. E ninguém também tentou contestar o meu relato sobre a ordem exata de tudo o que aconteceu, já que naquele momento eu estava coisa de meio metro atrás dele, e testemunhei tudo aquilo com uma clareza assustadora, como todo mundo reconheceu. As duas metades da porta do vagão tinham começado a fechar com aquele barulhinho pneumático quando o meu pai chegou e meteu um braço entre as metades pra impedir que elas fechassem e assim ele poder se espremer lá pra dentro, e a porta fechou no braço dele — com força excessiva, evidentemente, tanto pra deixar o resto do meu pai se espremendo pela abertura da porta quanto pra poder forçar de novo a abertura da porta pra deixar ele tirar o braço, o que no final parece que foi causado por um defeito no mecanismo que controlava a força do fechamento das portas — e aí o trem do metrô já tinha começado a andar, o que foi outro problema inexplicável — a princípio tem uns disjuntores especiais entre os sensores das portas e o console do condutor do trem que soltam o acelerador se a porta de um vagão estiver aberta (como dá pra imaginar, nós todos aprendemos um monte sobre o projeto e as especificações de segurança dos trens da CTA durante o processo do acidente) — e o meu pai estava sendo forçado a trotar com velocidade cada vez maior ali ao lado, ao lado do trem, tirando a mão que segurava o chapéu na cabeça e passando a socar as portas enquanto dois ou possivelmente três caras dentro do vagão do metrô ficavam na frestinha da porta tentando puxar ou forçar a abertura um pouco mais pra pelo menos o meu pai poder tirar o braço dali. O chapéu do meu pai, que ele adorava e que tinha um molde especial pra ficar guardado em casa, saiu voando e se perdeu na densa multidão da plataforma, onde surgiu um vazio, um rasgo visível que foi se alargando — ou seja, surgiu na multidão mais lá na frente da plataforma, coisa que eu via lá de onde estava, preso na multidão na beirada da plataforma num ponto que ia ficando cada vez mais pra trás do vazio ou da fissura que se ampliava na multidão da plataforma enquanto o meu pai era forçado a correr cada vez mais ao lado do trem que acelerava, e as pessoas iam saindo ou pulando dali pra não serem derrubadas nos trilhos. Como muitas dessas pessoas também estavam carregando vários pacotinhos subdivididos e sacolas compradas individualmente, muitos desses itens voaram pelo ar, rodopiando ou arremessando seu conteúdo de várias maneiras sobre o vazio que se abria enquanto os consumidores abandonavam suas compras na tentativa de liberar o caminho do meu pai, de modo que parte da aparência daquele vazio era a ilusão de que ele de alguma maneira estava cuspindo ou fazendo chover bens de consumo. Além disso, as questões causais ligadas à responsabilidade pelo incidente se revelaram incrivelmente complexas. As especificações que o fabricante do sistema pneumático das portas forneceu não explicavam de maneira adequada como as portas podiam fechar com tanta força a ponto de um homem adulto saudável não conseguir tirar o braço, o que significava que o argumento do fabricante de que o meu pai — talvez por pânico ou por causa de algum ferimento no braço — não agiu de maneira a desentalar o braço era difícil de refutar. Os passageiros homens do metrô que pareceram estar fazendo tanta força pra abrir a porta por dentro acabaram que sumiram trilho abaixo com o trem que partiu e não foram identificados, isso porque em parte os investigadores policiais e de trânsito que chegaram depois não se aplicaram muito decididamente a essa identificação, talvez por estar claro, mesmo no local, que o incidente era uma questão cível e não criminal. O primeiro advogado da minha mãe de fato publicou alguns anúncios pessoais no *Tribune* e no *Sunday Times* pedindo que esses dois ou três passageiros se apresentassem e prestassem depoimento pra auxiliar no processo, mas por motivos de custo e de viabilidade esses anúncios acabaram sendo bem pequenos e ficaram enterrados na seção de Classificados bem no fim do jornal, e foram veiculados pelo que a minha mãe depois disse que foi um período irracionalmente curto e não agressivo durante o qual muitos dos habitantes da região de Chicago saíram da cidade em férias, de qualquer maneira, de modo que isso acabou virando ainda mais um elemento complexo e enrolado da segunda fase do processo.

Na estação da Washington Square, a "cena do acidente" em termos oficiais — o que, num caso fatal, é legalmente considerado como "[o] local em que sobrevieram óbito ou ferimentos que levaram a óbito" —, foi registrada a 59 metros da plataforma do metrô, dentro do túnel Sul propriamente dito, um ponto em que se determinou que o trem da CTA estaria a uma velocidade entre 82 e 86 quilômetros por hora e que partes superiores do corpo do meu pai foram atingidas pelas barras de ferro de uma escada fixa que despontava da parede oeste do túnel — essa escada tinha sido instalada pra permitir que os funcionários da CTA acessassem uma caixa de circuitos Multibus que ficava no teto do túnel — e o trauma, a desorientação, o choque, o barulho, os gritos, a chuva de pequenas compras individuais e a evacuação quase desesperada da plataforma à medida que o meu pai rasgava de maneira cada vez mais violenta e acelerada a densa multidão de consumidores, tudo isso desqualificou até as poucas pessoas que continuaram na cena — quase todas feridas ou supostamente feridas — como testemunhas "confiáveis" para as entrevistas das autoridades. O estado de choque é, com certeza, uma reação comum em situações de morte violenta. Menos de uma hora depois do acidente, a única coisa de que os circunstantes pareciam se lembrar eram de gritos, perda de compras natalinas, preocupações com sua segurança pessoal e detalhes vívidos mas fragmentários do estado e das ações do meu pai, várias coisas desfraldadas pelo fluxo de ar, o sobretudo e o cachecol dele, os sucessivos ferimentos que ele pareceu sofrer enquanto ia sendo levado numa velocidade cada vez maior em direção à ponta da plataforma e colidia parcialmente ou em cheio com uma lixeira de metal trançado, diversos pacotes e sacolas de compras em pleno voo, os rebites de aço de uma coluna e o carrinho de bagagem, de alumínio ou de aço, de um passageiro mais velho — tendo sido este último item, de alguma maneira, jogado pelo impacto do outro lado do túnel e indo cair nos trilhos da linha norte, causando fagulhas no terceiro trilho daquela linha e ampliando o caos da multidão em desespero. Lembro que um jovem hispânico ou porto-riquenho com o que parecia ser um tipo de rede preta no cabelo foi entrevistado enquanto segurava o pé direito do sapato do meu pai, um mocassim Florsheim enfeitado com borlas, cujo bico e a giga estavam tão gastos pelo cimento da plataforma que a parte da frente da sola tinha descolado e estava pendurada, e que o homem não conseguia lembrar como acabou com aquilo na mão. Ele também, determinaram depois, estava em estado de choque, e eu lembro nitidamente de mais tarde ver o hispânico outra vez na triagem do pronto-socorro — que era no Loyola Marymount Hospital, a apenas uma ou duas quadras da estação da Washington Square da CTA — sentado numa cadeira de plástico tentando preencher formulários numa prancheta com uma esferográfica presa à prancheta por um fiozinho branco, ainda segurando o sapato.

E o processo de homicídio doloso foi, como já mencionei, incrivelmente complexo, mesmo que a coisa toda tecnicamente nunca tenha nem passado dos estágios iniciais de se determinar se a Cidade de Chicago, a CTA, a Divisão de Manutenção da CTA (o cordão do freio de emergência no vagão a que o meu pai se viu anexado à força afinal tinha sido vandalizado e cortado, apesar da opinião dos especialistas ter se dividido sobre o fato dos indícios forenses apresentarem um corte bem recente ou com semanas de idade. Claro que a análise microscópica de fibras de plástico rompidas pode ser interpretada praticamente do jeito que os interesses da pessoa a levem a interpretar), o fabricante oficial do trem, o condutor do trem, o supervisor imediato dele, a AFSCME, e as outras duas dúzias de terceirizados e de fornecedores de vários componentes dos diversos sistemas que na opinião dos engenheiros forenses consultados pela nossa equipe jurídica tiveram parcelas de responsabilidade no acidente, deviam, como réus, ser classificados na ação como acusados diretos, acusados, negligentes ou NCD, que era a abreviação de "negligentes no cumprimento do dever." Segundo a minha mãe, a responsável pelo contato com os clientes da nossa equipe jurídica confidenciou a ela que a multiplicidade de acusados elencada era só uma estratégia tática inicial e que a gente no fim ia processar só a prefeitura de Chicago — que era, claro, quem empregava o meu pai, uma certa ironia aí — com base na "lei ordinária de responsabilidade cível dos transportes" e no precedente de um caso chamado *Ybarra versus Coca-Cola* para justificar a acumulação das acusações nos ombros do réu que demonstravelmente teria sido capaz de tomar providências baratas e eficientes para evitar o acidente — supostamente exigindo um controle de qualidade mais estrito dos mecanismos pneumáticos e dos sensores das portas no contrato da CTA com o fabricante oficial do trem, uma responsabilidade que recaía, mais uma ironia, ao menos em parte sobre a divisão de sistemas de custos do escritório do tesoureiro da prefeitura de Chicago, onde uma das responsabilidades do meu pai envolvia avaliações compensadas de custos imediatos versus vulnerabilidade jurídica em certas categorias de contrato entre a prefeitura e terceiros — ainda que felizmente tenha acabado por vir à tona que os gastos da CTA com equipamentos eram verificados por uma equipe ou um grupo diferente dos sistemas de custos. Enfim, pra pasmo da minha mãe, da Joyce e de mim mesmo, foi ficando evidente pra nós que o critério principal dos nossos advogados pra defender esse ou aquele tipo de acusação contra as diferentes empresas, agências e entidades municipais tinha a ver com os recursos financeiros desses diferentes réus e com o histórico das suas respectivas seguradoras em ações parecidas — ou seja, que todo o processo era uma questão de números e de grana em vez de alguma coisa como justiça, responsabilidade e a prevenção de outras mortes culposas, públicas e totalmente humilhantes e sem sentido. Pra falar a verdade, não sei direito se estou explicando isso tudo muito bem. Como já mencionei, todo o processo legal foi tão complicado que quase chegava a ser indescritível, e o sócio júnior que a equipe jurídica tinha encarregado de nos manter a par dos desdobramentos e das novas estratégias nos primeiros dezesseis meses não era exatamente o advogado mais transparente e mais simpático que alguém podia desejar. Fora que nem precisa dizer que a gente também estava muito transtornado, dá pra entender, e a minha mãe — cuja saúde emocional já andava bem delicadinha depois do colapso ou das mudanças abruptas de 71-2 e do divórcio subsequente — ficava entrando e saindo do que provavelmente podia ser classificado como uma reação dissociativa de choque ou de conversão, e tinha até voltado a morar na casa de Libertyville que ela dividia com o meu pai antes da separação, supostamente "só por um tempo" e por motivos que mudavam toda vez que eu ou a Joyce fazíamos pressão pra saber se essa mudança era uma boa ideia pra ela, e ela de maneira geral não estava lá em grande forma em termos psicológicos. Pra falar a verdade, depois já das primeiras rodadas de depoimentos num processo ancilar entre um dos réus e a sua seguradora sobre a porcentagem dos custos legais pra defesa do réu contra a nossa ação em curso que ficava coberta pela apólice do réu com a seguradora — fora que, pra complicar ainda mais as coisas, um antigo sócio do escritório de advocacia que representava a minha mãe e a Joyce estava agora representando a seguradora, cujo quartel general nacional no fim de contas era em Glenview, e houve um segundo conjunto de acusações e depoimentos naquele caso a respeito da possibilidade desse fato de alguma maneira vir a constituir conflito de interesses — e protocolarmente essa ação ancilar tinha que ser resolvida ou chegar a um acordo antes dos depoimentos iniciais da nossa própria ação — que àquela altura já tinha se transformado nas classificações gêmeas de acusação cível e homicídio culposo, e portanto era tão complexa que levou quase um ano pros advogados da equipe chegarem até mesmo a concordar sobre como abrir direito a ação — de forma que, àquela altura, o estado emocional da minha mãe tinha chegado a tal ponto que ela decidiu interromper todo o processo, uma decisão que deixou a Joyce muito descontente por dentro mas que ela, Joyce, não era juridicamente capaz de suster ou influenciar, e aí teve uma disputa doméstica complicadíssima em que a Joyce ficava tentando, sem que a minha mãe soubesse, me fazer reabrir o processo tendo o meu nome, já que eu tinha mais de vinte e um e era o dependente e filho do falecido, como o único querelante. Mas por motivos complicados — especialmente o fato de eu constar como dependente na declaração de renda tanto da minha mãe quanto do meu pai em 77, o que, no caso da minha mãe, teria sido derrubado na hora até numa auditoria de rotina, mas que passou despercebido no ambiente mais primitivo das Análises do Serviço daquela época — acabou se revelando que pra fazer isso eu ia ter que pedir pra declararem a minha mãe legalmente *"non compos mentis"*, o que ia exigir uma hospitalização psiquiátrica compulsória de duas semanas pra observação antes da gente poder conseguir uma declaração legal de um psiquiatra autorizado por um juiz, o que era uma coisa que ninguém da família estava nem perto de ter estômago pra fazer. Então, depois de dezesseis meses o processo todo se encerrou, com exceção do processo subsequente da nossa antiga equipe jurídica contra a minha mãe pra recuperação de honorários e despesas que, por tudo que se pudesse saber, o contrato que a Joyce e a minha mãe assinaram explicitamente revogava em troca de uma participação eventual de 40% no ganho da causa. Os recônditos argumentos pelos quais a nossa antiga equipe estava tentando fazer aquele contrato ser declarado nulo por causa de alguma ambiguidade no juridiquês de uma das subcláusulas de um contrato redigido por eles mesmos nunca foram explicados ou elucidados o bastante pra eu poder dizer se eles eram ou não alguma coisa além de frívolos, já que àquela altura eu estava no meu semestre final na DePaul e também no processo de recrutamento do Serviço, e a minha mãe e a Joyce tiveram que contratar ainda outro advogado pra defender a minha mãe no processo dos antigos advogados dela, que, se é que dá pra acreditar, ainda está se arrastando até hoje, e é um dos principais motivos que a minha mãe vai apresentar como justificativa racional pra ela ter se transformado praticamente numa reclusa lá na casa de Libertyville, onde ela ainda está morando, e pra deixar cortarem o telefone da casa, apesar de alguns indícios de um certo tipo de deterioração psicológica séria terem aparecido bem antes, pra dizer a verdade provavelmente já no meio do processo original e quando ela se mudou de novo pra casa do meu pai depois do acidente, sendo que o primeiro sintoma psicológico que consigo lembrar tinha a ver com a preocupação cada vez maior dela com o bem-estar dos passarinhos de um ninho de tentilhão ou de estorninho que tinha anos ficava em cima de uma das vigas da varandona aberta de madeira, que foi uma das principais atrações da casa de Libertyville quando os meus pais tomaram a decisão de se mudar pra lá, com a obsessão então progredindo daquele ninho em particular pros pássaros de toda a vizinhança, e ela começou a mandar instalarem cada vez mais aquelas coisas que parecem uns tubos pra alimentar passarinho lá na varanda e no jardim e a comprar e espalhar pra eles cada vez mais alpiste, e aí no fim também tudo quanto era tipo de comida de gente e vários "produtos pra aves" na escada da varanda, inclusive, num momento particularmente baixo da trajetória, uns moveizinhos minúsculos de uma casa de bonecas da infância dela em Beloit, que eu sabia que ela guardava com carinho depois de ter ouvido ela contar uma infinidade de histórias de infância pra Joyce sobre o quanto tinha carinho por aquela coisa e como tinha colecionado mobília miniatura pra pôr lá dentro, e que ela guardou por anos a fio no depósito da casa de Libertyville, junto com um monte de lembranças da minha própria infância em Rockford, e a Joyce, que continuou sendo uma amiga leal da minha mãe e às vezes praticamente enfermeira dela — isso apesar de ela, em 79, ter caído de paixão pelo advogado que ajudou as duas a fechar a Speculum Books recorrendo às disposições da Lei de Falências, e de hoje estar casada com ele e morando com ele e os dois filhos dele em Wilmette — a Joyce concorda que aquela coisa enjoada, complicada, cínica e sem fim das consequências legais do acidente teve um papel importante no processo que impediu que a minha mãe lidasse direito com o trauma do falecimento do meu pai e elaborasse direito algumas emoções e alguns conflitos não resolvidos de antes, lá dos tempos de 71, que o acidente agora tinha trazido com tudo de novo pra superfície. Se bem que chega uma hora em que você simplesmente precisa encarar a barra e jogar com as cartas que a vida te deu, na minha opinião.

Mas lembro de uma vez, numa tarde em que ele me pagou pra ajudar com um trabalhinho tranquilo no jardim, eu ter perguntado pro meu pai por que ele parecia que nunca dava conselhos diretos sobre a vida do jeito que os pais dos meus amigos faziam. Na época, essa incapacidade dele de dar conselhos me parecia ser uma prova de que ele era ou incomumente taciturno ou reprimido, ou então que ele não estava nem aí mesmo. Olhando daqui agora, percebo que o motivo não foi nenhum desses, mas que na verdade o meu pai era, lá do jeitinho dele, meio sábio, pelo menos sobre algumas coisas. No caso, ele tinha a sabedoria de desconfiar do seu próprio desejo de parecer sábio e de se recusar a ceder a ele — isso podia fazer ele parecer distante e desatencioso, mas o que ele era mesmo era disciplinado. Era um adulto; em pleno controle de si próprio. Isso continua sendo basicamente teórico, mas o meu melhor palpite pra ele nunca ter saído fornecendo sabedoria como os outros pais é que o meu pai entendia que um conselho — mesmo um conselho sábio — na verdade não faz nada pelo aconselhado, não muda nada lá dentro, e pode na verdade gerar confusão quando você força o aconselhado a sentir o abismo entre a aparente simplicidade do conselho e a complicação totalmente embolada da situação e do caminho dele. Eu não estou me explicando direito. Se você começa a sacar que os outros conseguem de verdade *viver* pelos princípios claros e simples dos bons conselhos, isso pode te fazer sentir até pior sobre as suas próprias incapacidades. Pode te deixar com peninha de você mesmo, o que acho que o meu pai reconhecia como o maior inimigo da vida e um gerador de niilismo. Não que a gente tenha tido conversas profundas sobre isso — já ia ficar parecido demais com conselho. Não lembro como ele respondeu especificamente a pergunta daquele dia. Lembro de perguntar, e lembro até de onde a gente estava e da sensação do ancinho na minha mão enquanto eu perguntava, mas aí depois vem um branco. O meu melhor palpite, baseado no conhecimento da nossa dinâmica, ia ser que ele ia dizer que tentar me dar conselhos sobre o que fazer ou não fazer ia ser que nem o coelho da historinha infantil "implorando" pra não ser jogado no espinheiro. Cujo nome me escapa, no entanto. Mas obviamente querendo dizer que ele sentia que ia ter o efeito contrário. Ele pode até ter rido de um jeito seco, como se a pergunta fosse cômica pela falta de consciência da nossa dinâmica e da resposta óbvia. Provavelmente ia ser a mesma coisa se eu perguntasse se ele achava que eu não respeitava ele ou os conselhos dele. Ele podia agir como se achasse graça nisso de eu ter tão pouca consciência de mim mesmo, de eu ser incapaz de desrespeitar e nem saber disso. É bem possível, como já mencionei, que ele simplesmente não fosse muito com a minha cara e que usasse umas sacadas espirituosas sarcásticas e sofisticadas pra meio que tentar lidar com esse fato. Imagino que deve ser duro isso de não conseguir gostar do próprio filho. Obviamente ia aparecer alguma culpa. Sei que até o meu jeito largado, invertebrado de ficar sentado vendo TV ou ouvindo música irritava o meu pai — não diretamente, mas era outra coisa que eu vivia entreouvindo ele dizer nas discussões com a minha mãe. Assim a princípio até aceito a ideia básica de que os pais instintivamente "amam" mesmo os seus rebentos de um jeito ou de outro — o raciocínio darwiniano por trás dessa premissa é óbvio demais pra gente ignorar. Mas "gostar" deles de verdade, ou curtir a companhia deles, parece, assim, uma coisa totalmente diferente. Pode ser que os psicólogos estejam batendo na trave nessa preocupação com a necessidade que as crianças teriam de se sentir amadas pelo pai ou pelo outro genitor. Também parece válido considerar o desejo da criança de sentir que os pais gostam mesmo dela, já que nos pais o amor propriamente dito é tão automático e pré-programado que não é lá um teste muito bom de sei lá qual seja o teste em que a criança se sente tão ansiosa pra passar. Não é muito diferente do conforto religioso de você ser "amado incondicionalmente" por Deus. Já que o Deus em questão é definido como alguma coisa que ama assim automática e universalmente, isso não parece ter muito a ver com você de verdade, então fica difícil ver por que as pessoas religiosas dizem que sentem um conforto tão grande nisso de serem amadas desse jeito por Deus. A questão não é que cada sentimentozinho e cada emoçãozinha precisam ser considerados individualmente, ter a ver com você, mas é que, por motivos psicológicos básicos, é difícil a gente não se sentir assim no que se refere ao pai da gente — é simplesmente a natureza humana.

 Enfim, isso tudo faz parte da pergunta de como foi que acabei lotado aqui nas Análises — as coincidências inesperadas, as mudanças de prioridades e de orientação. Óbvio que esse tipo de coisa inesperada pode acontecer de tudo quanto é jeito diferente, e é perigoso hiperinterpretar isso tudo. Lembro de ter um colega de quarto — isso na Lindenhurst — que se autodeclarava cristão. Pra dizer a verdade, eu tinha dois colegas de quarto na residência estudantil da Lindenhurst, com uma "sala social" compartilhada no meio e três quartinhos pequenos que davam pra ela, o que era um arranjo excelente de coabitação. E um desses colegas de quarto era cristão, assim como a namorada dele. A Lindenhurst, que foi a primeira universidade onde eu entrei, era um lugar esquisito por ser principalmente uma escola cheia de hippies e lesados da região de Chicago, mas de também ter uma férvida minoria cristã que ficava totalmente à parte da vida normal da faculdade. *Cristã* nesse caso querendo dizer evangélica, igualzinho à irmã do Jimmy Carter, que, se bem me lembro, diziam que andava por aí fazendo frila de exorcista. O fato dos membros desse ramo evangélico do protestantismo se chamarem de "cristãos", como se só existisse um tipo deles, normalmente já basta pra caracterizar esse pessoal, pelo menos no que me toca. Esse aí tinha chegado através do terceiro morador da residência, um cara que eu conhecia e achava legal, e que combinou a coisa toda dessa moradia a três sem eu nem precisar ver o cristão, até ser tarde demais. O cristão definitivamente não era um cara com quem eu ia querer sair ou que eu fosse pensar em recrutar pra morar com a gente, se bem que pra ser justo ele também não era lá muito fã do meu estilo de vida nem do que decorria de ter que morar comigo. No fim, de qualquer maneira, a situação acabou sendo bem temporária. Lembro que ele era do norte de Indiana, estava fervorosamente envolvido numa organização universitária chamada Cruzada do Campus e tinha várias calças cáqui, blazers azuis, mocassins de verão e um sorriso que parecia ligado na tomada. E tinha uma namorada ou amiga platônica evangélica que nem ele que vivia indo lá — ela praticamente morava lá, pelo que eu via — e tenho uma lembrança clara, bem detalhada de um incidente quando nós três estávamos na área comum, que na nomenclatura dessas residências era chamada de "sala social" e onde eu gostava de ir pra ficar sentado no sofá velho de vinil do terceiro colega de quarto em vez de ficar no meu quartinho minúsculo, pra ler, redobrar no Obertrol ou às vezes ficar fumando com a minha mariquinha de latão e vendo TV, provocando tudo quanto era tipo de discussão com o cristão, que normalmente gostava de tratar a sala social como um clubinho cristão e chamar a namorada e todos os outros amiguinhos cristãos dele ligados no 220 pra ficar bebendo Fresca e trocando ideias sobre assuntos da Cruzada do Campus ou da realização da profecia do Apocalipse, e assim por diante e coisa e tal, e gostava de pegar no meu pé e me lembrar que aquilo ali se chamava "sala social" quando eu perguntava pra todo mundo lá se eles não precisavam ir distribuir uns folhetinhos assustadores ou qualquer coisa assim. Olhando agora daqui, parece óbvio que eu na verdade curtia desprezar os cristãos porque podia fingir que o pernosticismo e o convencimento dos evangélicos eram a única antítese ou alternativa real à atitude cínica e niilisticamente lesada que eu estava começando a cultivar. Como se não houvesse nada entre esses dois extremos — o que, por ironia, era exatamente o que os cristãos evangélicos também achavam. O que significava que eu era muito mais parecido com o cristão do que qualquer um de nós ali estava a fim de admitir. Claro que, com pouco mais de dezoito anos, eu ignorava totalmente isso tudo. Na época, a única coisa que eu sabia era que eu desprezava o cristão, gostava de chamar ele de "Garoto Colgate" e de reclamar dele pro terceiro colega de quarto, que se ocupava da sua banda de rock depois das aulas e normalmente não ficava muito na residência, deixando eu e o cristão ali tirando sarro um do outro, se provocando, se criticando, um usando o outro pra confirmar os seus preconceitozinhos pernósticos.

Enfim, num dado momento, eu, o colega de quarto cristão e a namorada do sujeito — que tecnicamente podia ser noiva dele — a gente estava ali sentado na sala social da residência, e por algum motivo — possivelmente do nada — a namorada viu uma oportunidade pra me contar a história de como ela foi "salva" ou "nasceu de novo" e virou cristã. Não lembro de quase nada dela a não ser que usava uma bota de caubói de bico pontudo decorada com flores — não eram flores de cartoon ou padrões florais isolados, mas uma cena rica, detalhada e fotorrealista de alguma campina ou jardim cheio de flores, de um jeito que fazia a bota dela parecer mais um calendário ou um cartão de aniversário. O testemunho dela, até onde me lembro, tinha a ver com um certo dia de uma determinada época, um dia em que ela disse que estava se sentindo totalmente desolada e perdida e quase no fim da linha, meio que vagando à toa pelo deserto psicológico da decadência e do materialismo da nossa geração mais jovem, e assim por diante e coisa e tal. Os cristãos férvidos vivem lembrando da vida deles — e, por tabela, achando que todo mundo que não esteja na seita deles vive fazendo isso também — como uma coisa perdida e sem esperança na qual eles estavam agarrados por um fio tentando achar algum sentido interior ou alguma razão pra pelo menos continuar vivendo, antes de serem "salvos". E que por acaso, naquele dia específico, ela estava andando à toa de carro por uma estradinha do interior nas cercanias da cidade dela, andando sem rumo no AMC Pacer de um dos pais dela, até que, sem nenhum motivo especial que ela tivesse percebido lá dentro dela, a moça entrou de repente no estacionamento do que no fim ela descobriu ser uma igreja cristã evangélica, por coincidência bem no meio de um culto evangélico, e — de novo pelo que ela disse sem nenhum motivo que ela tivesse identificado — ela foi entrando a toda, sentou no fundo da igreja numa daquelas poltronas estofadas e aveludadas meio de cinema que as igrejas deles gostam de ter em vez daqueles bancos de madeira, e bem na hora que ela sentou o pregador ou padre ou sei lá como que eles chamam evidentemente disse: "Tem alguém aqui conosco nesta congregação hoje que está se sentindo perdido, desesperançado, no fim da linha e precisa saber que é muito, muito amado por Jesus", e aí — na sala social, recontando essa história — a namorada testemunhou o quanto tinha ficado espantada e profundamente comovida, e disse que sentiu na hora uma transformação espiritual imensa e emocionante bem no fundo dela que ela contou que a deixou se sentindo completamente tranquilizada e incondicionalmente abraçada e amada, como se de repente a vida dela tivesse adquirido afinal de contas um sentido e um rumo, e assim por diante e coisa e tal, e que além disso ela não tinha mais passado por nenhum momento ruim ou vazio depois daquilo, não depois que o pastor ou o padre ou sei lá o quê escolheu aquele exato momento pra estender a mão por cima de todos os outros cristão evangélicos ali sentados se abanando com uns leques de brinde que tinham uns anúncios elegantes e coloridões da igreja impressos e meio que verbalmente dar um cutucão pra eles saírem da frente e de alguma maneira se dirigir direto à namorada e suas circunstâncias bem naquele momento de profunda carência espiritual. Ela falava de si mesma como se fosse um carro cujos pistões foram removidos e as válvulas, limpas. Olhando agora daqui, claro, no final das contas tinha alguns paralelos com o meu próprio caso, mas a única reação real que eu tive na época foi me irritar — os dois sempre me irritavam pra caramba, e eu não consigo lembrar o que eu estava fazendo naquele dia ali sentado conversando com eles, as circunstâncias da coisa — e lembro de ostensivamente ficar empurrando a bochecha com a língua pra fazer um calombo visível na bochecha e de dar uma longa olhada sardônica e cínica pra bota da namorada dele e de perguntar pra ela o que foi exatamente que a fez pensar que o pastor evangélico estava falando para ela, ou seja, com ela em particular, já que era bem provável que todo mundo ali sentado na igreja devia ter sentido a mesma coisa, já que basicamente todo americano com sangue nas veias nos dias de hoje (de então), de fins da era Vietnã e Watergate, estava se sentindo desolado, desiludido, desmotivado, sem rumo e perdido, e que se o sacerdote ou padre ter dito "Alguém aqui está perdido e desesperançado" fosse a mesmíssima coisa que aqueles horóscopos do *Sunday Times* que são especialmente planejados pra serem tão universalmente óbvios que sempre causam nos leitores de horóscopo (como a Joyce toda manhã, com um suquinho vegetal que ela mesma fazia numa máquina especial) aquela sensação arrepiante e especial de particularidade e revelação, por explorar o fato psicológico de que a maioria das pessoas é narcisista e dada à ilusão de que elas e os seus problemas são unicamente especiais e que se elas estão se sentindo de determinada maneira então é batata que elas são as únicas pessoas que estão se sentindo assim. Em outras palavras, eu só estava fingindo fazer uma pergunta pra ela — pra dizer a verdade eu estava soltando em cima da namorada um discursinho condescendente sobre o narcisismo e a ilusão de unicidade das pessoas, que nem o industrial gordo do Dickens ou do *Ragged Dick* que se recosta na cadeira depois de um jantar gigantesco com os dedos cruzados em cima da barrigona imensa e não consegue imaginar como é que alguém pode estar passando fome em algum lugar do mundo. Eu também lembro que a namorada do cristão era uma menina grande de cabelo cor de cobre com alguma coisa levemente errada num dos dentes que ficavam de cada lado dos dentes da frente, e que encavalava nos dentes da frente de um jeito que chamava a atenção, porque durante a conversa daquele dia ela me deu um supersorrisão pernóstico e disse que, ora, ela não achava que a minha comparação cínica nem de longe era uma refutação ou uma nulificação da vital experiência cristã que ela viveu naquele dia ou do efeito que aquilo teve no renascimento interior lá dela, nem um pouquinho mesmo. A essa altura ela pode ter dado uma olhadinha pro cristão em busca de confirmação ou de um "Amém" ou de alguma coisa assim — não lembro o que cristão estava fazendo durante esse falatório todo. Mas o que lembro mesmo é de eu também ter dado um supersorrisão exagerado pra ela e dito: "Tanto faz", e pensado por dentro que ela não valia a pena daquela discussão, e que diabos eu estava fazendo ali conversando com eles, e que ela e o Garoto Colgate se mereciam — e eu sei que logo depois daquilo deixei os dois ali na sala social e me mandei pensando naquela conversa toda e me sentindo meio perdido e desolado por dentro, mas também consolado por pelo menos ser superior a uns manés narcisistas que nem aqueles dois pretensos cristãos. E aí eu tenho uma lembrança ligeiramente posterior de estar parado numa festa com um copinho plástico de cerveja na mão e contando pra alguém a história daquela conversa de um jeito que me fazia parecer esperto e engraçado e deixava a namorada totalmente com jeito de otária. Sei que eu era quase sempre o herói de qualquer história ou incidente que eu contava pras pessoas nessa época

— o que, que nem aquela história de usar só uma costeleta, é uma lembrança que quase me dá arrepios hoje.

Enfim, parece tudo muito longe. Mas o motivo de eu até lembrar essa conversa, acho, é que tinha um fato importante por trás da história da "salvação" da cristãzinha que eu simplesmente não tinha entendido na época — e, pra te ser sincero, acho que nem ela nem o cristão tinham entendido também. Verdade que a história dela era estúpida e desonesta, mas isso não significa que a experiência que ela teve na igreja aquele dia não aconteceu ou que os efeitos da experiência nela não fossem reais. Eu não estou explicando direito, mas eu estava tanto certo quanto errado sobre a historinha dela. Acho que a verdade é provavelmente que experiências monstro, súbitas, dramáticas, inesperadas e que te mudam a vida não são traduzíveis ou explicáveis pra mais ninguém, e isso porque elas são *mesmo* únicas e particulares — apesar de não serem únicas no sentido em que a cristã acreditava. Isso porque essa força não é só resultado da experiência propriamente dita, mas também das circunstâncias em que ela te encontra, de tudo na sua experiência de vida anterior que te levou até ali e te fez exatamente quem e o que você é no momento em que a experiência te encontra. Faz sentido? É ruim de explicar. O que a menina com o prado na bota deixou de fora da história foi por que ela estava se sentindo tão especialmente desolada e perdida naquele exato momento e, portanto, por que estava tão psicologicamente "predisposta" a ouvir o comentário anônimo e geral do pastor daquele jeito pessoal. Pra ser justo, de repente ela não se lembrava do motivo. Mas ainda assim ela só contou o clímax da historinha, que foi o comentário do sacerdote e as súbitas mudanças internas que ela sentiu por causa daquilo, o que é mais ou menos que nem contar a tiradinha final de uma piada e esperar que a pessoa ria. Como diria o Chris Acquistipace, a história dela era só dados; não tinha um padrão de fatos. Por outro lado, sempre é possível que as 27 598 palavras até aqui da minha experiência de vida não pareçam relevantes ou não façam sentido pra mais ninguém — o que ia deixar isto aqui não tão diferente assim da tentativa da cristã de explicar como ela chegou àquele ponto, isso admitindo que ela pelo menos estivesse sendo sincera sobre as surpreendentes mudanças interiores. É fácil enganar a si mesmo, obviamente.

Enfim, como eu já mencionei, um elemento crucial da minha entrada no Serviço foi eu ter ido parar na sala de aula errada mas idêntica da DePaul em dezembro de 1978, porque eu estava tão imerso na ideia de me manter concentrado na revisão de O *federalista* que nem percebi o meu engano até o professor entrar. Eu não tinha como dizer se ele era o jesuíta medonho de verdade ou não. Só depois descobri que ele não era o responsável oficial pelo curso de tributação avançada — evidentemente tinha acontecido alguma emergência de caráter pessoal com o professor jesuíta normal e esse aqui tinha assumido como substituto pras duas últimas semanas. Daí a confusão inicial. Lembro de pensar que, pra um jesuíta, o professor estava sem dúvida nenhuma "à paisana". Ele vestia um terno cinza-escuro arcaicamente conservador que pelo jeito quadradão podia até ser de flanela de verdade, e o brilho do sapato social dele era atordoante quando a luz fria da sala de aula batia nele no ângulo certo. O professor parecia esguio e preciso; os movimentos dele tinham a economia ríspida de um sujeito que sabe que o tempo é um bem valioso. Em termos de perceber o meu engano, foi aí também que parei de revisar mentalmente O *federalista* e me dei conta de uma *vibe* diferente entre os alunos daquela sala. Vários estavam de gravata por baixo do colete de lã, sendo que alguns desses coletes eram até daquele xadrez de meia social. Cada sapatinho à vista era um mocassim social de couro preto ou marrom, com os cadarços bem amarradinhos. Até hoje não sei exatamente como foi que entrei pela porta do prédio errado. Não sou o tipo de pessoa que se perde fácil, e eu conhecia o Garnier Hall, já que a aula de introdução à contabilidade era ali também. Enfim, reiterando, naquele dia eu de algum jeito acabei na 311 do Garnier Hall, em vez da idêntica 311 do Daniel Hall da minha aula de ciência política bem do outro lado do gio e sentei perto da parede lateral quase no fundão da sala, um lugar de onde, assim que eu saí do meu transe e percebi o engano, eu ia ter que causar muito transtorno e muita mexeção de bolsas de livros e jaquetas de plumas pra poder sair — a sala estava lotada quando o substituto entrou. Depois fiquei sabendo que alguns alunos mais obviamente sérios e com jeitão de adultos, que tinham pastas executivas de verdade e arquivos sanfonados em vez de mochilas, eram alunos de pós-graduação no programa de administração da DePaul — o curso de tributação avançada era avançado. Na verdade, todo o departamento de ciências contábeis da DePaul era supersério e forte — contabilidade e administração de empresas eram pontos fortes famosos na DePaul, e eles passavam bastante tempo louvando esses pontos fortes nas brochuras e no material promocional todo. Obviamente não foi por isso que eu tinha voltado pra DePaul — o meu interesse em contabilidade era quase nenhum a não ser, como já mencionei, pra provar alguma coisa ou compensar alguma coisa em relação ao meu pai passando finalmente na intro. Só que o programa de contabilidade deles no final das contas era tão poderoso e respeitado que quase metade dos alunos naquela sala de tributação avançada já estava inscrita pra fazer a prova pra COC de fevereiro de 79, se bem que naquela época eu nem sabia direito o que seria esse exame de licenciamento nem que as pessoas precisavam estudar e treinar vários meses pra se preparar pra ele. Por exemplo, depois eu soube que a prova final de tributação avançada na verdade era concebida pra ser um microcosmo de certas seções tributárias da prova para COC. O meu pai, aliás, também tinha uma licença de COC, apesar de quase nunca usar no emprego dele na prefeitura. Olhando agora daqui, por outro lado, e levando em consideração tudo que decorreu daquele dia, nem sei bem se eu teria saído dali mesmo que a logística da saída fosse menos complicada — não depois que o substituto entrou. Apesar de eu estar bem necessitado daquela revisão pra prova final de pensamento político americano, ainda assim eu bem podia ter ficado. Não sei se vou conseguir explicar direito. Lembro que ele entrou de um jeito brusco e pendurou o sobretudo e o chapéu num gancho do mastro da bandeira no canto da sala. Até hoje não consegui saber com 100% de certeza se entrar perdido ali na 311 do prédio errado logo antes das provas finais não pode ter sido mais uma leviandadezinha inconsciente minha. Só que não dá pra analisar assim uma experiência súbita e dramática dessas — principalmente olhando agora daqui, coisa que todo mundo sabe que é complicada (apesar de eu, claro, não ter entendido isso na conversa com a cristã de bota).

 Na época, eu não sabia a idade do substituto — como já mencionei, só fiquei sabendo depois que ele estava quebrando o galho do padre jesuíta de verdade da turma, cuja ausência parecia não causar grandes lamentações — nem o nome dele. A minha maior experiência com substitutos tinha sido no ensino médio. Sobre a idade, a única coisa que eu sabia era que ele estava naquela área amorfa (pra mim) entre quarenta e sessenta. Não sei como descrever o cara, apesar dele ter causado uma impressão imediata. Era magro, e com a luz forte da sala de aula parecia pálido de um jeito que era quase luminoso em vez de doentio, e tinha um cabelinho raspado cor de aço e uma estrutura facial meio pronunciada. No geral, parecia alguém numa foto ou num daguerreótipo arcaico. A calça do terno tinha duas pregas, o que aumentava a impressão de solidez quadradona. Além disso, a postura dele era boa, o que o meu pai sempre chamava de o "porte" de uma pessoa — ereto e com os ombros pra trás sem parecer durão — e quando ele entrou daquele jeito brusco com a sua pastinha sanfonada cheia de material bem organizadinho e todo etiquetado pra aula, todos os alunos de contabilidade da sala pareceram mudar e sentar um pouquinho mais retos na cadeira. Ele baixou a tela de projeção na frente do quadro como quem puxa uma persiana, usando o lenço de bolso pra tocar na alça da tela. Até onde consigo lembrar, quase todo mundo ali era homem. Um punhado de orientais também. Ele estava tirando o material da pasta e dispondo na mesa, que encarava com um sorrisinho formal. O que ele estava fazendo mesmo era aquela coisa de professor, de reconhecer a presença dos estudantes todos sem olhar pra eles. Eles por sua vez estavam totalmente concentrados, até o último homem. A sala toda era diferente das aulas de ciência política ou de psicologia, ou até da intro de contabilidade, onde sempre tinha lixo no chão e as pessoas ficavam largadonas na cadeira, olhando descaradamente pro relógio, bocejando, e sempre tinha meio que um fundo constante de impaciência e de sussurros que o professor de introdução fingia que não tinha — de repente os professores normais nem ouviam mais o som, ou eram imunes às descaradas demonstrações de tédio e de desatenção dos alunos. Mas quando o professor substituto de contabilidade entrou, a voltagem da sala mudou. Não sei como descrever. E eu nem consigo explicar de um jeito totalmente racional por que fiquei — o que, como já mencionei, representava perder a revisão final de pensamento político americano. Na época, continuar ali sentado na sala errada parecia só mais um impulso irresponsável, indisciplinado. Talvez eu tivesse vergonha de que o substituto me visse saindo. Ao contrário da namorada cristã, eu parecia nunca perceber os momentos importantes quando eles estavam acontecendo — eles sempre pareciam distrações do que eu realmente devia estar fazendo. Um jeito de explicar é que simplesmente tinha alguma coisa naquele cara — o substituto. A expressão dele tinha a mesma concentração intensa, vazia, das fotos de veteranos militares que vinham de algum tipo de guerra de verdade, de combate mesmo. Os olhos dele prendiam todo mundo ali, como um grupo. Só sei que de repente comecei a me sentir incomodado com a minha calça de pintor e a bota desamarrada, mas se o substituto teve alguma reação a essas coisas, qualquer reação que fosse, ele não demonstrou. Quando demarcou o início oficial da aula olhando pro relógio, foi com um gesto seco de afastar e girar depressa o punho, como o cruzado de esquerda de um boxeador, com a força puxando de leve a manga do terno pra revelar um Piaget de aço inoxidável que eu lembro que na época me pareceu um relógio surpreendentemente chamativo pra um jesuíta.

Ele usava a tela branca de projeção pras transparências — ao contrário do professor de intro, ele não escrevia com giz no quadro-negro — e quando colocou a primeira transparência no projetor preso no teto da sala e a luz da sala diminuiu, o rosto dele ficou iluminado de baixo pra cima que nem o de um artista de cabaré, o que deixava aquela intensidade vazia e a estrutura facial mais pronunciadas. Eu lembro que tinha meio que um frio eletrificado na minha cabeça. O diagrama projetado atrás dele era uma curva ascendente com gráficos de barra que se estendiam por baixo das várias seções da curva, que subia forte desde a origem e se achatava um pouco no ápice. Parecia meio que uma onda quase se quebrando. O diagrama não tinha rótulo, e só depois fui reconhecer que ele representava as alíquotas marginais progressivas pro imposto de renda federal de 76. Eu estava me sentindo incomumente alerta e acordado, mas de um jeito diferente de quando eu redobrava ou ficava chapado de Cylert. Também tinha várias curvas, equações e citações explicadas do USTC §62, que tinha muitas subseções que determinavam complexas regulamentações sobre a distinção entre deduções "para" renda bruta ajustada versus deduções "da" RBA, que o substituto disse que formavam a base de praticamente toda e qualquer estratégia moderna e eficaz de planejamento tributário. Aqui — apesar de eu só ter percebido isto mais tarde, depois do recrutamento — ele estava se referindo à ideia de você estruturar as suas finanças de um jeito que a maior parte possível das deduções fosse de deduções "para" a renda bruta ajustada, já que tudo que vai da Dedução- -Padrão às deduções com despesas médicas é concebido com pisos baseados na RBA (*piso* significando, por exemplo, que como só as despesas médicas que ultrapassem 3% da RBA eram dedutíveis, era obviamente vantajoso pro contribuinte médio deixar a sua RBA — conhecida às vezes como a sua "31", já que naquela época era na Linha 31 da 1040 Individual que a gente registrava a RBA — o menor possível).

Mas sou obrigado a admitir que, por mais que eu estivesse me sentindo alerta e acordado, eu provavelmente estava mais consciente ainda dos efeitos que a aula parecia estar tendo sobre mim do que na aula em si, que no geral estava bem além do que eu era capaz de entender — compreensivelmente, já que eu ainda nem tinha terminado introdução à contabilidade —, no entanto era quase impossível desviar os olhos da aula e não me deixar abalar por ela. Isso se devia em parte à apresentação do substituto, que era veloz, organizada, nada dramática e seca daquele jeito das pessoas que sabem que o que estão dizendo é valioso demais por si mesmo pra que possa ser diminuído por preocupações com pronúncia ou como "se conectar" com os alunos. Em outras palavras, a apresentação tinha uma espécie de integridade fervorosa que se manifestava não no estilo, mas na falta de estilo. Senti que de repente, pela primeira vez, eu estava entendendo o significado da expressão "sem frescura" do meu pai e por que ela era uma avaliação favorável.

Lembro que percebi também que todos os alunos estavam tomando notas, o que nas aulas de ciências contábeis significa que você tem que internalizar e anotar um fato ou uma ideia do professor ao mesmo tempo que se mantém ouvindo com atenção a ideia seguinte a ponto de conseguir anotar depois, também, o que requer um tipo de concentração intensamente dividida que só fui pegar direito bem depois de começar o treinamento em Indianápolis no ano seguinte. Era um tipo completamente diferente de tomação de notas do que tinha nas aulas de humanas, que envolvia acima de tudo rabiscos, ideias amplas e temas abstratos. Além disso, os alunos de tributação avançada tinham diversos lápis alinhados em cima das mesinhas, todos sempre muitíssimo bem apontados. Percebi que eu quase nunca tinha um lápis apontado à mão quando precisava de verdade; eu nunca tinha me dado ao trabalho de manter os lápis organizados e apontados. O único toque do que podia ser um senso de humor meio ácido na aula eram declarações e citações ocasionais que o substituto encaixava entre um gráfico e outro, às vezes escrevendo na transparência do momento, e projetando essas frases na tela sem nenhum comentário e aí esperando enquanto todo mundo copiava as coisas o mais rápido possível antes dele passar pra próxima transparência. Ainda lembro de um desses exemplos — "O que agora nós precisamos descobrir no campo social é o equivalente moral da guerra", sendo que a única identificação escrita no fim era "James", o que, naquela época, achei que se referia à

Bíblia King James, por motivos óbvios, apesar dele não ter dito nada pra explicar ou reforçar a citação, enquanto as seis linhas retas de alunos — alguns com óculos que refletiam a luz da projeção de um jeito que fazia eles ficarem com uma cara nitidamente robótica, conformista mesmo, com quadrados gêmeos de uma luz branca onde os olhos deviam estar, lembro que isso me espantou — transcreviam devidamente. Ou um exemplo ou outro que estava numa transparência própria e creditado a Karl Marx, o famosíssimo pai do marxismo...

> "Na sociedade comunista vai ser possível que eu faça uma coisa hoje e outra amanhã, caçar de manhã, pescar à tarde, cuidar do gado à noite, praticar a crítica depois do jantar, <u>como eu quiser</u>"

com o único comentário do substituto sendo a ríspida declaração "Destaque acrescentado".

O que eu estou tentando dizer é que aquilo acabou sendo muito mais parecido com a experiência lá da namorada evangelista de bota do que eu jamais teria admitido na época. Óbvio que só com as 2375 palavras da história de uma lembrança eu nunca ia conseguir convencer alguém de que a qualidade inata, objetiva, da aula daquele substituto também teria deixado qualquer um grudado na cadeira e feito qualquer um esquecer aquela revisão final de pensamento político americano, ou de como boa parte do que o padre católico (achava eu) dizia ou projetava parecia de alguma maneira destinado diretamente a mim. Só que pelo menos posso ajudar a explicar por que eu estava tão "predisposto" a enxergar aquilo tudo desse jeito, visto que eu já tinha tido um tipo de prenúncio ou um sismo dessa mesmíssima experiência um pouco antes de acontecer o engano das salas de aula das revisões finais, apesar de ter sido só depois, revendo a coisa, que fui entender aquilo — a experiência — desse jeito.

Lembro direitinho que uns dias antes — ou seja, na segunda-feira da última semana das aulas normais do semestre de outono de 78 — eu estava lá sentado todo largadão e desmotivado no velho sofá de veludo amarelo no nosso dormitório da DePaul no meio da tarde. Eu estava sozinho, com uma calça de agasalho de tecido sintético e uma camiseta preta do Pink Floyd, tentando rodar uma bola de futebol na ponta do dedo e assistindo o novelão

Enquanto o mundo gira da CBS na Zenith preta e branca ali da sala — sem obetrolar nem usar nada em especial mas basicamente ainda sendo pura e simplesmente um merdinha desmotivado. Com certeza sempre tinha alguma leitura ou alguma coisa que eu precisava estudar pras provas finais, mas eu estava sendo um lesado. Estava reclinadão bem apoiado no cóccix ali no sofá, de um jeito que deixava tudo na televisãozinha enquadrado pelos meus joelhos, e vendo *Enquanto o mundo gira* e girando a bola de futebol de um jeito desligado, sem sentido. Tecnicamente era a televisão do outro residente, mas ele era um aluno supersério de medicina que vivia na biblioteca da área de ciências, apesar de ter se dado ao trabalho de dobrar um cabide de metal pra pôr no lugar da antiga antena da Zenith, que era a única razão da gente pegar algum tipo de sinal. *Enquanto o mundo gira* passava na CBS da uma às duas da tarde. Era uma coisa que eu ainda fazia demais naquele último ano, ficar ali sentado perdendo tempo na frente da Zenithzinha, e várias vezes fui sendo passivamente sugado pelos novelões vespertinos da CBS, com aqueles personagens que falavam e se emocionavam escandalosamente e falavam uns com os outros sem nenhum soluço nem uma diminuiçãozinha de intensidade que fosse, ao que parecia, de um jeito que dava um efeito quase hipnótico naquilo tudo, principalmente porque eu não tinha aula na segunda e quinta-feira e era supermole ficar ali sentado e me deixar ser sugado. Lembro que um monte de alunos da DePaul naquele ano estava acompanhando *Hospital geral* da ABC, reunidos nuns bandos supernumerosos, barulhentos e ansiosos pra ver a novela — sendo que o álibi descoladinho desse pessoal era que na verdade eles estavam sacanenando com a novela — mas, por motivos que deviam ter mais a ver com a recepção pobrinha da Zenith, fui mais fã da CBS naquele ano, principalmente de *Enquanto o mundo gira* e de *Guiding Light*, que vinha depois de *Enquanto o mundo gira* às duas da tarde nos dias de semana, e pra dizer a verdade era até de certa maneira um programa ainda mais hipnótico.

Enfim, eu estava sentado ali tentando rodar a bola na ponta do dedo e vendo a novela, que também era supersobrecarregada de comerciais — especialmente na segunda metade, que as novelas tendem a entupir mais de comerciais, já que eles imaginam que você já está grudado e mesmerizado e vai ficar ali vendo mais propaganda — e no fim de cada intervalo comercial a imagem registrada do programa, que era o planeta Terra visto do espaço, rodando, aparecia na tela, e a voz do locutor vespertino da rede CBS dizia "*Você está assistindo* Enquanto o mundo gira", o que parecia, naquele dia em particular, que ele estava dizendo cada vez mais enfaticamente — "*Você está assistindo* Enquanto o mundo gira", até o tom dele começar a parecer quase incrédulo — "*Você está assistindo* Enquanto o mundo gira" — e aí de repente eu me liguei na realidade total daquela frase. Não estou falando de um tipo de metáfora irônica no estilo das ciências humanas, mas da coisa literal que ele estava dizendo, no nível simples de superfície mesmo. Não sei quantas vezes eu tinha ouvido aquilo naquele ano enquanto ficava lá sentado assistindo *Enquanto o mundo gira*, mas de repente saquei que o locutor estava na verdade repetindo sem parar o que eu estava fazendo. Não só isso, mas também saquei que tinham me dito isso inúmeras vezes — como eu disse, a declaração do locutor vinha depois de cada intervalo comercial depois de cada bloco do programa — sem eu nunca ter tido nem a mais remota consciência da realidade literal do que eu estava fazendo. Eu não estava obetrolando nesse momento de consciência, é bom acrescentar. Aquilo ali era diferente. Era como se o locutor da CBS estivesse falando diretamente comigo, me sacudindo o ombro ou a perna como quem tenta acordar alguém que está dormindo — "*Você está assistindo* Enquanto o mundo gira". É difícil explicar. Não foi nem o duplo sentido mais do que óbvio que me bateu. Foi mais literal, o que de alguma maneira deixava mais difícil ainda de ver. Tudo isso me bateu ali, sentado. Não podia ter sido mais concreto do que se o locutor tivesse dito: "*Você está sentado num sofá velho de veludo amarelo do dormitório, girando uma bola de futebol preta e branca e assistindo* Enquanto o mundo gira, *sem nem ter percebido que é isso que você está fazendo*". Foi isso que me bateu. Isso era mais do que ser irresponsável ou lesado — era como se eu nem estivesse ali. A verdade é que só fui ter consciência do duplo sentido óbvio de "*Você está assistindo* Enquanto o mundo gira" três dias depois — o trocadilho quase aterrador do programa sobre a perda de tempo passiva de ficar ali sentado assistindo uma coisa com um sinal que vinha por aquele cabide e que nem chegava muito bem, enquanto todas as coisas reais do mundo estavam rolando e as pessoas com rumos e iniciativa estavam cuidando da vida de um jeito direto e sem frescura — ou seja, na quinta de manhã, quando esse sentido secundário de repente me bateu no meio de um banho antes de eu me vestir e sair correndo pro que eu pretendia — conscientemente, pelo menos — que fosse a minha revisão pra prova final de pensamento político americano. O que pode ter sido um dos motivos pra eu estar tão concentrado e entrar no prédio errado, imagino. Só que na hora, na segunda-feira de tarde, a única coisa que me pegou pesado foi a reiteração do simples fato do que eu estava fazendo, que era, claro, nada, só largado ali que nem uma coisa invertebrada, sem me envolver nem com a realidade superficial da história do Victor negando a paternidade pra Jeanette (apesar do filho da Jeanette ter a mesma doença genética extremamente rara do sangue que vivia hospitalizando o Victor naquele semestre. O Victor pode de alguma forma ter até "acreditado" nas próprias negativas, lembro que pensei isso, já que ele essencialmente parecia esse tipo de gente) por entre os meus joelhos.

Mas também não é que eu tenha refletido sobre tudo isso de modo consciente na época. Na época, eu só tinha consciência do impacto concreto da declaração do locutor e dos primeiros raios de sol de uma percepção de que toda aquela falta de rumo sem sentido e aquela preguiça que me faziam ser um "lesado" e que tanta gente naqueles tempos fingia que tinha transformado numa forma de arte niilista, e achava que eram tão descoladas e tão engraçadas (eu também achava aquilo descolado, ou pelo menos achava que achava — parecia que tinha alguma coisa romântica na desorientação e no desperdício totais, o que levou a ridicularizarem o Jimmy Carter por ele ter chamado de "*malaise*" e mandado a nação parar de uma vez com isso), não eram nada engraçadas na verdade, nadinha, mas era coisa mais de dar medo, de fato, ou era triste, ou era alguma outra coisa — alguma coisa pra qual eu não conseguia dar um nome porque ela não tinha nome. Eu sabia, ali sentado, que eu podia ser um niilista de verdade, que não era só uma pose bacaninha. Que eu ficava de bobeira e abandonava as coisas porque nada tinha significado, nenhuma escolha era melhor, de verdade. Que eu era, de certa maneira, livre demais, ou que esse tipo de liberdade no fundo não era real — eu tinha a liberdade de escolher um "tanto faz" qualquer porque no fundo não fazia diferença. Mas isso, também, era por causa de alguma coisa que eu escolhia — eu tinha de alguma maneira escolhido que nada fizesse diferença. A coisa toda parecia bem menos abstrata do que agora aqui tentando explicar. Isso tudo estava acontecendo enquanto eu só estava ali sentado, rodando a bola. A questão era que, fazendo essa escolha, eu também não fazia diferença. Eu não representava nada. Se eu queria fazer diferença —

nem que fosse só pra mim mesmo — eu ia ter que ser menos livre, decidindo escolher de alguma maneira definida. Nem que não passasse de um mero ato volitivo. Essas consciências todas foram muito rápidas e indistintas, e as percepções sobre escolher e fazer diferença foram tudo que eu consegui pegar ali — eu também ainda estava tentando assistir *Enquanto o mundo gira*, que tendia a ir ficando cada vez mais dramática e viciante à medida que ia chegando ao fim da hora, já que eles sempre queriam te fazer lembrar de ligar a televisão de novo no dia seguinte. Mas a questão foi que percebi, em algum nível, que fosse lá o que quisesse dizer "alma perdida", eu era uma — e isso não era bacana nem engraçado. E, como já mencionei, foi só uns dias depois que eu por engano acabei do outro lado do gio na última aula de tributação avançada do semestre, que era, tenho que reforçar isto, um tema que naquela época não tinha o menor interesse pra mim, eu achava. Como quase todo mundo fora dessa indústria, eu imaginava que a contabilidade fiscal era o reino dos camaradinhas chatonildos com óculos fundo de garrafa e coleções imensas de selos, mais ou menos o oposto de bacana ou descolado — e a experiência de ouvir o locutor da CBS ficar descrevendo a realidade de superfície sem parar, de ser capaz de repente de ouvir o cara e de ver a telinha por entre os meus joelhos, por baixo da bola que girava na ponta do meu dedo, foi parte do que me deixou em posição, acho, com ou sem razão, de ouvir alguma coisa que mudou o meu rumo.

    Lembro que a campainha do corredor do terceiro andar tocou no fim do horário da aula de tributação avançada naquele dia sem que nenhum aluno fizesse aquela coisa de fim de aula das turmas das humanas de ficar se remexendo pra recolher as coisas ou de se inclinar por cima da mesinha pra pegar as mochilas e as pastas no chão, nem quando o substituto desligou o projetor e ergueu a tela de projeção com um gesto seco da mão esquerda, colocando de novo o lenço no bolso do paletó. Todos continuaram quietos e atentos. Quando a luz da sala acendeu de novo, lembro de ter dado uma espiada e de ter visto que as anotações do aluno mais velho, de bigode, atrás de mim eram incrivelmente claras e bem organizadas, com algarismos romanos pras questões principais da aula e letras minúsculas, parágrafos numerados e defesas duplas de parágrafo pros subtemas e corolários. A própria caligrafia do sujeito parecia automatizada, de tão boa. Isso apesar daquilo ter sido praticamente escrito no escuro. Vários relógios digitais deram a hora em sincronia.

Exatamente como o seu duplo do outro lado do gio, o piso da sala 311 do Garnier era coberto de lajotas de um padrão bege-e-marrom institucional que era ou axadrezado ou de diamantes entrelaçados, dependendo do ângulo que a pessoa estivesse. Lembro disso tudo com muita clareza.

Apesar de eu ainda ter precisado de um ano pra entender aquilo, aqui vão algumas das áreas principais da aula de revisão do substituto, conforme arroladas nas anotações do estudante mais velho da pós-graduação:

    Renda imputada → Fórmula de Haig-Simons
    Recebimento Construtivo
    Sociedades Limitadas, Perdas Passivas
    Amortização e Capitalização → 1976 TRA §266
    Depreciação → Sistema Vital de Classe
    Método em Espécie vs. Método de Acréscimo → Implicações para
        a RBA
    Doações Inter Vivos e TRA 76
    Técnicas "Straddle"
    4 Critérios para Câmbio Não Tributável
    Estratégia de Planejamento Fiscal para o Cliente ("Customizar a
        Transação") vs. Estratégia de Análises do IRS ("Agregar a Tran-
        sação")

Como já mencionei, era o último dia de aulas regulares daquele semestre. O fim da última aula regular, nos cursos de humanas que eu estava acostumado a acompanhar, era normalmente o momento em que o jovem professor tentava fazer algum tipo de resumo descolado e autoirônico — *"Professor, será que dava então pra dar uma resumida geral no que a gente aprendeu nas últimas dezesseis semanas?"* — além das instruções sobre a logística da prova ou do trabalho final, e das notas finais, e talvez desejos de boas férias de fim de ano (faltavam duas semanas pro Natal de 78). Só que na tributação avançada, quando o substituto se virou depois de erguer a tela, ele não deu nenhum desses sinais de conclusão ou de transição pras instruções finais ou de um resumo. Ele ficou lá bem imóvel — nitidamente mais imóvel do que a maioria das pessoas fica quando está imóvel. Até ali ele tinha dito 8 206 palavras, contando termos e operadores matemáticos. Os carinhas mais velhos e os asiáticos estavam todos ainda sentadinhos, e parecia que esse instrutor tinha a capacidade de manter contato visual com todos os quarenta e oito de nós ao mesmo tempo. Eu tinha consciência de que parte da *vibe* de uma autoridade ríspida, distante e automática desse substituto se devia a como todos os veteranos ali na sala prestavam tanta atenção a cada palavrinha e a cada gesto dele. Era óbvio que eles respeitavam esse substituto e que era um respeito que ele não precisava retribuir, ou fingir retribuir, pra poder aceitar. Ele não estava ansioso por "se conectar" ou por ser amado. Mas também não era hostil nem arrogante. O que ele parecia ser era "indiferente" — não de um jeito sem sentido, sem rumo, niilista, mas na verdade de um jeito seguro, confiante. É ruim de descrever, se bem que lembro muito claramente a consciência que eu tive disso tudo. A palavra que ficava aparecendo na minha cabeça enquanto ele olhava pra gente e a gente ficava olhando e esperando — se bem que tudo isso ocorreu bem rápido — era *credibilidade*, que nem na expressão "crise de credibilidade" do escândalo de Watergate, que estava essencialmente acontecendo enquanto eu estava na Lindenhurst. O barulho das outras classes de contabilidade, economia e administração de empresas se esvaziando pra irem pro corredor foram ignorados. Em vez de recolher as suas coisas, o substituto — que, como já mencionei, achei na época que era um padre jesuíta "à paisana" — pôs as mãos atrás das costas e esperou, olhando pra gente. O branco dos olhos dele era extremamente branco, daquele jeito que normalmente só uma feição escura consegue deixar o branco do olho. Esqueci a cor das íris. Só que a aparência dele era a de alguém que quase nunca tinha tomado sol. Ele parecia estar em casa sob aquela luz fluorescente econômica e empresarial. A gravata-borboleta dele era perfeitamente reta e nivelada, apesar de ser do tipo de atar à mão, não de prender.

Ele disse: "Vocês vão querer algum resumo, então. Uma adortação". (É possível que eu tenha ouvido errado e ele na verdade tenha dito "exortação".) Ele deu uma olhadinha rápida no relógio com o mesmo movimento de ângulos retos. "Muito bem", ele disse. Um sorrisinho brincava na boca dele quando ele falou "Muito bem", mas estava claro que ele não estava brincando nem tentando diminuir de leve o que ia dizer, como tantos professores de humanas naquele tempo faziam, tendendo a se ridicularizar ou ridicularizar as adortações pra não parecerem manés. Só me ocorreu mais tarde, depois de eu ter entrado no CAT do Serviço, que esse substituto na verdade foi o primeiro instrutor que vi de todas as escolas de que eu tinha ficado entrando e saindo que parecia 100% indiferente sobre você gostar dele ou ele parecer bacana ou popular pros alunos, e eu percebi — isto depois de entrar pro Serviço — como pode ser uma qualidade poderosa esse tipo de indiferença numa figura de autoridade. Pra dizer a verdade, olhando agora daqui, o substituto pode ter sido a primeira figura legítima de autoridade que encontrei na vida, ou seja, uma figura com uma "autoridade" legítima e não só com o poder de te criticar ou pegar no teu pé lá da sua posição estável do outro lado do abismo geracional, e eu tomei consciência pela primeira vez de que a "autoridade" na verdade era uma coisa real e autêntica, que uma autoridade real não era a mesma coisa que um amigo ou com alguém que se importava com você, mas que mesmo assim podia ser uma coisa boa pra você, e que a relação de autoridade não era "democrática" ou igualitária e mesmo assim podia ter valor pros dois lados, pras duas pessoas envolvidas na relação. Acho que eu não estou explicando isso muito bem — mas é verdade que me senti mesmo escolhido, enroscado naqueles olhos de um jeito de que eu nem gostava nem desgostava, mas de que eu com certeza estava consciente. Era um tipo de poder que ele exercia e que eu estava concedendo a ele voluntariamente. Que respeito não era a mesma coisa que coerção, apesar de ser um tipo de poder. Era tudo muito estranho. Percebi também que agora ele estava com as mãos atrás das costas, meio que numa posição militar de "descansar".

    Ele disse pros estudantes de ciências contábeis: "Muito bem, então. Antes de vocês saírem daqui e retomarem aquele simulacro precário de vida humana que até este momento vocês chamam de vida, vou me encarregar da responsabilidade de lhes comunicar algumas verdades. Em seguida vou lhes oferecer uma opinião a respeito da maneira mais proveitosa de vocês considerarem e reagirem a essas verdades". (Fiquei imediatamente consciente de que ele não parecia estar falando da prova final de tributação avançada.) Ele disse: "Vocês vão voltar para a casa e a família de vocês durante as férias de fim de ano e, nesse intervalo festivo antes da última temporada de estudos puxados para a prova de COC — podem acreditar em mim —, vocês vão hesitar, vão sentir pavor e dúvida. Isso vai ser natural. Vocês, pelo que vai lhes parecer a primeira vez, vão se sentir apavorados com as brincadeirinhas dos amigos dos tempos de escola sobre a contabilidade ser a carreira que vocês vão seguir, vão ler a aprovação nos olhos dos seus pais como uma aprovação da rendição de vocês — ah, eu já passei por isso, cavalheiros; já conheço os passos dessa estrada. Pois a hora está chegando. De começar, naquele intervalo sem exagero pavoroso em que vocês vão olhar para baixo antes de saltar para longe, a ouvir dolorosas previsões relativas ao tédio sem fim da profissão que vocês estão escolhendo, à falta de empolgação ou de uma chance de brilhar nos campos esportivos ou nas pistas de dança doravante". Verdade que uma parte disso não entendi direito — não acho que muitos de nós ali naquela sala tivessem passado muito tempo "brilhando nas pistas de dança", mas isso podia ser só uma coisa de geração — ele obviamente estava usando aquilo como metáfora. Mas pode apostar que saquei o que ele quis dizer disso de a contabilidade não parecer uma profissão muito empolgante.

O substituto continuou: "Sentir a decisão como perda de opções, como um tipo de morte, a morte da possibilidade infinita da infância, da lisonja da escolha sem pressão — isso vai acontecer, ouçam bem. O fim da infância. A primeira de muitas mortes. A hesitação é natural. A dúvida é natural". Ele sorriu de leve. "Talvez então seja bom vocês lembrarem, daqui a três semanas, caso estejam muito abalados, desta sala, deste momento e da informação que eu agora vou lhes transmitir." Ele obviamente não era uma pessoa muito modesta ou insegura. Por outro lado, o jeito dele falar não soou nem de longe tão formal ou certinho na época lá na tributação avançada como está soando agora quando eu repito — ou melhor, a fala dele era formal e meio poética, mas não de um jeito artificial, como se fosse uma extensão natural de quem e do que ele era. Não era pose. Lembro de pensar que de repente o substituto tinha dominado aquele truque dos cartazes do Tio Sam e de algumas pinturas que parecem estar olhando bem na sua cara por mais que você mude de ângulo. Que talvez todos os alunos solenes e mais velhos (dava pra ouvir um alfinete caindo) estivessem se sentindo escolhidos e abordados diretamente também — apesar que isso, claro, não ia fazer a menor diferença quanto ao efeito especial que aquilo teve em mim, que era a questão ali, de verdade, que nem a história da namorada cristã podia ter me mostrado se eu estivesse atento e acordado a ponto de ouvir qual era mesmo a coisa que ela estava tentando dizer. Como já mencionei, a versão de mim que ouviu aquela história em 1973 ou 74 era uma criança niilista.

Depois de mais um ou dois comentários, com as mãos ainda atrás das costas, o substituto continuou: "Eu desejo lhes informar que a profissão contábil a que os senhores aspiram é, de fato, heroica. Por favor, percebam que eu disse 'informar' e não 'opinar' ou 'alegar' ou 'supor'. A verdade é que depois de irem para casa e depois da cantoria, do vinho quente, dos livros e dos guias de preparação para a prova de COC vocês vão estar à beira de uma só coisa: heroísmo". Obviamente, isso foi impactante e todos se mantiveram atentos. Lembro de ter pensado de novo, enquanto ele dizia isso, na citação na tela de projeção que eu tinha achado que era da bíblia: "O equivalente moral da guerra". Parecia estranho, mas não ridículo. Eu percebi que pensar naquela citação era a primeira vez na vida em que eu tinha ao menos considerado a palavra *moral* num contexto que não fosse o de um trabalho acadêmico — isso era parte das coisas de que eu tinha começado a tomar consciência uns dias antes, na experiência que eu tive assistindo *Enquanto o mundo gira*. O substituto era só de estatura mediana. Os olhos dele não eram cortantes nem se perdiam. Os óculos de alguns alunos ainda refletiam luz. Um ou dois ainda estavam tomando notas, mas fora isso ninguém a não ser o substituto falava ou se mexia.

Continuando sem pausa, ele disse: "Rigorosa? Prosaica? Materialista até não mais poder? Às vezes. Frequentemente tediosa? Pode ser. Mas brava? Valorosa? Apropriada, doce? Romântica? Honrada? Heroica?". Quando ele parou, não foi só pelo efeito — pelo menos não totalmente. "Cavalheiros", ele disse, "— com o que eu quero dizer, claro, adolescentes tardios já com aspirações à virilidade —, cavalheiros, eis uma verdade: suportar o tédio na duração do tempo real dentro de um espaço delimitado é a verdadeira coragem. Essa resistência, pra dizer a verdade, é a quintessência do que hoje, neste mundo que nem eu nem vocês criamos, é o heroísmo. Heroísmo." Ele fez questão de olhar em volta, medindo a reação das pessoas. Ninguém riu; uns poucos pareciam intrigados. Lembro que estava começando a ter que ir ao banheiro. Sob a luz fria da sala, ele não projetava sombras. "Com o quê", ele disse, "eu quero dizer heroísmo verdadeiro, não o heroísmo que os senhores podem conhecer dos filmes ou das historinhas infantis. Os senhores agora estão quase no final da infância; estão prontos para o peso da verdade, para aguentar esse peso. A verdade é que o heroísmo do entretenimento infantil não era um valor de fato. Era teatro. O gesto grandioso, o momento da escolha, o perigo mortal, o inimigo externo, a batalha climática cujo resultado resolve tudo — tudo projetado para parecer heroico, para empolgar e satisfazer uma plateia.

Uma plateia." Ele fez um gesto que eu não consigo descrever: "Cavalheiros, bem-vindos ao mundo da realidade — não há plateia. Ninguém para aplaudir, para admirar. Ninguém para ver os senhores. Estão entendendo? Eis a verdade — o verdadeiro heroísmo não recebe ovações, não diverte ninguém. Ninguém faz fila para ver. Ninguém está interessado".

Ele parou mais uma vez e sorriu de um jeito que não tinha nadinha de autoironia. "O verdadeiro heroísmo são vocês, sozinhos, num espaço laboral que lhes foi atribuído. O verdadeiro heroísmo são minutos, horas, semanas, anos e anos do exercício calado, preciso e judicioso da probidade e do cuidado — sem ninguém ali para ver ou torcer. Eis o mundo. Só vocês e o trabalho, na mesa. Vocês e o retorno, vocês e os dados de planilha, vocês e o protocolo do inventário, vocês e os programas de depreciação, vocês e os números." O tom de voz dele era absolutamente direto. De repente me ocorreu que eu não tinha ideia de quantas palavras ele tinha dito desde aquela 8 206ª na conclusão da revisão. Eu estava consciente de como cada detalhezinho da sala de aula parecia muito nítido e distinto, como se tivesse sido laboriosamente desenhado e sombreado, mas ao mesmo tempo de estar completamente concentrado no jesuíta substituto, que estava dizendo esse monte de coisa dramática ou até romântica mas sem nada dos efeitos ou das cenas do teatro, parado ali bem quietinho com as mãos nas costas (eu sabia que ele não estava segurando uma mão com a outra — de algum jeito eu podia dizer que ele estava mais meio que segurando o pulso direito com a mão esquerda) e os planos do rosto sem nenhuma sombra sob a luz branca. Parecia que ele e eu estávamos em pontas opostas de algum tipo de tubo ou cano, e que ele na verdade estava se dirigindo a mim em particular — apesar dele obviamente não estar fazendo isso. A realidade literal era que eu era a quem ele menos se dirigia, já que obviamente eu não estava matriculado em tributação avançada nem me preparando pra fazer a prova final e aí ir pra casa ficar sentado na escrivaninha da minha infância no meu quarto da casa dos meus pais gramando em cima dos livros da temida prova para COC como parecia que muito dos outros ali na sala iam fazer. Mesmo assim — como eu queria ter entendido antes, já que isso teria me poupado muito tempo e muita errância cínica —, sensação é sensação, e também não dá pra questionar resultados.

Enfim, enquanto isso, no que parecia ser essencialmente uma recapitulação das suas ideias principais até ali, o substituto disse: "O verdadeiro heroísmo é incompatível a priori com plateias ou aplausos ou até com a mera percepção dos homens comuns. Na verdade", ele disse, "quanto menos convencionalmente heroico ou empolgante ou chamativo ou até interessante ou absorvente um trabalho parece ser, tanto maior é o seu potencial enquanto arena do verdadeiro heroísmo, e portanto enquanto denominação de uma alegria inigualada por qualquer outra que vocês como homens ainda podem imaginar". Então pareceu que uma espécie de repentino estremecimento percorreu a sala, ou quem sabe um espasmo extático, que foi se comunicando de veterano de ciências contábeis ou pós-graduando de administração para veterano de ciências contábeis ou pós-graduando de administração tão velozmente que todo o coletivo pareceu por um instante se inflar — se bem que, de novo, não tenho 100% de certeza que isso aconteceu, que isso se deu fora de mim, na sala de aula mesmo, e o (possível) momento do espasmo coletivo foi breve demais pra eu ter mais que meio que uma leve consciência dele. Também lembro de sentir uma enorme necessidade de me abaixar e amarrar o cadarço da minha bota, que nunca se traduziu em uma ação real.

 Ao mesmo tempo, pode ser justo dizer que eu lembrava do jesuíta substituto fazer pausas e pequenos silêncios exatamente como esses palestrantes motivacionais mais convencionais usam gestos e expressões físicas. Ele disse: "Manter cuidado e escrupulosidade em cada detalhe proveniente da barafunda emaranhada de dados e regras e exceções e contingências que constitui a contabilidade no mundo real — isso é heroísmo. Atender plenamente os interesses do cliente e equilibrar esses interesses em sua relação com os elevados padrões éticos do CPCF e com a legislação vigente — sim, servir a quem não se importa com o serviço, mas apenas com resultados — isso é heroísmo. Pode ser a primeira vez em que vocês ouviram a verdade assim às claras, diretamente. Apagar-se. Sacrifício. Serviço. Entregar-se ao cuidado do dinheiro dos outros — isso é se apagar, é persistir, é sacrifício e honra, vigor, valor. Ouçam ou façam ouvidos moucos, como quiserem. Aprendam agora ou depois — o mundo tem tempo. Rotina, repetição, tédio, monotonia, efemeridade, irrelevância, abstração, desordem, fastio, angústia, enfado — esses os verdadeiros inimigos do herói, e podem ter certeza de que eles são terríveis. Porque são reais".

 Um dos alunos de contábeis levantou a mão e o substituto fez uma pausa pra responder uma pergunta sobre a base de custo ajustado na classificação tributária das doações. Foi em algum ponto da resposta dele que ouvi o substituto usar a expressão "um fraldinha do IRS". Desde aquele dia, eu nunca, mesmo, ouvi esse termo em nenhum lugar que não fosse o Centro de Análise em que estou lotado — é um exemplo de gíria interna do Serviço pra um certo tipo de analista. Então, olhando agora daqui, isso definitivamente devia ter levantado uma bandeirinha vermelha em termos da experiência e do passado do substituto. (Aliás, "CPCF" era a sigla do Conselho de Padrões da Contabilidade Financeira, só que, claro, só fui aprender isso depois de entrar no Serviço no ano seguinte.) Além disso, eu provavelmente devia admitir aqui um paradoxo óbvio nessa lembrança — apesar de eu estar assim tão atento e tão afetado por esses comentários sobre coragem e o mundo real, não estava ciente de que o drama e a cintilância que eu estava atribuindo às palavras do substituto, pra dizer a verdade, iam no sentido contrário daquelas mesmas palavras. Ou seja, fui profundamente afetado e modificado pela adortação sem, como hoje me parece, compreender de verdade do que ele estava falando. Olhando agora daqui, isso parece mais uma prova de que eu estava ainda mais "perdido" e desligado do que eu sabia.

"Demais, vocês acham?", ele disse. "Caubói, paladino, herói? Cavalheiros, leiam um pouco de história. O herói de ontem estendeu limites e fronteiras — ele penetrou, domesticou, talhou, formou, criou, gerou coisas novas. Os heróis da sociedade de ontem produziam fatos. Pois é isso que a sociedade é — um aglomerado de fatos." (Claro que, quanto mais alunos de tributação avançada levantavam timidamente e iam embora, mais aumentava a minha sensação de ele estar se dirigindo única e exclusivamente para mim. O aluno mais velho de administração com duas costeletas abundantes e muito bem aparadas e anotações incríveis do meu lado foi capaz de abaixar os fechos de metal da sua pasta executiva sem fazer nenhum barulhinho. Na prateleira de aramado embaixo da mesa dele tinha um *Wall Street Journal* que ele ou não tinha lido, ou talvez tivesse conseguido ler e dobrar de novo tão perfeitamente que parecia intocado.) "Mas agora estamos nos tempos de hoje, nos tempos modernos", o substituto estava dizendo (o que obviamente era difícil de contestar). "No mundo de hoje, as fronteiras são fixas, e fatos mais significativos foram produzidos. Cavalheiros, a fronteira heroica agora está no ordenamento e no emprego desses fatos. Classificação, organização, apresentação. Em outras palavras, o bolo está pronto — a competição agora é para fatiar. Cavalheiros, os senhores concorrem para segurar a faca. Para manejá-la. Para aquinhoar. Para dar forma a cada fatia, ao ângulo da faca e à profundidade do corte." Por mais que eu ainda estivesse magnetizado, também estava consciente, àquela altura, de que as metáforas do substituto pareciam estar ficando meio bagunçadas — era difícil imaginar que os orientais que tinham sobrado ali estavam entendendo muita coisa daquela história de caubóis e de bolos, já que eram umas imagens bem americanas. Ele foi até o mastro de bandeira no canto da sala e pegou seu chapéu, um fedora social cinza-escuro, velho mas muito bem cuidado. Em vez de colocar o chapéu, ele segurou no ar.

"Um padeiro usa um chapéu", ele disse, "mas não é o nosso chapéu. Cavalheiros, preparem-se para usar o chapéu. Vocês já pensaram por que todos os contadores usam chapéu? Eles são os caubóis dos dias atuais. Como vocês serão. Cavalgando pelas planícies americanas. Conduzindo rebanhos através da infinita torrente de dados financeiros. Redemoinhos, cataratas, variações combinadas, pétreas minúcias. Vocês organizam os dados, os pastoreiam, dirigem seu fluxo, levam os dados para onde eles são necessários, na forma codificada que se lhes deve apor. Os senhores lidam com dados, cavalheiros, coisa que está no mercado desde que o primeiro homem saiu rastejando da borra primordial. São vocês — acreditem em mim — quem cavalga, quem vigia das muralhas, quem define o bolo, quem serve." Agora não tinha como não notar o quanto ele estava diferente da imagem que tinha lá no começo. No fim das contas, não ficava claro se ele tinha planejado ou preparado essa adortação final ou não, ou se estava só falando de um jeito passional, de coração. O chapéu dele era perceptivelmente mais estiloso e mais europeu que o do meu pai, com a aba mais em ordem e a pena da fita presa — tinha que ter pelo menos vinte anos. Quando ele ergueu os braços para concluir, uma das mãos ainda segurava o chapéu.

"Cavalheiros, os senhores estão sendo chamados a prestar contas."

Um ou dois alunos restantes bateram palmas, um som que de algum jeito é terrível quando vem de umas poucas mãos dispersas — que nem uma surra ou uma série de tabefes mal-humorados. Lembro de ter num flash a visão de alguma coisa deitada no berço e sacudindo os braços e as pernas inutilmente no ar, boca aberta e molhada. E aí de ter atravessado de novo o gio e saído pelo Daniel pra ir até a biblioteca num tipo estranho de transe hiperconsciente, tanto desorientado quanto muito claro, e aí a lembrança desse incidente basicamente se encerra.

Depois disso, a primeira coisa que lembro de ter feito no recesso de fim de ano em Libertyville foi cortar o cabelo. Eu também passei na Carson Pirie Scott de Mundelein e comprei um terno cinza-escuro de lã com um paletó sem aberturas atrás, de um tecido com uma trama cerrada e vertical, e uma calça com pregas duplas, além de um blazer xadrez grandão com umas lapelas largas e pontudas que acabei quase nunca usando, já que ele tinha uma tendência de meio que enrolar no terceiro botão e produzir o que quase parecia um peplo quando estava todo abotoado. Também comprei um sapato social Nunn Bush de couro e três camisas — duas oxfords brancas e uma azul-clarinha de algodão mais grosso. Os três colarinhos eram de abotoar.

A não ser por eu ter praticamente arrastado a minha mãe até Wrigleyville pra ceia de Natal na casa da Joyce, passei as férias quase inteiras em casa, pesquisando opções e pré-requisitos. Lembro que também estava deliberadamente tentando pensar de forma contínua e concentrada. As minhas sensações a respeito da universidade e da formatura tinham mudado por completo. Eu estava me sentindo súbita e totalmente atrasado. Era meio parecido com a sensação de repentinamente olhar no relógio e perceber que passou a hora que você tinha marcado, mas numa escala bem maior. Agora eu só tinha mais um semestre antes de supostamente me formar, e estava exatamente a nove matérias obrigatórias de um diploma de ciências contábeis, pra não falar da tentativa de passar na prova para COC. Comprei um guia Barron's pra prova de COC na Waldenbooks do Galaxy Mall perto da Milwaukee Road. A prova acontecia três vezes por ano, durava dois dias, e eles recomendavam vigorosamente que você tivesse passado tanto pela intro quanto pela contabilidade financeira intermediária, pela contabilidade empresarial, dois semestres de auditoria, estatística empresarial — que, na DePaul, era outra disciplina famosa por ser cruel — intro de processamento de dados, um ou preferencialmente dois semestres de tributária, fora ou contabilidade fiduciária ou contabilidade de empresas sem fins lucrativos e um ou mais semestres de economia. Um adendo em letras minúsculas também recomendava proficiência em pelo menos uma linguagem de programação de "alto nível", como Cobol. A única disciplina de informática que eu tinha concluído na vida era introdução ao mundo dos computadores na UI-Chicago, onde a gente basicamente jogava Pong caseiro e ajudava o professor a tentar reorganizar 51 mil cartões perfurados holerite em que ele tinha arquivado as informações de um projeto e que derrubou por acidente numa escada escorregadia. E assim por diante e coisa e tal. Fora que dei uma olhada num manual de estatística empresarial e descobri que a pessoa precisava saber cálculo integral, e eu não tinha feito nem trigonometria — no meu último ano do ensino médio eu tinha feito perspectivas do teatro moderno em vez de trigonometria, e lembrava muito bem do meu pai pegando no meu pé por causa disso. Pra dizer a verdade, o meu ódio por álgebra II e a minha recusa em fazer qualquer outra disciplina de matemática depois daquilo foi a ocasião de uma das discussões mais pesadonas que ouvi os meus pais terem nos anos antes de eles se separarem, o que já é uma história meio comprida, mas lembro de entreouvir o meu pai dizendo que só existiam dois tipos de pessoas no mundo — as pessoas que entendiam de verdade as realidades técnicas de como o mundo real funcionava (através, obviamente era o que ele queria dizer, da matemática e ciência), e as pessoas que não entendiam — e de entreouvir a minha mãe ficando superchateada e deprimida com o que ela via como a rigidez e a mesquinharia do meu pai, e responder que os dois tipos humanos básicos na verdade eram as pessoas tão rígidas e intolerantes que acreditavam que só existiam dois tipos humanos básicos, de um lado, contra, do outro lado, as pessoas que acreditavam que existia toda uma variedade de tipos de pessoas diferentes com dons, destinos e trilhas únicos na vida que elas precisavam encontrar, e assim por diante. Qualquer um que estivesse ouvindo de longe aquela discussão, que tinha começado como uma briguinha típica mas se transformado numa coisa especialmente acalorada, logo diria que o conflito real era entre o que a minha mãe via como duas formas extremamente diferentes e incompatíveis de ver o mundo e de tratar as pessoas que você pra todos os efeitos amava e apoiava. Por exemplo, foi durante essa discussão que entreouvi o meu pai dizer aquilo de eu não conseguir achar a minha própria bunda nem que tivessem pendurado um sino gigante nela, o que a minha mãe entendeu basicamente como ele criticando de maneira fria e rígida uma pessoa que ele pra todos os efeitos amava e apoiava, mas que, olhando agora daqui, acho que pode ter sido o único jeito que o meu pai conseguiu encontrar de dizer que estava preocupado comigo, que eu não tinha iniciativa nem rumo e que ele não sabia o que fazer como pai. Como se sabe muito bem, os pais podem ter maneiras imensamente diferentes de expressar amor e preocupação. Claro que muito da minha interpretação é especulativo — óbvio que não tem como saber o que ele queria realmente dizer.

Enfim, o fruto de todo aquele meu pensamento concentrado e das pesquisas nas férias de fim de ano era que parecia que eu basicamente ia ter que começar a universidade do zero de novo, e eu já estava com quase vinte e quatro anos. E a situação financeira lá em casa estava totalmente doida por causa das complexas questões jurídicas do processo de homicídio culposo que na época estava em andamento.

Como um comentário à parte, não tinha ajuste que fizesse os ternos do meu pai servir em mim. Naquela época eu era tamanho 46 com calça de 85 cm do cós à barra, enquanto a maioria dos ternos do meu pai era 44/75 cm. Os ternos e o blazer arcaico de seda acabaram sendo doados pro Exército da Salvação depois que eu e a Joyce tiramos quase todas as coisas dele do armário, do escritório e da salinha dele, o que foi uma experiência triste pacas. A minha mãe, como já mencionei, estava passando cada vez mais tempo vendo os pássaros da vizinhança nos alimentadores que ela tinha pendurado pela varanda e nos que estavam instalados no jardim — a sala de estar da casa do meu pai tinha uma janelona bem grande com uma vista excelente da varanda, do jardim e da rua — e quase sempre com um robe de chenille vermelho e umas pantufonas peludas o dia todo, e deixando de lado tanto os interesses pessoais quanto os cuidados com a aparência, o que estava fazendo todo mundo ficar cada vez mais preocupado.

Depois das férias, bem quando estava começando a nevar, marquei um horário pra conversar com o pró-reitor de Questões Acadêmicas da DePaul (que definitivamente era jesuíta de verdade, usava o uniforme preto e branco oficial e também tinha uma fitinha amarela atada na maçaneta da porta do escritório) sobre a experiência na tributação avançada e a reviravolta nos meus rumos e na minha orientação, e sobre eu estar tão atrasado em termos de escolher uma orientação, e pra mencionar a possibilidade de quem sabe eu continuar matriculado por mais um ano pagando as mensalidades depois de me formar pra poder dar uma mão nisso de eu compensar algumas coisas que me faltavam em termos de conseguir um diploma de contador. Mas era chato porque pra dizer a verdade eu já tinha passado pela sala desse padre uns dois ou três anos antes, em condições, pra dizer pouco, bem diferentes — ou seja, só pra ele pegar no meu pé e me ameaçar com uma suspensão acadêmica, ao que posso ter realmente respondido bem alto "Tanto faz", que é o tipo de coisa que os jesuítas não curtem muito. Assim, nessa reuniãozinha a atitude do pró-reitor foi de alguém desdenhoso e cético, e que se divertia — parecia que ele estava achando a mudança na minha aparência e na minha atitude declarada mais cômica do que qualquer outra coisa, como se considerasse aquilo uma pegadinha, uma piada ou algum tipo de tática pra eu tentar descolar mais um ano antes de ter que ir me virar no que ele classificava como "o mundo dos homens", e eu não tinha como descrever direito pra ele as consciências e as conclusões que eu tinha atingido enquanto assistia televisão de tarde e depois dava de cara com a aula errada sem soar infantil ou insano, e essencialmente ele me botou pra correr.

Isso foi no começo de janeiro de 1979, no dia em que estava só começando a nevar — lembro de ficar olhando uns flocos soltos grandes, inseguros, caindo e voando por ali sem rumo no vento causado pelo trem do outro lado da janela da linha alimentadora da CTA que ia do Lincoln Park de volta a Libertyville, e de pensar: *"Isto aqui é o meu simulacro precário de uma vida humana"*. Até onde lembro, as fitas amarelas pela cidade toda eram por causa do problema com os reféns no Oriente Médio e do ataque às embaixadas dos Estados Unidos. Eu sabia muito pouco do que estava rolando, em parte porque não tinha mais visto TV desde aquela experiência em meados de dezembro com a bola de futebol e *Enquanto o mundo gira*. Não que eu tivesse tomado qualquer decisão consciente de renunciar à televisão depois daquilo. Só que não consigo lembrar de ter assistido mais depois daquele dia. Além disso, depois das experiências pré-férias, eu agora estava me sentindo atrasado demais pra poder me dar ao luxo de perder tempo vendo TV. Uma parte de mim teve medo que na verdade eu tivesse ficado motivadão e concentrado tarde demais e que de algum jeito bem no último minuto eu ia acabar "perdendo" alguma chance decisiva de renunciar ao niilismo e fazer uma escolha séria, do mundo real. Isso tudo ainda estava acontecendo durante o que acabou sendo a pior nevasca da história moderna de Chicago, e no começo do semestre da primavera de 79 estava tudo um caos porque a administração da DePaul ficava tendo que cancelar as aulas porque só quem morava no campus podia garantir que ia conseguir chegar, e metade das residências estudantis não pôde reabrir por causa de canos congelados, e parte do teto da casa do meu pai rachou por causa do peso da neve acumulada, e foi uma supercrise estrutural, e eu que tive que lidar com aquilo porque a minha mãe estava obcecada demais com os problemas logísticos de evitar que a neve cobrisse o alpiste que ela punha lá fora. Além disso, quase todos os trens da CTA estavam parados, e eles cancelavam abruptamente os ônibus se percebiam que os removedores não iam conseguir manter algumas ruas limpas, e toda manhã daquela primeira semana tive que levantar bem cedo e ficar ouvindo rádio pra ver se a DePaul ia ter aula naquele dia pra começo de conversa, e, se fosse ter, eu tinha que tentar chegar lá. Eu devia mencionar que o meu pai não sabia dirigir — ele era devoto do transporte público — e a minha mãe tinha dado o Le Car pra Joyce como parte do acordo que elas fizeram no que se referia à dissolução da livraria, então não existia carro, se bem que de vez em quando eu conseguia que a Joyce me desse carona, só que eu odiava criar esse problema — ela estava lá basicamente pra cuidar da minha mãe, que de um jeito óbvio estava indo ladeira abaixo e com quem todo mundo andava se preocupando cada vez mais, e depois a gente ficou sabendo que a Joyce tinha passado muito tempo pesquisando serviços e programas psicológicos do North County e tentando descobrir que tipo de cuidado profissional podia ser o caso da minha mãe e onde ela podia contratar esse pessoal. Apesar da neve e da temperatura, por exemplo, a minha mãe tinha abandonado a prática de ficar olhando os pássaros pela janela, lá de dentro, e passou a ficar de pé na escadinha da varanda ou perto dela, segurando ela mesma os alimentadores com as mãos erguidas, e parecia que ela estava preparada pra ficar nessa posição tanto tempo que podia acabar congelando se ninguém fosse lá interferir e brigasse com ela pra ela entrar. A quantidade e o nível de ruído dos pássaros que tinha ali também eram problemáticos a essa altura, como alguns vizinhos já tinham comentado ainda antes de a nevasca cair.

Num certo nível eu quase tenho certeza de que foi na WBBM-AMORY — uma emissora super nada a ver, conservadora, só de notícias que era uma das favoritas do meu pai, mas que tinha as informações de cancelamentos devidos às condições meteorológicas mais completas da região — que ouvi falar pela primeira vez da nova ofensiva de incentivo ao recrutamento do Serviço. Sendo "O Serviço" obviamente a abreviação do Serviço de Receita Interna, que os contribuintes americanos conhecem melhor como IRS. Mas eu também tenho uma lembrança parcial de primeiro ter visto um anúncio de verdade do programa de recrutamento de uma maneira súbita, dramática, que agora, olhando daqui, parece uma coisa tão pesadamente ominosa e dramática que talvez seja mais a lembrança de um sonho ou de uma fantasia que tive na época, que basicamente era eu esperando na praça de alimentação do Galaxy Mall enquanto a Joyce ajudava a minha mãe a negociar mais um pedido enorme na loja de animais Peixes & Penas. Alguns elementos dessa lembrança são certamente críveis. Verdade que eu tinha problemas em ver animais à venda em gaiolas — sempre tive dificuldade com gaiolas e com a visão de coisas engaioladas — e quase todas as vezes ficava esperando a minha mãe lá fora, na praça de alimentação, enquanto elas estavam no aviário. Eu estava lá pra ajudar a carregar sacos de alpiste caso os pedidos de entrega das duas fossem recusados ou sofrer atrasos por causa do clima ruim, que, como muitos habitantes de Chicago ainda lembram, continuou pesado por bastante tempo, praticamente paralisando a região toda. Enfim, de acordo com essa lembrança, eu estava sentado numa das muitas mesinhas de plástico estilizadas da praça de alimentação do Galaxy Mall, olhando distraído pro padrão de perfurações em forma de estrelas e luas da mesinha, quando vi, através de uma dessas perfurações, um pedacinho do *Sunday Times* que alguém tinha evidentemente largado no chão embaixo da mesa, que estava aberto na seção de Classificados Empresariais, e a lembrança envolve ver isso tudo lá de cima da mesa de um jeito que fazia um raio de luz das lâmpadas no teto da praça de alimentação passar por uma das perfurações com formato de estrela no tampo da mesa e iluminar — como que num holofote ou feixe de luz simbolicamente estrelado — um anúncio em particular entre todos os outros anúncios e avisos referentes a empresas e oportunidades profissionais, sendo ele uma notícia de que havia um novo programa de incentivo ao recrutamento do IRS em algumas partes do país, sendo uma delas a região de Chicago. Estou apenas mencionando essa lembrança, seja ela tão crível ou não quanto a versão mais prosaica da WBBM, como mais uma ilustração do quanto eu estava motivacionalmente "predisposto" pelo que parece, olhando agora daqui, a embarcar numa carreira no Serviço.

A estação de recrutamento do IRS pra região de Chicago era numa espécie de escritório temporário meio de fachada na West Taylor Street, bem pertinho do campus da UIC em que eu tinha passado um desanimado e hipócrita ano letivo de 1975-6, e também bem na frente da Academia dos Bombeiros de Chicago, cujos aprendizes às vezes chegavam a aparecer com todo o seu aparato de macacão e botas e tal ali no Hat, onde estavam proibidos de pedir qualquer bebida com soda ou qualquer tipo de gás — o que envolve uma longa explicação que nem vou começar aqui. Nem, felizmente, a placa do podólogo com o pé giratório ficava visível daquele lado da Kennedy Expressway. Aquele pezão giratório representava uma das coisas infantiloides de que eu queria muito me livrar.

Lembro que o sol finalmente tinha emergido — se bem que no fim isso acabou sendo mais uma pausa temporária ou um "olho" no sistema de tempestades, e lá veio mais tempo fechado de inverno dois dias depois. Agora já era mais de um metro de neve fresca no chão, e mais ainda nos lugares em que as máquinas de alta velocidade tinham limpado as ruas e formado umas paredonas gigantes nas laterais, e você tinha que passar quase num túnel ou numa nave de igreja pra chegar na calçada propriamente dita, onde aí você afundava toda vez que passava por um terreno cujo dono não tinha espírito cívico suficiente pra limpar a neve da calçada. Eu estava usando uma calça de veludo verde de boca larga cujas bainhas logo, logo ficaram quase no meu joelho e a minha Timberland pesada — que tinha uma aderência que não era nenhuma maravilha, eu descobri — estava coberta de neve. Estava tudo tão claro que era ruim de enxergar. Parecia quase uma expedição polar. Quando as calçadas ficavam simplesmente entupidas demais, você tinha que tentar meio que escalar as paredonas e andar pela rua. Como era de esperar, o trânsito estava leve. As ruas pareciam mais uns cânions com uns flancos íngremes e brancos, e as paredonas altas e os prédios do bairro comercial atrás delas projetavam umas sombras complexas e truncadas no alto que às vezes formavam uns gráficos de colunas que você ia atravessando. Eu tinha conseguido pegar um ônibus até o Grant Park, e só. O rio estava congelado e coberto da neve que as máquinas tinham tentado descarregar ali. Aliás, sei que é bem provável que alguém de fora da região de Chicago não esteja lá muito interessado na grande nevasca do inverno de 79, mas pra mim foi um período vívido, crítico, cuja lembrança é incomumente clara e definida. Pra mim, essa clareza da memória é mais um sinal da nítida demarcação na minha própria consciência e na minha noção de rumo antes e depois do substituto da tributação avançada. Não foi tanto a retórica sobre heroísmo e caubóis, que no geral me pareceu meio forçada mesmo naquela época (tudo tem limite). Acho que parte do que foi tão hipnótico era o diagnóstico que o substituto fazia do mundo e da realidade como coisas essencialmente já penetradas e formadas, a informação que constituía o mundo real já gerada, e de que naquele momento uma escolha significativa era pastorear, encurralar e organizar aquele fluxo torrencial de informações. Isso me pareceu certo, se bem que num nível que eu nem sabia direito que existia em mim.

Enfim, demorei um bocado até encontrar o lugar. Lembro que algumas placas de Pare nas esquinas estavam só com a parte poligonal visível acima das paredonas de neve e que várias portinhas de cartas das fachadas das lojas tinham sido congeladas abertas e estavam com umas línguas compridas de neve soprada pelo vento lá para cima do carpete dentro delas. Muitos caminhões de manutenção e de lixo da prefeitura também tinham prendido lâminas na grade do radiador e trabalhavam como removedores de neve adicionais pro prefeito tentar responder aos protestos generalizados sobre a dificuldade pra retirar a neve. Na Balbo, tinha uns restos mortais de bonecos de neve nos jardins, cuja altura indicava a idade de quem tinha feito. A tempestade tinha varrido uns olhos e cachimbos ou criado um novo arranjo pra cara dos bonecos — de longe, eles pareciam sinistros ou dementes. Estava muito quieto, e tão claro que quando você fechava os olhos ficava um vermelho-sangue bem aceso ali na frente. Tinha uns ruídos ríspidos de pás de neve e um som rosnado, agudo e distante, que só depois lembrei que era um ou mais de um *snowmobile* na Roosevelt Road. Alguns bonecos de neve dos jardins tinham um chapéu velho ou abandonado de algum pai de família. Uma paredona de neve bem alta tinha um guarda-chuva visível no topo, e eu lembro de uns minutos bem assustadores de escavação e gritos buraco abaixo, porque chegou a parecer que uma pessoa de guarda-chuva podia ter ficado enterrada de repente enquanto andava. Mas acabou sendo só um guarda-chuva que alguém tinha abandonado ali aberto com o cabo enterrado no banco de neve, vai ver que como uma pegadinha pra sacanear com os outros.

Enfim, o que se soube foi que o Serviço tinha instituído fazia pouco tempo um programa de recrutamento para a contratação de novos funcionários, basicamente que nem a ideia de novas forças armadas voluntárias — com propaganda pesada e montes de incentivos. Acabou que eles tinham bons motivos institucionais pra esse recrutamento agressivo, e só alguns deles tinham a ver com a concorrência do setor privado.

Aliás, só a mídia leiga e popular se refere a todos os funcionários contratados do IRS como "agentes". Dentro do Serviço, onde os funcionários normalmente são identificados pelo setor ou pela divisão em que estão lotados, "agente" costuma se referir só aos da Divisão de Investigação Criminal, que é relativamente pequena e lida com casos de evasão fiscal tão descarados que eles meio que têm que ir atrás de penalidades criminais pra poder transformar aquele contribuinte num exemplo, o que essencialmente serve pra motivar a adimplência generalizada. (Aliás, como o sistema tributário federal ainda funciona praticamente na base da adimplência voluntária, a psicologia da relação do Serviço com os contribuintes é complicada. Ela precisa passar uma impressão generalizada de extrema eficiência e perfeição, junto com um sistema agressivo de penalidades, juros e, em casos extremos, processos cíveis. Só que na verdade as investigações criminais são meio que um último recurso, já que as penalidades criminais quase nunca tendem a gerar mais receita — um contribuinte preso não tem renda e assim obviamente não está em condições de pagar pela sua delinquência —, enquanto a ameaça real da ação cível pode funcionar como um incentivo ao pagamento dos atrasados e à adimplência futura, além de ter um efeito motivador em outros contribuintes que estejam considerando a evasão fiscal. Pro Serviço, em outras palavras, as "relações públicas" na verdade são uma parte complexa e vital tanto da missão quanto da eficácia.) Da mesma maneira, enquanto "analista" normalmente é o termo popular — mesmo entre alguns profissionais tributaristas privados — pra se referir ao funcionário do IRS que conduz uma auditoria, seja em campo ou no escritório distrital adequado, o termo interno no próprio Serviço pra se referir a tal posto é "auditor"; o termo "analista" se refere a um funcionário que tem a tarefa de selecionar de fato certas declarações de renda pra auditoria, apesar dele nunca lidar com o contribuinte diretamente. As análises, como já mencionei, são responsabilidade dos Centros Regionais de Análise como o CRA Meio-Oeste em Peoria. Organizacionalmente, Análises, Auditorias e Investigação Criminal são todas elas divisões do Setor de Adimplência do IRS. Só que ao mesmo tempo é verdade que certos auditores de nível médio são conhecidos tecnicamente dentro da hierarquia de pessoal do Serviço como "agentes da Receita". Também é verdade que os membros da Divisão de Inspeções Internas às vezes são classificados como "agentes", com a Divisão de Inspeções sendo mais ou menos a versão do Serviço pros Assuntos Internos das agências da lei. Em essência, eles têm a tarefa de investigar denúncias de delitos ou comportamentos criminais de funcionários ou administradores do Serviço. Administrativamente, DII é parte do Setor de

Controle Interno do IRS, que também inclui tanto a Divisão de Recursos Humanos quanto a de Sistemas. A questão, acho, é que, como a maioria das grandes agências federais, a estrutura e a organização do Serviço é supercomplicada — pra dizer a verdade, tem uns departamentos dentro do Setor de Controle Interno com a única tarefa de estudar a própria estrutura organizacional do Serviço e determinar maneiras de ajudar a maximizar a eficiência da missão do Serviço.

Aninhadinho no meio da paralisia atordoante do centro de Chicago, a estação de recrutamento do Serviço não era, assim de cara, um lugar muito imponente, nem muito sedutor. Também tinha um escritório de recrutamento da Força Área dos EUA na mesma entrada, separada do espaço do IRS só por uma telona ou um escudo grande de polivinil, e o fato de que o escritório da Aeronáutica estava tocando sem parar uma versão orquestral do conhecido tema musical "Off We Go into the Wild Blue Yonder" num mecanismo de repetição na sua área de recepção pode muito bem ter tido alguma coisa a ver com o problema na cabeça e no rosto do recrutador do IRS, que tendiam a sofrer pequenos espasmos e caretas em vários momentos, o que, no início, tornou difícil não ficar encarando e agir com naturalidade na presença dele. Esse recrutador do Serviço, que dava a impressão de não ter feito a barba e que tinha um redemoinho no cabelo que parecia se estender por toda a lateral direita da cabeça, também estava usando seus óculos escuros dentro do escritório e tinha uma complexa mancha numa das lapelas do paletó, e a gravata — a não ser que os meus olhos ainda não tivessem se readaptado depois do brilho atordoante do caminho para me afundar aqui no sudoeste no meio da neve derretendo, desde o ponto de ônibus da Buckingham Fountain lá no Grant Park — podia ser de verdade uma daquelas de prender. Por outro lado, eu estava com neve derretida até a virilha e alpiste congelado pelo casaco, além de duas blusas diferentes de gola olímpica e espessura invernal por baixo disso tudo, e também não devia estar com uma aparência lá muito promissora. (Obviamente nem a pau que eu ia ter usado uma das minhas roupas novas de executivo da Carson's pra meter o pezão na neve daquele jeito.) Além da distração que vinha da música marcial do outro lado da telona, a própria estação de recrutamento do IRS estava quente demais e cheirava a café azedo e a uma marca de desodorante em bastão que eu não conseguia identificar. Várias latas vazias de refrigerante Nesbitt's estavam dispostas em cima de um cesto de lixo transbordante, em torno do qual uma camada de bolotas de papel sugeria horas ociosas de tentativas de arremesso de bolotas de papel — um passatempo que eu conhecia bem quando ficava "estudando" na biblioteca da UIC nas noites em que o pé da placa do podólogo assim determinava. Também lembro de uma caixa aberta de *doughnuts* cuja cobertura tinha ficado nem um pouco apetitosamente desbotada.

Mesmo assim, eu não estava lá pra me achar superior a nada nem pra me comprometer com alguma coisa sem pensar direito. Eu estava lá pra tentar analisar os incentivos aparentemente quase inacreditáveis do ingresso no Serviço que tinham sido detalhados pela propaganda que eu ou tinha ouvido ou quem sabe visto dois dias antes. Acabei descobrindo que o recrutador estava de plantão e sem folga há vários dias por causa da tempestade, o que provavelmente explicava sua condição atual — os padrões do Serviço em questão de aparência pessoal no trabalho costumavam ser bem exigentes. Quando um dos grandes limpadores improvisados de neve da prefeitura passou por ali, o barulho sacudiu as janelas da fachada, que davam pro sul e não eram escuras — constituindo outra explicação possível pros óculos de sol do recrutador, que eu ainda estava achando inquietantes. A mesa do recrutador estava ladeada por bandeiras e por um suporte grande com planilhas oficiais e propagandas nuns pedações de cartolina, e pendurada ligeiramente torta na parede em cima e atrás da mesa estava uma gravura emoldurada do selo do Serviço de Receita Interna, que, o recrutador explicou, representava o mítico herói Belerofonte matando a Quimera, além do lema latino num grande estandarte que se desfraldava na parte de baixo: "*Alicui tamen faciendum est*", que essencialmente quer dizer: "*Ele é que está fazendo um trabalhinho difícil e impopular*". Acabou que, por motivos que vinham lá da instituição permanente de um Imposto de Renda federal em 1913, Belerofonte era o símbolo ou a imagem oficial do Serviço, mais ou menos como a águia careca é dos Estados Unidos como um todo.

Em troca de um período de dois ou quatro anos de compromisso, dependendo do esquema específico de incentivos, o Serviço de Receita Interna estava oferecendo um total de $14 450 pra educação universitária ou técnica. Isso, claro, eram $14 450 antes dos devidos impostos, lembro de o recrutador do IRS ter estipulado com um sorriso que eu, naquela altura, não soube como interpretar. Além disso, através de um complexo esquema que o recrutador foi me apresentando num documento dobrável que esboçava todos os vários programas de incentivo do Serviço em diagramas intrincados com linhas pontilhadas e uma fonte extremamente pequena, se a educação em questão levasse ou a uma licença de COC ou a um mestrado nos campos das ciências contábeis ou da tributação, numa instituição reconhecida, havia vários níveis de outros incentivos pra você estender o seu contrato com o IRS, inclusive uma opção de frequentar aulas enquanto estivesse lotado, fosse num Centro Regional de Serviços, fosse num Centro Regional de Análise, onde o recrutador explicou que normalmente o pessoal recém-ingressado no Serviço acabava sendo lotado nos primeiros trimestres depois do que o recrutador chamou de "T e A". Pra poder entrar no pacote de incentivos, você tinha que terminar o curso de doze semanas num Centro de Treinamento e Avaliação do IRS, ou CTA, que é o que o "T e A" meio cínico do recrutador também queria dizer. Além disso, os funcionários quase sempre se referem ao T e A como "o Serviço", e ao local em que você trabalha como a sua "Lotação" no IRS, e eles medem o tempo no Serviço não em anos ou meses, mas em termos dos quatro trimestres fiscais do calendário do Serviço, que correspondem aos prazos finais em termos legais pra você mandar pelo correio os pagamentos trimestrais dos impostos estimados, ou 1040-EST, sendo que a única coisa incomum aqui é que o segundo trimestre vai de 15 de abril a 15 de junho, ou só dois meses, e o quarto se estende de 15 de setembro a 15 de janeiro do ano seguinte — isso é basicamente pro trimestre final poder englobar o exercício fiscal inteiro até 31 de dezembro. O recrutador não explicou nada disso assim tim-tim por tim-tim na época — quase tudo isso é só aquele tipo de informação oficial especial que a gente acaba pegando com o tempo numa carreira adulta.

    Enfim, a essa altura já tinha mais dois outros recrutas potenciais no escritório, sendo que um deles eu lembro que estava com um macacão de neve de uma cor bem gritante e tinha uma testa meio baixa, projetada. O outro, mais velho, por outro lado, estava com a sola do tênis presa com fita crepe ou fita isolante, e tremia de um jeito que não parecia ter nada a ver com a temperatura, e me deu a impressão de ser muito provavelmente um indigente ou um morador de rua e não um candidato de verdade ao recrutamento. Eu estava tentando me concentrar e estudar o folhetinho com os programas de incentivo que tinha na mão durante toda a apresentação mais formal do recrutador, e por causa disso acabei deixando de pegar uns detalhezinhos essenciais. Além disso, por outro lado, esses detalhes às vezes eram literalmente abafados pelos pratos e tímpanos da parte em *crescendo* do tema da Força Aérea do outro lado da telona. Nós três, a plateia da apresentaçãozinha de recrutamento, estávamos numas cadeiras dobráveis de metal dispostas diante da mesa dele, com o recrutador a princípio ali parado do lado da mesa, perto do cavalete — lembro que o cara da testa baixa tinha virado a cadeira ao contrário e estava sentado inclinado pra frente com as mãos em cima do encosto da cadeira e o queixo em cima dos dedos, enquanto o terceiro membro da nossa plateia comia um *doughnut* depois de colocar vários outros nos bolsos laterais do seu casaco cáqui do Exército. Lembro que o recrutador do Serviço ficava se referindo sem parar a uma planilha ou a um diagrama colorido todo complicado que representava a estrutura administrativa e a organização do IRS. A representação ocupava mais de uma planilha, na verdade, e o recrutador — que espirrou várias vezes sem cobrir o nariz nem desviar a cabeça e que também sofreu outros daqueles minieventos tipo tique ou espasmo em certos pontos do inevitavelmente entreouvido hino aeronáutico — tinha que ficar puxando vários pedaços diferentes de cartolina pra parte da frente do cavalete, e a coisa toda era tão complicada e consistia de tantos ramos, subsetores, divisões e escritórios e subescritórios coordenados, além de subescritórios paralelos ou bilaterais e das divisões de logística tecnológica, que parecia impossível compreender até o sentido geral da coisarada toda a ponto de aquilo poder despertar algum interesse de verdade, se bem que obviamente eu fiz questão de fazer a cara mais atenta e concentrada possível, nem que fosse só pra mostrar que eu era alguém que podia ser treinado pra pastorear e processar grandes quantidades de informações. Àquela altura, eu obviamente não tinha ideia de que a triagem diagnóstica inicial dos possíveis recrutas já tinha começado e que a complexidade excessiva e as minúcias da apresentação do recrutador representavam uma parte de um mecanismo de "avaliação disposicional" empregado pela Divisão de Recursos Humanos do IRS desde 1967. E eu também não entendi quando o outro recruta potencial (ou seja, o cara que não estava obviamente só querendo um lugarzinho quente e coberto) começou a pescar ali apoiado no encosto da cadeira por causa da abstrusidade da apresentação, que ele tinha efetivamente se eliminado enquanto candidato a não ser pras lotações mais baixas da carreira do IRS. Além disso, tinha mais de vinte formulários diferentes pra preencher, muitos deles redundantes — não estava claro pra mim por que a gente não podia simplesmente preencher uma cópia e aí xerocar várias duplicatas, mas de novo preferir ficar na minha e simplesmente preencher a mesma informação essencial várias vezes seguidas.

No geral, apesar de conter pouco mais de 5750 palavras, a apresentação inicial de recrutamento e o processamento todo durou quase três horas, durante as quais houve também vários intervalos em que o recrutador meio que se desligou e ficou sentado num silêncio pesado e incongruente durante o qual ele podia ou não estar dormindo — os óculos escuros dificultavam a análise. (Depois me informaram que essas pausas inexplicáveis também eram parte de uma triagem inicial de recrutamento e da "avaliação disposicional" e que aquele escritório fuleiro de recrutamento, na verdade, estava sob uma sofisticada vigilância em videotape — um dos formulários exigidos continha uma "Autorização para Gravação" enterrada nas letras miúdas de um dos subparágrafos, que eu obviamente não percebi na época — e que as nossas taxas de movimentos inquietos e bocejos e certas características de postura, posição e expressão facial em certos contextos seriam verificadas e comparadas com vários gabaritos psicológicos e fórmulas preditivas que a subdivisão de Recrutamento e Treinamento da Divisão de Recursos Humanos do Setor de Controle Interno do Serviço tinha desenvolvido muitos anos antes, o que é, por sua vez, uma história supercomprida e complicada que envolve a ênfase que o Serviço dava, nos anos 60 e 70, à maximização do "fluxo", ou seja a maior eficiência possível em termos do volume de declarações de renda e de documentos processados, verificados, auditados e corrigidos num dado trimestre fiscal. Apesar do conceito de eficiência do Serviço passar por mudanças nos anos 80, à medida que novas prioridades governamentais iam chegando aos poucos do Tesouro e do Três-Meias, com uma ênfase institucional na maximização da receita e não no fluxo de declarações, a ênfase naquela época — ou seja, janeiro de 1979 — exigia que se triassem os recrutas em busca de um conjunto de características que se resumiam numa capacidade de manter a concentração sob condições extremas de tédio, complicação, confusão e ausência de informações abrangentes. O Serviço estava, nas palavras de um dos instrutores de Análises no CAT de Indianápolis, procurando "engrenagens, não velas de ignição".

No fim, começava a escurecer e a nevar de novo quando o recrutador anunciou que o processo tinha chegado ao fim, e a gente — a essa altura já tinha talvez umas cinco, seis pessoas na plateia, já que alguns foram chegando durante a apresentação formal — recebeu cada um uma pilha de pacotes de material grampeado da altura de uma resma de papel numa pastona do IRS. As instruções finais do recrutador eram que quem ali se sentisse potencialmente interessado fosse pra casa ler aquilo tudo com atenção, e aí voltar no dia seguinte — que era, se não me falha a memória, uma sexta-feira — pro outro estágio do processo de recrutamento.

Pra ser sincero, eu tinha esperado uma entrevista e tudo quanto era tipo de pergunta sobre a minha formação, a minha experiência, os meus direcionamentos de carreira e comprometimentos. Esperava que eles fossem querer analisar que eu era coisa séria e que não estava ali só pra garfar um financiamento estudantil de graça com o IRS. Como era previsível, eu tinha esperado que o Serviço de Receita Interna — que o meu pai, cujo trabalho na prefeitura compreensivelmente envolvia lidar com o IRS em vários níveis diferentes, temia e respeitava — tivesse uma sensibilidade delicadíssima quanto à possibilidade de ser passado pra trás ou enganado de alguma maneira, e lembro, na longa caminhada do ponto de ônibus até ali, de ter ficado apreensivo sobre o que dizer em resposta a perguntas duras a respeito da origem do meu interesse e dos meus objetivos. Eu estava preocupado em achar um jeito de dizer a verdade sem que os recrutadores do Serviço reagissem como o pró-reitor de Assuntos Acadêmicos tinha reagido e sem que eles pensassem de mim de alguma forma minimamente parecida como a que pensei da cristã da bota multifloral da minha já mencionada lembrança da Lindenhurst. Até onde posso lembrar, no entanto, não me pediram pra dizer quase nada naquele primeiro dia de recrutamento depois do oi inicial e de uma ou outra perguntinha inócua — além do meu nome, claro. Quase tudo que forneci, como eu já disse, foi na forma de formulários, muitos deles com códigos de barra no canto inferior esquerdo — esse detalhe lembro porque foram os primeiros códigos de barra que recordo de ter visto na vida.

Enfim, a pasta do recrutador estava tão cheia de tarefas de casa inacreditavelmente áridas e obscuras que você essencialmente tinha que ler cada linha várias vezes pra extrair algum sentido do que aquilo estava tentando dizer. Eu quase não acreditei. Eu já tinha tido uma amostrinha da linguagem real da contabilidade com os manuais que a gente teve que ler pra contabilidade empresarial e auditoria 1, que estavam as duas em curso — quando o tempo permitia — na DePaul, mas o material do Serviço fazia aqueles manuais parecerem brincadeira de criança. O maior pacote na pasta era uma coisa impressa numa copiadora quase sem toner que se chamava *Exposição de regras de conduta*, que na verdade vem do artigo 26, §601 do *Código de regulamentações federais*. Um trecho de 1102 palavras que lembro de ter folheado e visto logo de cara e lido, só pra dar uma ideia do que eu ia ter que ler durante aquilo era o ¶1910, §601 201ª(1)(g), subparte XI:

> Para decidir sobre solicitações concernentes à classificação de uma organização como sociedade limitada em que uma empresa é o único sócio geral, ver Proc. Rec. 72-13, 1972-1 CB 735. Ver também Proc. Rec. 74-17, 1974-1 CB 438, e Rec. Proc. 75-16, 1975-1 CB 676. O Procedimento da Receita 74-17 anuncia certas regras operacionais do Serviço relacionadas à emissão de cartas de decisão avançada concernentes à classificação de organizações formadas como sociedades limitadas. O Procedimento da Receita 75-16 estabelece uma lista de pontos que destaca informações obrigatórias frequentemente omitidas em pedidos por decisões relacionadas à classificação de organizações para fins de tributação federal.

Essencialmente, a coisa toda era desse jeito. E eu também não sabia, naquela época, que a gente ia ter que praticamente decorar o manual de *Regras de procedimento* inteirinho, 82 617 palavras, lá no Centro de Avaliação e Treinamento, menos pra fins de informação — já que a mesa Tingle de cada analista do IRS ia ter as *Regras de procedimento* incluídas no *Manual da receita interna* bem ali na última gaveta da direita, preso com uma correntinha pra ninguém pegar ou levar emprestado, já que todo mundo tinha que estar com o seu na mesa o tempo todo — e mais como um tipo de ferramenta de diagnóstico pra ver quem conseguia ficar ali sentado horas a fio se aplicando àquilo versus quem não conseguia, o que obviamente tinha a ver com quem daria conta da coisa em vários níveis de complexidade e aridez (o que, por sua vez, é o motivo do componente de Análises do curso de treinamento do CAT ser conhecido no CAT como "Concentração de Campo"). O meu melhor palpite na época, ali sentado no quarto do meu tempo de menino na casa do meu pai em Libertyville (o dormitório da DePaul ainda não estava aberto, porque uns canos congelados tinham estourado — a tempestade e as suas consequências ainda estavam paralisando boa parte da cidade), era que eles pedirem pra gente ler aquilo era algum tipo de teste ou de barreira pra ajudar a determinar quem estava motivado e era sério de verdade e quem estava só de bobeira tentando arrancar umas mensalidades escolares do governo. Eu ficava o tempo todo imaginando o camarada indigente que comeu aquele monte de *doughnuts* na apresentação daquele dia deitado numa caixa de papelão de algum eletrodoméstico num beco, lendo uma página do pacote e aí tacando fogo pra ter luz e ler a outra. De certa maneira, acho que aquilo era essencialmente o que eu estava fazendo também — tive que deixar de lado quase todas as minhas tarefas das aulas do dia seguinte pra poder passar boa parte da noite em claro lidando com o material do Serviço. Eu não me senti irresponsável, apesar de também não me sentir especialmente romântico ou heroico. Era mais como se eu tivesse apenas que escolher o que era mais importante.

Eu li mais ou menos aquilo tudo. Não vou nem dizer quantas palavras *in toto*. Foi quase até as cinco da manhã. Bem no fim — não exatamente no fim, mas enfiados entre duas páginas da transcrição de um caso de 1966 da Justiça Tributária dos EUA chamado *Corporação Pecuária Uinta v. EUA* perto do fim da pasta — tinha mais uns formulários pra preencher, o que reforçava a minha ideia de que aquilo no fundo era um teste pra ver se a gente era sério e estava interessado naquilo a ponto de mandar brasa e gramar com a coisa toda. Eu não posso dizer que li tudinho com cuidado, claro. Um dos poucos pacotes que não eram zumbificantes de tão chatos era uma resumida dos Centros de Avaliação e Treinamento do IRS e dos vários tipos de lotações de nível básico oferecidos aos recrutas que saíam do curso do CAT com níveis variados de educação e de pacotes de incentivos. Existiam dois Centros de Avaliação e Treinamento do IRS, em Indianápolis e Columbus OH, cujas fotos e regulamentos estavam no pacote, mas nada de específico sobre o treinamento propriamente dito. Como em geral acontece com cópias de xerox, as imagens eram basicamente umas manchonas pretas com umas manchinhas brancas indistintas; não dava pra ver de verdade o que tinha ali. Diferente dos tempos de hoje, o protocolo naquela época era que se você queria uma carreira séria no Serviço, com contrato e um nível de carreira no funcionalismo acima de GS-9, você tinha que passar por um curso no CAT, que durava doze semanas. Você também tinha que entrar pro sindicato dos Funcionários do Tesouro, se bem que a informação a respeito dessa norma não estava incluída no pacote. De resto você era, em essência, um trabalhador temporário ou ocasional, e o Serviço usa montes desses trabalhadores, principalmente nos níveis mais baixos do Processamento e das Análises de Declarações. Eu lembro que a representação da estrutura do Serviço na Lista de Lotações era bem mais simples e menos abrangente que o diagrama da apresentação do recrutador, se bem que esse aqui também tinha um monte de asteriscos e de linhas duplas e simples ligando várias partes da grade na página, e a legenda dessas marcas estava meio cortada porque alguém xerocou a coisa meio enviesada. Naquela época, os seis nós principais dos setores do Serviço consistiam de Administração, Processamento de Declarações, Adimplência, Cobranças, Controle Interno, Serviços de Apoio, e uma coisa chamada Setor Técnico, que era o único setor com a própria palavra *Setor* ali no nome no diagrama, o que na época achei curioso. Cada setor então se ramificava em várias divisões subordinadas — trinta e seis divisões ao todo, se bem que no Serviço dos dias de hoje agora são quarenta e oito divisões separadas, algumas com funções intracoordenadas e sobrepostas que têm que ser otimizadas e controladas pela Divisão de Mediação Divisional, que é ela própria — de um jeito meio confuso — uma divisão tanto do Setor de Administração quanto do de Controle Interno. Cada Divisão então compreendia também numerosas subdivisões, algumas com umas fontes que iam ficando extremamente pequenas e ruins de ler. A Divisão de Análises do Setor de Adimplência, por exemplo, compreendia posições — apesar de só as lotações marcadas com fonte itálica (que era praticamente impossível de entender no xerox) precisarem de um contrato federal ou de um curso no CAT — de auxiliar, mensageiro, entrada de dados, processamento de dados, classificação, correspondência, interface com escritório distrital, interface com escritório regional, serviços de mecanografia, aquisições, interface com auditoria e pesquisa, secretaria, RH, interface com o centro de serviços, interface com o centro de computação, e assim por diante, assim como lotações formais de "analista moleza" agrupadas (naquela época, apesar de aqui no CRA Meio-Oeste agora as caracterizações de grupo serem bem diferentinhas) segundo os tipos de declaração em que elas se especializavam, codificadas no diagrama como 1040, 1040A, 1041 e "Gordas", o que se refere a uma 1040 complicada com mais de quatro formulários ou anexos. Além disso, as declarações de pessoas jurídicas 1120 e 1120S são verificadas por analistas especiais conhecidos na Análise como "imersivos", o que não constava da página de recrutamento, já que as análises imersivas são conduzidas por uma elite especial de analistas treinadíssimos que têm a sua própria seção especial nas instalações do CRA.

Enfim, como eu ainda lembro, a ideia óbvia era que qualquer pessoa que estivesse realmente a sério ali ia fazer o que pudesse pra tentar ler o conteúdo todo da pasta, ia ver e preencher as partes relevantes dos formulários lá no fim, e aí ia se esforçar pra dar um jeito de voltar lá, se o tempo permitisse, pra estação de recrutamento na West Taylor no dia seguinte às nove da manhã pra uma coisa que a folha final chamava de "processamento avançado". Também nevou naquela noite de novo, apesar de não ter sido tão pesado, e às quatro da manhã dava pra ouvir o som terrível dos removedores da prefeitura de Libertyville raspando o concreto todinho das ruas na frente da janela do quarto do meu tempo de menino — além disso, os barulhos dos pássaros quando o sol nasceu foram incríveis, fazendo as luzes de algumas casas da nossa rua acenderem irritadas — e a CTA ainda estava rodando com uns horários esquisitos. Ainda assim, mesmo com a montoeira de gente naquela hora do dia e com as dificuldades da caminhada saindo do Grant Park, cheguei de novo na estação de recrutamento ali na fachada do prédio quando não eram mais que 9h20 da manhã (apesar de estar coberto de neve de novo), pra ver que não estava mais ninguém ali do dia anterior a não ser o mesmo recrutador do Serviço com uma cara tão mais exausta e descomposta que, quando entrei e disse que estava pronto pro processamento avançado e entreguei os formulários da lição de casa que eu tinha encarado, ele olhou de mim pros formulários e pra mim de novo, com o mesmíssimo tipo de sorriso de alguém que, na manhã de Natal, acabou de desembrulhar um presente caro que já tinha.

§23

Sonho: eu via fileiras de rostos em perspectiva sobre os quais brincavam vagas emoções, como a luz de uma chama distante. A plácida desesperança da vida adulta. O complexo remorso. Um ou dois, os mais vivos, pareciam mais bonitos de um modo sem sentido. Muitos outros pareciam vazios como as caras nas moedas. Pelos cantos havia funcionários de escritório correndo com as infindáveis mínimas tarefas envolvidas nos atos de postar, arquivar, classificar, de rosto vaziamente ávido, pleno da energia desatenta que você enxerga nos insetos, no mato, nas aves. O sonho parecia durar horas, mas quando eu recobrava consciência os braços do Super-Homem (o relógio foi um presente) estavam na mesma posição da última vez em que eu tinha olhado.

O sonho era a minha psique me ensinando o que era tédio. Acho que eu vivia entediado quando era criança, mas o tédio não era o que eu sabia que era — o que eu sabia era que eu vivia *preocupado*. Eu era um menino aflito, nervoso, ansioso, preocupado. Eram essas as palavras dos meus pais, e elas se tornaram as minhas. Distendidas tardes úmidas de domingo, com a minha mãe e o meu irmão em algum recital e o meu pai dormindo no sofá diante de um jogo dos Bengals, com o libreto de *Norma* aberto no peito, eu sentia o tipo de tédio alado, sem telhados, que transcende o tédio e vira preocupação. Não lembro com o que me preocupava, mas lembro da sensação, e era uma ansiedade cuja falta de um objeto determinado era o que a tornava horrenda, flutuante. Olhava pela janela e via o vidro em vez do que havia além dele. Ficava pensando nos tipos de joguinhos, brinquedos e projetos para desenvolvimento infantil que a minha mãe sempre sugeria e de dentro do tédio não só não os achava atraentes como ainda me via incapaz de imaginar de que maneira alguém em algum lugar poderia ter a estúpida energia de se entregar a algum tipo de diversão infantil ou de ficar sentado o tempo que leva para ler um livro com figuras — o mundo todo era torpe, enervado, mergulhado em preocupação. As palavras e sensações dos meus pais viravam as minhas, à medida que eu assumia as responsabilidades decorrentes do meu papel no drama da família, o delicado filho nervoso, objeto das atenções da minha mãe, como o meu irmão era o filho motivado e inteligente, cujo piano enchia a casa quando chegávamos da escola e mantinha o crepúsculo do outro lado da janela, que era o seu lugar. Na psicoterapia depois do incidente com o meu filho, uma livre associação acabou me fazendo lembrar de uma apresentação do tipo Grandes Obras a respeito de Aquiles e Heitor no fim do ensino médio, e lembrei de ter visualizado nitidamente que a minha família era Aquiles, meu irmão era o escudo de Aquiles e eu o calcanhar da família, a parte da família que a minha mãe ficou segurando e tornou não divina, e que a percepção veio no meio da minha fala e me abandou de novo tão rápido que não tive tempo de agarrar, apesar de ter passado boa parte da adolescência e dos meus primeiros anos de adulto me concebendo como um calcanhar ou um pé — minhas represensões internas por exemplo muitas vezes constituíam de eu me chamar de "calcanhar", e era verdade que os pés, sapatos, meias e tornozelos das pessoas costumavam ser as primeiras coisas que eu reparava nelas. Exatamente como o meu pai era o guerreiro maltratado mas obstinado — massacrado dia a dia numa campanha cuja falta de sentido era parte de sua força corrosiva. O papel da minha mãe no *corpus achillianus* continua obscuro. Também não sei se na infância o meu irmão tinha consciência do fato de que o momento em que ele estudava à tarde sempre coincidia com a hora em que o meu pai voltava para casa; em certo sentido acho que toda a carreira de pianista do meu irmão se desenrolou em torno dessa necessidade de que houvesse luz e música às 5h42 para a reentrada do meu pai, que de alguma maneira a vida dele dependia disso — todo dia ele criava a transição oposta à do sol, da morte à vida.

Não é surpreendente que eu tenha tido dificuldades na escola, com suas fileiras de rostos vazios, lâmpadas, cúpulas e tela aramada nas janelas e uma regulamentação da educação primária que ainda se mantinha no Meio-Oeste — memorização e regurgitação, tabuada, gramática prescritiva e diagramas de sentenças, tendo apenas por enfeite o alfabeto de cartolina num guilhochê de cortiça que ficava em cima da lousa. Cada sala de aula continha trinta mesinhas para os alunos em cinco fileiras de seis; cada uma tinha piso de lajotas brancas com formas insubstanciais e nebulosas de um castanho e cinza, que eram descontínuas porque quem quer que tenha aplicado as lajotas não se deu ao trabalho de casar os padrões. Cada sala tinha seu relógio na parede, fabricado pela Benrus, sem ponteiro dos segundos e com um ponteiro dos minutos que se movimentava com discretos estalos em vez de com silentes estalos contínuos; o sistema de relógios se conectava à campainha da escola, que tocava 55 minutos depois de cada hora, de novo na hora exata, e de maneira algo mais lúgubre aos dois minutos, registrando atrasos e interrompendo os comentários iniciais de cada instrutor. A escola cheirava a cola branca, botas de borracha, comida azeda da cantina e a um morno odor biótico de muitos corpos e do fixador das lajotas do piso enquanto trezentos mamíferos lentamente aqueciam as salas durante o dia. Quase todo o corpo docente era composto de mulheres assexuadas, velhas (ou seja, mais velhas que a minha mãe) e severas ainda que não desprovidas de bondade, com uma pequena dose de homens mais jovens — um, que dava aula de matemática para a quarta série, de fato se chamava sr. Buonanima — levados à pedagogia pelo vago idealismo político que mal começava a surgir (sem que eu soubesse) em universidades bem distantes do meu mundo. Os rapazes eram os piores, deploravelmente autoritários, deprimidos e amargos, porque o idealismo que os tinha levado até nós não dava conta da burocracia petrificada do Sistema Escolar de Columbus nem da passividade inerte de crianças às quais eles sonhavam inspirar (entenda-se: doutrinar) um leve liberalismo (*paz* era uma palavra importante para esses sujeitos) que serviria de réplica e elogio a seu próprio liberalismo, crianças que em vez disso estavam trancafiadas em si mesmas e num tédio institucional a que não conseguiam dar nome, mas para o qual já tinham perdido o coração.

§24

Autor aqui.¹ Eu cheguei para processamento e recepção no Posto 047 do IRS de Lake James Illinois² em algum momento de meados de maio de

---

1 Não vou ficar dizendo isso toda vez que eu, o autor de verdade, estiver ativamente narrando. Por enquanto estou incluindo esse aviso só como uma dica inócua pra te ajudar a manter em ordem as diversas partes e os diversos agonistas do livro, já que (como explicado no Prefácio do Autor) a situação legal aqui acarreta certo grau de polifonia e de fluxo.
2 Naquela época, Lake James era algo entre um subúrbio e uma cidade independente da Peoria metropolitana. O mesmo é verdade sobre outras comunidades próximas, como Peoria Heights, Bartonville, Sicklied Ore, Eunice &c., sendo que estas duas últimas faziam fronteira com Lake James ao longo de certas regiões não urbanizadas a leste e oeste. A coisa toda desses distritos-separados-mas-interligados tinha a ver com a inexorável expansão da cidade e sua anexação da rica terra agricultável à sua volta, o que com o tempo levou certas comunidades agrícolas pequenas e anteriormente isoladas a entrarem na órbita de Peoria. Eu sei que cada uma dessas cidadezinhas-satélites tinha sua própria estrutura de impostos territoriais e sua própria autoridade de zoneamento urbano, mas em muitos outros campos (p. ex., proteção policial) elas funcionavam como distritos suburbanos da Peoria propriamente dita. A coisa toda podia ser extremamente embrulhada e confusa. Por exemplo, o endereço da fachada do Centro Regional de Análise estava registrado como Self-Storage Parkway, 10 047, Lake James, IL, enquanto o endereço postal oficial do CRA era "Centro de Análise do Serviço de Renda Interna, Peoria IL 67 452". Isso pode ser porque a agência dos Correios na região central de Peoria, na G Street, tinha toda uma área separada com três caixas postais pro CRA, no entanto, além de um par de bitrens especiais que saíam da ruela fechada dos fundos três vezes por dia pra ir até as do-

1985. Foi muito provavelmente na quarta-feira, ou em torno da quarta-feira 15 de maio.³ De um jeito ou de outro, o negócio é que eu me transferi pra Peoria em seja qual tenha sido o dia particular de maio vindo da casa da minha família em Philo, pra onde meu breve retorno tinha sido digamos nada triunfante, e onde certos membros da minha família passaram basicamente

---

cas de descarga do CRA atrás do Anexo, ou seja, pode ser que o endereço postal fosse de Peoria simplesmente porque era pra lá que a montanha diária de correspondência ia de fato. Ou seja, pode ter sido mais uma questão da relação entre o Serviço Postal dos Estados Unidos e o IRS do que qualquer outra coisa. Como tantas outras características do IRS e do Serviço, a resposta pra essa questão da incongruência de locação-física & -postal é sem sombra de dúvida incrivelmente complicada e idiossincrática e pra ser desemaranhada e efetivamente compreendida seria preciso mais tempo e energia do que qualquer pessoa boa da cabeça estaria disposta a gastar. Outro exemplo: A coisa realmente relevante e representativa a respeito de Lake James enquanto cidade é que apesar de ela ter a palavra "lago" no nome, não tem lago nenhum lá. Existe, a bem da verdade, um corpo de água chamado lago James, mas objetivamente aquilo está mais pra uma grande poça fétida, entupida de algas por causa do agrochorume, coisa de quase vinte quilômetros a noroeste de Lake James propriamente dito, mais perto de Anthony Illinois, cidade que na verdade é separada de Peoria e tem seu próprio CEP &c. &c. ... Em outras palavras, incongruências como essas são complexas e desorientadoras, mas no fundo nem são tão importantes a não ser que você esteja imerso nas minúcias geográficas de Peoria (possibilidade que eu decidi que posso supor com segurança ser bem remota).

3 N.B.: Não vou ser desses memorialistas que fingem que lembram tudo quanto é fato e tudo quanto é coisa com detalhes fotorrealistas. A mente humana não funciona desse jeito, e todo mundo sabe; é um artificialismo insultante num gênero que pretende ser 100% "realista". Pra falar a verdade, acho que você merece coisa melhor e que você tem inteligência suficiente pra compreender e quem sabe até aplaudir quando o autor de suas memórias tem a integridade de admitir que não é algum monstro eidético. Ao mesmo tempo, não vou ficar perdendo tempo me enrolando com qualquer buraquinho e qualquer imprecisão na minha própria memória, coisa cujos riscos ficam muito bem ilustrados no solilóquio vocacional do "Irrelevante" Chris Fogle (cf. §22 supra, que ainda foi violentamente editado e recortado) como parte da debacle do abortivo documentário fajuto de recrutamento/motivacional da Divisão de Pessoal em 1984, que acabou sendo uma debacle em parte porque Fogle e outros dois ou três tagarelas mais fominhas ocuparam tanto filme e tanto tempo, e porque o sr. Tate deixou de mandar seu representante, o sr. Stecyk, atribuir a alguém in loco a responsabilidade de manter a resposta das pessoas à "pergunta do documentário" abaixo de um certo teto de sanidade, o que significou que o suposto "documentarista" e sua equipe tiveram todo incentivo do mundo para deixar Fogle & cia. mandarem ver enquanto eles ficavam lá olhando o vazio e calculando o total atualizado das horas extras acumuladas que estavam embolsando. A coisa toda, apesar de seu óbvio valor documental, foi evidentemente uma merdarada sem fim, uma das muitas que o Tate provocou quando se deixou levar pelos seus surtos mentais em vez de simplesmente deixar o Stecyk cuidar de tudo no escritório de RH como sempre.

todo o breve tempo que eu fiquei em casa olhando pro relógio. Sem mencionar ou identificar ninguém em especial, digamos apenas que a atitude geral na minha família tendia a ser "O que você fez por mim recentemente?" ou, talvez melhor, "O que você conseguiu/ganhou/obteve recentemente que pode de alguma maneira (imaginária ou não) reverter em alguma coisa boa pra gente e deixar a gente se refestelando com algum tipo de realização (real ou não) revertida?". Era mais ou menos como uma empresa com fins lucrativos, a minha família, na medida em que você basicamente era avaliado pelas vendas que conseguiu fazer no último trimestre. Se bem que, sabe como, enfim. Pode apostar que não me ofereceram nenhuma caroninha familiar até Peoria, apesar de eu poder ter ganhado uma ida até a rodoviária, que em Philo ocupava uma esquina do estacionamento do supermercado IGA local, que não ficava assim tão longe, mas teria sido uma caminhada horrenda com o meu terno de três peças de veludo cotelê na umidade grudenta da pré-aurora (que, no sul do Meio-Oeste, também é um dos dois horários nobres do dia pra atividade mosquítica, sendo que o outro é o pôr do sol, e os mosquitos não são só um incômodo mas uma coisa séria pacas) e carregando duas malas pesadas (isso foi alguns anos antes do súbito impulso que alguém deu no ramo de bagagens ao perceber que as malas podiam receber rodinhas e alças telescópicas pra poderem ser puxadas, que foi exatamente o tipo de abrupto avanço engenhoso que torna o capitalismo empreendedor um sistema tão empolgante — ele incentiva as pessoas a deixar as coisas mais eficientes). Fora que eu ainda estava com a minha adorada pasta de mensageiro, que tinha sido herdada de um parente não próximo mais velho que tinha cumprido serviço de escritório no Havaí nos últimos anos da Segunda Guerra Mundial e que parecia um pouco uma valise (ou seja, a bolsa parecia) a não ser por não ter alça e ser portanto carregada debaixo do braço e que continha o tipo de bens íntimos ou insubstituíveis, coisas de banheiro, estojo customizado pro tampão de ouvido, emplastros e unguentos dermatológicos, e papéis importantes que qualquer pessoa em sã consciência leva consigo em vez de entregar aos desmandos do transporte de bagagens. Esses papéis incluíam minha correspondência recente tanto com o pessoal dos Empréstimos Estudantis Garantidos quanto com o Escritório do Comissário Regional Adjunto de Recursos Humanos da Região Meio-Oeste do IRS, além da minha cópia do contrato assinado do IRS e do formulário OL-141 que constituía a minha suposta "Ordem de Lotação" para o CRA Meio-Oeste, ambos (ou seja, ambos documentos) evidentemente necessários pra eu poder adquirir meu crachá de Identificação Profissional, que tinham dito pra eu pegar assim que chegasse à "Estação de Processamento GS-9" num determinado horário que estava preenchido à mão numa linha borrada, carimbada de qualquer jeito, perto do pé da Ordem de Lotação.[4]

(Um aparte rapidinho aqui. Malgrado sua autoindulgência generalizada e sua quedinha por ficar retorcendo as mãos, o "Irrelevante" Chris Fogle do §22 na verdade acertou uma coisa bem na mosca. Se você levar em consideração como a mente humana funciona, são os detalhes pequenos e sensualmente específicos que tendem a ser lembrados com o passar do tempo — e, ao contrário de certos ditos memoristas, eu me nego a fingir que a mente funciona de um jeito diferente do que ela faz. Ao mesmo tempo, pode ficar tranquilo que não sou o Chris Fogle e não tenho intenção de cuspir em cima de você cada sensação e cada ideia passageira que por acaso eu recorde. Meu negócio aqui é arte, e não a simples reprodução. O que colegas logorreicos como o Fogle não conseguem entender é que há tipos de verdade imensamente diferentes, sendo que alguns são incompatíveis com outros. Exemplo: uma lista detalhada e 100% precisa do tamanho e do formato exatos de cada folha de grama no meu jardim é "verdadeira", mas não se trata de uma verdade que vá gerar interesse em alguém. O que torna uma verdade significativa, válida &c. é sua relevância, o que por sua vez requer um discernimento e uma sensibilidade extraordinária pra contextos, questões de valor e pro sentido geral da coisa toda — senão dava na mesma se a gente fosse um monte de computadores baixando dados brutos de um pro outro.)

Havia também, num dos milhares de engenhosos bolsinhos internos e externos da pasta de mensageiro, certa documentação corroboratória na forma de correspondência intrafamiliar pessoal provinda de certo parente inominado e não próximo que gozava do que se poderia chamar de signifi-

---

[4] Não tenho mais esse Formulário OL-141 original de duas páginas, que foi consumido pelos sistemas de arquivamento da Resolução de Problemas dos Sistemas de Controle Interno e de Recursos Humanos do CRA durante toda a balbúrdia e a comédia de erros que cercou a minha lotação inicial equivocada numa Unidade de Análise Imersiva, história essa que será exposta com todos os seus detalhes patéticos e megaburocráticos a seguir.

cativa "influência" no Escritório do Comissário Regional Meio-Oeste do IRS em Joliet, no norte,[5] que tecnicamente não era nem pra eu ter (e que estava meio amarfanhada depois de ter sido retirada do cesto de lixo de um parente inominado e mais próximo), mas que parecia prudente manter em mãos pro caso de alguma emergência burocrática ou necessidade de último caso.[6] Em geral, a minha atitude com as burocracias era a mesma da maioria dos americanos comuns: eu tinha ódio e medo delas (ou seja, das burocracias) e basicamente as via como máquinas imensas, massacrantes e impessoais — isto é, elas pareciam rigidamente literais e presas à obediência de regras do mesmo jeito que as máquinas são e quase tão estúpidas quanto elas.[7] Datando pelo menos de um imbróglio em 1979 com o Departamento de Trânsito estadual e com a nossa seguradora a respeito dos termos e da cobertura da minha Carteira de Aprendiz depois de um incidente tão risivelmente inconsiderável que mal podia ser chamado de colisão, a minha associação primária com a palavra *burocracia* era a de uma imagem de alguém sem expressão facial atrás de

---

[5] N.B.: Com a possível concorrência apenas de East Saint Louis, Peoria e Joliet são consabidamente as duas mais horrendas, mais depauperadas e depressivas antigas cidades industriais de Illinois,* coisa que no fundo nem é coincidência, já que gera uma economia estatisticamente verificável para o Serviço em termos tanto de instalações quanto de mão de obra. A localização de quase todos os QGs, CRAs e Centros de Serviço regionais em cidades depauperadas e/ou desvitalizadas, cuja origem pode ser encontrada lá na grande reorganização do Serviço e na descentralização que se seguiu ao relatório da Comissão King diante do Congresso em 1952, é apenas um sinal das arraigadas filosofias pró-negócios e -resultados que começaram a ganhar força no Serviço já na administração Nixon.

   * Como parte do contexto geral relevante, fique sabendo que as cinco maiores cidades e regiões metropolitanas de Illinois em termos de população (fora Chicago, que é mais meio que uma galáxia independente) *c.* 1985 eram, em ordem descendente, Rockford, Peoria, Springfield, Joliet e Decatur.

[6] Aliás, ainda estou com essa carta, que por motivos legais me disseram que não posso reproduzir, a não ser que seja só uma sentençazinha tipo *"fair use"*, só pra "dar o gosto" da coisa, procedendo então a sentença que escolhi do segundo parágrafo manuscrito, imaculadamente burocrático; a saber: "Ele deverá receber apenas um emprego humilde no começo e caberá a ele subir na carreira via aplicação e concentração", sendo que na margem ao lado dela o destinatário inominado dessa carta tinha distraidamente rabiscado ou um "HA!" ou um "HAH!", a depender de como se tentasse decodificar a caligrafia angulosa e quase indecifrável de alguém pra quem "um drinquezinho antes do jantar" envolvia uma caneca e nenhum gelo.

[7] Isso, não esqueça, foi nos estertores da era dos *mainframes*, do armazenamento de dados em fitas e cartões &c., coisa que agora parece flintstonicamente distante.

um balcão, sem ouvir nenhuma das minhas perguntas ou explicações de circunstâncias, ou então entendendo errado e meramente recorrendo a algum manual de regulamentações impessoais enquanto carimbava meu formulário com um número que significava que eu seria encaminhado a alguma outra espécie de despesa ou de encheção frustrante e tediosa. Duvido que você precise de muito convencimento pra entender por que a minha experiência recente com a Diretoria Jurídica e o escritório do Gestor Acadêmico da universidade (cf. §9 supra) não tinham exatamente mitigado essa opinião. Por mais que fosse meio vergonhoso, achei que qualquer tipo de prova da existência de alguma conexãozinha influente pudesse ser útil pra me arrancar de alguma longa fila cinzenta de suplicantes sem rosto caso houvesse problemas ou confusões[8] no Centro Regional de Análise, que eu tinha concebido antecipadamente como alguma espécie de versão ultraburocrática do castelo de Kafka, um imenso Departamento de Trânsito ou Diretoria Jurídica.

A título de antecipação e explicação adiantada, vou também admitir aqui já de cara que há coisas daquele dia de chegada e recepção que eu não recordo lá muito bem, devido pelo menos em parte ao tsunâmi de dados sen-

---

8 Por mais que agora pareça pueril, sei que às vezes eu sentia uma angústia irracional diante da possibilidade de que o rolo recente na universidade tivesse acabado chegando a algum sistema misteriosamente universal de recuperação de dados a que o IRA de alguma forma estivesse ligado, e de que algum tipo de campainha ou de sirene fosse soar de repente quando eu me apresentasse no balcão pra pegar a identificação e o crachá, e coisa e tal... um medo irracional que eu sabia que era irracional e assim não chegava a admitir plenamente na minha consciência, se bem que ao mesmo tempo sei que passei pelo menos parte do interminável período ali a bordo do ônibus pra Peoria desligadamente elaborando planos de emergência e roteiros pra como, se e quando soasse a campainha ou sirene, eu poderia evitar voltar pra casa em Philo no mesmo dia em que tinha saído e encarar fosse lá quem fosse abrir a porta quando eu batesse e me visse ali na varandinha imunda de casa com as malas e a pasta de mensageiro — em alguns momentos sei que a angústia inconsciente consistia apenas de visualizar a expressão no rosto de qualquer parente imediato que abrisse a porta, me visse e abrisse a boca pra dizer alguma coisa, quando então eu percebia que estava elaborando fantasias angustiadas e as afastava da mente ali no ônibus, voltando ao livro incrivelmente insípido que me tinha sido dado de "presente", pela minha família, a ideia que eles faziam de apoio, esse "presente" que me foi entregue na hora do jantar na noite anterior à minha partida (jantar especial de despedida que, aliás, consistiu de [a] sobras e [b] espigas de milho no vapor que eu tinha acabado de ajustar o aparelho e nem podia sonhar que ia comer), depois de primeiro me dizerem para abrir o presente com muito cuidado pro papel poder ser reutilizado.

sórios e técnicos e de complicações burocráticas que me aguardava quando cheguei e fui pessoalmente levado pela mão e guiado — com um grau de solicitude que, conquanto inesperado e desorientador, teria sido satisfatório pra praticamente qualquer um — até o escritório de Recursos Humanos do CRA, pulando a Estação de Lotação GS-9 (localizada sabe Deus onde) que as Ordens de Lotação borradas e cheias de erros tipográficos dentro da minha pasta de mensageiro tinham me instruído a encontrar e diante da qual eu deveria fazer fila. Como quase sempre acontece com mentes humanas inundadas por um excesso de dados, guardei apenas imagens isoladas e recortes incompletos daquele dia, e agora vou pegar e escolher uns pedaços especialmente selecionados dos mesmos não apenas como uma maneira de apresentar as condições atmosféricas do CRA e do Serviço, mas também de ajudar a explicar o que pode inicialmente parecer passividade minha (era mais uma pura e simples confusão[9]) diante do que pode parecer, com a nitidez das coisas vistas quando se faz um retrospecto, um caso óbvio de lotação equivocada ou de identidade trocada. Só que na hora não foi óbvio; e esperar que alguém percebesse tudo imediatamente, entendesse tudo aquilo como um erro e tomasse providências imediatas pra corrigir a coisa toda é meio como esperar que alguém perceba e corrija alguma incongruência à sua volta no mesmíssimo instante em que cem flashes de repente disparam na sua cara. Há um limite pra quantidade de dados complexos que o sistema nervoso humano dá conta de processar, em outras palavras.

    Mas eu lembro de estar ali parado num canto do estacionamento do supermercado IGA de terno com as malas e a minha pasta quando a aurora oficialmente surgiu. Pra quem nunca viveu um nascer do sol no Meio-Oeste rural, o negócio é basicamente tão delicado e romântico quanto uma pessoa de repente acendendo a luz num quarto escuro. Isso porque a paisagem é tão plana que não há o que possa obstruir ou gradualizar o aparecimento do sol. Ele simplesmente surge ali de repente. A temperatura sobe na hora cinco graus; os mosquitos se escafedem pra sabe lá onde é que os mosquitos se reúnem pra planejar uma nova invasão. Logo a oeste, a linha do telhado da igreja

---

9 (Além de, vamos admitir, certa parcela de um alívio geral diante do que parecia ser o oposto de campainhas/sirenes e da possível rejeição por inadequação ética ou seja lá o que o meu inconsciente tinha inventado; acho que eu estava mais apavorado que reconhecia.)

de Santa Dimpna polvilhava complexas sombras sobre meia cidade. Eu estava bebendo uma latinha de refri, Nesbitt's, que é meio que a minha versão do café matinal. O terreno do IGA dá pra via principal do centro da cidade, que é a extensão intraurbana da SR 130 e que tem um nome inventivo. Já do outro lado dessa Rua Principal ficam as bombas bolhiformes e o sáurio logotipo do posto Sinclair do Clete, à frente do qual a nata dos estudantes da Philo High se reunia nas noites de sexta-feira pra beber cerveja Pabst Blue Ribbon e fuçar no mato do terreno adjacente em busca de sapos e ratos pra jogar no eletrocutador de insetos do Clete, que ele tinha modificado pra uma carga de 225 volts.

Essa, até onde sei, foi a única vez que eu andei num ônibus de uma linha comercial, e não foi uma experiência que fiquei com muita vontade de repetir. O ônibus era sujinho, e parecia que alguns passageiros estavam a bordo fazia uns bons dias seguidos, com tudo que isso acarreta em termos de higienes e inibições. Lembro que o encosto das poltronas parecia anormalmente alto e que tinha lá um tipo de barra de uma liga de alumínio pros pés e um botão no braço da poltrona pra fazer o encosto reclinar, que no caso da minha poltrona não funcionava direito. O cinzeirinho de tampa de mola no braço era um pesadelo de bolotas de chiclete e bitucas em tal abundância que a tampinha não chegava a fechar direito. Lembro de ter visto duas ou mais freiras de hábito completo mais lá na frente e de pensar que exigir que as freiras andassem naqueles ônibus comerciais imundos devia ter a ver com o voto de pobreza daquela seita; mesmo assim parecia inadequado e errado. Uma das freiras estava fazendo palavras cruzadas. A viagem levou mais de quatro horas *in toto*, já que o ônibus parou numa série infindável de cidadezinhas rançosas bem iguais à minha. O sol logo começou a tostar a traseira e o flanco de bombordo do ônibus. O ar-condicionado parecia mais um aceno vago na direção da ideia abstrata de um ar-condicionado. Tinha uma pichação horrenda feita de incisões à faca ou à sovela no plástico da parte de trás da poltrona da minha frente, que eu olhei duas vezes e aí fiz muita questão de nunca mais olhar de frente. O ônibus tinha um banheiro bem lá no fundão que ninguém chegou a tentar usar, e lembro de decidir conscientemente confiar que os passageiros tinham bons motivos pra isso em vez de ir lá me arriscar e descobrir eu mesmo o motivo. O empirismo tem limites. Há também, na memória, uma imagem descontextualizada dos pés de uma mulher com sandália de dedo de poliuretano transparente, com uma tatuagem ou de hera ou de arame farpado em volta de um tornozelo. E de um menininho de cara redonda[10] e shorts na poltrona do outro lado do corredor, com borrifos rubros de impetigo nos joelhos, e com uma suposta responsável por ele pregada no sono na poltrona geminada à do menino (o encosto dela, esse sim, reclinava), ele me olhando enquanto eu comia a caixinha de passas que estava no saquinho que eu mesmo embalei pro meu almoço na cozinha escura, o menino mexendo a cabeça inteira pra seguir o caminho de cada passa que eu levava à boca, e eu perifericamente tentando decidir se oferecia ou não algumas passas pra ele (acabou que não: eu estava lendo e não queria conversar, isso sem nem falar que só Deus sabe qual seria a história ou a situação daquela criança; fora que impetigo todo mundo sabe que é contagioso).

Vou poupar a nós todos de um excesso de recordações sensórias da rodoviária central de Peoria — que era pavorosa naquele estilo todo especial das rodoviárias de cidadezinhas tristonhas de todo lugar — ou da minha espera de mais de duas horas ali, a não ser pra registrar que o ar não tinha nada de condicionado nem de circulação, que o local estava extremamente lotado e que havia um certo número de homens solitários e grupos de dois ou três, quase todos de casaco e chapéus, ou segurando o chapéu na mão ou se abanando devagar com ele, ali sentados (nenhum aparentemente pensou em tirar o casaco nem em afrouxar a gravata); e lembro de perceber já ali que era estranho ver homens no auge da vida adulta usando o tipo de chapéu formal que normalmente você só via em homens bem mais velhos de certo tipo de origem e de certa posição social. Alguns chapéus eram excêntricos ou incomuns.

Eu sei que vi, durante a minha inspeção da área de orelhões e máquinas de venda de comida ao lado da entrada dos sanitários, o que pode muito bem ter sido uma prostituta de verdade.

Bem me lembro do burburinho desses mesmos sujeitos enchapelados na umidade e no vapor de diesel logo na frente da rodoviária; e me lembro bem dos dois sedãs de transporte do IRS, de um tom castanho feijão cozido, finalmente chegando e encostando na entrada da rodoviária, e do fato de que

---

10 Esse menino também tinha passado os primeiros, vários, minutos depois que eu embarquei e me acomodei, encarando boquiaberto a condição da lateral do meu rosto, sem fazer esforços pra esconder ou disfarçar o interesse clínico com que as criancinhas encaram, sendo que é claro que isso tudo eu vi (e de certa forma quase apreciei) com o canto do olho.

no fim havia muito mais funcionários recém-chegados ou recém-transferidos do IRS,[11] todos com fartura de bagagem, do que poderia caber nos sedãs, sendo a ordem de partida determinada não de acordo com os horários compulsórios de apresentação carimbados nos respectivos Formulários 141-OL de cada um (como teria parecido justo e racional), mas por hierarquia GS, conforme estabelecida pelas Identidades Funcionais — que eu não tinha, sendo que o meu argumento de que era precisamente pra poder *obter* uma Identidade Funcional que eu tinha recebido ordens bem específicas de estar na Estação de Processamento GS-9 às 13h40 não causou o menor impacto, talvez pelo fato de que vários outros funcionários, algo mais instantes, também estavam no mesmíssimo momento exclamando coisas pro motorista enquanto mostravam suas identidades do IRS ainda válidas; e, pouco mais tarde, vários de nós ficaram ali parados vendo os sedãs hiperlotados se afastarem da portaria rumo ao trânsito do centro da cidade, e muitos dos outros funcionários novos apenas deram de ombros e voltaram passivamente pra rodoviária, sendo a minha sensação pessoal a de que aquilo tudo não apenas era injusto e desorganizado mas servia como um amargo exemplo do que seria a vida na burocracia.

Aqui, aliás, como breve interpolação, vai uma contextualização preliminar que optei por não introduzir dissimuladamente nem apresentar através do tipo deselegante de saída dramática[12] a que tantas memórias acabam recorrendo, a saber:

O Centro Regional de Análise Meio-Oeste do IRS é uma estrutura física no formato aproximado da letra L, localizada na Self-Storage Parkway no

---

11 I.e.: esses homens todos de chapéu, chapéus que logo suspeitei e mais tarde soube de fato serem marca registrada da Divisão de Análise (exatamente como coldres de ombro para a calculadora de bolso eram o acessório típico dos auditores, tampões de ouvido e alfinetes de gravata estilizados eram do pessoal dos Sistemas, e assim por diante) de modo que as salas coletivas do CRA, fossem as molezas, fossem as imersivas, tinham todas pelo menos uma parede com um quadro de cabides pros chapéus dos analistas, já que cabides individuais de chapéus ou ganchos aparafusados à borda da Tingle da pessoa criavam obstáculos pra passagem dos carrinhos dos meninos de cargas...

12 (p.s.: fazer um dos personagens informar a outro coisas que eles de fato já sabem, apenas para transmitir tal informação ao leitor — algo que sempre achei extremamente irritante, pra não falar do quanto parece suspeito numa obra de "não ficção", embora seja verdade [conquanto misterioso] que os leitores do grande mercado parecem não se incomodar com esse tipo de enrolação.)

distrito Lake James de Peoria, IL. O que faz com que o formato em L das instalações seja somente aproximado é que os dois edifícios perpendiculares do CRA ficam bem aproximados, mas não contíguos; são no entanto conectados no segundo e no terceiro pisos por gios elevados que ficam encapsulados em carbonato de fibra de vidro de cor verde-oliva que lhes serve de escudo contra as inclementes intempéries, já que importantes documentos e cartões de armazenamento de dados são com frequência transportados por ali. Nem aquecimento nem um sistema de ar condicionado puderam ser implementados de maneira funcional nesses túneis elevados, e nos meses de verão os funcionários do Posto se referem a eles como bataans, em aparente referência à Marcha da Morte de Bataan, no fronte Pacífico da Segunda Guerra Mundial.

O maior dos dois edifícios ali, construído em 1962, abriga basicamente os escritórios do setor administrativo do Posto 047, suas unidades de processamento de dados, armazenamento de documentos e seus serviços de apoio. O outro, que é onde realmente ocorre a maioria das análises efetivas das declarações federais de imposto de renda, não pertence ao IRS, tendo sido na verdade vendido e depois alugado com o novo proprietário, uma sociedade gestora de participações sociais de natureza limitada, fundada pelos membros do quadro de sócios proprietários de uma certa Espelharia (sic) Meio-Oeste, uma manufatura de vidros e amálgama de prata que foi afogada pelas salvaguardas do UCC (cf. Cap. 7) lá na metade dos anos 70.

Alçada à categoria de município em 1845 e talvez mais conhecida como cidade natal do arame farpado, em 1873, Peoria tem papel central na estrutura regional Meio-Oeste do IRS. Situada a meio caminho entre East St. Louis, Centro Regional de Serviços do IRS, e Joliet, Escritório do Comissário Regional de Illinois, e servindo aos nove estados e catorze distritos da região, a equipe de mais de três mil funcionários do CRA Meio-Oeste analisa a álgebra e a veracidade de cerca de 4,5 milhões de declarações de renda por ano.[13] Embora a estrutura nacional do Serviço abranja sete regiões, *in toto*, existem (após a espetacular debacle administrativa do CRA Rome, Nova York, em

---

13 N.B.: alguns desses dados foram mais ou menos copiados direto do material de orientação do IRS que os recém-contratados e -transferidos recebem durante o processo de Registro & Processamento; donde seu sabor algo morto, burocrático, que decidi não empetecar nem vivificar.

1982)¹⁴ somente seis Centros Regionais de Análise ainda em funcionamento, sendo suas localizações Filadélfia, PA, Peoria, IL, Rotting Flesh, LA, St. George, UT, La Junta, CA, e Federal Way, WA, para as quais as declarações de renda são encaminhadas seja pelo Centro de Serviço da região em questão, seja pelo centro de computação eletrônica do IRS em Martinsburg, WV.

Entre as mais notáveis empresas e indústrias sediadas na região metropolitana de Peoria no ano-base de 1985 incluem-se a Rayburn-Thrapp Agronomics; a American Twine, segunda maior fabricante de barbantes, arames e cordas de diâmetro baixo do país; a Consolidated Self Storage, uma das primeiras empresas do centro do país a utilizar o modelo de financiamento através de franquias; o Farm & Home Insurance Group; o que restou, agora sob administração japonesa, da Nortex Heavy Equipment; e o QG nacional da Fornix Industries, fornecedora privada de equipamentos para cartões e relógios de ponto, que tinha como um de seus maiores clientes ainda ativos na época o Tesouro americano. Entre os empregadores de Peoria, no entanto, o Internal Revenue Service estava listado na primeira posição desde que a American Twine perdeu seus direitos exclusivos de exploração da patente do arame farpado Tipo 3 em 1971.

Fim da interpolação; retorno ao mnemotempo.

Depois de sabe lá quantas tentativas, novamente na fétida rodoviária, de encontrar um telefone público que estivesse funcionando e de conseguir convencer alguém no "número de assistência ao funcionário" do Formulário 141-OL (que se revelou errado, ou não ativo), acabou sendo no quarto ou no quinto veículo oficial a aparecer na rodoviária que eu enfim consegui ser transportado até o CRA, então já lamentavelmente atrasado para meu horário preestabelecido de processamento, atraso que já podia imaginar sendo motivo de repreensão por parte de alguma pessoa desprovida de expressão facial e cujas opiniões fossem também o esteio/tribunal moral do sistema de Processamento.

---

14 Eu, por outro lado, acrescentei também detalhes que obviamente não se encontravam nos materiais oficiais. A debacle de Rome não era coisa que o Serviço tivesse qualquer interesse em divulgar, nem mesmo internamente; mas ela também teve papel de destaque em todas as escaramuças de alta hierarquia a respeito da dita "Iniciativa" e de sua implementação. Coisas todas a respeito das quais eu não tinha ideia nem interesse naquele primeiro dia, isso vai sem dizer.

O próximo fato saliente daquele dia é que o trânsito ao logo da Self-Storage Parkway, que involucrava a cidade, estava absolutamente horroroso. O trecho da SSP que passava pela zona leste de Peoria era cheio de restaurantes franqueados e de coisas como Kmarts e de concessionárias com vistosos balões cativos de desfile de gala, além de pisquejantes placas de neon. Havia todo um caminho de acesso de quatro pistas dedicado a algo chamado Carousel Mall, coisa que dava arrepios só de se imaginar.[15] Atrás de todo esse mundo comercial (i.e.: atrás pra quem olhava da zona leste, seguindo rumo sul pela perimetral da cidade, com o lento e pedregoso rio Illinois entrando e saindo do enquadramento da janela esquerda do Gremlin) ficava o horizonte urbano e decadente do centro de Peoria, um gráfico de colunas, formado por tijolos sujos de fuligem e prédios com janelas quebradas, e por uma sensação de poluição pesada apesar de fumaça nenhuma sair de todas aquelas chaminés. (Isso foi muitos anos antes das tentativas de gentrificação do centro velho da cidade.)

O veículo oficial em questão era um AMC Gremlin duas portas, laranja ou amarelo, que contudo estava equipado com uma antena telescópica de alta capacidade e um decalque com o brasão do Serviço na porta do motorista. Avisos internos proibiam cigarros e/ou comida. O interior de plástico rígido do veículo estava limpo, mas era também extremamente quente e abafado. Eu sentia o suor começando a se formar, o que é claro que não é uma sensação agradável dentro de um terno de três peças de veludo cotelê. Ninguém falou comigo nem reconheceu minha existência — embora eu tivesse, como já posso ou não ter mencionado, um problema dermatológico grave durante todo esse período e estivesse mais ou menos acostumado a não receber olhares nem reconhecimentos depois de um pequeno susto involuntário inicial e de uma expressão de repulsa ou de simpatia (a depender...), o que significa dizer que eu não levava mais essas coisas pro lado pessoal. Não vieram sugestões

---

15 Um dos trabalhos esporádicos que eu tinha concluído logo antes da estupidez toda dos arquivos da fraternidade ter estourado bem na minha cara (e na de todo mundo) foram os primeiros dois capítulos de um trabalho de conclusão de curso de um aluno bem simpático mas todo desorganizado do curso de sociologia, a respeito dos shopping centers e *malls* como o análogo funcional moderno das catedrais medievais (com alguns paralelos inquestionavelmente notáveis), e eu não tinha mais estômago pra *malls*, mesmo que fossem muitas vezes os únicos lugares onde ainda havia cinemas, já que os grandiosos palácios do centro das cidades agora estavam fechados ou transformados em pornôs.

para regular o ar-condicionado nem mesmo as perguntas padronizadamente educadas pra saber se alguma coisa do ventinho mirrado do ar-condicionado estava chegando até nós ali no banco de trás lotado, onde entre mim e um GS-11 mais velho cujo chapéu estilo homburg estava atochado quase até a altura dos olhos pela pressão da capota do carro sobre a coroa havia um rapaz mais jovem de queixo comprido que envergava um blazer cinza de poliéster, e gravata, talvez de idade próxima da minha, com os pés no calombo central do piso e os joelhos portanto quase contra o peito, que já suava prodigamente e que ficava sub-repticiamente enxugando rias de suor na testa e depois secando os dedinhos na camisa com um gesto que estranhamente parecia o de alguém que estava fingindo se coçar sob o blazer em vez de estar secando os dedos úmidos. Ele fazia isso repetidamente ali na minha visão periférica. A coisa toda era bem estranha. Seu sorriso era um ricto ansioso e todo falso, seu perfil uma massa emaranhada de gotículas que corriam, chegando algumas até a cair no seu blazer, pontilhando as lapelas. Ele emanava uma aura palpável de tensão ou de medo, ou talvez de claustrofobia — havia no ar uma inexplicável sensação de que eu o magoaria terrivelmente se falasse com ele ou perguntasse se ele estava legal. Outro funcionário mais velho do IRS estava sentado na frente com o motorista, ambos sem chapéu (o motorista com um corte de cabelo *coupe de zéro*, algo monástico) e encarando reto em frente, ambos calados e imóveis, mesmo quando o veículo parava por causa do trânsito. Vista lateralmente, a pele da parte inferior do queixo e da parte superior da garganta do funcionário mais velho tinha o tom escrotal ou lagártico da meia-idade avançada de certos homens (não muito diferente da do então atual presidente dos Estados Unidos, cujo rosto, na televisão, muitas vezes parecia à beira de escoar garganta adentro, o que lembro que deixava seu topete negro como as asas da graúna e os arlequínicos ovais de rouge nas suas bochechas ainda mais absurdos). Nós nos alternávamos entre ficar parados no trânsito e andar numa velocidade basicamente igual à de um cortejo fúnebre. O sol batia palpavelmente na capota metálica do Gremlin; o totem digital de hora & temperatura de um banco franqueado, que ficamos vendo em ponto morto por vários minutos, ficava exibindo primeiro a hora, e aí VOCÊ NEM QUEIRA SABER, supostamente no lugar da temperatura, o que me parecia uma ominosa prévia do humor e da cultura dos nativos de Peoria. Você pode imaginar por conta própria a qualidade do ar e o conjunto geral dos cheiros ali dentro.

Eu jamais tinha ficado tanto tempo num veículo lotado sem o rádio ligado e sem que alguém abrisse a boca no carro, nem uma vezinha, nunca, totalmente isolado em termos psicológicos, ao mesmo tempo que me via tão grudado nas outras pessoas que o tempo todo estávamos respirando o ar que os outros expiravam.[16] De vez em quando o motorista do IRS massageava a nuca, que estava obviamente travada por causa da estranha posição em que ele era forçado a manter a cabeça pra conseguir enxergar por entre os avisos que se projetavam do painel do carro. Principal evento da primeira parte do trajeto: um período de coceira furiosa no flanco esquerdo do meu tronco deu origem a temores (compreensíveis, mas afortunadamente infundados) de que o impetigo do menino anterior no ônibus fosse de alguma maneira pneumático ou contagioso sem contato direto, temores que tive que conter porque obviamente não havia maneira de conseguir tirar a camisa de dentro da calça e analisar a aparência da região. Enquanto isso, o camarada mais velho do Serviço, o do chapéu antiquado, tinha aberto uma pasta sanfonada e colocado duas ou três pastas de papel pardo no colo, e verificava diversos formulários e cópias de documentos, que passava de uma pasta pra outra de acordo com algum sistema ou esquema que eu não tinha como compreender, já que observava tudo aquilo pela minha visão periférica esquerda por sobre a constante cascata de gotículas de suor que se projetava da ponta do nariz do sujeito montado no calombo, que agora suava de uma maneira que eu só tinha visto em quadras de squash na universidade e no caso de um pequeno infarto sofrido por um parente de mais idade, inominado, no Dia de Ação de Graças de 1978. Passei quase o tempo todo batucando impaciente com os dedos sobre a pasta de mensageiro — que estava especialmente mole e molhada devido ao calor no interior do Gremlin e que fazia uma série de barulhinhos chafurdantes bem agradáveis quando eu batucava —, o que, embora batucar distraidamente em alguma coisa num espaço de resto silente seja uma das formas mais rápidas de deixar malucos os que estejam à sua volta e fazer com que falem com você, nem que seja só pra te mandar parar com aquilo, ninguém ali no Gremlin comentou nem pareceu perceber.

---

16 É bem verdade que não deixou de haver passeios em silêncio no carro da família, embora o rádio AM nesses casos estivesse sempre tocando música ambiente num volume altíssimo, o que ajudava a explicar-barra-mascarar a ausência de conversas.

A Self-Storage Parkway mais ou menos circunda Peoria e compõe a fronteira entre a cidade propriamente dita e seus subúrbios mais afastados. Ela é o que hoje, em 2005, seria apenas uma típica estrada multipistas de meio interurbano, com toda a combinação paradoxal de um limite de velocidade elevado e semáforos a cada trezentos metros, semáforos estes obviamente dispostos de maneira a propiciar o acesso de consumidores e viajantes a todo o comércio varejista que se acotovelava pela extensão da SSP pelo menos durante o trecho leste que tentávamos atravessar. Ali na metade dos anos 80, a Self-Storage Parkway passava por cima de entroncamentos interestaduais e atravessava a cor de tabaco do rio Illinois em dois pontos via pontes de ferro dos tempos do New Deal cujos rebites sangravam uma ferrugem amarelada e inspiravam, digamos assim, uma confiança não exatamente plena.

Mais ainda: quanto mais nos aproximávamos da zona sul de Peoria e da estrada especial de acesso ao Centro de Análise, pior se tornava o trânsito. O motivo pra isso ficou claro desde aquele primeiro dia: era a estupidez institucionalizada em todas as suas múltiplas formas e denominações. Parágrafo primeiro. O pessoal da estrada estava construindo uma terceira pista naquele trecho da Self-Storage Parkway, mas as obras estavam reduzindo as atuais duas pistas a apenas uma; a pista da direita estava fechada por cones laranja mesmo nos trechos em que não havia obras no momento e em que a pista parecia livre e navegável. E, claro, um trânsito de pista única sempre segue exatamente na velocidade do veículo mais lento da fila. Parágrafo segundo. Havia, conforme mencionado, semáforos a cada duzentos ou trezentos metros, e mesmo assim o engarrafamento da pista única rumo sul era substancialmente maior que a distância entre quaisquer desses dois semáforos, de modo que nosso progresso passava a depender não apenas da cor do próximo semáforo à frente mas também das cores de dois ou três semáforos depois daquele. Era o avesso de um cruzamento travado. Parecia exatamente uma ideia muito ruim de planejamento urbano ou de gerenciamento de tráfego ou de qual fosse a disciplina envolvida ali, e eu já podia sentir o veludo cotelê do meu terno ir ficando empapado em toda a região de contato com o assento de plástico texturizado do Gremlin, assim como na bacia e na parte superior da coxa do lado que estava esprimido contra o hidrante humano junto de mim, que a essa altura irradiava além de calor um cheiro acre de pânico que me fez virar a cabeça e fingir que estava muito concentrado em alguma coisa que eu via do outro lado do vidro (que só abria até a metade, devido a algum erro do projeto ou obscuro item de segurança). Não há por que descrever a fileira de franquias varejistas e de shopping centers e revendas de carros, de pneus e motos/jet skis e postos de gasolina self-service com lojinhas de conveniência embutidas e marcas nacionais de fast-food que nós fomos atravessando a passo de tartaruga, já que hoje é basicamente a mesma fileira em torno de qualquer cidade dos EUA — creio que o termo dos economistas é "monocultura". Parágrafo terceiro. Por fim se viu que a saída da estrada para o Centro de Análise *não* tinha um semáforo, muito embora tenha também ficado visualmente claro, quando conseguimos ver a saída, que uma bela porcentagem dos carros que naquele momento estavam à nossa frente na pista única da SSP também seguia para, e portanto viravam para, o CRA e sua estradinha asfaltada de acesso. (Embora ainda fosse levar um tempo insano pra que mesmo um fato simples como esse me fosse explicado, os dois principais turnos de oito horas do CRA naquele período iam das 7h10 da manhã às 15h e das 15h10 às 23h, o que significava que havia uma quantidade gigantesca de tráfego de veículos do Serviço e de seus funcionários entre as 14h e as 16h.) O que significava que na verdade era o próprio Centro de Análise, somado à ausência de um semáforo e às abortivas obras na SSP,[17] que tinha ajudado a produzir

17 O GS-9 Chris Fogle mais tarde explicaria (provavelmente enquanto eu e quem mais estivesse por perto girávamos a mão no ar daquele jeito por-favor-anda-logo-com-isso que fazia quase todo mundo involuntariamente começar a girar a mão sempre que o "Irrelevante" Chris estava empolgado) que a ampliação da Self-Storage Parkway estava parada havia mais de um ano, primeiro porque uma nova emissão de títulos tinha sido embargada pela ação de um grupo de cidadãos de Illinois dedicado a monitorar abusos tributários, e segundo porque os invernos extremamente rigorosos da região e seus abruptos degelos de primavera que com tanta frequência se regelavam um dia depois (o que é tudo verdade) faziam com que toda e qualquer parte da terceira pista da SSP que não tivesse sido tratada com um tipo especial de selante industrial acabasse inchando e rachando, e o Judiciário tinha suspendido as obras do ano anterior bem no momento em que o tal selante seria aplicado com o auxílio de certo maquinário pesado raro e extremamente dispendioso que tinha que ser alugado com bastante antecedência de um único distribuidor especializado ou em Wisconsin ou em Minnesota (ainda tenho uma memória física concreta de como a minha mão começava a girar no ar, quase involuntariamente, quando Fogle começava a soçobrar em meio a detalhes circunvenientes — sua impopularidade não tinha a menor proporção em relação a seu caráter, que pra dizer a verdade era decente e irretocavelmente bem-intencionado; ele era um dos Verdadeiros Crentes dos estamentos mais baixos de que o Serviço dependia tão centralmente pra uma parcela tão grande do tra-

aquele engarrafamento do capeta, porque também havia uma grande quantidade de veículos nas pistas que vinham, rumo nordeste, tentando entrar à esquerda, i.e. cruzar a nossa pista única, para entrar também na estradinha de acesso ao CRA, o que exigia que o veículo na frente da fila ali na nossa pista, enquanto esperava pra dobrar à direita parasse e fizesse sinal pro carro do outro lado realizar sua manobra, o que muito poucos veículos faziam, já que engarrafamentos de trânsito com tanta frequência trazem à tona os elementos mais agressivos e mais "eu-primeiro" da constituição dos seres humanos e

---

balho braçal e pesado de suas operações cotidianas, e o que acabou acontecendo com ele foi uma grande injustiça, sempre achei, já que no seu caso ele precisava mesmo da medicação e tomava aquilo com finalidades unicamente profissionais; não era "recreacional" de maneira nenhuma), com, claro, aquela liminar e a não aplicação do selante causando então prejuízos consideráveis no inverno e na primavera seguintes, o que quase dobrou os custos da obra em comparação com a proposta inicial da firma de engenharia civil. O que significava que a coisa toda virou um superimbróglio de processos judiciais e infortúnios técnicos que, como sempre, tornou-se um fardo crônico, irritante e maçante pros usuários normais do sistema de rodovias da cidade. Aliás, acabou se sabendo que outro motivo pro trânsito na circunveniente SSP ser tão cronicamente ruim ainda antes do caos das obras era que, compreendida não como aglomeração de seres humanos mas como empreendimento econômico ativo, Peoria nos anos 80 tinha adotado o mesmo formato básico de rosquinha de tantas outras cidades outrora industriais: o centro histórico estava vazio e nu, praticamente morto, enquanto ao mesmo tempo uma robusta coleção de shoppings, centros comerciais, franquias, empresas e parques de indústrias leves acabou empurrando quase toda a vida da cidade pra um anel suburbano. Os meados dos anos 90 veriam um renascimento parcial e certa gentrificação da parte do centro que ficava às margens do rio — algumas antigas fábricas e depósitos foram convertidos em apartamentos e restaurantes conceituais; artistas e profissionais mais jovens ocuparam outros e os dividiram em lofts &c. —, embora boa parte desse crescimento otimista tenha sido motivada pelo estabelecimento de cassinos em barcos bem onde antes havia sido o principal conjunto de docas industriais de descarga, cassinos que não tinham proprietários locais e de cujos rendimentos brutos Peoria nunca viu nem o cheiro de uma fatia, sendo todo o rejuvenescimento do centro motivado por gastos fortuitos, insignificantes, de turistas... ou seja, das pessoas que iam até ali por causa dos cassinos, que, como cassinos operam separando as pessoas do dinheiro que se não fosse por isso elas usariam pra comprar coisas e se alimentar, significava que a relação de fato entre os lucros dos cassinos e os gastos dos turistas era invertida, o que, dada a merecida reputação de extrema rentabilidade dos cassinos, significava que qualquer pessoa com a cabeça no lugar teria sido capaz de prever a curva de declínio agudo de renda que em pouquíssimos anos fez com que quase todo o processo de renascimento do "Novo Centro" abrisse o bico, especialmente quando os cassinos (depois de prudentemente esperar um intervalo decente de tempo) lançaram todos eles seus próprios restaurantes e lojas varejistas. E assim por diante... a mesma coisa que basicamente aconteceu em cidades de todo o Meio-Oeste.

provocam comportamentos que por si sós, de maneira perversa, exacerbam o engarrafamento — sendo que talvez este ponto aqui seja o melhor lugar pra mencionar um comportamento que começamos a ver cada vez mais à medida que íamos ficando centímetro a centímetro mais próximos da entrada do CRA. Alguns veículos particulares[18] da nossa pista entravam direto na estreita "faixa de contenção" de pedrisco, onde aceleravam e assim conseguiam ultrapassar dúzias de outros veículos, ilegalmente, o que em si e por si próprio não seria coisa assim tão grave não fosse a pista de contenção ir se estreitando até sumir à medida que o CRA se aproximava, e eles então tentavam entrar de novo na única pista legal, o que demandava que alguém naquela pista parasse pra dar a vez a eles, o que travava ainda mais o trânsito na pista regular... o que significava que os veículos do tipo egoísta, "eu-primeiro", estavam piorando significativamente o próprio engarrafamento de que tentavam escapar; eles ganhavam uns minutos a mais e deixavam o engarrafamento e a demora um pouco piores pra todos os outros ali na reluzente fileira de carros da nossa pista. Depois de algumas semanas de trajetos diários pela SSP da residência especial de baixo custo do Serviço[19] até o CRA todo dia, esse comportamento

---

18 (identificáveis como tais na lembrança por não serem Gremlins, Mercury Montegos ou vans Ford Econoline. Acabou se sabendo que a frota do Serviço de Apoio do CRA se originava quase toda de uma apreensão numa auditoria feita numa revenda multimarcas em Effingham, no sul do estado, coisa que necessitaria de uma explicação longa e digressiva demais pra ser aqui imposta ao leitor.)

19 Breve aparte, inevitável: durante os primeiros seis trimestres de uma lotação contratada, os analistas sem dependentes podiam usufruir de habitações especiais do Serviço num conjunto de complexos de apartamentos e hotéis convertidos que se alinhavam à margem leste do anel circunveniente da SSP, imóveis governamentais depois de apropriações ou vendas em acordos de pagamento de impostos durante a recessão do começo dos anos 80. É claro que há aqui toda uma história longa e complicada, que inclui o fato de que a situação habitacional tinha sido imensamente complicada pela grande quantidade de transferências e reorganizações de RH pela qual tinham passado todos os CRAs em função de (a) resultados da catástrofe do CRA meio-atlântico e de sua dissolução em 1981 e (b) as primeiras fases da assim chamada "Iniciativa" que no fim das contas teve impacto direto no CRA Meio-Oeste. A questão, no entanto, era que essas residências eram oferecidas tanto pra facilitar as transferências quanto pra oferecer um atrativo financeiro, já que o aluguel mensal (por exemplo) no complexo de Angler's Cove era pelo menos 150 dólares menos que os valores praticados no setor privado pra instalações equivalentes. Os meus próprios motivos pra aceitar essa opção residencial devem estar claros... embora seja também verdade que o IRS em 1986 começou a tratar a diferença entre aluguéis subsidiados e de livre mercado como "renda implícita", passando então a taxá-la, o que como

egoísta do "eu-primeiro" em relação à pista de contenção começou a me encher de um desprezo e de uma irritação tão grandes que até hoje me lembro de alguns veículos que cronicamente faziam aquilo, i.e., o mesmo tipo de comportamento idiota e solipsista que gera pânico nos logradouros públicos em caso de incêndio e faz as autoridades acabarem encontrando quantidades imensas de corpos enegrecidos e pisoteados na porta da frente dos lugares depois que incêndios ou revoltas foram contidos, com as pessoas tendo sido impedidas de sair exatamente por causa do pânico e do egoísmo com que dispararam todas, travaram a saída e ficaram umas no caminho das outras, fazendo todo mundo morrer de maneira horrível, o que tenho que admitir que foi o que comecei a desejar para os vários Vegas, Chevettes e para um AMC Pacer azul-claro em especial, um que tinha aquele adesivo cristão no formato de peixe no vidro traseiro arredondado[20] e que fazia a tal manobra todo dia de manhã.

Mais um dado da idiotice burocrática: conforme mencionado, avisos plásticos no interior do carro, cigarros, comida &c., como mostrou ser o caso em todos os veículos do Serviço utilizados para transporte de pessoal, em razão das regulamentações internas citadas na porção direita inferior dos pró-

---

você pode imaginar provocou uma infinita má vontade entre os funcionários do Serviço, que são também, claro, cidadãos e contribuintes dos EUA e cujas declarações anuais são alvo de escrutínio especial todo ano por causa do distintivo número "9" que encabeça nossos números de identidade &c. &c. Ou seja, pensando bem, a coisa toda das residências do Serviço provavelmente não valia a pena, com toda a encheção e as idiotices burocráticas do processo (cf. infra), embora a economia mensal com o aluguel fosse substancial.

20 Nós observamos que eram quase sempre os carros particulares e as picapes que travavam tudo ali tentando de maneira egoísta cortar caminho pela pista de contenção e depois voltando. Os veículos do Serviço, inclusive as vans do Serviço de Apoio que ficavam indo e voltando entre a residência dos fraldinhas em Angler's Cove, no norte de Peoria, e os Oaks, nunca desviavam da pista legal, já que os motoristas do Serviço eram contratados por hora e não tinham incentivos para correr ou tentar cortar caminho, o que apresentava toda uma nova série de problemas pra nós que precisávamos estar nas nossas mesas num momento muito precisamente definido no começo de cada turno; mas do ponto de vista de um trânsito tranquilo ainda assim era provavelmente uma boa medida administrativa do pessoal do Serviço de Apoio, apesar de significar que os motoristas do Serviço de Apoio, cujo emprego era quiropraticamente sádico além de tedioso e repetitivo a um ponto inimaginável, não podiam entrar pro sindicato do Tesouro, ter direito a seguro-saúde &c.

prio avisos²¹ — só que o interior dos AMC Gremlins era tão apertado e o plástico usado ali era tão barato e tão fino que não havia onde instalar os avisos de vinte centímetros a não ser em cima do painel, onde eles encobriam algumas partes de baixo do para-brisa e forçavam nosso motorista a adotar uma posição contorcida, com a cabeça tonsurada quase encostada no ombro direito a fim de enxergar a estrada à frente por entre as bordas dos avisos compulsórios. Isso, até onde posso ver, era passar dos limites tanto em termos de segurança quanto de qualquer coisa que se quisesse chamar de juízo.

Localizado num gramado cortado muito rente e de extensão considerável cercado de ambos os lados pelas árvores que constituíam os quebra-ventos dos milharais, e por arbustos emaranhados, o Centro Regional de Análise Meio-Oeste ficava a uns belos quinhentos metros da estrada, quinhentos metros estes preenchidos apenas e tão somente por uma grama verdejante e estranhamente desprovida de dentes-de-leão, cortada bem baixa a ponto de parecer feltro. O contraste entre o esplendor baronial do gramado e a feiura institucional atarracada do CRA propriamente dito era marcado e incongruente, e não faltava tempo pra ponderar a respeito enquanto o Gremlin seguia a passo lento e o sujeito ao meu lado pingava sem parar tanto em si próprio quanto em mim. O homem mais velho da outra extremidade do banco traseiro tinha o que pareceu de início um dedal verde num dedo, o que acabou mostrando ser a borrachinha de atrito que a maioria dos fraldinhas usava e que todos chamavam de TM, ou "trapaça de mindinho". Um grande outdoor da 4-H um pouco depois da entrada de mão única do CRA dizia É PRIMAVERA, PENSE NA SEGURANÇA NAS FAZENDAS, e eu sabia que era uma placa da 4-H porque em todo período março-maio havia uma exatamente como aquela logo depois da fábrica de café solúvel na ST-130 a oeste de Philo.²² A sede estadual

---

21 Essas regulamentações ali citadas, quando de uma vista d'olhos por todo o código de regulamentações do Manual da Receita Federal, em período de pouca atividade de análises, sem mais literalmente nada a fazer pra ocupar o tempo, revelaram um tipo estranho de erro: os dizeres dos avisos no interior dos carros e vans na verdade se referiam à regulamentação que exigia que os avisos fossem "exibidos com destaque, em ponto visível" dentro de cada veículo; era na verdade uma regulamentação duas regs. acima da reg. citada, que proibia comida, tabaco &c. dentro das viaturas que pertencessem ao Serviço. Ou seja, a reg. citada nos avisos se referia ao próprio aviso, e não à regulamentação que o aviso supostamente ilustrava.
22 Com 158 funcionários, as instalações de suplementação-cafeínica-e-sublimação-a-vácuo

da 4-H fazia churrascos e lavava carros o ano todo pra bancar esses outdoors (c/ as orações separadas por vírgula *sic* mesmo), que em 1985 já eram tão ubíquos que ninguém mais prestava atenção.[23]

Eu também lembro que tinha que mover e torcer o pescoço de maneira desconfortável pra distinguir as várias características do Centro de Análise. Daquela distância e daquele conjunto de perspectivas, o CRA pareceu de início uma imensa estrutura de ângulos retos, com a fachada[24] de cimento castanho ou bege monstruosamente grande e lisa, e só um pouquinho do teto escorçado do prédio lateral visível do outro lado da estrada de acesso, estrada esta que se estendia numa grande curva de mão única em torno da parte traseira do prédio principal, traseira esta que acabou revelando ser na verdade a frente do CRA, com sua imensa fachada autocontemplativa. Numa distorção similar, o que de longe parecia ser uma legítima "estrada" circundante que levava da pista da estrada para e também em torno do CRA revelou ser mais um caminho ou uma grosseira picada rural, estreita e elevada, cercada de fundas valetas de escoamento, e com lombadas monstruosas instaladas tão perto umas das outras que se tornava impossível trafegar a mais de 10 km/h na estradinha de acesso; dava

---

do Café Solúvel Bright Eyes representavam o último remanescente das pretensões industriais de Philo. Subsidiária da Rayburn-Thrapp Agronomics, a Bright Eyes era uma marca regional de alto teor de cafeína, reconhecível nas lojas do Meio-Oeste pelo tosco desenho de um esquilo com uma expressão meio eletrocutada e sóis redondos em chamas em lugar dos olhos nos seus potes, além do que pareciam ser minúsculos relâmpagos de cartoon saindo de suas extremidades estendidas. Quando a Archer Daniels Midland Co. absorveu a Rayburn--Thrapp Agronomics em 1991, a Bright Eyes foi (felizmente)* retirada do mercado. Mais do que isso eu me vejo legalmente impedido de te contar devido ao fato de certos membros de minha família terem se recusado a assinar as devidas liberações legais. Basta dizer que sei bem mais da química, da manufatura e dos odores ambientes do café solúvel do que qualquer pessoa em sã consciência desejaria saber, e que os aromas não tinham nada dos aromas acolhedores dos café matinais que você poderia ingenuamente supor (estavam mais pra cabelo queimado, na verdade, quando o vento batia do jeito certo).

*Já na década de 70 havia dados que associavam teores artificialmente aumentados de cafeína a todo tipo de coisa, de arritmias à paralisia de Bell, ainda que a primeira ação coletiva só tenha sido movida em 1989.

23 Ainda outra ironia: durante um tornado perto de De Kalb, em 1987, uma parte arrancada de um desses outdoors que promoviam a SEGURANÇA NAS FAZENDAS saiu voando e pra todos os efeitos decapitou um plantador de soja — a coisa dos outdoors da 4-H meio que acabou aí.

24 (i.e. o lado que dava para o sul e para a SSP, onde nos movíamos rumo oeste literalmente na velocidade de um bebê engatinhando)

pra ver os ocupantes de qualquer veículo que trafegasse mais rápido do que isso sendo arremessados de um lado para o outro no interior do carro como bonecos de pano devido ao impacto com as lombadas, que tinham cada uma mais de vinte centímetros de altura. A partir de algumas centenas de metros da SSP, estacionamentos de diversas e modestas dimensões se estendiam a começar da estrada de acesso, mais ou menos como joias de lapidação quadrada incrustadas em um bracelete ou uma tiara.[25]

Não havia, do nosso ponto de vista, nenhum sinal que identificasse o local como pertencente ao IRS, e nem mesmo ao governo (o que, de novo, era semiexplicado pelo fato de que aquilo que da Self-Storage parecia ser a frente do CRA era na verdade os fundos, e de apenas um dentre dois prédios distintos). Só o que havia eram pequenas placas redondas de orientação — APENAS ENTRADA; APENAS SAÍDA — nos dois entroncamentos entre a estrada semicircular de acesso e a SSP. Esta última placa ainda incluía o que mostrou ser o endereço físico (embora não o postal) do CRA. Dado o formato circular da estrada de acesso, a saída ficava a mil metros, ou mais, estrada abaixo, quase dentro da zona de sombra do outdoor de segurança nas fazendas. Eu podia ouvir o sujeito ao meu lado começando a hiperventilar; nenhum de nós tinha olhado diretamente pro outro. Percebi que apenas o lado da ENTRADA da estrada de acesso tinha estacionamentos como apêndices; o distante lado da SAÍDA, que se projetava em curva a partir dos fundos (i.e., depois se soube, da frente dos dois prédios) do CRA era um vetor de mão única que levava de volta à Self-Storage Parkway, com o entroncamento da saída também desprovido de qualquer tipo de semáforo ou placa de orientação, ausência esta que causava mais enroscos e atrasos pros motoristas que tentavam chegar à entrada do CRA vindos do oeste.

Como até já posso ter mencionado, a essa altura passava bastante das 13h40 preestabelecidas como meu horário de apresentação e carimbadas no meu 141-OL. Certas emoções óbvias e compreensíveis decorriam de tal fato, especialmente visto que (a) 0,0% desse atraso era responsabilidade minha e

---

25 De novo, quase tudo isso vem de fato do caderninho em que foram registradas tais impressões. Tenho consciência de estar descrevendo a estrada de acesso de longe, mas atribuindo a ela qualidades que se tornaram evidentes apenas quando muito lentamente nos aproximamos e então nos vimos de fato nela. Parte disso é engenhosa compressão artística; parte é o fato de ser quase impossível fazer anotações coerentes num automóvel em movimento.

(b) quanto mais nos aproximávamos do CRA, mais lento se tornava nosso progresso no engarrafamento. De maneira a me distrair desses fatos e emoções, comecei a compilar uma lista dos absurdos lógicos que se tornavam manifestos assim que o veículo do Serviço se aproximava o suficiente da entrada pra que a via de acesso ao CRA ficasse visível na janela não obstruída do meu lado. O que se segue é o resumo de uma anotação anomalamente longa, intensa e desprovida de sinais de pontuação no meu caderninho,[26] redigida ao menos em parte dentro do próprio Gremlin. A saber:

Além da passagem dos carros que vinham no outro sentido e dos odiosos "eu-primeiro" que tentavam voltar pra pista principal, o motivo central da torturante lentidão com que a nossa fila de carros na pista que seguia rumo norte na Self-Storage, pelo sul da cidade, se arrastava pra chegar até a saída que levava à estradinha de acesso do Centro de Análise era o que acabou revelando ser o engarrafamento ainda pior, mais custoso e mais paralisado dos veículos na própria estrada de acesso. Isso se devia principalmente ao fato de que os estacionamentos apensos à estrada de acesso já estavam bem cheios, e que quanto mais afastados da entrada da estrada de acesso estivessem, mais cheios estariam os estacionamentos, e também cheios de veículos de funcionários do IRS espreitando em busca de vagas. Dados os extremos calor e umidade, as vagas mais desejáveis eram claramente as que ficavam logo atrás[27] do prédio principal, a menos de cem metros da entrada central do CRA. Os funcionários que estivessem nas vagas mais periféricas precisavam caminhar ao longo da estreita estrada de acesso ladeada de valetas por todo o caminho que vinha pelos fundos[28] até aquela entrada central, o que resultava num certo equilibrismo pela borda não asfaltada da estrada de acesso, além de certa instabilidade e de muito agitar de braços; e vimos ao menos um funcionário escorregar e despencar valeta abaixo ali na beira da estrada e ter que ser puxado manualmente de volta por outros dois ou três, todos

---

26 (grafada com um lápis que desde havia muito perdera ponta e nitidez, que é algo que eu detesto; seria necessário que houvesse considerável pressão/incentivo de ordem psíquica pra eu me ver disposto a escrever com um lápis rombudo)

27 De novo, o "atrás" é do ponto de vista da estrada. Como nos aproximávamos dos fundos do edifício principal, as vagas de elite ficavam na verdade na "frente" do CRA, conquanto essa "frente" se ocultasse da Self-Storage.

28 Ibid.

segurando o chapéu na cabeça com uma mão, de modo que o funcionário resgatado ficou com uma enorme mancha borrada de grama em todo um lado da calça e do blazer, e mancando de uma perna aparentemente ferida enquanto ele e seus companheiros sumiam do nosso campo de visão ao fazerem a curva da estradinha.[29] O problema todo era tão óbvio quanto estúpido. Dados o calor, o estorvo e de fato o perigo de um trajeto pedestre ao longo da estrada de acesso, era totalmente compreensível que a maioria dos veículos dos funcionários tentasse evitar os estacionamentos mais próximos (ou seja, mais próximos de nós e, consequentemente, mais distantes do próprio CRA) e seguissem rumo aos estacionamentos bem mais desejáveis lá de trás, estacionamentos que no fim ficavam mais próximos da entrada principal do CRA e separados dela apenas por um pátio largo, calçado e de travessia simples. Mas se aqueles estacionamentos melhores e mais próximos estivessem cheios (como, claro, dados a natureza humana e os incentivos supracitados, decerto estariam; sendo os estacionamentos mais desejáveis também obviamente os mais lotados), os veículos que chegavam não poderiam dar a ré por onde vieram pra se contentar com uma vaga nos estacionamentos progressivamente mais distantes e menos desejáveis pelos quais tinham passado na entrada em busca das melhores vagas — pois, claro, a estrada de acesso era de mão única[30] em todo o arco de sua curva, de modo que os veículos que não pudessem encontrar vaga nos melhores estacionamentos tinham que seguir em frente até os fundos rumo à plaquinha que dizia APENAS SAÍDA já longe do CRA, fazer a conversão à esquerda desprovida de qualquer semáforo pra entrar na Self-Storage, seguir por centenas de metros na direção leste de volta à entrada do CRA com sua plaquinha de APENAS ENTRADA, e aí virar à esquerda (passando

---

29 Vamos basicamente pular a questão da disfunção e da lotação adicionais causadas pelos pedestres provindos dos estacionamentos mais afastados em sua tentativa de trafegar pela estreita beira da estrada de acesso junto com a constante fila de carros que lotava a estrada, problema que poderia ter sido resolvido em grande parte pela simples construção de uma calçada ao longo do imaculado gramado e de algum tipo de entrada pela frente (i.e., pelo que parecia ser a frente; era de fato os fundos do prédio). Em essência, o esplendor baronial da grama do CRA era testamento da idiotice e do estorvo que tinha sido toda a concepção daquele lugar.

30 E não podia ser diferente: ela não tinha largura suficiente nem pra sonhar em conter duas pistas, isso pra não falar do espaço adicional ocupado pelos pedestres que tentavam seguir a pé de/para seus veículos pela beira da estrada.

pelo trânsito da outra pista, num processo que obviamente ralentava ainda mais nosso progresso torturado pela pista que seguia na direção oeste) pra entrar na estrada de acesso uma vez mais e conseguir estacionar num dos estacionamentos menos desejáveis e mais próximos da estrada, de onde tinham que sair pra se juntar à fila de pedestres em seu número de corda bamba ao longo da beira da estradinha na direção da entrada principal lá atrás.

Em resumo, a coisa toda parecia de um planejamento horrendo, que resultava em tremenda ineficiência, desperdício, frustração pra todos os envolvidos.[31] Três soluções óbvias se apresentavam, e foram esboçadas preliminarmente no meu caderninho, ainda que se registradas ali mesmo in situ durante a estase enlouquecedoramente sisífica de estar-tão-perto-e-ao-mesmo-tempo--tão-longe ou anotadas mais tarde, no correr do dia — um dia durante o qual não faltaram momentos adicionais de tempo morto em que não havia o que fazer a não ser ler o livro sem graça que eu já tinha começado a anotar de forma sarcástica no trajeto de ônibus — não pretendo fingir que recordo. Um melhoramento seria instituir alguma forma de reserva de vagas, o que eliminaria boa parte do acúmulo de carros e das travas que resultavam do fato de as pessoas ficarem à espreita das vagas disponíveis nos estacionamentos, além do problema do "incentivo" representado pela linha reta que os carros dos funcionários todos formavam em busca dos dois ou três estacionamentos perto da entrada central do CRA (que é claro que ainda não tínhamos visto ali da Self-Storage Parkway; a localização da entrada era deduzida com base na aparente desejabilidade dos estacionamentos sitos atrás [do nosso ponto de vista] do prédio, dado o número de carros que seguia naquela direção, fato este claramente ligado a certa forma tangível de incentivo. O funcionário ao

---

31 O que eu não sabia na época era que, como resultado de certas reorganizações do Departamento de Adimplência, relacionadas à implementação da "Iniciativa", o CRA Meio-Oeste tinha registrado um ganho líquido de mais de trezentos funcionários nos dois trimestres fiscais anteriores. Uma teoria entre os analistas moleza em Angler's Cove era que isso ajudou a destruir algum equilíbrio muito delicado nas condições de estacionamento do CRA, exacerbado pelas obras na Self-Storage e pela eliminação, por motivos oficialmente ligados ao moral da equipe, de vagas reservadas àqueles cujo nível no funcionalismo ultrapassava o de GS-11. Este último dado foi ideia do sr. Tate, Diretor de RH do CRA, que considerava as vagas reservadas algo que corroía o moral do pessoal do CRA. A síndrome do DRH Dick Tate instituir uma política que resultava em problemas muito maiores do que os que resolvia era tão familiar que os fraldinhas se referiam a ela como "dicktadura".

meu lado agora parecia, perifericamente, ter sido içado mecanicamente de um curso d'água, o que tornava minha pretensa incapacidade de perceber sua incrível sudorese algo ainda mais medonho e falso). Outro recurso seria, claro, alargar a estrada de acesso e transformá-la em uma via de mão dupla. É de se reconhecer que isso poderia expor o CRA a certa inconveniência e transtorno adicionais de curto prazo de maneira não muito diferente do que decorria da ampliação da Self-Storage Parkway, embora fosse difícil imaginar que o alargamento da estrada de acesso não pudesse terminar bem antes, já que não estaria sujeito aos atrasos e aos conflitos de interesses do processo democrático. O terceiro melhoramento poderia ser sacrificar, para o bem e a conveniência maiores de todos à exceção talvez do empreiteiro de paisagismo do CRA, a vicejante área da parte vazia do gramado da frente (i.e., o que revelou ser a parte dos fundos) do terreno, e colocar ali não apenas uma calçada de facto, mas quiçá também um acesso transversal que permitisse que veículos no trecho da SAÍDA da estrada retornassem para o trecho de ENTRADA sem ter que fazer assemafóricas conversões tanto pra entrar quanto pra sair de uma estrada congestionada. Isso, claro, sem nem falar da possibilidade de alguém simplesmente meter a porra de um semáforo em cada um dos entroncamentos, sendo quase impossível imaginar que o IRS não tivesse força política junto às autoridades municipais e estaduais pra poder exigir uma coisa dessa quando lhe desse na veneta.[32] Isso sem nem mencionar o quanto era esquisito, pura e simplesmente, fazerem com que (conforme veio à tona) fossem os gigantescos *fundos* do CRA que ficassem de frente pra principal artéria orbital de Peoria. Parecia, durante a lenta aproximação, algo tanto pusilânime quanto arrogante, como sacerdotes pré-modernos que ficassem de costas pros fiéis durante a missa católica. Tudo, da logística ao civismo mais elementar, pareceria determinar que uma importante autarquia governamental devesse encarar o público a que serve. (Lembre que eu ainda não tinha visto a fachada estilizada

---

32 Na época eu não sabia nada a respeito das hostilidades diplomáticas entre o IRS e o estado de Illinois, que datavam desde a já provecta apresentação, pelo governo estadual, de um imposto progressivo sobre transações comerciais, quando funcionários de alto escalão do Três-Meias na era Carter se juntaram a outras pessoas que escreviam os editoriais dos maiores diários financeiros para ridicularizar, além de vilipendiar o "conselho de curadores" por trás do plano de tributação do Estado, o que gerou um mal-estar que persistiu, sob forma de múltiplas espécies de mesquinharias e atritos, por toda a década de 80.

do CRA, que era idêntica à dos outros seis CRAs da nação e tinha sido instalada depois que um erro tipográfico não percebido no vitaminado orçamento de construção e tecnologia depois que as reformas instuídas pela Comissão King tiveram o direito de virar lei, erro aquele que determinava que as fachadas dos Centros Regionais de Serviços e de Análise "*re*produzissem formalmente", em vez de "produzissem formalmente" o que se descrevia como "as condições de realização dos serviços específicos que os centros oferecem".[33])

Quanto à nossa chegada em pessoa à entrada principal do centro naquele primeiro dia, tudo o que eu posso dizer à guisa de resumo é que há uma indescritível empolgação em você ver seu nome impresso numa placa que alguém levanta no meio de um ponto de desembarque lotado. Suponho que parte dessa empolgação se deva ao fato de você se sentir escolhido e — pra usar o termo burocrático — validado. A placa especial com o meu nome levantada por uma mulher atraente e com cara de figura oficial com um blazer azul brilhante foi também, obviamente, depois de todas as ignomínias e estorvos rebaixantes, e do subsequente atraso, uma surpresa, ainda que não uma surpresa tão grande que pudesse obrigatoriamente fazer supor que alguém tivesse o dever de perceber prova imediata de algum erro, ou alguma confusão — havia, afinal, a supracitada questão de fatores nepotísticos e da carta que eu trazia na valise.

Foi também então que se revelou que os aparentes fundos do CRA eram na verdade sua frente, e que as duas partes ortogonais do centro não eram contíguas, e que a fachada do prédio principal era estilizada da maneira estranha e algo intimidadora que você até aceitaria que de repente fosse prudente não deixar de cara pra estrada aberta logo ao sul, como uma assombração. Mesmo sem a lotação e o caos, a imensa área da entrada principal era complexa e desorientadora. Havia bandeiras, placas codificadas, flechas direcionais e uma espécie de pátio amplo de concreto com o que um dia parecia ter sido uma fonte, mas que não jorrava água.[34] A sombra quadrada do prédio principal se estendia por quase todo o pátio e até os dois estacionamentos cobiçadíssimos que ficavam logo à sua frente, nenhum deles tão grande assim. E havia a elabo-

---

33 Factoide cortesia do GS-9 Robert Atkins (sabe tudo, tudo fala).
34 (A fonte acabou se revelando quebrada e necessitada de um obscuro componente hidráulico.)

rada e obviamente dispendiosa fachada do CRA, que se estendia desde logo acima da entrada principal até o que parecia ser o quinto andar; era uma espécie de reprodução, feita com pastilhas ou mosaico, de uma Declaração 1040 do IRS, em branco, para o ano de 1978, as duas páginas, com todos os detalhes, inclusive a lacuna da linha 31 do verso para o lançamento de "**Renda Bruta Ajustada**" e a caixa final de "SALDO DEVIDO" da linha 66 do anverso, caixa que servia, com a míriade de outras lacunas e caixas e quadradinhos destacados, como o que pareciam ser janelas. O detalhismo era impressionante, e o creme, o salmão e o céladon das cores do offset eram realistas, ainda que algo datadas.[35] E também, para deixar aquilo tudo ainda mais assombroso/desorientador quando visto de uma só vez ali do desvio circular da estrada de acesso onde os Veículos do Serviço podiam encostar logo na frente do prédio e descarregar seus passageiros sem ter que estacionar (o que teria exigido uma nova volta em todo o prédio, já que os estacionamentos logo ao lado da entrada, do outro lado do pátio, estavam lotados e tinham até veículos extras estacionados em cantos proibidos onde impediriam outros veículos de sair de suas vagas e do estacionamento), aquele 1040 gigante, que tinha proporções realistas e portanto um pouco mais comprido do que largo, ficava cercado em cada distante flanco por um grande entalhe em baixo-relevo ou um ícone de algum tipo de combate quimérico e por uma expressão em latim, indecifrável ali na sombra escura do lado direito, que acabou revelando ser o selo e o lema oficiais do Serviço (nada disso me foi informado no material que veio com o contrato [e que, como já mencionei, tendia a ser tanto críptico quanto tonalmente severo ou urgente, no fundo pouco mais que uma série de motores de apreensão na minha modesta opinião, ali sentado na deserta sala de estar da minha família, tentando decodificar aquele material]). A título de detalhe extra, todo aquele complexo conjunto da fachada se refletia — ainda que de forma angulada e lateralmente escorçada que fazia com que o ícone e o lema da borda parecessem estar mais próximos do que de fato estavam — pelo exterior exuberantemente espelhado da lateral da outra estrutura do CRA, vulgo o "Anexo" do CRA, que ficava em um ângulo quase perfeitamente reto com a fachada principal e se ligava em dois andares à lateral oeste do

---

35 Tinha havido certas alterações e modificações no 1040 desde 1978, cujos detalhes eu viria a conhecer mais do que bem nos meses seguintes.

edifício principal pelo que naquele momento me pareceram grandes tubos verdes apoiados em atordoantes (já que fora da sombra do edifício principal) florestas de exíguas colunas de aço anodizado ou inoxidável, suportes metálicos estes que pareciam estranhos e centopédicos vistos desse ângulo e que se refletiam ainda outras vezes em atordoantes fatiazinhas anguladas nas quinas do exterior espelhado do Anexo.

Se bem que um ou dois painéis espelhados estavam quebrados ou rachados, eu lembro de ter percebido.[36]

(Além disso, por favor não esqueça que eu não conhecia nadinha da história ou da logística do CRA de fato naquele dia inicial; estou tentando me manter fiel à lembrança da própria experiência, embora não haja como evitar uma descrição sucessiva de vários elementos que, na ocasião, foram obviamente simultâneos — certas distorções são simplesmente parte e resultado da linguagem linear.)

Quanto ao elemento humano: a ampla área de cimento em torno da entrada principal, como nós a vimos de início, por sobre a pletora de outros veículos do Serviço, marrons e laranja/amarelos que vomitavam passageiros, era um imenso e complexo fervilhar de funcionários do Serviço, todos ali como baratas tontas segurando 141-OLs dentro de seus distintivos envelopes amarelo-escuros do Serviço, com bagagens, folders e pastas sanfonadas, muitos enchapelados, e vários funcionários de apoio do CRA ou talvez do QG regional com blazers azul-chama-de-gás, pranchetas e resmas de impressos que enrolavam pra gerar megafones improvisados que usavam pra falar enquanto erguiam as pranchetas no ar e assim chamar a atenção das pessoas, nitidamente tentando coletar os recém-chegados com designações de trabalho e/ou níveis GS similares em seus 141-OLs pra que eles formassem grupos coesos pra seu "acolhimento orientado" nas diversas "Estações de Processamento" instaladas em todo o saguão principal do CRA, saguão este que, visto pelas portas de vidro da entrada, era supreendentemente pequeno e de aparência brega, e tinha várias mesas dobráveis de aparência surrada instaladas com

---

36 N.B. que uma detalhada foto ilustrativa da junção da face oeste do Anexo espelhado do CRA com a fachada do prédio principal c. 1985, que eu tinha feito questão de incluir como Ilustração 1 na lembrança original, aqui acabou eliminada pelos editores por motivos "legais" que (na minha opinião) não fazem o menor sentido. *Hiatus valde deflendus.*

placas toscas feitas de envelopes de papel pardo transformados em barraquinhas — a coisa toda parecia mal-ajambrada, feita nas coxas e caótica, e era impossível que uma quantidade tão grande de recém-chegados ou -transferidos pro CRA fosse uma coisa comum, de todo dia, senão o sistema todo de desembarque e recepção teria uma cara muito mais permanente e azeitada e pareceria menos uma reprodução em ponto menor da queda de Saigon. Mas, de novo, tudo isso estava sendo percebido e processado internamente em pouco mais que um átimo distraído — que ocorreu quando o Gremlin enfim saiu da confusão da estrada de acesso e parou sob o ar quase gélido da sombra do edifício, estacionando em fila dupla no desvio semicircular logo na frente da entrada[37] — porque, conforme já mencionado, a atenção da pessoa é mais ou menos tragada por uma placa com seu nome, principalmente se ela parece ser uma entre apenas duas placas com nomes ali em todo aquele louco fervilhar burocrático na frente da entrada principal, então eu quase imediatamente enxerguei a mulher de aparência não caucasiana com um blazer gritante parada poucos passos à direita do grupo de recém-chegados mais à direita, que se amontoava em volta de um homem com uma prancheta erguida e um megafone de papel,[38] a mulher ligeiramente à parte e talvez três metros abaixo da lacuna da fachada que servia pra informar a RBA na linha 31, contra a parede, segurando ou um pedaço de cartolina branca ou um pequeno quadro branco apagável com o nome DAVID WALLACE em nítidas maiúsculas de forma. Ela estava parada de uma maneira que conseguia conotar cansaço e tédio sem nenhum sinal de má postura, pernas bem afastadas e dorso apoiado na parede, do cóccix ao occipício, e encarava diretamente em frente, segurando a placa na altura do peito e olhando o vazio sem interesse

---

37 Coisa que tivemos que fazer porque vários outros veículos estavam estacionados em fila dupla e até tripla logo à frente, e era impossível ir mais longe, e o motorista simplesmente pôs o carro em ponto morto e ficou ali girando o pescoço travado, com as mãos ainda no volante, enquanto os funcionários mais experientes do Serviço começaram a vazar dali.

38 Alguns homens como baratas tontas ali na área de entrada estavam em mangas de camisa, e um vento turbilhonante provocado pelo contraste entre as temperaturas dentro e fora da sombra do edifício soprava a gravata deles pra trás por cima do ombro ou (por um segundo ou dois) pra longe do peito de um jeito meio flechístico, como se eles estivessem empalados pelas próprias gravatas, que é o que explica a estranha memorabilidade desse fragmento enquanto nós estacionávamos.

nem resignação. É claro que eu agora estava, conforme mencionado, e sem nenhuma culpa minha, horrivelmente atrasado, o que gerava uma ansiedade que se misturava à inevitável emoção de ver seu nome numa placa, pra não falar de uma placa empunhada por uma mulher de aparência exótica, além de todo um outro conjunto de ozymandianas reações de pasmo-e-loucura devido à conjunção do monumental mosaico da 1014 com o caos automaticamente derivado da multidão ali na área de entrada, pra formar uma espécie de aumento de voltagem sensória e emocional que eu agora recordo com muito mais nitidez do que qualquer um entre a miríade de detalhes e impressões (que eram milhares ou até milhões, todos obviamente sendo percebidos no mesmo momento) da chegada. Pois ela era visivelmente não caucasiana, mesmo mergulhada na profunda sombra alongada na base da fachada entre vários cacos de brilho atordoante projetados pelo exterior espelhado do Anexo, que em certas partes pegava um pouco de sol no que este se movia de leve a oeste do sul propriamente dito. Meu palpite inicial foi indiana ou paquistanesa de casta aristocrática — um dos meus colegas de quarto no meu primeiro ano na universidade era um paquistanês rico com um sotaque maravilhosamente cantado e efervescente, ainda que com o passar do ano tenha se revelado um narcisista inacreditável e, de maneira geral, um calhorda.[39] Ela era, da distância de onde o Gremlin estava nos vomitando, mais impressionante que bonita, ou talvez se pudesse dizer que era bonita de uma forma algo masculinizada, de rosto duro, com um cabelo muito escuro e olhos bem afastados no que era, conforme já mencionado, o olhar de alguém que estava "a trabalho" daquela maneira que envolve não ter muito o que fazer, na verdade, além de ficar ali parada. Era a mesma expressão que você encontra em seguranças, bibliotecários da seção de referência da universidade numa sexta-feira à noite, atendentes de estacionamento, operadores de silos de grãos &c. — ela ficava ali parada olhando pra um ponto na distância como quem estivesse na extremidade de um píer.

Foi só quando fora do Gremlin lotado, no que o ar fresco da área dianteira à sombra da fachada me atingiu e refrescou aquela parte de mim que per-

---

[39] A representante do RH, Ms. Neti-Neti, acabou revelando ser o que ela chamava de persa. Era ela que o Bob 2K McKenzie e outros do grupo de Rotinas de Hindle tinham batizado de "a crise iraniana."

cebi pela primeira vez que todo o lado esquerdo do meu terno estava úmido por causa da perspiração ambiente do rapaz que veio atochado ao meu lado durante todo o trajeto, ainda que quando eu olhei em volta em busca dele pra gesticular na direção do veludo cotelê escurecido e lhe dar o devido olhar de desprezo, ele não estivesse mais à vista.

A expressão de Ms. F. Chahla Neti-Neti (segundo seu crachá de identificação) mudou, na verdade mudou várias vezes, enquanto eu me aproximava dela com a bagagem e um grau de contato visual direto que teria sido inadequado caso ela não estivesse segurando uma placa com o meu nome. Aqui, se é que já não fiz isso, eu deveria explicar que neste período do que era basicamente o fim da minha adolescência eu tinha uma pele muito ruim — muito, mas muito ruim, assim da categoria dermatológica de "severo/desfigurador".[40] Quando me conheciam ou me viam pela primeira vez as pessoas em geral (a) apenas olhavam depressa pro meu rosto e desviavam o olhar, ou (b) faziam uma cara involuntariamente tocada ou apiedada, ou enojada, e aí ficavam visivelmente lutando por dentro pra sobrepor àquela expressão uma outra que significasse que ou não tinham visto a pele ruim ou não se incomodavam com ela. A coisa toda da pele é uma longa história e de modo geral nem vale a menção, a não ser pra enfatizar mais uma vez que naquela época eu estava mais ou menos reconciliado com a coisa da pele e ela nem me incomodava muito mais, embora dificultasse um barbear de alguma precisão, e apesar de eu ainda tender a saber muito bem quando estava sob luz direta e, se fosse esse o caso, ainda tender a saber muito bem de que ângulo provinha aquela luz — porque em certos tipos de luz o problema era muito, mas muito sério mesmo, eu sabia. Nesse primeiro encontro não lembro se Ms. Neti-Neti foi um (a) ou um (b),[41] talvez porque minha atenção/memória estivesse ocu-

---

40 Foi na verdade o colega de quarto paquistanês quem, já na Semana de Recepção dos Calouros me batizou com o nomezinho cruel que me acompanhou pelos três semestres seguintes, "Rapaz Carbunculoso".

41 Existe na verdade um terceiro tipo de pessoa reativa, cujos olhos ficavam imobilizados no meu rosto numa espécie de fascínio indisfarçadamente horrorizado. Essas eram normalmente pessoas com um histórico pessoal de vários tipos de problema de pele e um interesse subsequente pelos exemplos à la casos-mais-graves de peles ruins que anula (i.e., o interesse anula) seu tato ou sua inibição naturais. Eu cheguei mesmo a conhecer pessoas que vinham falar comigo e começavam a falar de seus próprios problemas de pele passados ou presentes, supon-

pada registrando como o crachá de identificação funcional preso ao bolso do peito do seu casaco do RH tinha uma foto que parecia ter sido tirada com uma luz muito forte, quase com aparência de luz de magnésio, e eu lembro de calcular instantaneamente o que o tipo de iluminação hedionda dessas fotos ia fazer em termos dos cistos e carepas globulentas do meu rosto, exatamente como tinha transformado a aparência daquela persa de um moreno cremoso em algo que parecia cinza-escuro, e tinha exagerado o quanto eram separados os olhos dela de modo que na foto de identificação ela parecia quase um puma ou outra espécie estranha de predador felino, junto com o fato de que o crachá mostrava sua primeira inicial e seu sobrenome, seu nível GS, sua afiliação ao RH, e uma série de nove dígitos que só depois eu iria entender serem seu RG gerado internamente, que também funciona como número de identidade no Serviço.

A razão pra eu sequer me dar ao trabalho de mencionar a coisa das reações tipo (a) ou (b) é que se trata da única maneira de entender o fato da saudação de Ms. Neti-Neti ter sido tão verbalmente efusiva e deferente — "Sua reputação o precede"; "Em nome do sr. Glendenning e do sr. Tate, digo que estamos todos satisfeitíssimos em tê-lo a bordo"; "Ficamos satisfeitíssimos quando o senhor aceitou essa lotação" — sem que seu rosto ou seus olhos demonstrassem qualquer entusiasmo e nem mesmo ostentassem qualquer emoção ou interesse por mim ou pelos motivos de eu ter chegado tão atrasado e ter forçado a moça a ficar ali parada segurando uma placa sabe Deus há quanto tempo, o que eu pessoalmente teria feito muita questão de ver explicado. Isso pra nem lembrar que todo o lado esquerdo do meu terno estava molhado, o que eu teria pelo menos perguntado de alguma maneira preocupada, p. ex. se por acaso a pessoa tinha caído numa poça. Em suma, não apenas era surpreendente ser recebido com palavras tão entusiásticas, mas duplamente surpreendente quando a pessoa que recitava tais palavras mostrava o mesmo tipo de descolamento da realidade que, digamos, a caixa

---

do que eu não tinha como não me importar ou não me interessar, o que eu devo admitir que achava irritante. As crianças, aliás, não são membros dessa categoria (c) — seu olhar interessado é muito diferente, e em geral elas ficam (as crianças) fora de toda e qualquer taxonomia de reações, já que seus instintos e inibições sociais ainda não estão plenamente desenvolvidos e é impossível levar as reações delas ou falta de tato para o lado pessoal — cf. e.g. aquele menino do ônibus, ainda que obviamente ele também tivesse um problema repulsivo todo seu.

da loja que pronuncia as palavras "Tenha um bom dia" enquanto sua expressão facial indica que pra ela no fundo não faz a menor diferença se você cair fulminado no estacionamento dali a dez segundos. E todo esse monólogo duplamente desorientador ocorria enquanto a mulher me conduzia por sob as lacunas de **"Dados do Preenchedor Pago"** na base do anverso do grande 1040, até um conjunto de portas menores e bem menos exuberantes a algumas centenas de metros, ao longo da fachada de pastilhas do CRA.[42] Assim de tão perto já dava pra perceber que algumas pastilhas da fachada estavam lascadas e/ou manchadas. Também dava pra ver várias partes distorcidas do nosso reflexo na fachada do Anexo bem em frente (i.e., a leste), apesar de ele estar a centenas de metros de distância e de os reflexos parciais serem minúsculos e indistintos.

Ms. Neti-Neti tagarelou ao longo de quase toda a fachada. Nem precisa dizer o quanto era difícil entender toda essa atenção pessoal e toda essa deferência (verbal) dirigidas a um GS-9 que provavelmente receberia a missão de abrir envelopes ou carregar pilhas de documentos obscuros de um lugar pro outro ou coisa desse tipo. Minha teoria inicial era que o parente inominado que tinha me ajudado a entrar ali como forma de postergar mecanismos de cobrança de Crédito Estudantil tinha muito mais influência administrativa do que eu supunha originalmente. Se bem que, claro, enquanto eu tentava manquitolar atrás da moça não caucasiana à sombra da frente/fundos do edifício, aquela história da minha "reputação [me] precede[r]" fosse fonte de preocupação, devido a algumas ansiedades irracionais a que já dei mais atenção do que elas mereciam logo acima.

Agora está ficando claro que eu podia passar uma quantidade de tempo gigantesca só descrevendo essa primeira chegada e a pilha redobrada de confusões, equívocos e merdaradas gerais (pelo menos uma delas devida a mim — a saber: deixar uma das minhas malas na área externa de espera do escritório de RH do CRA, coisa que só percebi quando estava no ônibus que fazia o

---

42 E ela também não me ofereceu ajuda com as minhas malas, apesar do fato de que a que eu segurava com o mesmo braço com que tinha que meio que prensar minha valise contra o corpo batia dolorosamente contra o mesmo joelho contra o qual vinha batendo o dia todo sempre que tive que carregar as malas de um ponto a outro, enquanto as roupas do meu lado esquerdo faziam com que aquele ponto das costelas começasse a coçar loucamente mais uma vez.

trajeto pro apartamento de Angler's Cove onde ficava a residência que o IRS tinha me destinado)⁴³ que decorreu daquele primeiro dia de lotação, sendo que alguns deles viriam a precisar de semanas pra serem resolvidos. Mas bem poucos são relevantes de maneira mais geral. Uma das peculiaridades da memória humana real é que suas recordações mais nítidas e detalhadas normalmente não são tão relevantes. São, por assim dizer, floresta. Não é só que a memória real seja fragmentária; acho que também a relevância e o sentido geral de seus dados são conceituais, enquanto as parcelas da experiência que ficam gravadas a fogo e são recordadas, anos depois, com mais facilidade, tendem a ser sensórias. Afinal de contas, nós vivemos dentro de um corpo. Exemplos aleatórios de recortes lembrados: longos corredores sem janelas, meus braços queimando logo antes de eu ter que largar as malas um momento. O som e a cadência particulares dos saltos de Ms. Neti-Neti no piso dos corredores, que eram de um linóleo marrom-clarinho cuja cera tinha um cheiro forte no ar imobilizado, e refletia uma série infinita de arcos parentéticos onde um zelador tinha passado em pêndulo de um lado a outro sua enceradeira no corredor vazio à noite. Aquele lugar era um labirinto de corredores, escadas e portas de incêndio com placas codificadas. Muitos corredores pareciam curvos e não retos, coisa que lembro de ter pensado ser uma ilusão de perspectiva; o exterior do CRA não tinha nada de arredondado ou casulístico. Ou seja, todo aquele lugar era atordoantemente complexo e repetitivo demais pra que se possa descrever a primeira impressão que causava com algum grau de detalhe. Isso pra nem falar do quanto aquilo era confuso: por exemplo, sei que o nosso destino inicial na chegada ficava um andar abaixo da entrada principal e do saguão. Sei disso quando faço um

---

43 Dado o grande número tanto de novos funcionários quanto de funcionários transferidos que chegavam com bagagem naquele dia (por motivos que eu levaria algum tempo pra entender), no entanto, é justo observar que o escritório de RH do CRA poderia muito bem ter estabelecido algum tipo de sistema em que as pessoas fossem primeiro conduzidas aos apartamentos, deixassem suas malas, e apenas então fossem conduzidas ao CRA pra processamento e orientação. Por mais que pudesse ser complexa a logística de um esquema como esse, a alternativa era um número enorme de funcionários do IRS tendo que levar as malas pra onde fossem naquele primeiro dia no CRA, inclusive pra elevadores lotados e escadarias, assim como pilhas de malas abandonadas no canto de quaisquer cômodos em que se dessem as várias sessões de orientação e produção de Identidades.

retrospecto, porque é onde ficava o escritório do RH do CRA, que eu sei que foi pra onde disseram que Ms. Neti-Neti deveria me conduzir contornando os guichês do saguão, imediatamente... mas eu também tenho o que parece ser uma clara lembrança física de *subir* ao menos um curto lance de escadas num dado momento, já que era subir escadas com a bagagem o que causava as piores batidas daquela mala contra o flanco externo do meu joelho, cujos inchaço e flamejante tom arroxeado eu quase podia visualizar. Por outro lado, não acho impossível que eu esteja confundindo a ordem em que as diversas partes do CRA foram percorridas.

O que eu sei é que num dado momento a própria Ms. Neti-Neti ficou aparentemente confusa ou distraída e abriu a porta errada, e na risca de luz que surgiu antes que ela fechasse de novo a pesada porta entrevi uma sala comprida cheia de analistas do IRS em longas fileiras e colunas de mesas ou escrivaninhas estranhas, cada uma delas (as escrivaninhas) com um aparato destacado de bandejas ou nichos presos ao tampo,[44] com luminárias flexíveis presas em vários ângulos a esses aparatos que se abriam em leque, de modo que cada analista do IRS trabalhava num pequeno círculo cerrado de luz no que parecia ser o fundo de um buraco que só tinha um lado. Fileiras e mais fileiras, que se estendiam pra uma espécie de ponto de fuga próximo à parede dos fundos da sala, onde havia o recorte de outra porta. Esse, embora eu não soubesse na época, foi meu primeiro relance de uma Sala de Imersivas, das quais a estrutura principal do CRA continha um punhado. A coisa mais impressionante ali era o silêncio. Havia pelo menos 150 homens e/ou mulheres naquela sala, todos ocupadíssimos e concentrados, no entanto a sala estava tão silenciosa que deu pra ouvir uma imperfeição na dobradiça da porta quando Ms. Neti-Neti forçou o fechamento contra a resistência de sua mola pneumática. Esse silêncio é o que eu lembro melhor, porque era ao mesmo tempo sensório e incongruente: por motivos óbvios, tendemos a associar o silêncio completo ao vazio, e não a grandes grupos de pessoas. A coisa toda, no entanto, durou apenas um momento, depois do qual continuamos nosso complexo caminho com Ms. Neti-Neti de vez em quando cumprimentando

---

[44] Eram as mesas Tingle, uma convenção do pessoal da Análise com a qual acabei ficando mais do que íntimo — ainda que ninguém com quem eu pude conversar soubesse a origem de "Tingle", tipo se era epônimo, sardônico ou o sei lá o quê.

ou acenando com a cabeça pra outros funcionários do RH com seus distintivos paletós azuis brilhantes, que conduziam pequenos grupos na outra direção — o que olhando daqui agora deveria ter sido mais um dado confuso, apesar de eu não lembrar de ter pensado alguma coisa disso tudo; eu ainda estava por assim dizer reverberando com a visão de todos aqueles analistas aplicados e absolutamente silenciosos.

Aqui é talvez um lugar adequado pra certas explicações sobre o meu passado no que tange a: silêncio e trabalho mental concentrado. Olhando agora daqui, sei que havia algo na intensidade silenciosa e imóvel com que todos naquele instante em que se abriu a porta analisavam os documentos ligados ao imposto de renda que tinham à sua frente que me deixou com medo e empolgado. A cena foi de um tal jeito que você simplesmente sabia que se fosse abrir a porta por outro breve instante, dez, vinte ou quarenta minutos depois, tudo estaria com a mesma aparência e o mesmo som. Eu nunca tinha visto uma coisa como aquela. Ou na verdade tinha, de certa forma, porque é claro que a televisão e os livros viviam retratando gente concentrada estudando ou trabalhando daquela maneira, pelo menos de modo indireto. Tipo: "Irving decidiu se empenhar e passou a manhã toda lidando com a papelada que cobria sua mesa"; ou "Foi só quando tinha terminado o relatório que a executiva deu uma olhada no relógio e percebeu que era quase meia-noite. Ela tinha ficado completamente mergulhada no trabalho, e só agora se dava conta de que não havia jantado e estava morta de fome". Ou até uma coisa simples como: "Ele passou o dia lendo". Na vida real, claro, o trabalho concentrado não acontece assim. Eu tinha passado montes de horas em bibliotecas; sabia muito bem como era de verdade o trabalho mental. Especialmente se a tarefa em questão fosse repetitiva ou densa, ou se envolvesse a leitura de algo que não tivesse relevância direta pra sua vida, ou pras suas prioridades, ou fosse algum trabalho que você só estivesse fazendo porque era obrigado a fazer — assim, pra ganhar nota, ou como parte de um trabalho ocasional pago por algum canalha que estava esquiando por aí. O funcionamento real do trabalho mental pesado se dá em entrecortados arranques e baques, breves intervalos de concentração alternados com frequentes idas ao banheiro, ao bebedouro, à máquina de vender comida, constantes visitas ao apontador de lápis, chamadas telefônicas que você de repente sente ser imperativo fazer, intervalos de contemplação extasiados das diversas formas que você consegue criar dobrando um clipe de papel &c.[45] Isso porque ficar sentado concentrado em somente uma tarefa por um longo tempo é, na prática, impossível. Se você dizia "Passei a noite toda na biblioteca, trabalhando no artigo de sociologia que me encomendaram", você na verdade queria dizer que passou entre duas e três horas trabalhando naquilo e o resto do tempo mexendo em coisas por ali, apontando e organizando lápis, verificando coisas na sua pele no espelho do banheiro, andando entre as pilhas de livros e pegando volumes a esmo e lendo, vamos dizer, sobre as teorias do suicídio de Durkheim.

No entanto não havia sinal dessa difração naquela visão de fração de segundo da sala. Você sentia que ali eram pessoas que não futucavam coisas à toa, que não liam uma página, digamos, da tediosa explicação de um contribuinte a respeito da dedução de certo item e aí percebiam que na verdade estavam era pensando na maçã que tinham trazido pro almoço e se deviam ou não comer a maçã ali mesmo, bem naquele momento, até perceberem que seus olhos tinham passado por todas as palavras (ou, dado o ambiente aqui, talvez por todas as colunas de cifras) da página sem na verdade ter lido coisa alguma — com *lido* aqui significando internalizado, compreendido, ou o que quer que queiramos dizer com ler de verdade versus simplesmente deixar os olhos correrem por símbolos dispostos em determinada ordem. Ver aquilo foi meio traumático. Eu sempre tinha me sentido frustrado e constrangido com a quantidade de tempo de leitura e de escrita que na verdade jogava fora, com quanto eu meio que ficava apagando e recobrando a consciência enquanto tentava absorver grandes quantidades de informação. Pra dizer de uma vez, eu tinha vergonha da facilidade com que me entediava quando tentava me concentrar. Na infância acho que eu entendia a palavra *concentração* de forma literal e via minhas dificuldades pra manter a concentração como prova de que eu era uma forma anormalmente diluída ou desorganizada de ser hu-

---

45 Pra mim, apontador é coisa séria. Eu gosto de um tipo bem específico de lápis bem apontado, e alguns apontadores são bem melhores que outros pra obter esse formato especial, que então se vê rombudo e arruinado depois de meramente uma sentença, ou duas, o que exige grande quantidade de lápis apontados, todos alinhados numa ordem especial de idade, estatura remanescente &c. O lado bom é que quase todo mundo que eu conheci tinha esses seus rituaizinhos, rituais cujo sentido todo, bem no fundo, era serem distrações.

mano,⁴⁶ e pus boa parte da culpa disso na minha família, que tendia a precisar de muito barulho intenso e de muita distração o tempo todo e cumpria quase todo tipo de atividade com todos os rádios, aparelhos de som e televisão disponíveis ligados, tanto que comecei a usar tampões de ouvido customizados especiais de alta potência em casa desde os catorze anos. Eu precisei chegar até a idade de finalmente sair de Philo e entrar numa universidade muito seletiva pra compreender que o problema com a imobilidade e a concentração era basicamente universal e não alguma incapacidade singular que fosse me incapacitar de um dia ir além do meu passado pretérito e conseguir realizar alguma coisa. Ver o tamanho dos esforços que aqueles graduandos de elite bem-educada de toda a nação faziam pra evitar, postergar ou mitigar a necessidade de trabalho concentrado foi uma experiência reveladora pra mim. Pra dizer a verdade, a estrutura social da escola estava calibrada pra valorizar e admirar alunos que conseguissem ser aprovados nas disciplinas e montarem um bom currículo sem jamais trabalhar duro. As pessoas que passavam tranquilas, fazendo o mínimo do mínimo necessário pra obter a aprovação institucional/parental, eram consideradas descoladas, enquanto as pessoas que de fato se aplicavam às suas tarefas e ao trabalho envolvido em sua educação e formação eram relegadas ao status de "cê-dê-efes" ou "manés", a casta inferior de toda a impiedosa hierarquia social da universidade.⁴⁷

46 Essa noção de desorganização pessoal, que obviamente é muito comum, pra mim se via ampliada pelo fato de eu ter muito pouca dificuldade pra analisar o caráter e a motivação central de outras pessoas, suas forças e fraquezas &c., enquanto toda e qualquer tentativa de autoanálise redundava numa baralha de fatos e tendências contraditórios e desesperadamente complexos, impossível de desemaranhar ou de usar como base para conclusões gerais.
47 Eu não esqueço uma observação feita durante uma das sessões de bate-papo na sala de Chris Acquistipace, que era Líder de Mesa e um dos únicos fraldinhas do CRA acomodados no segundo andar do complexo de Angler's Cove a demonstrar algum sinal de simpatia ou até de mente aberta na minha direção, apesar da caca administrativa que de início me promoveu a uma posição superior até à dos outros GS-9s do andar. Foi ou o Acquistipace ou o Ed Shackleford, cuja ex-mulher dava aulas no ensino médio, que observou que o que então começava a ser descrito como "ansiedade de prova" podia muito bem ser uma ansiedade relacionada a provas com *tempo*, ou seja, exames e testes padronizados, onde não há como fazer a infinidade de gestos e atividades distraídas que é parte do trabalho mental concentrado de 99,9% das pessoas reais. Não posso dizer com toda a sinceridade que lembro de quem veio a observação; fazia parte de uma discussão mais ampla sobre os analistas mais jovens, a televisão e a teoria de que a América tinha algum interesse econômico velado em manter as pessoas hiperestimuladas

A vantagem, por outro lado, foi que até entrar na universidade, onde todo mundo normalmente morava junto e estudava junto bem na frente de todo mundo, eu não tive oportunidade de perceber que os gestos e os atos distraídos, e as frequentes pausas inventadas eram mais ou menos marcas universais. No ensino médio, por exemplo, a tarefa de casa é literalmente isso — feita em casa, em particular, com tampões de ouvido, placas de MANTENHA DISTÂNCIA e uma cadeira travando a maçaneta da porta. A mesma coisa com a leitura, com escrever entradas de diário, tabular a contabilidade da entrega dos jornais da vizinhança &c. Você fica com seus pares apenas em ambientes sociais ou recreacionais, que incluem as aulas, que na minha própria escola pública de ensino médio eram piadas acadêmicas. Em Philo, você tinha que se educar apesar da escola, e não nela — que é basicamente o motivo de tantos dos meus colegas do ensino médio continuarem ainda hoje em Philo, vendendo seguros um pro outro, tomando bebidas de supermercado, vendo televisão, aguardando a formalidade do primeiro infarto.

Ms. Neti-Neti do RH, aliás, continuou falando durante a maior parte do tortuoso trajeto até o RH. A verdade é que quase nada do que ela disse continua disponível como lembrança. Seu tom era agradável, profissional; mas ela tagarelava tão sem parar que você meio que involuntariamente deixava de ouvir depois de um tempinho, mais ou menos como uma criança de seis anos. No entanto, parte do que ela ia dizendo consistia provavelmente de informações úteis e pertinentes, e é meio vergonhoso eu não conseguir resumir aquilo tudo agora, já que provavelmente seria útil e conciso, em termos de escrita biográfica, de formas em que as minhas impressões e memórias não foram. Sei que eu ficava parando e trocando malas de uma mão pra outra pra atenuar a sensação de ardência que provém de carregar a mala mais pesada apenas, digamos, do lado direito por algum tempo, e demorava alguns instantes pra que Ms. Neti-Neti entendesse o que estava acontecendo e se detivesse em vez de seguir adiante e acabar uns vinte metros à minha frente,

---

e desacostumadas ao silêncio e à concentração focada. Por mera conveniência, vamos dizer que foi o Shackleford. A observação do Shackleford era que o verdadeiro objeto motivador da ansiedade assassina envolvida na "ansiedade de prova" podia muito bem ser um temor da imobilidade, do silêncio e da falta de tempo pra distrações que estava envolvida na situação de prova. Sem distrações, ou até sem a possibilidade da distração, certos tipos de pessoas sentem pavor — e é esse pavor, e não tanto a prova em si, que provoca ansiedade nas pessoas.

quando então o fato dela continuar falando se tornava absurdo, já que não havia literalmente ninguém lá pra ouvir. A total ausência de oferecimento de ajuda com a minha bagagem era o.k.; era atribuível a códigos de gênero que eu sabia serem especialmente rígidos no Oriente Médio. Mas nada evidencia tanto a noção de que o entusiasmo de uma pessoa e sua tagarelice são uma piração toda dela e não têm nada a ver com você quanto você ficar pra trás e se ver literalmente ausente com a tagarelice ainda em curso, chegando até você num fluxo indistinto de ecos rebatidos pelas superfícies dos corredores. Seria maldade dizer muito mais a respeito da Crise Iraniana no contexto do primeiro dia, já que o resto que acabei sabendo sobre as excentricidades de Ms. Neti-Neti fora do trabalho e das origens delas nos distúrbios iranianos de fins dos anos 70 veio só mais tarde, quando ela pareceu emergir de uma unidade residencial diferente na ala dos fraldinhas, quase toda manhã, durante o mês de agosto de 1985. Seu sotaque era delicado e soava mais britânico que oriental ou estrangeiro, e seu cabelo era de um negro muito escuro, com um aspecto quase líquido na perfeita planura com que descia pelos ombros — visto por trás, seu contraste com o azul brilhante horroroso do paletó do escritório de RH era a única coisa interessante ou atraente sobre o paletó. E também, por eu ter passado tanto tempo em várias partes do rastro deixado por ela, lembro que ela cheirava vagamente — como se o cheiro fosse não dela, mas de seu paletó do RH — a certo perfume comprado em shoppings com o qual algum membro inominado da minha própria família praticamente se encharcava toda manhã em quantidades capazes de te encher os olhos de lágrima.

Ao contrário dos andares superiores, o nível inferior do prédio do CRA é seccionado em células praticamente hexagonais, com corredores que emanam de um núcleo central como raios de uma roda torta. Como você pode imaginar, essa planta radial, tão popular nos anos 70, não fazia nenhum sentido imediato, dado o próprio prédio do CRA ser marcadamente retangular, o que aumentava a desorientação geral da descida daquele primeiro dia rumo ao mecanismo de Processamento.[48] A árvore de placas direcionais de cada

---

[48] Mais uma vez, seria só mais tarde que eu viria a saber que a maioria dos fraldinhas e do pessoal dos Serviços de Apoio do CRA se referia a todo o ritual de Processamento/Orientação como "*des*orientação", o que era mais um exemplo de piada interna meio canhestra. Por outro lado,

entroncamento era tão detalhada e tão complexa que parecia feita apenas pra ampliar a confusão de alguém que já não tivesse certeza de pra onde ia e do porquê. Esse andar tinha piso branco e paredes com detalhes de um cinza encouraçado, e fortíssimas luzes fluorescentes embutidas — podia muito bem ser uma galáxia distante do andar logo acima. A essa altura, é provavelmente melhor manter as explicações o mais breves e comprimidas possível, em nome do realismo. A verdade de mais longo prazo é que como acabei me vendo empregado aqui — ou, na verdade, é melhor dizer que acabei caindo aqui, como uma bola de squash ou um projétil que quica pra todo lado, depois da série de confusões administrativas que quase resultaram em acusações disciplinares e/ou Demissão por Justa Causa nas semanas seguintes ter sido resolvida — seria fácil impor na planta do Nível 1[49] e no escritório do RH todo um universo de

---

nenhuma autoridade possível esperava que eu estivesse tão completamente confuso e perdido quanto estava ao chegar, já que acabou transpirando que o escritório de RH tinha me confundido com outro David Wallace, a saber, um analista de imersivas de elite, cheio de experiência, que vinha do CRA Nordeste da Filadélfia e tinha sido atraído para o 047 devido a um complexo sistema de trocas de pessoal e de finas manobras burocráticas. I.e., que não havia apenas um mas sim dois David Wallaces cujas lotações no 047 começavam naquele dia útil. O problema informático por trás desse erro está detalhado no §38. Vai sem dizer que esses fatos todos emergiram somente depois de muito tempo, de muita confusão e de muito atrito em cima de atrito. Eles eram a verdadeira explicação da efusão pré-escrita e da deferência de Ms. Neti-Neti: era na verdade o nome daquele outro, GS-13, em termos ontológicos, que estava na placa branca especial que ela segurava, ainda que não é que "David Wallace" seja um nome tão comum nos EUA pra que alguém tivesse alguma esperança de que eu imediatamente imaginasse ter havido alguma confusão de nomes e identidades, especialmente durante a confusão toda e a inépcia daquela "desorientação".
(N.B. Puramente como aparte autobiográfico, vou inserir aqui que o uso do meu nome do meio completo no que vim a publicar na vida tem origem nessa confusão e nesse trauma originais, i.e., o trauma da ameaça inicial de levar a culpa por toda a baderna, que, mesmo que fosse uma enorme bobagem, ainda era compreensivelmente traumática pra um recruta imaturo de vinte anos com medo de burocracias e com uma única violação de um suposto "código de honra", por mais que se tratasse de algo insidioso e hipócrita, já no seu currículo. Durante anos, depois disso, eu tive uma angústia mórbida com a possibilidade de que houvesse sabe Deus quantos outros David Wallaces soltos por aí, fazendo sabe Deus o quê; e eu nunca mais quis ser profissionalmente confundido ou fundido a um outro David Wallace. E depois que você se decidiu por um certo *nom de plume*, você meio que fica preso a ele, por mais que possa soar alheio ou pretensioso aos seus ouvidos na vida cotidiana.)
49 O andar subterrâneo, que tinha sido escavado e acrescido (a um custo exorbitante) ao edifício central em 1974-5, era chamado de Nível 1, e o térreo, portanto, tecnicamente era o Nível 2,

detalhes, explicações e contextos que na verdade só fui conhecer depois e que nem fez parte da minha chegada e daquela correria atrás da Crise Iraniana. O que é uma esquisitice da memória cronológica — você tende a colmatar lacunas com dados adquiridos apenas depois, mais ou menos como o cérebro automaticamente trabalha pra preencher a lacuna visual causada pela saída do nervo óptico pelo fundo da retina. Como, por exemplo, no caso de que a loucurada toda na entrada principal do Centro de Análise e no saguão do térreo, e a longuíssima fila de funcionários cansados depois de um trajeto considerável, com chapéus, bagagens e pastas marrons sanfonadas que o Serviço usava pra documentos e determinações de lotação que agora se estendia (i.e., a fila) até passar por uma das pesadas portas corta-fogo herméticas[50] e chegar à encruzilhada fluorescente do que acabou revelando ser o centro da célula central do Nível 1, fila esta que consistia de funcionários recém-lotados e/ou -transferidos que esperavam pra fazer suas fotos tamanho passaporte e imprimir sua nova identidade do Posto 047 e plastificar, quando então ela ficaria quente demais pra segurar na mão por vários minutos, de modo que você via funcionários segurando a identidade pelo cantinho e sacudindo aqueles cartões no ar pra que esfriassem antes de prendê-los no bolso com seus clipes-jacaré (como era

---

o que era ainda mais confuso porque nem todas as placas mais antigas do CRA, pré-escavação e acréscimo, tinham sido substituídas, e essas placas e sinalizações ainda identificavam o andar principal, térreo, como Nível 1, o andar acima como Nível 2, e assim por diante, de modo que você só podia se orientar com essas sinalizações antigas e esses mapas tipo "Você está aqui" se soubesse de antemão recalibrar cada número de andar pra um dígito acima, o que era mais um dado da idiotice institucional facilmente corrigível do qual o sr. Stecyk agradecia ter sido informado mas lamentava não ter visto e resolvido antes, e pelo qual fundamentalmente aceitava total responsabilidade, muito embora tecnicamente se tratasse de uma responsabilidade do sr. Lynn Hornbaker e do escritório de Instalações Físicas, que deveriam ter visto e corrigido as placas muitos anos antes, o que é um dos motivos pelos quais o processo de licitação pro design e a confecção das novas placas se tornaram tão densos e inutilmente complexos — ao fazer a coisa das placas o mais difícil e complexa posível, o pessoal da equipe do Hornbaker ajudava a suavizar e difundir a responsabilidade pelo fato das placas não terem sido percebidas e corrigidas anos antes, de modo que, quando o escritório do Diretor do CRA ficou sabendo daquilo, foi em meio a uma nuvem de memorandos internos e circulares tão rebuscadas e obscuras que ninguém que não estivesse diretamente envolvido teria prestado atenção, a não ser do jeito mais superficial e apenas nos detalhes mais gerais da baderna.
50 Essas portas duplas eram de aço cinza, e esse era o esquema cromático geral do Nível 1 — branco estourado e cinza-fosco.

obrigatório o tempo todo, quando a serviço)... que todo esse fervilhar em pleno expediente e toda essa multidão na verdade se deviam a uma grande reestruturação do Departamento de Adimplência do IRS que estava em curso em todos os CRAs em funcionamento e em mais da metade de todas as instalações de Auditoria Distrital (cujos tamanhos variavam muito) em todo o país, e cujo início estava marcado pra (i.e., o início da reestruturação) exatamente um mês depois da data final de entrega da declaração de renda da pessoa física, no dia 15 de abril, de modo a permitir que a gigantesca leva de declarações tivesse passado pela fase inicial de triagem e processamento nos Centros Regionais de Serviços[51] e que os cheques que vinham com elas tivessem sido processados e depositados no Tesouro dos EUA através dos mecanismos dos seis Depósitos Regionais... tudo isso descoberto posterior e informalmente, em confabulações em Angler's Cove com Acquistipace, Atkins, Redgate, Shackleford &c. De modo que teria sido errôneo entrar em quaisquer detalhes ou explicações substantivas nesse momento, já que nenhuma dessas verdades existia ainda, em termos realistas. Ou o fato de que acabou sendo necessário ter uma identidade válida do IRS pra ter acesso a qualquer ônibus que fizesse o trajeto entre o complexo e qualquer residência especial de baixo custo nos dois antigos complexos de apartamentos comerciais na mesma Self-Storage Parkway, o que era uma determinação nacional dos Sistemas, e portanto era o motivo de não ser estritamente por culpa do sr. Tate ou do sr. Stecyk que os recém-chegados se viam forçados a puxar sua matula de um lado pro outro e ficar na fila com ela enquanto esperavam a foto da identidade e a geração de um número novinho de Seguro Social &c., ainda que continuasse sendo irritante e imbecil não ter algum mecanismo em funcionamento pra lidar com a bagagem dos novos funcionários que ainda não tinham a identidade — esses fatos todos são pós-datados, por assim dizer.

O que pode ser validamente incluído entre as experiências do primeiro dia é que eu fiquei naturalmente surpreso — e até um tanto empolgado — quando fui dispensado da longa e excruciantemente lenta fila que ia do entroncamento central do Nível 1 até a estação improvisada de fornecimento de identidades, e acabei sendo levado direto pra frente da fila da identidade, posei, fui fotografado e recebi meu cartão quente e olorosamente laminado

---

51 (com o Meio-Oeste tendo seu CRS naquela era em East St. Louis, duas horas a sudoeste dali)

de identidade e meu clipe-jacaré ali mesmo. (Eu ainda não sabia o que significava a sequência de nove dígitos abaixo do código de barras nem que meu antigo número de Seguro Social, que como cidadão americano com mais de dezoito anos de idade eu sabia basicamente de cor, nunca mais seria usado por outra pessoa; ele simplesmente desapareceu, de um ponto de vista identificatório.) Assim como ser recebido por alguém de alguma autoridade com seu nome empunhado numa placa, é quase inevitavelmente gratificante ser conduzido de forma especial pra frente de uma fila, malgrado os olhares ressentidos ou (no meu caso[52]) enojados que você recebe das pessoas preteridas na fila que te veem ser conduzido lá pra frente e liberado de toda a encheção comum e de toda a espera ali na multidão. Fora que alguns dos novos funcionários ali na fila eram nitidamente um pessoal de alto nível que estava sendo transferido, e eu fiquei mais uma vez não só agradecido como curioso, e até apreensivo, com o tipo de poder político que o parente distante que tinha me ajudado a conseguir a lotação no fundo teria, e com todo o tipo de informação pessoal ou biográfica que poderia ter sido transmitida a meu respeito, antes de eu chegar, e a quem exatamente. Esse dado do tratamento especial é legitimamente parte da cadeia real de lembranças só se ficar claro que ela (i.e., minha condução até a frente da fila) aconteceu algo mais tarde, naquele dia da chegada, depois de Ms. Neti-Neti já ter me levado por um caminho um pouco diferente que passava por esse entroncamento da célula central, até o escritório do RH propriamente dito, que ficava num grande conjunto de salas interligadas e áreas de recepção no canto ou vértice sudoeste do Nível 1.[53] Ela estava com a impressão de que eu deveria ter algum tipo de audiência pessoal de apresentação com o DSRH,[54] mas ou a Crise Iraniana

---

52 (Só pra constar, o fim da primavera era sempre um período excepcionalmente ruim, em termos de pele, durante aquela época; e as indelicadas lâmpadas fluorescentes do Nível 1 punham cada bolha, cada sarna e cada lesão em impiedoso relevo.)

53 A informação logística, também, é pós-datada, pra ser bem preciso. No dia propriamente dito eu não saberia te dizer nem onde nós estávamos no prédio àquela altura; ninguém saberia.

54 = Diretor Substituto de Recursos Humanos, que era o título oficial da posição do sr. Stecyk. Meu contrato com o IRS, aliás, foi assinado, não pelo sr. Stecyk ou pelo DRH Richad Tate, mas pelo sr. DeWitt Glendenning Jr., cujos títulos bivalentes eram DCRA (Diretor do Centro Regional de Análises) e CRAA (Comissário Regional Assistente de Análises), mas que quase todo mundo chamava de "Dwitt".

estava enganada sobre isso, ou os atrasos de trânsito e trajeto tinham me feito perder o horário da entrevista, ou então algum tipo de crise de Recursos Humanos tinha obstruído a atenção do DSRH. Pois quando descemos até aquele andar passamos pelo entroncamento central, desviamos de várias partes da fila da identidade, passamos por diversas esquinas recurvadas e labirínticas e abrimos múltiplas portas corta-fogo, com pausas cada vez mais frequentes pra eu poder redistribuir o peso da minha bagagem, e quando finalmente chegamos ao escritório de Recursos Humanos encontramos a sala de espera, os escritórios mais visíveis, o corredor da copiadora e uma sala especial bissectada com um Univac 1100 e um terminal remoto (conectado, como depois fiquei sabendo, por uma linha semidúplex de datafone ao Regional de Joliet) do outro lado do corredor completamente tomado por funcionários do IRS sentados, de pé, lendo, encarando o vazio, segurando e revirando seus vários chapéus, e (eu supus — equivocadamente, como se veio a saber, embora também fosse verdade que Ms. Neti-Neti nada fez pra me corrigir, preferindo desaparecer num escritório lateral e entrar numa fila de pessoas de paletós azul brilhantes que queriam falar com um superior do RH[55] pra informar a minha [i.e. do putativo funcionário de elite transferido] chegada e receber instruções sobre o procedimento quando da ausência da entrevista especial. Foi essa DRH assistente que assinou o Fomulário Interno 706-CI que autorizava que eu fosse levado direto pra frente da fila do processamento de identidades do IRS, ainda que Ms. Neti-Neti tenha precisado de mais de vinte minutos[56] pra chegar à frente da fila do escritório da sra. Van Hool e lhe apresentar suas dúvidas) sem fazer nada além de ficar ali de bobeira consumindo o dinheiro dos contribuintes numa clássica situação do tipo "corra pra ficar esperando".

---

55 Essa seria a sra. Marge van Hool, adjuvante e braço-direito do sr. Stecyk, que tinha os olhos sem cílios, protuberantes e permanentemente abertos de um réptil ou de uma lula, algo que poderia te matar e te comer sem que seu olhar alienígena e projetado sequer se alterasse, embora a sra. Van Hool acabasse se provando o verdadeiro sal da terra, uma clássica manifestação da verdade de que a aparência da maioria das pessoas tem muito pouco a ver com suas qualidades humanas intrínsecas... verdade que me era muito preciosa naquele momento da vida.)
56 (intervalo durante o qual, por miradas momentaneamente disponíveis, eu primeiro percebi a Crise Iraniana lendo um livro e depois, ulteriormente, cuidando da manga de seu paletó azul-chama-de-gás com alguma espécie de implemento portátil de costura — ela era nitidamente bem preparada por temperamento e/ou experiência pra ficar em filas longas.)

Enquanto isso, eu estava compreensivelmente cansado e desorientado, e também estafado (o que hoje em dia seria chamado de "estresse"), com fome e mais do que um pouco irritado, e estava sentado numa cadeira de vinil recém-disponibilizada[57] na sala de espera principal, com as malas aos meus pés e a valise apertada contra o corpo de forma a quem sabe ainda poder obscurecer a umidade do lado esquerdo do terno, diretamente visível da mesa da horrenda secretária/recepcionista do DRH, a sra. Sloper, que nesse primeiro dia me deu o mesmíssimo olhar de desgosto desinteressado que eu receberia dela pelos próximos treze meses, e estava usando (isso aposto que não esqueci) um terninho meio lavanda contra o qual o ruge e o kohl abundantes ficavam ainda mais pavorosos. Ela tinha talvez uns cinquenta anos, era muito magra e tendinosa, usava o mesmo penteado assimétrico de colmeia de duas diferentes parentes mais velhas da minha família e estava maquiada como um palhaço embalsamado, coisa de pesadelo mesmo. (O rosto dela parecia de alguma maneira sustentado por alfinetes.) Várias vezes, nos momentos em que se abria uma lacuna na massa de funcionários que possibilitasse a formação de uma linha de visão de verdade, essa secretária e eu nos olhamos com ódio e repulsa recíprocos. Ela talvez até tenha chegado a me arreganhar os dentes por um instante.[58] Alguns funcionários sentados ou parados de pé na sala e nos corredores conectados a ela liam documentos ou preenchiam formulários que podiam ter algo a ver com o trabalho oficial deles, mas a maioria encarava de um jeito desligado o vazio ou participava de conversas de escritório, errantes e inconstantes, o tipo de conversa (como eu vim a saber) que nunca começa e jamais acaba. Eu sentia o coração bater em dois ou três dos meus cistos penfigoides na linha da mandíbula, o que significava que aqueles lá iam dar trabalho. A secretária dos pesadelos de qualquer um tinha um cartão corporativo bem pequeno na borda da mesa que mostrava uma caricatura com traços malfeitos de um rosto irritado e, abaixo, a frase "*Só me sobrou um nervo*... E VOCÊ ESTÁ DANDO BEM NELE!", que alguns funcionários

---

57 (i.e., nauseantemente aquecida pelo calor das costas e da bunda de um desconhecido)
58 Só bem mais tarde fiquei sabendo que o filho da sra. Sloper tinha sofrido queimaduras gravíssimas em algum tipo de acidente automobilístico no Serviço, e que o estado da minha pele a afetava mais que a média típica das mães por aí. Na ocasião, eu só soube que nos desprezamos à primeira vista, como é claro que pode acontecer com certas pessoas.

administrativos do meu colégio em Philo também tinham, e cuja inteligência esperavam que os outros aplaudissem.

O fato de eu estar sendo pago pra ficar aqui sentado lendo um insípido livro de autoajuda — meu contrato de trabalho com o Serviço tinha começado legalmente ao meio-dia — enquanto outra pessoa que estava sendo paga ficava numa longa fila de pessoas igualmente pagas apenas pra descobrir o que fazer comigo: tudo parecia um desperdício gigantesco, uma coisa bocó, uma perfeita ilustração da opinião de alguns membros da minha família de que o governo, a burocracia governamental e a regulamentação governamental constituíam a forma mais cheia de desperdícios e de estupidez, e a menos americana, de fazer qualquer coisa, desde a regulamentação da indústria de café instantâneo até a fluoretação da água.[59] Ao mesmo tempo, também havia lampejos de angústia de que o atraso e a confusão pudessem significar que o Serviço estava considerando talvez me desqualificar e me ejetar com base em alguma ficha distorcidamente suja por um suposto comportamento inadequado numa universidade de elite onde minha matrícula estava trancada, com ou sem sirenes. Como todo americano sabe, é totalmente possível que o desprezo e a angústia coexistam no coração humano. A ideia de que as pessoas sentem apenas uma emoção fundamental a cada momento é mais uma invencionice dos livros autobiográficos.

Pra resumir, fiquei ali na área principal de espera pelo que me pareceu um tempo muito longo e tive todo tipo de impressões e reações rápidas e fragmentárias, das quais incluirei aqui apenas poucos exemplos. Lembro de ouvir um homem de meia-idade que estava sentado perto de mim dizer "Sossega o facho, rapá" pra outro camarada de mais idade sentado na minha diagonal já à porta de um dos corredores que saíam da sala de espera, só que quando eu levantei os olhos do livro os dois homens estavam olhando direto para a frente, sem expressão no rosto, sem nenhum sinal de que alguém precisasse "sossegar o facho" de qualquer maneira concebível. Emergindo de um dos

---

[59] Como normalmente cabe aos jovens de vinte anos, quando eu estava em casa, em Philo, fazia questão de discutir com os membros da minha família sobre suas atitudes políticas, e no entanto quando fora de casa eu muitas vezes me surpreendia sustentando por reflexo, ou ao menos simpatizando com, as mesmas atitudes parentais. Imagino que isso tudo queria dizer que eu ainda não tinha formado uma identidade própria estável.

corredores radiais pra atravessar a periferia da sala de espera e seguir por outro corredor houve pelo menos uma moça bonita, cuja palidez cremosa e cujo cabelo cor de cerejeira atado num nó com um laço de fita comprado pronto que eu enxerguei perifericamente mas que aí quando olhei diretamente só deu pra ver de costas (i.e., a mulher) enquanto descia o corredor. Devo confessar que não sei ao certo a que grau de detalhe me entregar aqui, ou como evitar impor àquela sala de espera e aos vários membros da equipe de funcionários uma familiaridade conquistada apenas depois. Dizer a verdade, claro, é bem mais complicado do que entender a maioria das pessoas normais. Num dos cestos de lixo da sala de espera, lembro, havia uma lata vazia de refrigerante Nesbitt's, o que interpretei como um indício de que as máquinas de vendas do CRA podiam muito bem incluir uma de Nesbitt's. Como toda sala lotada no verão, aquela estava quente e abafada. O cheio de suor no meu terno não era todo meu; minha lapela larga estava ligeiramente arrebitada nas pontas.

A essa altura, eu tinha retirado o livro barato da minha valise e lia com uma atenção parcial — o que era só o que aquele livro merecia — enquanto segurava uma esferográfica entre os dentes. Como já posso ter mencionado de passagem, eu tinha ganho o livro de um parente próximo no dia anterior (o mesmo cujo cesto de papéis continha a carta amassada a respeito da minha lotação no IRS, enviada por aquele outro parente menos próximo) e seu título era *Como fazer as pessoas gostarem de você: uma receita instantânea para o sucesso profissional*, e em essência eu estava "lendo" o livro apenas pra acrescentar certos comentários marginais acres e cáusticos ao lado de cada lugar-comum, clichê ou trecho incômodo de bobageira inventada, o que significava praticamente a cada §. A ideia era mandar o livro de volta pelo correio pra esse parente próximo dali a uma ou duas semanas, junto com uma expansiva nota de agradecimento cheia dos gestos e das táticas recomendadas pelo livro — tais como empregar repetidamente o primeiro nome da pessoa, enfatizar áreas onde vocês concordavam e entusiasmos comuns &c. — sarcasmo absurdo que o parente[60] só detectaria quando abrisse o livro e visse a acerba marginália a cada página. Na universidade uma vez eu fiz um trabalho como

---

60 (cujos méritos pessoais não incluíam a perceptividade — e eu estou longe de ser o único membro da família que percebeu isso, pode apostar)

freelance pra uma pessoa matriculada num curso interdisciplinar sobre os "livros de corte" do Renascimento e a semiótica da etiqueta, e a ideia era aludir a textos como o *Peacham's Compleat Gentleman* e as *Cartas a seu filho* de Chesterfield na marginalia de modo a deixar o desdém implícito ainda mais funesto. Mas era apenas uma fantasia. A verdade é que eu jamais postaria o livro e a nota; era total perda de tempo.[61]

[61] Eu ouvi, no entanto, uma troca oral envolvendo duas ou quem sabe três vozes invisíveis no estreito corredor diante de cuja entrada estava minha cadeira, de dois funcionários do CRA que deviam estar em alguma fila naquele corredor, que eu recordo (a troca) em detalhes porque a iluminação fluorescente da sala de espera era de um branco acinzentado atordoante, e desprovida de sombras, o tipo de luz que faz as pessoas quererem se matar, e eu não conseguia imaginar como era passar nove horas por dia numa luz como aquela, e portanto estava emocionalmente predisposto a perceber aquela troca em meio a todo o ruído ambiente das trocas realizadas na sala, apesar de não conseguir enxergar os envolvidos; e cheguei até a transcrever partes da conversa em tempo real numa espécie de estenografia particular na parte interna da capa do livro de psicologia popular, pra depois transferir pro caderninho (o que é o motivo de eu poder narrar isso tudo com um grau de detalhe tão de-aparência-suspeita); a saber:
"Isso que é a versão curta?"
"Bom, a questão é que o pessoal do Sistema não é incriativo. Não dá pra colocar todos eles no mesmo saco."
"Não incriativo? Que tipo de palavra é essa?"
"A economia imediata com as lâmpadas fluorescentes era óbvia. Era só comparar as contas de luz. A iluminação fluorescente nos Centros de Análise já era uma questão de doutrina. Mas o Lehrl descobriu, pelo menos em La Junta, que trocar as lâmpadas incandescentes embutidas no teto por luminárias comuns e de mesa aumentava a eficiência."
"Não, a única coisa que os caras dos Sistemas descobriram é que o número de declarações processadas aumentou depois que trocaram as fluorescentes pelas luminárias."
"De novo, não. O que a equipe do Lehrl descobriu foi que o número bruto de declarações auditadas no CRA Oeste aumentou mensalmente, pelo menos por três trimestres depois da instalação das incandescentes, e aumentou de maneira a tornar o custo de instalação e o valor mensal da eletricidade por causa das incandescentes uma questão quase negligenciável, desde que você amortizasse a despesa de tirar as fluorescentes todas e consertar o teto."
"Mas eles nunca provaram que as incandescentes tinham uma relação causal direta com o aumento das declarações auditadas."
"Mas como é que você prova uma coisa dessas? A planilha geral de uma reunião são milhares de páginas separadas. O aumento vinha de escritórios distritais espalhados por toda a região Oeste. São variáveis demais pra você controlar — uma conexão única é improvável. Por isso precisa de criatividade. Os caras do Lehrl sabiam que existia uma correlação. Eles só não conseguiram fazer ninguém do Três-Meias aceitar a correlação."
"Isso é a sua interpretação."

As áreas de espera lotadas dos escritórios têm uma coreografia especial, e eu sei que em dado momento a configuração dos funcionários sentados e parados de pé se alterou o suficiente pra que eu conseguisse uma visão não obstruída, por cima do livro, de um pedaço escolhido do interior do escritório do Diretor Substituto de Recursos Humanos,[62] escritório este que era basicamente um grande cubículo emoldurado de madeira e embutido na parede dos fundos da sala de espera, com sua entrada logo atrás e logo ao lado da mesa da secretária/recepcionista dos pesadelos de qualquer um, posição de onde ela podia facilmente estender (dava pra perceber) e muitas vezes de fato estendia um braço ossudo cor de lavanda na direção da porta do DSRH pra evitar que alguém entrasse ou até ficasse ali parado batendo à porta sem o *nihil obstat* especial dela. (O que era uma verdadeira lei da administração burocrática, como acabou se revelando: quanto mais compassivo e eficiente o burocrata de nível alto, mais desagradável e cerberósica a secretária que impedia seu acesso a ele.) O telefone multilinhas da mesa da sra. Sloper tinha um apêndice que permitia que ela o pousasse (i.e., o apêndice) no ombro e ainda conseguisse usar as mãos pra tarefas secretariais, sem a violinística contorção do pescoço que é necessária pra segurar um telefone normal com o ombro. O pequeno aparato ou apêndice curvilíneo, de plástico castanho, eu acabei descobrindo que era uma injunção geral da OSHA pra certas classes de funcionários federais de escritório. Eu nunca tinha visto uma coisa daquelas. A porta do escritório atrás dela, que estava parcialmente entreaberta, tinha um vidro jateado no qual estava gravado o nome e o longuíssimo e complexo título do DSRH (a quem quase todos os fraldinhas de Angler's Cove se referiam pela jocosa alcunha de "Sir John Feelgood", cujos contexto e referência hollywoodiana levei semanas pra entender [eu abomino filmes comerciais, na sua imensa maioria]). O ângulo particular da minha linha de visão passa-

---

"Eles querem tudo quantificado. Mas como é que você quantifica o moral?"
... transcrição esta que acabou deixando o livro algo precioso, em termos de reprodução, décadas depois. Então ao mesmo tempo foi e não foi uma perda de tempo, dependendo do ponto de vista e do contexto de cada um.
62 O escritório do próprio Diretor de Recursos Humanos ficava no fim de um dos corredores radiais da sala de espera. Como eu ainda viria a saber, Mr. Tate, como muitos administradores superiores, preferia trabalhar longe dos olhos dos outros; ele raramente interagia com qualquer um que não estivesse acima de GS-15.

va pela porta parcialmente aberta e cobria uma seção em formato de cunha da sala atrás dela. Dentro dessa seção havia a visão de uma mesa vazia com uma placa de nome-e-título tão longa que, verdade seja dita, se estendia além da largura da mesa nos dois lados (i.e., da mesa), e um pequeno chapéu de trabalho do tipo coco, ou redondo, pendurado num ângulo levemente inclinado de um desses lados protuberantes, com sua aba obnubilando as últimas várias letras da placa de modo que o que o texto ali na mesa de fato afirmava ficava sendo:

L. M. STECYK COMISSÁRIO REGIONAL ASSISTENTE SUBSTITUTO DE ANÁLISES — PESSOA, o que num estado de espírito bem diferente podia ter sido engraçado.

Pra explicar o contexto dessa linha de visão do escritório: mais perto de mim em termos dos funcionários que ainda estavam ali sentados esperando alguma coisa havia dois homens deschapelados que ocupavam duas de uma série de cadeiras de vinil ligeiramente diferentes num ângulo obtuso à minha esquerda, ambos segurando pilhas de pastas com etiquetas multicoloridas. Os dois pareciam basicamente em idade universitária e usavam camisas de mangas curtas, gravatas com nós malfeitos e tênis, o que contrastava com as roupas muito mais convencionalmente adultas e empresariais da maioria dos outros ocupantes da sala.[63] Esses rapazes, também, estavam entregues a uma espécie de longa conversa sem rumo. Nenhum deles estava sentado com as pernas cruzadas; os bolsos da camisa dos dois tinham fileiras idênticas

---

63 Eles, depois eu aprendi, eram "vira-bostas", termo este que se referia a funcionários de apoio de funções mais baixas ou com contratos temporários que vinham especialmente pra alimentar dados nos sistemas informáticos do CRA. Muitos deles eram alunos ou da universidade profissionalizante local ou do Peoria College of Business, que não era uma universidade de elite. Como muitos grupos marginalizados ou de castas baixas, os vira-bostas acabavam sendo muito unidos e muito excludentes, mesmo quando alguns deles eram designados pra tarefa de "menino de cargas" e como resultado disso passavam a conhecer e a trocar gracejos com muitos fraldinhas e imersivos de maior estatuto hierárquico cujos materiais de análise e suprimentos eles (i.e., os vira-bostas) tinham que transportar de um lado pro outro em grandes carrinhos cheios de níveis internos, caixas e bandejas que podiam ser expandidas como uma enorme caixa de ferramentas cheia de andares e compartimentos diferentes, de modo que os carrinhos viravam imensas e complicadas versões de um carrinho normal de supermercado ou de entrega de correspondência numa empresa, que mais pareciam uma máquina de Goldberg, sendo que alguns deles (ou seja, os carrinhos) faziam um tremendo estardalhaço ao ser empurrados, por causa daquela montoeira de partes internas, camadas e compartimentos ajambrados ali dentro.

de canetas. Do meu ângulo de visão, seus crachás refletiam a luz do teto e era impossível ler o que havia ali. A minha era a única bagagem por ali, bagagem que estava parcialmente invadindo a parte do piso da sala que seria do rapaz mais próximo, perto do seu tênis de marca genérica; mesmo assim nenhum dos dois parecia consciente ou curioso sobre a bagagem ou sobre mim. Seria normal esperar uma espécie de instantânea camaradagem tácita entre pessoas mais jovens num ambiente de trabalho ocupado basicamente por adultos mais velhos — mais ou menos do jeito que dois negros que não se conhecem muitas vezes fazem questão de um aceno de cabeça um pro outro ou de dar um jeito de reconhecer de maneira especial a presença do outro se todo mundo em volta deles for branco — mas aqueles dois agiam como se não houvesse ali alguém meio que da idade deles, mesmo depois de eu levantar a cabeça do *Como... profissional* duas vezes e olhar claramente na direção deles. Não tinha nada a ver com a coisa da pele; eu tinha uma boa antena pras diversas formas de (e motivos pra) não ser objeto de olhares atentos. Aqueles dois pareciam ter prática em barrar dados do mundo exterior em geral, mais ou menos como os passageiros de metrô das grandes cidades da Costa Leste. O tom deles era franco. P. ex.:

"Como é que você pode ser sempre tão obtuso?"

"Eu, obtuso?"

"Jesus amado."

"Eu não tenho consciência de ser nem um pouquinho obtuso."

"..."[64]

"Eu nem sei do que você está falando."

"Santo Deus."

... mas eu não conseguia determinar se era uma discussão séria ou só sacanagem de universitários pra passar o tempo. De início parecia impossível acreditar que o segundo rapaz não tivesse consciência de que suas afirmações de não ter consciência de ser obtuso caíam como uma luva no argumento do colega que o acusava de obtusidade, i.e., de não ter consciência das coisas. Eu não sabia ao certo se podia rir, em outras palavras. Eu tinha chegado a um § do livro que explicitamente recomendava rir alto da piada de um membro de um grupo como forma mais ou menos automática de demonstrar seu desejo

---

64 (significando que o primeiro rapaz não disse nada)

de ser incluído ou de solicitar inclusão no grupo, pelo menos no que se refere a conversas; a ilustração tosca era um boneco de palito de alguém parado junto de um grupo de pessoas num coquetel ou numa recepção (todos seguravam o que eram ou balões de conhaque bem rasos ou taças de martíni mal desenhadas). Só que os vira-bostas nem viraram pra mim nem deram mostras de perceber minha risada, que foi definitivamente alta o suficiente pra poder ser ouvida contra o ruído de fundo. Sendo a questão aqui que foi numa extensão do ângulo por sobre o ombro do vira que negava ter sido obtuso, mais ou menos fingindo que olhava alguma outra coisa atrás deles como faz alguém cuja tentativa de estabelecer contato visual ou algum momento de camaradagem acaba de ser recusada, que eu pude ter uma visão momentânea do escritório de fato do DSRH, em cuja visão a mesa estava vazia, mas o escritório não, pois diante da mesa um homem estava agachado diante de uma cadeira onde outro homem[65] estava dobrado[66] pra frente com as mãos no rosto. A postura, junto com o movimento dos ombros do paletó, deixavam mais do que claro que o segundo homem estava chorando. Ninguém mais na multidão de funcionários na sala de espera ou de pé nas filas, que agora se estendiam para além dos três estreitos corredores[67] até a sala de espera, parecia consciente

---

65 Sendo mais preciso, era alguém que eu supus ser um homem... De onde eu estava, que era fundamentalmente atrás da pessoa agachada, ele/ela parecia estar usando um terno cujas ombreiras estofadas, naquela época, eram unissex.
66 (gênero, de novo, por suposição minha)
67 Pra dizer a verdade, essas pessoas estavam paradas numa espécie de fila preliminar apenas pra poderem entrar nas filas dos três corredores a fim de falar com vários funcionários de nível médio do RH como a sra. Van Hool, que estava bem naquele momento (extrapolando retroativamente a partir do iminente ressurgimento de Ms. Neti-Neti com o Formulário 706-CI assinado) dando-lhe um conjunto sucinto e decisivo de instruções quanto ao que devia ser feito com e pelo valioso, veterano, qualificadíssimo especialista em análises imersivas que elas achavam que eu era. (N.B. Aquele analista, transferido do CRA Nordeste, da Filadélfia, sendo não apenas chamado David Wallace mas estando também com a chegada prevista pro dia seguinte, e que a Crise Iraniana tinha sido enviada pra esperar e acompanhar pessoalmente, depois que os sistemas informáticos do RH cometeram um erro de conflação que será explicado no §38 ao de fato ter fundido aquele segundo e retardado David Wallace comigo, o que explicava tanto a identidade trocada quanto a data trocada... tudo isso sendo, vai sem dizer, informação *post facto* que eu não tinha nem como saber nem como supor naquele momento, já que David Wallace, ainda que não seja o nome mais raro dos Estados Unidos, também não é tão comum assim. Nem eu nem qualquer outra pessoa sabia, obviamente, naquele 15 de maio — data em que o

outro, mais velho e mais "valioso" David Wallace estava liberando as bandejas de sua mesa e ajudando um menino de carga de nível sênior a coligir e organizar os arquivos e documentos de apoio que seriam distribuídos a outros membros de sua equipe imersiva em preparação pra sua transferência e seu voo do dia seguinte — que quando, no dia seguinte, esse transferido de alto nível chegasse na hora marcada e tentasse se registrar na Estação de Processamento GS-13 do saguão do CRA Meio-Oeste, ele não conseguiria fazê-lo — se registrar e receber permissão pra seguir até a fila onde receberia seu novo crachá do CRA — porque a Estação de Processamento GS-13 obviamente já teria seu nome entre os das pessoas que já estavam registradas e de posse de suas novas identidades, tendo aquele crachá GS-13 e aquele número de identidade (que era daquele outro David Wallace; ele tinha recebido doze anos antes) já sido entregues em Peoria a mim, o autor e "verdadeiro" (pra mim) David Wallace, que obviamente não estava em posição de entender nem explicar (depois) que a coisa toda era uma grande cagada administrativa e não uma tentativa intencional de suplantar ou de corporificar um GS-13 do IRS com mais de doze anos de devotados serviços prestados num trabalho cuja dificuldade e cujas arcanas complicações eu logo começaria a descobrir; mas de um jeito ou de outro essa baderna toda acabaria explicando não apenas as efusivas boas-vindas e o equivocado nível de carreira de servidor com seu salário adequado (que eu não vou fingir que não foi uma surpresa agradável pra mim, ainda que algo intrigante) como também, em parte, o estranho e — pra mim — inédito interlúdio no escuro armário de fusíveis de um dos corredores radiais que se estendiam do corredor central do Nível 1 com Ms. Neti-Neti logo depois de eu ter sido conduzido até a frente da fila de identidades e recebido o novo crachá, em que (i.e., no incidente no armário de fusíveis) ela me jogou contra uma série cálida de caixas embutidas de circuitos e administrou o que, segundo o ex-presidente W. J. Clinton, não poderia ser adequadamente considerado como sendo "sexo", mas que pra mim foi disparado a coisa mais sexual que tinha acontecido ou que ia acontecer até quase 1989, tudo isso gerado em razão tanto da incapacidade do computador do RH de distinguir dois David Wallaces internos diferentes quanto da aparente instrução da sra. Van Hool pra que Ms. Neti-Neti estendesse a "mim" (i.e., ao GS-13 que eles tinham se empenhado tanto pra recrutar e convencer a se transferir da Célula Imersiva de elite do CRA Nordeste) "toda a atenção possível", o que acabou revelando ser uma expressão muito carregada semântica e psicologicamente para Chahla Neti-Neti, que tinha amadurecido na cultura sibarita, mas tremendamente rica em termos de etiqueta e de eufemismos do Irã pré-revolução (fiquei sabendo disso depois, obviamente), e tinha, como muitas outras moças iranianas núbeis com conexões familiares com o governo atual, sido basicamente obrigada a "trocar" ou "mercadejar" atividades sexuais com funcionários de alto escalão a fim de conseguir tirar do Irã a si própria e a outros dois ou três membros de sua família durante o tenso período em que a substituição do regime do xá estava ficando cada vez mais certa, e para quem "estend[er] toda a atenção possível" portanto se traduzia numa rodada veloz e quase percussiva de felação, sendo aparentemente esse o método preferencial de satisfazer os funcionários do governo de quem se buscava obter algum favor mas cujo rosto você não desejava ou não conseguia suportar olhar. Mas ainda assim foi bem excitante, malgrado tenha sido — por motivos óbvios — extremamente breve, e também ajuda a explicar por que demorou tanto pra eu até me dar conta de que tinha deixado uma das minhas malas na sala de espera do escritório do RH... Contexto esse todo que também explicaria depois o apodo de "Crise Iraniana" dado naquele momento dessa pequena cena ou do fato de que a porta do escritório do DSRH estivesse parcialmente aberta. O chorador estava com o rosto desviado de mim na maior parte do tempo,[68] mas o homem agachado diante dele com uma mão no seu ombro estofado e dizendo alguma coisa no que dava pra ver que não era um tom não gentil tinha um largo rosto enrubescido ou arroseado com bastas e (eu achei) incongruentes costeletas, um rosto ligeiramente anacrônico que, quando seus olhos viram os meus (tendo eu esquecido, de interessado que estava, que as linhas de visão são por definição vias de mão dupla) no mesmo momento em que a odienta secretária, ainda falando ao telefone, agora me via fitando alguma coisa atrás dela e estendia o braço sem nem ter que olhar para a porta ou a posição da maçaneta para conseguir fechá-la com um som enfático, abriu-se (o rosto do admistrador abriu-se, i.e., o rosto do sr. Stecyk) numa involuntária expressão de compaixão e simpatia, uma expressão que parecia quase comovente em sua espontaneidade e candura nada consciente de si própria, que, conforme explicado acima, era algo a que eu não estava nem remotamente acostumado e algo a que eu não tenho a menor ideia de como meu rosto reagiu naquele momento do que pareceu um contato visual de alta voltagem antes que seu rosto tocado fosse substituído pelo vidro jateado da porta e de meus próprios olhos terem mais uma vez mergulhado no livro. Eu não tinha passado por uma situação em que a minha pele facial tivesse assumido uma expressão como aquela, nunca, e foi a expressão suave e burocraticamente terna daquele rosto que ficou se projetando na minha mente, na escuridão do armário de fusíveis enquanto a testa da Crise Iraniana impactava meu abdome doze vezes em rápida sucessão e em seguida recuava pra uma distância receptiva que pareceu, naquele instante prenhe, muito mais afastada do que poderia ser, em termos de realismo.

---

a Ms. Chahla Neti-Neti, cujo formato dos seios contra o veludo úmido das minhas coxas continua sendo uma das mais vivas lembranças sensuais de toda aquela cagada geral que foram os meus primeiros dias como imersivo do IRS.
68 (de novo, mais um auxílio para a confusão de gêneros…)

§25

O "Irrelevante" Chris Fogle vira uma página. Howard Cardwell vira uma página. Ken Wax vira uma página. Matt Redgate vira uma página. Bruce "Brasa, mora" Channing apende um formulário a um processo. Ann Williams vira uma página. Anand Singh vira por engano duas páginas de uma vez e vira uma de volta, o que faz um som um pouco diferente. David Cusk vira uma página. Sandra Pounder vira uma página. Robert Atkins vira duas páginas diferentes de dois arquivos diferentes ao mesmo tempo. Ken Wax vira uma página. Lane Dean Jr. vira uma página. Olive Borden vira uma página. Chris Acquistipace vira uma página. David Cusk vira uma página. Rosellen Brown vira uma página. Matt Redgate vira uma página. R. Jarvis Brown vira uma página. Ann Williams funga de leve e vira uma página. Meredith Rand faz alguma coisa com uma cutícula. O "Irrelevante" Chris Fogle vira uma página. Ken Wax vira uma página. Howard Cardwell vira uma página. Kenneth "Meio Que Assim" Hindle destaca um Memorando 402--C(1) de uma ficha. Bob "Segunda junta" Mckenzie levanta brevemente os olhos enquanto vira uma página. David Cusk vira uma página. Um bocejo desce uma das colunas do Tento por influência inconsciente. Ryne Hobratschk vira uma página. Latrice

Theakston vira uma página. A Sala 2 do grupo moleza em silêncio e sob uma luz forte, meio campo de futebol americano de comprimento. Howard Cardwell muda um pouco de posição na cadeira e vira um página. Lane Dean Jr. passa o dedo da aliança pelo contorno da mandíbula. Ed Shackleford vira uma página. Elpidia Carter vira uma página. Ken Wax anexa um Memorando 20 a um processo. Anand Singh vira uma página. Jay Landauer e Ann Williams viram uma página quase precisamente em sincronia, embora estejam em colunas diferentes e não possam ver um ao outro. Boris Kratz balança com um movimento levemente chassídico enquanto cruza os dados de uma página com uma coluna de cifras. Ken Wax vira uma página. Harriet Candelaria vira uma página. Matt Redgate vira uma página. Temperatura ambiente no cômodo em 27 graus. Sandra Pounder faz uma minúscula correção numa ficha para que a página que está olhando fique num ângulo ligeiramente diferente em relação a ela. O "Irrelevante" Chris Fogle vira uma página. David Cusk vira uma página. O hemisfério dos dois andares de nichos de cada mesa. Bruce "Brasa, mora" Channing vira uma página. Ken Wax vira uma página. Seis fraldinhas por Tento, quatro Tentos por Equipe, seis Equipes por Grupo. Latrice Theakston vira uma página. Olive Borden vira uma página. Fora Administração e Apoio. Bob McKenzie vira uma página. Anand Singh vira uma página. Chris "O maestro" Acquistipace vira uma página. David Cusk vira uma página. Harriet Candelaria vira uma página. Boris Kratz vira uma página. Robert Atkins vira duas páginas diferentes. Anand Singh vira uma página. R. Jarvis Brown descruza as pernas e vira uma página. Latrice Theakston vira uma página. O lento ranger do carrinho do menino de carga no fundo da sala. Ken Wax coloca uma ficha no topo da pilha da caixa "Para o Carrinho" à sua direita, acima. Jay Landauer vira uma página. Ryne Hobratschk vira uma página e em seguida dobra uma folha impressa no computador que está alinhada ao lado do processo original de que ele acaba de virar uma página. Ken Wax vira uma página. Bob McKenzie vira uma página. Ellis Ross vira uma página. Joe "Fidaputa" Biron-Maint vira uma página. Ed Shackleford abre uma gaveta e para um minutinho pra escolher o clipe de papel perfeito. Olive Borden vira uma página. Sandra Pounder vira uma página. Matt Redgate vira uma página e aí quase imediatamente vira outra. Latrice Theakston vira uma página. Paul

Howe vira uma página e aí cheira de maneira circunspecta a meiazinha de borracha que tem na ponta do mindinho. Olive Borden vira uma página. Roselle Brown vira uma página. Ken Wax vira uma página. Demônios na verdade são anjos. Elpidia Carter e Harriet Candelaria estendem a mão para suas caixas "Do Carrinho" exatamente ao mesmo tempo. R. Jarvis Brown vira uma página. Ryne Hobratschk vira uma página. Ken "Meio Que Assim" Hindle verifica um código de encaminhamento. Alguns com a mão no queixo. Robert Atkins vira uma página ainda enquanto analisa algo naquela mesma página. Ann Williams vira uma página. Ed Shackleford procura um documento comprobatório num dos processos. Joe Biron-Maint vira uma página. Ken Wax vira uma página. David Cusk vira uma página. Lane Dean Jr. arredonda os lábios e respira fundo, para dentro e para fora, assim, e se debruça sobre um novo processo. Ken Wax vira uma página. Anand Singh fecha e abre sua mão dominante diversas vezes enquanto analisa um músculo do braço. Sandra Pounder se endireita um pouco e balança a cabeça num arco de alongamento de pescoço e se inclina para a frente para analisar uma página. Howard Cardwell vira uma página. Quase todos sentam bem retos mas se inclinam da cintura para a frente, o que reduz a fadiga no pescoço. Boris Kratz vira uma página. Olive Borden ergue a tampinha articulada de sua caixa de 402-C, que está vazia. Ellis Ross começa a virar uma página e então se detém para reanalisar alguma coisa mais no alto da página. Bob McKenzie puxa catarro sem levantar os olhos. Bruce "Brasa, mora" Channing cutuca o lábio inferior com o clipe de bolso de uma caneta. Ann Williams funga e vira uma página. Matt Redgate vira uma página. Paul Howe abre uma gaveta, olha lá dentro e fecha a gaveta sem tirar nada dali. Howard Cardwell vira uma página. O revestimento de duas paredes pintado de rosa Baker-Miller. R. Jarvis Brown vira uma página. Um Tento por fileira, quatro fileiras por coluna, seis colunas. Elpidia Carter vira uma página. Os lábios de Robert Atkins se movem sem som. Bruce "Brasa, mora" Channing vira uma página. Latrice Theakston vira uma página com uma longa unha roxa. Ken Wax vira uma página. Chris Fogle vira uma página. Rosellen Brown vira uma página. Chris Acquistipace assina um memorando 20. Harriet Candelaria vira uma página. Anand Singh vira uma página. Ed Shackleford vira uma página. Dois relógios, dois fantasmas, um acre quadrado de espelho oculto. Ken Wax vira uma página. Jay Landauer passa distraído a mão no rosto. Toda história de amor é uma história de fantasmas. Ryne Hobratschk vira uma página. Matt Redgate vira uma página. Olive Borden fica de pé e levanta a mão com três dedos estendidos para o menino de carga. David Cusk vira uma página. Elpidia Carter vira uma página. Temperatura/umidade exterior 35º/74%. Howard Cardwell vira uma página. Bob McKenzie ainda não cuspiu. Lane Dean Jr. vira uma página. Chris Acquistipace vira uma página. Ryne Hobratschk vira uma página. O carrinho vem pela direita da sala do grupo com sua rodinha rangente. Dois outros na fileira do terceiro Chalk também ficam de pé. Harriet Candelaria vira uma página. R. Jarvis Brown vira uma página. Paul Howe vira uma página. Ken Wax vira uma página. Joe Biron-Maint vira uma página. Ann Williams vira uma página.

§26

Uma ou duas palavrinhas sobre o fenômeno dos "espectros" que é parte tão central do folclore do pessoal da Análise. Os espectros dos analistas não são iguais a fantasmas de verdade. O *Espectro* se refere a um tipo particular de alucinação que pode afetar os analistas moleza depois de um certo limiar de tédio concentrado. Ou, melhor, digamos que o desgaste de tentar permanecer alerta e detalhista diante do tédio extremo pode atingir níveis nos quais ocorrem rotineiramente alguns tipos de alucinação.

Uma dessas alucinações é o que se conhece nas Análises como uma visita do espectro. Às vezes só uma visita, assim: "Você tem que perdoar o Blackwelder. Ele recebeu uma visitinha hoje de tarde, por isso aquele tique". Embora quase todos os analistas moleza acabem sofrendo alucinações num ou noutro momento, nem todo analista é visitado. Só alguns tipos psicológicos. Um jeito de você saber que eles não são fantasmas de verdade: o espectro de cada pessoa visitada é diferente, mas seu traço comum é que os espectros são sempre profunda, diametralmente diferentes das pessoas que visitam. Por isso são tão amedrontadores. Eles tendem a se apresentar como irrupções do lado reprimido de uma personalidade muito rígida e disciplinada, o que os analistas talvez chamassem de sombra da pessoa. Fraldinhas hipermasculinos recebem visitas de bichas afetadas de lingerie e cobertas por várias camadas de rouge e rímel de teatro de revista, pura veadagem. Fraldinhas devotos enxergam demônios; os pudicos veem meretrizes de pernas abertas ou priapísticos peões. Os imaculadamente higiênicos recebem visitas de figuras imundas cuja roupa fervilha de pulgas; os mais chatos e organizadinhos veem figuras choraminguentas descabeladas com barbantes amarrados nos dedos e que reviram freneticamente os nichos da Tingle em busca de algo de importância crucial que não sabem onde puseram.

Não é que aconteça todo dia. Os espectros afligem principalmente certos tipos. Não é assim com fantasmas de verdade.

Fantasmas são diferentes. A maioria dos analistas com alguma experiência acredita no espectro; poucos conhecem ou acreditam em fantasmas propriamente ditos. Isso é compreensível. Fantasmas, afinal, podem ser confundidos com espectros. De certa maneira, os espectros servem como um pano de fundo que distrai ou como uma camuflagem em meio à qual pode ser difícil perceber o padrão de fatos que corresponde aos fantasmas propriamente ditos. É como a velha piada cinematográfica de alguém que no Dia das Bruxas recebe a visita de um fantasma de verdade e cumprimenta o que acha ser uma criança com uma fantasia incrível.

A verdade é que existem dois fantasmas reais, não alucinatórios, assombrando o fraldário do Posto 047. Ninguém sabe se eles também existem nas Células Imersivas; essas células são mundos à parte.

Os nomes dos fantasmas são Garrity e Blumquist. Muito do que se segue foi fornecido posteriormente por Claude Sylvanshine. Blumquist é um analista muito água com açúcar, sem graça e eficiente que morreu em sua mesa, sem ser notado, em 1980. Alguns analistas mais antigos chegaram até a trabalhar com ele nas molezas lá pelos anos 70. O outro fantasma é mais velho. O que significa que vem de um período histórico anterior. Garrity obviamente foi inspetor de produção da Espelharia Meio-Oeste na metade do século XX. Seu trabalho era analisar cada espelho de determinado modelo decorativo que saía da linha de produção, à procura de defeitos. Um defeito era normalmente uma bolha ou irregularidade no fundo de alumínio do espelho que fazia a imagem se distender ou se distorcer de alguma maneira. Garrity tinha vinte segundos para analisar cada espelho. A psicologia industrial na época era uma disciplina primitiva, e havia pouca compreensão de tipos não físicos de estresse. Basicamente, Garrity ficava sentado num banquinho ao lado de uma esteira vagarosa e movia a parte superior do corpo num complexo sistema de quadrados e formatos de borboleta, verificando bem de perto o reflexo do próprio rosto. Fez isso três vezes por minuto, 1440 vezes por dia, 356 dias por ano, durante dezoito anos. Mais para o fim ele obviamente movia o corpo naquele complexo sistema inspetorial de quadrados e formatos de borboleta até quando estava de folga e não havia espelhos por perto. Em 1964 ou 1965 ele aparentemente se enforcou num cano de aquecimento do que é hoje o corredor norte que sai do fraldário do Anexo do CRA. Dos funcionários do 047, só Claude Sylvanshine sabe alguma coisa mais detalhada sobre Garrity, que ele na verdade nunca viu — e também quase tudo que o Sylvanshine diz são dados repetitivos sobre o peso, o tamanho do cinto de Garrity, a topologia dos defeitos ópticos e o número de movimentos necessários para você fazer a barba de olhos fechados. Entre os dois fantasmas do fraldário, Garrity é o mais fácil de ser confundido com um espectro porque ele não para de falar e distrair e com isso fraldinhas que fazem força para manter a concentração vivem pensando que ele é o renitente macaco interior do lado negro e autodestrutivo da própria personalidade deles.

Blumquist é diferente. Quando Blumquist se manifesta no ar em torno de um analista, ele basicamente fica ali sentado com você. Em silêncio, sem se mexer. Só uma leve translucidez em Blumquist e na sua cadeira trai algo de anormal. Ele não enche. Não fica te encarando de um jeito incômodo. Você fica com a impressão de que ele simplesmente curte ficar ali. Com a impressão de que ele é um tantinho triste. Tem uma testa alta e olhos doces que seus óculos ampliam. Às vezes está de chapéu; às vezes segura o chapéu pela aba enquanto fica sentado. Tirando os analistas que têm espasmos com qualquer tipo de aparição — esses são tipos rígidos e frágeis que de qualquer maneira estão prontinhos pra uma visita de um espectro, então a coisa é meio que um círculo vicioso —, tirando esses, quase todos os analistas aceitam ou até gostam de uma visita de Blumquist. Ele parece favorecer alguns, mas é bem democrático. Os fraldinhas o acham sociável. Mas ninguém jamais fala dele.

§27

A sala de orientação das Molezas ficava no último andar do prédio do CRA. Dava pra ouvir o som das agulha das impressoras — logo ao lado ficavam os Sistemas. David Cusk tinha escolhido uma cadeira quase no fundo, embaixo de uma saída do ar-condicionado que não bagunçava as páginas de seu material de treinamento e do Código Tributário. Era ou uma sala grande ou um auditório pequeno. A sala tinha uma iluminação fluorescente forte e era ominosamente quente. Uns blecautes industriais estavam abaixados diante dos grandes conjuntos de janelas, mas dava pra sentir o calor do sol irradiando dos blecautes e do teto de Celotex. Havia catorze novos analistas numa sala que acomodaria 108, sem contar o palco elevado com o parlatório e o projetor de slides de carrossel, que os pais de Cusk tinham um quase igualzinho.

A responsável pelo treinamento de Adimplência era uma mulher de cabelo liso, terninho marrom e sapato baixo, com dois crachás diferentes de cada lado do paletó. Segurava uma prancheta contra o peito e tinha uma varinha de apontar na mão. Na sala havia um quadro branco, em vez de uma lousa de giz. Sob a luz da sala, o rosto dela ficava cor de sebo. Era auxiliada por um dos funcionários do RH do Posto, cujo paletó azul brilhante era curto demais e mostrava os ossos dos seus pulsos. Perto de Cusk não havia ninguém num raio de seis carteiras parafusadas ao chão em qualquer direção, e ele também tinha tirado o paletó como as outras três pessoas sentadas ali. Os analistas que tinham acabado de chegar hoje estavam com a bagagem bem empilhadinha no outro extremo da sala. Cusk tinha dois lápis na bolsa, os dois sem borracha e tão violentamente mastigados que não dava pra saber de que cor eles um dia tinham sido. Estava à beira de um ataque como o que teve no carro com o sujeito com aquela cara horrorosa que parecia gratinada olhando pra ele enquanto sua temperatura saltava e ele teve que se controlar pra não passar por cima do cara e arranhar a janela em busca de um pouco de ar. Quase como aquela outra coisa uma hora depois na fila do crachá, onde após ter ficado na fila por alguns minutos ele ficou preso e não conseguia sair da fila sem que o cara do paletó azul lhe fizesse um monte de perguntas que as outras pessoas da fila iam ouvir e acabar olhando, e quando chegou a vez de ele se pôr ali sob as duas lâmpadas quentes, ele tinha feito aquilo de tirar o cabelo da testa tantas vezes que o cabelo ficou quase em pé, o que ele não percebeu até que a identidade saiu toda quente da plastificadora e ele viu a foto.

Como Cusk descobriu no ano em que suas notas subiram no ensino médio, suas chances de um ataque seriam minimizadas se ele prestasse muita atenção, muito concentradamente, no que estava acontecendo fora dele. Ele tinha um profissionalizante em contabilidade do Elkhorn-Brodhead Community College. O problema era que depois de um certo nível de preocupação era difícil prestar atenção em qualquer coisa que não fosse a ameaça de um ataque. Prestar atenção em qualquer coisa que não fosse o medo era como içar alguma coisa pesada com uma corda e uma roldana — dava pra fazer, mas exigia esforço, e você cansava, e assim que relaxasse um segundo estava de novo prestando atenção na última coisa que queria lembrar.

No quadro branco estava o acrônimo SHEAM, que ainda não tinha sido definido. Alguns analistas estavam sendo transferidos de outras lotações ou tinham passado pelos cursos de treinamento de doze semanas do IRS em Indianápolis ou em Rotting Flesh, LA. A orientação deles era em outro lugar, e mais curta.

As mesinhas ficavam parafusadas na lateral das cadeiras e forçavam as pessoas a sentar de uma maneira muito singular. Pequenas luminárias flexíveis ficavam parafusadas à lateral da mesinha no lugar em que uma pessoa destra precisaria colocar o cotovelo pra tomar notas.

O quadro branco era bem pequeno, e os novos GS-9s tinham que consultar um libretinho impresso pra ver alguns diagramas que ilustravam os procedimentos que a Responsável pelo Treinamento estava explicando. Muitos desses diagramas eram tão complicados que ocupavam mais de uma página dupla e precisavam continuar em páginas posteriores.

Primeiro eles tinham que preencher formulários. Um sujeito oriental recolheu os formulários. O pessoal da orientação nitidamente achava que as sessões de treinamento funcionavam melhor e eram mais fáceis pros envolvidos se a apresentação não fosse solo. Não era o que Cusk sentia. O que ele sentia era que o cara dos pulsos e do pomo de adão proeminente ficava interrompendo e fazendo comentários desnecessários que o distraíam. Era muito mais fácil e muito mais seguro pro David Cusk prestar atenção só numa coisa externa de cada vez.

"Uma das coisas que vocês vão ouvir falar muito são as cotas. Nas salas de intervalo, no bebedouro."

"O Centro não tem ilusões no que se refere a fofocas e diz que diz que."

"Os analistas mais velhos gostam de contar umas histórias mirabolantes de como eram as coisas no passado inglório."

"Em nível público, o Serviço sempre negou as cotas como formas de avaliação de desempenho no trabalho."

"Porque uma das coisas que vocês devem estar pensando, porque é natural, é: Como é que o meu trabalho vai ser avaliado? No que vão se basear as minhas avaliações trimestrais e anuais de desempenho?"

O ossudo colocou um ponto de interrogação no quadro branco. Os pés de Cusk estavam quentes dentro da botinha social, um dos pés com um raspão que tinha sido cuidadosamente coberto com caneta preta.

A Responsável pelo Treinamento disse: "Digamos, como hipótese, que num certo momento houve cotas".

"Mas cotas de quê?"

"Em 1984 o Serviço processou um total de mais de sessenta milhões de 1040s de pessoas físicas. Existem seis Centros Regionais de Serviço e seis Centros Regionais de Análise. Façam as contas."

"Bom, em 1984, este Posto aqui teve um fluxo anual de 768 400 declarações."

"Pode parecer que essa conta não fecha."

"Isso é porque não são sessenta milhões divididos por doze."

"Isso desconsidera o fator Martinsburg."

O Manual do Funcionário que eles receberam continha uma foto colorida do Centro Nacional de Computação do Serviço, em Martinsburg, WV, cujo perímetro era delimitado por uma cerca tripla com uma das camadas eletrificadas, cuja base tinha que ser varrida todas as manhãs durante as migrações equinociais de aves.

O problema era que a tela do projetor de slides baixava na frente do quadro branco, de modo que tudo que estivesse escrito no quadro ficava oculto quando um diagrama ou um esquema tinha que ser projetado. Além disso, a tela parecia ter algum problema na trava de rolagem e não ficava esticada, então o assistente de RH tinha que se abaixar e ficar segurando a argolinha pra deixar a tela em posição enquanto mantinha sua sombra fora da tela, o que praticamente exigia que ele ficasse de joelhos. A imagem na tela do projetor de slides era um mapa grosseiro dos Estados Unidos com seis pontinhos em diferentes locais cujos nomes ficavam borrados demais no raio difratado do projetor pra permanecerem legíveis. Cada ponto tinha uma linha com uma seta que levava a um ponto quase na e um pouco abaixo da metade do litoral da Costa Atlântica. Alguns dos novos analistas ali na sala tomavam notas a respeito da imagem, embora Cusk não pudesse imaginar o que haveria nas notas.

"Digamos que uma declaração 1040 com solicitação de restituição chega ao Centro de Serviço da Região Oeste, em Ogden, Utah." A moça apontou pro bloco que ficava mais à esquerda. O homem ergueu um cartão holerite, cuja sombra na tela era como se fosse o dominó mais complicado de todos os tempos.

Um dos blecautes das janelas estava levemente torto no rolo, e pela fresta resultante um plano da luz da face sul empalava a direita da tela. Uma série de fotografias em preto e branco começou a circular pelo projetor automático com tanta velocidade e tão baixa resolução por causa do sol que não podiam ser precisamente decifradas. Parecia haver duas fotos descabidas de uma cena de praia, ou de lago, mas elas passaram rápido demais pra ver.

"É claro que o CRS de vocês fica em East St. Louis", o homem disse dali onde estava, abaixado na parte inferior da tela. Ele tinha um sotaque regional que Cusk não identificava.

"Durante a temporada de processamento intensivo..."

"E nós estamos bem no finzinho dela..."

"O procedimento é basicamente este. Funcionários temporários retiram os fardos pré-enfardados de envelopes dos caminhões especiais, retiram os lacres dos feixes e passam os envelopes para um processador automático de correspondência, conhecido como PAC, que é uma das mais recentes contribuições da Divisão de Sistemas para velocidade e eficiência do processamento de declarações, com um pico de quase trinta mil envelopes por hora." Uma foto publicitária da Fornix Industries, de uma máquina do tamanho de uma sala, com numerosas esteiras, lâminas e lâmpadas já tinha passado pelo ciclo da tela várias imagens antes. "Os processos automatizados do PAC incluem a triagem, a abertura com lâminas fresadoras de alta velocidade, leitura dos códigos na borda das diferentes declarações, separação das declarações por esteiras em que outros funcionários temporários as abrem manualmente..."

"Os envelopes vazios passam então por um fotoescaneamento para garantir que estejam vazios, um elemento que solucionou diversos problemas do passado."

(Quase todas as imagens pareciam ser de um monte de gente à toa numa sala enorme com montes de cestos e mesas. Os slides estavam tão fora de sincronia com as informações que iam sendo apresentadas que era impossível prestar atenção nas duas coisas — a maioria dos fraldinhas desviava os olhos da tela.)

"Quando os envelopes são abertos, a primeira tarefa é retirar todos os cheques e ordens de pagamentos que estejam ali. Eles são agrupados, registrados e enviados por correio expresso até o depósito federal mais próximo, que no caso da Região Oeste é Los Angeles. As declarações propriamente ditas são agrupadas de acordo com cinco tipos e situações de base." O homem largou a tela, que ascendeu com um estalo que fez as pessoas das primeiras fileiras darem um salto. O projetor ainda estava ligado e uma foto de várias negras com óculos de armação de chifre digitando dados se sobrepôs à Responsável pelo Treinamento enquanto ela apontava os códigos pras declarações de pessoas jurídicas, 1120; de trustes e espólios, 1041; sociedades, 1065; e as muito bem conhecidas pessoas físicas, 1040 e 1040A; fora as empresas sujeitas à tributação S, que também preenchiam as 1120s.

"Dessas todas, vocês só vão lidar com as declarações de pessoa física."

"As corporativas e fiduciárias — que, como vocês sabem, são as que se referem a espólios e trustes — são processadas em nível distrital."

O sujeito do RH, que estava tentando desligar o projetor de slides, disse: "E as 1040s se dividem em simples e Gordas — com as Gordas incluindo os perfis acima de A, B e C, ou um excesso de documentos comprobatórios ou anexos com um total de mais de três páginas conforme a impressão de Martinsburg".

"Só que a gente ainda nem falou da parte de Martinsburg no processo todo", a RT disse.

"A questão para vocês é que as análises das 1040 são divididas em Molezas e Gordas, e vocês vão trabalhar com as simples, que são as 1040s e 1040As relativamente simples, daí serem Análises Moleza. As Gordas são feitas nas Análises Imersivas, onde trabalham pessoas mais… seniores, que em certos organogramas regionais também lidam com as 1065s e com as 1120Ss para certas classes de empresas de tributação S."

A moça mostrou a mão de uma forma que representava aquiescência.

Cusk percebeu que basicamente toda informação que a equipe de treinamento estava oferecendo também estava no pacote de orientação, embora a equipe estivesse apresentando aquilo de maneira diferente. A cadeira dele ficava na terceira fileira a contar do fundo, e bem à direita. Seu medo de um ataque tinha se reduzido consideravelmente graças ao fato de que ninguém estava em volta, em posição de olhar de perto pra ele. Um ou dois dos novos analistas mais à frente estavam sentados na coluna planar de sol que entrava pelo blecaute danificado. Cusk fazia muita força pra não imaginar o quanto aqueles recém-contratados ou -promovidos deviam estar sentindo mais calor, já que tinha consciência de que outras pessoas não sofriam de *ansiedade fóbica* pelos ataques, que se combinava com termos como *obsessão ruminativa*, *hiperidrose* e *loop de estimulação do sistema nervoso parassintético* num autodiagnóstico a que ele tinha chegado depois de montes de horas de pesquisa secreta — ele até chegou a se matricular em disciplinas de psicologia pelas quais não tinha o menor interesse, pra criar uma fachada plausível pra pesquisa — na biblioteca do Elkhorn-Brodhead Community College, e a consciência de sua ansiedade particular era um dos vinte e dois fatores identificados como capazes de aumentar a probabilidade de um ataque, ainda que não fosse um fator superdeterminante. O som da porta fechando atrás dele foi o que primeiro chamou a atenção de David Cusk pro fato de que a mudança que tinha sentido na pressão não se devia ao início do funcionamento do ar-condicionado da sala pressurizada, mas à entrada de alguém, se bem que virar a cabeça pra ver quem tinha entrado fosse uma forma garantida de chamar pra si a atenção daquela pessoa, o que era imprudente porque havia uma chance razoável de que a pessoa retardatária sentasse atrás dele, perto da porta por onde ele tinha entrado quando chegou, e Cusk não apreciava a ideia de uma pessoa com quem tinha feito contato visual sentada atrás dele e possivelmente olhando a parte de trás de seu cabelo, que ainda estava úmida de um jeito suspeito. Só dele pensar na possibilidade de ser visto já bastava pra fazer uma pequena onda repercussiva de calor percorrer o corpo de Cusk, e ele podia sentir seletos alfinetes de suor despontando pelo seu couro cabeludo e logo abaixo da pálpebra inferior, que eram os lugares onde o suor normalmente aparecia primeiro.

Cusk percebeu que também tinha perdido um minuto ou mais da apresentação de treinamento, à qual agora devolveu sua atenção com uma força quase palpável. A RT estava se referindo a cartões de controle e maços de declarações que seriam enviados a algum lugar que Cusk deduziu que podia muito bem ser ainda lá no Centro de Serviço.

"Elas são numeradas de acordo com o lote e então enviadas para o processamento de cartões perfurados." Ela acentuava as sílabas tônicas com sua varetinha apontadora, que tinha aproximadamente o dobro do comprimento de uma batuta de maestro.

"Tanto via perfuração manual quanto via códigos binários especializados, os operadores GS-9 de cartões conseguem analisar cada declaração e gerar um cartão de leitura com 512 pontos de dados a partir do número de identidade do contribuinte…"

"Que vocês podem ouvir ser chamado de NIC, ou Número de Identidade do Contribuinte…" O homem até se deu ao trabalho de escrever isso tudo no quadro branco enquanto a RT da Adimplência mostrava dois cartões que pareciam basicamente idênticos dali de onde Cusk estava olhando.

"Por favor, percebam que tanto os Centros de Serviço quanto Martinsburg passaram pra cartões de noventa colunas", a moça disse, "aumentando assim o poder computacional do SID do Serviço, ou Sistema de Integração de

Dados." O projetor passou pra uma imagem do que pareciam ser mais ou menos os mesmíssimos cartões que a GS-11 estava mostrando, embora os furos no cartão de retângulos fossem redondos. A logomarca da Fornix Corporation ao lado era quase tão grande quanto a imagem do cartão. "Isso, em alguns casos, pode afetar o leiaute do impresso que vocês vão receber junto com cada declaração que vão analisar pra possível auditoria."

"Porque é isso que vocês fazem", o assistente de RH disse. "Analisar declarações pra estabelecer seu potencial de auditoria."

"Coisa que nós vamos abordar daqui a exatamente oito minutos", a RT disse, olhando meio feio pro assistente de RH.

Cusk primeiro percebeu um cheiro anormalmente agradável que provinha de algum ponto atrás de si, mais agradável que o ar processado da sala e consideravelmente melhor que o aroma vago de queijo cheddar que ele imaginava sair de sua camisa úmida.

"Se as especificações dos cartões afetarem a sua SID-360 de maneira significativa, vocês vão receber um treinamento adicional sobre isso com o Gerente do seu Grupo."

"O Gerente de Grupo é o supervisor do Líder da Equipe de vocês", disse o assistente de RH.

"De maneira geral, os dados incluem NIC, código ocupacional, dependentes, classificação de renda e deduções, quantias nos W-2s e 1099s anexados e informações similares."

"Isso é pura transcrição", o homem disse. "Não há análise nessa fase."

"Aí eles são transportados para Martinsburg, onde Leitoras de Cartão transferem a informação para Computadores Centrais, que verificam erros de aritmética, conferem os W-2s com os dados da declaração de renda…"

"E verificam discrepâncias bem básicas, que são registradas no impresso interno que acompanha cada declaração."

"Esses impressos são conhecidos como "Memorandos Internos de 1040--M1s" ou simplesmente "M1s."

"Ainda que acrescentados ao 1 venham os últimos dois dígitos do ano--base da declaração; por exemplo, um 1040-M1-84 é um impresso referente a uma Declaração 1040 de Pessoa Física do ano de 1984."

"Ainda que esses números se refiram à classificação da declaração nos Arquivos Máster, o próprio impresso não tem uma designação codificada sua."

"Nos Arquivos Máster, a localização de uma dada declaração seria 1040--M1-79 mais o NIC do contribuinte, então seria na verdade um designador de dezessete caracteres."

"Eles não existem para a orientação dos Sistemas. A questão é que vocês só veem um impresso com a declaração, porque o impresso M1 e a declaração constituem o processo daquele caso, e o que os analistas moleza fazem é analisar os processos individuais em busca de um potencial de auditoria."

Cusk estava começando a notar os ritmos da dupla apresentação e as dicas inter-relacionais que vinham da RT quando a apresentação tinha entrado numa digressão ou estava cobrindo algo de importância comparativamente menor. A principal dessas dicas era quando ela olhava pro relógio de pulso, o que fazia a sombra da vareta que tinha na mão se estender sobre a lateral da tela iluminada e apontar direto pra sombra do assistente de RH, ainda que os dois não estivessem à mesma distância do projetor. Sem contar que os pontos relevantes estavam bem ali no pacote de orientação. Na parte de sua mente que tinha consciência do seu próprio nível de estimulação, da situação geral de sudorese, da temperatura da sala, da localização de todas as saídas, das localizações e linhas de visão de todas as pessoas na sala que pudessem ver um possível ataque — tudo isso, quando ele estava em alguma situação pública e confinada, ocupava uma parte de sua consciência, por mais que ele tentasse se concentrar bastante nas atividades oficiais da sala que estavam acontecendo — Cusk estava ciente da presença de alguém atrás de si e um pouco acima, talvez logo em frente da porta da saída, possivelmente parado ou parada ali decidindo se ia sentar. E a possibilidade de ser uma mulher — pois o cheiro agradável no ar era perfume, era razoável supor, ou uma colônia masculina anormalmente floral e afeminada — fez com que outra onda de calor passasse pela cabeça e pelo escalpo de Cusk, ainda que não fosse uma onda de calor grave ou do nível de um ataque.

"Em essência", disse a Responsável pelo Treinamento de Adimplência, "os Arquivos Máster permitem a análise da aritmética e a conferência das discrepâncias, coisas que custariam inúmeras horas-homem se fossem feitas manualmente."

"Fato", o assistente de RH disse. "De 6% a 11% das 1040s anuais em média contêm algum erro básico aritmético."

"Mas os Arquivos Máster também possibilitam análises interanos e interdeclarações", a RT disse. "Exemplos: 1040 Linha 11 e Linha 29 — Pensão Alimentícia recebida e paga."

"Isso está no Protocolo-Padrão que vocês recebem", o assistente de RH disse. "Mas está essencialmente feito quando vocês recebem a declaração. Os Arquivos Máster de Martinsburg realizam as conferências cruzadas com a declaração do cônjuge. Se houver uma discrepância, ela será registrada no M1... A tarefa de vocês será determinar se as quantias envolvidas constituem um item auditorável.

"E, caso constituam, determinar se cabe uma auditoria-por-carta, através da Célula CA do CRA — Correspondência Automatizada — ou se é do interesse do Serviço encaminhar toda a declaração para o seu Distrito-base para uma auditoria interna.

"Em essência", disse o assistente de RH, "esse é o trabalho de vocês. Vocês estão na linha de frente do processo que decide quais declarações são auditadas e quais não são. Isso é o esqueleto da coisa toda. Os critérios de auditabilidade mudaram substancialmente nos últimos dois anos, portanto..."

"Mais um exemplo de como Martinsburg se encaixa no processo", a RT disse. "Linha 10."

O assistente de RH deu um teatral tapa na testa. "Essa deixava todo mundo doido nos anos 70."

"A linha 10 da Renda, na 1040, pede que você declare restituições tributárias estaduais e locais *se* a restituição for de um ano para o qual você listou deduções..."

"... ou seja, Linha 34A, ou seja, Anexo A."

"Isso era um convite claro para que os contribuintes 'se confundissem' na hora de lembrar se tinham listado o ano anterior. O incentivo era acreditar que eles não tinham listado o ano anterior..."

"... porque nesse caso as restituições não seriam renda."

"... e antes dos Arquivos Máster era razoável que um contribuinte inteligente acreditasse que não se tratava de um item que seria verificado nas Análises. Porque a declaração do ano anterior era algo que você tinha que solicitar via Formulário 3IR mais 12(A)."

"Requisição de Retorno de Declaração", inseriu o assistente de RH.

"E a declaração tinha que ser recuperada ou dos arquivos do Centro de Serviço ou do Centro Nacional de Registros, e era um estresse, levava uma semana, e era *caro*, principalmente em termos de horas-homem, transporte e custos administrativos, custos que tendiam a exceder em muito as quantias bem pequenas de uma restituição estadual ou local."

"A Linha 10 era uma coisa que nunca compensaria verificar", o assistente de RH disse. "Para não falar da chatice de deixar uma declaração na caixa da sua Tingle por uma semana enquanto você ficava esperando processarem o 3R."

"Com os Arquivos Máster, a opção da linha 34A da declaração anterior do contribuinte podia ser automaticamente verificada — agora vocês recebem alertas no impresso para saber se a linha 10 é ou não tributável, com base nas declarações anteriores e nos relatórios estaduais de RI."

"Ainda que o sistema computadorizado de certos estados não seja compatível com o de Martinsburg."

A temperatura da sala, segundo David Cusk, seria agora 29 graus. Ele ouviu o som característico de um assento abaixado pra liberar a cadeira logo atrás de si e de alguém sentando e colocando o que pelo som pareciam ser duas ou mais caixas ou dois ou mais pertences pessoais na cadeira ao seu lado e abrindo o zíper do que parecia ser a pasta de um portfólio, e sem dúvida nenhuma era uma mulher, havia um cheiro não só de perfume floral mas de maquiagem, que tem um conjunto característico e complexo de aromas numa sala quente, além de algum tipo de xampu floral, e Cusk podia até sentir a pressão dos discos gêmeos dos olhos dela na nuca, já que podia calcular com facilidade que sua cabeça estava ao menos parcialmente na linha de visão da moça até o parlatório. Ao assistir à apresentação, ela também estaria olhando pelo menos pra uma parte de trás da cabeça de Cusk, e também pro pescoço dele, que seu corte de cabelo deixava exposto, significando que quaisquer gotículas que emergissem da parte de trás do cabelo ficariam claramente visíveis.

"Mas a questão não é essa. A questão é a eficiência, a economia e o motivo da gente repassar as especificações e o leiaute do M1 de Martinsburg com tantos detalhes assim durante a próxima hora. Nós mal teríamos como exagerar a importância disso. Vocês não são inspetores — o trabalho de vocês não é pegar cada errinho e cada discrepância e encaminhar a 1040 para uma auditoria."

"Isso ia entupir os escritórios distritais, cujos recursos para as auditorias são severamente limitados."

"A verdade é que a Divisão de Auditorias tem capacidade para auditar um sétimo de ponto percentual de todas as 1040s e 1120s entregues neste ano."

"... ainda que neste ano vocês se ocupem principalmente das declarações de 1984, já que há em média uma demora de dez meses entre as entregas e as análises, ainda que na Região Meio-Oeste eles tenham reduzido esse período para alguma coisa perto de nove."

"A *questão*", disse a RT com uma voz algo cortante, "é que o trabalho de vocês é determinar quais declarações fornecem indícios de máxima auditabilidade em termos de (a) rentabilidade e (b) conveniência. Eles são fatores interligados, já que quanto mais complexa e demorada a auditoria, mais dispendiosa ela se torna para o Serviço, e menor o ganho líquido para o Tesouro dos Estados Unidos no fim da auditoria. Ao mesmo tempo, é verdade que a desfaçatez dos dados equivocados também se liga à rentabilidade, já que depois de certos níveis preestabelecidos de equívoco nos dados entram em cena as multas por negligência..."

"... assim como os juros sobre todas as somas devidas..."

"... o que aumenta, por vezes de modo significativo, o rendimento líquido da auditoria."

Quanto pior ia ficando, mais frio deveria parecer o ventinho da saída de ar na parede, em comparação. Mas desafortunadamente não era isso que estava acontecendo — quanto mais elevada ficava a temperatura interna de Cusk, mais quente parecia a corrente de ar que descia, até que em dado momento ela já parecia um Sirocco ou o bafo saído de um forno aberto — definitivamente quente. Cusk não estava bem tendo um ataque, o que de certa maneira era pior porque a coisa ainda estava indefinida. Ele tinha começado a suar de leve, mas esse não era o problema — a mulher vizinha estava atrás dele, e enquanto o suor e o calor não se transformassem de vez num ataque propriamente dito, a parte de trás do seu corte de cabelo disfarçaria quaisquer gotículas de suor. Só se a coisa se transformasse de vez num ataque real, em que o suor do couro cabeludo por baixo dos fios aumentava e se reunia numa densidade tal que o fazia formar gotículas e seguir a gravidade cabeça abaixo rumo ao seu pescoço exposto, é que havia alguma possibilidade real de que a mulher atrás dele percebesse aquilo e o achasse alguém repulsivo ou esquisito. Havia, como profilaxia, a opção de olhar pra trás e avaliar a idade e o grau de atratividade da analista cujos perfume e vago aroma de couro do que era provavelmente uma bolsa envolviam Cusk. Já que o relógio da sala ficava na parede de trás da sala, havia uma desculpa óbvia pra ele virar rapidinho e olhar pra trás.

No parlatório, o assistente de RH narrava a massiva descentralização do Serviço depois das descobertas da Comissão King, em 1952, o que colocou uma autoridade e uma autonomia muito maiores nas mãos dos cinquenta e oito escritórios distritais, além da atual recentralização parcial do processamento e das funções de auditoria automatizada através de Martinsburg e dos Centros Regionais, fazendo referência tanto à "era da Região" quanto a algo chamado de "a Iniciativa" de que Cusk nunca tinha ouvido falar. Cusk não tinha participado de nenhuma das sessões introdutórias de doze semanas nos Centros Nacionais de Treinamento do IRS em Indianápolis e Rotting Flesh, LA, que estavam ambos lotados pra todo o ano de 1985. Em vez disso, tinha respondido a um anúncio de recrutamento na revista O Contador Moderno, assinado pela biblioteca de Elkhorn-Brodhead. Cusk tinha conseguido um emprego de tempo parcial na biblioteca como parte do seu pacote de crédito estudantil.

"Existem dois conjuntos de Arquivos Máster, em essência um para pessoa jurídica, outro para pessoa física, em conjuntos que são atualizados para períodos de três anos…"

"Sendo que três anos correspondem à janela de auditoria para determinada declaração, o que significa que temos até 15 de abril do ano que vem para auditar e recuperar os impostos devidos por declarações preenchidas em referência ao ano-base de 1982, algumas das quais podem acabar passando pela mesa de vocês como parte de programas coordenados de análise gerados ou pela Adimplência ou por Martinsburg."

Cusk tentava desesperadamente ouvir cada sílaba pronunciada no parlatório. Era sua única chance de não começar a pensar apenas na temperatura de seu corpo e na perspiração, que agora já era grave, a ponto dele sentir uma espécie de quipá de calor no topo da cabeça, um dos quatro sintomas principais de um ataque de verdade. Ele sabia que seu rosto estava começando a brilhar de suor, o que era o principal motivo dele ter optado não se virar e avaliar o nível geral de atratividade da analista atrasadinha atrás de si — o que possivelmente podia ter ou interrompido o ataque ou acelerado tudo pra um ataque monstro em que ele conseguiria sentir e prestar atenção em seu jorro prodigioso e em sensações de um calor incontrolável e pânico total diante da ideia de ser visto suando daquele jeito.

O assistente de RH estava descrevendo os 3312 funcionários do Posto 047 do IRS em termos tanto de turno — 58% trabalhavam no turno (I) das 7h10 às 15h, 40% das 15h10 às 23h, além de alguma atividade de zeladoria + física nas instalações durante a noite — quanto em percentuais específicos de Análises, Balcão, Processamento de Dados e Administração, quase tudo perdido por Cusk porque ele tinha entrado nos estágios incipientes de um ataque real em que sua atenção se encolhia e o estado de seu corpo e de sua emissão de perspiração ocupava quase 90% de seu processamento consciente. Podia sentir a mulher atrás de si apertando o botão de uma esferográfica de forma nervosa e arrítmica, e uma vez ouviu um som que só podia ser do descruzar e recruzar das pernas dela cobertas pelo que soava como meias transparentes, som que fez uma terrível onda de calor percorrer Cusk e causou a sensação da queda das primeiras gotas das axilas pela lateral do torso sob a camisa social. Ele automaticamente baixava a cabeça durante um ataque, e se afundou na cadeira de plástico de um jeito inconspícuo, procurando se tornar visualmente o menor possível em termos da mulher atrás de si, que a essa altura ele imaginava uma moça sincopecardiacalmente linda, da idade do próprio Cusk, com postura e compostura irretocáveis e um rosto redondo de porcelana com olhos intimidadores e de modo geral com uma altivez quase europeia. Em resumo, era a mulher perfeita das fantasias de Cusk — o que era por assim dizer o preço que ele pagava por ficar tão petrificado de medo e de autoconsciência que não conseguia se virar e fingir que olhava pro relógio (que dizia 15h10) a fim de avaliar a efetiva ameaça representada pela mulher. A Responsável pelo Treinamento na Adimplência, ele podia ouvir, estava aludindo a uma página do livreto de Orientação de Análise que o slide atual na tela representava de uma maneira que se revelou perfeita, item por item, quando Cusk baixou ainda mais a cabeça que escorria e fingiu estudar a página relevante do livreto, circunspectamente enxugando cada gota caída de perspiração antes que ela enrugasse seu trechinho de página do tamanho de uma moeda, caso alguém um dia precisasse emprestar aquele livreto e ficasse pensando que tipo de coisa grotesca e medonha tinha acontecido com o diagrama da página B-3.

Cusk começou a estimar a distância exata até a saída em termos tanto de segundos quanto de número de passos, com outra parte de seu cérebro calculando ângulos, linhas de visão e intensidades de luz em vários pontos ao longo da trilha da retirada — na, por assim dizer, periferia da sua atenção. Instintivamente, ele entendia que nem todo item do checklist das Análises Moleza teria a mesma importância.

"O que nós temos aqui são as fases ou os elementos da triagem", a RT disse, e então se deteve por um instante enquanto o assistente de RH definia *triagem* pra aqueles não familiarizados com o termo de origem médica. Claude Sylvanshine, três fileiras à frente e quatro cadeiras à esquerda de Cusk, pelejava para evocar as diferenças entre deduções §162 e §212(2) em relação a propriedades alugadas, de um lado, e lampejos de dados da precipitação média anual na Zâmbia em anos pares desde 1974, de outro, dados esses que apareciam como colunas destacadas na página do atlas da OMS cujo editor--chefe tinha algum tipo de debilidade psicomotora.

"Se vocês pararem para pensar, não vale a pena abrir um Memorando 20 para uma declaração só porque, digamos, sua Linha 11 parece diminuir em $200 a pensão alimentícia recebida."

"Já que o imposto adicional devido sobre $200 é menos de 5% do valor do custo adicional da condução de uma auditoria."

"Mas vocês podem abrir um 20(a) e mandar a declaração para Cobranças Automatizadas para uma auditoria por carta."

"Isso vai depender dos protocolos do seu grupo conforme estabelecidos pelo seu Gerente de Grupo e pelo pacote de protocolos de grupo na orientação de grupo."

"O que, por sua vez, vai depender da missão do seu grupo."

Alguém cuja pilha de malas estava no assento ao lado do de Sylvanshine, várias fileiras à frente, levantou a mão pra perguntar o que era um Grupo em termos das missões das Análises Moleza. O que era estranho é que não havia intromissões de dados pra Sylvanshine a respeito da criança misteriosa com a qual o dr. Lehrl viajava e que mantinha o tempo todo por perto aparentemente sem jamais lhe dirigir a palavra. Sylvanshine sabia que não se tratava de um filho do dr. Lehrl, mas isso apenas porque Reynolds lhe contou. Era como se a criança estivesse cercada por uma espécie de membrana factual impermeável ou habitasse um vácuo factual. Os grandes dados que Sylvanshine recebia sobre David Cusk, cujo nome não sabia, eram as dimensões do espelho do armário de remédios do banheiro da casa dele e algumas leituras de temperaturas em colunas duplas com os números da coluna da esquerda mais altos e iluminados numa espécie de vermelho emergência meio brega.

A página 16 tinha um diagrama da estrutura organizacional em Tento — Equipe — Grupo — Célula das Análises Moleza da Divisão de Adimplência.

"A triagem-padrão funciona assim. A cópia do M1 de Martinsburg já vai listar certas incongruências, seja de aritmética seja de comparação interdados entre, digamos, a Linha 29 da declaração de um ex-cônjuge e a Linha 11 da sua..."

"Esse é um dos motivos por que as declarações podem ser encaminhadas para as Análises — Martinsburg pegou alguma coisa."

"Outras são encaminhadas segundo critérios que podem, até onde vocês são capazes de entender, parecer quase aleatórios."

"Outra vantagem dos Arquivos Máster: agora mais de 50% da análise aritmética e interdados acontece de maneira automatizada em Martinsburg, o que aumenta radicalmente a nossa eficiência e o número de declarações que este Posto consegue processar e levar a determinações pós-auditoria."

"Ainda que volume e fluxo não sejam mais os critérios pelos quais o desempenho de um Posto é julgado e avaliado."

Uma careta involuntária passou pelo rosto do assistente de RH enquanto ele falava. Sylvanshine sabia o número do sapato e o volume total de sangue desse assistente, mas não seu nome.

"Os critérios avaliativos agora se referem a lucro sobre o que for auditado", a RT disse.

Sem olhar pra ele, o assistente de RH mostrou um cartão de computador Fornix de doze colunas e uma página impressa.

A RT disse: "Isso é uma representação do Memorando PARA-47 mais uma subseção para a Célula, o Grupo, a Equipe, a Unidade de cada um e uma margem para o RH".

"A margem se refere à razão entre a tributação adicional arrecadada pela auditoria e os custos."

"... Inclusive o salário de vocês, os benefícios, o auxílio-moradia etc."

"… É a nova Bíblia", disse o assistente de RH.

Sylvanshine, olhos revirando já quase brancos, recebeu uma verdadeira avalanche de fatos sobre a RT que ele não queria saber, inclusive especificações do DNA mitocondrial dela e o fato de que ele era um nadinha desviante porque sua mãe tinha tomado talidomida quatro dias antes dela ser abruptamente retirada do mercado. A Responsável pelo Treinamento, Pam Jensen, levava um revólver calibre 22 na bolsa — ela tinha se prometido uma bala no céu da boca depois de sua 1 500ª apresentação, que no ritmo atual ocorreria em julho de 1986.

"No passado inglório, era o fluxo."

"O analista de rotina médio encerrava entre vinte e sete e trinta processos por dia."

"Hoje seriam quatro, cinco processos por dia — se a sua proporção Auditorias-e-Custos estiver bem, você pode contar com uma belíssima avaliação semestral de desempenho."

"Claro que quanto mais processos estiverem no seu fluxo diário, maior o campo de possibilidades de processos de boa relação de custo que você vai ter, e maiores as suas chances de abrir um 20 que leve a lucros substanciais."

"Mas é melhor vocês não se concentrarem demais em encerrar o maior número possível de processos por dia, para que não se vejam impedidos de identificar declarações especialmente rentáveis."

"Nós preferimos não usar o termo 'rentáveis'", a RT disse. "Preferimos o termo 'inadimplente'."

"Mas uma declaração grotescamente inadimplente pode estar baseada numa Linha 23 tão baixa que na verdade acaba sendo mais eficiente deixar passar aquela e abrir um 20 para a declaração seguinte, que, apesar de conter poucos erros ou incongruências, na verdade atinge uma avaliação de auditabilidade bem mais alta."

"São questões que é melhor deixar para a orientação de cada grupo."

Agora gotículas efetivas de suor caíam das pontas do cabelo de Cusk, enquanto dentro dele ressoava um grito inaudível.

"Certo", a RT disse. "Vamos fazer uma pausa, comer alguma coisa e depois a gente continua com os critérios gerais para decisões de auditar ou não auditar."

Haveria um intervalo. David Cusk não tinha se permitido pensar nessa possibilidade. As luzes seriam acesas. Todos levantariam e sairiam ao mesmo tempo. Se ele ficasse, a moça linda atrás dele veria seu colarinho encharcado e a mancha escura de suor em V na sua camisa social azul, que tinha sido petulante e imbecil da parte dele resolver usar em vez do mais prudente e inescurecível branco. Ele ia ficar ali todo encolhido, fingindo examinar o esquema impresso do M1 no seu pacote de orientação, com sua temperatura basal já roçando os 39 graus, gotas de perspiração visíveis caindo das pontas do cabelo em todos os quatro lados pra pintalgar papéis, braços da camisa, o lado quente da sua luminária — não tinha como as pessoas não perceberem. Mas se ele levantasse e se juntasse aos grupos que subiam os corredores inclinados rumo às portas da saída, não haveria como as pessoas não verem o que estava acontecendo com ele, inclusive a linda e altiva francesa ou quem sabe até italiana atrás dele. Era um pesadelo só. Pensar desse jeito praticamente garantia a ocorrência de um ataque, o que era a última última coisa do mundo que David Cusk queria. Ele conseguiu se convencer a levantar a cabeça. O holofote quente que sentia sobre si não existia. A mulher atrás dele era uma pessoa, tinha seus próprios problemas e não estava prestando muita atenção nele — isso era uma ilusão. A única coisa relevante sobre a cabeça dele era estar na frente da mulher, que tinha que cruzar bem as coxas e sentar toda de lado pra enxergar o parlatório e a tela, onde uma imagem dividida de duas mesas balançava enquanto a RT tentava focalizar o projetor com um aparelho de mão conectado ao projetor por um cabo que tinha se emaranhado em uma de suas pernas.

Sylvanshine, antes da manhã da viagem, tinha esquecido de enxaguar o xampu no cabelo. Por isso seu penteado em forma de chama.

David Wallace, nesse meio-tempo, não estava curtindo uma apresentaçãozinha com um belo show de slides. Em vez disso tinha sido conduzido (por alguém que não era Ms. Neti-Neti) — sem a chance de comer alguma coisa — até o Anexo do CRA e a uma salinha onde ele e outros quatro homens, todos GS-13s, ouviram uma apresentação a respeito do Imposto Mínimo sobre Preferências, que evidentemente tinha suas origens na administração democrática de Lyndon Johnson nos anos 60. A sala era pequena, abafada e não tinha quadro branco nem instalações de áudio e vídeo. O que tinha, no entanto, era um cheiro forte de pincel atômico. Todos os outros homens ali usavam roupas e chapéus conservadores e eram muito sérios, com cadernos do Tesouro que vinham em estojinhos de curvim com zíper e tinham o selo e o lema do IRS gravados na capa, cadernos que David Wallace não tinha recebido, por isso tomava notas em seu caderninho particular dobrado para que a etiqueta de preço no canto superior direito não ficasse visível.

A apresentação era árida a dar com o pau, parecia ser de altíssimo nível e era feita por alguém vestido com um terno preto e com colete preto sobre o que parecia ser ou uma gola olímpica branca — o que teria sido bizarro num clima tão quente — ou um daqueles colarinhos engomados destacáveis dos tempos vitorianos que os homens colocavam e prendiam com botõezinhos na última etapa do processo vitoriano de se vestir. Era extremamente sucinto, impessoal e profissional. Parecia muito severo e rígido, com grandes depressões negras nas bochechas e embaixo dos olhos. Lembrava um pouco uma representação popular da morte.

"Cabe registrar, contudo, que a RA 78 corrigiu as tendências expansionistas das determinações da 76 ao eliminar tanto a dedução de ganhos de capital de longo prazo quanto o excesso de deduções listadas na declaração do índice de preferências relevantes." O termo *preferências* já tinha sido usado várias vezes. Nem precisa dizer que David Wallace não sabia o que significava *preferências* ou que elas eram a forma inteligente que o Congresso encontrou de reduzir a carga tributária de determinado grupo de renda sem reduzir sua alíquota tributária — você simplesmente permitia deduções ou provisões especiais que isentavam certas partes da renda de inclusão na base tributável, provisões coletivamente conhecidas no Serviço como preferências. Depois, graças especialmente a Chris Acquistipace, David Wallace descobriria que o grupo MPT/AMT tinha a tarefa de garantir o cumprimento de certas determinações especiais que os atos de 76 e 80 tinham estabelecido para evitar que indivíduos extremamente ricos e empresas do tipo S pagassem, através do emprego do que se chamava de "manobras fiscais", no fundo, imposto nenhum. O Grupo Imersivo onde David Wallace foi lotado era parte da Célula Imersiva TA/M (de Tributação Alternativa/Manobras). Seria constrangedor declarar de forma direta o tempo que David Wallace levou pra perceber tudo isso, mesmo depois de dias de pretensas análises de processos.

"Registre-se, contudo, que o ato de 78 também acrescentou à lista de preferências possíveis o excesso de deduções de Custo Intangível de Perfurações para toda e qualquer renda declarada provinda da produção de petróleo e gás natural, atacando efetivamente as manobras do campo da energia oriundas do choque petroleiro de meados dos anos 70, como no §312(n) do código revisado." A forma que David Wallace estava usando para fingir que tomava notas era simplesmente copiar cada palavrinha e cada expressão que o instrutor pronunciava, mais ou menos como fazia nas aulas da universidade que tinha sido contratado para anotar em nome de alguém forçado a perder a aula por causa de uma viagem para esquiar ou de uma ressaca violenta. Era uma das razões para a mão esquerda de David Wallace ser mais musculosa e parruda — especialmente o músculo entre o polegar e o indicador, que saltava quando a caneta era pressionada contra o papel — que a direita. Ele transcrevia como o vento.

"As determinações mais relevantes para os protocolos de Memorando 20 de vocês são a de 78 que aumentou a taxação básica do CP para 15% e estabeleceu o padrão de isenção do CP para o maior entre (a) $30 000 ou (b) 50% da taxa devida para o *ano calendário apenas*, uma determinação que os Arquivos Máster tornaram redundante, mas que as determinações do ato de 80 não tinham abordado."

Um dos GS-13s ergueu a caneta — não a mão, mas só a caneta com um gestinho bacana de pulso — e fez uma espécie de pergunta absurdamente arcana que David Wallace não anotou porque estava alongando e relaxando a mão para aliviar alguma coisa que estava acontecendo se ele transcrevia por mais de uns poucos minutos, que era sua mão esquerda se transformar numa espécie de garra automática de escriba e ficar daquele jeito depois que ele acabava de transcrever, às vezes por mais de uma hora, o que o forçava a esconder a mão no bolso.

"Já a partir de março de 1981, e ainda sujeito a refinamentos no caso das fiduciárias e de algumas indústrias especializadas, tais como, se não me falha a memória, de madeira, açúcar e de certos legumes, as determinações relevantes que se espera que esse grupo verifique para a computação do CP são, com exceção das seções do código a não ser onde seja diretamente relevante, seções essas que vocês vão encontrar referenciadas uma a uma nas especificações 412 do M1, (1) Excesso de depreciação acelerada em propriedades da seção 1250 sobre depreciação linear. (2) Em consequência do TRA 69, excesso de amortização quinquenal de certos itens associados ao controle da poluição, a instalações de puericultura, à segurança das minas e energia e a sítios de interesse histórico nacional sobre depreciação linear. (3) Excesso de depleção percentual sobre a base ajustada de uma propriedade no final do ano-base. (4) Elementos de barganha em opções financeiras qualificadas — TRA 76. (5) Excesso de IDC sobre a renda fóssil conforme mencionado acima." (David Wallace não tinha tempo de consultar suas anotações mais acima. Estava tentando circular palavras e expressões que não conhecia, imaginando que podia procurar uma biblioteca. Essa lista não estava no seu manual — eles não receberam manuais. Parecia que as pessoas esperavam que eles já soubessem aquilo tudo. Para poder lidar com suas sensações de confusão e de medo, Wallace tinha optado por se transformar basicamente numa máquina de transcrever.) "(6) Sendo o excesso de depreciação acelerada sobre a depreciação linear em propriedades 1245 arrendadas a terceiros."

O homem se mantinha totalmente imóvel enquanto falava. David Wallace achava que nunca tinha visto alguém não se mexer nem de maneira mínima e inconsciente quando falava em público. A imobilidade corpórea teria sido mais intrigante se David Wallace estivesse se sentindo menos em pânico e menos assustado, e, além de se automatizar via transcrição, David Wallace estava realizando a principal atividade compensatória que realizava quando estava numa sala em que todos pareciam compreender exatamente do que se estava falando, menos ele — o que tinha acontecido em algumas situações sociais no ensino médio, em que David Wallace não participava de nenhuma panelinha, mas transitava pelas beiradas de vários grupos diferentes, de atletas de segundo escalão a estudantes de centro acadêmico e nerds de áudio e vídeo, e com frequência tinha acesso a fofocas ou referências a situações coletivas de que não tinha conhecimento direto, mas precisava ficar ali com um sorriso amarelo no rosto e balançando a cabeça como se soubesse exatamente a que eles estavam se referindo. Isso sem falar de uma situação em que num ímpeto de absurda pretensão semiembriagada de calouro ele aceitou a tarefa gigantesca de assistir como ouvinte uma disciplina de literatura russa existencialista e absurdista e escrever os ensaios para o rico e atormentado filho de um juiz da Suprema Corte Estadual de Rhode Island que de fato estava matriculado naquela disciplina e descobriu que não apenas todas as leituras e o contexto bibliográfico, mas também as próprias aulas, eram na verdade em russo, língua em que David Wallace não sabia falar nem uma sílaba resmungada que fosse, tendo então que ficar ali sentado com um enorme sorriso amarelo e rijo no rosto, transcrevendo as versões fonéticas de tudo quanto era barulho descabido e incrivelmente acelerado que as pessoas naquela sala faziam todas as terças e todas as quintas-feiras das 9h às 10h30 por três semanas antes de conseguir pensar numa desculpa plausível e encerrar o acordo estabelecido. O que deixava o cliente — que ainda estava matriculado — com seu próprio tipo bem especial de dilema existencial. A questão é que era isso que David Wallace fazia nessas situações, adotar e sustentar na base mesmo da força bruta um enorme sorriso amarelo que ele imaginava que comunicasse tranquilidade e uma familiaridade confiante com o que quer que estivesse rolando, mas que no fundo, sem que ele soubesse, em sua rígida distensão e em sua falta de envolvimento ocular, além da situação dermatológica toda, na verdade lembrava o ricto agônico de alguém cuja pele estivesse sendo lentamente removida do rosto, o que para a sorte dele todos os Analistas Imersivos GS-13 transferidos e especialistas CTO em manobras fiscais eram sérios e aplicados e comprometidos demais com os protocolos antimanobras — pois era isso que a equipe em que David Wallace acabou identificado e equivocadamente lotado por culpa não sua (embora essa seção de orientação pudesse ter sido o momento de erguer a mãozinha) se revelou, análise e avaliação de manobras fiscais de pessoas físicas e jurídicas limitadas nos ramos imobiliário, agrícola e de leasing facilitado, o que era um componente pequeno mas sério da Iniciativa Spackman — para perceberem de uma forma que não fosse apenas perifericamente incomodada, além da juventude, do terno de veludo cotelê (que no IRS equivalia a uma sunga com sapato comprido de palhaço) e da falta de chapéu de David Wallace.

A/NA, projetado num slide todo seu, foi explicado como sendo a motivação integral e a razão de ser das Análises de Rotina.
"Vocês são policiais?"
O assistente de RH ergueu as mãos que sacudiu no ar gritando "Nããão". Era a mesma imitaçãozinha de evangelista que Sylvanshine tinha visto no

CRA Filadélfia quando tinha vinte e dois anos. A coleção de moedas do assistente de RH ficava num cofre portátil no fundo do armário da sua mãe ou avó, a julgar pelo estilo dos vestidos e casacos no suporte dos cabides que estava sobre ele.

"Vocês são juízes da virtude cívica?"

"Nããão."

"Vocês são burocratas sádicos que escolhem arbitrariamente a vida de quais contribuintes vai virar um inferno quando eles tiverem que passar pela angústia e pela inconvêniencia da malha fina, tentando espremer cada gotinha de sangue do pescoço onde vocês já plantaram a sola da bota?"

"Não."

"Em essência, no IRS de hoje em dia vocês são homens de negócios."

"E mulheres de negócios. Pessoas de negócios. Ou na verdade pessoas que trabalham para alguma coisa que deveriam considerar um negócio."

"Quais declarações renderão auditorias lucrativas?"

"Como determinar isso?"

"Diferentes Grupos de Análise fazem isso de formas diferentes. A orientação do seu grupo vai passar os detalhes para vocês."

Assistente: "Ou a sua Equipe, já que alguns gerentes de Grupo aqui têm equipes diferentes que trabalham com critérios diferentes".

"Quase dá para pensar nisso como um filtro — o que passa, o que leva Memo 20 e vai transferido para o Distrital."

"Ou marcas, bandeirinhas — pelo menos de que uma dada declaração" merece uma análise exaustiva."

"Vocês não vão ficar passando um microscópio em tudo que é declaração."

"Vocês precisam trabalhar não só de um jeito rápido, mas também de um jeito inteligente."

"E a rapidez significa que vocês vão saber de cara — essa auditoria aqui não vai gerar nada."

"O critério é esse — a auditoria em questão vai render um acréscimo máximo quando subtraídos os custos da auditoria?"

"Então eis uma coisa a se descartar — a ideia de que vocês são guardiães da virtude cívica."

"Há mais uma noção equivocada que vocês devem desconsiderar. Alguém faz alguma ideia de qual seria?"

David Cusk teve o impulso terrível, totalmente pavoroso, de erguer a mão. Parte de sua estratégia de sobreviver à socialização cerrada do intervalo até conseguir chegar a um banheiro tinha sido pensar concentradamente na última imagem projetada na tela da sala, que a Responsável pelo Treinamento nunca tinha conseguido fazer entrar exatamente em foco, mas que era uma visão em tela dupla de duas escrivaninhas ou mesas, uma coberta de papéis e formulários, mais uns itens cujas cores fortes indicavam que poderiam ser embalagens de comida, e a outra limpa e organizada com os itens em pilhas e cestinhos etiquetados. Cusk tinha quase certeza de que a RT queria frisar a necessidade de ordem e organização e abolir a ideia de que uma mesa zoneada era sinal de um funcionário produtivo. Enquanto isso, ninguém tinha levantado a mão. A ideia de levantar a mão ressurgiu e de fazer a RT apontar pra ele por cima de todas as cabeças viradas pra trás, apresentando-se como voluntário pra atenção concentrada de todas aquelas pessoas, inclusive da exótica transferida ou emigrada belga, que Cusk tinha conseguido evitar durante o intervalo, do qual voltou mais cedo, e não sabia que os óculos da mulher eram tão grossos que se a tivesse visto ele teria sido capaz de saber que ela era praticamente cega, ao menos para o que estivesse a mais de um metro de distância, olhos franzidos e com covinhas estranhas nas íris, cheios de rachaduras e fissuras como o leito seco de um rio — ela era tão exótica quanto um hidrante, e tinha mais ou menos o mesmo formato — e ele não estaria se preocupando com a possibilidade de ser visto por ela molhado ou suando. De qualquer maneira, ele estava certo, como acabou se sabendo:

"O equívoco comum é de que uma mesa bagunçada é sinal de alguém que trabalha duro ali."

"Esqueçam a ideia de que a função de vocês aqui é coletar e processar a maior quantidade possível de informação."

"A bagunça e a desorganização da mesa da esquerda, na verdade, devem-se a um excesso de informação."

"Bagunça é informação sem valor."

"Limpar a bagunça de uma mesa é se livrar da informação que você não quer mais e ficar com a que ainda quer."

"Quem se importa em saber qual papel de bala está em cima de qual documento? Quem se importa em saber qual memorando meio amassado está preso entre duas páginas de um Acórdão da Receita que pertencia a um processo de três dias atrás?"

"Esqueçam a ideia de que informação é uma coisa boa."

"Só certa informação é boa."

"*Certa* no sentido de 'determinada', não no sentido de precisa, acurada."

"Cada processo que vocês analisarem nas Molezas vai constituir uma *plétora* de informação", o assistente de RH disse, pronunciando a palavra como proparoxítona de um jeito que fez estremecerem as pálpebras de Sylvanshine.

"O trabalho de vocês, num certo sentido, em cada processo é separar a informação que tem valor e pertinência da informação inútil."

"E isso requer critérios."

"Um método."

"É um método de processamento de informação."

"Vocês são todos, se pararem para pensar, processadores de dados."

O próximo slide na tela era ou uma palavra estrangeira ou uma sigla muito complicada, cada letra com negrito e também sublinhada.

"Diferentes grupos e equipes dentro desses grupos recebem critérios ligeiramente diferentes que ajudam a estabelecer o que se está procurando."

O assistente de RH estava folheando suas fichas plastificadas.

"Pra dizer a verdade, tem outro exemplo sobre aquilo da informação."

"Acho que eles entenderam." A RT tinha um jeito de virar um pé na perpendicular de sua direção normal e bater furiosamente com ele pra demonstrar impaciência.

"Mas está bem aqui, na coisa da mesa."

"Você está falando do baralho?"

"Da fila da caixa."

Eles pareciam achar que seus microfones estavam desligados.

"Jesus."

"Quem é que quer mais um exemplo para ilustrar a ideia de coletar informação versus *processar* dados?"

Cusk estava se sentindo sólido e confiante, como acontecia muitas vezes depois que uma série de ataques tinha passado, quando seu sistema nervoso parecia esvaziado e difícil de despertar. Sentiu que se tivesse levantado a mão e dado uma resposta que no fim não fosse correta isso não seria assim tão importante. "Tanto faz", ele pensou. Esse "tanto faz" era o que ele muitas vezes pensava quando se sentia animado e imune aos ataques. Duas vezes tinha convidado mulheres pra sair quando estava nesse humor arrogante, extrovertido e hidroticamente seguro, e depois não compareceu ou não ligou na hora marcada. Chegou até a considerar a possibilidade de virar pra trás e dizer alguma coisa animada e limitrofemente sedutora pra belga ruidosa, modelo moda praia — refeito da crise, ele agora *queria* a atenção das pessoas.

Aos oito anos, Sylvanshine tinha dados a respeito das enzimas hepáticas do pai e de sua taxa de atrofia cortical, mas não sabia o que esses dados significavam.

"Você está lá no supermercado enquanto os itens que comprou vão sendo computados. Cada produto tem um preço, óbvio. Normalmente ele está bem ali no produto, numa etiqueta adesiva, às vezes com o preço de atacado também codificado no canto — a gente pode falar disso outra hora. Na saída, o caixa registra o preço de cada compra, soma tudo, acrescenta os devidos impostos de venda — não progressivos, nós estamos falando de um exemplo atual — e chega a um total, que aí você paga. A questão: o que contém mais informação, a quantia total ou o cálculo dos dez itens separados? Digamos que nesse exemplo você tivesse dez itens no carrinho. A resposta óbvia é que o conjunto de todos os preços individuais contém muito mais informações do que o número único que é o total. Só que quase todas essas informações são irrelevantes. Se você pagasse cada item individualmente, seria outra história. Mas você não paga assim. A informação individual do preço individual só tem valor no contexto do total; o que o caixa no fundo está fazendo é descartar informação. Você chega no caixa com um monte de informações que o caixa processa através de determinado procedimento a fim de chegar à única informação que tem valor — o total mais impostos."

"Abandonem a ideia leiga de que informação é uma coisa boa. De que quanto mais informação melhor. A lista telefônica tem montes de informação, mas, se você está procurando um número de telefone, 99,9% daquela informação só atrapalha."

"Informação per se na realidade é apenas uma medida de desorganização." A cabeça de Sylvanshine se ergueu de súbito ao ouvir isso.

"O sentido de se ter um procedimento é processar e reduzir a informação do processo somente à informação que tem valor."

"Também tem a questão de usar o tempo de vocês do modo mais eficiente. Vocês não vão gastar o mesmo tempo com cada processo. É melhor gastar mais tempo com os processos que parecem mais promissores para a geração de renda líquida."

"Renda líquida é o nosso termo para a quantia adicional gerada por uma auditoria, subtraídos os custos da auditoria."

"No contexto da Iniciativa, os analistas são avaliados tanto segundo a renda líquida total produzida quanto segundo a razão entre a renda adicional total produzida e o custo total das auditorias adicionais solicitadas. O que for menos favorável."

"A razão é evitar que algum coió simplesmente preencha um Memorando 20 pra cada processo que cai na sua Tingle na esperança de dar um gás na sua rentabilidade." Cusk refletiu: um analista que jamais preenchesse um Memorando 20 teria uma razão de 0/0, o que corresponde ao infinito. Mas o total de renda também, ele refletiu, seria 0.

"A questão é desenvolver e implementar procedimentos que permitam que você defina com a maior rapidez possível se determinado processo merece uma análise mais detida…"

"… essa análise mais detida já envolve certo tipo ou certos tipos de procedimentos que se misturam à criatividade de cada um de vocês e aos seus instintos para sentir o cheiro de rato no paiol…"

"… ainda que no começo das atividades, enquanto vocês vão ganhando experiência e aprimorando sua habilidade, seja natural confiar em certos procedimentos já testados…"

"… muitos dos quais vão variar segundo cada grupo ou equipe."

"Incongruências nos Arquivos Máster, pra começar. Isso é bem óbvio. Disparidade entre W-2s mais 1099s e a renda declarada. Disparidade entre a declaração estadual e a 1040…"

"Mas de quanto? Abaixo de que piso você simplesmente deixa passar uma incongruência?"

"É o tipo de questão para orientação de grupo."

Sylvanshine agora sabia que dois pares separados de novos fraldinhas na verdade eram, sem saber, parentes, um dos pares através de uma ligação de cinco gerações atrás, em Utrecht.

David Cusk agora se sentia tão relaxado e tão destemido que estava quase ficando sonolento. Os dois treinadores às vezes estabeleciam um ritmo e uma harmonia que era calmante, repousante. O cóccix de Cusk estava um nadinha amortecido pela sua posição reclinada, ele meio largado na cadeira, apoiando os cotovelos na mesinha dobrável, com o calor da pequena luminária não sendo motivo de preocupação maior do que a notícia da temperatura de qualquer outra cidade.

"Quem tem uma queda anormalmente pronunciada de renda ou um aumento incomum de deduções em relação aos anos anteriores? Só para dar um exemplo."

"E dos grandes — quem foi bem-sucedidamente auditado nos últimos cinco anos? Isso aparece em alguns, mas não em todos os impressos de Martinsburg."

"... às vezes você precisa pedir dados específicos adicionais dos Arquivos Máster."

"Mas sejam disciplinados com isso. Evitem a tentação de pensar que sempre precisam de mais informação. Vocês podem se afundar nela."

"Fora que custa caro."

"Conheçam o seu menino de carga. O menino de carga é o GS-7 que faz o meio de campo entre os analistas e a Célula Técnica, onde os processadores de dados podem conseguir informações adicionais dos Arquivos Máster para vocês, se vocês preencherem um formulário DR-104 de requisição de dados."

"Nem todos eles são meninos. 'Menino de carga' é só uma expressão mais histórica."

"Além do mais, são os meninos de carga que mantêm os processos circulando, especialmente pegando só processos que vocês encerraram e mantendo a caixa de entrada da Tingle de vocês sempre cheia."

"Eles não vão buscar comida nem cumprem tarefas pessoais."

Cusk estava considerando as possíveis vantagens de ser menino de carga caso ser analista acabasse se revelando perigoso demais em termos de sujeitá-lo a ataques e dificultar sua saída da área. Parecia que esses meninos de carga estavam em movimento mais ou menos constante, e movimento constante significava oportunidades constantes de dar uma passadinha no banheiro, analisar a situação sudorípara e enxugar o suor da testa. Por outro lado, significaria provavelmente uma grande diminuição salarial. O pequeno ruído como que de um gargarejo que Cusk ouvia atrás de si a intervalos de cinco minutos era o som do autolubrificante dos óculos de Toni Ware caindo nos olhos dela.

"Vocês vão ser apresentados ao seu menino de carga nas sessões de orientação de Grupo e de Equipe."

"Outros exemplos gerais: quem está num ramo que lida basicamente com dinheiro vivo?"

"Quem tem deduções de doações para caridade anormalmente altas em comparação às médias do seu nível de renda?"

"Quem está se divorciando? Por motivos que serão abordados se forem considerados relevantes para o Grupo de vocês, divórcios tendem a gerar uma renda líquida anormalmente alta nas auditorias."

"Em parte por causa da liquidação dos bens, em parte porque o processo todo normalmente expõe muito da situação auditável sem que a gente precise arcar com o tempo e os gastos para descobrir coisas como rendas ocultas."

"Quem tem deduções de depreciação incomumente altas que deviam ser amortizadas em vários anos? Mais de 40% da depreciação acelerada nas 1040s é ilícita ou pelo menos questionável em auditoria."

"São só exemplos pequenos e aleatórios de alguns critérios."

"Vocês não podem usar todos — não vai dar para manter o fluxo dos processos."

"Algumas equipes verificam cada processo no contexto das duas declarações anuais anteriores. É o que se chama de termos de intervalo. A questão é procurar grandes quedas de renda ou grandes aumentos de deduções."

"A intuição tem seu papel. Dá para ver quando alguma coisa está errada. E você pode justificar usar um tempinho a mais com um processo."

"Essa é a grande vantagem dos analistas humanos. Intuição, criatividade."

"Tem gente com mais talento para sentir cheiro de rato."

"Mera adivinhação não explica a rentabilidade de alguns grandes analistas, alguns trabalhando aqui neste mesmo Posto..."

"Um rato que valha a pena."

§28

10 Leis dos Funcionários do IRS

Todos os Analistas GS-9 querem ser Analistas GS-11. Todos os Analistas GS-11 querem ser Auditores. Todos os Cobradores querem ser da DIC. Todos os Auditores querem ser Oficiais de Recursos ou Supervisores. Todos os Supervisores querem ser Gerentes de Grupo. Todos os da DIC querem ser praticamente qualquer coisa que não envolva vigilância remota. Alguns Oficiais de Recursos querem ser Gerentes de Grupo. Todos os Gerentes de Grupo querem ser Diretores Distritais Substitutos ou sonham em ser Analistas de novo, sozinhos numa mesa sem ninguém enchendo o saco. Todos os Diretores Distritais Substitutos querem ser Diretores Distritais — você tem que ficar de olho é nos que dizem que não querem. Alguns Diretores Distritais querem ser ou DCRAs ou DCRSs ou Comissários Regionais, mas são todos cargos de nomeação política e o máximo que o Diretor Distrital pode fazer é gerar um rendimento bem bacana no seu Distrito e torcer pra alguém perceber. O rendimento é a razão entre os impostos recolhidos e os gastos do Distrito. É o lucro líquido do Distrito. O código de honra do Serviço é muito simples como dizem os DDSs enquanto circulam em torno do DD, maquinando: Rendimento, seu jumento; Lucro, seu chucro; Receita ou Au Revoir. Au Revoir quase sempre significa uma lotação no cu do mundo.

§ 29

"Eu só tenho uma história real sobre merda. Mas é duca."
"Por que merda?"
"Qual que é a da merda? A gente fica com nojo mas fascinado."
"Eu não estou fascinado, isso eu te garanto."
"É que nem ver batida de carro, é impossível arrancar os olhos dali."
"A minha professora da quarta série não tinha cílios. A sra. Fulana de tal."
"Assim, tudo bem, porque eu também estou de saco cheio e tal, mas por que merda?"
"A minha primeira lembrança de merda é de merda de cachorro. Lembra quando você era pequeno, a presença e a potência que tinha a ideia da merda de cachorro? Parecia que o negócio estava por tudo que era canto. Toda vez que você brincava na rua, alguém acabava pisando, e aí tudo parava e ficava meio que: 'Tá, quem que pisou?'. Todo mundo tinha que olhar pro seu sapato, e claro que alguém estava com o sapato sujo."
"Grudava na sola. Nos sulcos da sola."
"Impossível raspar."
"Quando era fresca era sempre úmida, amarela e horrível, era a mais horrorosa. Mas a mais velha ficava grudada mais fundo na sola. Você tinha

que deixar o sapato de lado até aquilo secar e aí tentar raspar a sola com um pauzinho ou uma faca velha da garagem."

"Que horas são?"

"Isso aqui devia mostrar o quê mesmo? Neguinho pode acabar passando direto por aqui."

"Mas nunca saía direito. Por mais que você raspasse. Tinha que pôr a sola na torneira, molhar e aí tentar raspar o resto."

"Na garagem sempre tinha umas facas de manteiga velhas, umas latas de café com pregos e parafusos e uns trequinhos de metal que ninguém sabia pra que que serviam."

"E quem estava com o sapato sujo, quando a gente descobria, aí a pessoa tinha um tipo de poder terrível."

"Ninguém nem mexia com ele até aquilo tudo sair."

"Gelo imediato. Excluidão."

"Como se fosse culpa dele que vocês estavam jogando futebol ou brincando no recreio ou sei lá o quê e alguém teve o azar totalmente aleatório de pisar. De repente não era tanto que ele tinha pisado na merda, parecia era que tinha *virado* merda."

"Como a crueldade num grupinho de crianças está sempre rodopiando e mudando de lado, a qualquer momento você virava o alvo, todo mundo o tempo todo mudando de posição — agora é você que está sendo cruel, agora você é que é o alvo da crueldade do outro."

"E nada como fazer xixi ou cocô na calça num grupinho que está jogando basquete ou chutando lata ou sabe lá o quê por empolgação ou por relutância em sair do jogo nem que seja um minutinho pra fazer você virar o alvo do desprezo e do ridículo de todo mundo. Pra todo o sempre você ia ser o menino que cagou na calça enquanto todo mundo chutava lata e levou só uns dois, três encontrões pra todo mundo saber que era você e podia ser anos depois, e podia ser um baile de formatura, que todo mundo ainda ia te conhecer como o menino que cagou na calça em 1961."

Ninguém abriu a boca. Os rolos girando eram o único som. A neblina deixava fantasmagóricas as luzes dos postes. Era a quarta hora de um terceiro turno de Vigilância da DIC na Hobby'n Coin de Peoria. Não havia vento; a neblina só ia se deixando ficar.

"Mas também era um poder terrível, na infância, ter entrado em contato com a merda — você tomava um gelo, mas podia afastar as pessoas só de chegar perto delas com a parte que tinha ficado em contato com a merda; dava pra fazer elas saírem correndo."

Os dois agentes que eram mais jovens tinham óculos escuros fechados e presos por uma haste na gola da camisa.

"Essa obsessão das crianças por merda e merda de cachorro e por entrar em contato com merda tem que ter alguma ligação com a coisa de aprender a usar o banheiro sozinho na infância, que nessa idade não é uma lembrança tão antiga."

"Deve ter sido na terceira série. A gente levou um tempão pra entender por que ela tinha aqueles olhos tão de porquinha. Sem cílios. Cabelo ela tinha, na cabeça, e tinha sobrancelha, mas os olhos eram de porquinha, sem cílios e azuis."

Às vezes podia transcorrer até dois minutos entre os comentários. Eram 2h10 e até os pequenos movimentos individuais dos agentes eram lânguidos e submarinos.

"O que, no fundo, se você parar pra pensar, lembra quando os caras do segundo grau sentavam pra conversar e o barato era sempre xingar a mãe do outro e dizer que tinha transado com a mãe do cara e que ela não valia a pena e não parava de pedir mais? Você acha que era por que isso? Isso da sexualidade da mãe de todo mundo virar assunto bem quando o pessoal estava entrando na puberdade."

"A minha história de merda. Esconde-esconde, uma garotada ali do bairro, pôr do sol. Eu correndo pro pique e tropeço nuns troncos que alguém tinha posto pra enfeitar a borda do gramado, saio voando, estico as mãos pra amortecer o impacto e o que é que vocês acham que acontece?"

"Não."

"Sim. As mãos direto num fedorento amarelo fresquinho. Que eu até hoje quase consigo sentir. O cheiro."

"Jesus amado, e nem foi o sapato, mas a mão. A pele da pessoa."

"Pois é. Devo ter uma dúzia de lembranças nítidas, gravadas a fogo, da minha primeira infância, e essa é uma. A sensação, a cor, a dispersão, o cheiro subindo. Eu berrava, gritava, e todo mundo claro que vem correndo, e no que eles olham são *eles* que começam a gritar e dar um cavalinho de pau e correr de mim, e eu lá chorando e urrando ao mesmo tempo que nem um monstro horroroso de merda e correndo atrás deles, horrorizado e enojado mas também por baixo disso tudo meio que glorioso nesse papel de monstro, capaz de fazer todo mundo gritar de pavor e correr pra casa com a luz da varanda da casa de todo mundo começandinho a acender naquela hora e as luminárias fajutas da entrada da garagem de todo mundo com timer automático; é nessa hora do dia."

"E a mão fica especialmente perto da sua ideia de identidade pessoal, de quem você é, o que aumenta o horror da coisa. Só o rosto é pior, em termos de proximidade, de repente."

"Não tinha merda de cachorro na minha cara. Eu ficava com os braços bem esticados na frente pra deixar as mãos o mais humanamente possível longe de mim."

"O que só aumentava o lado monstro. Os monstros sempre vêm de braço esticado na frente do corpo quando querem te pegar. Eu ia correr que nem doido se estivesse lá."

"Eles correram. Eu lembro que eu estava tanto gritando horrorizado que nem eles quanto urrando que nem um monstro enquanto corria atrás de um e aí meio que desistia e corria atrás de outro. Tinha cigarras nas árvores e elas todas estavam gritando no ritmo e o rádio de alguém estava ligado numa janela aberta. Lembro do cheiro que saía das minhas mãos e de como eles nem olhavam mais pras minhas mãos e de ficar pensando como é que eu ia abrir a porta sem encher ela de merda ou como eu ia tocar a campainha. A campainha dos meus pais ia ficar cheia de merda."

"O que você fez?"

"Jesus amado, o que a sua *mãe* fez? Ela gritou com você? Você ficou ali na frente gemendo, chutando a porta e tentando tocar a campainha com o cotovelo?"

"A nossa casa tinha aldrava. Eu ia me dar mal nessa."

"Aposto que alguns já tinham ido pra casa e estavam vendo você pela frestinha da cortina andando de casa em casa com os braços esticados que nem o Frankenstein."

"Não é que nem sapato que dá pra tirar pura e simplesmente."

"Eu tenho uma história de merda, mas não é legal."

"Eu não lembro. A lembrança termina com a merda e as mãos, eu tentando correr atrás de todo mundo, o que é esquisito, porque até aí a lembrança é superclara. De repente simplesmente acaba e eu não sei o que aconteceu."

"Acho que nunca falei que eu andava com um pessoalzinho estranho na época da Bradley e que tinha essa coisa doida que a gente inventou no segundo ano de entrar no quarto dos outros no dormitório e segurar os caras na cama enquanto o Marcus Gordão, o Agiota, sentava na cara deles."

"Acho que eu ia lembrar."

"Isso foi na Bradley; vocês sabem as loucuras que a gente faz. Era um grupinho de cinco ou seis e começou essa coisa imbecil de uma tradição de ir pelos dormitórios dos calouros lá pelas quatro da manhã, achar uma porta destrancada e entrar todo mundo de supetão pra segurar o cara na cama pro Marcus Gordão, o Agiota, baixar a calça e sentar na cara dele."

"…"

"Não tinha motivo. A gente só achava divertidão."

"Marcus Gordão, o Agiota?"

"Um cara gigante de um subúrbio de Chicago. Morbidamente enorme. Sempre tinha grana e emprestava, e registrava as transações num caderninho superespecial. Contador dos mais cuidadosos, fazia juros compostos diariamente sem calculadora. Nunca só Marcus Gordão; era sempre 'o Agiota'. Ele era judeu mas acho que isso não tinha a ver. Era como ele pagava a universidade depois que os pais dele deixaram ele na mão — não era a primeira universidade do cara, mas não lembro direito da história."

"Por que ele sentava na cara dos outros?"

"A esquisitice da coisa toda é que era a graça. Eu só posso dizer isso. Era só uma coisa que a gente começou a fazer. Me baixa uma sensação esquisita só de pensar num jeito de descrever aquilo."

"E o cara na cama fazia o quê?"

"O cara na cama não dava pulinhos de felicidade, isso eu te garanto. Era tudo bem rápido, a gente entrava de supetão e já estava em cima do cara antes até dele acordar. Cada um segurava uma extremidade e rápido pra caralho o Marcus Gordão, o Agiota, já estava de calça abaixada sentando na cara do sujeito e ficava ali só o suficiente pro garoto na cama não morrer sufocado. Aí a gente saía tão rapidinho quanto tinha entrado. Fazia parte da coisa toda, assim o cara da cama provavelmente nem ia ficar sabendo se foi de verdade, se foi pesadelo ou o que diabos tinha sido aquilo tudo."

Eles não estavam muito longe do Sticky: a neblina era uma tempestade que se aproximava, vinda do rio. O próprio ar estava em estado de alerta. Duas mulheres mais velhas com peitos de prateleira estavam espiando pela janela da loja de moedas.

Todos eles tinham hábitos inconscientes de que talvez apenas Hurd, como novato, tinha plena consciência. O hábito do Agente Lumm durante as vigilâncias era distraída e inconscientemente usar os dentes da frente pra arrancar um fragmento minúsculo de pele morta do lábio, colocar na pontinha da língua e soprar suavemente pra pele ir aterrissar em um lugar invisível. Ele não tinha a menor ideia de que fazia isso, Hurd percebia. Gaines piscava lentamente de um jeito chapado e desligado que fazia Hurd se lembrar de um lagarto cuja pedra ainda não estivesse bem quentinha. Todd Miller usava um casaco de veludo cotelê com gola de pele de carneiro e ficava puxando e baixando a manga esquerda; Bondurant encarava um ponto entre o seu sapato ali no tapetinho da van como se estivesse olhando pra um abismo. Parecia assombroso para Hurd que ninguém fumasse. Ele próprio era um catálogo infinito de tiques e gestos irrequietos.

O agente de condicional cujos óculos escuros estavam pendurados na camisa usava bota Doc Martens de doze ilhoses cujos ilhoses Hurd tinha contado diversas vezes.

"Como é que o Marcus Agiota veste a calça de novo enquanto vocês todos correm dali?"

Um longo silêncio se seguiu enquanto Bondurant dava a Gaines um olhada de pátio de presídio. Gaines disse: "Você já tentou se vestir enquanto corre? Não dá".

"O cara pensando que deve ter sido sonho até ele levantar pra ir fazer a barba e ver que está com o nariz achatado e uma puta marca de bunda na cara."

"O cara gritava?"

"De um jeito abafado todo mundo gritava. Claro que eles gritavam. Mas a coisa que fazia o pessoal gritar era a mesma coisa que abafava o grito."

"A bunda de um gordão aparecendo do nada e tampando o rosto deles."

"A velocidade e o silêncio eram essenciais pra operação, e isso era importante porque se tratava de invasão e agressão, de certa forma, e o Marcus Gordão já tinha sido expulso de pelo menos uma universidade, e nenhum de nós era o que alguém podia considerar como o favorito do reitor, e não se esqueçam que era 1971 e o pessoal do alistamento estava praticamente parado no portão te esperando se te mandassem pastar."

"Foi por isso que o Bondurant foi pra guerra. No Viet."

"Eu fui contador G-2 em Saigon, idiota. Ninguém fala Viet."

"Mas você está dizendo que foi por isso que te alistaram? Por atacar os calouros com o bundão de um judeu?"

"Eu estou dizendo que foi só uma coisa que começou a acontecer e que a gente realizou diversas incursões por todos os dormitórios de entrada com 100% de sucesso operacional até o dia em que a porta que a gente encontrou aberta era a de um sujeitinho, o *Diablo*, que todo mundo chamava de Diablo, o Surrealista Canhoto, um porto-riquenho que estudava pra ser muralista, tinha uma bolsa de Indianápolis e era louco, um cara por exemplo que perdeu o emprego no refeitório da faculdade que o auxílio estudantil arrumou pra ele porque um dia chegou doido do que a gente quase apostou que era ácido e pôs a mesa em todas as mesas só com facas, via coisas, pintava uns murais católicos fluorescentes cheios de coisas pontudas na parede de tudo quanto era armazém à margem do rio, e era louco — Diablo, o Surrealista Canhoto."

"Ninguém na sua universidade tinha uns nomes tipo Joe ou Bill?"

"E no geral ninguém mexia com ele porque o sujeito era doido de dar com pau, um carinha de cinquenta quilos, cucaracho de um *barrio* latino de Indianápolis, mas àquela altura a incursão já era um mecanismo de alta precisão, velocíssimo, e além disso ninguém entendeu quem era até a gente já ter entrado de supetão e assumido posições em volta da cama. Eu fiquei com a perna esquerda, lembro, e o Marcus Gordão já tinha subido na cama e estava abrindo o cinto e distribuindo os pés dos dois lados do que normalmente era o travesseiro do cara, só que aquele sujeito não usava nem travesseiro nem lençol; era só o colchão pelado do dormitório com aquelas listras."

A única pessoa gorda de verdade que Gestine Hurd já tinha conhecido era um GS-9 das Análises Especiais do Posto de Oneida que tinha passado os dois anos inteirinhos durante os quais Hurd o conheceu fazendo uma auditoria retroativa numa empresa de Oneida que era tão minúscula e tão especializada que só fabricava as divisórias corrugadas das caixas de papelão usadas pra transportar um tipo bem específico de lâmpada minúscula pras minúsculas luminárias de bronze que costumam ficar presas na parte de cima das molduras das pinturas exibidas nas casas históricas e nos restaurantes do interior.

"O que já devia ter dado o alerta de que a coisa ia azedar, fora o fato de que o Diablo, o Surrealista Canhoto, parecia já estar acordado quando a gente meteu o pé na porta, nem sentou nem deu gritinhos nem esfregou os olhos ou se debateu ou resistiu quando todo mundo entrou de supetão e cada um pegou uma extremidade e o Marcus Gordão, o Agiota, subiu na cama e começou a baixar sua pantagruélica bunda branca até a cara dele; o sujeito só ficou ali bem imóvel com os olhos brilhando de astúcia latina e doideira generalizada. Vocês nem queiram saber do cenário ali, o que ele tinha nas paredes; se a velocidade surreal de toda a operação tivesse permitido, se a gente tivesse prestado o mínimo de atenção no quarto ou na expressão do rosto do carinha ali no cobertor a gente podia ter parado, feito um trabalho de reconhecimento do terreno, poupado muito enrosco pra todo mundo e ficado na universidade sem ter que passar a porra de um ano inteiro em Saigon aprendendo contabilidade de registro de requisições. Coisa que eu não desejo pra um cachorro."

Os rolos giravam lentos com uma leve sibilação tripla. A expressão dos Agentes do IRS parecia a de um grupo de escoteiros em volta de uma fogueira de contação de histórias. Uma breve oscilação da fita do microfone de entrada nem foi percebida.

"Esperou até a bunda do Marcus Gordão, o Agiota, estar bem pertinho, encostando no rosto mas sem o peso todo da bunda largado nele, se ergueu um pouco e mordeu a bunda do Marcus Gordão. E eu não estou falando de uma dentadinha de amor, não, eu estou falando de uma enterrada total tipo dobermann de toda a dentição frontal do camarada no arco da nádega da bunda do Marcus, tanto que mesmo lá do tornozelo eu consegui ver o sangue descendo pelo queixo do surrealista e a bunda do Marcus Gordão, o Agiota, se flexionando no que ele dava um salto e soltava um grito que fez as janelas sacudirem e derrubava os dois carinhas que estavam segurando os ombros do Diablo, o Surrealista Canhoto, em cima da fileira de máscaras sem olhos que o cucaracho tinha na parede, que caíram todinhas e fizeram um puta estrondo e enxergaram o horror que era aquele cara inacreditavelmente obeso se empinando dali e tentando com todo o peso do corpo tirar a bunda dos dentes do Diablo, o Surrealista Canhoto, que, cavalheiros, permitam-me afirmar que não ia largar, não, o cara parecia um Dragão de Komodo, mesmo com o Marcus Gordão com as mãos enganchadas nas narinas do nariz do carinha pra tentar arrancar ele da bunda e com o assecla principal do Marcus Gordão, Marvin 'O Assecla' Flotkoetter já abaixado ali mordendo a orelha e a bochecha do Diablo, o Surrealista Canhoto, tentando fazer ele soltar, e tanto ele quanto o Diablo estavam rosnando e o Diablo sacudia a cabeça tentando arrancar de vez o naco da bunda do Marcus Gordão e ele com o nariz e a orelha sangrando e o sangue simplesmente espirrando, tá, assim, espirrando de um jeito *arterial* pra tudo quanto é lado da bunda do Marcus, no colchão e na calça dele e o Marcus Gordão cagou de medo e de dor e os gritos dele fizeram todo mundo aparecer de pijama e de cueca e com creme contra acne na cara e de aparelho ali na porta ainda aberta, olhando pro que parecia obviamente se bem que na hora nenhum de nós percebeu um estupro tipo gangue de prisão que acabou dando errado."

§30

"O DD Substituto é um tipo homem do povo. Mas supercria do Glendenning. 907 313 433, COC total, o Sheehan, GS-13 nove anos depois. Ele já auditava no Distrito 10 em Chicago antes de se formar. Veio pra cá com o Glendenning. Meio que o cara que fazia os servicinhos sujos do Glendenning, camarada beleza pura, tudo entre amigos, só sorrisos mas com um olhar que te atravessa. Cuida das ligações com o pessoal dos Assuntos Internos. Não muito estimado. Fora que ele parece uma ilustração de moda. Parece um modelo original dos descoladinhos dos anos 70. Súper, sabe como, assim meio *mod*."

Sons de Reynols fazendo alguma coisa sem relação com isso.

"Ou seja com as costeletas, a calça boca de sino, a camisa social azul-clarinha. Aquele trequinho de couro no pescoço. Tudo."

"Pode poupar a gente dos comentários de estilista, Claude."

"Totalmente cria do Glendenning. Mas um 3-D de peso por conta própria. Relatórios de Desempenho todos acima de 8. Nenhunzinho abaixo. Virou GS-11 em 77 com um recurso independente ao Núcleo de Promoções; o Glendenning não teve nada a ver com isso. Mas cria do Glendenning."

"Então ele vai enfrentar?"

"Ele é um implementador. Escolheu ficar na administração; ele se inscreveu. Se as coisas passarem pelos canais normais ele não vai resistir. Mas não vai ajudar. Ele implementa."

"O Glendenning tem muita cria no 047, pelo que você está dizendo." O tom ligeiramente mais agudo e arredondado da voz de Reynolds indicava que ele estava dando o nó na gravata.

"O Glendenning tem um alto nível de apoio entre os Gerentes de Grupo. O Rosebury e o Danmeyer nas Análises e nos Trimestrais podem ter vindo com ele, o período que eles passaram em Syracuse coincide, mas o resto estava aqui antes do Glendenning tomar o pé na bunda. Ainda não está claro quanto desse apoio é político e não sincero, o que indicaria quanto o Glendenning andou mexendo os pauzinhos no 047. Eu não consegui arrancar nem uma palavra contra ele, de ninguém. Claro que isso pode significar muita coisa."

"Você não precisa nos dizer o que as coisas significam", sem calor. O grande Motorola cinzento de Reynolds tinha um descanso de queixo de violino soldado pra ele poder segurar o aparelho só com o pescoço e liberar as mãos, coisa que sempre que Sylvanshine tentava com o seu ele acabava ou esquecendo e mexendo a cabeça do jeito errado e o treco caía no chão, quebrava e ele tinha que gastar tempo pensando em como fazer a requisição do seu quarto telefone de campo no ano, ou aquilo lhe provocava umas pontadas perto da omoplata. Ele segurava um telefone normal de teclas com uma mão e mordia pele morta da beira da unha enquanto virava páginas na prancheta.

"A Chaney tem uma foto dela com o Glendenning na parede do escritório, acredite se quiser."

"Chaney."

"Julia Drutt Chaney, quarenta e quatro anos, GS-10, 952 678 315, Supervisora Administrativa do 047B do outro lado do complexo. Mulher grandona, bem grandona. Redonda. Tamanho família lá na Filadélfia se você lembra dela. De usar bata. De você ver ela atravessando lá o pátio e parecer que são várias mulheres coabitando uma mesma roupa. Bochechona vermelha. Mas de não engolir sapo, Desempenho..."

"Nós só estamos interessados no 047B para as Auditorias, e isso é secundário." Sylvanshine estava tentando lembrar o nome da sua professora da segunda série, que estava ali parada no ponto final de uma longa cadeia de ideias perdidas cujos passos intermédios ele já tinha esquecido, mas que tinha começado com as manobras que Reynolds havia empregado pra permanecer em Washington e em Martinsburg por várias semanas e tentar manter alguma influência sobre Mel Lehrl se oferecendo pra analisar os relatórios de campo preliminares de Sylvanshine e reduzi-los a padrões de fatos relevantes pro Lehrl antes de acabar se juntando ao Claude nesse lugar horroroso depois que todas as suas estratégias usuais deram em nada. "Vamos nos concentrar no bife e não nas ervilhas aqui Claudie meu chapa o que você acha?" A jocosidade era um registro que Reynolds muitas vezes empregava com subordinados ou funcionários de nível GS mais baixo, e tanto ele quanto Claude sabiam que Sylvanshine ficaria procurando um jeito de devolver a ofensa. "O bife é a Análise."

"O DDA das Análises é Rosebury, Eugene E., quarenta anos, GS-13, 907313433, louro-claro, alto, meio corcunda, os óculos não servem direito ou as orelhas não são muito simétricas, de alguma maneira parece erudito, pode ser só o cachimbo, fuma cachimbo, cria do Glendenning até o miolo. Eu não gosto daquele cabelo, alguma coisa naquele cabelo. Implementador. Vaquinha de presépio. Nem fede nem cheira."

"O segundo DA é o Yeagle? Yagle?"

"É Gary NMI Yeagle. Sujeito tipo pode-me-chamar-de-Gary. Espécime de aparência estranha. Rostão pesado e quadradão, mas comprido, mas delicado, no queixo, com umas banhas penduradas, o que com a queixada faz você pensar que alguém está te sovando com um punho derretido cada vez que você olha pra ele. Trinta e nove, não, desculpa, -e-oito, vaselina mas de um jeito diferente do Sheehan porque o vaselinismo do Sheehan é profissional e estratégico enquanto com o Yeagle você sente que ele só é inseguro e precisa que todo mundo goste dele senão o mundo explode e coisa e tal."

"O que faria dele um elo potencialmente fraco."

"O tipo de cara que é muito tímido e nervoso com você, mas tenta ser super-ríspido, empolgado e atirado, mas não dá conta e aí a coisa vira uma tortura pra todo mundo. Uma queixada que dá pra limpar trilho."

"Então o Yeagle pode ser um dos nossos se a gente vai fazer a sintonia fina dos esforços do Mel nos primeiros estágios."

"Fora umas sobrancelhas desse tamanhão assim. Sério. Umas sobrancelhas à la Tolkien num camarada de trinta e oito. Um sorriso superintenso que ele disfarça tentando fazer parecer um riso sardônico ou uma careta, puxando aquelas sobrancelhas inacreditáveis pra baixo. O tipo de cara que te cumprimenta com as duas mãos. GS-13 mas Gerente de Grupo desde o segundo trimestre de 78, então ele pode ter lá seus méritos, mas eu ainda não encontrei. Não o tipo de mão pesada que você podia esperar de um Gerente de Grupo num Posto de Análise."

"O Glendenning que promoveu?"

"O currículo do Yeagle é meio truncado. Você podia pedir pra alguém lá puxar a ficha toda dele; esse aqui é truncado foi o que deu pra eu achar." O polegar de Sylvanshine estava sangrando de leve e ele olhava em volta em busca de alguma coisa desimportante com que enxugar o sangue. Tanto ele quanto Reynolds sabiam em que grau a substância e a forma do relatório de Sylvanshine seriam profundamente diferentes se ele estivesse falando com Merrill Lehrl, e apesar de não haver dúvida de que isso de certa forma incomodava Reynolds, não havia como pensar que justificasse a jocosidade e suas implicações. Os dois sabiam que os relatos ainda não batiam. Às vezes Sylvanshine imaginava a si próprio e Reynolds como parceiros numa espécie de dança da antiga nobreza, muito solene e rigidamente prescrita, de modo que as menores variações eram comunicadas pessoalmente. "Ele e o Sheehan são contrapontos vagamente interessantes em termos de vaselinismo. Eu não posso dizer que gosto de nenhum deles. O Yeagle usou a mesma gravata três dias na semana passada. Anda com aquele cachimbo mesmo quando não está aceso. Alguma coisa que podia ser uma mancha de condimento na gravata. Não gosto dele, daquela queixada esquista e pendulante. Outro dia vi ele esfregar uma narina com as costas da mão."

Barulho de garganta do outro lado. Pedacinhos de alguma conversa nas beiradas da frequência em que eles estavam se faziam ouvir nos silêncios; faziam Sylvanshine pensar em fios de cabelo numa escova empoeirada. A pia estava atulhada de pratos e embalagens semivazias de comida chinesa que dois dias antes ele tinha jurado a si próprio que tiraria dali; ficava difícil inalar só de olhar pra pia.

"Diga pro Mel que o melhor que eu posso fazer são umas indicações. O Yeagle ainda é uma incógnita. Parece inofensivo, mas pode ser parte de alguma apresentação estratégica mais ampla. Recomende um Informal logo que o Mel voltar — soltar o cara, fazer ele falar. Possível. É tudo que eu consigo arriscar com o Me Chame de Gary neste momento."

"Alguma coisa sobre o próprio Glendenning por enquanto?"

"Não fui falar com ele. Sujeitinho ocupado. Nunca para. Parece ocupado de um jeito determinado em vez de inútil ou desorientado, o que se for verdade vale a pena mencionar pro Mel."

"Valeu."

Não o dedão exatamente, mas é verdade que Sylvanshine agora chupava um cantinho do dedão. "Eu vi o cara no corredor ali daquele lugar, o prédio lá onde ficam os escritórios do Sheehan. Lugarzinho confuso, as fotos não fazem justiça ao tamanho da baderna celular que é aquilo tudo. Parece mais uma universidade ou uma escola técnica pequena. Você sabe que o meu pai dava aula numa escola técnica."

"Então quando você viu o Glendenning nesses corredores esquecidos…"

"Até aqui não muita coisa. Sujeito alto e grisalhão. Cabelo grisalho dividido bem certinho. O tipo de cara mais velho que você ia chamar de 'distinto' ou de 'bem-apessoado'. Mais pra alto, eu diria. O nariz parecia meio grande, mas isso em movimento, de perfil."

"Ô, Claude, sério, tem algum processo que te faz concluir que eu quero ficar ouvindo avaliações estéticas? Tem algum raciocínio interno que te diz que essas coisas são dados úteis pra meter na cabeça do Mel quando ele começar a trabalhar com esse pessoal? Não faça força agora, mas pense nisso e uma hora dessas você me conta qual é o processo que te faz concluir que eu tenho que ficar esperando acabarem os detalhes de roupa e de porte físico pra então ouvir as coisas que vão me ajudar a fazer o meu trabalho aqui."

"O *seu* trabalho, eis a questão. Reduzir. Reduzir a padrões de fatos, relevância. O meu trabalho é com dados crus. Ou eu estou lembrando errado? Fui eu que pedi primeiro pra ir pro campo? Será que eu estou confuso?"

Mas os sons incomodados eram apenas Reynolds tentando passar os dedos por baixo do nó para chegar ao último botão, coisa que sempre lhe dava trabalho. Sylvanshine aguardou o tempo normal olhando para o dedão e tentando ver se conseguia sentir gosto de sangue mesmo — gosto que sempre o fazia se lembrar de encostar uma bateria de nove volts na língua quando era menino, mas cuja exata associação lhe escapava — e ficou ouvindo para pelo menos tentar identificar o gênero da conversa fantasmática na linha, e finalmente disse:

"Se bem que a secretária dele — uma delas, parece que ele tem duas, se bem que uma pode ser da Administração ou contato com os Gerentes de

Grupo — enviou um memorando, está na caixa de entrada do Mel, Bem-vindo e ouvi umas coisas interessantes do Henzke no que se refere à capacidade de fluxo do 0104 — é o Posto de Recolhimento de Philly, o Auto..."

"E você tem que me dizer isso, porque eu não estava lá..."

"... Henzke no que se refere à capacidade de fluxo na Filadélfia etc., favor ligar para a sra. Ooley — que é a secretária-chefe — para a sra. Ooley assim que chegar e passar pelo processamento..."

"Como assim? Ele tem que passar pela orientação que nem um vira-bosta qualquer?"

"Não está comigo, ainda está na caixa do Mel, que por falar nisso é uma bela de uma caixa de entrada, do mesmo tamanho e na mesma fileira da do DDA e acima da do GG apesar de ter o nome do Mel escrito numa fita por cima do nome de outro camarada, mas isso não quer dizer necessariamente alguma coisa a não ser que ainda esteja desse jeito quando ele chegar. E eu mandei a SS colocar o nome dele na porta lá naquele prédio; eu mesmo dei o estêncil pode dizer pra ele, e falei da coisa do elevador, então vai ser no térreo. Diz pra ele que a porta fica trancada e que a janela de fora fica trancada e não dá pra ver nada de fora, mas que pela distância entre as portas de um lado e de outro parece espaçoso. Infelizmente o banheiro mais próximo é no terceiro andar; pede pra ele orientar se a gente quer correr o risco de encrencar com isso, mas é de esquina bem como foi solicitado. Não tem boiler lá embaixo, você sabe que ele ia querer assim. Diz pra ele que as portas de um lado e de outro estão a 4 e 5 e uns trocados, respectivamente, o que é quase do tamanho das da Filadélfia."

"Você deixou o pessoal te ver usando fita métrica nas portas próximas da dele?"

"Não seja crítico. Eu já tenho a chave da porta da frente e as chaves de duas das outras quatro portas. À noite antes de voltar pra base eu e você temos que ter uma bela conversa sobre tudo antes de você ver e ter um siricutico. Complexo de apartamentos de Angler's Cove. Deu pra entender? Aquele primeiro apartamento de Rome fica parecendo de luxo, pra te dar uma..."

"O memorando era da secretária ou do próprio Glendenning você está dizendo."

"A má notícia é que não é no prédio principal, onde fica o escritório do Glendenning e dos outros funcionários do DD, sei lá o nome do prédio. Eles têm uma nomenclatura toda esquisita pras instalações aqui que nem Chicago."

"Ainda é do escritório do Mel que você está falando."

"Eu só estou percorrendo as minhas anotações exatamente de acordo com o protocolo de campo como você pode lembrar e como você mesmo fez em Rome. Infelizmente deve ser no predinho separado onde eles fazem as Corporativas; o Univac fica lá também. O prédio é meio um hospício, eu acho. No primeiro andar onde ficam os escritórios de todo mundo que perfura cartão. Você só tem que preparar o Mel pra isso pra ele não chegar e ver onde que os caras colocaram ele e começar a cagar marcianos por causa disso tudo.

"E você talvez lembre que as ligações iniciais de relatórios de campo devem durar de dez a doze minutos, se você decorou o protocolo." Sylvanshine sabia exatamente o que Reynolds estava fazendo fisicamente naquele minuto, mas não conseguia pensar na palavra certa nem pra si mesmo. E também não ia falar que tinha perdido a carteira no *drive-through* do banco ontem, o que no fundo pra dizer a verdade podia até ser problema do Merrill Errol Lehrl, mas não era do Reynolds nem a pau, por mais que soubesse o que ele ia dizer. Às vezes as unhas das mãos de Sylvanshine tinham umas linhas calcioides esquisitas, às vezes não. Ele se preocupava com isso em momentos atípicos, com o que significavam as linhas. Não ajeitando, *alisando, alisando* a gravata, que se fosse sábado seria ou a verde-clara ou a azul-clara com os losanguinhos vermelhos, as duas sendo imitação de seda e lisinhas que nem bunda de nenê o tempo todo com ou sem ele alisar. Era um gesto inconsciente do Reynolds e funcionava que nem uma dica inconsciente no pôquer, e Sylvanshine tinha renunciado a todo tipo de oportunidade de chamar a atenção do Reynolds pra isso porque não queria o Reynolds consciente dos seus gestos inconscientes de maneira nenhuma, já que percebê-los significava poder. Em Martinsburg Sylvanshine ficou com o quarto maior porque o contrato estava no seu nome. Dessa vez, desconsiderada a miséria de Angler's Cove, os quartos eram exatamente do mesmo tamanho, a distância entre as portas não era a única coisa que Claude tinha medido, e ele sabia o que o rosto de Reynolds faria quando visse. Merrill Errol Lehrl sempre reservava ele mesmo sua moradia.

"Foi o próprio Glendenning que enviou o memorando ou a secretária?"

Sylvanshine estendeu o polegar e fez a luz do teto incidir sobre o dedo, que revirou pra lá e pra cá. "Você não ia acreditar no calor que está fazendo aqui. E na umidade. O ar parece alguém respirando na tua cara. A Filadélfia no seu pior dia de verão não se compara. Os bebedouros do 047 não são refrigerados; são umas coisinhas baixas de cerâmica branca de banheiro que nem de pré-escola e a água é na temperatura ambiente, o que significa quente."

Reynolds exalou tão forte que o telefone transmitiu o som. "Eu peço desculpas pelo meu tom, Claude."

"Que tom?"

"Tudo bem? Está feliz agora?"

"Você está me superestimando, amigo."

"E, sim, eu sou seu amigo. Isso aqui é uma equipe. Eu não devia ter pegado no seu pé com o tom de subordinado que usei. A pressão está alta esta semana. Eu estou com dor de cabeça a semana toda, de tanta pressão. Eu não estou nada legal. E nada disso serve de justificativa, estou pedindo desculpas de verdade."

Se havia linhas elas não estavam visíveis. "A secretária ou secretária-chefe enviou, eu acho. Ooley, Carolyn ou Caroline talvez. Ficha não localizada, não está nos arquivos de encaminhamento do Apoio. Mulherzinha dura, um rostinho seco. Blusa no ombro como se fosse uma capa. O ar-condicionado do prédio principal ligado a toda; é onde ficam as Análises, então diz pro Mel que a boa notícia é que o próprio ambiente de trabalho já tem ar-condicionado ainda que não tenha halógenas, mas as salas de VAX são com halógenas, então a gente pode supor que a SS tem recursos se quiser; se você quiser eu posso telefonar e…"

"Então o memorando era da secretária, e não do próprio Glendenning."

"Eu insistiria com o Mel pra ele não levar isso muito a sério. O Glendenning anda fora do escritório mais da metade do tempo. Ele foi até o Regional duas vezes de quarta passada pra cá."

"Ele anda correndo direto no Regional? Você espera até agora pra incluir isso e quando inclui é só um aparte do comentário sobre a blusa da secretária?"

"Pelo jeito do pessoal que se aproxima da mesa dela, a mulher é de dar medo, essa Ooley. Você sabe como é no interior. Ela pode dominar o Glendenning; ela pode ser o elo de verdade. Fotinho de gato na mesa, mas nada de pelos visíveis na blusa. Estranho. E óculos numa correntinha pendurada no pescoço, daquelas antigas de prata, como é que chama. Potencialmente uma parte assustadora da equação. Até aqui eu perguntei do gato e lhe dei uma flor que alguém estava vendendo no canteiro da estrada grandona ali da frente. Que leva a essa cidadezinha em coma permanente. Diz pro Mel que eu já estou amaciando essa." Ele não disse a Reynolds que não havia sinal da flor na mesa no dia seguinte.

Deixando Sylvanshine ouvir de novo sua respiração — "E o memorando dizia especificamente fiquei sabendo de coisas boas pelo Henzke, pelo Bill ou pelo Bill Henzke?".

"Só Henzke."

"Merda."

"A outra secretária ou contato ou sei lá o quê sumiu. Supostamente jovem e a lindona do Distrito, dois camaradas diferentes das Cobranças me disseram que vale a pena inventar assuntos falaciosos e aparecer na hora do almoço da Ooley só pelo privilégio de ver a comissão de frente."

"Eu já pedi desculpas, Claude."

"A secretária do Rosebury é uma mulher grandona e pálida que nem lençol chamada Bernays. Parece o fantasma de um cavalo de tração."

Cada aparelho móvel Motorola custava $349 ao Serviço em comparação com os $380 do varejo, parecia um walkie-talkie gigante, pesava mais de um quilo e era uma coisa que alguém tão elegante e tão diminuto como o Reynolds Jensen Jr. parecia meio bobo carregando.

"Então. Vamos fazer um esboço da semana." Reynolds teria condições de dizer ao dr. Lehrl que eles tinham conversando e que ele havia ao menos tentado se o que aparecesse na semana seguinte não fosse o que ele queria. Ver Reynolds tentar realizar manobras políticas era como ver um lenhador dançando, disse Harold Adny. "Eu preciso de dados convincentes e relevantes repetindo convincentes e relevantes de tipo biográfico, funcional, além das avaliações e de impressões a respeito das Análises no dia 17. É esse o protocolo que eu estou lendo. O grupo é como? Tem Rosebury na Administração, tem esse Yeagle como GG — qual é o tamanho do grupo, vinte? A dotação das Análises é 2,4 vezes a de Rome, certo, então o quê, vinte e dois?"

"Vinte e quatro, talvez vinte e cinco. Tem umas distribuições meio heterodoxas de turnos, eu ainda não deduzi o padrão, e o Glendenning aparentemente aprovou. O Glendenning personalizou bastante as Análises, o que a gente só pode imaginar que a coisa vá se intensificar. Digamos entre vinte e quatro e vinte e seis, o que dobra depois com mais outros vinte trabalhando com a perfuração e a catalogação dos cartões durante a Tempestade, ainda que corra o boato de que o Glendenning lutou bastante pra ter gente do Serviço em vez de estagiários na Tempestade, o que é compreensível por causa da cidade em que ele está; não existe exatamente um grande conjunto de gente talentosa por aqui."

"Isso é um dado bom. Isso é convincente."

"Digamos vinte e seis. Foi difícil conseguir o contato."

"Eles são reservados?"

"Mais pra entorpecidos. Eles trabalham em tempo integral. Vidrados. Como que é aquela outra palavra. O tempo médio de duração aqui é de três anos. Embotados, essa é a palavra. Ah" — Sylvanshine se censurou por ter esquecido isso — "e a maior notícia é que a primeira manobra importante do Glendenning quando chegou foi a eliminação dos calouros das Análises."

"Você está de brincadeira." Por hábito do Serviço, os recém-formados nos três Centros Nacionais de Treinamento do IRS passavam os primeiros anos da carreira nas Análises, que eram a lotação mais terrível e impopular do Serviço. Uma certa porcentagem corria então para passar pelos exames de certificação, já que um agente GS-11 precisa ter um COC, e as Auditorias eram a promoção mais natural se você quisesse sair das Análises. O fato de Glendenning ter que evitar os calouros no seu departamento de Análises indicava algo importante, ainda que nenhum dos dois soubesse bem o quê. Tão importante que Reynolds nem teve tempo de pegar no pé do Sylvanshine por ter precisado esperar até agora para ele lhe contar aquilo. "Você sabe que o Mel vai querer saber mais sobre isso. Passe isso imediatamente pro primeiro lugar do protocolo da semana que vem."

"Concordo provisoriamente."

"Que bom que você concorda."

"Que bom que você acha bom."

"Incrível."

"Só que fica dependendo do resto do relatório, quando eu chegar ao fluxo e aos resultados."

"Incrível. E como é que é o fluxo?"

"Primeiras Análises individuais numa sala, umas duas dúzias de mesas mais o cubiculozinho jateado do Yeagle. Ou as simetrias da sala estão meio erradas ou as divisões são aproximadas — podia ser uma seção pra 1040, uma pra 1040A, uma menor pras Gordas como era em Keene. Tem um departamento Corporativo que ocupa outra sala."

"Se o Corporativo mudar vai ser só depois, eles fizeram aquela experiência com as DIF, então…"

"Daí eu nem ter mencionado."

"Se você ficou chegado da moça da pele seca lá do Glendenning, deve ter conseguido ver as especificações."

"As especificações estão uma zona. Não estão nem em cartões. Eles usam uns formulários 904 antigos que eu não via desde que saí do Centro de Treinamento."

"Nossa, que surpresa."

"Eles ficam todos nuns armários horrorosos, verdes bem escuros, num complexo no porão que até uma aranha ia pensar duas vezes antes de entrar."

"Mas você corajosamente desceu até lá com uma lanterna, é o que você quer que o Mel fique sabendo."

"Hoje ou amanhã eu tenho que pedir pra alguém de Martinsburg rodar os dados e tabular os valores medianos; os formulários de especificações estão uma zona porque o trabalho é periódico demais. Sublinhe isso pro Mel, que eles recebem declarações tanto do Regional *quanto* do CS de St. Louis sem nenhum conjunto de procedimentos nem de ritmos que eu consiga perceber."

"Os caminhões só dão ré e descarregam as declarações é o que você está dizendo."

"Então o que ainda está em aberto aqui comigo — isto vai parecer bem esquisito — é que nos últimos seis meses um total de 1 829 declarações passou pelo Departamento de Análises do 047 todo mês, mas isso inclui tudo, de EZs individuais a Gordas complicadíssimas, cada uma com vinte documentos comprobatórios e Reconciliações de EST que o Rosebury deixa Danmeyer mandar pra cima deles numas ondas horrendas que batem a cada trimestre."

"Isso não está descrito de um jeito que consiga me dizer alguma coisa, Claudie."

"É quando você chegar aqui que você vai entender o motivo. É dickensiano. Tem só um terminal Univac na sala. As rebarbas de Martinsburg chegam nuns carrinhos gigantes empurrados por um menino de carga que nem antigamente, aí os resultados são jogados por umas calhas dois andares pra baixo, onde as moças dos cartões preparam as rebarbas pro Regional e pras

Cobranças. E/ou Cobranças. E os analistas estão trabalhando com lápis e calculadoras NCR, sendo que em algumas ainda têm uns adesivos da campanha de 52 e coisas assim. Eles têm aquelas bandejas ou umas coisas que parecem gavetas e saem da mesa deles de tudo quanto é lado que nem naquelas fotos de Philly que o Mel tinha dos tempos dos pesadelos. Aqui eles recebem rebarbas normais de Martinsburg, mais as ESTs, mais solicitações de avaliação da DIC. Eles fazem umas Gordas que St. Louis nem se dá ao trabalho de abrir de tão gordas. Eles fazem trabalho por empreitada pra Auditorias Empresariais quando uma AE passa de um ano. A coisa toda é quase no nível de Philly, pode dizer pra ele. Mas essa…"

"Mil oitocentos e vinte e nove por 22 dias úteis dá o quê, três por dia?"

"Três ponto 198 por turno de nove horas menos almoço menos a média do Regional de 45,6 minutos de intervalos, o que me deu sete horas e 29,4 minutos então 3,2 por 7,5 dá .4266 com dízima periódica declarações por hora-homem, o que pra aquele Regional é tão absolutamente na média que…"

"Então não chama a menor atenção, em termos de produtividade, o que fragiliza a nossa posição no que se refere ao Glendenning, mas também transforma as Análises do 047 num belo modelo de teste."

"Não, Reynolds. Eu estou dizendo que é *absolutamente* na média. A média do Regional 4 pra 82, 83 e a parte de 84 pra que o Interno já carregou os dados — saca só — é de .4266 com dízima periódica por hora-homem."

"Eles estão *exatamente* na média?"

"E prevendo essa reação por favor diga ao Mel que eu refiz as contas duas vezes. Tudo com os cartões, com o total do fluxo médio, com as análises de desempenho, com as especificações de utilização. .4266 com dízima periódica. Como se…"

"Como se o Glendenning e o Rosebury e/ou esse tal desse Yeagle estivessem dando um jeito de manipular as estatísticas pra gerar um resultado tão absolutamente mediano que ninguém jamais suspeitaria que eles estivessem manipulando as estatísticas."

"Eu verifico de novo se você quiser se você só me der um tempinho aqui pra discutir a pressão de água do apartamento e um banheiro com a descarga mais preguiçosa de todos os tempos nesse doze estados que eu…"

O tom agora era do Reynolds Jensen Jr. 100% concentrado, determinado, o que significava que, sentado ou de pé, ele estava levemente curvado pra frente e sem nem piscar. "Isso. Verifique. Ele vai querer isso, que você — ou como se de algum jeito o Glendenning tivesse conseguido estruturar a mão de obra, o fluxo e o moral do grupo de forma a conseguir precisamente a média nas Análises."

"O que significa que se e quando quiser ele simplesmente sacode a varinha mágica e abracadabra."

"Será que isso pode ser uma coisa boa?"

"Isso diria que ele e/ou a equipe composta dele e do Rosebury são uns gênios, os Mozarts da produtividade, cujos métodos de gerenciamento, se quantificados e repassados, ou se os outros Diretores Distritais convencessem o CD de que aquilo podia ser repassado…"

"Podia acabar com o projeto."

"Especialmente se você pudesse ver esses Analistas. Não é um grupo de elite, Reynolds. Nenhunzinho acima de GS-11. Tiques, espasmos, excentricidades. Mãos trêmulas. Eles vão todos pro banheiro masculino escovar os dentes depois do almoço. Uma escovação que não acaba mais. Um tem um violino na mesa. Sem motivo. Só um violino. Outro tem um fantoche de doberman na mão sem a borrachinha e conversa com ele."

"Isso tudo tem que ficar registrado, Claudie."

"São uns homens ocos é o que eu estou dizendo. Se o Glendenning pode conseguir algum resultado com *esse* pessoal… Tem uns que parecem catatônicos. Um pode ser um desses autistas com síndrome de savant. Mas ainda não falei com ele."

"E nada disso tem a ver com produtividade."

"Eu falei do vento lá fora? Do barulho que ele faz quando passa pelas frestas das esquadrias? Ou do calor? Ou da massa enorme de cidadezinhas rurais minúsculas e cruciformes com uma e somente uma intersecção e que parece ser só um silo de cereais e um posto de gasolina com nomes como Arrowsmith, Anthony, Shirley, Tolono, Stayne? Tem uma cidade aqui perto chamada Big Thistle. Ou seja: Cardo Grande, Illinois. Opa, vamos dar uma passada lá na lanchonete de Cardo Grande e dar um cardo na Fanny. E a umidade. As toalhas não secam; o para-brisa do carro fica cheio de condensação que nem um copo de chá gelado se você liga o ar-condicionado na vinda. O céu tem cor de gelo de hotel de vagabundo — sem cor, sem profundidade. Parece um pesadelo. E como é plano. Qual que é o horizonte no nível do mar, trinta quilômetros?"

"Vamos nos ater à missão, Claudie."

"Ele me enviou pra segunda dimensão, R.J."

"Você estava indo tão bem, Claudie."

"E se eu te disser que estou com saudade de você?"

"A gente não vai começar com isso, não…"

"Porque sabe a aparência dos olhos de alguém bem velho mesmo, com catarata? Aquela coisa leitosa medonha que parece que não tem ninguém em casa? Imagine um rosto inteiro assim. A Filadélfia era uma alucinação. Isto aqui parece um véu de tédio. O tédio além do tédio. Esses Analistas, a maioria…"

"Você percebe que isso de certa forma é uma boa notícia."

"Bom, não é bonito de ver, isso eu posso…"

"Chegou alguma coisa do equipamento de demonstração?"

"O Glendenning está deixando o pessoal personalizar as mesas. Ouvir música se eles — não fumarem à mesa, mas saca só: tem uns caras que *mascam tabaco* à mesa."

"O que a gente tem em termos do perfil real dos equipamentos, então?"

"Será que você por acaso já chegou a *ver* uma escarradeira efetivamente em uso, Reynolds, porque eu com cer…"

"Eu também estou com saudade de você, Claude. Ficou feliz agora?"

Uma vez ele tinha mascado tanto que acabou infeccionando e ficou com um gosto horrível. "Eu ainda não fiz uma lista propriamente dita."

"O que eu digo pro Mel?"

"Que eu só estou há uma semana aqui e sofrendo terrivelmente com o estado primitivo das instalações de campo, com a falta de vetores de contato e com a pasmaceira gerada pelo calor. Diz isso pro Mel."

"Quanta coragem in absentia."

"Como você deve lembrar o equipamento mais importante está com o pessoal do Corporativo na base de campo, e fora isso de analisar as instalações do Mel eu andei me esgueirando pelas Análises. Conforme especificado, acho eu."

"Eu não estava pegando no seu pé, Claudie. Vamos só acabar com isso. Eu vou encarar um trânsito horroroso saindo daqui."

"Eu até aqui vi um mainframe Sperry Univac 3- ou 4000 com os terminais todos aparentemente no Corporativo. Vi duas processadoras de cartões IBM 5486 e deduzi a presença de equipamento de perfuração e análise correlato, da série 5000."

"E de cartões de 96 colunas pras máquinas IBM."

"Só que os Univac ainda usam os de 80. Parece que eles deram uma ajambrada aqui pra misturar os dois."

"Então os analistas todos têm proficiência em hexadecimal, ou será que são as perfuradoras? Mas as perfuradoras são daí mesmo, não são?"

"Eu ainda não tenho um protocolo de treinamento. A gente pode supor que eles são traduzidos pra língua natural por causa dos estagiários entre março e maio, certo?"

"Nem Rome misturava 96 com 80."

"Isto aqui é província, como eu estava te dizendo. O escritório do Mel fica bem do ladinho do Central, que eu imagino que seja polaco de outra colônia. Eu vi uma calculadora-impressora Burroughs 1005."

"E a Burroughs ainda usa cartão?"

"A Burroughs trabalha com fita magnética desde a série 900. Eu te falei. A coisa toda é um desengonço. Um bazar de rua. Eu vi duas máquinas IBM de RPG numa despensa com uma maçaroca inacreditável de cabos coaxiais que ia pra um buraco esfiapado e fora das especificações do código no teto da despensa, supostamente pra compatibilizar as RPGs com o Univac. É tudo muito antiquado e muito fuleiro e eu não ia ficar muito surpreso de achar lá dentro uns macaquinhos com uns ábacos e barbante."

"É uma notícia muito boa. E o Cobol dos compiladores?"

"Nesse momento desconhecido."

"A gente tem boas notícias no fronte do equipamento."

"E se alguma coisa chegou do CD a SS ainda não sabe."

"Então pode estar simplesmente largado numa doca de carga?"

"Então é pra eu estar nos Registros com uma lanterna presa nos dentes, no telefone com Martinsburg pra conseguir as análises de fluxo, sondando a implementação do veto aos calouros do Glendenning, inventoriando o equipamento e surripiando chaves pra dar uma espiada no escritório do Mel tudo ao mesmo tempo? Ah, e nas docas de carga interrogando os brucutus pra saber se alguma caixa ali está vindo de Martinsburg."

"Eu só estou delineando um protocolo pro trabalho da semana que vem, Claudie."

"E eu sou o quê? Uma máquina?"

§31

Shinn tinha o corpo esguio e um cabelo louro fino de bebê que lhe caía numa franja que parecia a dos Beatles nos primeiros anos. O homem sentado ao lado dele na perua do IRS tinha saído de Angler's Cove com vários outros enquanto estavam todos ali parados na aurora de tons pastel esperando a perua. O doce ar úmido e pesado das auroras do verão. Os homens com crachás do Serviço todos se conheciam e falavam entre si. Alguns bebiam de suas canecas ou fumavam cigarros que esmagaram contra o meio-fio quando a perua apareceu. Um tinha costeletas e um chapéu de caubói, que agora na perua tinha tirado duas fileiras de bancos à frente. Alguns liam jornal. Alguns homens na perua não deviam passar de uns cinquenta anos de idade. As janelas abriam como uma tampa em vez de descer; era um veículo estranho, parecia mais um caminhão pequeno e quadradão com bancos soldados no chassi.

A perua parou em mais dois complexos de apartamentos ao longo da Self-Storage Parkway; num deles ficou em ponto morto por vários minutos, aparentemente matando tempo pra cumprir uma agenda. Shinn usava uma camisa social azul-clara. Uma conversa atrás dele ressaltava alguém dizendo a outro alguém que se você fizesse um cortezinho na borda da unha do dedo pé ela não encravava mais. Alguém bocejou bem alto e estremeceu um pouco.

O homem ao lado de Shinn, eles com as coxas em contato de pressão variada conforme a perua balançava de leve de um lado pro outro numa suspensão macia, estava lendo um panfleto adicional do IRS cujo título Shinn não conseguia ver porque o cara era uma dessas pessoas que dobram os panfletos até ficarem um quadradinho pra ler. Ele tinha uma mochila pequena no colo. Shinn considerou a possibilidade de se apresentar; não sabia bem o que a etiqueta recomendava.

Shinn tinha ficado parado na calçada bebendo a primeira Coca-Cola do seu primeiro dia no Posto e percebendo as roupas desamarrotarem e afrouxarem um pouco com a umidade, sentindo os mesmos cheiros de madressilva e de grama cortada lá dos subúrbios de Chicago, ouvindo o canto de pássaros despertos pela aurora nas árvores que cercavam a Self-Storage, e sua mente andava solta ali por tudo, e de repente lhe ocorreu que os pássaros, cujos pios e cantos repetidos soavam tão lindos, como uma afirmação tão vigorosa da natureza e do dia que se abria, podiam na verdade, num código conhecido apenas por outros pássaros, ser pássaros que estavam cada um deles dizendo "Vai embora" ou "Esse galho é meu!" ou "Essa árvore é minha! Eu vou te matar! Morra, morra!". Ou qualquer outro tipo de coisa tenebrosa, brutal ou de autoproteção — eles podiam estar ouvindo histórias de guerra. A ideia lhe veio do nada e fez seu estado de espírito piorar por algum motivo.

§ 32

"Não me peça pra fazer isso."

Eu passei a Julie, minha irmã-coabitante, pro alto-falante enquanto ela ainda estava tentando se livrar de fazer aquilo. Estava todo mundo na minha parte do cubículo. Eu estava sentado trabalhando e eles parados em volta. "Eu falei pra eles e eles não acreditam. Na precisão assustadora da coisa toda, que eu fico tentando descrever, mas não estou à altura, especialmente esse sujeito aqui, esse Jon de quem eu tava te falando." Eu estava olhando pro Soane enquanto a persuadia. Julie é minha irmã. A voz dela parecia um pouco menos a voz dela ali no falante — tinha aquela coisa apertadinha, ressecada. Steve Mead sempre usava uma borrachinha de contador no minguinho da mão direita. O constante som dentário e metálico de uma impressora vinha da Sala de Auditoria mais próxima do cubículo, um som que deixava todo mundo de dentes travados enquanto a impressora funcionava. Steve Mead, Steve Dalhart, Jane Brown e Likourgos Vassiliou, todos parados em volta do falante na minha parte do cubículo, enquanto o Soane tinha afastado um pouco a cadeira de rodinhas da sua estação de trabalho pra se incluir no círculo.

"Eu não posso fazer quando você quer. Eu fico me sentindo uma boba; não me obrigue a fazer", Julie declarou.

"Quem foi que hoje cedo te levou três fuxicos de prender o cabelo quando você só tinha pedido um?", eu disse, fazendo um círculo de afirmação com o polegar e o dedo e mostrando pros outros.

Veio o silêncio da minha irmã na outra ponta da linha.

"Eu já disse pra eles que parte do efeito da coisa se perde no telefone. Sem os olhos e o rosto. Não tem pressão, ninguém está esperando perfeição."

"Mas que dia excelente pra um exorcismo, padre."

Mesmo no alto-falante. Steve Mead visivelmente tremeu. Eu tive um impulso de rir e mordi a junta do dedo de tão feliz. Dalhart e Jane Brown estavam se olhando e tinham deixado o corpo se largar e se alongar um pouco pra indicar o quanto estavam impressionados.

"A sua mãe chupa caralho no inferno!", Julie disse, imitando.

"Impressionante, Nugent."

"Meu Deus" e "É assustador", Steve Mead disse. Ele está sempre extremamente pálido e com cara de doente. Um parafuso Phillips estava meio que se projetando de um dos suportes da parte de trás da área de apoio dorsal da cadeira do Soane. O som rasgado da impressora continuava a deixar todo mundo de dentes travados.

Dale Gastine e Alice Pihl, que sempre faziam auditorias juntos, colocaram a cabeça por cima do cubículo pra ver o que estava acontecendo.

"Vocês tinham que ver a cara se desse. Ela revira os olhos inteirinhos pra trás, fica pálida, estufa a bochecha e a coisa — ela nem parece que é ela mesma até acabar, aí é assustador." Eu disse isso. Soane, que é sempre extremamente tranquilão e acomodado, estava fazendo alguma coisa com a cutícula usando um clipe de papel que tinha tirado de uma caixinha.

A voz normal de Julie veio pelo falante. Eu considero Jane Brown atraente, mas dá pra ver que o Soane não considera. "Chega?"

"Você tinha que ver. Eles estão todos chocados aqui. Muito obrigado mesmo", eu disse. Jane Brown sempre usa o mesmo blazer laranja. "De olho saltado. A minha credibilidade aqui disparou graças a você."

"A gente vai ter uma conversinha sobre isso quando você chegar em casa, rapaz, pode apostar."

"Mas e ela consegue deixar o cômodo todo gelado e escrever *Socorro* na pele que nem quando ela..."

"Mais uma", sussurrou Mead, que faz auditorias de fazendas e vai para o balcão atender quando um contribuinte toca a campainha (a gente passa dias e dias sem ver um contribuinte vindo pedir ajuda) e tem um rosto quadrado e delicado e cara de quem ou nunca precisa fazer a barba ou usa hidratante.

Eu disse pra Julie ao telefone: "Mais uma e aí você vai ter se desincumbido da tarefa, como sempre, com brilhantismo".

"Jura."

Likourgos Vassiliou, que é de uma palidez anormal, especialmente pra alguém de etnia mediterrânea, disse pro Dale Gastine e pra Alice Pihl: "Esse novato, o Nugent, ele não exagera; pode anotar isso aí".

"U sinhô tem um trocadinho prum coroinha das antiga, seu padre? Dimmy. Por que cê faz isso comigo, Dimmy? Deixe Jesus te comer, te comer o cu!"

"Eu estou praticamente tendo arrepios", Mead declarou.

"Essa é sem dúvida nenhuma a última vez", Julie enfatizou no alto-falante.

§33

Lane Dean Jr. com seu mindinho verde emborrachado estava à sua mesa Tingle na fileira do seu Tento no fraldário do seu grupo moleza e fez mais duas declarações, depois mais uma, depois contraiu as nádegas, contou até dez e depois imaginou uma praia linda e quente com ondas suaves conforme tinha sido instruído a fazer na orientação no mês anterior. Em seguida fez mais duas declarações, deu uma olhada bem rapidinha no relógio, depois mais duas, aí mandou ver e fez três seguidas, aí contraiu e visualizou, mandou ver e fez quatro sem levantar a cabeça uma só vez a não ser pra colocar os processos e os memorandos encerrados nas duas bandejas de Saída que ficavam lado a lado na camada superior de bandejas onde os meninos de carga podiam pegar quando passassem por ali. Depois de apenas uma hora a praia já era uma praia de inverno fria e cinza e com algas mortas que pareciam o cabelo dos afogados, e se manteve assim apesar das tentativas. Depois mais três, inclusive uma 1040A em que as deduções de RBA tinham erro de soma e o impresso de Martinsburg não tinha pegado isso e teve que ser corrigido num dos Formulários 020-C da bandeja esquerda inferior e aí uma quantidade considerável de informação repetida teve que ser preenchida no 20 de sempre que você ainda tinha que fazer mesmo que fosse só uma auditoria por carta e que o processo fosse pra Joliet e não pro Distrito, sendo que você tinha que olhar cada código de cada coisa na prateleirinha retrátil que ele tinha que afastar a cadeira meio desajeitado pra conseguir puxar inteira. Aí mais uma, aí um despenhadeiro dentro dele enquanto o relógio da parede mostrava que o que ele achava que era outra hora não tinha sido. Nem de longe. Dezessete de maio de 1985. Meu Senhor Jesus Cristo tenha pena de mim, um pobre pecador. Conferindo as W-2s da Linha 7 de uma declaração bem naquele ponto do impresso de Martinsburg onde a perfuração pra se você quisesse separar as folhas do negócio acabava passando bem em cima dos dados e você tinha que erguer contra a luz e quase de vez em quando chutar, coisa que o seu Líder de Tento dizia que era um problema crônico dos Sistemas, mas que mesmo assim o fraldinha era responsável. A piada nessa semana era no que um analista de rotina do IRS era igual a um cogumelo? Os dois viviam em lugares escuros e se alimentavam de merda. Ele nem sabia como um cogumelo funcionava, se era verdade que as pessoas davam excremento pra eles comerem. A comida da Sheri não estava por assim dizer no nível de acrescentar cogumelos. Aí outra declaração. A regra era que quanto mais você olhasse pro relógio mais devagar o tempo passava. Nenhum fraldinha usava relógio, só que ele viu que alguns deixavam o relógio no bolso pra hora do intervalo. Você não podia ter um relógio de mesa na Tingle nem café ou refri. Por mais que tentasse ele não tinha conseguido na última semana deixar de imaginar a vida interior dos sujeitos mais velhos que ficavam cada um de um lado da sua mesa fazendo aquilo dia após dia. Levantando numa segunda-feira, mastigando sua torradinha e colocando o chapéu e o casaco sabendo que iam sair pela porta pra encarar mais oito horas. Isso era tédio além de qualquer tédio que ele já tivesse sentido. Isso fazia a mesa de separação na UPS parecer um dia em Six Flags. Era 17 de maio, de manhã cedo, ou quase já no meio da manhã talvez desse pra dizer agora. Ele ouvia o rangido dos carrinhos dos meninos de carga em algum lugar distante onde os painéis de vinil entre as Tingles do seu Tento e as do Tento do camarada oriental louro uma fileira à frente tapavam a visão deles, dos meninos com os carrinhos. Um dos carrinhos tinha uma roda solta que fazia um estardalhaço quando o menino andava. Lane Dean sempre sabia quando aquele carrinho vinha descendo pelas fileiras. Tento, Equipe, Grupo, Célula, Posto, Divisão. Fez mais uma declaração, de novo a matemática batia e não havia enumerações no 34A e os números de W-2 e 1099 e dos Formulários 2440 e 2441 do impresso pareciam corretos e ele preencheu seus códigos pra bandeja 402 da linha do meio, assinou seu nome e pôs seu número de identificação que alguma parte dele ainda se recusava a decorar direito então tinha que abrir o clipe do crachá e verificar toda vez e aí grampeou o 402 à declaração e colocou o processo na bandeja mais à direita da camada de cima que era pra saída dos 402s e se recusou a se permitir uma contagem do que ainda estava nas bandejas, e então sem pedir licença veio a ideia de que *chato* também significava uma coisa esmagada, compactada. Suas nádegas já estavam doendo de tanto se contrair, e a mera ideia de visualizar a praia ensolarada o deixava prostrado. Fechou os olhos mas em vez de rezar pedindo força interior agora descobriu que estava apenas olhando pra estranha escuridão avermelhada, pros lampejos e coisinhas que flutuavam por ali, que ficavam quase hipnóticos se você olhasse de verdade. Aí quando abriu os olhos a pilha de processos na bandeja de Entrada parecia estar basicamente da altura que tinha às 7h14 quando ele registrou sua entrada no caderno do Líder de Tento e começou a trabalhar e não havia processos suficientes nas suas bandejas de Saída pra Formulários 20 e 402 que ele pudesse ver por cima da lateral da bandeja e ele se negou mais uma vez a levantar pra verificar quantos deles ainda estavam ali porque sabia que só ia piorar. Teve a sensação de um grande tipo de buraco ou de vazio caindo dentro de si, continuando a cair e jamais chegando ao chão. Nunca antes em sua vida até ali tinha pensado em suicídio nem por um momento. Estava fazendo uma declaração ao mesmo tempo em que lutava com a mente, com o pecado e a afronta da mera possibilidade daquela ideia. A sala estava em silêncio, a não ser pelas calculadoras e pelo estardalhaço da roda do carrinho daquele menino que tinha uma roda solta enquanto o menino de carga fazia o carrinho descer certa fileira de mesas com mais processos, mas ele também ficava ouvindo na sua cabeça o som que uma folha de papel faz quando você rasga a folha ao meio várias vezes. Seu Tento de seis homens era um quarto de uma fileira, separado pelas telas cinzentas de vinil. Uma Equipe são quatro Tentos mais o Líder da Equipe e um menino de carga, sendo que alguns vêm do Peoria College of Business. Os painéis podiam ser movidos pra reconfigurar a distribuição da sala. Grupos semelhantes de Molezas estavam nas salas dos dois lados daquela. Bem à esquerda depois das fileiras de três outros Tentos ficava o escritório do Gerente de Grupo com o cubiculozinho de telas do

GAM logo ao lado. As borrachinhas de ponta de dedo eram pra gerar atrito com os formulários todos pra uma velocidade bem deliberada. Você tinha que guardar a borrachinha no fim do dia. As lâmpadas do teto não projetavam sombras, nem da sua mão se você estendesse o braço como quem ia mexer numa bandeja. Doug e Amber Bellman de Elk Court, Edina MN, que enumeravam coisa pacas, decidiram doar $1 pro Fundo da Campanha Eleitoral Presidencial. Foram vários minutos pra analisar tudo que estava no Anexo A, mas nada ali qualificava pros pré-requisitos de uma auditoria promissora, apesar do sr. Bellman ter a caligrafia angulosa de um maluco. Lane Dean tinha processado bem menos 20s do que o protocolo exigia. Na sexta-feira ele foi a pessoa do Tento com o menor número de 20s. Ninguém abriu a boca. Todos os cestos de papel estavam cheios das tiras enroscadas de papel das calculadoras. Todo mundo estava com o rosto cor de grafite molhado por causa da luz fria. Você podia fazer um cubículo semiprivativo com aqueles painéis como o Líder da Equipe tinha feito. Então ele levantou a cabeça apesar das melhores intenções anteriores. Em quatro minutos outra hora teria passado, meia hora depois disso vinha o intervalo de quinze minutos. Lane Dean se imaginou correndo por ali no intervalo sacudindo os braços e gritando coisas sem sentido com dez cigarros na boca ao mesmo tempo como uma flauta de pã. Ano após ano, um rosto da mesma cor da sua mesa. Meu Senhor Jesus. Café não era permitido pra não molhar os processos, mas no intervalo ele ia pegar uma caneca grandona em cada mão enquanto se imaginava correndo na frente do prédio e gritando. Ele sabia que o que ia fazer de verdade no intervalo era ficar sentado olhando pro relógio da parede da salinha e apesar das orações e do esforço ficar ali sentado contando os segundos que passavam até ter que voltar pra fazer aquilo de novo. E de novo e de novo e de novo. O som imaginado fez com que se lembrasse de ocasiões diferentes em que tinha visto pessoas rasgarem folhas ao meio. Pensou num homem forte de circo rasgando uma lista telefônica; era careca, tinha um bigodão e usava um maiô comprido e listradinho como as pessoas usavam no passado distante. Lane Dean juntou todas as suas forças, mandou ver e fez três declarações em seguida e começou a imaginar diferentes lugares altos de onde poderia pular. Sentia-se em condições de dizer que agora sabia que o inferno não tinha a ver com fogueiras ou tropas congeladas. Tranque um camarada numa sala sem janelas pra realizar tarefas repetitivas que tenham apenas o grau de dificuldade necessário pra fazer ele ter que pensar, mas ainda assim coisa de rotina, tarefas ligadas a números que não se ligavam a nada que ele jamais fosse ver ou achar relevante, uma pilha de tarefas que nunca diminuía, e pregue um relógio na parede bem onde ele pode ver, e só deixe o cara ali entregue aos engenhos da sua própria mente. Diga pra ele apertar a bundinha e pensar em praia quando começar a ficar irrequieto, e essa seria exatamente a palavra empregada por eles, *irrequieto*, como a mãe dele. Deixe que ele descubra na plenitude dos tempos a piada que era a palavra, o quanto ela passava longe de descrever aquilo. Ele já tinha espanado a mesa com o punho da camisa, trocado de lugar a foto do seu filho bebê em seu pequeno porta-retrato chacoalhento com o vidro que escorregava um pouco se você sacudisse. Já tinha tentado trocar a borrachinha verde de mão e mexer na calculadora com a mão esquerda, fingindo que tinha tido um derrame e prosseguia com bravura. A borrachinha deixava a ponta do dedo toda úmida e pálida ali embaixo. Incapaz de ficar sentado parado em casa, incapaz de ficar olhando a mesma coisa por mais de um ou dois segundos. A praia agora tinha cimento sólido em vez de areia e a água era cinza e quase não se mexia, só tremulava um pouco, como gelatina quase pronta. Sem pedirem licença vieram-lhe formas de se matar com gelatina. Lane Dean tentou controlar sua frequência cardíaca. Ficou pensando se com prática e concentração suficientes você podia parar o coração só com a força da mente, como fazia com a respiração — como agora. Seus batimentos cardíacos ficaram perigosamente lentos, ele se assustou e tentou manter a cabeça inclinada revirando os olhos bem pra trás e comparou a velocidade com o ponteiro dos segundos do relógio, mas o ponteiro dos segundos pareceu impossivelmente lento. O som do papel rasgado de novo e de novo. Alguns meninos de carga te traziam os processos com tudo que você precisava, outros não. A campainha pra chamar um menino de carga ficava logo abaixo da borda da mesa de ferro, com um cabo que descia por um dos lados da mesa e por uma de suas perninhas soldadas, mas não funcionava. Atkins disse que o fraldinha que ficava naquela mesa antes dele, que tinha sido transferido pra algum lugar, tinha apertado tanto o botão que queimou o circuito. Pequenas e estranhas reentrâncias na borda da frente do mata-borrão eram, Lane percebeu, as marcas dos dentes que alguém tinha se curvado pra pressionar com bastante cuidado na borda do mata-borrão pras reentrâncias ficarem bem fundas e não se apagarem dali. Ele sentiu que conseguia entender. Era difícil se impedir de ficar cheirando o dedo; em casa ele se pegava fazendo isso, encarando o vazio quando estava à mesa. O rosto do seu menininho funcionava melhor que a praia; ele o imaginava fazendo tudo quanto era tipo de coisa de que ele e a sua mulher depois poderiam falar, como pegar com a mãozinha o dedo de um deles ou sorrir quando Sheri fazia aquela cara de espanto pra ele. Ele gostava de ficar vendo ela com o bebê; durante meio processo foi útil ficar pensando nos dois porque eles eram o motivo, eram eles o que fazia aquilo valer a pena e ser a coisa certa e ele tinha que lembrar, mas isso vivia escorregando pelo buraco que caía por dentro dele. Nenhum dos homens de um lado dele ou do outro parecia sequer se mexer na cadeira a não ser pra estender o braço e erguer coisas da mesa pras bandejas da Tingle, como máquinas, e eles nunca estavam na salinha durante o intervalo. Atkins dizia que depois de um ano conseguia analisar e conferir dois processos ao mesmo tempo, mas ninguém via ele tentar fazer isso, embora ele soubesse assobiar uma música e cantarolar outra. A irmã do Nugent fez o exorcista no telefone. Lane Dean observou com o canto do olho enquanto um sujeito com cara de papagaio logo ao lado do corredor central que dividia as Equipes puxou um processo da bandeja, retirou a declaração, destacou o impresso e centrou os dois documentos no seu mata-borrão. Com a sua almofadinha feita em casa e o chapéu cinza no gancho aparafusado à bandeja dos 402. Lane Dean ficou com os olhos fixos pra baixo sem ver seu processo aberto imaginando ser aquele cara com a sua almofadinha deprimente e sua luminária de bancário personalizada e ficou pensando o que podia ter ou fazer nas suas horas vagas pra compensar essas oito horas diárias de assassinato da alma de que ainda nem um quarto tinha passado até ele simplesmente não dar mais conta e fazer três declarações seguidas numa espécie de frenesi em que podia ter deixado coisas passarem e assim no processo seguinte ele foi bem devagar e com todo o cuidado e encontrou uma discrepância entre o Formulário E da 1040 e a tabela de anuidades da RRA da pensão vagabundinha de ferroviário do coitado do Clive R. Terry de Alton, mas uma discrepância tão pequena que não dava pra saber se o impresso de Martinsburg tinha cometido mesmo um erro ou simplesmente aceitado uma arredondada maior pra economizar tempo dada a quantia envolvida, e ele teve que preencher tanto um 020-C quanto um Memorando 402-C(1), passando a declaração pro escritório do Gerente de Grupo pra ele decidir como classificar o erro. Os dois tinham que ser preenchidos com dados em duplicata dos dois lados e assinados. A questão toda era quase inacreditavelmente insignificante e pequena. Ele pensou na palavra *significado* e tentou se lembrar do rosto do filhinho sem olhar pra foto, mas só conseguiu evocar o peso de uma fralda cheia e o móbile de plástico acima do berço girando na brisa gerada pelo circulador de ar ali na porta. Ninguém de nenhuma congregação tinha visto *O exorcista*; ia contra os dogmas católicos e era obsceno. Não era entretenimento. Ele imaginou que o ponteiro dos segundos do relógio tinha consciência e sabia que era um ponteiro dos segundos e que seu trabalho era ficar ali dando voltas dentro de um círculo de números pra sempre na mesma velocidade lenta e invariável de máquina, sem ir a qualquer lugar onde já não tivesse estado um milhão de vezes, e imaginar o ponteiro dos segundos era tão pavoroso que fez ele se engasgar com o ar e ele deu uma rápida olhada em volta pra ver se algum analista em torno tinha ouvido ou estava olhando pra ele. Quando começou a ver o rosto do bebê na foto derretendo, se alongando e desenvolvendo um longo queixo fendido, o rosto envelhecendo anos em poucos segundos e finalmente desmoronando de velhice e despencando do sorridente crânio amarelado que restava por baixo, ele soube que estava semiadormecido e sonhando, mas não soube que estava com a cabeça nas mãos até ouvir uma voz humana e abrir os olhos, mas não conseguir ver de quem ela era e então sentir o cheiro da borracha do mindinho bem embaixo do nariz. Ele pode ter babado no processo aberto.

Sentindo o gostinho da coisa, então.

Era um sujeito grande, mais velho, com um rosto vincado e dentes espaçados. Não era de nenhuma Tingle que Lane Dean já tinha visto ali da sua. O homem estava usando uma lâmpada presa à cabeça com uma tira marrom de algodão como a de alguns dentistas e um tipo de marcador preto no bolso do peito. Cheirava a óleo capilar e a algum tipo de comida. Tinha parte da bunda na beirada da mesa de Lane, limpava a unha do polegar com um clipe desentortado e falava baixinho. Dava pra ver uma camiseta por baixo da camisa dele; não usava gravata. Ficava movendo o tronco no formato de algum desenho, ou de um círculo, e os movimentos deixavam um rastro visual. Nenhum fraldinha das fileiras adjacentes estava prestando atenção nele. Dean verificou o rosto da foto pra ter certeza de que não estava mais sonhando.

Mas eles nunca dizem. Já percebeu isso? Eles desconversam. É óbvio demais. Que nem falar do ar que você respira, não é? Ia ser que nem dizer: Estou vendo tal e tal coisa *com o olho*. Que sentido teria?

Tinha alguma coisa errada com um olho dele; a pupila do olho era maior e ficava daquele jeito, fazendo o olho parecer travado. A lâmpada na cabeça dele não estava acesa. Os movimentos lentos do tronco o traziam mais perto, depois o levavam mais longe e o traziam de volta. Era muito de leve e muito devagar.

É, mas agora você está sentindo o gosto, pense nisso, na palavra. Você sabe qual. Dean teve a perturbadora sensação de que o camarada não estava estritamente falando *com* ele, o que significaria que era mais um desvario solitário do sujeito. Aquele olho olhava direto pra longe dele. Se bem que não era verdade que ele estava agorinha mesmo pensando numa palavra? Será que a palavra era *dilatado*? Será que ele tinha dito a palavra em voz alta? Lane Dean olhou com cautela pros dois lados. A porta jateada do Gerente de Grupo estava fechada.

A palavra aparece de repente em 1766. Sem uma etimologia conhecida. O conde de March usa a palavra numa carta em que descreve um seu par da corte de França. Ele não projetava sombra, mas isso não queria dizer nada. Sem nenhum motivo, Lane Dean contraiu as nádegas. Na verdade, as três primeiras aparições de *bore* com sentidos relacionados a tédio na língua inglesa vêm ligadas ao adjetivo *francês*, *that french bore*, aquele francês chato, não? Claro que os franceses tinham *malaise, ennui*. Veja a quarta *Pensée* de Pascal, que Lane Dean ouviu *pincê*. Ele procurava alguma saliva perdida no processo que tinha diante de si. Uma coxa dentro de uma calça social azul-marinho estava a centímetros do seu cotovelo. O homem se movia levemente pra frente e pra trás como se sua cintura tivesse uma dobradiça. Parecia estar inspecionando o tronco e o rosto de Lane Dean de modo sistemático, esquadrinhante. Suas sobrancelhas saíam pra tudo quanto era lado. A faixa marrom estava ou empapada ou manchada. Veja as conhecidas cartas de La Rochefoucauld ou da marquesa Du Deffand a Horace Walpole, especificamente acredito eu a carta 96. Mas nada em inglês antes de March, conde de. Isso significa uns bons quinhentos anos sem uma palavra pra coisa, não? Ele rotacionou o corpo um pouco pra longe. Nem a pau que aquilo era uma visão ou um momento. Lane Dean tinha ouvido falar do espectro, mas nunca tinha visto. O espectro da alucinação da concentração repetitiva sustentada por tempo excessivo, como dizer uma palavra sem parar até ela meio que se dissolver e ficar estranha. O cabelo alto, duro e cinza do sr. Wax mal estava visível a quatro Tingles dali. Nenhuma palavra pro latim *accidia* de que tanto falavam os monges da regra de Benedito. Pro grego ἀκηδία. E também os eremitas do Egito do século III, o chamado *daemon meridianus*, quando as orações deles eram estultificadas pela falta de sentido, pelo tédio e pelo desejo de uma morte violenta. Agora Lane Dean estava olhando abertamente em volta de um jeito meio quem é esse cara? Aquele olho estava fixo num ponto ainda além da fileira de telas de vinil. O som de papel rasgado tinha desaparecido, assim como a rodinha rangente do carrinho.

O sujeito limpou a garganta. Claro que Donne chamou o sentimento de *lethargie*, e por um tempo ele parece meio fundido à melancolia, *saturninia*, *otiositas*, *tristitia* — ou seja, estar desorientado pela preguiça, o torpor e a lassidão e a eremia e a vexação e o destempero e atribuir tudo isso à bile negra, por exemplo veja a *icterícia negra* de Winchilsea ou, claro, Burton. O homem ainda estava na mesma unha do polegar. Quaker Green, acredito que em 1750, usou o termo *névoa negra*. Óleo capilar fazia Lane Dean pensar no barbeiro, no poste listradinho que parecia espiralar eternamente pra cima, mas que você podia ver quando a barbearia fechava e ele parava que no fundo não. O óleo capilar tinha um nome. Ninguém com menos de sessenta usava aquilo. O sr. Wax usava um fixador masculino. O camarada parecia inconsciente das rotações subaquáticas do seu torso. Dois fraldinhas numa Equipe perto da porta tinham barba longa e chapéu-coco preto e balançavam pra frente e pra trás nas Tingles enquanto verificavam as declarações, mas a oscilação deles era rápida e unidirecional; isso aqui era diferente. Os analistas dos dois lados não erguiam os olhos nem prestavam atenção; seus dedos nas calculadoras nem diminuíram de velocidade. Lane Dean não sabia dizer se isso era sinal de concentração profissional ou de outra coisa. Alguns usavam a borrachinha na mão esquerda, quase todos na direita. Robert Atkins era ambidestro; conseguia preencher formulários diferentes com as duas mãos. O camarada à sua esquerda não tinha piscado a manhã toda até onde Dean tinha podido ver. E aí de repente ela pipoca. *Bore*. Como que saída da testa de Atena. Substantivo e verbo, particípio como adjetivo, tudinho. Origem desconhecida, na verdade. A gente não sabe. Nada no Johnson. A única entrada no

Partridge é sobre *bored* como predicativo do sujeito e qual preposição usar, já que *bored of* em oposição a *bored with* é um marcador social que no fundo é a única coisa em que o Partridge está sempre interessado. Classes classes classes. O único Partridge que Lane Dean conhecia era o mesmo Partridge que todo mundo conhecia da televisão. Ele não tinha a mais remota ideia do que aquele sujeito estava falando, mas ao mesmo tempo ficava bem preocupado porque estava pensando em *bore* como palavra também, a palavra, muitas declarações atrás. Os filólogos dizem que foi um neologismo — e bem na época do nascimento da indústria, também, não?, o homem da multidão, a turbina automatizada e a broca e a perfuratriz, que também se chama *bore*, não? Ocado? Esqueça o Friedkin, você já viu *Metrópolis*? Ah, tá, agora Lane ficou arrepiado de verdade. Sua incapacidade de dizer qualquer coisa a esse cara ou perguntar ao menos o que ele queria também parecia um pouco um pesadelo. Na noite do seu primeiro dia ele tinha sonhado com uma vareta que ficava se partindo sem parar, mas nunca diminuía de tamanho. O francês empurrando aquela pedra morro acima por toda a eternidade. Veja por exemplo o *English Language* de L. P. Smith, acredito que de 56, não? Era o olho ruim, o olho parado, que parecia inspecionar o que estava diante do seu corpo inclinado. Propõe que certos neologismos *surgem de sua própria necessidade cultural* — nas palavras dele, acredito. Sim, ele disse. Quando o tipo de experiência de que você está sentindo um belo de um gostinho se torna possível, a palavra se inventa sozinha. O termo. Agora ele trocou de unha. Era Vitalis que tinha encharcado a faixa da lâmpada, que parecia cada vez mais uma bandagem. A porta do Gerente de Grupo tinha o nome dele pintado na mesma janelinha de vidro martelado que as escolas de segundo grau possuíam antigamente. As portas do RH eram iguais. As salas de espera tinham portas de incêndio de metal, sem janelas, que corriam num trilho no alto, modelo novo. Considere que os Oglok da península do Labrador têm mais de cem termos diferentes e distintos para neve. Smith declara que quando qualquer coisa assume relevância suficiente ela encontra seu nome. O nome surge sob a pressão da cultura. É bem interessante quando você reflete sobre isso. Agora pela primeira vez o camarada na Tingle à direita se virou brevemente pra dar uma olhada pro sujeito e se virou de volta com a mesma velocidade quando o homem fez uma garra com as mãos e as mostrou pro outro fraldinha como um demônio ou alguém possuído. A coisa toda foi rápida demais pra ser verdade pra Lane Dean. O fraldinha virou uma página do processo à sua frente. Mais alguém tinha chamado aquilo daquele jeito, *assassinato da alma*. Coisa que agora você também quer fazer, não? No século XIX então de repente a palavra está por toda parte; veja por exemplo Kierkegaard e seu *Estranho que o tédio, por si próprio tão imóvel e sólido, tenha poder de pôr em movimento*. Quando a grande coxa dele deslizou do tampo da mesa o movimento deixou o cheiro mais forte; era Vitalis com comida chinesa, a comida do baldinho branco com alça de arame, moo goo alguma coisa. A luz da sala no vidro jateado era diferente porque a porta estava levemente aberta, ainda que Lane Dean não tivesse visto a porta abrir. Ocorreu a Lane Dean que ele podia rezar.

Era o mesmo movimento oscilatório e esquadrinhante agora de pé. Aquele olho estava na porta do Gerente de Grupo, entreaberta. Perceba também que *interesting* aparece pela primeira vez dois anos depois de *bore*. 1768. Note bem, dois anos *depois*. Como é possível? Ele já estava na metade da fileira; agora o camarada com a almofada levantou os olhos e baixou de novo imediatamente. Elas se inventam, não? Não tudo que inventam. Em seguida algo que Lane Dean ouviu como *bom na peti*. O sujeito tinha desaparecido quando chegou ao fim da fileira. O processo e seus Anexos A/B e o impresso estavam bem no mesmo lugar, mas o retrato do filho de Lane estava de cara pra baixo. Ele se permitiu levantar os olhos e viu que tempo nenhum tinha passado, de novo.

§34

Fórmula IRM §781(d) TMA para Empresas: (1) Renda tributável antes de dedução NOL, mais ou menos (2) Todas as correções de TMA à exceção da correção ACE, mais (3) Preferências de tributação, gera (4) Mínima Renda Tributável Alternativa antes das deduções NOL e/ou da correção de ACE, mais ou menos (5) correção de ACE, se houver, gera (6) MRTA antes da dedução NOL, se houver, menos (7) dedução NOL, se houver (teto de 90%), gera (8) MRTA, menos (9) Isenções, gera (10) base de TMA, multiplicada por (11) 20% da TMA atual gera (12) TMA antes do Crédito de Tributação Estrangeira da TMA, menos (13) Crédito de Tributação Estrangeira da TMA, se houver (teto de 90% exceto nos casos em que as exceções 781(d) (13-16) venham a se aplicar, casos em que se deve anexar um Memorando 781-2432 e encaminhar o processo ao Gerente de Grupo), gera (14) Mínima Tributação Alternativa Provisória, menos (15) responsabilidade fiscal padrão antes de crédito menos Crédito de Tributação Estrangeira padrão, gera (16) Mínima Tributação Alternativa.

§35

O Gerente de Grupo do meu Grupo de Auditoria e sua esposa têm um bebê que eu só posso descrever como — feroz. Sua expressão é feroz, seu comportamento é feroz, seu olhar por sobre a mamadeira ou chupeta — feroz, intimidador, agressivo. Nunca ouvi o bebê chorar. Quando se alimenta ou dorme, seu rosto pálido avermelha, o que o deixa parecendo ainda mais feroz. Nos dias de trabalho em que nosso Gerente de Grupo trazia a criança para o escritório Distrital, pendurado que nem um curumim num aparato de náilon que levava às costas, o bebê parecia cavalgar o pai como um cornaca num elefante. Ficava lá, irradiando autoridade. Suas costas se apoiavam direto nas do Gerente de Grupo, a cabeçorra repousando na curva do pescoço do pai, forçando a cabeça do sr. Manshardt a se projetar para a frente e para baixo numa clássica postura de opressão. Compunham um bicho de duas caras, uma delas calma, doce e adulta, a outra informe e contudo enfaticamente feroz. O bebê nunca se remexia nem fazia escândalo no aparato. Seu olhar no corredor sobre o resto de nós ali reunidos à espera do elevador matinal era reto, sem piscar, e parecia, de alguma maneira, quase uma acusação.

O rosto do bebê, segundo a minha observação, era quase só olhos e lábio inferior, um nariz que era um mero pingo, testa láctea e abobadada, rubra espiral esfiapada de cabelo, sem sobrancelhas, cílios ou mesmo pálpebras que eu pudesse ver. Eu jamais vi a criatura piscar. Seus traços pareciam meras sugestões. Basicamente tinha tanto rosto quanto uma baleia. Eu não gostava dele.

No elevador, meu lugar costumeiro normalmente é no meio, logo atrás do sr. Manshardt, e nas manhãs em que a criança o cavalga e fica ali olhando para trás e eu passo o tempo encarando os grandes olhos azuis ígneos e severos desprovidos de cílios só posso dizer que essas viagens não são nada agradáveis e muitas vezes afetam meu estado de espírito e minha concentração durante boa parte do período de trabalho subsequente.

No terceiro andar, no escritório do sr. Manshardt, o bebê tinha um berço e também um moderno e engenhoso aparato móvel de suporte em que passava boa parte do tempo, uma coisa grandalhona em formato de anel, de um pesado plástico azul e com um tipo de faixa ou de sela de tecido no buraco central, em que se colocava o bebê numa posição de alguma maneira entre sentada e vertical — ou seja, as pernas do bebê ficavam quase retas, mas a tira de tecido sustentava seu peso. O aparato ou estação tinha quatro pernas de apoio curtas e atarracadas, que terminavam em rodas de plástico, e era projetado para ser movido pelo poder do bebê, conquanto lentamente, mais ou menos como as cadeiras com rodinhas das nossas estações de trabalho podiam ser manobradas para lá e para cá por desajeitados movimentos das pernas do auditor. Contudo, o bebê declinava de mover o aparato, até onde eu tenha podido ver, ou de brincar com qualquer dos trequinhos pequenos, divertidos e educativos de cores vivas e primárias instalados em cavidades da superfície azul do anel. E também não parecia se ocupar com os livros de pano, com os caminhões de lixo e de bombeiros, mordedores de plástico cheio de líquido, intricados móbiles ou brinquedos que emitiam música-e--ruídos-de-animais ao puxar uma cordinha, de que era repleta sua área de recreação. Ele só ficava lá, imóvel e mudo, dirigindo seu olhar fixo e feroz a todo e qualquer auditor GS-9 que calhasse de entrar no pequeno escritório de vidro jateado do nosso Gerente de Grupo nos dias em que o sr. Manshardt — cuja esposa era liberada e tinha sua própria carreira — o trazia junto, fato para o qual aparentemente recebera permissão especial do Diretor Distrital. De início, não poucos GS-9s entravam no escritório com pretextos vagos, tentando ganhar a estima do Gerente de Grupo ao sorrir e emitir barulhinhos delicados e primais para o bebê, ou colocar um dedo ou um lápis em seu campo de visão, talvez para estimular seu instinto de agarrar. O bebê, no entanto, simplesmente dirigia seu olhar fixo e feroz ao auditor, com uma combinação de intensidade e desdém, uma expressão mais de fome que de qualquer coisa, como se o auditor fosse uma comida, mas não exatamente a comida certa. Há algumas crianças pequenas que você simplesmente vê que vão crescer e se tornar adultos amedrontadores — esse bebê já era assustador agora. Era lúgubre e desconcertante ver uma coisa que mal tinha um rosto humano de verdade naquele momento adotar mesmo assim uma expressão feroz, intimidadora, quase acusatória. Da minha própria parte, eu tinha abandonado qualquer ideia de cair nas graças do sr. Manshardt através do seu bebê desde muito cedo. Para ser sincero, eu temia que Gary Manshardt percebesse meu medo e o quanto eu não gostava do bebê através de algum misterioso e oculto radar parental.

A área de itens pessoais de sua mesa estava forrada de fotos do bebê do sr. Manshardt — num tapetinho, recém-nascido na ala obstétrica, de bota e com um casaquinho de capuz, acocorado e nu com um balde vermelho e uma pá, na praia, e assim por diante — e em todas as fotos o bebê evocava ferocidade. Sua presença parecia não interferir com os deveres burocráticos de Manshardt, que eram na sua maioria administrativos e requeriam muito menos concentração pura que o trabalho do próprio Grupo de Auditoria. Mas depois de iniciado o dia de trabalho o Gerente de Grupo parecia basicamente ignorar o bebê e ser ignorado por ele, em troca. Toda vez que eu entrava, por mais que tentasse não conseguia interagir com o bebê. O aparato indígena de náilon ficava pendurado num cabide perto do chapéu e do paletó do sr. Manshardt — ele preferia trabalhar em mangas de camisa, outro requinte permitido aos Gerentes de Grupo. Às vezes o escritório tinha um leve odor de talco ou de xixi. Eu não sabia quando o Gerente de Grupo trocava o bebê, ou onde, e evitava visualizar tudo que pudesse estar envolvido no processo, ou a expressão do bebê quando aquilo ocorria. Eu mesmo não conseguia me imaginar tocando o bebê ou sendo tocado por ele de alguma maneira.

Devido à estrutura administrativa das Células de Auditoria do Distrito 040(c), os Gerentes de Grupo também se revezavam como Funcionários Distritais de Recursos de 1ª Instância, o que exigia que o sr. Manshardt às vezes vestisse de novo o paletó do terno e descesse para um dos cubículos de auditagem do segundo andar, onde aflitos contribuintes ou seus representantes apresentavam suas objeções às conclusões de determinada auditoria. E como, de acordo com as especificações para Recurso diante das Conclusões do §601 da Declaração de Regras de Conduta do Serviço, o próprio auditor GS-9 jamais estava presente durante um Recurso de 1ª Instância, aquele Auditor se tornava a escolha lógica para ser abordado ou abordada em sua mesa pelo sr. Manshardt com um pedido para que levasse seu material de trabalho temporariamente para o escritório do Gerente de Grupo e ficasse de olho no bebê enquanto o sr. Manshardt lidava com o Recurso de 1ª Instância.

Com o passar do tempo, acabou chegando o dia em que houve um recurso contra as conclusões de uma das minhas auditorias quando o sr. Manshardt estava "na vez" de ser o Funcionário de Recursos do Posto. Por acaso, o recurso se referia a uma auditoria de campo que eu tinha passado quase oito dias úteis inteirinhos conduzindo na Flores Tudo Bem, uma pequena empresa familiar de tipo S especializada na composição e na entrega de buquês para festividades públicas e cujas deduções em Anexos A, E e G do Formulário 1120, para tudo que fosse de depreciação a deterioração de estoque e a compensações trabalhistas estavam tão grotescamente exageradas que me vi forçado — apesar de uma alergia terrível, que sempre tive — a auditar retroativamente os livros deles dos dois anos anteriores e a corrigir tanto o Anexo J quanto a Linha 33 da 1120 deles, pesadamente, a favor do Tesouro. Como a auditoria de campo veio diretamente de uma diretriz de Formulário 20 que saiu do Centro Regional de Análise, e como o agregado de ajustes, multas e juros estabelecido contra a Flores Tudo Bem podia muito bem exceder a capacidade de pagamento do contribuinte a não ser que se fizesse um acordo, o recurso mal chegou a causar surpresa ou susto, o sr. Manshardt me garantiu com o tom doce e generoso que caracterizava seu estilo de gerenciamento. Mas como a primeira instância seria no escritório do advogado da Flores Tudo Bem na DeKalb Street, no centro da cidade — como é de direito de certas categorias de auditados de campo conforme o §601 105 da SPR —, isso exigiria que o sr. Manshardt ficasse fora de seu posto por várias horas, o que por sua vez acarretaria que eu ia passar um extenso período no escritório do Gerente de Grupo na companhia de seu bebê feroz e amedrontador, que só poderia ir junto numa L-1 de campo se Manshardt e o representante legal do impetrador do recurso tivessem um longo histórico de relações cordiais, coisa que ele e o advogado[1] da Flores Tudo bem infelizmente, disse ele, não tinham.

Os escritórios dos Gerentes de Grupo eram os únicos postos de trabalho totalmente fechados dos escritórios de terceiro andar da Célula de Auditorias, e têm portas, o que concede o luxo da privacidade. Mas os escritórios não são grandes, tendo o de Manshardt talvez no máximo uns dois metros e meio por dois e meio, com grandes janelas de vidro jateado em duas paredes — ficando estas dos lados que não davam para as paredes estruturais, de arrimo, do prédio do Distrito —, um cabide duplo de bronze para casacos, uma bandeira dos EUA e uma com o selo e o lema do Serviço no complexo mastro que ficava a um canto, além de retratos emoldurados tanto do Comissário de Receita do Três-Meias quanto do nosso Comissário Regional na cidade. Em contraste com as mesas de metal impessoais e entulhadas do Grupo de Auditoria, a mesa com textura de madeira de Gary Manshardt, com seu conjunto Tingle de bandejas e caixinhas, ocupava quase todo o espaço do escritório não cedido ao bebê, além do fato de que havia ali um dos grandes cavaletes para múltiplas exposições em que os Gerentes de Grupo mantinham o registro tanto da carga de trabalho atual de seus auditores quanto, num código Charleston determinado pelo DD, e que não enganava ninguém,[2] o total de casos, ajustes

---

1 (na verdade uma mulher, judia)
2 As cotas de produtividade são uma realidade no Serviço. Não é difícil entender esse fato. Diante da existência de numerosas e repetidas declarações públicas em sentido contrário, dadas por funcionários de alto escalão do Três-Meias, contudo, tais cotas internas precisam ser mantidas e registradas em código. Ao mesmo tempo, os administradores consideram o conhecimento de tais cotas um precioso incentivo de desempenho, o que é motivo do Departamento de Adimplência determinar e autorizar o uso de códigos internos que são ridiculamente familiares para quase todos os auditores. O código Charleston, em que C representa o número 0 e H representa o número 1, pontinho, pontinho, pontinho, até o N que representa o 9, é hoje em dia fundamentalmente empregado por varejistas que usam um sistema perpétuo de inventário que precisa incluir o custo declarado dos bens em cada registro de transação. Assim, a etiqueta com o preço no varejo de determinado item em, digamos, um supermercado rural IGA vai incluir tanto o preço no varejo em dígitos quanto o preço do distribuidor por unidade ou no sistema CGS em código Charleston, normalmente na parte inferior da etiqueta. Assim, qualquer pessoa que conheça o código pode determinar a partir, digamos, de um preço no varejo de $1,49 e de um minúsculo TE abaixo dele, que a margem de lucro por unidade aqui é de quase 100% e que o supermercado IGA onde ele faz suas compras ou está disposto a lhe arrancar os olhos da cara ou tem despesas de funcionamento extraordinárias, que possivel-

e deficiências verificadas de cada GS-9 até aquele momento do trimestre. O ar-condicionado era bom.

No entanto eu agora me dou conta de que nada disso tem relevância direta para a questão, que em resumo é: imaginem minha surpresa e minha frustração quando levei minha pasta, meu fantoche de dobermann, a plaquinha de mesa com o meu nome, chapéu, itens pessoais, caderno do Serviço, pasta sanfonada de papelão com os cartões holerite, impressos M1, Memorandos 20, Formulários 520 e 1120, formulários em branco e pelo menos duas pastas grossas de análises e formulários de solicitações de recibos para o escritório do Gerente de Grupo, e — olhando o menos possível para o ameaçador bebê de Gary, que ainda estava com seu babador do almoço e de pé/sentado em sua estação de recreação de plástico circular gengivando uma argola cheia de líquido de um modo que só posso descrever como determinado ou contemplativo — estava apenas começando a conseguir recuperar a concentração para organizar uma lista preliminar de solicitações de recibos e documentação abonatória de um comerciante que fabricava e instalava alças temperadas numa linha de baldes galvanizados para a Midstate Galvanics Co. de Danville quando ouvi o som inequivocamente adulto de uma garganta sendo limpa, ainda que num tom extremamente alto, como que provindo de um adulto que acabasse de inalar o hélio de um balão decorativo. O bebê, como a esposa de Gary Manshardt, era ruivo, embora no caso do bebê sua extrema palidez e o amarelo-claro de seu pijama ou macacão — ou sabe lá como é que se chama exatamente a roupinha felpuda de corpo inteiro que os bebês de hoje em dia costumam usar — fizessem seus finos tufos e espirais de cabelo parecerem, sob a intensa luz do escritório, da cor de sangue envelhe-

---

mente envolvem dívidas mal negociadas — problema comum no gerenciamento de cadeias de supermercados no Meio-Oeste. Por outro lado, uma vantagem do código Charleston é que inflacionar o Custo das Mercadorias Vendidas no Anexo A é uma das formas mais comuns e eficientes de uma franquia varejista maquiar seus números na Linha 33, especialmente se o varejista emprega um tipo de código para o sistema CGS e seu distribuidor usa outro para o que recebe dele — e quase todos os distribuidores usam um código PIS de base oito, muito mais sofisticado. É por isso que tantas auditorias empresariais de grande porte se coordenam para analisar todos os vários níveis da cadeia de fornecimento de maneira simultânea. Essas auditorias coordenadas são conduzidas pelo Regional, normalmente empregando analistas GS-13 especialmente escolhidos no Centro Regional de Análise; nós não fazemos essas auditorias no nível do Distrito.

cido, e seus olhos azuis concentrados parecerem agora quase desprovidos de pupilas; e, para completar o inusitado horror da situação, o bebê tinha posto de lado seu mordedor — de maneira bem cuidadosa e deliberada, como um homem punha de lado um processo sobre a mesa depois de encerrado seu trabalho e de estar pronto para concentrar sua atenção em outro —, que ficou ali úmido e brilhante perto de uma mamadeira cheia do que parecia ser suco de maçã e ter colocado suas mãozinhas minúsculas adultamente diante do corpo sobre o plástico azul berrante de sua estação de recreação,[3] exatamente como o sr. Manshardt ou o sr. Fardelle ou qualquer outro Gerente de Grupo ou membro da equipe sênior do Diretor Distrital faria, pondo as mãos diante de si sobre a mesa para demonstrar que você e o assunto que te levava ali agora iriam receber toda a atenção dele, e limpou a garganta de novo — pois de fato foi ele, o bebê, que, como qualquer outro GG, tinha limpado a garganta de maneira cheia de expectativa para chamar minha atenção e ao mesmo tempo de alguma maneira sutil me repreender por ele ser obrigado a fazer alguma coisa para chamar minha atenção, como se eu estivesse sonhando acordado ou mergulhado em digressões mentais que me afastassem do assunto em tela — e, olhando ferozmente para mim, disse — sim, disse, com uma voz aguda e desprovida de consoantes, mas ainda assim inconfundível...

"E então?"

Agora parece provável que no começo tenha sido meu choque, minha por assim dizer sem nortidade por ter sido abordado de maneira tão adulta por um bebê de fralda e pijaminha encharcado de baba, que me levou a responder de forma tão automática quanto eu responderia a qualquer "E então?" cheio de expectativa que me viesse de um superior no Serviço, funcionando, por assim dizer, no piloto automático:

"O quê?", eu disse, enquanto nos encarávamos por sobre nossas superfícies respectivamente de textura de madeira e de um azul tétrico e por sobre o metro e meio de luz fluorescente no ar que nos separava, os dois com as mãos agora identicamente postas diante do corpo, o olhar do bebê ferozmen-

---

3 (eu observei que uma das ribanas elásticas de seu macacão amarelo de camurça estava encharcada de saliva e parecia, vários centímetros antebraço do bebê acima, mais escura que a do outro punho, coisa que o bebê parecia ignorar e que eu certamente não mencionei nem considerei como um assunto que devesse abordar)

te cheio de expectativas, ele com uma gotícula cremosa de muco que lhe surgia e voltava a se ocultar numa narina com sua respiração, olhando direto pra mim, pega-rapaz na testa como uma etiqueta ou um recibo do canhoto de uma registradora, olhos desprovidos de cílios, sem circunferência e sem fundo, lábios apertados como quem considera o procedimento a seguir, uma bolha em sua mamadeira de suco subindo lenta, calmamente rumo ao topo, o bico saliente ainda escuro e brilhante pelo uso recente. E o momento ficou ali no ar, entre nós, sem limites e expandido, meu próprio impulso de limpar a garganta bloqueado apenas por medo de parecer impertinente — e foi nesse intervalo aparentemente infinito e cheio de expectativa que pude ver que me submetia ao bebê, que o respeitava e lhe concedia plena autoridade, portanto esperei, paciente, nós dois naquele reduzido escritório paterno desprovido de sombras, já com a certeza de ser, doravante, um joguete daquela coisinha branca e amedrontadora, seu instrumento ou ferramenta.

§36

Toda pessoa plena tem ambições, objetivos, metas, projetos. O objetivo desse menino em particular era tocar com os lábios cada centímetro quadrado de seu próprio corpo.

Os braços até os ombros e a maior parte das pernas, abaixo dos joelhos, foram brincadeira de criança. Mas depois dessas áreas de seu corpo a dificuldade aumentou com a abruptude de uma plataforma continental. O menino veio a entender que esperavam por ele desafios inconcebíveis. Tinha seis anos de idade.

Pouco há para dizer sobre o ímpeto ou causa motriz do desejo do menino de tocar com os lábios cada centímetro quadrado de seu próprio corpo. Ele um dia ficou preso em casa, com asma, uma manhã chuvosa e prolongada, aparentemente folheando um pouco do material promocional do pai. Partes desse material sobrevieram ao incêndio que acabou acontecendo. Achavam que a asma do menino era congênita.

A área externa do pé, abaixo e em torno do maléolo lateral, foi a primeira a requerer contorções mais sérias (o menininho na época pensava no maléolo lateral como aquela bolinha esquisita no tornozelo). A estratégia, como ele a entendia, era se dispor no piso acarpetado de seu quarto com a parte interna do joelho no chão e a perna e o pé num ângulo o mais próximo dos noventa graus em relação à coxa que ele podia, àquela altura, conseguir. Depois tinha que se inclinar de lado tanto quanto pudesse, curvando-se sobre o tornozelo torcido e a parte externa do pé, girando o pescoço para fora e para baixo e se esforçando, com lábios plenamente estendidos (a ideia que naquele momento o menino fazia de lábios plenamente estendidos consistia no bico exagerado que representava um beijo nos desenhos infantis) na direção de uma seção da parte externa do pé que tinha marcado com um alvo de tinta solúvel, lutando para respirar contra a pressão dextrógira das costelas, alongando-se cada vez mais para o lado, numa manhã bem cedo, até sentir um estalo choco na parte de cima das costas e então uma dor inominável em algum lugar entre a omoplata e a coluna. O menino não gritou nem chorou, ficou apenas sentado nessa postura torturada até que o fato de ele não aparecer para o café da manhã levou seu pai ao andar de cima, à porta do quarto. A dor e a consequente dispneia tiraram o menino da escola por mais de um mês. Pode-se apenas imaginar o que um pai deve ter pensado de uma lesão como essa num menino de seis anos.

A quiroprática do pai, a dra. Kathy, conseguiu aliviar os mais graves sintomas imediatos. Mais importante, foi a dra. Kathy quem apresentou ao menino os conceitos de espinha-como-microcosmo, de higiene espinal, de eco postural, incrementalismo e flexão. A dra. Kathy cheirava vagamente a funcho e parecia totalmente aberta, disponível e boa. O menino se deitava de bruços numa mesa acolchoada alta e acomodava o queixo num copinho. Ela manipulava a cabeça dele muito delicadamente, mas de uma maneira que parecia fazer coisas acontecerem pela coluna do menino abaixo. Suas mãos eram fortes e macias e quando ela apalpava as costas do menino ele sentia como se ela estivesse fazendo perguntas às costas dele e ao mesmo tempo respondendo todas. Ela tinha cartazes nas paredes com imagens ampliadas da coluna humana, de músculos, fáscias e feixes nervosos que cercavam a espinha e se ligavam a ela. Não havia nenhum pirulito à vista. Os exercícios específicos de alongamento que a dra. Kathy passou ao menino eram para o *splenius capitis*, o *longissimus cervicis* e as profundas bainhas musculares e nervosas que cercavam as vértebras T2 e T3 do menino, que eram o que ele tinha machucado. A dra. Kathy tinha óculos de leitura pendurados num colar e uma blusa verde de abotoar que parecia feita inteiramente de pólen. Dava para ver que ela falava com todo mundo da mesma maneira. Instruiu o menino a fazer os exercícios de alongamento todos os dias e a não deixar que o tédio ou uma redução da sintomatologia o impedisse de realizar os exercícios reabilitativos de maneira disciplinada. Disse que a meta a longo prazo não era o alívio do desconforto atual, mas a saúde e a higiene neurológicas e uma integridade corporal que ele um dia agradeceria muito, muito mesmo. Para o pai do menino, a dra. Kathy receitou um relaxante fitoterápico.

Assim, foi a dra. Kathy quem apresentou formalmente ao menino tanto o alongamento gradual quanto a ideia adulta da disciplina cotidiana silenciosa e do progresso rumo a uma meta de longo prazo. Isso se provou um acaso feliz. Durante suas cinco semanas de incapacidade devida a uma vértebra T3 em subluxação — por vezes com tanto desconforto que nem seu inalador conseguia minorar a asma que atacava sempre que ele sofria de dores ou aflições — o entusiasmo alegre da infância tinha sido substituído no menino pela percepção de que o objetivo de pressionar com os lábios cada centímetro quadrado de si próprio demandaria o máximo esforço, disciplina e um comprometimento a ser mantido por períodos de tempo que ele, então (por causa de sua idade), nem conseguia imaginar.

Uma coisa que a dra. Kathy se deteve para mostrar ao menino foi um modelo tridimensional completo de uma espinha humana que não tinha sido alvo de quaisquer cuidados reais ou significativos. Ela parecia escura, entortada, necrótica e triste. Seus tubérculos e tecidos moles estavam inflamados, e o *annulus fibrosus* de seus discos tinha a cor de um dente ruim. Na parede atrás desse modelo ficava uma placa ou um cartaz com letras manuscritas que explicava o que a dra. Kathy gostava de dizer que eram os dois tipos diferentes de pagamentos feitos à espinha e aos nervos associados, que eram *Agora* e *Depois*.

Quase todos os contorcionistas profissionais são na verdade simplesmente pessoas que nasceram com problemas congênitos de atrofia ou distrofia dos grandes *recti* ou com uma aguda flexão lordótica da coluna lombar, ou ambas as coisas. A maioria exibe o sinal de Chvostek ou outras formas de espasticidade ipsilateral. Há muito pouco esforço ou aplicação envolvidos na sua "arte", portanto. Em 1932, estudiosos britânicos do misticismo tâmil documentaram uma pré-adolescente taiwanesa que era capaz de inserir pela boca e no esôfago os dois braços até o ombro, uma perna até a virilha e a outra perna até logo acima da patela, e que assim era capaz de rodopiar sem auxílio sobre o joelho oralmente protrusivo em velocidades superiores a 300 rpm. O fenômeno da suifagia (i.e., "autoengolimento") foi posteriormente identificado como uma forma rara de alotrieugesia de inanição, quase sempre causada por deficiências de cádmio e/ou zinco.

As regiões internas das coxas do menininho até o entroncamento medial da virilha custaram meses só de preparação, horas diariamente consumidas de pernas cruzadas e em postura curvada, lenta e progressivamente alongando as compridas fáscias verticais das costas e do pescoço, o *spinalis thoracis* e o *levator scapulae*, o *iliocostalis lumborum* até o sacro e aos densos e intransigentes *gracilis*, *pectineus* e *adductor longus* da parte interna da coxa, que se fundem abaixo do triângulo de Scarpa e transmitem uma dor nauseante através do púbis sempre que se excede seu limite de flexibilidade. Caso alguém tivesse visto o menino durante essas sessões de duas, três horas, colocando as solas dos pés juntas e puxando-os para dentro para treinar o *pectineus*, oscilando um pouco e depois sustentando uma profunda inclinação com as pernas cruzadas para exercitar a grande e tensa camada de fáscias toracolombares que ligavam a pélvis à região dorsal, ele lhe teria parecido ou um devoto em oração ou um catatônico, ou ambas as coisas.

Quando os alvos anteriores das coxas tinham sido atingidos e tocados com um ou os dois lábios, as porções superiores da genitália foram simples e foram protrusivamente beijadas e deixadas para trás enquanto já se concebiam os planos para o ílio e a região externa das nádegas. Depois dessas conquistas viriam as contorsões mais difíceis e que mais exigiriam do pescoço, necessárias para atingir as regiões internas das nádegas, o períneo e a parte mais interna da virilha.

O menino tinha completado sete anos.

O lugar especial em que ele perseguia esse objetivo estranho mas agora recém-amadurecido era seu quarto, que tinha um papel de parede com repetidos motivos de floresta. A janela do quarto no segundo andar se abria para uma vista da árvore do quintal. A luz do sol atravessava a árvore em ângulos e intensidades diferentes em diferentes momentos do dia e iluminava partes diferentes do menino que se detinha de pé, sentado, inclinado ou deitado no carpete do quarto se alongando e sustentando posições. O carpete do quarto era de um branco felpudo, com uma aparência polar e esfiapada que o pai não achava que combinasse bem com o esquema repetido nas paredes, de tigre, zebra, leão, palmeira; mas o pai guardava suas opiniões para si próprio.

O aumento radical do alcance protrusivo dos lábios requer o exercício sistemático das fáscias maxilares, tais como o *depressor septi*, *orbicularis oris*, *depressor anguli oris*, *depressor labii inferioris* e os grupos *buccinator*, *circumoral* e *risorius*. Há um envolvimento superficial de músculos zigomáticos. Práxis: prender barbante a um botão de pelo menos 4 cm de diâmetro, emprestado da segunda melhor capa de chuva do pai; colocar o botão sobre dentes frontais superiores e inferiores e cobrir com os lábios; segurar o barbante até sua extensão total num ângulo de 90° em relação ao plano do rosto e puxar pela ponta com força gradualmente maior, usando os lábios para resistir à força; manter por vinte segundos; repetir; repetir.

Às vezes o pai se sentava no chão do lado de fora do quarto do menino, com as costas apoiadas na porta. Não se sabe bem se o menino alguma vez chegou a ouvi-lo tentando escutar ruídos de movimentos dentro do quarto, embora a madeira da porta às vezes fizesse um ruído rangente quando o pai se encostava nela ou voltava a se levantar no corredor ou mudava de posição, ali sentado, encostado na porta. O menino estava lá dentro se esticando e sustentando posições contorcidas por períodos de tempo extraordinariamente longos. O pai era um homem algo nervoso, com um comportamento apressado, irrequieto, que sempre lhe dava um ar de iminente partida. Tinha diversas atividades empreendedorísticas e estava quase sempre na correria. O lugar que ele ocupava nos álbuns mentais da maioria das pessoas era provisório, cercado por alguma coisa como uma linha pontilhada — a imagem de alguém que diz algo agradável por sobre o ombro enquanto se dirige para a saída. A maioria dos clientes achava que o pai os deixava nervosos. Era ao telefone que ele funcionava melhor.

Aos oito anos de idade, o objetivo de longo prazo da criança estava começando a afetar seu desenvolvimento físico. Seus professores perceberam mudanças em sua postura e em seu andar. O sorriso do menino, que a essa altura parecia constante por causa dos efeitos da hipertrofia circunlabial na musculatura circum-oral, parecia também incomum, rígido e extra-amplo, e de uma aparência, de acordo com a avaliação de uma professorinha, "que não era deste mundinho de meu Deus".

Fatos: o estigmatista italiano Padre Pio exibiu chagas que lhe atravessam a mão esquerda e os dois pés, centralmente, durante toda a vida. Santa Verônica Giuliani, da Úmbria, apresentava chagas numa das mãos, assim como em seu flanco, que se podia observar abrir, as chagas, e fechar conforme ela ordenasse. A beata do século XVIII Giovanna Solimani permitia que peregrinos inserissem chaves especiais nas chagas de suas mãos e as girassem, o que segundo os relatos propiciava que aqueles clientes se recuperassem de seu próprio desespero racionalista.

Segundo tanto são Boaventura quanto Tomás de Celano, os estigmas manuais de são Francisco de Assis incluíam massas baculiformes do que parecia ser carne negra endurecida em extrusão a partir dos dois planos volares. Se e quando aplicava-se pressão a um dos supostos "cravos" nas palmas das mãos, um pino de carne negra endurecida se projetava na hora das costas da mão, bem exatamente como se um suposto cravo real estivesse atravessando a mão.

E no entanto (fato): as mãos não têm a massa anatômica necessária para sustentar o peso de um humano adulto. Tanto textos jurídicos romanos quanto a análise contemporânea de esqueletos do século I confirmam que a crucifixão clássica exigia que os cravos fossem pregados nos pulsos, não nas mãos, da vítima. Donde as, entre aspas, "necessariamente simultâneas verdade e falsidade dos estigmas" que o teólogo existencialista E. M. Cioran explica em seu *Lacrimi și Sfinți*, o mesmo trabalho em que se refere ao coração humano como "a chaga aberta de Deus".

Somente algumas áreas das seções medianas do menino, do umbigo ao processo xifoide na cesura das costelas, ocuparam dezenove meses de exercícios posturais e de alongamento, e alguns deles, os mais radicais, devem ter sido insanamente dolorosos. Nesse estágio, os avanços em flexibilidade eram agora sutis a ponto de serem detectáveis apenas com um registro diário extremamente acurado. Certos limites tênseis dos ligamentos da flava, da cápsula e do processo, do pescoço e da parte superior das costas foram delicada mas persistentemente alongados, o queixo do menino postado no peito e na seção mediana do esterno (pontilhada e flechada com marcas solúveis) e então deslizando aos poucos para baixo — 1, às vezes 1,5 mm por dia — e essa postura catatônica e/ou meditativa sendo sustentada por uma hora ou mais.

No verão, durante sua rotina do começo da manhã, a árvore diante da janela do menino se enchia de gralhas e fervilhava de gralhas que iam e vinham; depois, à medida que o sol se levantava, a árvore se enchia dos sons ríspidos, rascantes dos pássaros que enquanto o menino ficava sentado de pernas cruzadas com o queixo no peito soavam pelo vidro como parafusos enferrujados girando, algo complexamente emperrado que se liberava com um ganido. Para além da árvore da face sul ficava a perspectiva dos telhados da vizinhança, o hidrante de incêndio, a placa de trânsito de um entroncamento em cruz e os quarenta e oito telhados idênticos e de águas baixas de um conjunto suburbano depois da rua em cruz, e, para além do conjunto, bem no horizonte, a orla dos milharais verdejantes que começavam nos limites da cidade. No fim do verão o verde dos campos era mais amarelado, e depois, no outono, havia apenas o triste restolho e no inverno a terra nua dos campos parecia apenas o que ela era.

Na sua escola primária, com o comportamento exemplar do menino, suas tarefas entregues e seu progresso plotado no ápice medial de todas as curvas relevantes, ele era, entre os colegas, o tipo de figura social tão marginalizada que não chegava nem a sofrer provocações. Já na terceira série o menino tinha começado a se desenvolver fisicamente de formas incomuns como resultado de seu comprometimento com o objetivo; mesmo assim, algo em seu aspecto ou em seu porte servia para que ele fosse colocado fora dos limites da crueldade escolar. O menino seguia as regras em sala de aula e tinha desempenho satisfatório nos trabalhos em grupo. As avaliações escritas de sua socialização descreviam o menino nem tanto como arredio ou reservado, mas "calmo", "anormalmente equilibrado" e "autocontido [sic]". O menino não causava problemas nem satisfação e não chamava muita atenção. Não se sabe se isso o aborrecia. A imensa maioria de seu tempo, de sua energia e de sua atenção era entregue ao objetivo de longo prazo e às disciplinas cotidianas dele decorrentes.

* * *

E também jamais se estabeleceu com precisão por que esse menino se devotou ao objetivo de tocar com os lábios cada centímetro quadrado de seu próprio corpo. Não há nem mesmo a clareza de que ele concebesse seu objetivo como uma "realização" em qualquer sentido convencional. Ao contrário do pai, ele não tinha lido *Acredite se quiser* e jamais havia sequer ouvido falar dos irmãos McWhirter — certamente não se tratava de alguma proeza física exibicionista. Nem de qualquer tipo de autoevecção; isso foi comprovado; o menino não tinha o desejo consciente de "transcender" nada. Se alguém tivesse perguntado, o menino teria dito que apenas tinha decidido tocar com os lábios todo e qualquer micrômetro quadrado de seu próprio corpo individual. Não teria sido capaz de dizer mais que isso. Conceitos ou concepções referentes à sua própria "inacessibilidade" física a si mesmo (como somos todos inacessíveis a nós mesmos e podemos, por exemplo, tocar com os lábios partes uns dos outros que sequer podemos alcançar, labialmente, em nós mesmos) ou sobre a completa determinação do menino de ao que parece atravessar aquele véu de inacessibilidade — de ser, de certa forma pueril, autocontido e -suficiente —, essas coisas estavam além do escopo de sua consciência. Ele, afinal, era só um menininho.

Os lábios dele tocaram as aréolas superiores de seus mamilos esquerdo e direito no outono de seu nono ano. Os lábios a essa altura eram marcadamente grandes e protrusivos; parte de sua rotina diária eram exercícios monótonos de botão e barbante concebidos para promover a hipertrofia dos músculos orbiculares. A capacidade de estender os lábios em forma de bico em até 10,4 centímetros, tinha muitas vezes sido a diferença entre atingir certas partes de seu tórax e não. Foram também os músculos orbiculares, mais que qualquer destacado avanço na flexão vertebral, que permitiram que ele acessasse as regiões posteriores do escroto e porções substanciais da pele com textura de papel em torno do ânus antes de seu nono aniversário. Essas áreas tinham sido tocadas, marcadas nas cartas de quatro lados dentro de seu caderno pessoal e depois lavadas para retirar a tinta e esquecidas. A tendência do menino era esquecer cada ponto depois de tê-lo tocado com os lábios, como se o estabelecimento de sua acessibilidade tornasse o ponto dali por diante irreal para ele, e o ponto agora de certa forma existisse apenas na carta anatômica de quatro faces.

Plena e refinadamente reais para o menino em seu décimo primeiro ano de vida, contudo, continuavam sendo as partes de seu torso que ainda não havia tentado tocar: áreas do peito acima do *pectoralis minor* e da parte inferior da garganta entre a clavícula e o platisma superior, assim como os planos e trechos lisos e infindos das costas (à exceção das porções laterais do trapézio e do deltoide posterior, que tinha alcançado aos oito anos e meio) que subiam a partir das nádegas.

Quatro médicos documentados e licenciados aparentemente testemunharam que os estigmas da mística bávara Therese Neumann compreendiam estruturas dermais corticadas que passavam medialmente por suas mãos. A capacidade adicional de Therese Neumann para a inédia foi atestada por escrito por quatro freiras franciscanas que se revezaram para cuidar dela entre 1927 e 1962 e confirmaram que Therese viveu por quase trinta e cinco anos sem nenhum tipo de comida ou de líquido; sua única evacuação registrada (12 de março de 1928) foi laboratorialmente analisada e se confirmou que continha apenas muco e bile empireumática.

Um místico bengali conhecido por seus seguidores como "Prahansatha II" passava por períodos de canto meditativo durante os quais seus olhos deixavam as órbitas e ascendiam para flutuar acima de sua cabeça presos apenas por seus ligamentos de dura-máter e em seguida exibiam (i.e., os olhos flutuantes exibiam) movimentos rotatórios rítmicos estilizados que testemunhas ocidentais descreveram como algo que evocava Shivas dançantes de quatro rostos, serpentes encantadas, hélices genéticas entrelaçadas, as órbitas contrapontísticas em formato de 8 da Via Láctea e da galáxia de Andrômeda em torno uma da outra no perímetro do Grupo Local, ou todas essas quatro coisas (supostamente) ao mesmo tempo.

Estudos de algesia humana determinaram que as estruturas musculoesqueletais mais sensíveis a estímulos de dor são: o periósteo e as cápsulas articulares. Tendões, ligamentos e ossos subcondrais são classificados como *significativamente* sensíveis à dor, enquanto a sensibilidade de músculos e de ossos corticais foi considerada *moderada,* e a das cartilagens articulares e fibrocartilagens, *leve.*

A dor é uma experiência integralmente subjetiva e portanto "inacessível" como objeto de diagnóstico. Considerações referentes a tipos diferentes de personalidade também complicam a avaliação. Como regra geral, no entanto, o comportamento observável do paciente que sente a dor pode fornecer uma medida de (a) a intensidade da dor e (b) a capacidade do paciente de suportar aquela dor.

Falácias comuns concernentes à dor incluem:

- Pessoas que estejam gravemente doentes ou feridas sempre sentem dores intensas.
- Quanto maior a dor, maior a extensão e a severidade dos danos que a geraram.
- Uma dor crônica severa é sintoma de doença incurável.

Na verdade, pacientes que estão doentes de modo crítico ou gravemente feridos nem sempre sentem dor intensa. Nem a intensidade observada da dor é diretamente proporcional à extensão ou à severidade dos danos; a correção depende também de estarem ou não intactos e funcionais nos parâmetros para eles estabelecidos os "caminhos da dor" do sistema espinotalâmico anterolateral. Além disso, a personalidade de um paciente neurótico pode acentuar a percepção da dor, e uma personalidade estoica ou resiliente pode diminuir a intensidade registrada da dor.

Ninguém jamais perguntou a ele. Seu pai achava apenas que tinha um filho excêntrico mas muito ágil e flexível, uma criança que tinha levado a sério as homilias de Kathy Kessinger sobre higiene espinhal como algumas crianças levam a sério as coisas, e agora passava muito tempo flexionando e flexibilizando corpo, o que em termos dos estranhos caminhos dos corações das crianças era melhor que muitas outras fixações perdidas ou danosas em que o pai conseguia pensar. O pai, um empreendedor que vendia fitas motivacionais por reembolso postal, trabalhava em casa mas vivia se ausentando para seminários e misteriosas vendas noturnas. A casa da família, que tinha face oeste, era alta, estreita e contemporânea; parecia a metade de um sobrado geminado de que a outra metade tivesse sido subitamente removida. Era coberta de painéis de alumínio cor de oliva e ficava num beco sem saída em cuja extremidade norte havia uma entrada lateral para o terceiro maior cemitério do condado, cujo nome estava entrelaçado no ferro que cobria o portão principal, mas não aquela entrada lateral. A palavra em que o pai pensava quando pensava no menino era: *cioso*, o que surpreendia o homem, por se tratar de uma palavra algo antiquada e por ele nem imaginar de onde ela surgia quando pensava nele ali, quando sentava encostado na porta.

A dra. Kathy, que às vezes recebia o menino para contínuos ajustes profiláticos de suas vértebras, facetas e *rami* anteriores vertebrais, e não era doida nem nenhuma charlatã com consultório em shopping center, mas simplesmente uma quiroprática que acreditava na interpenetrante dança de espinha, sistema nervoso, espírito e cosmos como totalidade — no universo como um sistema infinito de conexões neurais que tinha evoluído para formar, em seu ponto mais alto, um organismo capaz de ter consciência ao mesmo tempo tanto de si próprio quanto do universo, de modo que o sistema nervoso humano se tornasse a forma que o universo tinha de ser consciente e assim "acessível [para]" si próprio —, a dra. Kathy acreditava que seu paciente era um menino muito calado e voltado para si próprio que tinha respondido a uma traumática subluxação da T3 com um comprometimento com a higiene espinhal e a integridade neuroespiritual que podia muito bem ser sinal de um dom para a quiropraxia como carreira um dia. Foi ela quem deu ao menino seus primeiros manuais de alongamento, comparativamente simples, além de exemplares dos famosos diagramas neuromusculares de B. R. Faucet (©1961, Los Angeles College of Chiropractic) que o menino usou como fonte para sua carta de papelão de quatro faces que ficava como guardiã de sua cama sem travesseiro enquanto ele dormia.

A crença do pai na ATITUDE como o sobejo determinante da ALTITUDE era algo inabalável desde sua própria adolescência, tempo constrangedor durante o qual descobriu as obras de Dale Carnegie e da Fundação Willard e Marguerite Beecher, tendo utilizado essas filosofias práticas para ampliar sua própria autoconfiança e melhorar sua posição social — essa posição, assim como todos os contatos e incidentes interpessoais que serviam como evidências dela, era plotada semanalmente em mapas e gráficos exibidos para referência mais fácil na parte interna da porta do closet de seu quarto. Mesmo quando um adulto provisório e secretamente torturado, o pai ainda trabalhava de maneira incessante para manter e melhorar sua atitude e assim influenciar sua própria altitude no que se referia a realizações pessoais. No espelho do armário do banheiro da casa, por exemplo, onde não podia deixar de relê-las e internalizá-las enquanto cuidava de sua aparência, estavam grudadas com fita adesiva máximas inspiradoras como:

"PÁSSARO ALGUM VOARÁ ALTO DEMAIS, SE VOAR COM SUAS PRÓPRIAS ASAS — *BLAKE*"

"SE ABDICARMOS DE NOSSA INICIATIVA, TORNAMO-NOS PASSIVOS — VÍTIMAS RECEPTIVAS DAS CIRCUNSTÂNCIAS QUE NOS ACOMETAM — *FUNDAÇÃO BEECHER*"

"OUSE REALIZAR! — *NAPOLEON HILL*"

"OS COVARDES FOGEM SEM QUE HAJA NINGUÉM A PERSEGUI-LOS — *BÍBLIA*"

"TUDO QUE PODES FAZER OU SONHAR, PODES COMEÇAR. A OUSADIA TEM SEU GÊNIO, SEU PODER E SUA MÁGICA. COMECE AGORA! — *GOSTHE*"

e assim por diante, dúzias ou às vezes até vintenas de citações e lembretes inspiradores, cuidadosamente impressos em letras maiúsculas em pequenas tiras de papel tamanho biscoito chinês e grudadas no espelho como lembretes escritos sobre a responsabilidade pessoal do pai pela altura de seus voos, por vezes tantas tirinhas e tantos pedaços de fita que só restavam umas poucas lacunas de espelho de verdade acima da pia do banheiro, e o pai tinha quase que se contorcer só para fazer a barba.

Quando o pai do menino, por outro lado, pensava em si próprio, a palavra que lhe vinha primeiro, sem ser solicitada, era sempre: *torturado*. Muito dessa tortura secreta — cujas causas ele considerava impossivelmente complexas e proteicas, envolvendo tanto impulsos sexuais masculinos normais quanto uma fraqueza pessoal extremamente anormal, que o fazia sempre dobrar a espinha — era na verdade de diagnóstico muito simples. Casado aos vinte anos com uma mulher sobre a qual sabia apenas uma coisa relevante, esse futuro pai tinha quase imediatamente achado entediantes e sufocantes as rotinas conjugais do casamento; e a sensação de monotonia e de obrigação sexual (em oposição à realização sexual) geraram nele um sentimento que ele achava que devia ser quase como a morte. Ainda recém-casado, começou a sofrer de terrores noturnos e a acordar de pesadelos em que se via em algum terrível confinamento, sentindo-se incapaz de se mexer ou respirar. A interpretação desses sonhos não requeria exatamente nenhum Einstein da psiquiatria, o pai sabia, e depois de quase um ano de luta interior e de complexa autoanálise ele desistiu e começou se encontrar sexualmente com outra mulher. Essa mulher, que o pai tinha conhecido num seminário motivacional, também era casada e também tinha uma criança pequena, e eles decidiram que isso estabelecia certos limites e restrições razoáveis para o caso entre os dois.

Em pouco tempo, contudo, o pai também começou a achar essa outra mulher algo tediosa e opressiva. O fato de viverem separados e terem muito pouco assunto para suas conversas começou a fazer o sexo parecer obrigatório. Isso acabava pondo peso demais no sexo físico, parecia, e estragava tudo. O pai tentou dar uma esfriada nas coisas e se encontrar menos com a mulher, quando então ela por sua vez também começou a parecer menos interessada e menos acessível do que antes. Foi aí que teve início a tortura. O pai começou a temer que a mulher fosse encerrar seu caso com ele para ou retomar o sexo monogâmico com o marido ou começar com outro homem. Esse medo, que era uma tortura completamente secreta e interior, fez com que ele perseguisse de novo a mulher, mesmo à medida que passava a desprezá-la cada vez mais. O pai, em resumo, queria se afastar da mulher, mas não queria que a mulher conseguisse se afastar dele. Começou a se sentir prostrado e até nauseado quando estava com essa outra mulher, mas quando ficava longe dela se sentia torturado ao pensar nela com outra pessoa. Parecia uma situação impossível, e os sonhos de contorcida sufocação voltaram, tornando-se cada vez mais frequentes. O único paliativo possível que o pai (cujo filho tinha acabado de completar quatro anos) encontrou foi não se afastar da mulher com quem tinha um caso, se manter firme ali, cumprindo seu dever para com aquele caso, mas também achar e começar a se encontrar com uma terceira mulher, em segredo e por assim dizer "por fora", para sentir — ainda que por um breve momento — o alívio e a empolgação de uma ligação escolhida de livre e espontânea vontade.

Assim começou o verdadeiro ciclo de tortura do pai, em que o número de mulheres com quem estava secretamente envolvido e com quem tinha obrigações sexuais se expandia de forma constante, e em que nenhuma das mulheres podia ser abandonada ou ter motivos para se afastar e acabar com o caso, mesmo à medida que cada uma delas ia se tornando cada vez mais a fonte de uma espécie de tédio cioso de energia e de tempo e da vontade de seguir em frente diante do desespero.

As regiões medianas e superiores das costas do menino foram as primeiras grandes áreas de indisponibilidade radical, talvez até impossível, a seus próprios lábios, apresentando desafios à flexibilidade e à disciplina que ocuparam grande porcentagem de sua vida interior na quarta e na quinta séries. E adiante, é claro, como as quedas-d'água no fim de um longo rio, ficavam as inconcebíveis perspectivas de alcançar a nuca, os oito centímetros logo abaixo da ponta do queixo, a gálea da parte de trás e do topo da cabeça, a testa e a região zigomática, as orelhas, o nariz, os olhos — assim como a paradoxal *Ding an sich* dos seus próprios lábios, cujo acesso parecia ser como pedir a uma lâmina que se cortasse. Esses pontos ocupavam um lugar quase mítico no plano geral: o menino os reverenciava de forma a colocá-los quase fora do alcance das intenções conscientes. Esse menino não era por natureza "preocupado" (ao contrário de si próprio, seu pai pensava), mas a inacessibilidade desses últimos pontos parecia tão imensa que era como se a sombra por eles projetada caísse sobre todo o lento progresso na direção da clavícula na frente e da curvatura lombar, por trás, que ocuparam seu décimo primeiro ano, escurecendo todo o projeto. Uma sombra tenebrosa que o menino escolhia ver como algo que dava à empreitada uma dignidade melancólica mais que qualquer espécie de futilidade ou páthos.

Ele ainda não sabia como, mas acreditava, ao se aproximar da puberdade, que sua cabeça lhe pertenceria. Encontraria uma forma de acessar-se por inteiro. Ele não tinha nada que alguém pudesse chamar de dúvida, por dentro.

§37

"Que parece ser um restaurante legal, lá isso parece."

"Parece bem legal."

"Eu mesmo nunca fui. Mas ouvi falar bem; uns caras da Administração. Eu fiquei a fim de dar uma olhada."

"..."

"E olha a gente aqui."

(Retirando o chiclete e embrulhando num lenço de papel retirado da bolsa.) "Ã-rāh."

"..."

"..."

(Faz detalhados ajustes no posicionamento dos talheres.) "..."

"..."

"Você acha que é muito mais fácil começar uma conversa com alguém que você já conhece bem do que com alguém que você nem conhece principalmente por causa de toda a informação previamente fornecida e das experiências comuns das duas pessoas que se conhecem bem, ou quem sabe porque é só com pessoas que a gente já conhece bem e sabe que conhece bem que a gente não precisa passar pelo processo mental superconstrangedor de subme-

ter tudo que a gente pensa em dizer ou mencionar como tópico de conversa leviana a uma análise crítica autoconsciente e a uma avaliação que consegue fazer tudo que a gente pensa em propor dizer pra outra pessoa parecer chato ou estúpido ou banal ou por outro lado quem sabe íntimo demais ou tenso?"
"..."
"..."
"Como foi que você disse que era o seu nome mesmo?"
"Russell. Russell ou às vezes 'Russ', se bem que pra ser sincero eu tenho uma preferência bem grande por Russell. Nada contra o nome Russ; só que eu nunca me acostumei direito com ele."
"Você tem uma aspirina aí com você, Russell?"

§38

Até a metade de 1987, as tentativas do IRS de chegar a um sistema integrado de dados tinham sido infestadas de bugs de sistema e de problemas, muitos deles exacerbados pelas tentativas do Departamento Técnico de economizar ao atualizar os equipamentos Fornix mais antigos de perfuração e análise de cartões para que eles pudessem lidar com os Power Cards de noventa e seis colunas em vez dos holerites originais de oitenta.[1]

[1] Por causa do volume pesado e basicamente ininterrupto de dados que o IRS processa, seus sistemas computacionais tiveram que ser construídos com o bonde andando e tinham que ser mantidos e atualizados da mesma maneira. A situação era análoga à da manutenção de uma estrada cujo alto volume de tráfego tanto demanda quanto dificulta uma manutenção séria (i.e., não há maneira de simplesmente fechar a estrada para consertar tudo de uma vez; não há como desviar aquele tráfego todo). Pensando a posteriori, teria no fim sido mais barato e mais eficiente fechar o Serviço inteiro por um breve período e transferir tudo para um sistema moderno e recém-instalado a partir de discos em todo o país. Só que na época isso parecia inimaginável, especialmente à luz da espetacular debacle do CRA de Rome, Nova York, em 1982, sob a pressão de um acúmulo de dados por processar. Então muitas correções e atualizações eram temporárias e parciais e, olhando a posteriori, insanamente ineficazes, p. ex. tentar aumentar o poder de processamento alterando equipamentos antiquados para acomodar cartões de computador ligeiramente menos antiquados (fora que os Power Cards tinham furos redondos em vez dos quadrados dos holerites, o que exigia tudo quanto era tipo de alteração violenta num equipamento Fornix que já era velho e frágil).

Um erro em particular tem relevância aqui. O sistema Cobol da Divisão de Recursos Humanos e Treinamento vinha há muito tendo problemas sérios com o que por vezes se chamava de "redundâncias fantasmas" no processamento das promoções de funcionários. O problema era mais do que nunca acentuado com o pessoal das análises em virtude dos seus índices anormalmente altos de evasão e de promoções entre os funcionários do CRA. Imagine, por exemplo, que o sr. Fulano D. Tahl, um analista GS-9 de molezas, foi promovido para o nível GS-11. O sistema então geraria uma ficha pessoal novinha em folha e portanto reconheceria duas fichas separadas para o que pareciam ser dois funcionários separados, o Fulano D. Tahl GS-9 e o Fulano D. Tahl GS-11, o que causava um tumulto e uma confusão tanto para o financeiro quanto para os protocolos de planejamento dos Sistemas, a médio prazo.

Como parte de uma estratégia multilateral de eliminar os bugs de programação em 1984, uma sub-rotina GO TO foi inserida em todas as seções FILE do sistema de recursos humanos: nos casos do que parecesse ser dois funcionários diferentes com o mesmo nome e o mesmo código de Posto do IRS, o sistema agora recebia a diretriz de apenas reconhecer o "Fulano D. Tahl" de nível GS mais alto.[2] Isso levou de modo mais ou menos direto ao sururu do Posto 047 do IRS em maio de 1985. Com efeito, David F. Wallace, GS-9, vinte anos, de Philo, IL, não existia; sua ficha tinha sido deletada ou absorvida pela de David F. Wallace, GS-13, trinta e nove anos, do CRA Nordeste de Rome, NY. Essa absorção ocorreu no mesmo instante em que o Formulário Regional de Transferência 140(c)-TR e o Formulário 141-LOT de lotação de David F. Wallace (i.e., do GS-13) foram gerados, instante a que dois administradores diferentes de sistemas nas regiões Nordeste e Meio-Oeste teriam que acabar

---

2 O que para um leigo pode parecer um problema óbvio causado por essa correção — i.e., a perda da capacidade do sistema de reconhecer e classificar rebaixamentos dentro do IRS — não era na verdade um grande problema, comparativamente, para os Recursos Humanos. O fato é que menos de ,002% dos funcionários do Internal Revenue Service acabam um dia rebaixados de nível funcional em razão em grande medida do poder coletivo de barganha da Associação Nacional de Funcionários do Tesouro. Com efeito, as condições e as barreiras burocráticas necessárias para um rebaixamento foram sendo gradualmente revigoradas até que na maioria dos casos elas não eram menos duras do que as necessárias para uma demissão por justa causa... embora essa seja em grande medida uma questão de somenos importância, mencionada apenas para evitar algumas possíveis confusões do leitor.

retornando via um total combinado de 2 110 000 linhas de código gravado para poder passar por cima da absorção pelo comando GO TO. Claro que tudo isso só foi explicado com algum grau de detalhamento para David F. Wallace (GS-9, anteriormente GS-13 — ou seja, o David F. Wallace de Philo, IL) muito mais tarde, depois que todo o pampeiro administrativo tinha acabado e que várias queixas bizarras tinham sido retiradas.

O problema não era, em outras palavras, que ninguém no escritório de Recursos Humanos e Treinamento do Centro Regional de Análise Meio-Oeste tivesse percebido que dois Davids F. Wallace estivessem com recepção e processamento previstos no CRA Meio-Oeste em dois dias consecutivos. O problema foi que o sistema computadorizado do escritório reconheceu — e gerou um Power Card e um Formulário de Protocolo de Processamento para — apenas um desses Davids F. Wallace, que o sistema ainda consolidou ao mesmo tempo como (a) o funcionário de nível mais alto que vinha transferido da Filadélfia e (b) o funcionário cuja chegada física estava prevista primeiro no sistema, esse último, a saber, o efebo de vinte aninhos de Philo, que o sistema também registrou, em outra consolidação de diferenças, como tendo chegado no voo CT 4130, partindo de Midway (em razão das informações referentes a bilhetes e viagens geradas como parte das especificações de chegada do Formulário 140(c)-TR) e não de ônibus Trailway, razão por que ninguém estava esperando para receber e cuidar do traslado do David F. Wallace supostamente de elite e precioso na rodoviária de Peoria no dia 15 de maio, e de o segundo (i.e., o "verdadeiro") David F. Wallace, que chegou no CRA em um táxi comercial ordinário no dia seguinte — táxi este que o outro David Wallace, mais velho, era evidentemente tão manso e passivo que nem foi registrado em sua consciência como possível caca do pessoal de transporte do CRA, pelo fato de seu nível e sua preciosidade merecerem um traslado especial com o seu nome numa plaquinha de papelão, ou até que ele pudesse pedir um reembolso, e que além de tudo chegou para uma transferência permanente e uma completa mudança de endereço com (de maneira quase inacreditável) toda sua vida contida apenas em uma malinha de mão — de aquele David Wallace mais velho, de elite e preciosíssimo, ter passado dois dias úteis inteirinhos com suas cópias xerocadas dos Formulários 141 e sua pastinha fuleira marrom primeiro nas filas da Estação de Processamento GS-13, depois nos guichês de Resolução de Problemas do saguão do prédio principal do CRA, depois sentado num canto do próprio saguão e depois no escritório da Segurança do corredor sudeste do Nível 2,[3] sentado ali com seu rosto neotênico sem nenhuma expressão e com o chapéu no colo, incapaz de sair daquela situação, já que obviamente o sistema de computadores da burocracia dizia que ele já tinha passado pelo Processamento e recebido sua Identidade e seu crachá do Posto 047 — e nesse caso onde é que estavam o crachá e a Identidade, um sujeito que só fazia bico ali na Segurança ficava lhe perguntando repetidamente toda vez que verificava o sistema, e se ele não tinha perdido então como era que não podia apresentar os documentos? e assim por diante.[4]

No Centro Nacional de Computação de Martinsburg, WV,[5] o problema

---

[3] (que, de novo, era na verdade o térreo do edifício principal)

[4] Provavelmente vale a pena mencionar dois outros bugs ou duas outras fraquezas sistêmicas ou seja lá o que for que contribuiu com o banzé de cuia todo e com minha recepção inicialmente equivocada no Posto 047. O primeiro problema era que, devido a limitações impostas pela reconfiguração de certos programas básicos para acomodar Power Cards de noventa colunas e furos redondos, as etiquetas de arquivo do sistema computadorizado só podiam acomodar a inicial do segundo nome de um funcionário, o que no caso de David Francis Wallace, transferência preciosa da Filadélfia, não foi o bastante para que ele se distinguisse no sistema de David Foster Wallace, contratado de baixo valor. O segundo problema, bem mais sério, era que os números originais de Seguro Social do pessoal do IRS (i.e., os números civis conferidos a eles na infância) são sempre deletados e substituídos em todo o sistema pelo novo número gerado pelo IRS que também serve como Identidade no Serviço. O número original de um funcionário fica "guardado" apenas na sua inscrição original com solicitação de emprego — inscrições essas que são sempre gravadas em microfilme e armazenadas no Centro Nacional de Registros, CNR esse que em 1981 estava espalhado por uma dúzia de anexos regionais e armazéns diferentes e era notoriamente mal gerenciado, desorganizado e ruim de entregar registros específicos em qualquer prazo decente. Fora que de qualquer maneira as etiquetas de arquivo do sistema de RH só acomodam um único número de SS, e esse há de obviamente ser o novo número iniciado por um "9" que funciona como número de Identidade dentro do Serviço. E como o 975-04-2012 que o novo David F. Wallace, ralé, recebe quando do Processamento Expresso era também o 975-04-2012 da Identidade do Serviço do David F. Wallace mais velho, elite, GS-13, os dois funcionários se tornaram, no que se referia ao sistema computadorizado do Serviço, a mesma pessoa.

[5] Pensando bem, agora fica claro que havia na verdade um terceiro problema sistêmico ainda mais grave, que era, antes de 1987, os sistemas computadorizados do Serviço estarem organizados no que se conhece como um modelo de integração de rede do tipo "Roda Ruim". De novo, há muitos detalhes arcanos e muita explicação — quase sempre envolvendo não apenas a situação de manutenção tentando-arrumar-uma-estrada-enquanto-ainda-se-permite-que-as--pessoas-transitem detalhada acima, mas também a qualidade fragmentária e ajambrada dos

de "consolidação de fantasmas" para funcionários com nomes idênticos tinha sido reconhecido já em dezembro de 1984 — em razão especialmente de uma zorra monstruosa que envolveu duas Marys A. Taylor no Centro Regional de Serviço Sudeste de Atlanta — e os programadores do Setor Técnico já estavam no processo de inserir uma sub-sub-rotina BLOCK e RESET que ignorava a sub-rotina GO TO para os trinta e dois sobrenomes mais comuns nos Estados Unidos: a saber, Smith, Johnson, Williams, Brown &c. Mas Wallace, segundo as cifras do Censo dos EUA de 1980,[6] era apenas o 104º sobrenome americano mais comum, lá no pé da lista, entre Sullivan e Cole; e qualquer *override* de uma GO TO que abrangesse mais de trinta e dois sobrenomes corria um risco estatisticamente significativo de reintroduzir o problema original da "redundância fantasma". Para resumir, o nome David F. Wallace caía numa zona estatística intermédia em que o bug de "consolidação fantasma" de-

---

sistemas cuja manutenção dependia de dotações orçamentárias anuais para o Ramo Técnico, que por vários motivos burocráticos/políticos flutuavam loucamente de um ano para outro — mas a questão dessa coisa da Roda Ruim era que a organização de rede do Ramo Técnico em meados dos anos 80 parecia uma roda com cubo mas sem aro. Em termos de interfaces de computador, tudo tinha que passar pelo NCC de Martinsburg. Uma transferência de dados do Centro Regional de Análise Meio-Oeste de Peoria para o QG Regional Meio-Oeste em Joliet, por exemplo, acarretava na verdade duas transferências separadas de dados, a primeira de Peoria para Martinsburg e a segunda de Martinsburg para Joliet. Os modems e as linhas reservadas de Martinsburg eram (para aquela época) de alta capacidade, em Bauds, e eficientes, mas ainda assim vivia acontecendo um atraso no "prazo de roteamento", termo neutro que no fundo se referia ao fato de que os dados que chegavam ficavam ali parados nos cofres magnéticos dos mainframes Fornix de Martinsburg até ser a sua vez na fila de roteamento. O que significava que sempre havia um atraso. E, por motivos compreensíveis, a fila era sempre maior e o atraso era sempre pior nas semanas que se seguiam ao tsunâmi de declarações de pessoas físicas no dia 15 de abril. Houvesse qualquer coisa parecida com processamento lateral no sistema do IRS — i.e., fossem os computadores do RH e dos Sistemas do CRA Meio-Oeste capazes de uma interface direta com suas contrapartidas de RH/Sistemas no CRA Nordeste da Filadélfia, todo o banzé de cuia sobre David F. Wallace teria sido resolvido (e toda a responsabilização indevida teria sido evitada) com muito mais rapidez. (Isso sem falar que a coisa toda de um modelo de roda sem aro negava a tão falada descentralização do Serviço a partir do relatório da Comissão King, em 1952, que em termos gerais não é relevante aqui a não ser no que tenha de simples acréscimo à imbecilidade tipo máquina de Goldberg da situação toda.)
6 (Eram os dados publicados mais recentes, e o Serviço tinha que confiar exclusivamente em dados publicados porque o novo sistema Univac do Dep. de Comércio dos EUA era incompatível com o hardware Fornix mais antiquado que Martinsburg ainda estava usando.)

corrente do processo original de correção de outro bug ainda podia causar problemas e dores consideráveis, especialmente para qualquer funcionário que fosse novo demais ali para entender por que ou de onde surgiam essas acusações de tudo que ia de fraude contratual a "fazer-se passar por imersivo" (esta última uma acusação sem precedentes que pode muito bem ter sido simplesmente inventada do meiíssimo do nada pelos asseclas de Dick Tate como forma de se livrar do que em dado momento eles temeram que pudesse ser visto como negligência ou erro administrativo do RH do CRA, um medo que até o sr. Stecyk, o DDP, concedeu ser simplesmente uma paranoia burocrática, quando o "falso" David Wallace [i.e., o autor][7] conseguiu ir falar com ele e mais ou menos se jogar aos seus pés e pedir clemência).

---

7 (Agora você provavelmente pode ver por que essa coisa apositiva de "autor" às vezes se faz necessária; acabou que havia dois David Wallaces separados postados no CRA Meio-Oeste, sendo que o único deles que acabou sendo acusado de falsidade ideológica foi adivinha quem?)

§39

O GS-9 Claude Sylvanshine, de volta às instalações dos Sistemas de Martinsburg como parte dos preparativos, no mês de abril, para seu trabalho de ponta de lança no CRA Meio-Oeste, entrou duas vezes no aquário de input direcionado e tentou, sob a supervisão de Reynolds via áudio, passar uma ARF[1] para os chefes do Posto 047, sendo que a primeira dessas sessões de ARF gerou alguns frutos. Sylvanshine conseguiu conjuntos interpretáveis de fatos a respeito do ódio patológico de mosquitos de DeWitt Glendenning Jr., nascido de sua infância em Tidewater, de sua fracassada tentativa de se tornar um Ranger do Exército americano em 1943, de sua violenta alergia a crustáceos, de sua evidente crença de que sua genitália tinha algum tipo de malformação, de seu entrevero com a temida Divisão de Inspeções Internas quando foi Diretor Distrital de Auditorias em Cabin John, MD, partes do endereço residencial e/ou profissional de seu psiquiatra num subúrbio de Joliet, sua memorização do aniversário de todos os membros da família do Comissário Regional do Meio-Oeste, e um grande volume de abstrusidades a respeito do fabrico e do restauro de mobília doméstica e de ferramentas elétricas que

---

1 Aquisição Remota de Fatos.

levou a uma abrupta IED² em certas especificações que se referiam ao polegar seccionado de um homem adulto. Tendo isso levado certas pessoas dos Sistemas a concluir que o atual Diretor do CRA Meio-Oeste e puxa-saco Regional DeWitt "Dwitt" Glendenning tinha perdido ou viria a perder um polegar em algum tipo de acidente num trabalho doméstico, e também a tecer certos planos e expectativas em torno desse fato.

A verdade — que Claude Sylvanshine jamais irá nem poderá saber apesar da coluna repetida de cifras referentes tanto à aerodinâmica do sangue arterial quanto às velocidades com que uma serra de fita consegue fatiar as diversas seções cônicas de uma mão humana de determinada massa numa dada angulação — é que a relevância do polegar amputado de um adulto existia na verdade para a vida e a psique de Leonard Stecyk, o DSRH, que por uma questão prática assumia não apenas o que fosse seu dever mas também muito do que era de seu superior. O incidente do polegar amputado figura no desenvolvimento psíquico que transformou L. M. Stecyk num dos mais brilhantes e mais capazes administradores do Serviço em toda a Região, embora o incidente com o polegar esteja agora enterrado no fundo do inconsciente do sr. Stecyk, sendo sua vida consciente dominada pelo escritório de Recursos Humanos do CRA e pelas questões decorrentes das tempestades que surgiam no horizonte tanto dos Sistemas quanto da Adimplência.

O incidente em si não é imediatamente relevante e portanto pode ser narrado de maneira bem sucinta. Por motivos ora perdidos nas névoas administrativas, trabalhos manuais eram um pré-requisito para os alunos da décima série em toda a região setentrional do Meio-Oeste, dando aos pupilos das escolas profissionalizantes ao menos uma oportunidade de massacrar e torturar os aluninhos que se preparavam para a universidade, de quem tinham sido (no Michigan) separados no ano anterior. E Leonard Stecyk passou bocados especialmente maus durante a aula de trabalhos manuais do sr. Ingle, no terceiro horário, na Charles E. Potter High School no outono de 1969. Não era só que com quase dezesseis anos Stecyk tinha 1,65 metro e pesava 47 quilos encharcado, o que ele ficou (encharcado) quando os meninos no vestiário depois da aula de educação física urinaram todos nele depois de derrubá-lo no chão de lajotas, ritual que chamavam de Special Stecyk —

---

2 Intrusão Espontânea de Dados.

tendo ele acabado como o único menino da história de Grand Rapids a ir de guarda-chuva para os chuveiros da escola. Nem era uma questão apenas dos óculos de segurança especiais aprovados pela Osha e do avental especial de carpinteiro, feito em casa, com os dizeres MEU NOME É LEN; NEM VEM QUE NÃO TEM escritos na caligrafia Palmer que ele usava em sala. Nem que nos TMs do terceiro horário constassem dois futuros criminosos condenados, um deles tendo já cumprido uma semana de suspensão por ter aquecido um lingote de ferro fundido com um maçarico de acetileno até ele ficar vermelho, esperado que a cor sumisse todinha e aí pedido como quem não quer nada que Stecyk lhe trouxesse aquele lingote ali do lado da lista de chamada rapidinho. O verdadeiro problema era prático: Leonard revelou não ter talento nenhum nem a mais remota afinidade por trabalhos manuais, fossem eles de dinâmica básica, solda ou de fundamentos de marcenaria ou de carpintaria. É verdade que os esboços e as medidas calculadas pelo menino eram, o sr. Ingle admitia, excepcionalmente (quase efeminadamente, ele sentia) bem cuidados e precisos. Era nos projetos de fato, e na operação do maquinário, que Stecyk era horrível, fosse para serrar em ângulo, para seguir um risco prévio ou até para lixar a base da caixa especial de charutos de pinho que o sr. Ingle (que gostava de charutos) forçava todos os pupilos a fazer para os pais, mas na qual a pegada ao que parece frouxa ou insuficientemente masculina de Stecyk fez a lixadeira jogar a caixinha como um obus do outro lado da sala de trabalhos manuais, onde explodiu contra a parede de cimento a menos de três metros da cabeça do sr. Ingle, que disse a Stecyk (que ele desprezava sem culpa nem reservas) que o único motivo para não forçá-lo a se mandar de aventalzinho e tudo para a turma de economia doméstica com as meninas era que ele provavelmente ia queimar a choldra da escola inteira! diante do que alguns meninos maiores e mais cruéis da décima série (um dos quais seria expulso no outono seguinte por não apenas trazer uma armadilha profissional de caçar ursos para o terreno da escola mas chegar a ponto de abrir e engatilhar a armadilha — armadilha de mola, afiada como um conjunto de adagas — diante da porta do escritório do vice-diretor, onde teve que ser desativada com o cabo da vassoura de um zelador, que ela cortou ao meio com um som que fez alunos das salas de aula que ficavam ao longo do corredor se agacharem e entrarem embaixo das carteiras) chegaram de fato a apontar diretamente para Stecyk enquanto riam.

Por outro lado, é possível que o incidente do polegar amputado não tenha sido o responsável de fato pela alteração ou definição do caráter de Leonard Stecyk, e sim pela mudança de suas próprias perspectivas a respeito de seu caráter (se é que tinha alguma perspectiva), para além das percepções que os outros tinham. Como sabem quase todos os adultos, as distinções entre o caráter e o valor essenciais de uma pessoa e as percepções que as outras pessoas têm desse caráter/valor são borradas e de difícil definição, especialmente na adolescência. Há também o fato de que certa parcela dos gatilhos situacionais e do contexto Leonard Stecyk não recorda mais, nem mesmo em sonhos ou lampejos periféricos. Tinha algo a ver com a ideia de cortar uma folha de drywall em tiras ou tábuas para algum tipo de reforço na instalação dos umbrais e de uma porta numa parede interna. A serra de fita estava instalada numa larga mesa de metal com gabaritos e sargentos calibrados que segurariam bem certinho o que você ia cortar enquanto você ia empurrando com cuidado a peça de madeira pela superfície lisinha para que a lâmina de alta velocidade da serra de fita cortasse a linha que você tinha traçado a lápis depois de medir pelo menos duas vezes. É claro que havia detalhados procedimentos de segurança codificados pelo sr. Ingle tanto nas Regras mimeografadas da Oficina quanto em vários cartazes de estêncil com letras maiúsculas que ficavam sobre e em torno da estrutura posterior que envolvia a serra de fita, procedimentos que Leonard Stecyk tinha não apenas decorado mas para os quais tentara solicitamente contribuir apontando alguns erros tipográficos ou casos de sintaxe ambígua em seus rudes imperativos, o que tinha feito um lado do rosto do sr. Ingle começar a saltar e enrugar involuntariamente, notório sinal de que o homem mal conseguia controlar seu humor. A realidade por trás do excesso de cartazes e de linhas amarelas de segurança pintadas no chão da oficina era que o sr. Ingle trabalhava sob grande pressão aparente e em constante estado limítrofe de frustração e fúria, já que era responsabilidade sua se alguém se machucasse, e no entanto ao mesmo tempo muitos meninos das turmas eram ou umas florzinhas cê-dê-efes ineptas e efeminadas como o Stecyk e o Moss aqui ou uns delinquentes ruivos com jaquetas militares que às vezes vinham para a aula cheirando a marijuana e schnapps de menta, e ferravam com as regras e com o equipamento cujo perigo não tinham nem o bom senso de respeitar, chegando até a ficar observando parados dentro do perímetro nitidamente demarcado pela linha amarela ao lado da serra de fita com sua lâmina exposta apesar das instruções claramente pintadas tanto na máquina quanto no chão de FICAR ATRÁS DA LINHA QUANDO EM OPERAÇÃO, onde bastaria um empurrãozinho descuidado ou até um gesto mais amplo com um braço quando se estivesse ali na área não autorizada; e ao ilustrar isso a plenos pulmões pelo que talvez fosse a quinta vez naquele semestre enquanto aqueles infelizes ficavam atrás da linha amarela e o viam exagerar um gesto infantil, sua mão direita sem querer fez contato com a lâmina da serra de fita, que precisamente com a velocidade com que o sr. Ingle tinha prometido que ela o faria, arrancou seu polegar e o material circunstante, da teia interdigital até o tendão *abductor pollicis longus*, abrindo ainda a artéria radial, o que causou um impressionante leque de sangue espirrado enquanto o sr. Ingle levava a coisa vermelha contra o peito e desmoronava de lado, cinza pelo estado de choque e pelos reflexos paralisantes do trauma. Como praticamente todo mundo estava ali na sala — de cara cinzenta, boquiaberto — observando de trás da linha amarela enquanto o sangue da artéria radial mas também da primeira artéria metacarpiana dorsal jorrava ritmicamente e ritmicamente parava e espirrava até nos casacos cáqui de alguns meninos mais velhos e no painel de controle da furadeira de bancada contra o qual eles trombaram quando deram por reflexo um passo para trás. Não era o lento acumular de líquido de um dedo ralado ou do fio de sangue de um nariz que levou um soco. Aquilo ali era sangue arterial sob grande pressão sistólica, que saltava e se abria em leque lá de onde o professor estava ajoelhado com a mão apertada contra o peito pela outra e encarando a falange de meninos enquanto sua boca articulava alguma coisa que não se podia ouvir por sobre o grito em A# da serra de fita, alguns rostos dos meninos que iriam para a universidade também se distenderam em gritos que podiam ser vistos mas não ouvidos, uns poucos bem no fundão da sala já debandando em volta dos sargentos da furadeira de bancada e correndo para a porta da sala com braços levantados e sacudindo as mãos no movimento universal do pânico cego, o restante achatado contra o colega ou a máquina mais próximos com olhos esbugalhados e a mente em uma profunda espécie de ponto morto.

... Todos menos o pequeno Leonard Stecyk, que depois de brevíssima pausa neural se adiantou, rápida e decisivamente, passou pelo flanco externo do grupo, socando o botão que desligava a serra de fita, duplamente sinalizado, com a base da mão enfaixada enquanto dava a volta na máquina, sem olhar nem à direita nem à esquerda com seu avental e sua camisa bem passada, tirando do caminho com um tranco um menino grandão de bandana com padrão de caxemira que estava com as solas dos Keds numa piscina de sangue humano — um menino que poucos dias antes tinha ameaçado Stecyk com um par de tenazes de ferreiro atrás do quadro de ferramentas expostas — e pareceu estar imediatamente ao lado do sr. Ingle, implementando a primeira regra do tratamento local de traumatismos hemorrágicos, que era simultaneamente elevar o ferimento e identificar a severidade do traumatismo usando os cinco graus da Escala de Ames, da obra *Primeiros socorros para lesões industriais*, de 1962, da enfermeira Cherry Ames, que Stecyk tinha emprestado da biblioteca pública como parte de sua preparação regular para o calendário de aulas do outono de 69. Stecyk simplesmente levantou a mão o máximo que pôde, mais ou menos na altura dos olhos, enquanto o sr. Ingle ficava ajoelhado, encolhido e desmontado ali embaixo. Não há como exagerar a velocidade com que tudo isso se desenrolava. O polegar e os tecidos circunstantes à sua base não estavam completamente separados, mas pendurados por um pedaço de derme de modo que o polegar do próprio sr. Ingle apontava direto para baixo numa paródia do julgamento imperial enquanto Stecyk, ignorando tanto o sangue quanto os agudos diminutivos da palavra "Mãe" que começaram a se fazer ouvir quando diminuíram as rotações da serra de fita, retirou com uma das mãos primeiro seu cinto e depois a régua de conversão para o sistema métrico que levava sempre num bolso especial bem estreito no avental de carpintaria que o sr. Ingle tinha ridicularizado e — depois de repassar mentalmente os protocolos e determinar à la enfermeira Cherry Ames que apenas a pressão digital em volta do pulso não controlava o sangramento — improvisou um hábil torniquete de nó duplo (c/ apenas a insinuação de um floreio eduardiano no laço de quatro voltas que encerrava o nó, o que era ainda mais incrível dado o fato de Stecyk ter dado aquele nó especial com mãos escorregadias e carmesins que ainda sustentavam o peso semidesvanecido de um adulto) que estancou o fluxo com apenas uma volta e meia da régua, tamanha a precisão memorizada com que Stecyk tinha colocado o torniquete exatamente no entroncamento crucial entre as artérias ulnar e radial do antebraço. No silêncio ressonante que se seguiu à parada da lâmina da serra dava para ouvir agora os sons de um macaco pneumático vindo da sala de introdução à mecânica de automóveis logo ao lado. Foi também agora, com o cessar do jorro, que o sr. Ingle perdeu a consciência, de modo que a última imagem que alguns meninos mais altos nos flancos do grupo viram foi a de Stecyk segurando a parte de trás do crânio do sr. Ingle como se fosse ele uma criança e delicadamente fazendo com que ele — ela, a cabeça do adulto — repousasse no piso com uma mão enquanto a outra segurava o torniquete no lugar ali no pulso soerguido, havendo algo tanto coreográfico quanto maternal e ao mesmo tempo nem um pouquinho feminil naquela imagem, que reverberou na alma de alguns deles de maneira estranha por dias e até semanas depois de terem sido afastados rispidamente e de terem ouvido que era para dispersarem dali e deixarem o sujeito respirar, tudo dito pelos professores de mecânica de automóveis e de conserto de eletrodomésticos, que eram também rápidos e adultamente não paralisados, mas que não tentaram afastar Len nem pedir que o monitor de economia doméstica espantasse ele dali com todos os outros e suas pegadas rubras, mas na verdade ficaram ali como subalternos parados dos dois lados do braço soerguido do homem com seu polegar pendente, esperando as instruções do menino para saber se aguardavam a ambulância ou quem sabe tentavam colocar o sr. Ingle num de seus automóveis baratos mas perfeitamente tunados e corriam direto para o Calvin, falando com Stecyk mais como um colega e ouvindo réplicas pronunciadas sem deferência nem hesitação.

    Alunos de Escola Técnica tendem a não ser muito sensíveis nem emocionalmente ágeis, e seria exagero dizer que "tudo mudou" depois daquele dia nos trabalhos manuais. Não é que Leonard Stecyk tenha se tornado "popular" nem que os meninos mais durões tenham passado a convidá-lo a ir com eles à noite perpetrar atos de vandalismo ou usar drogas de iniciantes. Só que alguns deles ficaram surpresos — mais abalados que envergonhados — com sua própria paralisia em face do traumatismo e dos atos daquela bichinha irritante. Era estranho. Eles eram meninos durões: brigavam o tempo todo, tomavam surras de padrastos e de irmãos mais velhos. Para os mais inteligentes deles, a ideia do que era ser durão, da relação entre pose e o valor de fato das pessoas de alguma maneira ficou meio fodida. Seus relatos do incidente eram confusos e variavam de um menino para outro. Mais do que um fez alusões a *Perdidos no espaço*, que na época era um programa popular. A principal mudança na qualidade de vida do futuro DSRH foi que muitos dos Special Stecyks e dos súbitos socos no nervo radial do braço no corredor da escola, e de outros atos cotidianos de crueldade cessaram, basicamente porque um estranho desconforto passou a acometer os durões quando viam ou apenas pensavam em Stecyk, e a real crueldade — como sabe todo adolescente — depende de uma detida atenção ao objeto dessa crueldade. Os atos de Stecyk naquele dia não o deixaram mais, e sim menos especial; os durões pararam de enxergá-lo e de implicar com ele. Era estranho, e ainda mais estranha foi a velocidade com que o próprio Stecyk esqueceu aquilo tudo, mesmo depois que o sr. Ingle retornou à C. E. Potter depois do Dia de Ação de Graças para seu novo cargo de instrutor de Autoescola com a mão direita aleijada coberta por um tipo de luva ou de estojo de poliuretano preto de proteção, o que resultou no apelido, entre os alunos, de "Dr. No" durante toda a década de 70. Todo mundo parecia ter incentivos para esquecer aquilo tudo. Um dos durões da Escola Técnica que vinte meses depois serviria na região da Plaine des Joncs na Indochina foi o único a ter uma lembrança clara e consciente de Stecyk e do polegar do sr. Ingle naquele dia, isso quando um gordinho alistado contra a vontade que quase ferrou com o treinamento básico e foi objeto de um chá de sabonete violentíssimo numa dada noite assumiu o controle de um esquadrão que tinha perdido seu cabo, reagrupou todos os soldados e levou todos eles a passarem entre dois pelotões do exército NV para se juntar de novo à Companhia Able; ele simplesmente se pôs de pé e disse para eles pegarem a munição dos mortos e se abrigarem do outro lado do leito do ribeiro, e todos obedeceram — sem nem pensar, por motivos que depois não conseguiam explicar nem admitir —, e o durão se lembrou de Stecyk com aquele aventalzinho e a gravata-borboleta com estampa de caxemira (esta última uma distorção da sua memória) e no fato, de novo, de que aquilo que eles naquele momento pensavam ser o imenso mundo inteiro era o sonho de um menino impúbere.

§40

Cusk tinha sido convidado a entrar no consultório da psiquiatra e estava contando as caixas de lencinhos de papel no pequeno cômodo forrado de livros grossos e diplomas. A sexta ficava na mesinha a um canto que a psiquiatra usava para prescrever receitas. Ao escritório faltava a pia que alguns médicos tinham — ele tinha passado dias se preparando para a pia. Quando seu nome foi chamado, Cusk apertou a mão da psiquiatra e sentou na poltrona estofada que a outra mão da psiquiatra indicou. A psiquiatra deu uma puxadinha na calça na altura do joelho e sentou na frente de Cusk, do outro lado de uma mesinha de centro de vidro em que havia duas caixas de lencinhos de papel. Sua mão era grande, quente e macia. Sua poltrona era do mesmo modelo da de Cusk — um, talvez dois níveis de conforto abaixo de uma poltrona reclinável — mas parecia, a não ser que fosse apenas a imaginação dele, levemente mais alta que a sua.

... "de aranha, de cachorro, do correio", Cusk listava — a psiquiatra ouvia atentamente, concordando com a cabeça, mas não tomava nota, o que foi um alívio para Cusk — "Medo de cadernos de espiral, daquele tipo com a espiral de metal na lombada; medo de caneta-tinteiro — mas não das hidrográficas nem das esferográficas, a não ser que a esferográfica seja daquelas bem caras com aparência de coisa permanente — Cross, Montblanc, essas que parecem de ouro — mas não das esferográficas de plástico nem das descartáveis". Tendo chegado ao fim das caixas de lencinhos de papel que podia contar, Cusk estava mentalmente repetindo *"grande, macia e quente, grande, macia e quente"* sem parar, um mantra reflexivo logo abaixo do nível do pensamento.

"Medo de discos. Medo de ralos. Medo de basicamente todo tipo de movimento espiralado em líquidos, geral."

As sobrancelhas da psiquiatra eram extraordinariamente finas e ralas, e quando ela as levantava isso queria dizer que não estava entendendo direito...

"Turbilhões, sorvedouros, banheiras esvaziando", Cusk ilustrou. Tinha uma camada fina de suor no lábio superior, mas sentia que a testa continuava seca, aguentando firme. "Bebidas que alguém mexe vigorosamente. Descarga de privada."

§41

"Você mandou o Cardwell ir pegar o cara?"
"Qual é o problema?"
"Ele é demente, Charlie, o problema é que ele é demente."
"Ele dirige bem. É de confiança."
"Ele vai ficar solando no ouvido do cara o tempo todo; o sujeito vai pensar que isso aqui é um posto de evangelistas só de tocaia atrás dele. É o ajudante do Lehrl, Charlie. Meu Deus."

§42

Havia longos silêncios entre períodos de atenção.

"Porra, lembrei de uma. Só que foi tem um tempo já, quando eu estava na universidade em St. Louis, quando a gente era Ranger da Reserva."

"Eu vou engolir essa."

"Vocês não vão entender tudo. Tinha que ter vivido no fim dos anos sessenta."

"E a gente não estava vivo?"

"Eu não estou falando vivo assim de brincar com os dedos do pé ou espremer cravo do nariz. Estou falando maduro, consciente. Estou falando culturalmente."

"Contraculturalmente, você quer dizer."

"Eu podia te mandar catar coquinho na ladeira, Gaines. Mas não vou. Em vez disso eu digo que se tem alguma coisa bacana com um ar bem específico e eu digo que o tal ar é tão puramente Beatles, aí você não vai entender."

"Tinha que estar lá."

"Não é a mesma coisa que simplesmente ter os discos dos Beatles, você está dizendo. Você tinha que estar *lá*, no meio daquilo tudo."

"Sendo uma brasa, mora."

"É bem isso. Ninguém dizia 'uma brasa'. Quem dizia 'uma brasa' ou te chamava de 'irmão' só estava encenando uma fantasia que tinha visto nas reportagens da CBS. Eu estou dizendo que se eu falar ou Baxter-Bathing ou Owsley ou mencionar o vestidinho que a Janis estava usando vocês vão pensar em termos de dados. Não tem mais sentimento ligado a essas ideias — e era um sentimento. É impossível descrever."

"A não ser dizendo que um negócio é tão Beatles."

"E tem coisa que nem dado é mais. E seu eu disser Lord Buckley? E se eu mencionar a torre no Texas ou Sin-Killer Griffin filmado na prisão ou Jesse Jackson no *Today Show* sentado na frente daquele chimpanzé que eles chamavam de J. Fred com uma camisa que ainda está com sangue e pedaços do cérebro do Reverendo sem ninguém nem abrir a boca apesar de eles gravarem o *Today* em Nova York o que significa que o porra do Jackson foi de avião lá de Memphis com aquela camisa só pra poder usar sangue na TV — vocês sentem alguma coisa quando eu digo isso? Ou *Bonanza* ou *Eu sou curiosa* travessão *amarelo*? J. Fred Muggs? Meu Deus, *O fugitivo* — se eu disser o homem sem um braço, que sentimento interno isso provoca em vocês?"

"Você está falando de nostalgia."

"Eu estou falando de cloridrato de metanfetamina. Ou de *December's Children* ou *Os vagabundos do Dharma* ou Big Daddy Cole na House of Blues em Dearborn ou cabelo raspado com óculos de armação de chifre ou até deixa eu pensar calça Levi's de barra dobrada pra mostrar uns sete centímetros de algodão branco saindo do mocassim e eu sinto o gosto do cloridrato dos dias na Universidade de Washington em que a gente era Ranger da Reserva. Como é esquisito eu ter isso tudo dentro de mim e pra vocês ser só um monte de palavras."

"A gente também tem os nossos marcos culturais e as nossas catexias e coisas que deixam todo mundo nostálgico."

"Não é nostalgia. É todo um conjunto de referências que vocês nem sabem que não têm. Se eu falar Dolly Peytões — vocês não sentem nada. Jesus amado, aqueles Dolly Peytões."

"Ácido não?"

"O quê?"

"Por que metanfetamina e não ácido? LSD? A maconha e o ácido não eram as drogas que definiam aquela época?"

"Mas é disso que eu estou falando. As nuances e a complexidade toda não entram no campo de vocês. Ácido era Costa Oeste e um grupinho pequeno em volta de Boston. Não tinha ácido nem no Greenwich Village até aquela coisa do Kesey e do Leary no norte do estado em 67. Em 67 os anos sessenta já tinham acabado. O Meio-Oeste era metanfetamina e alucinógenos fabricados. A gente tinha um pessoalzinho mais chegado na faculdade que andava com o pessoal de Dogtown; um dos motivos de eu estar aqui e não na iniciativa privada é que não acho que qualquer um de nós ali tenha aberto um livro em dois anos, aí eu tive que me mudar por causa dos Rangers de Salvamento e desse sujeito mais velho chamado, perversamente, McCool, que queria andar com a gente, ficava cercando, mas era desesperadamente não cool, fuleiro, a gente diria, mas pra vocês isso não significa nada. McCool era representante de vendas da Welch Lambeth. Eu estou imaginando que a Welch Lambeth faça parte do índice cultural de vocês."

"Produtos químicos. Agora é parte da Lilly. University City, Miz, superdiversificada, produtos químicos e principalmente solventes industriais, produtos médicos, adesivos, polímeros, moldes de chassis."

"Produtos médicos que na época incluíam por exemplo que ele às vezes trazia umas coisas, a gente lá na nossa mesa de sempre no Jaegerschnitzel, um *rathskeller* que atendia o pessoal mais contracultura e antissistema da UW, mas sem ser *mod* nem 'uma brasa', e numa certa noite no meio de uma conversa qualquer me chega o McCool, que tinha um coração clepsígamo, com uma caixinha térmica de duzentos gramas que ele tinha pego em alguma sala de amostras e disse: 'Eu sei que tem gente aqui que curte esse negócio, aí quando eu vi eu falei: Cacilda eu tenho que liberar esses breguetes pros meus chapas', e coisa e tal. Fuleiro, mas atiradinho daquele jeito meio Eisenhower. O cara tem seus trinta anos e já é careca com uma fome futricada de aceitação; só dá pra imaginar o que deve ter acontecido com ele na infância. O tipo de cara que chega na sua festa e você embebeda o sujeito direitinho pra ele apagar às nove, mete no micro-ônibus dos Rangers de Salvamento, tira tudo menos o sapato e a meia do camarada e deixa ele ali apoiado num banco de ponto de ônibus em East St. Louis, e ele não só dá um jeito de sobreviver como na noite seguinte aparece de volta no Jaegerschnitzel te dando soquinho no ombro e dizendo Essa foi legal como se você tivesse dado um croque no tipo, desesperado pra fazer parte da turminha."

"Os meus irmãos me ensinaram que o desespero é meio que assim a barreira principal pra você fazer parte da turminha. Aprendi a duras penas e isso eu posso dizer pra vocês. Uma vez porque quando eu era pequeno eu tinha medo de água e eles me deixaram ir junto acampar com eles e o meu irmão mais velho disse que era a minha maior chance de entrar pra aquela turma e em vez de acampar acabou que era uma viagem pra pescar e quando eu tentei subir no barco eles no fim…"

"E a gente ali meio tudo bem, beleza, mas aí o Eddie Boyce abre a caixinha e lá dentro tem uns tubos de papelão corrugado de isolamento e dentro de cada tubo tem uma provetinha com tampa de segurança, de uns sete centímetros, com duas tampas cada, cheias de… cloridrato de metanfetamina de pureza farmacêutica, três gramas e uns trocados em cada um. A gente ali todo mundo sentado se olhando e as sobrancelhas do Boyce lá no meio do cabelo já. O McCool tentando se fazer de bacanão mas dizendo "Viu? O que vocês acham?". Vocês estão entendendo o que isso quer dizer? São 224 gramas de metanfetamina famacêutica pura naquela caixa. Vocês sabem o que até uma metanfetamina vagabundinha, adulterada, fabricada numa garagem consegue fazer com um sistema nervoso de vinte aninhos?"

"Eu vendia tudo e usava o lucro pra comprar prata e aí ia falar com os professores pra encher o saco deles e dizer que agora eu podia comprar todo mundo ali e eles que fossem ver se eu estava na esquina."

"A gente não vendeu muito, isso eu te digo. Mas o que a gente vendeu causou estrago. As aulas viraram uma zona. Uns carinhas acneicos que ficavam no fundão e nunca abriam a boca estavam agarrando os professores pela lapela e citando a teoria da mais-valia fazendo voz de interrogadores da ss. Uns figurões do Newman Club copulavam à vontade na escadaria da biblioteca. A enfermaria se viu invadida por pós-graduandos de filosofia implorando que alguém desligasse a cabeça deles. Os refeitórios ficaram vazios. Todos os jogadores da defesa do time da uw foram presos por agressão física do menino que levava água pro time da Kansas State. Alunas cujos himens podiam servir de porta de cofre estavam dando nas moitas em frente da Lambda Pi. Nos dois meses seguintes quase inteiros a gente ficou de Rangers da Reserva, na van, atendendo ligações com pedidos de socorro de uns carinhas que tinham conseguido um décimo de grama da parada e agora encontravam a namorada pendurada no teto só pelas unhas e rangendo os dentinhos brancos perfeitos até o sabugo. Rangers da Reserva!

"Uma semana sem dormir, todo mundo ali voando alto de metanfetamina e sem descer nunca porque sair de um barato de metanfetamina é que nem ter uma gripe horrorosa no inferno, a palma da mão do Boyce ficou com umas marquinhas permamentes ali onde ele agarrava o volante do ônibus, e o olho da gente parecia esses olhos vendidos avulsos, pra pegadinha. O mais perto que a gente chegava de comer era se arrepiar de nojo quando passava pela placa de algum restaurante a caminho de sem exagero uma das dúzias de ligações com pedidos de Resgate que os Rangers estavam recebendo toda noite, metendo pé em porta pra tudo quanto era lado, verificando elevadores e subindo escada de cinco em cinco degraus cantando a nossa canção de guerra dos Rangers a Trabalho."

"Qual que é essa dos Rangers, Todd, se...?"

"Porque muitíssimo em breve à medida que a força e a pureza daquilo ali começa a se ramificar por Dogtown a gente faz o McCool entender a necessidade de algum tipo de auxílio de emergência lá do pessoalzinho bacana da Welch Lambeth."

"Que tipo de uso médico tem a metanfetamina? Obesidade? Pesquisas sobre privação de sono? Experiências com psicose controlada?"

"E dois ou três dias depois — bem quando todo mundo está bem pra chegar nos limites da resistência, as costelas aparecendo e a pele em volta dos olhos começando a lembrar um hambúrguer — teve um acidente terrível quando eu fiquei sozinho e decidi que, beleza, dessa vez a gente solta o freio de mão e injeta quase um oitavo de grama puro e fiquei num estado de espírito muito, mas muito estranho mesmo, a um passo da paranoia clínica, e aí a campainha toca, eu abro a correntinha da porta e a única coisa que vejo ali é um chapéu com umas flores de plástico na aba e é uma velhinha minúscula do Comitê de Boas-Vindas, recebendo a gente na nossa casinha mequetrefe alugada ali no bairro, com um cestinho de cookies e produtos de higiene, olhando pra mim mas com aquelas espirais hipnóticas esquisitaças, vermelha num olho e verde no outro, e aquela carinha de amendoim saltada toda convexa de um jeito horroroso que nem cara de jacaré e aí encolhida de novo pra dentro e aí de novo vindo na minha cara, e eu vou poupar vocês dos detalhes de como reagi ali, mas ainda digo que esse incidente foi a causa direta de eu me ver obrigado a sair da faculdade e me mudar pro Colorado menos de dois meses depois, que foi onde ganhei o meu apelido no Serviço, Colorado Todd."

§43

Na manhã de terça-feira eu tive uma consulta no otorrino e peguei às 10h05. O complexo estava ainda mais tranquilo que o normal. As pessoas falando baixo e andando com os ombros meio projetados pra frente. Algumas mulheres conhecidas por tender a reagir a qualquer tipo de transtorno ficando muito pálidas estavam pálidas. Havia um quê de esforço em câmera lenta nas atividades de todo mundo, como se todos estivessem reagindo a alguma coisa, mas também conscientes de estar reagindo e de que todos os outros também reagiam. Eu estava sem aspirina. Por alguma razão eu relutava em perguntar a alguém o que tinha acontecido. Detesto ser a figura que nunca sabe o que está acontecendo e aí tem que perguntar pra alguém. Isso é uma grande marca de posição hierárquica social, e eu resisti. Foi só depois das onze que entreouvi Trudi Keener, Jane-Ann Heape e Homer Campbell na sala do Univac reunindo pilhas de vouchers da EST com as datas alteradas pra trás.

Tinha acontecido uma explosão em outro Regional. Ou em Muskegon ou em Holland, os dois eram décimo anexo. Ou um carro ou uma caminhonete estacionou direto na frente do Escritório Distrital e depois de dado momento explodiu. Trudi Keener tinha citado George Molesworthy dizendo que todo mundo sabia que o Posse Comitatus era muitíssimo ativo em Michigan. Isso significava que se tratava de um ataque terrorista contra um Posto do Serviço, o que em qualquer região agrícola atrasada vai fazer marola. Eu fiquei ali com eles fingindo que verificava alguma coisa num arquivo tanto quanto imaginei que pudesse ficar sem que Jane-Ann Heape percebesse que eu estava tentando ouvir e deduzisse que eu era o tipo de pessoa que não sabia o que estava acontecendo e consoantemente recalibrasse a ideia que fazia de mim. O cabelo dela hoje estava preso num penteado que envolvia um conjunto complexo de cachos e ondas que parecia mais escuro sob a luz fluorescente que tendia ao extremo azul do espectro ali na sala do Univac. Ela estava com uma blusa azul-clara de tecido sintético e uma saia de um xadrez tão escuro e de tão baixo contraste que era difícil de identificar como xadrez de verdade. Não surgiram informações sobre perdas humanas, mas consegui ficar sabendo que dois ou três membros da equipe dos Sistemas de Apoio à Coordenação das Auditorias no 047 tinham ficado lotados no Michigan no começo da carreira; eu não tinha ligações com os Sistemas de Apoio à Coordenação das Auditorias e não reconheci os nomes deles.

Quando chegou o meu intervalo, a sala do café estava com um cheiro rançoso, o que significava que a sra. Ooley não tinha lavado os bules e os filtros antes de encerrar o expediente na noite passada. Mas aquilo ali era uma mina de ouro em termos de RH. O sr. Glendenning e Gene Rosebury estavam bebendo café com suas canecas de cortesia do Serviço (pra quem fosse de GS-13 pra cima) e Meredith Rand estava comendo com um garfinho de plástico um copinho de iogurte que tirou da geladeira GS-9 (o que significava que Ellen Bactrim estava mocozando as colheres de novo). Eles estavam tendo aquela conversa, e Gary Yeagle, James Rumps e vários outros estavam parados logo ao lado, ouvindo. Eu entrei no meio e fingi que estava examinando as máquinas de venda de comida e depois as moedas que tinha na mão.

"Isso não é terrorismo. Isso é gente que não quer pagar os impostos que deve", Gene Rosebury disse. Havia vagos vestígios de seu tradicional bigode de Mylanta. O "isso" indicava que tinha havido um bocado de contexto conversacional e de informação correndo antes daquele momento.

"Se eu estou aterrorizada, isso já não diz que é terrorismo?", Meredith Rand disse. Ela tirou um nadinha de iogurte do canto da boca com o dedo mínimo. Parecia significativo que ninguém estivesse rindo, nem os GS-9s. A tirada de Rand era o tipo de golpe baixo cujo objetivo nem era tanto ser engraçada, e sim dar ao ambiente uma oportunidade de rir e eliminar a tensão. Ninguém aproveitou a oportunidade. Isso pareceu revelador. O sr. Glendenning estava com um terno marrom e uma gravatinha de barbante com um medalhão de turquesa no fulcro. O Diretor do CRA era um homem acostumado a ser o centro das atenções em qualquer ambiente em que estivesse, ainda que nele isso se manifestasse num ar de tranquila segurança de si, e não de exibicionismo. Não conheço uma única pessoa no Posto que não tivesse afeto e admiração por DeWitt Glendenning. Nessa época eu já estava há tempo suficiente no Serviço pra entender que essa era uma das qualidades de um administrador de sucesso, ser estimado. E não *agir* de maneira a ser estimado, mas *ser* desse jeito. Ninguém jamais sentia que o sr. Glendenning estivesse querendo projetar alguma imagem, como fazem administradores menos talentosos, nem mesmo alguma imagem que fosse projetada para eles mesmos, por exemplo dar uma de linha-dura porque em algum lugar de sua cabeça eles têm uma imagem do bom administrador como um tipo inflexível e estão tentando distorcer suas próprias personalidades pra se encaixar nessa imagem. Ou aquela postura vaselina, tipo minha-porta-está-sempre-aberta, do sujeito que acha que um bom administrador tem que ser amigo de todo mundo e portanto age de maneira superaberta e amistosa ainda que as responsabilidades da sua posição exijam que ele discipline as pessoas ou corte orçamentos ou negue pedidos pra passar alguém pras Análises ou qualquer coisa dessas que não têm nada de amistosas. Esse tipo se coloca numa posição horrorosa, porque toda vez que tem que fazer algo pelo bem do Serviço que vai ferir alguma funcionária ou deixá-la enfurecida, a ação agora tem o fardo emocional adicional de um amigo ferrando com uma amiga, e com frequência o administrador se sente tão desconfortável com isso e com suas lealdades divididas que tem que ficar pessoalmente bravo — ou se fazer de bravo — com a funcionária pra conseguir fazer o que precisa fazer, o que deixa tudo pessoal de um jeito inadequado e aumenta em muito a mágoa e o ressentimento da funcionária ferrada, e com o tempo isso solapa totalmente a autoridade do administrador, e em curtíssimo prazo todo mundo considera o sujeito um falso e um traíra, fingindo que é seu amigo e seu colega, mas pronto pra te ferrar quando lhe der na veneta. É interessante que esses dois estilos administrativos falsos — o tirano e o falso amigo — sejam os dois maiores estereótipos que os livros, programas de televisão e tirinhas de quadrinhos usam pra apresentar os administradores. É de se suspeitar, na verdade, que a imagem mental que o administrador inseguro erige dentro de si seja baseada em parte nesses estereótipos da cultura pop.

O sr. Glendenning parecia mais transcender que subverter os estereótipos. Sua segurança pessoal lhe permitia ser e agir exatamente como ele de fato era. O que ele era, era um sujeito taciturno, um tanto não abordável, que levava seu trabalho muitíssimo a sério e exigia o mesmo de seus subordinados, mas ele também os levava a sério, ouvia o que tinham a dizer e pensava neles tanto como seres humanos quanto como parte de um mecanismo maior cujo funcionamento eficiente era responsabilidade dele. Ou seja, se você tivesse uma sugestão ou preocupação, e se você achasse que ela merecia a atenção dele, a porta dele *estava* aberta (isso se você conseguisse que a Caroline Ooley marcasse um horário pra você), e ele iria prestar atenção no que você dissesse, mas se e como ele iria *agir* a respeito do que você tinha dito ia depender de reflexão, do que ele viesse a saber de outras fontes e de considerações mais amplas que ele precisava equilibrar. Em outras palavras, o sr. Glendenning *podia* te ouvir porque não sofria da crença insegura de que te ouvir e te levar a sério ia deixá-lo na posição de te dever alguma coisa — enquanto alguém encantado pela figura do linha-dura teria que tratar você como alguém que não merece atenção, e alguém encantado pela imagem do "chapa" se sentiria na obrigação ou de aceitar a sua sugestão para não te ofender ou de te dar uma explicação exaustiva do motivo pelo qual a sua sugestão não era implementável, ou talvez até de entrar em algum tipo de debate a respeito daquilo tudo — para evitar te ofender ou violar essa imagem de si próprio como o tipo de administrador que jamais trataria a sugestão de um subordinado como algo que não merecesse consideração — ou de ficar bravo como forma de anestesiar seu desconforto por não receber de braços abertos a sugestão de alguém que ele se sente obrigado a ver como amigo e como um chapa, seu igual.

O sr. Glendenning era também um homem de estilo, o tipo de homem cujas roupas mantêm sempre um caimento perfeito no corpo mesmo depois dele ter andado de carro e ficado sentado à mesa, trabalhando. Todas as suas roupas tinham um caimento meio frouxo mas simétrico que eu sempre associo a roupas europeias. Ele sempre punha uma mão no bolso da calça e se apoiava na beirada do balcão quando bebia café. Era, na minha opinião, sua postura mais abordável. Seu rosto era bronzeado e vivo mesmo sob a luz fluorescente. Eu sabia que uma de suas filhas era uma ginasta com alguma reputação nacional, e às vezes ele usava um alfinete de gravata ou um broche ou algo que parecia consistir de duas barras horizontais e um corpo de platina complexamente inclinado sobre elas. Às vezes eu imaginava entrar na sala do café e encontrar o sr. Glendenning sozinho, encostado no balcão, encarando o café dentro da caneca e pensando coisas administrativas de grande profundidade. Na minha fantasia ele parece cansado, não abatido mas aflito, sentindo o peso das responsabilidades da sua posição. Eu entro e pego um café e o abordo, ele me chamando de Dave e eu o chamando de DeWitt ou até de D. G. que diziam por ali que era seu apelido entre os outros Diretores Distritais e Comissários Regionais Assistentes — o sr. G está cotado pra ser Comissário Regional, dizem por aí — e eu lhe pergunto o que há de novo e ele se abre comigo sobre algum dilema administrativo com o qual está lidando, como o fato de ser um pé no saco e uma puta perda de tempo aquele Lehrl dos Sistemas viver reconfigurando o espaço das pessoas e as passagens entre esses espaços e que se dependesse dele ele ia pessoalmente pegar o metidinho pelo cangote e colocar numa caixa com um ou dois buracos de ventilação pra mandar de volta pra Martinsburg, mas que Merrill Lehrl era *protégé* e peixinho do Comissário Assistente de Serviços ao Contribuinte e Declarações no Três-Meias, cujo outro grande *protégé* era o Comissário Regional de Análises do Regional Meio-Oeste, que era essencial ainda que não formalmente o superior imediato do sr. Glendenning em termos de Função de Análise Empresarial no Posto 047 e era o tipo de administrador desastroso que acreditava em alianças, patronos e política, e que podia negar a solicitação do 047 de um meio turno adicional de analistas GS-9 por uma imensa variedade de pretextos que pareceriam razoáveis no papel, e que somente D. G. e o CRA saberiam que eram devidos a Merrill Lehrl, e DeWitt se sentia responsável pelos sofridos analistas, por lhes conseguir algum auxílio e diminuir um pouco do tempo do Fluxograma de Declarações, que dois estudos diferentes indicavam que podia ser realizado de maneira melhor através de auxílio e de expansão do que através de motivação e reconfiguração (uma análise de que Merrill Lehrl discordava, D. G. comentava lamentando). Na fantasia, a cabeça do D. G. e a minha estão algo abaixadas, e nós falamos com discrição, muito embora não haja mais ninguém na salinha do café, que cheira bem e tem latas de Melitta moído bem fininho em vez das latas brancas da marca Jewel com aquelas letras cáqui, e é aí, perfeitamente dentro do contexto do mesmíssimo problema dos analistas torturados-e-raivosos a respeito do qual ele está se abrindo comigo, que eu solto para o D. G. a ideia desses novos scanners de documentos da Hewlett-Packard e de como o software poderia ser reconfigurado para escanear tanto as declarações quanto os formulários complementares e para aplicar o código PMAC para sublinhar dados selecionados, de modo que os analistas só teriam que verificar e conferir os itens sublinhados importantes em vez de ficar gramando com linhas e linhas de coisas desimportantes e certas para poder chegar aos itens importantes. O D. G. me ouve atenta e respeitosamente, e é apenas sua judiciosidade e seu profissionalismo administrativo o que o impede de vocalizar ali mesmo a imensa perspicácia e o grande potencial da minha sugestão, assim como sua gratidão e felicidade por ter surgido aqui um analista GS-9, do meio do nada, para lhe mostrar uma solução diagonal, heterodoxa, que vai tanto auxiliar os analistas quanto liberar D. G. para dar um pé na bunda do odioso Merrill Lehrl.

§44

Aprendi já aos vinte e um ou vinte e dois anos, no Centro Regional de Análise do IRS em Peoria, onde passei dois verões como menino de carga. Isso, segundo os camaradas que me viam como alguém pronto pra uma carreira no Serviço, me punha na frente, ter entendido essa verdade numa idade em que a maioria dos carinhas está só começando a suspeitar dos elementos básicos da vida adulta — que a vida não te deve nada; que sofrer tem muitas formas; que ninguém jamais vai se importar tanto com você quanto sua mãe; que o coração humano é um otário.

Aprendi que o mundo dos homens como existe hoje é uma burocracia. É uma verdade óbvia, claro, ainda que seja também uma verdade cuja ignorância causa muito sofrimento.

Mas além disso descobri, da única maneira que um homem aprende de fato qualquer coisa importante, a verdadeira habilidade que é necessária pra alguém dar certo numa burocracia. Mas dar certo de verdade: trabalhar direito, fazer a diferença, servir. Descobri a chave. E a chave não é eficiência ou probidade, ou intuição, ou sabedoria. Não é astúcia política nem habilidade interpessoal, QI bruto, lealdade, visão, nem quaisquer dessas qualidades que o mundo burocrático chama de virtudes e faz testes pra medir. A chave é uma certa capacidade que subjaz a todas essas qualidades, mais ou menos como a capacidade de respirar e bombear sangue subjaz a todo pensamento e toda ação.

A chave burocrática subjacente é a habilidade de lidar com o tédio. De funcionar de maneira eficaz num ambiente que barra tudo que seja vital e humano. De respirar, por assim dizer, sem ar.

A chave é a habilidade, seja ela inata ou condicionada, de encontrar o outro lado do rotineiro, do reles, do irrelevante, do repetitivo, do inutilmente complexo. Ser, numa só palavra, inentediável. Eu conheci, nos anos de 1984 e 85, dois homens assim.

É a chave da vida moderna. Se você é imune ao tédio, não há literalmente nada que você não possa conquistar.

§45

A mãe de Toni era meio doida, como a sua própria mãe, notória reclusa e excêntrica que morava na Casa das Calotas de Peoria. A mãe de Toni se juntou com uma série de sujeitos ficha-suja no Sudoeste dos EUA. O último estava dando a elas uma carona de volta a Peoria, para onde a mãe de Toni tinha decidido voltar depois que a relação anterior àquela tinha azedado. Blá--blá. Nessa viagem, a mãe meio que pirou (parou de tomar os remédios) e roubou a caminhonete do cara quando eles pararam num posto, deixando o cara para trás.

Tanto a mãe quanto a avó eram dadas a estados catatônicos/catalépticos, o que até onde posso dizer é sintoma de certo tipo de esquizofrenia. A menina, desde bem novinha, se divertia tentando imitar esse estado, o que envolvia ficar extremamente imóvel, baixar os batimentos cardíacos, respirar de maneira a não mover o peito e manter os olhos abertos por longos períodos, de modo a piscar só de tantos em tantos minutos. Esta última parte é que é a mais difícil — os olhos começam a arder quando secam. Muito, muito difícil suportar esse desconforto... mas se você persiste, se resiste ao impulso quase involuntário de piscar que chega quando a ardência e o ressecamento estão no pior grau possível, aí os olhos começam a se lubrificar sem piscar. Eles vão manufaturar uma espécie de lágrimas falsas ou vicárias, só para se salvar. Quase ninguém sabe disso, porque o incrível desconforto de ficar com os olhos abertos sem piscar detém a maioria das pessoas antes de elas chegarem a esse ponto crítico. E via de regra você se machuca, de qualquer maneira. A menina chamava isso de "fingir de morta", já que era como sua mãe tinha tentado descrever e contornar a coisa dos estados para a menina quando ela era bem pequenininha, dizendo que estava apenas brincando e que a brincadeira se chamava "fingir de morta".

O homem abandonado alcançou as duas em algum ponto do leste do Missouri. Elas seguiam numa estradinha asfaltada, e o primeiro sinal de que ele estava atrás delas foi um par de faróis que surgiu bem quando estavam numa descida que se estendia por quase dois quilômetros — elas viam os faróis aparecerem quando o veículo que as seguia chegava ao topo e depois perdiam o contato quando começavam a subir de novo a leve inclinação.

A história, conforme a lembrança de Toni Ware, e conforme a narrativa que ela fez uma única vez para X numa noite que acabou revelando ser o aniversário da ocorrência, foi de que o veículo que o sujeito tinha pego de alguém ou alugado vinha rápido atrás delas — na verdade vinha bem mais rápido que a caminhonete, que tinha uma cobertura na caçamba — e o homem não estava dirigindo o veículo. Ele estava de pé no capô do que revelou ser um gigantesco caminhão sem carreta, estourando de raiva e de maldade até ficar com pelo menos o dobro do tamanho que tinha, de braços erguidos e abertos num terrível gesto de vingança quase bíblica, e berrando (no sentido rural de "berrar", o que é quase uma forma especial de arte; antigamente era como as pessoas que moravam totalmente isoladas em terrenos montanhosos, longe dos olhos umas das outras, conseguiam se comunicar — era a forma de dizer aos outros que você estava por perto, porque senão podia parecer, nas áreas rurais montanhosas, que você era a única pessoa em qualquer lugar, num raio de milhares de quilômetros) num estático furor negro de ódio e satisfação que fez com que a mãe de Toni — que, lembremos, não era um grande modelo de estabilidade — ficasse histérica e cravasse o acelerador no chão para tentar escapar do veículo ao mesmo tempo que tentava extrair da bolsa um frasco de comprimidos e abrir a tampinha de segurança, coisa em que a mãe era uma catástrofe, precisando normalmente que Toni abrisse para ela — fazendo com que o veículo, que tinha um centro de gravidade elevado por causa da cobertura LEER, saísse da estrada e capotasse de lado em algum tipo de campo ou área de vegetação baixa, ferindo violentamente a mãe, a ponto de ela acabar semiconsciente, gemendo, com sangue lhe cobrindo o rosto e com Toni estendida contra a janela do lado do passageiro, sendo que ela ainda tem a maçaneta da janela gravada no lado do corpo se você conseguir convencê-la a erguer a blusa e mostrar a bizarra reprodução. O veículo acabou caído sobre a lateral direita, e a mãe não estava de cinto de segurança, coisa que gente como ela nunca usa, e estava parcialmente sobre Toni Ware, prendendo a menina contra a janela de modo que ela não conseguia nem se mexer nem saber se estava ferida. Nada além daquele terrível silêncio, e dos zumbidos e estalidos de um veículo que acabou de sofrer um acidente, fora o som de esporas ou talvez apenas de um monte de moedas tinindo enquanto o homem ia descendo a encosta até chegar a elas. A janela em que ela estava tinha se cravado no chão e a do lado do motorista apontava agora para o céu, mas o para-brisa, apesar de entortado e meio dependurado ali, tinha se transformado numa fenda vertical de mais de um metro através da qual Toni Ware teve uma visão total do homem ali parado, estralando os dedos e olhando para as ocupantes do carro. Toni ficou ali estendida de olhos abertos, diminuiu a respiração e se fingiu de morta. Os olhos da mãe estavam abertos, mas ela estava viva porque dava para ouvir a respiração e as ocasionais exclamações que ela soltava no seu coma ou fosse aquilo o que fosse. O homem olhou para Toni, bem no fundo dos olhos dela, por muito tempo — depois ela entendeu que ele estava tentando avaliar se ela estava viva. É inimaginavelmente difícil estar olhando direto em frente e aí alguém olhar direto para você e mesmo assim você parecer que não está olhando de volta. (Foi isso que começou a história; David Wallace ou outra pessoa tinha comentado que Toni Ware era medonha porque, mesmo não sendo tímida nem evasiva e mantivesse contato visual, ela parecia estar olhando *os* seus olhos e não *nos* seus olhos; era mais ou menos como um peixe de aquário que passa por você enquanto você olha pelo vidro e aqueles olhos olham de volta — você sabe que eles estão de alguma maneira conscientes de você ali, mas é inquietante porque não tem nada a ver com o jeito de um ser humano parecer consciente de você quando olha nos seus olhos.)

    Os olhos de Toni estavam abertos. Era tarde demais para fechar. Se fechasse de repente, o homem ia saber que ela estava viva. Sua única chance era parecer tão morta que o homem não fosse ir ver seu pulso ou segurar um espelho na frente de sua boca para verificar. O que impediria de ele ir ver era aqueles olhos estar abertos e ficarem abertos — nenhum ser humano vivo conseguia manter os olhos abertos por longos períodos. Não havia ninguém por ali; o homem tinha tempo de sobra para ficar olhando pelo para-brisa e ver se elas estavam vivas. O rosto da mãe estava espremido contra o dela, mas por sorte o sangue escorria em alguma curva da garganta de Toni; se estivesse pingando em seus olhos, teria feito ela piscar involuntariamente. Ficou imóvel daquele jeito, de olhos abertos. O homem subiu na carroceria e testou a porta do lado do motorista, mas ela estava trancada por dentro. O homem voltou e pegou algum tipo de ferramenta ou pé de cabra e arrancou o para-brisa, sacudindo violentamente a caminhonete. Ele se estendeu de lado no chão e se espremeu pela fresta do para-brisa, olhando primeiro a mãe e depois a menina. A mãe gemeu e se mexeu de leve, e o homem a matou estendendo a mão e fechando suas narinas com uma mão e lhe tapando a boca com um trapo sujo de óleo que tinha na outra, que apertou firme, tão firme que a cabeça da mãe empurrou a lateral da de Toni enquanto ela inconscientemente resistia ao sufocamento. Toni ficou ali, respirando raso, de olhos ainda abertos e a meros centímetros dos olhos do homem enquanto ele sufocava sua mãe, o que levou mais de quatro minutos de pressão para o homem ter certeza absoluta. Toni encarando sem ver e sem piscar muito embora a secura e o desconforto devam ter sido horrendos. E de alguma maneira ela convenceu o homem de que estava morta, porque ele não apertou as narinas dela nem usou o trapo sujo de óleo, embora isso só fosse lhe custar quatro ou cinco minutos a mais... mas nenhum ser humano normal consegue ficar ali parado de olhos abertos todo aquele tempo sem piscar, isso ele sabia. Então ele pegou uma ou duas coisas de valor no porta-luvas e ela ouviu o tilintar de sua subida de novo pela encosta, o som tremendamente poderoso do motor do caminhão ligando e o caminhão partindo, e aí a menina ficou ali presa entre a porta e a mãe morta pelo que devem ter sido várias horas antes de alguém passar por acaso, ver o desastre e chamar a polícia, e aí provavelmente outro longo período até eles a retirarem da caminhonete, sem ferimentos em nenhum sentido real, e a colocarem em uma espécie de ambulância de caridade...

PQP.

Portanto não mexa com essa menina; essa menina é chave de cadeia.

§46

O que normalmente acontece é que sexta-feira à noite uma porcentagem dos funcionários da Célula C se encontram para beber alguma coisa no Happy Hour do Meibeyer's. Como no caso da maioria dos bares da zona norte que servem de ponto de encontro para o pessoal do Serviço, o Happy Hour do Meibeyer's dura exatamente sessenta minutos e inclui drinques especiais cujo preço é indexado ao custo aproximado da gasolina e da depreciação dos automóveis envolvidos no percurso de 3,7 quilômetros que vai do CRA até o entroncamento da Southport-474. Níveis e Células diferentes tendem a se congregar em lugares diferentes, alguns deles no centro, imitando de várias maneiras os lugares mais estilosos de Chicago e St. Louis. Os Homens em Forma de Sino estão quase toda noite no Father's, que fica logo ali na Self-Storage Parkway e cuja proprietária é, sem intermediários, a distribuidora da Budweiser; sua função é mais intubatória que social. Muitos fraldinhas, por outro lado, frequentam os bares universitários esteroidais de temática esportiva na região do PCB com a Bradley. Os homossexuais têm o Wet Spot na região artística do centro da cidade. Quase todos os analistas com filhos, claro, vão para casa passar algum tempo com a família, embora Steve e Tina Geach estejam com frequência juntos no Meibeyer's para o HH das sextas. Quase todo mundo acha necessário soltar alguns demônios que foram ficando presos durante uma semana de tédio e concentração extremas, ou de volume e estresse extremos, ou ambas as coisas.

O Meibeyer's tem paredes revestidas de um laminado cinza, tochas havaianas elétricas cujas origens são desconhecidas mas que podem datar de uma encarnação anterior, uma jukebox Wurlitzer 412-C, duas máquinas de Pinball, uma mesa de pebolim e uma de aero-hóquei, e uma pequena área para jogo de dardos prudentemente afastada, perto do corredorzinho do telefone público e dos banheiros da entrada. As janelas amplas do Meibeyer's dão para as lojas à margem da Southport e para as complicadas rampas de acesso do elevado da I-474. É o mesmo atendente ali no bar às sextas-feiras há pelo menos três anos, segundo Chuck Ten Eyck. As bebidas ficam mais para o caro porque os funcionários do Serviço, via de regra, não bebem muito e não bebem rápido, nem no Happy Hour, o que afeta o que o bar precisa cobrar pelas bebidas para não cair na insolvência. No inverno o Meibeyer's limpa ele próprio a neve do terreno com uma caminhonete que tem uma lâmina na frente. No verão, o neon do bar, que apresenta o sema de um chapéu flutuante cujo ângulo muda duas vezes por segundo, se reflete em algo não perceptível à sua frente e aparece levemente, refletido ao menos duas vezes, nas janelas dianteiras do bar. A aba do Meibeyer's sobe e desce sob a luz malariana dos primeiros momentos de um crepúsculo em que nuvens pesadas e um aumento da umidade só vez por outra significam chuva que de fato caia ao chão.

Sendo em geral solteiros, os heterossexuais recém-transferidos ou contratados cabem direitinho nesse nicho. Robby van Noght vem sempre, se bem que nessa sexta não. Gerry Moeller esteve aqui em todas as cinco semanas de sua lotação no CRA. Harriet Candelaria vem, mas quase sempre sai depois da primeira rodada se Beth Rath por acaso traz Meredith Rand, com quem Candelaria tem problemas que nenhum dos recém-transferidos faz a menor ideia de como surgiram. Steve e Tina Geach, que trabalham em grupos diferentes, têm regimes de intervalos diferentes, são muito devotados um ao outro e por consenso geral têm o tipo de casamento que aumenta a atração e a credibilidade do casamento num grau bem elevado para aquelas pessoas que nasceram para estar numa relação próxima e duradoura como essa, sempre chegam juntos em sua Kombi carcomida de ferrugem e sentam bem juntinhos, sempre consumindo o mesmo tipo e a mesma marca de bebida, e normalmente indo embora assim que o sino toca para marcar o fim do Happy Hour, muitas vezes demonstrando uma estranha habilidade de andar abraçados sem parecer desengonçados. Chris Acquistipace e Russell Nugent, Dave Witkiewicz, Joe Biron-Maint, Nancy Johnson, Chahla ("A Crise Iraniana") Neti-Neti, Howard Shearwater, Frank Brown, Frank Friedwald e Frank De Chellis não perderam um único Happy Hour no Meibeyer's desde que vieram trabalhar aqui. Dale Gastine às vezes vem acompanhado. Keith Sabusawa agora sempre traz Shane ("+100") Drinion, o A-EMP transferido com quem Sabusawa agora divide um quarto num apartamento de Angler's Cove compartilhado com outros dois transferidos que aparentemente nunca vão ao Meibeyer's. Chris Fogle e Herb Dritz, especialistas no Anexo F, registram cerca de 50% de comparecimento. Chuck Ten Eyck e Bob ("Segunda Junta") McKenzie (os dois com mais tempo de Peoria) são firmes como aço ali e sempre parecem querer ser de alguma maneira os anfitriões. R. L. Keck e Thomas Bondurant costumam aparecer. Toni Ware e Beth Rath quase sempre dão as caras e, como mencionado, às vezes Beth Rath traz a lendariamente atraente mas não universalmente popular Meredith Rand. Rath e Rand trabalham em Tingles adjacentes no grupo de Sabusawa, que cobre tarefas especializadas/excesso de fluxo, e as duas são amicíssimas. Drinion, que não tem automóvel, precisa ficar enquanto Sabusawa ficar, nem mais nem menos. Segundo Sabusawa, o A-EMP de La Junta, CA, não tem problemas com isso, e sua resposta aos convintes que Sabusawa lhe faz para ir com o pessoal até o Meibeyer's depois da troca dos turnos é sempre ou "Beleza" ou "Por que não". O negócio com Meredith Rand é que ela tende a vir apenas se o marido estiver de alguma maneira preso no trabalho ou fora da cidade a negócios. Como Drinion, ela parece não ter automóvel e nem mesmo carteira de motorista. Às vezes pega uma carona para casa, saindo do Meibeyer's com Beth Rath, porém o mais comum é o marido ir buscá-la, e aparentemente antes ela liga lá da Célula para ele para dizer onde vai estar, marido que ninguém no Meibeyer's jamais viu, mas que sempre simplesmente estaciona ali na frente e toca a buzina para Meredith Rand, que por sua vez começa a juntar suas coisas um minuto ou dois antes de a buzina do carro soar, mais ou menos (segundo Nancy Johnson) como um cachorro que consegue ouvir o som do motor do dono que se aproxima e se posta diante da janela da casa bem antes de o carro do dono aparecer em seu campo de visão. Ela esteve no Meibeyer's nas últimas cinco semanas seguidas, o que significa que seu marido andou fazendo muita hora extra ou viajando bastante. Segundo Sabusawa, ninguém sabe o que ele faz.

 Não é difícil ver como a energia e a dinâmica da mesa da Célula C se alteram quando Meredith Rand está presente no Happy Hour no Meibeyer's. De várias maneiras, é um fenômeno que ocorre em bares, tavernas e grills de qualquer parte sempre que surge uma mulher de suficiente beleza. Meredith Rand é uma de apenas um punhado de mulheres no CRA que todo homem com alguma opinião no que se refere a isso concorda que é totalmente (de morder o punho) atraente. Beth Rath não tem nada de feia, mas Meredith Rand é outra coisa. Meredith Rand tem olhos verdes abissais, uma estrutura óssea facial magnífica, uma compleição cremosa e desprovida de poros, quase sem rugas ou sinais de desgaste, e uma catarata imensa de cabelos encaracolados de um louro-escuro que, segundo Sabusawa, quando soltos e livres para emoldurar-lhe o rosto e os ombros já produziram tiques faciais até em homens gays ou fundamentalmente assexuados. Ela é pura carne de primeira, é o consenso, nem sempre tácito. Sua entrada em qualquer espécie de ambiente social do Serviço produz mudanças palpáveis, sobretudo nos homens. As especificidades desse tipo de mudança são suficientemente conhecidas, e por todos, para merecer uma descrição mais longa. Eles por isso tendem a ficar ou nervosos ou desconfortavelmente silenciosos, como se estivessem envolvidos num jogo cujo cacife de repente ficou alto demais, ou então se tornam mais volúveis e conversacionalmente dominantes e começam a contar piadas demais e de maneira geral parecem deliberadamente não autoconscientes, enquanto antes de Meredith Rand chegar e puxar uma cadeira para se juntar ao grupo não havia entre eles essa sensação real de deliberação e nem mesmo de autoconsciência. As analistas, por sua vez, reagem a essas mudanças de diversas maneiras, algumas se afastando e tornando-se visualmente menores (como Enid Welch e Rachel Robbie Towne), outras reagindo ao efeito de Meredith Rand sobre os homens com uma espécie de divertimento cínico, outras ainda apertando os olhinhos e se inclinando a soltar suspiros hostis ou até a sair de maneira teatral (q.v. Harriet Candelaria). Alguns analistas, lá pela segunda rodada de jarros, estão representando papéis para Meredith Rand, mesmo que o núcleo da atuação consista em demonstrações elaboradas de que eles não estão representando papéis para Meredith Rand e nem mesmo especialmente conscientes de sua presença à mesa. Bob McKenzie, em particular, fica quase maníaco, dirigindo praticamente todos os seus comentários ou tiradas à pessoa à direita ou à esquerda de Meredith Rand, mas jamais, nem uma única vez, dirigindo-se a ela nem parecendo olhar para ela. Como Beth Rath normalmente é uma das pessoas ou à direita ou à esquerda de Meredith Rand, o hábito de McKenzie fazer isso tende a deixar Rath nitidamente irritada ou deprimida, dependendo de seu estado de espírito.

 Nas últimas quatro semanas, foi de fato apenas Shane Drinion quem pareceu não se afetar pela presença de uma mulher terrivelmente atraente. Tudo bem que ninguém entende direito o que é capaz de afetar Drinion. Os outros transferidos de La Junta, CA (Sandy Krody, Gil Haight), descrevem Drinion como um belo de um analista de Gordas e Empresas tipo S, mas um traste total em termos de personalidade, possivelmente o ser humano vivo mais chato deste mundo. Drinion costuma ficar sentado bem quietinho e contido no lugar, com a mão em torno de um copo de Michelob (que é o chope do Meibeyer's), rosto desprovido de expressão a não ser que alguém conte uma piada que de alguma maneira se dirija a todos ali na mesa, quando então Drinion sorri brevemente e depois seu rosto volta a seu estado inexpressivo. Mas não inexpressivo de um jeito vidrado ou catatônico. Ele observa quem estiver falando de maneira compenetrada. Na verdade, compenetração nem chega a ser a palavra certa. Não há um elemento particular de concentração em seu olhar; ele simplesmente entrega toda a atenção a quem quer que esteja falando. Seus movimentos corpóreos, que são mínimos, sugerem ideias de concisão e precisão sem parecer afetados ou delicados demais. Ele responde perguntas ou comentários dirigidos explicitamente a ele, mas fora essas raras ocasiões não é uma das pessoas que falam. Mas também não é desses que se encolhem ou somem dentro do grupo até mal parecer que estão presentes. Não há nenhuma sensação de que ele seja tímido ou inibido. Ele está ali, mas de um jeito incomum; ele se torna parte do entorno da mesa, como o ar ou a luz ambiente. Foram Bob "Segunda Junta" McKenzie e Chuck Ten Eyck que deram a Drinion o nome de "+100", uma abreviação de "Mais sem graça".

 Num certo Happy Hour de junho as coisas conspiram de tal maneira que Drinion e Meredith Rand acabam sozinhos à mesa, mais ou menos um na frente do outro, naquela parte da noite em que um monte de analistas já foi para casa ou para outros bares. Mas os dois ainda estão ali. Meredith Rand está evidentemente esperando uma carona do marido, que dizem que pode ser algum tipo de estudante de medicina. Keith Sabusawa e Herb Dritz estão de novo jogando pebolim enquanto Beth Rath (que não deixa de gostar de Sabusawa; os dois se conhecem desde o Centro de Treinamento do IRS em Columbus) assiste de braços cruzados e com um cigarro da marca More aceso numa mão.

Portanto eles estão sentados sozinhos à mesa. Shane Drinion não parece nem nervoso nem alguém sentado sozinho à frente da galvânica Meredith Brand, com quem não trocou uma única palavra desde que chegou aqui em fins de abril. Drinion olha direto para ela, mas não do jeito desafiador e sensual de um Keck ou de um Nugent. Meredith Rand tomou dois gim-tônicas e está no terceiro, um pouquinho de bebida a mais que o normal, mas ainda não fumou. Como quase todas as analistas casadas, ela usa tanto um anel de noivado quanto uma aliança de casamento. Ela devolve o olhar a ele, embora eles não estejam ali se encarando, olho no olho nem nada assim. A expressão de Drinion podia ser descrita como agradável, da mesma forma que algumas temperaturas são classificadas como agradáveis. Ele está ou no seu primeiro ou segundo copo de Michelob que serviu de um dos jarros que ainda estão na mesa, alguns não totalmente vazios. Rand fez uma ou duas perguntas inócuas para Drinion a respeito de suas origens. Aquilo do orfanato do Juizado de Menores do Kansas parece interessar a ela, ou então a honestidade fria com que Drinion diz que passou boa parte da infância num orfanato. Rand descreve a Drinion uma breve cena de infância, de quando foi até a casa de uma amiga e as duas usaram pés e mãos para escalar a parte interna dos umbrais de uma porta e ficaram lá em cima nos umbrais esticadas e como que emolduradas, apesar de mais tarde ela não conseguir lembrar por que contou essa história nem em que contexto. Mas percebe, quase imediatamente, a mesma coisa que Sabusawa e vários analistas perceberam — que embora Drinion pareça apenas parcialmente presente num grupo grande, há algo muito diferente em estar tête-à-tête com ele; ele tem a qualidade de ser um papo simples ou bom, atributo para o qual não existe uma palavra, o que é meio estranho, apesar de também ser estranho esse elemento qualquer que faz ser bom conversar com Drinion, já que ele não tem nada que possa ser chamado de charme ou desenvoltura social nem mesmo de uma evidente compaixão. Ele, como Rand depois dirá a Beth Rath (ainda que não a seu marido), é uma criatura das mais esquisitas. Há uma breve troca de réplicas que Meredith Rand não vai se lembrar direito sobre Drinion ser um analista itinerante, sobre o CRA, as Análises e o Serviço em geral, ou seja, Rand: "Você gosta de trabalhar aqui?", coisa que Drinion parece ter levado um momentinho para processar. D: "Acho que eu nem gosto nem desgosto". R: "Bom, mas você ia preferir fazer outra coisa?". D: "Não sei. Não tenho experiência em mais nada. Espera. Não é verdade. Eu trabalhei num supermercado, três noites por semana, entre os meus dezesseis e dezoito anos. Eu não ia preferir trabalhar num supermercado, comparado com o que estou fazendo hoje". R: "O salário é bem pior". D: "Eu colocava as coisas nas prateleiras e grudava uma etiquetinhas de preços. Não era nada de mais". R: "Parece um tédio". D: "…".

"Parece que a gente está meio que num tête-à-tête" é a primeira coisa que depois Meredith Rand vai conseguir lembrar claramente de ter dito a Shane Drinion.

"Isso é uma expressão estrangeira pra uma conversa particular", Drinion comenta.

"Bom, eu não sei o quanto isto aqui é particular."

Drinion olha para ela, mas não com o olhar de alguém que não soubesse bem o que responder. Uma coisa com ele é que ele é absolutamente o mesmo, em termos de emoções e de comportamento, sozinho ou num grupo grande. Se emitisse um som seria como a única nota sustentada de um diapasão ou a linha morta de um eletrocardiograma em vez de qualquer coisa que variasse.

"Sabe", Meredith Rand diz, "pra te dizer bem a verdade, você meio que me interessa."

Drinion olha para ela.

"Eu imagino que você não ouça muito isso", Meredith Rand diz. Ela dá um sorrisinho rápido e seco.

"É um elogio você achar que eu sou motivo de interesse."

"Acho que é mesmo, né", Rand diz, sorrindo de novo. "Pra começo de conversa, só isso de eu poder dizer uma coisa dessas, que você é meio interessante, sem você pensar que eu estou te cantando."

Drinion concorda com a cabeça, uma mão em torno da base do copo. Ele fica bem imóvel, Meredith Rand percebe. Não tem movimentos nervosos nem muda de posição na cadeira. Ele respira meio pela boca; sua boca fica meio aberta. Com algumas pessoas isso de a boca ficar aberta faz com que elas não pareçam tão inteligentes.

"Por exemplo", ela diz, "imagine se eu digo uma coisa dessas pro Bob '2ª', como ele ia reagir."

"Certo."

Algo fica levemente nublado por um segundo nos olhos de Shane Drinion, e Meredith sabe que ele está mesmo tentando imaginar ela dizer "Eu te acho interessante" para o Bob Segunda Junta McKenzie. "Como que você acha que ele ia reagir?"

"Você quer dizer por fora, assim visivelmente, ou por dentro?"

"A parte visível eu acho que nem quero imaginar", Meredith Rand diz.

Drinion concorda com a cabeça. Ele, é bem verdade, não é assim tão interessante de olhar, em termos de aparência. Sua cabeça é ligeiramente menor que a média e muito redonda. Ninguém até hoje o viu com qualquer tipo de chapéu ou de casaco; é sempre uma camisa social branca e um colete de malha. Seu cabelo está caindo de um jeito que faz com que sua testa pareça intricada. Há algumas marcas de espinhas em torno da região das têmporas. O rosto não é muito definido nem muito estruturado; as narinas têm tamanhos ou formatos diferentes uma da outra, dá para ela ver, o que costuma ser uma péssima notícia quando se avalia o quanto alguém é bonito. Sua boca é um tantinho pequena demais para a largura do rosto. Seu cabelo é daquele louro fosco ou oleoso que às vezes acompanha uma tez avermelhada e uma pele que não é das melhores. É o tipo de pessoa que você teria que olhar com muita atenção até para conseguir descrever. Meredith Rand está há algum tempo olhando com ar intrigado para ele.

"Você está pedindo pra eu descrever o que acho que seria a reação interna dele?", Drinion diz. O rosto dele não tem exatamente a mesma aparência vermelho-esfolada de quando eles não estão sob as luzes frias da Célula, uma vermelhidão nas pessoas que por algum motivo sempre deprime Meredith Rand logo cedo.

"Digamos que fiquei curiosa."

"Bom, não tenho como saber com certeza. Quando eu fiquei imaginando, a minha impressão foi que ele ia ter medo."

Há uma ligeira alteração na postura de Meredith Rand, mas ela mantém a expressão facial muito neutra. "Como assim?"

"A minha impressão é que ele tem medo de você. Essa é só a minha impressão. É difícil explicar em voz alta." Ele para um momento. "A sua beleza coloca o McKenzie diante de um tipo de teste em que ele receia ser reprovado. Isso gera uma ansiedade nele. Quando tem mais gente por perto ele pode representar um papel, pode entrar num estado adrenalizado que faz ele esquecer que está com medo. Não, não é bem isso." Drinion se detém de novo um momento. Mas não parece frustrado. "A minha sensação é de que a adrenalina da atuação faz o medo parecer empolgação. Nesse tipo de ambiente, ele consegue achar que você deixa ele empolgado. É por isso que ele faz esse papel de cara animado e presta tanta atenção em você, mas ele sabe que tem mais gente olhando", Drinion conclui e toma um gole de Michelob; o movimento do seu braço é quase exatamente em ângulos retos sem ser rígido ou robótico. Há algo nele de uma precisão e de uma economia de movimentos. Meredith Rand também já percebeu isso durante o expediente, quando se estica e olha em volta como que num intervalinho e vê Drinion sentado, retirando grampos e colocando diferentes declarações em diferentes pilhas sobre sua mesa Tingle. A postura dele é muito boa, sem ser rígida ou travada. Ele parece um cara que nunca tem dor nas costas nem no pescoço. Parece intrigado ou pensativo. "O medo e a empolgação parecem ser parentes bem próximos."

"Mas o Ten Eyck e o Nugent fazem igualzinho, quando a mesa toda está nessa", Rand diz.

Drinion concorda só um pouco com a cabeça indicando que não foi exatamente disso que ela pediu para falar. Não é igual à demonstração de impaciência dele, no entanto. "Só que numa conversa particular, num tête-à-tête com você, a minha impressão é de que ele ia sentir o medo mais como medo de verdade. Ele não ia gostar de ficar diretamente consciente disso. De sentir isso. Ele não ia nem saber do que era aquele medo. Ele ia ficar em alerta, confuso, de um jeito que não ia ter como fazer parecer empolgação. Se você dissesse pra ele que achava ele interessante, acho que ele não ia saber o que dizer. Ele não ia saber como é que devia agir. Acho que não saber uma coisa dessas ia deixar o Bob bem incomodado."

Drinion olha direto para ela por um tempo. Seu rosto, que é um pouco gorduroso, tende a brilhar sob a luz fria das áreas de Análise, mas menos com a luz indireta das janelas, cuja sombra indica que nuvens se acumulam lá no alto, embora seja apenas uma impressão de Meredith Rand, e impressão não de todo consciente.

"Você é bem observador", Meredith Rand diz.

Drinion responde: "Não sei se isso é verdade. Acho que não tenho nem observações diretas nem um padrão de fatos pra sustentar essa afirmação. É um palpite. Mas o meu palpite, por alguma razão, é que ele podia chegar até a cair no choro mesmo".

Meredith Rand parece de repente satisfeita, o que quase literalmente ilumina seu rosto. Ela estende a mão e dá tapinhas secos na mesa com os dedos de uma mão. "Eu acho que você tem razão."

"Não sei bem por quê, mas é uma coisa horrível de imaginar."

"Acho que ele podia cair da cadeira e sair correndo, chorando e sacudindo as mãos no ar que nem um histérico."

Drinion diz: "Isso eu não tenho nem como chutar. O que sei é que você não gosta dele. Sei que ele te deixa incomodada".

Drinion está virado para a janela da frente do Meibeyer's, Meredith Rand para a parte dos fundos, onde ficam o corredor e o cantinho do jogo de dardos e um quadro decorativo com diferentes tipos de chapéus formais ou sociais colados pelas abas a uma placa envernizada. Meredith Rand se inclina para a frente e faz que descansa o queixo nas juntas dos dedos de uma mão, embora seja fácil perceber que o peso de fato de seu queixo e de seu crânio não está descansando naqueles dedos; é mais uma postura predeterminada que uma maneira de se acomodar. "Mas e aí se eu digo que você é interessante, qual é a sua reação interna?"

"É um elogio. É uma brincadeirinha, mas também é um convite pra continuar o tête-à-tête. Pra deixar a conversa mais pessoal ou mais reveladora."

Rand acenou com aquela mão num pequeno gesto de impaciência ou de reconhecimento. "Mas o que é que isso te faz sentir, como eles dizem na Avaliação?"

"Bom", Shane Drinion diz, "acho que uma manifestação de interesse como essa faz a pessoa se sentir bem. Desde que a pessoa que diga uma coisa dessas não esteja tentando propor um nível de intimidade que faça você se sentir incomodado."

"E fez você se sentir incomodado?"

Drinion se detém por mais um breve instante, apesar de não se mexer e de não alterar sua respiração. De novo há talvez um ligeiríssimo momento de vazio ou de afastamento. Rand tem a sensação de um scanner óptico escaneando um baralho com grande velocidade e com grande eficiência; há em torno dele uma espécie de zumbido assônico ambiente. "Não. Acho que se você tivesse dito com um tom de sarcasmo ia ser incômodo. Mas você não deu sinal de que estava sendo sarcástica. Então não, não sei direito o que você quis dizer com interessante, mas é normal que as pessoas gostem que os outros achem que elas são interessantes, então a curiosidade sobre o que exatamente você quer dizer não é incômoda. Na verdade, se entendi direito, é essa curiosidade que o comentário 'Pra te dizer bem a verdade, você meio que me interessa' pretende despertar. A conversa a partir daí passa a ser sobre o que a pessoa que disse isso queria dizer. Aí a outra pessoa pode ficar sabendo exatamente o que ela tem que interessa a uma outra pessoa, o que é agradável."

"Ex…"

"Ao mesmo tempo", Drinion continua, sem dar sinal de ter percebido que Rand começava a dizer alguma coisa apesar de estar olhando direto para ela, "alguém que te acha interessante parece então de repente, quase por conta do interesse que tem por você, mais interessante pra você. Esse também é um lado bem interessante dessa situação." Ele para. Meredith Rand se detém por um segundo a mais para ter certeza de que ele parou de vez. Como o mindinho esquerdo dela, o mindinho esquerdo de Drinion é perceptivelmente enrugado e pálido por usar a borrachinha o dia todo nas Análises. Nem a pau que ela ia sequer ter vontade de notar as roupas do Drinion com um grau de atenção que lhe permitisse catalogar ou caracterizar o guarda-roupa dele. Só o coletinho já é mais do que brochante. Ela está com a cigarreira branca de vinil na mão e a abre e retira um cigarro, já que são só os dois ali na mesa.

"E você, você se acha interessante?", Meredith Rand pergunta. "Você vê como alguém podia se interessar por você?"

Drinion toma outro gole do copo e o põe de novo na mesa. Meredith Rand percebe que ele o coloca exatamente no meio do guardanapo sem nem tentar e nem ter que ajeitar a base do copo com gestinhos preciosistas para que ela fique perfeitamente centrada no guardanapo. Drinion não é gracioso como os bailarinos e atletas, mas há algo nele de gracioso. Seus movimentos são muito precisos e econômicos sem ser delicados demais. Os copos da mesa que não estão sobre guardanapos têm grandes poças de condensação de formatos variados a sua volta. Alguém escolheu a mesma canção popular para tocar duas vezes seguidas na grande jukebox do Meibeyer's, que tem círculos concêntricos de luzes vermelhas e brancas num circuito integrado que permite que elas acendam e apaguem de modo a acompanhar a linha de baixo da canção selecionada.

Shane Drinion diz: "Acho que eu nunca pensei de verdade nisso".
"Você sabe por que eles te chamam de +100?"
"Acho que sei."
"Você sabe por que eles chamam a Chahla de Crise Iraniana?"
"Acho que não."
"Você sabe por que eles chamam o McKenzie de Bob Segunda Junta?"
"Não."

Meredith Rand vê que Drinion está olhando para o cigarro. O isqueiro dela fica numa bainha especial presa à cigarreira, que é de um vinil barato, texturizado — Meredith Rand acaba perdendo os cigarros em lugares diferentes, então não faz sentido ter uma cigarreira cara. Ela sabe, por causa dos intervalos no expediente da Célula, que não faria sentido oferecer um cigarro a Drinion.

"Mas e você? Você acha que eu sou interessante?", Rand pergunta a Shane Drinion. "Assim, sem levar em conta que eu disse que você era interessante."

Os olhos de Drinion estão nela — ele mantém bastante contato visual sem ser desafiador ou sedutor — enquanto parece fazer o mesmo tipo de processamento interno de dados que fez antes. Drinion está usando um colete de malha xadrez, uma calça estranha de tergal com textura granulada e uma imitação de sapato Wallabee marrom que bem podia ser da JC Penney. A corrente de ar gelado que entra pela abertura de ventilação no alto esfiapa o anel de fumaça assim que Rand lhe dá forma e exala. Beth Rath agora está jogando pebolim com Herb Dritz enquanto Keith Sabusawa assiste ao aquecimento dos times para uma partida de beisebol dos Cardinals na televisão que fica na parede, acima do balcão. Dá para ver que Beth preferia estar sentada com Sabusawa, mas que não sabe direito o quanto demonstrar do que sente por Sabusawa, que Meredith Rand sempre achou alto paças para um oriental. Drinion também tem um jeito de concordar com a cabeça em que o gesto não tem nada a ver com etiqueta ou afirmação. Ele diz: "Você é agradável, e até aqui estou gostando do tête-à-tête. É uma oportunidade de prestar atenção diretamente em você, o que não costuma ser uma coisa fácil de fazer, porque parece que te deixa incomodada". Ele espera um momento para ver se ela quer dizer alguma coisa. A expressão facial de Drinion não é vazia, mas é vaga e neutra de uma maneira que podia até ser vazia pelo tanto que te informa. Meredith Rand, sem nem perceber direito, parou de tentar fazer os anéis.

"Gostar de prestar atenção é a mesma coisa que se interessar por alguém?"

"Bom, eu diria que praticamente tudo que você observar de perto, com bastante atenção, acaba ficando interessante."

"É verdade isso?"

"Eu acho que é, sim." Drinion diz: "Claro que é mais interessante prestar atenção em você porque você é bonita. Quase sempre é interessante prestar atenção na beleza. Não demanda esforço".

"Os olhos de Rand se estreitaram, se bem que talvez em parte por causa da fumaça que a saída do ar-condicionado jogava de volta no rosto dela.

Shane Drinion diz: "A beleza é interessante quase que por definição, se você pensa que interessante significa uma coisa que atrai a atenção e faz a atenção parecer agradável. Tudo bem que você disse *se interessar* e não *ser interessante*".

"Você sabe que eu sou casada, né?", diz Meredith Rand.

"Claro. Todo mundo sabe que você é casada. Você usa aliança. O seu marido vai te pegar na saída sul várias vezes na semana. O carro dele tem um furinho no escapamento que deixa o motor com um som poderosão. Quer dizer, um barulho que faz o carro parecer mais poderoso que o normal."

Meredith Rand não parece nada satisfeita. "Vai ver sou eu que estou confusa aqui. Se você acabou de dizer que eu fico incomodada, por que mencionar essa coisa da beleza?"

"Bom, você me fez uma pergunta", Drinion diz. "Eu te disse o que eu concluí que é verdade. Levei um segundinho pra concluir qual era a resposta de verdade e o que faz e o que não faz parte da resposta. Aí eu disse. Não é pra você ficar incomodada. Mas também não é pra evitar que você fique incomodada — não foi essa a sua pergunta."

"Ah, e desde quando você é uma autoridade pra definir o que é a verdade?"

Drinion espera um momento. No mesmíssimo intervalo diminuto da pausa, ocorre a Meredith Rand que Drinion está esperando para ver se a pergunta é literal ou não. Ou seja, se é sarcástica. Ou seja, ele não tem uma noção natural de sarcasmo. "Não. Eu não sou uma autoridade nisso. Você me fez uma pergunta sobre eu estar interessado, e eu tentei determinar a verdade do que estava sentindo, e tentei te dizer essa verdade, porque supus que era isso que você queria."

"Percebi que você foi bem menos, assim, direto e seco sobre como se sentiu quando eu disse que te achava interessante."

A expressão e o tom de Drinion não mudaram nadinha. "Desculpa. Eu estou com dificuldade aqui pra entender o que você acabou de dizer."

"Eu estou dizendo que quando eu te perguntei como você se sentia por eu ter dito que te achava interessante, você não foi tão direto na resposta. Você ficou dançando e desviando do assunto. Agora comigo do meio do nada te vem essa total preocupação com a verdade seca e direta."

"Agora eu entendi." De novo uma breve pausa. A fumaça da marca de cigarro de baixos teores de fato tem um sabor ralo depois do que restou do gosto da tônica com limão. "Eu não me lembro de nenhum momento em que tentei ser evasivo ou falso naquela resposta. Vai ver consigo expressar melhor umas ideias do que outras. Acho que é uma coisa que as pessoas descobrem o tempo todo. Além disso, normalmente eu não converso muito. Eu quase nunca me vejo num tête-à-tête, pra te dizer a verdade. Pode ser que eu não seja tão bom quanto os outros nisso de falar de um jeito mais consistente sobre como alguma coisa me deixa."

"Posso te fazer uma pergunta?"

"Sim."

Rand agora não tem dificuldade em olhar direto para Drinion. "Não te ocorre nem de longe que isso tudo possa parecer meio condescendente pra quem estiver ouvindo?"

As sobrancelhas de Drinion sobem um quase nada enquanto ele pensa. O jogo de beisebol já começou na televisão, o que pode explicar por que Keith Sabusawa, que costuma sair rapidinho quando o Happy Hour acaba, ainda não saiu e, portanto, Shane também ficou. Sabusawa é alto o suficiente para que seu mocassim fique parcialmente apoiado no chão em vez de enroscado naquele pequeno suporte perto da base do banco. Ron, o barman, está com um paninho e um copo na mão, faz gestos de quem enxuga mas também olha para o jogo, e está dizendo alguma coisa para Keith Sabusawa, que pra dizer a verdade às vezes guarda longas listas de estatísticas de beisebol na cabeça, coisa que segundo Beth Rath ele considera que o acalma, que o sossega. Duas grandes máquinas de pinball cheias de luzes e barulhinhos ficam apoiadas na parede logo ao sul do jogo de hóquei de mesa, que nenhum dos frequentadores do Meibeyer's chega a usar porque a máquina tem algum defeito crônico que faz o ar soprar forte demais pelos buraquinhos da mesa e levar o puck a ficar flutuando a vários centímetros da superfície e a ser quase impossível de não jogar para fora da mesa de uma vez. Nas máquinas de pinball mais próximas, uma linda amazona com um macacão de laicra levanta pelo cabelo um homem cujos membros parecem rodopiar em sincronia com as luzes sincopadas dos obstáculos, portais e alavancas.

Drinion diz: "Não me ocorre, não. Mas o que eu estou percebendo é que você ficou brava ou chateada com alguma coisa que eu disse. Isso dá pra ver", ele diz. "E me ocorre que você pode querer encerrar essa conversa tête-à-tête apesar de o seu marido ainda não ter chegado pra te pegar, mas que pode ser que você não saiba direito como fazer isso e aí esteja se sentindo meio presa aqui, e que isso é uma das coisas que estão te deixando brava."

"E você, você não tem que ir pra algum lugar?"

"Não."

Um dado interessante é que na verdade Meredith Rand é hierarquicamente superior a Shane Drinion, tecnicamente, já que ela é GS-10 e Drinion GS-9. Isso muito embora Drinion esteja várias ordens de magnitude acima de Rand em termos de eficiência como analista. Tanto sua média diária de declarações quanto a razão entre o seu total de declarações verificadas e a renda adicional gerada em auditoria são muito mais altas que as de Meredith Rand. A verdade é que os analistas de empreitada têm mais dificuldade para serem promovidos, já que as promoções costumam decorrer das recomendações de um Gerente de Grupo, e os A-EMPs raramente ficam num Posto ou numa Célula tempo suficiente para desenvolver o tipo de relação com os superiores que faça o superior se motivar a encarar a chatice burocrática de recomendar alguém para uma promoção. Além disso, como os analistas de serviços muitas vezes são os melhores no que fazem, há um desincentivo no serviço no que se refere às suas promoções, já que chegando a GS-15 um funcionário do Serviço passa para o administrativo e não pode mais ficar viajando de um Posto a outro. Uma das coisas que os fraldinhas regularmente lotados acham misteriosa nos A-EMPs são as possíveis motivações que os levam a trabalhar como A-EMPs quando a posição é meio que uma sentença de morte em termos de carreira e de aumento de salário. Em números de 1º de julho de 1983, a diferença entre o salário anual de um GS-9 e o de um GS-10 é de $ 3 220, brutos, o que não é pouca coisa. Como muitos fraldinhas, Meredith Rand supõe que exista algum tipo de personalidade de base que talvez se sinta atraída pela movimentação constante e pela ausência de laços que decorrem de você ser um analista de empreitada, fora a diversidade de desafios, e que o RH tem formas de testar esses traços de personalidade e assim identificar alguns analistas como prováveis candidatos ao posto de A-EMP. Mas em parte isso é uma romantização de funcionários casados ou pelo menos juntados sobre o estilo de vida livre de ficar indo de um Posto a outro movido apenas pelos caprichos do Serviço, como um caubói ou um mercenário. Montes de A-EMPs vieram para Peoria desde o fim do verão e o começo da primavera de 84 — há várias teorias para explicar o motivo.

"Você normalmente fica por aqui depois do horário e depois que todo o pessoal do Segunda-Junta foi embora?"

Drinion sacode a cabeça. Ele não menciona que não pode sair do Meibeyer's enquanto Keith Sabusawa não sair. Meredith Rand não sabe se ele deixa de mencionar esse fato óbvio porque sabe que Meredith já sabe, ou se esse cara é tão totalmente literal que só o que ele faz é responder literalmente a qualquer pergunta que ela fizer, como uma máquina, assim meio que só com sim ou não se for uma pergunta do tipo sim ou não. Ela apaga o cigarro no cinzeirinho descartável de papel-alumínio amarelo que você tem que pedir direto pro Ron se quiser fumar, porque o Meibeyer's andou tendo problemas com cinzeiros que sumiram, por mais que seja difícil acreditar, sendo eles rastaquera como são. Ela apaga o cigarro um tanto mais determinada e de forma mais enfática do que costuma fazer, para reforçar certa impaciência tonal no que diz enquanto apaga o cigarro: "Tudo bem, então".

Drinion gira um pouco o torso na cadeira para ver onde Keith Sabusawa está exatamente, ali no balcão. Rand tem 90% de certeza de que o movimento não é um tipo de atuação nem alguma coisa que tenha como objetivo lhe comunicar algo de maneira não verbal. Lá fora no céu do noroeste pairam imensas muralhas abruptas de nuvens crepusculares iluminadas pelas bordas, em cujo interior por vezes há resmungos e luz. Nenhuma pessoa ali no Meibeyer's pode ver essas nuvens, se bem que sempre seja possível dizer fisicamente que a chuva vem chegando se você prestar atenção a certos sinais físicos subliminares como nos seios nasais, joanetes, um certo tipo de dor de cabeça incipiente, uma leve alteração que se faz sentir na qualidade do frio do ar-condicionado.

"Então me diga por que você acha que esse negócio de ser bonita me incomoda."

"Eu não sei com certeza. Só posso te dar um palpite."

"Sabe, estou vendo que no fundo você não é tão direto quanto parecia assim de cara."

Drinion continua olhando diretamente para Meredith Rand, mas sem nenhum tipo de desafio ou intenção evidente. Rand, que com certeza tem condições de saber que a falta de malícia pode ser uma espécie de malícia, vai dizer a Beth Rath que foi um pouco como ter uma vaca ou um cavalo te olhando: Não apenas você não sabe o que eles estão pensando enquanto te olham, ou até se eles estão pensando, mas você também não tem noção do que eles estão vendo enquanto te olham — e mesmo assim você se sente verdadeiramente vista.

"Tudo bem, eu vou entrar nesse joguinho então", Meredith Rand diz. "Você me acha bonita?"

"Acho."

"Você me acha atraente?"

"..."

"Então, acha ou não acha?"

"Eu fico meio sem saber o que fazer com essa pergunta. Eu ouvi isso no cinema e vi em livros. É uma expressão esquisita. Tem alguma coisa meio confusa. Parece que a pergunta pede uma opinião objetiva quanto à possibilidade da pessoa com quem você está conversando ser descrita como atraente. Só que nos contextos em que a expressão normalmente aparece, dá a impressão de quase sempre ser um jeito de perguntar se a pessoa com quem você está conversando sente alguma atração sexual por você."

Meredith Rand diz: "Bom, de vez em quando a gente precisa deixar passar um jeito meio tortuoso de dizer as coisas, não é verdade? Tem coisa que não dá pra dizer de uma vez senão fica grosseiro demais. Você consegue imaginar alguém dizendo 'Você sente atração sexual por mim?'".

"Eu consigo, sim."

"Mas seria desconfortável pacas perguntar desse jeito, não acha?"

"Eu consigo entender como poderia ser desconfortável ou até desagradável, principalmente se a outra pessoa não sentisse atração sexual. Eu tenho quase certeza que embutida ali na pergunta direta vem a sugestão de que a pessoa que faz a pergunta sente uma atração sexual pela outra e quer saber se o sentimento é recíproco. Então — sim, isso quer dizer que eu estava errado. Também existem perguntas e suposições embutidas na questão subjacente. Você está certa — tudo indica que a questão da atração sexual é um tema de que não dá pra falar de um jeito totalmente direto."

Agora a expressão condescendente de Rand desagradaria ou irritaria a imensa maioria das pessoas com quem ela estivesse conversando. "E por que você acha isso?"

Drinion se detém por um momento. "Acho que talvez porque a rejeição sexual direta é extremamente desagradável para as pessoas, e quanto menos direta for a maneira de você receber informações a respeito da sua atração sexual sobre alguém, menos diretamente você se sente rejeitado se a sua atração não for correspondida."

"Tem alguma coisa em você que me cansa", Rand observa. "Nisso de conversar com você."

Drinion concorda com a cabeça.

"É como se você fosse ao mesmo tempo interessante e chato pacas."

"Que eu sou chato pode saber que já me disseram."

"A coisa do '100 graça'."

"O apelido é obviamente sarcástico."

"Você já saiu com uma mulher?"

"Não."

"Você já convidou alguém pra sair ou manifestou interesse e atração por alguém?"

"Não."

"Você não fica meio sozinho?"

Pequena pausa para isso. "Acho que não."

"Você acha que ia perceber se ficasse?"

"Acho que ia."

"Você sabe o que está tocando na jukebox agora?"

"Sei."

"Você por acaso não é homo?"

"Acho que não."

"Você não acha?", Rand diz.

"Eu não acho que no fundo eu seja qualquer coisa. Eu não acho nem que eu já tenha sentido o que você chama de atração sexual."

Rand é muito boa para perceber emoções no rosto dos outros, e até onde ela pode ver não há o que se perceber no rosto de Drinion. "Nem na adolescência?"

De novo aquela pequena pausa para uma conferência interna. "Não mesmo."

"Você ficou preocupado que podia ser homo?"

"Não."

"Você ficou preocupado que tivesse alguma coisa errada com você?"

"Não."

"Outras pessoas ficaram preocupadas?"

Outra pausa, ao mesmo tempo vazia e não. "Acho que não."

"Mesmo?"

"Você quer dizer na minha adolescência?"

"Sim."

"Acho que a verdade é que ninguém prestava tanta atenção assim em mim, a ponto de ficar imaginando o que estaria passando pela minha cabeça, muito menos a ponto de se preocupar com isso." Ele não se mexeu nem um pouquinho.

"Nem a sua família?"

"Não."

"E isso te chateava?"

"Não."

"Você se sentia sozinho?"

"Não."

"Você às vezes se sente sozinho?"

Rand já é quase capaz de prever a pausa depois de algumas perguntas, ou de absorvê-la como parte normal do ritmo conversacional de Drinion. Drinion não dá mostras de ter percebido que ela já perguntou isso.

"Acho que não."

"Nunquinha?"

"Acho que não."

"Por que não?"

Drinion toma outro gole de seu copo de cerveja morna. Há algo na economia dos movimentos dele que Rand gosta de olhar sem nem ter grande consciência de que gosta. "Acho que eu nem sei como responder essa", o analista de empreitada diz.

"Bom, assim, quando você vê outras pessoas tendo romances ou vidas sexuais, e você não, ou você percebe que elas se sentem sozinhas e você não, qual você acha que é a diferença entre elas e você?"

Vem uma pausa. Drinion diz: "Eu acho que isso que você está perguntando tem dois gumes. No fundo é uma questão de comparação. Acho que é mais que se eu estou vendo alguém e presto atenção na pessoa e fico pensando como ela é, aí eu não presto tanta atenção em mim e em como sou. Então não tem como comparar".

"Você nunca compara uma coisa com outra?"

Drinion olha para a mão e o copo. "Eu acho meio duro prestar atenção em mais de uma coisa ao mesmo tempo. Acho que é um dos motivos de eu não saber dirigir, por exemplo."

"Mas você sabe o que está tocando na jukebox."

"Sei."

"Mas se você está prestando atenção aqui na nossa conversinha, como é que você sabe o que está na jukebox?"

Vem uma pausa mais longa. O rosto de Drinion parece levemente diferente quando ele chega ao fim da sua conferência de dois segundos. Drinion diz: "Bom, está tocando bem alto, e também eu já ouvi essa música várias vezes no rádio, coisa de quatro ou cinco vezes, e quando toca no rádio e acaba aí às vezes eles dizem o nome da música e do artista. Eu acho que é assim que as emissoras de rádio conseguem tocar uma música que tem copyright sem ter que pagar algum tipo de taxa cada vez que usam a música. A transmissão radiofônica é parte da publicidade do disco de que aquela música faz parte. Mas é meio confuso. A ideia de que ouvir a música várias vezes de graça no rádio aumenta a chance do consumidor ir até a loja para comprar a música me parece meio confusa. Tudo bem que na maioria das vezes o que está à venda é o disco inteiro de que a música é só uma parte, então pode ser que a música no rádio funcione mais ou menos como um trailer de filme que eles passam pra te levar a comprar um ingresso pra aquele filme depois, filme de que o trailer é só uma pequena parte. Também tem a questão de saber como é que os contadores das gravadoras tratam as despesas envolvidas na veiculação radiofônica gratuita. Parece ser não uma questão de ICE e empresarial mas no fundo uma coisa *inter*empresarial, se você para pra pensar. Claro que tem custos significativos de envio e de distribuição nessa coisa de levar a gravação da música às mãos das emissoras de rádio que vão tocar. Será que a gravadora ou a matriz pode deduzir esses custos se as emissoras não estão pagando nada pelos direitos de transmissão da música e portanto não há renda que possa contrabalançar os gastos? Ou será que eles podem ser deduzidos como gastos de marketing e publicidade se a bem da verdade ninguém está entregando dinheiro a quem ostensivamente vai fazer a publicidade, no caso as emissoras de rádio ou suas matrizes, mas só pro serviço postal ou alguma transportadora particular? Como é que o analista do Serviço ia poder distinguir esses gastos de deduções ilícitas ou inflacionadas se nenhuma compensação maior pudesse ser referenciada como base de acréscimo ou de subtração pra esses custos de distribuição?".

Meredith Rand diz: "Posso te dizer que um dos motivos que te fazem parecer meio chato é que você parece não ter a menor noção do assunto real de uma conversa? Isso tudo aí não tem nadíssima a ver com o que a gente estava discutindo, não é?".

Drinion fica com uma cara algo desorientada por um momento, mas não magoada nem constrangida. Rand diz: "O que é que te faz imaginar que alguém neste mundo ia poder querer ficar ouvindo um conversê comprido de trabalho que você nem entende direito se a questão central da gente estar aqui é ser sexta-feira e a gente não ter que pensar nessas merdas por dois dias?".

Drinion diz: "Normalmente você prefere não dedicar tempo a essas questões fora do expediente, é isso?".

"Eu estou falando de solidão e das pessoas prestarem ou não prestarem atenção em você, e você me entra nessa coisarada toda comprida de protocolos de gastos radiofônicos e que no fim o negócio é que tem umas partes da conduta oficial nesse caso que você desconhece?"

Drinion concorda com a cabeça de maneira pensativa. "Eu entendi o que você está dizendo."

"O que é que você imagina que passa pela cabeça da outra pessoa enquanto você sola desse jeito? Você simplesmente deduz automaticamente que as pessoas estão interessadas? Quem quer saber de contabilidade radiofônica a não ser que tenha que fazer isso profissionalmente?"

Beth Rath agora está sentada entre Keith Sabusawa e outra pessoa no balcão, todos em banquinhos, com posturas próprias de quem está sentado em banquinhos de bar, que para Meredith Rand sempre parecem vulturinas. Howard Shearwater está jogando pinball, jogo em que ele supostamente é uma maravilha — sua máquina de pinball é a mais distante da mesa deles, e o ângulo de incidência da luz não permite que Rand veja o padrão ou o motivo gráfico da máquina. O sol ainda não se pôs de fato, mas as luzes fracas do bar nas tochas havaianas artificiais do corredor já se acenderam, e o fluxo das saídas do ar-condicionado parece pelo menos ter sido reduzido um pouco. Como torcedores de beisebol, os peorianos de verdade tendem a se dividir igualmente entre os Cubs e os Cardinals, ainda que atualmente os torcedores dos Cubs tendam a manter sua preferência mais em segredo. Beisebol na televisão é quase oficialmente o tipo mais entediante de esporte que existe, na opinião do marido de Meredith Rand. Pode chover ou não, como sempre. Havia poças de condensação com formatos variados em todos os lugares que têm ou tinham um copo, e nenhuma jamais evaporava. Drinion ainda não falou nem se mexeu nem mudou de expressão facial, quase nada. Este aqui, bem aqui, é o cigarro número três desde as 5h10. Não há tentativas de anéis.

Meredith Rand diz: "No que você está pensando agora?".

"Eu estou pensando que você levantou várias questões que parecem válidas e que eu vou ter que pensar mais nessa coisa toda sobre o que os outros estão pensando quando eu estou falando com eles."

Rand faz aquilo que consegue fazer, de sorrir bem largo com tudo menos os músculos em volta dos olhos. "Você está me tratando como criança?"

"Não."

"Você está sendo sarcástico?"

"Não. Mas estou vendo que você ficou brava."

Ela exala duas breves presas de fumaça. Por causa da menor corrente resultante do fluxo da saída de ar-condicionado, um pouco da fumaça está indo para o rosto de Shane Drinion. "Você sabia que o meu marido está morrendo?"

"Não. Eu não sabia", Drinion diz.

Eles ficam ali sentados em silêncio por um momento, fazendo cada um o tipo de coisas faciais que por hábito fazem.

"Você não vai dizer que sente muito?"

"O quê?", Drinion diz.

"É o que se diz. É a coisa-padrão de se dizer, por etiqueta."

"Bom, eu estava considerando esse fato à luz de você ter me perguntado aquilo dos sentimentos sexuais e da solidão. Parece que a entrada desse fato altera o contexto daquela conversa."

"É pra eu perguntar como?", Meredith Rand diz.

Drinion inclina a cabeça. "Não sei."

"Por acaso você achou que pensar que ele estava morrendo queria dizer que você tinha alguma chance comigo, sexualmente?"

"Não. Eu não pensei isso."

"Bom. Que bom."

Beth Rath vinha voltando à mesa com a boca parcialmente aberta para quem sabe dizer alguma coisa ou tentar participar da conversa, mas Meredith Rand lhe dá uma olhada que faz Rath dar meia-volta e retornar ao lugar onde estava, no banquinho de couro vermelho do balcão, onde Ron está trocando o cartucho da máquina de soda. Meredith Rand põe a bolsa na mesa e levanta para reabastecer o copo.

"Quer outra Heineken ou alguma outra coisa?"

"Eu ainda não terminei esta aqui."

"Você não é de beber aos montes, né?"

"Eu fico cheio rápido. Acho que a minha barriga é pequena."

"Sorte sua."

Rand, Rath e Sabusawa têm alguma conversinha rápida enquanto Ron prepara o gim-tônica de Meredith Rand, coisa que Drinion não ouve, embora possa ver reflexos vagos das pessoas que estão no balcão na janela da frente do Meibeyer's. Ninguém sabe que cara ele tem ou que movimentos faz seu rosto quando está sozinho sentado à mesa, nem mesmo o que está olhando.

"Você sabe o que é cardiomiopatia?", Rand pergunta quando senta de novo à mesa. Ela olha para a sua bolsa, que é quase mais uma sacola em termos de formato. Metade do gim-tônica já se foi.

"Sim."

"Sim o quê?"

"Acho que é uma doença cardíaca."

Meredith Rand bate curiosa o isqueiro contra os dentes da frente. "Você parece um bom ouvinte. Você é mesmo? Quer ouvir uma história triste?"

Depois de um momento, Drinion diz: "Eu não sei bem como responder".

"Eu estou falando da minha história triste. De um pedaço da minha. Todo mundo tem a sua história triste. Quer ouvir um pedaço da minha?"

"..."

"Na verdade é uma doença do músculo cardíaco. A cardiomiopatia."

"Eu achava que o coração já era um músculo", Shane Drinion diz.

"Em oposição à vascularização cardíaca. Vai por mim, eu sou meio especialista nisso. O que se chama de doença cardíaca é sempre dos vasos principais. Ataque cardíaco, assim por diante. Cardiomiopatia é do músculo cardíaco, a coisa que forma o coração, que aperta e relaxa. Principalmente quando é de causa desconhecida. O que é o caso. Eles não sabem direito o que causou. A teoria é que ele pegou alguma gripe terrível ou algum vírus quando estava na universidade, aparentemente melhorou, mas ninguém sabia que na verdade acabou se instalando no miocárdio, no tecido muscular do coração, que foi aos poucos ficando infeccionado e comprometido."

"Acho que estou entendendo."

"Você deve estar pensando que coisa mais triste se apaixonar e casar e aí o marido tem uma doença fatal — porque é, é fatal. Que nem aquele menino rico daquele filme, como é que chama, só que lá é a mulher, que é meio mala sem alça na minha modesta opinião, mas o riquinho é deserdado e tudo, e casa com ela, e aí ela tem uma doença fatal. É uma choradeira só." Os olhos de Rand também se alteram levemente quando ela revisita algum tipo de lembrança. "É meio parecido com insuficiência cardíaca. Na verdade, em muitos casos de cardiomiopatia a causa mortis real quando a pessoa finalmente morre aparece como insuficiência cardíaca."

Shane Drinion está com a mão em volta do copo que tem um pouco de cerveja, mas não ergue o copo. "Isso é porque o músculo do coração fica comprometido e não consegue se comprimir a ponto de fazer o sangue circular?"

"É, e ele já tinha isso antes da gente casar, tinha até já antes da gente se conhecer, e a gente se conheceu quando eu era supernovinha, eu ainda nem tinha feito dezoito anos. Ele tinha trinta e dois e já era responsável por uma ala do Zeller." Ela está pegando um cigarro. "Por acaso você sabe o que é o Zeller?"

"Acho que você está falando da sede do centro de saúde psiquiátrica perto dos Exposition Gardens na Northmoor." A bunda de Drinion está pairando muito pouco — quem sabe um ou dois milímetros no máximo — acima do assento da cadeira de madeira.

"Na verdade fica na University, a entrada principal pelo menos."

"..."

"É um hospital psiquiátrico. Você sabe o que é um hospital psiquiátrico?"

"No sentido geral, sim."

"Você está só sendo educado?"

"Não."

"O pinel. Hospício. Uma casa de orates. Quer saber por que eu estava lá?"

"Você estava visitando alguém importante na sua vida?"

"Negativo. Eu fiquei internada ali por três semanas e meia. Quer saber como foi que isso aconteceu?"

"Eu não sei dizer se você está me perguntando de verdade ou se essa pergunta é meramente um prenúncio do que você vai contar."

"Meredith Rand dá um formato sardônico e enviesado à boca e estala a língua algumas vezes. "Tudo bem. Isso é meio irritante, mas não dá pra dizer que você não tenha razão. Eu era de me cortar. Você sabe o que isso quer dizer?"

Não há nenhuma diferença — o rosto de Drinion continua composto e neutro sem parecer de modo algum que ele faça força para se manter neutro. Meredith Rand tem uma antena subliminar muito boa para esse tipo de coisa — tem alergia a atuações. "Eu suponho que seja a pessoa se cortar mesmo."

"Isso foi uma piadinha?"

"Não."

"Eu não sabia por que eu fazia aquilo. Ainda não sei bem, só que ele me ensinou que tentar analisar aquilo e entender todos os porquês era uma asneira — a única coisa importante era parar com aquilo, porque se eu não parasse aquilo ia me jogar de novo na ala psiquiátrica, que a ideia de que eu pudesse esconder aquilo com bandagens ou com mangas e manter tudo absolutamente escondido sem afetar mais ninguém era uma asneira arrogante. E ele tem razão. Onde quer que você faça, e por mais que faça com cuidado, sempre chega uma hora que alguém vê alguma coisa e diz alguma coisa, ou que alguém está de bobeira no corredor e fingindo que implora pra você matar a aula de álgebra e ir até o parque se chapar e escalar a estátua de Lincoln e te agarra pelo braço com muita força e alguns cortes abrem, você sangra e empapa a manga comprida, mesmo que esteja com duas camisas, aí alguém chama uma enfermeira mesmo com você mandando todo mundo ir se foder, dizendo que foi só um acidente e que você vai só dar uma passada em casa e resolver aquilo em casa. Sempre chega um dia em que alguém vê alguma coisa no seu rosto que diz que você está mentindo e aí quando você se dá conta já está lá, num quarto iluminado com as pernas e os braços à mostra, tentando se explicar pra alguém totalmente desprovido de senso de humor, mais ou menos a mesma coisa que conversar com você agora." Com um sorrisinho rápido e cerrado.

Drinion bebe devagar.

"Isso foi meio sórdido. Eu preciso te pedir desculpas."

"Eu não tenho um senso de humor muito bom, é verdade."

"Mas é diferente. Eles fazem uma coisa que é meio que uma consulta de entrada, com um formulário oficial numa prancheta branca, e te fazem as perguntas que a lei diz que são obrigatórias, e se eles te perguntam se você de vez em quando ouve vozes e você diz claro, estou ouvindo a sua agora mesmo me fazendo uma pergunta, eles não acham engraçado nem reconhecem que você estava tentando ser engraçada, mas só ficam ali sentados te olhando. Como se eles fossem um computador que só consegue processar os seus dados se você der uma resposta formatada da maneira certa."

"A própria pergunta já parece ambígua. Por exemplo, de que vozes eles estão falando?"

"Então eles têm, assim, três tipos de alas diferentes no Zeller, e duas são trancafiadas, e eles me colocam como paciente psiquiátrica bem naquela onde ele trabalhava, no terceiro andar, onde basicamente ficam umas meninas ricas dos bairros chiques que não conseguem comer ou que tomaram um monte de Tylenol quando o namoradinho deu o fora nelas, et cetera, ou meteram o dedo na garganta toda vez que comeram alguma coisa. Muita bulímica por lá."

Drinion continua olhando para ela. Agora parte nenhuma de sua bunda ou de suas costas toca a cadeira, embora a separação seja tão mínima que ninguém pode ver a não ser que de alguma maneira projetasse lateralmente alguma luz bem forte, que iluminasse a fresta entre Drinion e a cadeira.

"Você pode agora estar se perguntando como foi que eu fui parar lá, já que a gente definitivamente não era rico nem morava em bairro chique."

"..."

"A resposta é um bom seguro-saúde graças ao sindicato do papai. Ele foi o responsável pela linha de arames de enfardamento na American Twine de 1956 até a fábrica fechar. Os únicos dias em que ele faltou ao trabalho em sua vida toda foram alguns dias que eu passei no Zeller." Rand faz uma cara horrorizada e exagerada que dura instantes e cujo significado exato não fica claro, e acende o cigarro que vinha segurando e olhando. "Pra te dar uma ideia."

Drinion termina o que restava da Michelob e enxuga um pouco a boca com o guardanapo onde o copo estava pousado. Ele então repõe guardanapo e copo. Sua cerveja está em temperatura ambiente há tanto tempo que não tem como produzir mais condensação.

"É verdade que ele já parecia doente quando a gente se conheceu. Nada assim muito repulsivo, não é que ele vazasse ou andasse por aí tossindo nem nada, mas pálido até pro inverno. Ele parecia frágil, que nem uma pessoa velha. Todo esquelético também, ainda que na comparação com as anoréxicas fosse difícil ver assim de cara o quanto ele era esquelético — era mais como se ele fosse muito pálido e se cansasse fácil; não conseguia fazer nada muito rápido. Com aquelas olheiras horrorosas. Às vezes ele parecia cansado ou sonolento, se bem que, também, isso já era tarde da noite, porque ele era responsável pela ala no período noturno, das cinco da tarde até o meio da madrugada, quando o terceiro cara chegava, um cara que a gente nem via de verdade a não ser na hora do café ou se alguém tivesse uma crise no meio da noite."

"Ele não era médico, então", Drinion diz.

"Os médicos eram uma piada. Lá no Zeller. Os psiquiatras. Eles apareciam de tarde e ficavam coisa de uma hora, de terninho — estavam sempre com uns ternos bons; os caras eram profissionais —, e conversavam mais com os enfermeiros e os parentes quando chegavam, quase só com eles. Aí eles entravam e era hora de uma conversa esquisita, formal, mais ou menos como se eles fossem o seu pai. Eles eram totalmente desprovidos de senso de humor e ficavam o tempo todo olhando no relógio. Até os caras que dava pra você ver que podiam ser pessoas de verdade estavam mais interessados no seu caso, não em você. Assim, no que o seu caso podia significar, no que ele diferia de outros casos na literatura que eles conheciam. Nem queira me ouvir falar da classe médica das alas psiquiátricas. Era bizarro lidar com aquele povo; era de ferrar com a sua cabeça. Se você dizia que odiava estar ali e que não estava servindo pra nada e você queria ir embora, eles viam como um sintoma do seu caso, não como você querendo ir embora. Era como se você não fosse uma pessoa, um ser humano, mas uma máquina que eles podiam desmontar e entender como é que funcionava." Ela fica abrindo e fechando a cigarreira. "Era de dar medo, de verdade, porque eles podiam assinar uma papelada pra te deixar ali ou te passar pra uma ala pior, a outra ala trancafiada era bem pior e as pessoas ficavam falando dela, você nem queira saber. Ou eles podiam decidir te dar uns remédios que faziam umas meninas ali virarem zumbi; parecia que um dia elas estavam ali e no dia seguinte não tinha mais ninguém em casa. Assim umas zombudas mesmo com uns roupões bonitos que as famílias mandavam. Era medonho, pura e simplesmente."

"..."

"Só que eles não podiam fazer aquelas coisas de filme de terror, não podiam ficar te dando eletrochoque que nem naquele filme, porque os pais de todo mundo estavam ali praticamente todo dia e sabiam o que estava rolando. Se você estivesse naquela ala você não estava *internada* no Zeller, você era *aceita*, e depois de sete dias eles tinham que te deixar sair se os seus pais quisessem. E alguns queriam, os das zumbis. Mas legalmente eles podiam assinar uns formulários que te passavam pra condição de *internada*. Quem podia eram os médicos de terninho, então era deles que dava medo."

"..."

"Sem contar que a comida era mais que um nojo."

"Você estava fazendo cortes pequenos e escondidos no corpo como uma compensação psicológica de algum tipo", Shane Drinion diz.

Meredith Rand dá uma olhada franca para ele. Ela acaba percebendo que ele parece estar sentado ligeiramente mais ereto ou alguma coisa assim, porque o pedaço mais de baixo do quadro de diferentes tipos de chapéus está encoberto, e ela sabe que ela não está reclinada. "Era bom. Era esquisito, e eu sabia que não podia ser bom se eu escondia tanto aquilo e tratava como uma coisa tão esquisita, mas era bom. Eu não sei o que mais posso dizer." Toda vez que ela bate a cinza, são três batidas de mesmas velocidade e angulação com um dedo de unha vermelha. "Mas eu tinha fantasias de cortar o pescoço, o rosto, o que já era esquisito, e eu estava subindo cada vez mais pelos braços o ano inteiro e não conseguia parar, o que começou a me dar medo. Era uma coisa boa eu estar ali; era doido — então vai ver que no final das contas eles tinham razão."

Drinion simplesmente a observa. Não há como saber se está vindo uma chuva de verdade ou se a massa vai passar por eles. A luz lá fora tem a cor aproximada de uma lanterna gasta. Aqui dentro há barulho demais para saber se há trovões. Às vezes parece que o ar-condicionado fica mais frio ou mais insistente quando está prestes a cair uma tempestade, mas não é o que parece acontecer agora.

Meredith Rand diz: "Você precisa dizer umas coisinhas de vez em quando, como se fosse uma conversa de verdade, pra mostrar que pelo menos você está interessado. Senão a pessoa só sente que está tagarelando e que o outro pode estar pensando em sabe Deus o quê".

"Mas fazer cortes no rosto teria externalizado demais a situação", Drinion diz.

"Isso mesmo. Sem contar que eu não queria cortar o rosto. Como ele acabou me fazendo ver, a superfície era a única coisa que eu achava que tinha de verdade. O rosto e o corpo, o fato de eu supostamente ser *gata*. Eu era uma das *gatas* da Central Catholic. É uma escola secundária daqui. Eles chamavam a gente assim — as *gatas*. Quase todas eram líderes de torcida também."

Drinion diz: "Então você foi criada na Igreja católica".

Rand sacode a cabeça enquanto bate o cigarro. "Isso não é relevante. Não é desse tipo de reação ocasional que eu estava falando."

"..."

"A conexão é a coisa da beleza e da solidão de que você estava falando. Ou a gente estava, que é ruim de entender, provavelmente, já que ser considerada bonita na escola é garantia de popularidade e de aceitação pras meninas e de tudo que devia ser o contrário da solidão." Ela às vezes usa perguntas diretas como desculpas para encarar os olhos dele: "Você se sentia solitário na escola secundária?".

"Não muito."

"Certo. Está certo. Fora que a beleza é uma forma de poder. As pessoas prestam atenção em você. Pode ser bem sedutor."

"Sim."

Só analisando de perto agora Meredith Rand avalia a fundo a estranha intensidade da conversa com o analista de empreitada. Normalmente muito consciente do seu entorno e do que os outros à sua volta estavam fazendo, Rand depois veio a perceber que grandes blocos do tête-à-tête no Meibeyer's pareciam desligados de qualquer contexto. Que dentro desses blocos de intenso envolvimento ela não teve consciência da música invasiva da jukebox ou das pancadas do seu excesso de graves no esterno, dos insistentes gorgolejos e estalidos das máquinas de fliperama e do joguinho de corrida, do jogo de beisebol na televisão, do troar normalmente desconcentrador das conversas em torno, com diferentes trechos audíveis que por vezes se destacavam e exigiam um pouco de atenção e depois mergulhavam no desconcentrador ruído ambiente de vozes misturadas entre si e todas levantadas para suplantar o barulho do próprio lugar. A única forma que ela encontrou de explicar aquilo a Beth Rath foi dizer que era como se uma espécie de contêiner isolado acusticamente tivesse se formado em volta da mesa deles impedindo às vezes que quase mais nada conseguisse penetrar. Por mais que não tenha sido o caso de ela ter ficado ali sentada olhando direto para o cara das empreitadas o tempo todo; não foi um negócio hipnótico. Ela também não teve consciência de quanto tempo tinha passado ou estava passando, o que para Meredith Rand era uma coisa bem incomum.* A melhor teoria que Meredith Rand encontrou foi que o "+100" prestava tanta atenção, e tão concentradamente, no que ela disse — com uma intensidade que nada tinha a ver com flerte ou com algo romântico; era um tipo de intensidade totalmente diferente — se bem que também fosse verdade que Meredith Rand não sentiu necas de atração romântica ou sexual por Shane Drinion naquela mesa no Meibeyer's. Tratava-se de outra coisa, totalmente nada a ver com isso.

"Foi ele que me disse isso. Que expôs a coisa desse jeito. À noite, depois do jantar, depois que todos os grupos e a TO tinham acabado e que os médicos com seus terninhos bacanas tinham ido pra casa e quando ficava só ele e uma enfermeira no posto de medicação. Ele estava com o jaleco branco da

---

* Meredith Rand não fica menos atraente ou bonita quando fala com alguém sobre se cortar de maneira ritualística e acabar indo parar no Zeller Center. Mas de fato acaba parecendo abruptamente mais velha ou mais sofrida. Dá para ver, não só imaginar, mas ver como o rosto dela vai estar aos quarenta — o que afinal, como se sabe muito bem, será só uma nova forma de beleza, uma beleza menos ganha e mais severa ou "conquistada", em que as imperfeições e rugas que emerjam não conspurcam seus belos traços, mas na verdade os emolduram, revelam emendas num rosto que é feito e não simplesmente moldado aleatoriamente. O rosto e a leve fenda do queixo de Meredith Rand brilham vagamente sob a luz vermelha das chamas falsas da parede.

equipe médica e um suéter, com esses tênis de plástico e uma argola cheiona de chaves. Dava pra ouvir ele pelo corredor sem nem olhar, só por causa da argola de chaves. A gente dizia pra ele que parecia que a argola de chaves era mais pesada que ele. Algumas meninas ali fizeram ele comer o pão que o diabo amassou, porque afinal ele não podia fazer nada de verdade com elas."

"..."

"Não tinha nada pra fazer à noite depois do horário de visitas a não ser ficar vendo TV na sala de convívio ou jogar pingue-pongue numa mesa com uma rede bem baixinha pra deixar até as meninas que estavam tomando medicação pesada achando que também conseguiam jogar, e ele só tinha que verificar a medicação de todo mundo e dar autorização pra quem precisava usar o telefone, e no fim do turno ele tinha que fazer uma avaliação de cada uma, o que era totalmente pura rotina a não ser que tivesse acontecido alguma crise psi."

"Então você ficou observando ele atentamente, pelo que parece", Shane Drinion diz.

"Não que ele fosse grande coisa em termos de aparência. Tinha umas meninas que chamavam ele de Cadáver. Elas precisavam arranjar um apelidinho malvado pra todo mundo. Ou chamavam ele de Tristão de Ataúde. Era tudo físico e só. Mas parecia que o corpo dele nem encostava na parte de dentro das roupas; elas só ficavam ali boiando. Ele andava como um cara de uns sessenta anos. Mas era engraçado, e conversava de verdade com você. Se alguém precisasse conversar sobre alguma coisa, assim, conversar de verdade, ele ia pra salinha de reuniões ao lado da cozinha com a menina e conversava." Meredith Rand tem um conjunto de hábitos para apagar o cigarro, todos eles, sejam velozes e cortantes, sejam lentos e mais de esfregar lateralmente, são muito meticulosos. "Ele não obrigava ninguém a fazer aquilo. Ele não ficava te puxando pela manga pra ir lá pra um tête-à-tête ou pra você deixar ele praticar com você. A maioria do pessoal só ficava vegetando na frente da televisão, ou quem estava ali por causa de drogas tinha que ir de van pra reunião das drogas. Ele normalmente precisava pôr os pés em cima da mesa quando você ia bater um papo com ele. A mesa da sala de reunião em que os médicos espalhavam os prontuários pra conversar com os pais. Ele se reclinava bem pra trás, punha o tênis em cima da mesa e dizia que era porque tinha dor nas costas, mas no fundo era por causa da cardiomiopatia, que apareceu misteriosamente quando ele estava na universidade e foi o motivo dele não ter terminado a universidade, apesar de ser trocentas vezes mais inteligente e mais ligado no que estava acontecendo de verdade com o pessoal ali do que os médicos e os supostos 'psicólogos'. Eles enxergavam todo mundo com uma lente profissional que tinha coisa de um centímetro de diâmetro — o que não coubesse na lente eles ou não viam ou torciam e espremiam bem pra caber. E ele ali com aquele tênis vagabundo de supermercado e os pés em cima da mesa daquele jeito, pelo menos ele acabava parecendo mais uma pessoa, alguém que estava conversando de verdade com você e não alguém que só queria te diagnosticar ou classificar a sua etiologia pra ter alguma coisa pra dizer que coubesse naquela lentezinha. Era uma piada total aquele tênis."

"Posso fazer uma pergunta?"

"Por que não fazer a pergunta de uma vez sem precisar gastar esse tempo me fazendo dizer que sim, que você pode fazer uma pergunta?"

"Entendi o que você está dizendo."

"E aí?"

"Elevar os pés era para ajudar na eficiência da circulação do sangue?"

"Era isso que você queria perguntar?"

"Não é desse tipo de perguntinha que você estava falando, pra dar força?"

"Pelo amor de Deus", Rand diz. "É, é por causa da circulação. Se bem que na época ninguém sabia de nada. Dava pra acreditar que ele tivesse dor nas costas. Ele não tinha cara de alguém que estivesse confortável. Só dava pra ver era que aquele sujeito ali não estava em grande forma física."

"Ele parecia frágil, principalmente pra alguém daquela idade."

Às vezes agora Rand vez por outra joga a cabeça para trás e para o lado um quase nada, bem rápido, como se estivesse recompondo a plumagem capilar sem tocar nela, coisa que alguns tipos de meninas adolescentes fazem direto sem necessariamente terem consciência disso. "Aliás, foi ele que me ensinou a palavra *etiologia*. E explicou por que os médicos tinham que ser tão distantes e tão formais; eram apenas ossos do ofício. Ele não forçava ninguém, mas às vezes parecia que ele escolhia certas pessoas pra conversar, e ele fazia de um jeito que era difícil você resistir. As noites nem sempre eram fáceis, e ficar assistindo *Maude* com um bando de suicidas ou de gente medicada até as orelhas não ia ajudar muito."

"..."

"Você lembra de *Maude*?"

"Não, não lembro."

"A minha mãe adorava essa série. Era praticamente a última coisa do mundo que eu queria ver ali. Se o marido dela ficava puto e dizia 'Maude, *senta*', ela sentava, que nem um cachorro, e a claque mandava uma bela gargalhada. Isso que é feminismo. Ou As *panteras*, que era totalissimamente ultrajante, se você era feminista."

"..."

"O jeito que ele encontrou de começar a conversar comigo foi no quarto rosa, que era o quarto de isolamento, onde eles te colocam se você está em alerta de suicídio e a lei diz que você tem que ficar sob observação direta vinte e quatro horas por dia, ou se você teve um chilique que fez eles dizerem que você representava um risco ou má influência — eles podiam te pôr ali."

"Chamado de quarto rosa porque era a cor do quarto?", Drinion pergunta.

Meredith Rand sorri com indiferença. "Rosa Baker-Miller, pra dizer a verdade, porque tinha tido uns experimentos que demonstravam que ver a cor rosa tranquilizava a agitação mental, e de uma hora pra outra tudo quanto era pinel por aí começou a pintar o quarto de isolamento deles de rosa. Foi ele que me disse isso também. Ele explicou a cor do quarto em que eles me colocaram; com o chão inclinado e um ralo no meio que nem uma coisa meio medieval. Eu nunca fiquei em alerta de suicídio, caso você esteja pensando. Eu não faço ideia do quanto isso tudo está te deixando surtado, assim meio ai-ai-ai minha nossa que menina mais doida, no Zeller aos dezessete anos."

"Eu não estava pensando isso."

"O que fiz foi que eu disse pra um médico que nem era o meu médico, sabe assim o médico que o seguro do meu pai estava pagando, mas que era um outro médico que aparecia pra *cobrir* os casos do médico quando ele não podia ir, eles viviam cobrindo as faltas uns dos outros desse jeito, aí em coisa de cinco dias você falava com três médicos diferentes, e eles tinham que espalhar o seu prontuário e as anotações ou sei lá mais o quê ali em cima da mesa até pra lembrar quem que você era mesmo — e esse médico, que nunca nem piscava, ficava tentando me fazer falar de *abuso* e de *negligência* na minha infância, coisa que nunca aconteceu, e eu acabei dizendo pra ele que ele era um porrinha de um idiota gordolento e que se ele não queria acreditar nas coisas que eu contava, ele que enfiasse aquela história toda naquele cu imbecil dele. E aí naquela noite eu acabei no quarto rosa, foi ele que determinou, só de sacanagem. Não que eles tenham me arrastado pra lá, me jogado lá dentro e batido a porta — todo mundo lidava com aquilo tudo de um jeito bem delicado. Mas, sabe, uma das coisas estranhas de ficar num hospital psiquiátrico é que você aos poucos começa a sentir que tem permissão pra dizer o que te passar pela cabeça. Você começa a sentir que tudo bem ou até que de repente eles esperam que você faça umas coisas doidas, ou sem controle, o que de início parece meio libertador, parece bom; tem essa sensação de que acabou a máscara de maria-felicidade, chega de fingir, o que é gostoso, só que vai ficando meio sedutor e perigoso, e no fundo isso pode é fazer você piorar ali dentro — tem inibições que são boas, que são normais, ele disse, e parte da síndrome que nem eles dizem de algumas pessoas que acabam *internadas* de vez é que elas vão parar no pinel bem novinhas ou num momento de fragilidade em que a noção de eu delas ainda não está bem fixa ou bem firme, e elas começam a agir como acham que se espera das pessoas do pinel, e depois de um tempo elas já *são* mesmo aquelas coisas, e ficam presas no sistema, no sistema de saúde mental, e nunca mais conseguem sair."

"E ele te disse isso. Ele te alertou para os riscos de usar insultos sem controle com o psiquiatra."

Os olhos dela mudaram; ela põe o queixo na mão, o que faz com que pareça mais jovem. "Ele me disse um monte de coisas. Um monte. A gente ficou duas horas conversando nessa noite que eu passei no quarto rosa. Hoje em dia nós dois rimos dessa história — ele falou mais do que eu, o que em teoria não é como devia ser. Depois de um tempo toda noite a gente estava ali sem erro, to…"

"Você ia pro quarto de isolamento?"

"Não, eu só fiquei lá aquela noite, e o médico normal que me acompanhava, isso eu tenho que admitir, ele encrencou a vida do substituto com algum rolo disciplinar por ter me posto lá; ele disse que foi uma atitude reativa." Rand para e bate com os dedos na bochecha. "Merda, esqueci o que eu estava dizendo."

Drinion olha um pouquinho para o alto por um instante. "'Toda noite a gente estava ali sem erro'."

"Na sala de reunião, depois das visitas e da fulana da vez que tivesse pirado por causa de alguma coisa da hora da visita já ter sido acalmada ou medicada. A gente sentava ali e conversava, só que ele tinha que levantar de vez em quando pra dar uma olhada onde todo mundo estava e conferir se ninguém estava no quarto dos outros, e fazer quem tinha que tomar remédio ir até o balcão dos medicamentos. Toda noite nos dias de semana a gente entrava ali e ele fazia uma coisa que sempre fazia que era encher uma lata de Coca-Cola com água do bebedouro, ele usava uma lata de Coca em vez de um copo, e a gente sentava ali e ele me vinha com: 'Então, a coisa vai ser barra-pesada hoje, Meredith, ou só um papinho relax?', e eu agia como uma pessoa que está consultando um cardápio e dizia: 'Bom, hmm, hoje acho que eu estou a fim de uma coisa mais barra-pesada, se não for incômodo'."

"Posso fazer uma pergunta?"

"Grr. Manda."

"Eu posso inferir que *barra-pesada* se refere aos cortes e aos seus motivos pra se cortar?", Drinion pergunta. As mãos dele agora estão sobre a mesa com os dedos entrelaçados, o que para a maioria das pessoas acaba fazendo com que as costas se curvem e percam a postura, mas não com Drinion — ele continua ereto.

"Negativo. Ele era esperto demais pra uma coisa dessa. A gente quase não falava dos cortes. Não ia servir pra nada. Não era o tipo de coisa que desse pra abordar direto assim. O que ele... no fundo ele mais me mostrava um monte de coisas sobre mim mesma."

Um dos dedos entrelaçados de Drinion se mexe um quase nada. "Não te fazia perguntas?"

"Negativo."

"E isso não te deixava brava? Querer se meter a falar coisas sobre você mesma?"

"A grande diferença é o quanto ele estava certo. Praticamente tudo que ele dizia estava certo."

"No que ele te dizia sobre você mesma."

"Olha, e ele fez isso já de cara, quando precisava ganhar confiança. Foi o que ele me disse depois — ele sabia que eu não ia ficar muito tempo ali, no Zeller, e sabia que eu precisava conversar com alguém, e ele precisava me mostrar bem rápido que me entendia, que me conhecia, que não estava só lidando comigo como um caso ou um problema que ele precisava resolver em benefício da própria carreira, que era como ele sabia que eu pensava dos médicos e dos psicólogos, e ele disse que nesse caso não fazia diferença se eu tinha ou não tinha razão sobre eles, o negócio era que eu acreditava nisso, era parte das minhas defesas. Ele disse que eu era uma das pessoas com as defesas mais pesadas que ele já tinha visto passar por ali. No Zeller. Sem contar os psicóticos de vez, quer dizer, que eram praticamente inexpugnáveis, mas esses acabavam transferidos quase na mesma hora; ele quase nunca batia papo com um psicótico de verdade. A coisa da psicose é só um monte de estruturas de defesa e de crenças, tão fortes que a pessoa não consegue sair, elas viram o mundo de verdade, e aí normalmente é tarde demais, porque a estrutura do cérebro se alterou. A única esperança da pessoa é a medicação e um monte de quartos rosa por perto o tempo todo."

"Ele te entendia como pessoa, você está dizendo."

"O que ele fez, ali mesmo no quarto rosa, comigo ali sentada no leito hospitalar e pensando ai Jesus tem um *ralo* no chão, foi que ele já de cara me disse duas coisas diferentes sobre mim mesma que eu sabia e que ninguém mais sabia. Ninguém. Sério, isso", Meredith Rand diz. "É uma coisa assim que não dava pra eu acreditar. Ele foi na lata."

"..."

"Agora você está pensando que coisas são essas", ela diz.

Drinion faz aquela coisa bem minúscula com o ângulo da cabeça. "Você está dizendo que queria que eu te perguntasse que coisas são essas?"

"Nem a pau."

"Quase por definição, eu duvido que você fosse contar essas coisas a alguém."

"Bingo. Na mosca. Nem a pau. Não que elas seja tão interessantes assim", ela diz. "Mas ele sim. Ele sabia, e pode apostar que isso me fez prestar atenção. Me fez levantar a cabeça e ouvir direitinho. Como não?"

Drinion: "Eu consigo entender isso".

"Exatamente. Que ele me conhecia, me entendia, estava interessado em entender. As pessoas vivem dizendo isso: *entende, eu estou entendendo, por favor nos ajude a entender você*".

"Eu também já disse isso várias vezes enquanto a gente conversa", Drinion diz.

"Você sabe quantas vezes?"

"Oito, se bem que eu acho que só quatro foram bem desse jeito que parece que você está mencionando, se é que estou entendendo o que você quer dizer."

"Você está fazendo piada?"

"Eu usar a palavra *entender* de novo logo agora?"

Rand faz uma cara exasperada e a dirige para um lado e depois para outro como se houvesse mais pessoas à mesa com eles.

Drinion diz: "Não se eu seguir o sentido de *entender* que você quis usar, que não se refere a entender uma afirmação ou a implicação do que alguém disse, mas mais uma pessoa, o que me parece menos uma questão cognitiva que uma questão de empatia ou eu até diria que compaixão seria a palavra melhor pra esse tipo de compreensão".

"O negócio", ela diz, "é que ele entendia mesmo. Use a palavra que você quiser. Ninguém sabia dessas coisas que ele me disse — uma delas acho que nem eu mesma sabia, de verdade, até a hora em que ele disse tudo às claras."

"Isso te impressionou", Drinion diz solícito.

Rand o ignora. "Ele nasceu pra ser terapeuta. Ele disse que era o dom dele, a arte. Que nem pintar, saber dançar bem pacas ou ficar ali sentado lendo a mesma coisa por horas e horas a fio sem se mexer e sem se distrair é o dom de outras pessoas."

"..."

"Você diria que você tem um dom?", a A-POT pergunta a Shane Drinion.

"Duvido."

"Ele não era médico, mas quando via alguém ali que ele achava que de repente podia ajudar, ele tentava ajudar a pessoa. Senão ele ia ser mais um segurança, ele disse."

"..."

"Uma vez ele disse que estava mais era pra espelho. Nas conversas barra-pesada. Se ele parecia mau ou estúpido, o que aquilo significava de verdade era que você se via como alguém mau ou estúpido. Se uma vez ele te pareceu inteligente e sensível, isso queria dizer que naquele dia você estava inteligente e sensível — ele só te mostrava o que estava lá.

"Ele tinha uma aparência horrorosa, mas isso também fazia parte do que era poderoso naquilo de ficar ali sentada com ele nas tais sessões barra-pesada. Ele parecia tão doente e tão acabado e frágil que você nunca ficava com a sensação de que tinha um médico metido, normal, saudável e rico ali te apontando um dedo e ficando feliz por não ser você ou te vendo como um caso a ser resolvido. Era de verdade que nem conversar com alguém, com ele."

"Qualquer um poderia ver que ele te deixou bem impressionada nesse momento difícil, o seu futuro marido", Shane Drinion diz.

"Você está sendo irônico?"

"Não."

"Você está pensando, assim, olha lá uma menina de dezessete aninhos, toda ferrada e se apaixonando por uma figura adulta tipo terapêutica que ela acha que é a única pessoa que *entende*?"

Shane Drinion sacode a cabeça exatamente duas vezes. "Não é o que eu estou pensando." Passa pela cabeça de Rand que não é impossível que ele esteja morrendo de tédio e que ela não teria como saber.

"Porque é patético", Meredith Rand diz. "É meio que a história mais velha do mundo, e por mais que você possa pensar que a coisa fosse toda ferrada, isso eu sei que não era." Ela está sentada bem reta agora por um instante. "Você sabe o que é monopsônio?"

"Acho que sei."

"É o quê então?"

Shane Drinion limpa a garganta de leve. "É o contrário de monopólio. Só um comprador e múltiplos vendedores."

"Certo."

"Acho que licitações pra contratos públicos, que nem quando o Serviço reformou as leitoras de cartão no centro de La Junta no ano passado, são um exemplo de um monopsônio de mercado."

"Certo. Então, ele também me ensinou essa aí, ainda que num contexto mais pessoal."

"Como uma metáfora", Drinion diz.

"Você percebe o que isso pode ter a ver com solidão?"

Outro breve momento de conferência interna. "Eu consigo perceber como isso podia levar a uma desconfiança, já que essas situações de licitação são suscetíveis a esquemas, projeções fraudulentas de custos e coisas assim."

"Você é uma pessoa bem literal, sabia?"

"…"

"Mas olha a parte literal aqui, então", Meredith Rand diz. "Digamos que você seja bonita e que você goste de certas coisas nisso de ser bonita — as pessoas te tratam de um jeito especial, prestam atenção em você, falam de você, e se você entra num lugar quase dá pra sentir a atmosfera se modificar, e você curte."

"É uma forma de poder", Drinion diz.

"Mas ao mesmo tempo você também tem menos poder", Meredith Rand diz, "porque o poder que você tem é todo integralmente ligado à beleza, e a partir de um certo ponto você percebe que a beleza é meio que uma caixa de onde você nunca consegue sair, ou uma prisão, que ninguém vai conseguir te enxergar ou pensar em você sem isso da beleza."

"…"

"E não é nem que eu me achasse tão bonita assim", Meredith Rand diz. "Especialmente no colegial." Ela está rolando um cigarro de um lado para outro entre os dedos, mas sem acender. "Mas pode apostar que eu sabia que todo mundo me achava bonita. Desde que eu tinha doze anos as pessoas ficavam dizendo como eu era linda e tal, e no colegial eu era uma das gatas, e todo mundo sabia quem eram as gatas, e ficou uma coisa meio oficial, socialmente: eu era bonita, eu era desejável, eu tinha o poder. Você está sacando?"

"Acho que estou", Shane Drinion diz.

"Porque é isso que significava barra-pesada ali — eu e ele conversando de verdade sobre isso, sobre beleza. Foi a primeira vez na vida que eu conversei de verdade sobre isso com alguém. Principalmente com um cara. Quer dizer, sem contar 'Você é tão linda, eu te amo' e tentar meter a língua na sua orelha. Como se você só precisasse ouvir isso, que era linda, e aí tivesse que cair de quatro e deixar eles te traçarem."

"…"

"Se você é bonita", Meredith Rand diz, "pode ficar difícil respeitar os caras."

"Eu consigo entender isso", Drinion diz.

"Porque você nunca chega a ver como eles podem ser de verdade. Porque assim que você aparece eles mudam; se eles decidem que você é linda, eles mudam. É que nem aquela coisa da física — se você tiver que olhar o experimento aí de repente vai ferrar com os resultados."

"Tem um paradoxo nisso", Drinion diz.

"E por um tempo você até que curte. Você curte a atenção. Mesmo que eles mudem, você sabe que é você que provoca a mudança. Você é atraente, eles se sentem atraídos por você."

"Daí as línguas na orelha."

"Se bem que com vários deles acaba tendo o efeito contrário. Eles quase te evitam. Ficam com medo ou ficam nervosos — eles ficam querendo alguma coisa e ficam com vergonha ou com medo de querer aquilo — eles não conseguem conversar com você e nem olhar pra você, e ainda tem os que começam a dar showzinho que nem o Bob Segunda Junta, essa coisa sexista de conquista, quando eles acham que estão fazendo aquilo pra te impressionar, mas no fundo é pra impressionar os outros carinhas, pra mostrar que eles não têm medo. E você não fez e não disse nada pra começar aquilo; você só tem que estar ali, e tudo muda. Abracadabra."

"Parece pesado", Drinion diz.

Meredith Rand acende o cigarro que estava segurando. "Fora que as outras meninas te odeiam; elas nem te conhecem nem falam com você e já concluem que te odeiam só por causa do jeito que todos os meninos reagem — como se você fosse uma ameaça ou como se elas já saíssem pensando que você é uma vaca metida sem nem tentar te conhecer." Ela tem um estilo marcado de afastar a cabeça para expelir a fumaça e então trazê-la de volta. Quase todo mundo acha que ela é muito direta.

"Eu não era uma anta", ela diz. "Eu era boa com números. Ganhei o prêmio de álgebra na álgebra do décimo ano. Mas claro que ninguém ligava se eu era inteligente ou boa em matemática. Até os professores ficavam de olhão estalado e nervosos ou tarados e metidos a sensuais quando depois da aula ou alguma coisa assim eu ia perguntar alguma coisa. Como se já que eu era gata nem a pau que alguém ia se dar ao trabalho de ver alguma coisa que não fosse isso."

"Olha", Meredith Rand diz. "Não me leve a mal. Não é que eu me ache assim tão bonita. Eu não estou dizendo que eu seja linda. Na verdade eu nunca me achei assim tão linda. As minhas sobrancelhas são pesadas demais, pra começo de conversa. Eu é que não vou me dar ao trabalho de fazer a sobrancelha, mas elas são pesadas demais. E o meu pescoço, sabe, é meio que o dobro do tamanho do pescoço de uma pessoa normal, quando eu me olho no espelho."

"…"

"Não que faça alguma diferença."

"Não."

"Não o quê?"

"Não, eu entendo que não faz diferença", Drinion diz.

"Mas faz. Você não está sacando. A coisa da beleza — pelo menos quando você é nova daquele jeito, é meio que uma armadilha. Tem uma parte ambiciosa de você que gosta pacas da atenção. Você é especial, você é desejável. É fácil começar a pensar que a beleza é você, como se fosse a única coisa que você tem, como se fosse o que te faz ser especial. Com a sua calça jeans de marca e as blusinhas de malha que você pode colocar na secadora pra ficarem mais justas ainda. Andando por aí daquele jeito." Ainda que não se possa dizer que o que Meredith Rand usa no Posto seja para se apagar ou se passar por descuidada. São conjuntinhos profissionais, totalmente dentro dos regulamentos, mas muitos analistas do Posto ainda mordem os dedos quando ela passa, sobretudo nos meses de inverno, quando o ar extremamente seco faz as coisas grudarem por causa da eletricidade estática.

Ela diz: "Sendo que o reverso da medalha é que você também começa a entender que no fundo você é só um pedaço de carne. É isso que você é. Carne desejável, é verdade, mas que você nunca vai ser levada a sério e nunca, assim, nunca vai ser presidente de um banco ou alguma coisa do tipo porque ninguém vai conseguir enxergar além da beleza, a beleza é o que afeta as pessoas e faz elas sentirem o que sentem, e é só isso que importa pra elas, e é difícil não cair nessa, não começar, sabe, a se acomodar e a se ver do mesmo jeito".

"Você quer dizer ver os outros e reagir aos outros conforme eles sejam ou não sejam bonitos?"

"Não, *não*." Dá para ver que Meredith Rand sofreria para largar o cigarro, já que ela usa o jeito de tragar, soltar a fumaça e mexer a cabeça para transmitir muita informação não verbal. "Eu estou falando de começar a se ver como um pedaço de carne, ver que a única coisa em você é a aparência e como ela afeta os carinhas, os caras. Você começa a cair nessa sem nem perceber. E é de dar medo, porque ao mesmo tempo também parece uma caixa; você sabe que por dentro de você tem muito mais porque você consegue sentir, mas ninguém vai saber — nem as outras meninas, que ou te odeiam ou têm medo de você, porque você é um monopsônio, ou ainda se elas também são as gatas ou as líderes de torcida aí elas são as suas rivais e acham que têm que entrar nessa de competição e de mesquinharia que os caras nem imaginam, mas vai por mim, pode ser cruel pacas."

O fato de uma narina de Drinion ser ligeiramente maior que a outra às vezes faz parecer que ele está com a cabeça um pouco de lado, mesmo quando não está. É de alguma forma um paralelo daquilo de ele respirar pela boca. Meredith Rand normalmente interpreta inexpressividade como desatenção, que nem quando o rosto de uma pessoa fica vazio quando você está falando e ela finge que está ouvindo, mas na verdade não está ouvindo, porém não é assim que lhe parece a inexpressividade de Drinion. Além disso, ou é imaginação dela ou Drinion está cada vez mais reto e mais alto na cadeira, porque ele parece estar ligeiramente mais alto do que quando o tête-à-tête começou. Uma coleção de diferentes espécies de fedoras e homburgs antiquados e diversos chapéus sociais colados ou presos de alguma maneira a uma prancha envernizada de jacarandá que estava visível na parede atrás deles do outro lado do Meibeyer's acima da cabeça de Drinion agora está parcialmente obscurecida pelo topo de sua cabeça e pelo pequeno redemoinho que se ergue no redondo ápice de sua cabeça. Drinion na verdade levita de leve, que é o que acontece quando ele está completamente imerso; é bem de leve, e ninguém consegue ver que sua bunda flutua levemente acima do assento da cadeira. Numa noite alguém entra no escritório e vê Drinion flutuando de cabeça para baixo acima da mesa com os olhos grudados numa declaração complexa, com o próprio Drinion por definição inconsciente disso da levitação, já que é apenas quando sua atenção está toda em outra coisa que ela acontece, a levitação.

"O que faz parte dessa sensação da caixa." Meredith Rand está prosseguindo. "Tem esta sensação, que nos adolescentes é superpesada com ou sem isso, de você sentir que ninguém vai conseguir te entender ou te conhecer pelo que você é porque eles não conseguem te ver de verdade e por algum motivo você não vai deixar te verem apesar de você querer que eles consigam. Mas ao mesmo tempo também é uma sensação que você sabe que é mala e imatura e parecida com um problema medíocre de filme, 'Ui ui ui, ninguém ama o meu verdadeiro eu', então você também tem consciência de que a sua solidão é burra e banal já quando está sentindo, a solidão, então você nem consegue sentir empatia por você mesma. Era disso que a gente falava, foi disso que ele me falou, que ele sabia sem eu contar: o quanto eu era solitária e o quanto os cortes tinham alguma coisa a ver com a beleza e com a sensação de que eu não tinha o direito de reclamar, mas ainda assim estava bem infeliz ao mesmo tempo achando que não ser bonita ia ser mais ou menos o fim do mundo, eu ia ser só um pedaço de carne que ninguém queria em vez de um pedaço de carne que por acaso eles queriam. Como se eu estivesse presa naquilo, e que no fundo eu ainda nem tinha o direito de reclamar daquilo tudo porque olha lá aquelas meninas todas cheias de inveja e achando que ninguém que é bonito pode sentir solidão nem ter problemas, e mesmo que eu chegasse a reclamar, aí essa reclamação toda ia ser lugar-comum, foi ele que me ensinou *lugar-comum* e *tête-à-tête*, e como isso pode virar uma parte de toda essa coisa da solidão — a verdade de dizer 'Eu sou só carne, as pessoas só querem saber que eu sou bonita, ninguém dá bola pra o que eu sou por dentro, eu estou sozinha' é totalmente mala e lugar-comum, igual o que tem em revista de menininha, nada bonito, nada único nem especial. E foi a primeira vez que eu pensei que as cicatrizes e os cortes eram um jeito de eu deixar a verdade interior e feia vir à tona, vir pra fora, mesmo que eu estivesse escondendo por baixo das mangas compridas — se bem que o sangue seja até bonito se você olhar direitinho, assim bem na hora que ele sai, se bem que tem que cortar com cuidado e o corte ser bem fininho e não muito fundo pro sangue só aparecer assim numa linha em vez de ir empoçando, pra demorar trinta segundos ou mais pra você ter que limpar porque está começando a escorrer."

"Dói?", Shane Drinion pergunta.

Meredith Rand solta um jato de fumaça e olha direto para ele. "Como assim dói? Eu não faço mais isso. Nunca mais fiz desde que a gente se conheceu. Porque ele me disse basicamente isso tudo e me disse a verdade, que no fundo não fazia diferença o motivo de eu fazer aquilo ou, assim, o que aquilo representava ou o que gerou aquilo." O olhar dela é bem direto e franco. "A única coisa que tinha importância é que eu estava fazendo e ia parar de fazer. Só isso. Ao contrário dos médicos e dos grupinhos que só queriam saber dos seus sentimentos e motivos, como se sabendo por que você fazia aquilo você fosse conseguir parar num toque de mágica. O que ele disse que era a grande mentira que eles todos engoliam e que fazia os médicos e a terapia normal ser uma puta perda de tempo pra gente como a gente — eles achavam que diagnóstico era o mesmo que cura. Que se você soubesse por quê, tudo ia parar. O que é uma grande bobagem", Meredith Rand diz. "Você só para se parar. Não se ficar esperando alguém explicar de algum jeito mágico que aí abracadabra vai te fazer parar." Ela faz um floreio sardônico com o cigarro quando diz abracadabra.

Drinion: "Parece que ele te ajudou bastante".

"Ele foi bem direto", ela diz. "No final das contas ser direto é uma coisa de que ele se orgulha — é parte do papel dele não representar um papel. Só que eu descobri isso depois."

"..."

"É claro que você percebe o quanto ter alguém com esse tipo de compaixão e de compreensão do que está acontecendo de verdade dentro de você, o quanto isso ia afetar alguém que achava que o seu maior problema era a impossibilidade de os outros enxergarem além da beleza e verem o que estava por dentro. Você quer saber o nome dele?"

Drinion pisca uma vez. Ele não pisca muito. "Sim."

"Edward. 'Ed Rand, semibacharel em medicina', como ele dizia. Então dá pra você ver por que eu estava caindo de madura pra me apaixonar por ele."

"Acho que sim."

"Então eu não preciso explicar tim-tim por tim-tim", Meredith Rand diz. "De certa forma, se ele fosse tarado ou algum monstro que funcionasse desse jeito, ia ser o método perfeito pra fazer menininhas bonitas se apaixonarem por ele. Trabalhar num lugar em que todo mundo chega detonado, solitário e numa crise, e encontrar as menininhas, cujo problema básico provavelmente vai ser sempre com a aparência. Então só precisava, se ele fosse esperto, e ele já tinha visto centenas de meninas ferradas passarem por ali, que se matavam de fome ou roubavam roupas no shopping, ou comiam e não conseguiam parar de comer, ou se cortavam, ou entravam nas drogas, ou ficavam fugindo com uns negros mais velhos e sendo arrastadas de volta pra casa pelos pais, enfim, dá pra entender, mas que no fundo tinham todinhas o mesmo problema essencial, cada vez que uma delas aparecia ali, fosse qual fosse o motivo oficial da internação, que era não sentir que estavam sendo compreendidas ou enxergadas e que essa era a causa da sua solidão, da dor constante com que elas viviam e que fazia elas se cortarem ou comerem, ou não comerem, ou chuparem o pau do time de basquete inteiro enfileirado lá atrás da lixeira da cantina, que foi o que eu sei com certeza que uma líder de torcida fez o tempo todo no terceiro ano, se bem que ela nunca chegou a ser uma gata de verdade porque todo mundo sabia que ela era superpiranha; a maioria das gatas simplesmente detestava a menina." Rand olha rápida e diretamente para Drinion para ver se há alguma reação à expressão "chupar o pau", coisa que ele aparentemente não lhe propicia. "E ia ser fácil levar as meninas pra sala de reunião e dizer umas coisas sobre elas que iam deixar as meninas totalmente chocadas e espantadas porque elas nunca tinham contado pra *ninguém* e mesmo assim era molinho sacar e saber, porque no fundo era tudo a mesma coisa."

Drinion pergunta: "Você disse isso pra ele durante as sessões de terapia que eram classificadas como barra-pesada?".

Rand sacode a cabeça enquanto apaga o cigarro Benson & Hedges. "Não eram sessões de terapia. Ele odiava o termo, essa terminologia toda. Eram só tête-à-têtes, só conversa." De novo ela usa o mesmo número de estocadas e de esfregadelas parciais para apagar o cigarro, ainda que com menos força do que quando pareceu impaciente ou zangada com Shane Drinion. Ela diz: "Ele disse que era só disso que eu aparentemente precisava, só conversar com alguém que não viesse com bobagens, que era o que os médicos do Zeller Center não percebiam, ou sei lá se não conseguiam entender porque aí a estrutura toda da coisa ia desmoronar, que ali os médicos tinham gasto trocentos milhões de anos no curso de medicina e na residência, e as empresas de seguro de saúde estavam pagando um dinheirão pelos diagnósticos, pela TO e pelos protocolos de terapia, era tudo uma estrutura institucional, e quando as coisas ficam institucionalizadas, aí tudo vira esse, assim, esse organismo artificial que começava a tentar sobreviver e cuidar dos seus próprios interesses igualzinho uma pessoa, só que não era uma pessoa, era o contrário de uma pessoa, porque ali não tinha nada por dentro fora a vontade de sobreviver e de crescer enquanto instituição — ele disse dá só uma olhada no cristianismo e na Igreja cristã inteira".

"Mas a minha pergunta foi se você falou com ele daquela sua possível suspeita, da possibilidade de que ele na verdade não te entendesse nem se importasse com você, mas fosse um monstro."

Às vezes durante a conversa Meredith Rand olha criticamente para as unhas, que têm formato de amêndoas, não são nem compridas nem curtas demais, e estão pintadas de um vermelho lustroso. Shane Drinion olha para as mãos dela apenas quando Rand olha, via de regra.

"Eu não precisei", Rand diz. "Ele puxou o assunto. O Edward. Ele disse que tendo em vista o meu problema era só uma questão de tempo antes de me ocorrer que de repente ele não me entendia nem se importava comigo, mas só me entendia como um mecânico entende uma máquina — isso foi num momento da segunda semana ali no pinel quando eu estava sonhando sem parar com tudo quanto é tipo de maquinário, com engrenagens e mostradores, que os médicos e os supostos terapeutas queriam que eu mencionasse pra eles poderem discutir os simbolismos e tal, coisa que tanto pra mim quanto pra ele foi motivo de riso porque era tão óbvio que até um idiota podia enxergar, coisa que ele não disse que era culpa dos médicos ou que eles eram estúpidos, era só o funcionamento da máquina de uma instituição de terapia de pacientes internados, e que os médicos tinham tanto poder de decisão no que se referia à importância que eles davam aos sonhos quanto um mecanismozinho da máquina tem quanto a fazer a tarefa ou o movimento insignificante que foi posto ali pra ele fazer sem parar como parte da operação geral da máquina maior." A reputação de Rand no CRA é de que ela é sexy mas maluca e chata demais, simplesmente incapaz de calar a boca depois que você dá uma brecha; eles discutem se no final das contas têm inveja ou pena do marido dela. "Mas ele mencionou o assunto antes de eu até ter chance de começar a pensar isso." Ela abre o estojinho de vinil branco, mas não retira um cigarro dali. "O que eu tenho que admitir que foi meio uma surpresa, porque a essa altura eu estava com dezoito anos e já tinha tido tanta experiência ruim com tarados, monstrengos e playboyzinhos e os 'eu te amo' dos universitários já no primeiro encontro que era bem desconfiada e cínica no que se referia às duplas intenções dos caras, e normalmente no mesmo minuto em que esse funcionariozinho doente começasse a prestar atenção em mim eu ia erguer bem alto os meus escudos de defesa e começar a considerar tudo quanto era tipo de possibilidade medonha, deprimente."

A testa de Drinion se franze por um breve momento. "Você tinha dezoito ou dezessete anos?"

"Ah", Meredith Rand diz. "Está bem." Na medida em que vai se comportando como alguém mais jovem, ela começa a rir de vez em quando de maneira acelerada e monótona, como num reflexo. "Eu tinha acabado de fazer dezoito. O meu aniversário caiu no meu terceiro dia no Zeller. O meu pai e a minha mãe apareceram e trouxeram um bolo e umas línguas de sogra no horário de visita e tentaram fazer uma comemoração, assim meio eba!, que foi tão constrangedora e deprimente que eu não sabia o que fazer, sabe, uma semana atrás vocês estão pirando por causa de uns cortinhos e me metem no hospício e agora querem fingir que é feliz aniversário, vamos ignorar a moça gritando no quarto rosa enquanto eu sopro as velas e você ajeita o elástico do chapeuzinho embaixo do queixo, e eu simplesmente entrei na deles porque não sabia o que dizer sobre o quanto era esquisitaço eles ficarem naquela de feliz aniversário, Meredith, eba." Ela está massageando a carne de um braço com a mão do outro enquanto relata isso. Às vezes, enquanto Drinion fica sentado com as mãos entrelaçadas sobre a mesa à sua frente, ele troca o polegar que está por cima. Seu ex-copo de cerveja resta vazio, fora um semicírculo de uma matéria espumosa junto às beiradas, no fundo. Meredith Rand agora tem três canudinhos estreitos diferentes que pode escolher para mastigar; um deles já está bem mastigadinho e achatado numa ponta. Ela diz:

"Então ele mencionou. Disse que provavelmente aquilo logo ia me ocorrer em algum nível, então se eu queria a coisa barra-pesada mesmo era bom a gente falar sobre aquilo. Ele sempre soltava umas bombas dessas, e aí enquanto eu ficava ali sentada meio": — ela forma uma expressão exagerada de alguém surpreso — "ele gemia um pouco, tirava os pés da mesa e saía com a prancheta pra fazer a ronda — ele oficialmente tinha que avaliar todo mundo de quinze em quinze minutos e anotar onde eles estavam e garantir que ninguém estava se forçando a vomitar ou amarrando fronhas umas nas outras pra se enforcar — e ele saía e me deixava ali na sala de reunião sem nada pra olhar e nada pra fazer, esperando ele voltar, o que normalmente demorava pacas porque ele nunca estava muito bem, e se não tivesse um supervisor de enfermagem ou outra pessoa ali pra ficar de olho ele andava bem devagar e ia se apoiando na parede de quando em quando pra recuperar o fôlego. Ele era branco que nem um fantasma. Sem contar que tomava um monte de diurético e aí ficava fazendo xixi o tempo todo. Só que quando eu perguntava sobre isso ele dizia que era problema dele e que a gente não estava lá pra falar dele, que ele não importava porque era só uma espécie de espelho pra mim."

"Então você não sabia que ele tinha cardiomiopatia."

"Ele só dizia que a saúde dele era um caos, mas que a vantagem de ser fisicamente um caos era que a aparência dele era exatamente a do caos que ele era, não tinha como esconder nem fingir que ele estava menos um caos do que estava. O que era bem diferente de pessoas como eu; ele disse que o único jeito que a maioria das pessoas tem de mostrar o caos era desmoronar e ser mandadas pra um lugar que nem aquele lá, que nem o Zeller, onde ficava inegavelmente óbvio pra você, pra sua família e pra todo mundo que você estava um caos, então tinha pelo menos um grau de alívio em ser jogado num hospício, mas ele disse que com as realidades de lá, ou seja, os seguros, a grana e o funcionamento de instituições como o Zeller, com aquelas realidades era quase certeza que eu não ia ficar ali tanto tempo assim, e o que é que eu ia fazer quando saísse de novo pro mundo real que ainda estava cheio de navalhas, de estiletes e de camisas de força comprida. Camisas de manga comprida."

"Posso fazer uma pergunta?"

"Claro."

"Você reagiu? Quando ele mencionou a ideia de que ele estar te ajudando e aquelas conversas barra-pesada com você estavam ligadas ao quanto você era atraente?"

Rand abre e fecha a cigarreira. "Eu disse alguma coisa meio assim: então você está dizendo que ia ficar aqui comigo todo cheio de preocupação e de interesse e tal se eu fosse gorda e cheia de espinha e, assim, com uma queixola imensa? Ele disse que não podia dizer nem que sim nem que não, que tinha trabalhado com todo tipo de gente que chegava ali e algumas eram umas meninas feiosas e outras eram bonitas, ele disse que tinha mais a ver com o grau de defesa das pessoas. Se elas fossem defensivas demais em termos dos problemas reais que tinham — ou se fossem psicóticas mesmo e quando olhassem pra ele vissem alguma estátua pavorosa com quatro rostos ou alguma coisa assim —, aí ele não fazia nada. Era só se ele sentisse meio que uma *vibe* na pessoa que fizesse ele sentir que de repente podia entender aquela ali e de repente oferecer uma conversa interpessoal de verdade e ajudar em vez de simplesmente ficar naquela coisa inevitável da relação médico-paciente."

"Você aceitou isso como resposta pra sua pergunta?", Drinion diz, sem nenhum tipo de expressão incrédula ou de censura que Meredith Rand pudesse ver.

"Não, eu disse alguma coisa sarcástica tipo blá-blá-blá, sei lá, mas ele disse que aquilo não era a resposta de verdade dele, ele queria responder a pergunta porque sabia como era importante, ele entendia superbem a angústia e a suspeita sobre se ele ia me dar bola ou prestar atenção se eu não fosse bonita, porque ele disse que na verdade era esse o meu grande problema de base, o que não ia me largar quando eu saísse do Zeller, e que eu tinha que descobrir como lidar com aquilo senão ia acabar voltando lá ou coisa pior. Aí ele disse que estava quase na hora de apagarem as luzes e que a gente tinha que parar, e eu ali meio você está me dizendo que tenho um grande problema de base que preciso entender como lidar senão coisa e tal, e aí deu, hora de fazer naninha? Eu fiquei muito puta. E aí nas duas ou três noites seguintes ele nem apareceu, e eu pirando legal, e só tinha outro cara ali dos fins de semana, e a equipe do diurno não te dizia *nada*, eles só conseguem ver que você está agitada e aí relatam que você está agitada, mas na real ninguém dá bola pro motivo da sua agitação, ninguém quer nem saber qual é a pergunta que você quer fazer, se você é interna você não é um ser humano e eles não precisam te dizer nada." Rand faz seu rosto adotar uma expressão de distanciamento frustrado. "No final das contas ele estava no hospital — no hospital de verdade; quando a inflamação piora, aí o coração não bombeia o sangue até o fim, é mais ou menos o que eles chamam de insuficiência cardíaca; eles têm que te colocar no oxigênio e nuns anti-inflamatórios pesados."

"Aí você ficou preocupada", Drinion diz.

"Na época eu nem sabia disso, só sabia que ele não estava por lá, e aí veio o fim de semana, então levou um tempão pra ele voltar, e no começo quando ele apareceu eu estava tão totalmente emputecida que nem queria falar com ele no corredor."

"Ele tinha te deixado na mão."

"Bom", Rand diz, "eu levei pro lado pessoal ele ter se envolvido daquele jeito e dito aquelas coisas terapêuticas pesadas e aí desaparecido, como se aquilo fosse um joguinho sádico dele, e quando ele voltou na semana seguinte e me chamou na salinha de TV, fingi que estava concentrada no programa e fiz que ele nem estava ali."

"Você não sabia que ele tinha ficado internado", Drinion diz.

"Depois que eu descobri o quanto ele estava doente, me senti bem mal por causa daquilo; parecia que eu tinha agido como uma criancinha mimada ou uma garota que levou um fora no dia do baile de formatura. Mas também percebi que me importava com ele, quase parecia que eu meio que precisava dele, e fora o meu pai e uns amigos de quando eu era pequena, eu não conseguia nem lembrar quanto tempo fazia que eu não sentia que me importava de verdade com alguém e precisava de alguém. Por causa da coisa da beleza."

Meredith Rand diz: "Você já percebeu alguma vez o quanto se importava com alguém porque a pessoa não estava por perto e aí você ficava Ai, Jesus, a pessoa não está por perto, e agora o que é que eu faço?".

"Não, na verdade não."

"Bom, enfim, mas aquilo me impressionou. O que acabou saindo quando eu finalmente disse ah tá tudo bem que seja e comecei a conversar com ele na sala de reunião de novo é que de repente eu tinha achado que tinha deixado ele emputecido e que acabei afastando ele quando perguntei se ele ia fazer o tête-à-tête barra-pesada comigo se eu fosse gorda e vesga. Como se isso tivesse deixado ele puto, ou se ele finalmente tivesse chegado à conclusão de que eu era tão cínica e tão desconfiada de que os homens só estavam interessados em mim por causa da coisa da beleza que ele finalmente tivesse entendido que não ia conseguir me passar a perna e me fazer acreditar que estava incomodado de verdade pra conseguir me traçar ou até só alimentar o seu ego com a ideia da moça supostamente linda que ficou caidinha por ele e se importava com ele e escrevia o nome dele sem parar com uma letra redonda grandona no diário ou sei lá qual que seria a viagem dele. Acho que esse monte de coisas feias acabou saindo porque eu estava furiosa por ele ter desaparecido daquele jeito, achei, e simplesmente me deixado na mão e largada ali. Mas ele era bem bom naquilo; ele disse que conseguia entender que eu estivesse me sentindo daquele jeito, considerando qual na verdade era o meu problema, que aí por um tempinho depois disso acho que ele me deixou pensar que ele não tinha ido trabalhar naqueles dias só pra eu poder começar a enxergar o problema sozinha, a sacar o que era e começar a ver de verdade o que aquilo representava."

"E você exigiu algum tipo de explicação?", Drinion pergunta.

"Montes de vezes. O esquisito é que agora, tanto tempo depois, não consigo lembrar direito se ele acabou cuspindo tudo de uma vez ou se me fez entender sozinha", Meredith Rand diz, agora olhando um nadinha para cima de modo a encontrar o olhar de Drinion, o que se ela parasse para pensar era bem estranho, dadas as respectivas estaturas e posições deles à mesa, "o tal problema de base." A testa de Drinion se franze de leve enquanto ele olha para ela. Ela gira os dedos de uma mão como quem encaminha ou resume uma discussão: "O Espécime, considerado muito bonito, quer ser amado por mais que sua beleza e sente raiva por não ser amado nem estimado por motivos que não tenham a ver com sua beleza. Mas na verdade tudo no Espécime é filtrado por sua beleza *para si próprio* — ele sente tanta raiva e tanta desconfiança que não conseguiria aceitar um amor real, verdadeiro, sem segundas intenções nem que ele lhe fosse oferecido, porque bem no fundo *ele*, o *próprio* Espécime, não consegue acreditar em nada que não seja beleza ou sex appeal como motivos para o amor de alguém. A não ser pelos seus pais", ela insere, "que são simpáticos mas não as pessoas mais inteligentes do mundo, e enfim, são os pais do Espécime — a gente está falando aqui das pessoas em geral". Ela faz um gesto de resumo da história que pode ser ou não irônico. "O Espécime é na verdade seu próprio problema fundamental, e só ele pode resolver esse problema, e só se parar de querer se sentir sozinho, sentir pena de si próprio e ficar de 'Coitadinha de mim, tão sozinha, ninguém entende o tamanho do meu sofrimento, ui ui ui'."

"Pra ser sincero eu estava querendo saber de outra explicação." Nesse momento Drinion já parece consideravelmente mais alto do que parecia quando o tête-à-tête começou. As fileiras de chapéus na parede atrás dele estão quase completamente obnubiladas. Também é estranho ter alguém te encarando direto nos olhos por tanto tempo assim sem se sentir desafiada, ou nervosa, ou nem mesmo empolgada. Mais tarde vai ocorrer a Rand, quando estiver sendo levada para casa, que durante o tête-à-tête com Drinion ela se sentiu sexualmente excitada de uma forma que tinha pouco a ver com empolgação ou nervosismo, que sentiu a superfície da cadeira contra a bunda e as costas e a parte de trás das pernas, e o tecido da saia, e a lateral dos sapatos contra a lateral dos pés dentro da meia-calça cuja trama microtexturizada também conseguia sentir, e a sensação da língua contra o fundo dos dentes e o palato, o ar da saída de ventilação contra a testa e o outro ar, do ambiente, contra o rosto e os braços, e o gosto do resíduo da fumaça do cigarro. Em um ou dois momentos ela até chegou a sentir que sentia o formato preciso dos globos oculares contra a parte interna das pálpebras quando piscava — ela piscava com consciência. O único tipo de experiência que associou com isso foi com a gata que eles tiveram quando ela era menina antes da gata ser atropelada, o jeito que ela sentava com a gata no colo e fazia carinho nela, sentia as ondas do ronronar da gata e cada pedacinho da textura da pelagem quente dela, de seus músculos e ossos por baixo da pele, e podia ficar longos períodos sentada afagando a gata e sentindo o corpo do animal com os olhos semicerrados como se estivesse em transe ou num estupor, mas que na verdade parecia ser o contrário de um estupor — ela se sentia totalmente consciente e viva, e ao mesmo tempo quando ficava sentada afagando devagar a gata com o mesmo movimento sem parar era como se ela esquecesse seu nome e seu endereço e quase todo o resto da sua vida por dez ou vinte minutos, apesar de não ser nada parecido com um transe, ela adorava aquela gata. Sentia saudade da sensação do peso da gatinha, não tinha coisa igual neste mundo, não era muito nem pouco, e de vez em quando por quase dois ou três dias depois ela se sentia como estava se sentindo agora, como a gata.

"Você está falando da coisa de ele querer me traçar?"

Drinion: "Acho que sim".

Meredith Rand: "Ele disse que estava basicamente morto, ele usou as palavras *morto* e *semimorto*, então a questão é que ele não podia estar atrás de mim desse jeito, ele disse. Ele não teria a energia física pra tentar me levar pra cama nem que quisesse".

Shane Drinion: "Ele te falou da doença aí".

Meredith Rand: "Não muito; ele disse que não era problema meu a não ser que afetasse a minha questão. E eu disse que estava começando a suspeitar que ele estava dando esse monte de dicas sobre o 'meu problema, o meu problema' e não desembuchava de uma vez o que aquilo supostamente seria pra meio que me atiçar por alguma razão, e que eu não ia fingir que sabia exatamente que razão era essa ou o que ele queria, mas era difícil não pensar que em algum nível era uma coisa monstruosa ou tarada, coisa que eu simplesmente disse de uma vez pra ele. Àquela altura eu já tinha deixado de ser educada".

"Eu estou meio confuso aqui", Drinion diz. "Isso tudo foi antes dele simplesmente declarar qual achava que era o seu principal problema?"

Meredith Rand sacode a cabeça, ainda que agora fique duplamente difícil determinar em resposta a quê. Uma das reclamações dos analistas é que ela dispara nessas histórias compridas, mas em algum momento perde o fio da meada e é quase impossível não apagar ou se desligar quando você não entende mais de que diabo ela está falando. Vários analistas solteiros lotados ali haviam concluído que ela é simplesmente doida, ótima de se olhar de longe, mas sem dúvida uma figura do tipo mantenha distância, especialmente nos intervalos, quando qualquer momento de diversão é precioso, e ela pode ser pior que o próprio trabalho. Ela está dizendo: "Àquela altura eu estava ou tomando cantada ou tomando secada de tudo quanto era homem do Zeller, do zelador diurno aos caras do segundo andar quando a gente descia pra TO, que era um puta pé no saco geral. Se bem que ele não deixou de comentar que se aquilo me irritava tanto, por que é que eu passava rímel apesar de estar num hospital psiquiátrico. O que você tem que admitir que era uma coisa válida pra se comentar".

"Sim."

Ela está esfregando um olho com a base da mão, para demonstrar ou fadiga ou uma tentativa de não se perder com a história, embora Drinion não dê sinais de estar entediado ou impaciente. "Fora que ainda mais ou menos àquela altura ele disse que os médicos do Zeller tinham começado a dizer que a minha suposta ligação com esse funcionário — eles também viam as secadas e as farejadas gerais de todo mundo por ali — que esse monte de tête-à--têtes barra-pesada estava começando a parecer dependente ou nocivo, e sem dizer nada pra mim sobre isso, mas fazendo tudo quanto era pergunta pra ele e basicamente começando a dificultar a vida dele ali, então a gente começou a ter que esperar todo mundo mergulhar na sala da televisão e aí ir conversar na escada de incêndio logo na saída da ala, onde não era tão público, onde ele normalmente deitava no cimento do patamar com os pés no segundo ou no terceiro degrau mais alto, o que àquela altura ele admitiu que não era por causa da coluna, mas que ele precisava da elevação pra manter a circulação. Aí a gente acabou passando boa parte desses primeiros dias na escada conversando sobre a coisa toda das minhas suspeitas quanto ao que ele queria de mim e por que estava fazendo aquilo, dando voltas e mais voltas, e ele acabou me contando sim alguma coisa dele e de ter ficado com cardiomiopatia na universidade, mas ele também ficava dizendo que tudo bem, que ele podia falar disso quanto eu quisesse, mas que era meio que um círculo vicioso porque eu podia criar alguma desconfiança de tudo que ele dissesse e atribuir alguma segunda intenção a tudo se eu quisesse, e eu podia pensar que era tudo honesto e franco mas que na verdade não era barra-pesada nem eficaz, na opinião dele, era mais um jeito de ficar fuçando e refuçando no problema em vez de olhar de verdade pro problema, que ele disse que porque ele estava quase morto e não fazia parte de verdade da instituição do pinel ele achava que de repente era a única pessoa ali que ia me dizer a verdade, de verdade, sobre o meu problema, que ele disse que era basicamente que eu precisava crescer."

Meredith Rand se detém e olha para Shane Drinion esperando sua pergunta sobre o que aquele diagnóstico poderia querer dizer exatamente; mas ele não pergunta. Ele parece ter se reconciliado com alguma coisa ou ter decidido aceitar o jeito de Meredith Rand lembrar da história à sua maneira, ou ter concluído que tentar impor certo tipo de ordem na parte dela do tête-à-tête ia acabar tendo o efeito contrário.

Ela está dizendo: "E claro que a coisa de 'crescer' me deixou puta, e eu mandei ele ir catar coquinho na ladeira, mas não foi tão a sério, porque mais ou menos naquela altura ele também tinha dito que estavam começando a falar em me dar alta logo, a equipe de tratamento estava começando a falar no assunto, apesar de obviamente ninguém nem ter pensado em me contar alguma coisa do que andava acontecendo, e que a minha mãe estava tentando montar um esquema de tratamento extraclínica e tentando marcar com um dos médicos pra ele continuar me atendendo no consultório particular, que vivia cheio e além de tudo o seguro do meu pai não cobria, então a coisa toda era um pesadelo burocrático, e ia levar um tempinho, mas estava começando a me cair a ficha de que não era pra sempre, que talvez já na semana seguinte ou na outra eu não ia mais estar falando com ele ou nem tendo mais conversas barra-pesada, talvez a gente nem se visse de novo — eu me dei conta de que não sabia onde ele morava nem o sobrenome dele, cacete. Isso tudo meio que caiu na minha cabeça, e aí eu começo a pirar quando penso nisso, porque eu já conhecia um pouquinho qual era o gosto de passar uns dias de repente sem poder falar com ele nem saber onde ele estava, e eu ali pirando, e na minha cabeça começo a imaginar a possibilidade de afiar alguma coisa e me cortar um pouco mesmo sem no fundo ter vontade, só pra ficar mais um pouquinho no hospício, o que eu sabia que era loucura total". Ela olha bem rápido para Drinion para ver se ele está reagindo a essa informação. "O que era loucura, e na verdade eu acho que ele sabia que isso estava acontecendo, ele sabia como àquela altura ele já era importante pra mim, acho, então ele tinha mais força ou mais munição pra usar pra me mandar parar com aquela bobagem — eu ficava sentada na escada que levava ao Quarto e ele ali deitado de costas no pé da escada com os pés erguidos bem embaixo de mim, então eu passava todo aquele tempo olhando as solas do sapato dele, que era meio que uns tênis de supermercado e as solas eram de plástico — e que 'crescer' era pra *já*, pra agorinha mesmo, e parar de ser criança, porque aquilo ia acabar comigo. Ele disse que as meninas que passavam pelo Zeller eram todas iguais e que ninguém ali tinha a menor ideia do que significava ser adulta. O que era totalmente condescendente e normalmente a coisa errada de dizer a uma menina de dezoito anos. Então teve uma discussãozinha por causa disso. O que ele estava dizendo era que ser infantil não era a mesma coisa que ser criança, ele disse, porque fique olhando uma criança de verdade brincar ou fazer carinho num gato ou ouvir uma história e você vai ver que é meio que o contrário do que a gente estava fazendo ali no Zeller." Shane Drinion está levemente inclinado para a frente. Sua bunda está agora a quase 4,5 centímetros do assento da cadeira; as solas do seu sapato de trabalho que parecem borracha, escurecidas em seu perímetro pelo mesmo processo que escurece a borracha da ponta de um lápis, balançam logo acima do piso de lajotas. Não fosse o blazer pendurado no encosto de sua cadeira, Beth Rath e os outros poderiam enxergar através da substancial fresta entre o assento da cadeira e a calça dele. "Da parte dele, era mais uma explicação do que uma discussão", Rand diz. "Ele dizia que existe como que um estágio particular da vida em que você é separado da, assim, da felicidade espontânea e da mágica da infância — ele disse que só crianças com problemas bem sérios ou com autismo não têm essa alegria da infância — mas mais adiante na vida e na puberdade é possível deixar pra trás essa liberdade e essa completude da infância, mas ainda assim continuar totalmente imaturo. Imaturo no sentido de desejar ou querer que algum papai mágico ou um herói te veja, te conheça, te entenda de verdade e pense tanto em você quanto os seus pais pensam, e que ele te salve. Te salve de você mesma. Ele também ficava bocejando um monte e batendo um pé de tênis no outro, e eu ficava vendo as solas indo e vindo. Ele disse que é assim que a imaturidade aparece nas moças e nas meninas; nos homens ela tem uma aparência um pouco diferente, mas no fundo é a mesma coisa, que é querer não ter que pensar no que você perdeu, e ser consertado e salvo por alguém. O que é bem lugar-comum, é mais ou menos um caso típico, e aí eu digo então o meu problema central é esse? Era isso que eu estava aqui tentando fazer você dizer? E ele diz que não, que é o problema central de todo mundo, por isso as meninas são obcecadas pela beleza e por conseguirem ou não conseguirem atrair alguém e despertar naquela pessoa um amor que possa ser a salvação delas. O *meu* problema central, ele disse, e isto se liga com o problema central de que acabei de te falar, era a bela de uma armadilha que eu tinha construído pra mim mesma pra garantir que eu nuca ia precisar crescer e ia poder continuar imatura e esperando pra sempre que alguém viesse me salvar porque eu nunca ia conseguir descobrir que ninguém que não fosse eu ia conseguir me salvar porque eu tinha tornado impossível conseguir o que eu tinha tanta certeza que precisava ter e merecia ter, aí eu podia viver emputecida e podia me dar o direito de andar por aí pensando que o meu problema de verdade era que ninguém conseguia me ver ou amar quem eu era de verdade como eu precisava tanto que amassem pra aí eu poder sempre ter o meu problema pra sentar e pôr no colo, afagar e fazer de conta que era o problema de verdade." Rand olha de maneira cortante para Shane Drinion. "Isso parece um lugar-comum?"

"Não sei."

"Pareceu um pouco pra mim", Meredith Rand diz. "Eu disse pra ele que aquilo me ajudava um monte e que agora eu sabia exatamente o que fazer quando tivesse alta do Zeller, que era bater os saltos dos meus sapatinhos e transformar diagnóstico em cura, e como é que um dia eu ia conseguir pagar ele por aquilo."

Drinion diz: "Você estava sendo profundamente sarcástica".

"Eu estava puta!", Meredith Rand diz meio alto. "Eu disse pra ele veja só que no final das contas parecia que ele era igualzinho aos médicos do diagnóstico-é-cura com aqueles terninhos bacanas, com a óbvia exceção de que o diagnóstico dele além de tudo era ofensivo, o que ele podia chamar de honestidade e curtir um barato a mais nisso de magoar os outros. Eu estava tão, mas tão puta! E ele riu e disse que queria que eu pudesse me ver naquele momento — ele podia me ver porque estava deitado e eu estava de pé acima dele, porque mais ou menos a cada quinze minutos eu tinha que ajudar ele a levantar pra ele poder entrar quietinho pelo corredor e fazer a sua ronda com a prancheta e verificar tudo. Ele disse que eu parecia uma criança de quem acabaram de tomar um brinquedinho."

"O que provavelmente te deixou ainda mais brava", Drinion diz.

"Ele disse alguma coisa assim meio beleza então, tudo bem, que ele ia me explicar como se estivesse falando com uma criancinha, com alguém tão trancafiado dentro do problema que não consegue nem enxergar que aquilo é o seu problema e não simplesmente o mundo como o mundo é. Eu queria ser amada e conhecida por alguma coisa além da mera beleza. Eu queria que as pessoas passassem por cima da beleza e de toda a coisa sexual e me enxergassem como eu era, como uma pessoa, e eu ficava muito enfurecida e com pena de mim porque as pessoas não faziam isso."

Meredith Rand, no bar, levanta brevemente os olhos para Drinion. "Não enxergavam além da superfície", ele diz, para demonstrar que entende o que ela está dizendo.

Ela inclina a cabeça de lado. "Mas na verdade tudo era a superfície."

"A sua superfície?"

"Isso, porque por baixo da superfície tinha só essa pilha de sentimentos e de conflitos a respeito da superfície, e raiva, raiva da minha aparência e do efeito que eu tinha nas pessoas, e no fundo a única coisa que existia lá dentro era esse chilique constante de como eu não ia ser salva e de que isso era por causa da minha beleza, que ele disse que se você parar pra pensar era uma coisa das menos atraentes — ninguém quer ficar perto de alguém que está o tempo todo no meio de um chilique. Quem é que ia querer isso?" Rand faz uma espécie de gesto triunfal irônico no ar. "Então ele disse que eu no fundo tinha montado tudinho pra que a única razão pra que alguém de fato *ficasse* atraído por mim como pessoa era eu ser bonita, que era exatamente o que me deixava muito enfurecida, muito sozinha e muito triste."

"Isso parece uma armadilha psicológica."

"A comparação dele foi que ele comparou isso a criar uma máquina qualquer que te desse um choque cada vez que você dissesse 'Ai!'. Claro que ele sabia que eu andava sonhando com aquelas máquinas. Sei que eu fiquei só olhando pra ele, dando uma olhada assim de raio da morte que todas as gatas da escola aprendem direitinho a dar, como se ele tivesse que derreter e morrer de você olhar pra alguém daquele jeito. Ele estava deitado com os pés erguidos nos degraus enquanto ia dizendo isso tudo. Com os lábios meio roxos, a cardiomopatia estava piorando o tempo todo, e a escada do Zeller tinha aquelas luzes frias horrorosas que deixavam a cara dele pior; ele nem era tão pálido, era mais meio cinza, com um grude meio espumoso nos lábios porque ele não conseguia beber na sua canequinha de água quando estava deitado de costas." Os olhos dela parecem estar realmente vendo a cena de novo in situ ali na escada do Zeller. "Pra te falar bem a verdade, pra mim ele parecia nojento, medonho, repulsivo, que nem um cadáver ou uma pessoa lá daquelas fotos das pessoas de roupa listrada nos campos de concentração. O esquisito é que eu gostava dele e ao mesmo tempo achava ele nojento. Ele me dava nojo", ela diz. "E eu estava tão afundada no meu problema que não conseguia aceitar o interesse real, legítimo, não sexual ou não romântico ou não daquele-tipo-ligado-à-beleza que ele estava me oferecendo — ele estava falando de si próprio, coisa que eu sabia, mesmo que não dissesse com todas as letras; a gente tinha passado por aquilo dias e dias a fio, e o tempo estava acabando, nós dois sabíamos. Eu ia receber alta e nunca mais a gente ia se ver. Mas eu disse umas coisas bem horrorosas."

"Você está se referindo à escadaria", Shane Drinion diz.

"Porque bem lá no fundo, ele disse, eu só me via em termos de beleza. Eu me via como uma pessoa tão medíocre e tão lugar-comum por dentro que não conseguia imaginar alguém que não fossem os meus pais interessados em mim por qualquer motivo que não fosse a minha aparência, o fato de eu ser gata. Eu estava brava demais, ele disse, porque as pessoas só conseguiam se importar ou prestar atenção na beleza, mas ele disse que isso era uma cortina de fumaça, o teatro da mente humana, e que o que na verdade me incomodava demais era que eu me sentia assim também, os meninos e os homens estavam me tratando do mesmo jeito que no fundo eu me tratava, e que na verdade era comigo mesma que eu estava brava só que não enxergava isso — eu projetava isso tudo nos tarados que assobiavam na rua ou nos meninos suarentos que tentavam me traçar, ou nas outras meninas que resolviam achar que eu era uma vaca porque era metida com a coisa da beleza."

Há um breve momento de silêncio, ou seja, nada além do barulho do fliperama, do jogo de beisebol e dos sons das pessoas relaxando.

"Isso é um tédio?", ela pergunta a Drinion de repente. Ela não tem consciência de como está olhando para Drinion enquanto pergunta isso. Por apenas um momento parece quase uma pessoa diferente. Subitamente ocorreu a Meredith Rand que Shane Drinion pode ser uma dessas pessoas cativantes que acabam se revelando superficiais e que podem *parecer* que prestam atenção, mas na verdade deixam sua atenção vagar por tudo quanto é canto, inclusive talvez considerando o quanto ele não queria estar ali concordando educadamente com a cabeça e ouvindo aquela parolagem tediosa, aquela parolagem narcisista, se aquilo não lhe desse a chance de olhar direto para os olhos verdes abissais de Meredith e para sua incrível estrutura óssea, fora um pouco do decote, já que ela tinha tirado o babado e aberto o botão de cima no mesmo minuto em que a campainha das 17h havia tocado.

"Hein? É um tédio isto aqui?"

Drinion reage: "A maior parte não, não mesmo".

"Qual parte é um tédio?"

"Tédio não é uma palavra muito boa. Algumas partes você tende a repetir ou dizer várias vezes de jeitos só um pouquinho diferentes. Essas partes não acrescentam informações novas, então essas partes dão mais trabalho pra prestar atenção, emb..."

"Quais por exemplo? O que é que você acha que eu fico dizendo de novo?"

"Mas eu não diria um tédio. É mais que ouvir direito essas partes dá trabalho, ainda que não fosse justo chamar de desagradável, o efeito. É que ouvir as partes que acrescentam informações ou ideias novas, essas partes geram uma atenção que não precisa de esforço."

"O quê, é que eu fico falando sem parar do quanto eu sou supostamente linda?"

"Não", Drinion diz. Ele põe a cabeça um pouco de lado. "Na verdade, pra ser sincero, nessas partes em que você fica repetindo a mesma questão ou a mesma informação essencial de um jeito minimamente diferente, o motivo subjacente, que fico com a impressão que é uma preocupação de que o que você está transmitindo não seja claro ou interessante e precise ser reformulado e reapresentado de várias maneiras diferentes pra você garantir que o ouvinte está te entendendo de verdade — isso é interessante, e um pouco emotivo, e tem uma coerência bem interessante com o tema da superfície que o Ed, na história que você está contando, está te ensinando, e assim nesse sentido até os elementos repetitivos ou redundantes geram interesse e requerem pouco esforço consciente pra prestar atenção, ao menos no que se refere a mim."

Meredith Rand pega mais um cigarro. "Você parece que está lendo um roteiro ou alguma coisa assim."

"Desculpe se parece isso. Eu estava tentando explicar a minha resposta à sua pergunta, porque tive a sensação de que você ficou magoada com a minha resposta, e eu senti que uma explanação mais completa podia evitar essa mágoa. Ou minorar caso você estivesse brava. Do meu ponto de vista, houve só uma incompreensão baseada numa incomunicabilidade gerada pela palavra *tédio*."

O sorriso dela é e não é zombeteiro. "Então eu não sou a única pessoa preocupada com a possibilidade de ser mal-entendida e que fica tentando evitar essas incompreensões por razões emocionais." Mas ela consegue ver que ele está sendo sincero; ele não está nem de sacanagem nem de puxa-saquismo. Meredith sente isso. Há uma sensação que decorre de estar ali sentada com Shane Drinion e ter os olhos e a atenção dele sobre você. Não é excitação, mas é barra-pesada, mais ou menos como ficar perto dos transformadores de alta voltagem ali ao sul da Joliet Street.

"Posso perguntar", Drinion diz, "se é projeção quando você projeta emoções suas em outras pessoas? Ou é deslocamento isso?"

Ela faz outra cara. "Ele odiava palavras como essas, na verdade. Ele dizia que elas eram parte da instituição autoalimentadora do sistema de saúde mental. Ele disse que até a palavra era contraditória — *sistema* de saúde mental. Isso foi na noite seguinte, no elevador de serviço, porque alguém que estava na escada em algum outro andar ouviu a nossa voz na noite anterior porque o fosso da escada era todo de cimento e de metal e cheio de ecos, e o Ed tomou uma dura ou alguma coisa assim do supervisor de enfermagem por encorajar a minha conexão nociva com ele que eles meio que deduziram por causa da minha perturbação na vez que ele passou dois dias sem aparecer — no final das contas ele estava quase sendo demitido, principalmente porque tinha começado a perder de vez em quando as verificações de cada quinze minutos e uma menina estava enfiando o dedo na garganta e vomitando o jantar, alguém encontrou um pouco do vômito e o Ed tinha deixado de ver porque estava deitado na escada e era mais difícil levantar daquela posição lá no chão com os pés nos degraus, nem que eu ajudasse, e ele foi deixando de levantar pra ir fazer as verificações. Algumas meninas também tinham começado a resmungar por causa dessas nossas conversas, como se eu fosse a preferida coisa e tal, e começaram uma fofocagem generalizada com as equipes de tratamento de que eu estava fingindo que tinha que conversar em segredo com ele, arrastando ele dali e tentando agarrar ele ou sei lá mais o quê. Algumas meninas ali eram simplesmente horríveis, eu nunca vi gente mais vaca do que aquelas lá."

"…"

"E foi também o dia em que eu recebi alta, ou me disseram que eu ia ter alta no dia seguinte; os meus pais tinham ajeitado tudo e tinha coisa de setecentos mil documentos pra assinar no dia seguinte e aí eu ia pra casa. Teve toda uma história da minha mãe conseguir que um médico assinasse como responsável pelo tratamento extraclínica blá-blá. Ninguém usava o elevador de serviço de noite depois das bandejas do jantar, então ele abriu, a gente entrou ali e sentou no chão, o chão tinha uma coisa de um padrão de metal e não dava pra deitar. Aquilo fedia, era pior que a escada.

"Ele disse que era a última noite, a última conversa, e quando eu disse que queria barra-pesada ele disse que era pra valer, que a gente provavelmente nunca mais ia se ver depois dali. Eu disse como assim. Só que eu estava desmontando total. Era eu que tinha segundas intenções. Era pra valer. Eu sabia que não podia inventar alguma saída mandrake pra ficar ali, eu sabia que ele ia perceber, ia só rir de mim. Mas eu estava pronta pra admitir que tinha sentimentos românticos — que eu me sentia atraída por ele, mesmo apesar de eu sentir que não era verdade, sexualmente, mesmo apesar que depois acabou que era isso mesmo, sim. Só que eu não conseguia admitir pra mim mesma como eu me sentia, por causa do meu problema. Só que eu tenho que dizer agora que não sei bem", Meredith Rand diz. "Estar casada é totalmente diferente de estar com dezessete aninhos, numa crise de identidade total e idealizando alguém que parece que te enxerga e se preocupa com você." Ela agora parece bem mais ela mesma. "Mas ele foi o primeiro cara que me deu a sensação de que estava me dizendo a verdade, que não começou simplesmente a ter segundas intenções e inventar de atuar ou ficar todo suarento e intimidado e que estava disposto a me ver de verdade e me conhecer e simplesmente me dizer a verdade do que estava vendo. E ele me conhecia mesmo — lembre, ele me falou tudo aquilo da minha mãe e do vizinho que ninguém sabia." O rosto dela enrijece de novo, um tanto, ou tensiona, enquanto ela olha diretamente para Drinion, segurando o cigarro mas sem acender. "Essa é uma das partes que você falou que eu fico repetindo?"

Drinion sacode a cabeça um pouquinho e então espera que Meredith Rand continue. A A-POT hiperatraente continua olhando para ele.

Drinion diz: "Não. Acho que o tema original da história era você casando. Casar obviamente pressupõe uma atração recíproca e certas emoções românticas, então a sua primeira menção de uma disposição para reconhecer a atração romântica é informação nova, e muito relevante". A expressão dele não mudou nada.

"Então não é um tédio."

"Não."

"E você mesmo nunca sentiu uma atração romântica."

"Não, que eu saiba não."

"Se um dia você sentiu, você não ia saber?"

Drinion: "Acho que sim, ia sim".

"Então a sua resposta foi meio escorregadia, não foi?"

"Imagino que sim", Drinion diz. Depois ela ia considerar que ele não pareceu nada surpreso. Parecia que estava apenas absorvendo informação e acrescentando a informação a si próprio. E que (Rand não exatamente consideraria isto, porém mais lembraria como parte de uma lembrança sensória dela rindo um pouquinho às custas de Drinion e do jeito estranho com que ele reagia toda vez que ela fazia isso, coisa que ela fazia mais ou menos quando quisesse, rir às custas dele, porque de certa maneira ele era um nerd total e um megapafúncio.) o quadro com diferentes tipos de chapéus da parede dos fundos agora estava completamente obnubilado, a não ser pela pontinha da aba de um boné de pescador na fileira de cima.

"Bom, enfim", Meredith Rand diz. Ela está com o queixo na mesma mão que segura o Benson & Hedges apagado, o que parece o oposto de confortável. "Então o que eu sei é que naquela última noite, no elevador, eu não estava ouvindo com atenção o que ele dizia, assim, mergulhando no que ele me dizia, porque estava lutando com esse monte de sentimentos e de conflitos internos sobre me sentir atraída por ele e também pirando legal por ter ouvido que a gente nunca mais ia se ver, porque o acordo era que eu ia continuar com o tratamento extraclínica, mas o acompanhamento era no segundo andar onde os médicos todos tinham os consultórios de verdade, e ele só vinha de noite e só ficava no terceiro andar, que era uma ala trancafiada. Só a ideia de que eu não sabia onde ele morava já me pirava. Fora que eu sabia que ele podia ser demitido logo, logo porque mal conseguia mais fazer as verificações, e tinha acontecido aquele problema com uma das vomitadoras que andava vomitando e que ele não tinha ido ver, fora que eu sabia que ele não tinha contado da situação de saúde dele pro pessoal do Zeller, da cardiomiopatia, que estava mais ou menos sob controle quando ele foi contratado, pelo que parecia, mas que estava ficando cada vez pior…"

"Mas ele ainda não tinha te falado da cardiomiopatia."

"Isso, mas fosse o que fosse o pessoal do Zeller não sabia, e eles achavam que ele não se cuidava muito bem ou que vivia de ressaca ou era preguiçoso, alguma coisa horrorosa dessas. Aí eu ficava me desligando do que ele dizia e pensando e se eu tirasse a blusa e, assim, me atracasse com ele ali mesmo, será que ele ia deixar ou ia ficar com nojo e rir de mim, e como é que eu podia fazer pra ele me ver de novo e ainda ter umas conversas barra-pesada depois que eu saísse e tivesse que voltar pra minha mãe e pra Central Catholic, e se eu dissesse pra ele que amava ele, e se ele morresse e eu saísse e eu nem ficasse sabendo que ele tinha morrido porque não sabia quem ele era nem onde ele morava. E me ocorreu que eu nem sabia o que ele achava de verdade de mim como eu mesma e não como uma menina qualquer que ele estava ajudando, assim, será que ele me achava interessante ou inteligente, ou bonita. Era muito duro imaginar que alguém que parecia me entender tão bem e me dizer a verdade não pensava em mim daquele jeito mais especial."

"Você quer dizer ter sentimentos amorosos."

Rand meio que dá de ombros com as sobrancelhas. "Ele era homem, afinal. Então… e aí me ocorreu que eu estava meio que fazendo exatamente o que ele disse que era o meu problema central — pensando nele e em não perder ele, que ele é que podia me salvar e que o jeito de não perder ele era com sentimentos sexuais porque isso era só o que eu tinha.

"Então aí eu sei que em algum momento ele me fez um questionário sobre os tópicos gerais que a gente tinha coberto. Era e não era uma piada." Ela acende o cigarro finalmente. "Depois ele acabou confessando que era porque ele achava que ia morrer mesmo daquela crise de cardiomiopatia — acabou que ele passava vários dias seguidos sem conseguir respirar direito, como se estivesse correndo mesmo quando estava ali deitado; tinha um motivo pra aqueles lábios ficarem roxos — e ele disse que tinha quase certeza que nunca mais ia me ver e conseguir ficar sabendo se tinha sido útil, ele queria confirmar pra si próprio que tinha ajudado alguém um pouco antes de morrer. E claro que da minha parte eu estava pirando, eu não conseguia calcular se era melhor eu gabaritar o questionário ou zerar pra poder ver ele de novo. Mesmo com ele fingindo que a coisa toda do questionário era piada, como se eu fosse uma aluninha de pré-escola sendo testada por um professor de pré-escola. Ele era bom paças em ser sério e rir de si próprio ao mesmo tempo — era um dos motivos por que eu amava ele."

Drinion: "Amava?".

"Assim, pergunta número um: O que foi que nós aprendemos sobre se cortar? E eu disse, assim, a gente aprendeu que não importa por que eu me corto ou qual que é o mecanismo psicológico por trás dos cortes, se é uma projeção de um ódio por mim mesma ou sei lá o quê. Exteriorização do que é interior. A gente aprendeu que a única coisa importante é não se cortar. Cortar essa. Ninguém mais pode me fazer cortar essa; só eu posso decidir parar com isso. Porque seja qual for a razão institucional, isso está me fazendo mal, isso sou eu sendo má comigo mesma, o que era infantil. Era não se tratar com respeito. A única forma de você ser má com você mesma é se bem lá no fundo você espera que alguém venha a galope e te salve, o que é fantasia de criança. A realidade significava que ninguém mais ia com certeza ser legal comigo ou me tratar com respeito — era esse o sentido dessa coisa de crescer, perceber que — e ninguém mais ia com certeza me ver ou me tratar como eu queria ser vista, então era problema meu dar um jeito de me ver e me tratar como se eu valesse muito a pena. Isso se chama ser responsável em vez de infantil. As verdadeiras responsabilidades são pra comigo. E se gostar da minha aparência era parte disso e parte do que eu bem no fundo achava que valia a pena, tudo bem. Eu podia gostar de ser bonita sem fazer a beleza ser a única coisa que eu tinha pra oferecer ou sem sentir pena de mim mesma se as pessoas pirassem com isso da beleza. Foi essa a minha resposta ao questionário."

Shane Drinion: "Mas, até onde posso perceber, a sua experiência real ali era que outra pessoa *estava* sendo legal com você e te tratando como se você valesse a pena".

Rand sorri de um jeito que faz parecer que ela está sorrindo apesar de não querer. Ela também está fumando seu cigarro de um jeito mais meticuloso, mais sensual. "Bom, é isso, era nisso que eu estava pensando na verdade, ali parada no elevador e olhando pra ele lá embaixo e respondendo o questionário dele, o que eu fiz com toda sinceridade, mas secretamente eu estava pirando legal. A verdade é que eu estava sentindo que na realidade ele era exatamente o que ele estava dizendo que era impossível e infantil, ele era exatamente a outra pessoa que ele estava dizendo que eu nunca ia encontrar. Parecia que ele me amava."

"Então tinha um conflito emocional barra-pesada ali", Shane Drinion diz.

Rand põe as mãos uma em cada lado da cabeça e faz uma cara rápida que imita alguém tendo um colapso nervoso. "Eu estava falando pra ele sobre não pensar nos outros ou em por que eles se sentiam ou não atraídos e se importavam ou não e de simplesmente me tratar com decência, de me tratar como se eu valesse a pena, me amar de maneira adulta — e era tudo verdade, eu tinha aprendido mesmo, mas eu também estava dizendo aquilo tudo pra ele porque é o que ele queria que eu dissesse, pra ele sentir que tinha me ajudado de verdade. Mas se eu dissesse o que ele queria que eu dissesse, será que ele ia se mandar e nunca mais me ver, que ele não ia ter saudade de mim, porque ia pensar que eu estava legal e ia ficar legal? Mas eu disse mesmo assim. Eu sabia que se eu dissesse que amava ele ou tirasse a roupa e lhe tascasse um beijo bem ali, ele ia pensar que eu ainda estava no meio do problema infantil, ia pensar que eu ainda confundia ser tratada como uma pessoa de valor com ideias de sexo e sentimentos amorosos, e ia pensar que tinha perdido tempo e que a coisa não tinha jeito, ele ia achar que eu não tinha jeito e que ele não tinha conseguido me passar nada, e eu não podia fazer isso com ele — se ele ia morrer ou ser demitido pelo menos eu podia dar isso pra ele, a certeza de que tinha me ajudado, apesar de no fundo eu estar achando de verdade que tinha me apaixonado por ele ou que precisava dele." Ela apaga o cigarro sem nada dos gestos cortantes de antes, quase meio que de um jeito terno, como se estivesse pensando com ternura em outra coisa. "Eu meio que de repente senti assim: Ai meu Deus, é disso que as pessoas falam quando dizem 'Eu vou morrer sem você, você é a minha vida', sabe, 'Can't live, if living is without you'", Meredith Rand acompanhando esse último trecho ao som de "Can't Live (If Living is Without You)" de Harry Nilsson. "Todas aquelas músicas country horrorosas que o meu pai ficava ouvindo enquanto trabalhava na garagem, parecia que cada uma delas falava de alguém conversando com um amante que tinha perdido e do porquê e do como eles não podiam mais viver sem aquela pessoa, como a vida tinha ficado terrível, e bebendo o tempo todo porque doía de um jeito terrível ficar sem aquela pessoa, que eu não conseguia aturar porque eu achava que era tudo muito lugar-comum e eu nunca abria a boca, mas não conseguia acreditar que ele conseguisse ouvir aquilo tudo sem nem botar os bofes pra fora.... Na verdade, ele disse, se você ouvir essas músicas e trocar o *você* por um *eu*, assim, você vai entender que no fundo eles estão falando é da perda de uma parte de você mesmo ou de se trair o tempo todo em nome do que você acha que as pessoas querem até você ficar simplesmente morto por dentro e nem saber mais o que significa *eu*, e isso porque o único jeito que essas pessoas têm de pensar naquilo e no motivo de elas estarem tão mortas e tão tristes é pensar que aquilo é precisar de outra pessoa e não conseguir viver sem ela, essa outra pessoa — o que por alguma coincidência é exatamente a situação de um bebezinho de colo, que sem alguém pra segurar e dar comida e cuidar dele, morre, literalmente, o que ele disse que está longe de ser coincidência, na verdade."

A testa de Drinion está um quase nada franzida enquanto ele pensa. "Eu estou confuso. O Ed explicou o verdadeiro sentido das canções de música country no elevador? Então você falou pra ele das letras e que tinha passado a entender o sentimento das letras?"

Rand está olhando em volta, possivelmente em busca de Beth Rath. "O quê? Não, isso foi mais pra frente."

"Então vocês acabaram se vendo de novo depois do elevador."

Rand ergue o dorso da mão para exibir a aliança. "Ah, sim."

Drinion diz: "Tem mais alguma informação que eu precise pra entender isso aí?".

Rand parece distraída e irritada. "Bom, ele não morreu, obviamente, sr. Einstein."

Drinion gira o copo vazio. Sua testa tem uma ruga bem perceptível. "Mas você passou bastante tempo descrevendo o conflito entre confessar o amor e os seus reais motivos, e como você estava chateada e incomodada com a possibilidade de não voltar a ver o Ed."

"Eu tinha dezessete anos, cacete. Eu era megadramática. Eles me levam pra casa, eu olho na lista telefônica, ele está bem ali na lista. O apartamento dele ficava a coisa de dez minutos da minha casa."

A boca de Drinion está na posição distendida de alguém que quer fazer uma pergunta mas não sabe nem por onde começar e está demonstrando isso facialmente em vez de com a voz.

O braço de Rand está erguido numa espécie de sinal para Beth Rath.

"Enfim, foi assim que a gente se conheceu."

§47

Toni Ware estava no telefone que fica no limite do terreno. Em vez de uma cabine era só um aparelho no poste mesmo. Ela se encostava um pouco no para-choque dianteiro do carro, que brilhava. A cara de um dos cães apareceu por sobre o banco traseiro; quando ela olhou firme para ele por um momento a cara sumiu de vista. No banco do passageiro, na frente, havia uma dúzia de tijolos comuns de três quilos, cada um com um cartão de Resposta-Pré-Paga de um fabricante diferente. Ela era uma mulher de tamanho comum, loura já quase pálida, vestindo calça comprida e um casaquinho bege meia-estação que se desfraldava e estalava ao vento. O homem do outro lado da linha estava repetindo a encomenda dela, que era complexa e envolvia vários metros de tubos de cobre #6 cortado na diagonal em segmentos de dez centímetros; o ângulo da diagonal seria de 60 graus. Essa mulher tinha vinte vozes diferentes; todas menos duas eram cálidas e agradáveis. Ela não protegia o telefone com a concha da mão para barrar o vento, mas deixava que ele troasse no áudio. Todo mundo tem maneirismos inconscientes que aparecem quando ao telefone; o dela era olhar para as cutículas da mão que não estava segurando o telefone e usar o polegar daquela mão para tatear uma cutícula por vez. Havia quatro mulheres no estacionamento da loja de conveniência e um busto da operadora do caixa numa fresta entre avisos na janela para compra de cerveja no atacado. Duas mulheres estavam nas bombas; outra num Gremlin castanho esperando que uma bomba ficasse livre. Tinham o cabelo embrulhado em plástico para se proteger do vento. Houve um período em que Toni teve que esperar que o atacadista de ferramentas verificasse seu cartão de crédito, o que significava que eles estavam no momento trabalhando com uma margem apertada e não podiam bancar nem uma suspensão de quatro horas para aquele pedido, o que significava que podiam ser afetados. Todo mundo conduz uma rápida verificação inconsciente de cada objeto dos sentidos sociais que encontra pela frente. A grande preocupação de algumas verificações envolvia potenciais sexuais, potenciais de lucro, gradações estéticas, indicadores de status, poder e/ou suscetibilidade a dominação. As verificações de Toni Ware, que eram detalhadas e minuciosas, ocupavam-se unicamente de saber se o objeto podia ser afetado. Seu cabelo parecia de um louro-acinzentado ou do tipo de louro ressecado que sob certas luzes parece quase cinza. O vento batia forte na porta quando as pessoas saíam; ela observou sua força afetar o rosto delas e os pequenos gestos inconscientes de recolhimento que faziam quando tentavam ao mesmo tempo se encolher e andar depressa. Não estava especialmente frio ali, mas o vento fazia *parecer* frio. A cor dos olhos dela dependia das lentes que estivesse usando. O número do cartão de crédito que deu ao homem era de fato o seu, mas nem o nome nem o número da identidade que forneceu eram dela, exatamente. Os dois cães tinham o mesmo nome, mas sabiam infalivelmente qual ela estava chamando. Seu amor por cães transcendia toda experiência e determinava sua vida. A voz que usou com o balconista da Butts Hardware era mais jovem que ela, ostensivamente insípida, acarretando que mercadores cujos gostos emocionais fossem refinados demais para a mera exploração se sentissem paternais — superiores e ternos ao mesmo tempo. O que ela disse quando confirmou o pedido foi: "Joia. Maravilha. Eba", com o "Eba" declamado e não gritado. Era uma voz que levava o ouvinte a imaginar alguém de cabelo louro comprido e calça boca de sino que punha a cabecinha de lado e pronunciava até asserções com uma entonação interrogativa. Ela brincava nesse fio de navalha quase o tempo todo — dando uma impressão falsa que mesmo assim era concreta e estritamente controlada. Parecia uma forma de arte. A questão não era a destruição. Exatamente como a ordem total é sem graça, o caos também é sem graça: não há nada informativo na bagunça. O caixa da loja dava um sorriso frio para cada freguês e começava uma conversinha breve. Toni Ware em três anos já tinha participado duas vezes de investigações daquela loja, cujo nome era QWIK'N'EZ — com um ícone na placa suspeitamente similar ao Big Boy do Bob's — e que foi um dos primeiros pontos à beira da rodovia a eliminar os frentistas e abrir uma lojinha minúscula com cigarros, refrigerantes e porcarias para compras rápidas. Eles ganhavam horrores em espécie e tinham sido marcados pela função DIF local todo ano; mas eram imaculados, uma auditoria de campo foi considerada uma perda de salários, os recibos deles batiam perfeitamente e os livros-caixa eram confusos só o suficiente para não ser manipulados, o proprietário era um cristão pentecostal que já tinha começado a construir outro do que o Bondurant chamava de Tumores de Acostamento na segunda saída 74 e tinha feito proposta de compra de mais dois terrenos para o mesmo fim.

Ela possuía dois telefones em casa e um celular grandalhão e dois códigos para usar os aparelhos do escritório, mas utilizava orelhões para seus negócios pessoais. Não era nem atraente nem feia. Descontada certa intensidade anêmica em seu rosto não havia nela nada que atraísse ou repelisse ou gerasse mais atenção do que mil outras mulheres de Peoria que já tivessem sido descritas como "bonitinhas" quando no auge e que agora eram invisíveis. Ela gostava de escapar do radar dos outros. A única pessoa que podia ter percebido que ela desligou o telefone seria alguém que quisesse usar o aparelho. Duas mulheres e um homem rubicundo com roupa de flanela estavam enchendo seus tanques. Uma criança num dos carros chorava, rosto contorcido. As janelas do carro transformavam seu choro numa pantomima. Sua mãe tinha um rosto desmoronado e encarava o vazio com uma expressão estúpida junto ao tanque, alisando o plástico do cabelo enquanto a mangueira fornecia gasolina no automático. Polias do poste do posto no lastro do mastro tremiam vibrando no vento. O leve pulsar do ponto morto do carro dela atrás dela, os dois cães abaixados em posturas idênticas. Ela diminui de velocidade apenas o suficiente para olhar bem nos olhos da criança enquanto passa pela janela traseira direita, seu rosto enrugado e vermelho, ela com o rosto vazio de intenções enquanto por um momento todo o terreno e toda a rua brilhavam intensamente, um tom não conotativo na cabeça dela, como um sino tocado.

Interessante como algumas pessoas ficam paradas junto do tanque enquanto ele enche e outras como a atarracada ali na frente não conseguem, têm que se ocupar de pequenas tarefas, como passar o rodinho no para-brisa ou usar as toalhas azuis para limpar as lanternas traseiras, incapazes de ficar paradas esperando. O homem abastecia no manual, arredondando para um valor fechado. Metade do rosto da criança ficava cortada pelo reflexo no vidro do sol e da bandeira que batia bem alto sobre ela. E ela gostava do som de seus próprios passos, o som sólido e a sensação do impacto nos dentes. O tubo #6 era duro o bastante para entrar até o fim e macio o suficiente para fazer pouco barulho quando introduzido; três na base cuidavam de qualquer árvore.

A parte interna do Tumor tinha a luz descolorida de uma mercearia e estava cercada das portas de vidro para refrigerantes ao fundo e dois corredores de café de varejo calibre industrial e comida para animais de estimação e salgadinhos E-W com as compras variadas e os cigarros atrás do balcão laranja onde a moça de camisa de uniforme jeans e com uma bandana vermelha atada à moda dos escravos com minúsculas orelhinhas de coelho por trás perguntava quanto combustível e somava o preço da cerveja e do tabaco e passava o troco por uma rampinha anodizada para cair num copinho de aço. Atrás da porta que ficava no fundo do segundo corredor ficavam a sala do estoque e o escritório do gerente. As lojas das cadeias maiores tinham introduzido câmeras de vídeo, mas esses Tumores de Acostamento eram cegos. Havia mais cinco cidadãos dos EUA na loja e aí um sexto quando a mulher desprovida do filho entrou para pagar, e enquanto Toni selecionava itens suficientes para encher uma sacola ela observava as interações ou não interações de todos eles e sentia de novo a familiaridade de que sempre supunha que gozavam todos os desconhecidos nos ambientes em que entrava, a convicção de que todos naquele ambiente se conheciam bem e sentiam a conexão e a semelhança que compartilhavam em virtude do que tinham em comum, a qualidade de não ser ela. Nenhum deles foi nem minimamente afetado por ela. Uma lata de Carne Gourmet SuperCão custava 69c, o que, considerando o varejo e os custos, ainda eram 20% de margem de pura papa fina. A mulher do balcão, que tinha trinta e pouquinhos anos e incorporara seu peso corpóreo a uma persona de mãe caipira que incluía bochechas róseas, uma risada que lembrava um trovão e uma sexualidade mundana e bem-humorada, perguntou se ela tinha abastecido hoje.

"Estou de tanque cheio", Toni disse. "Parei pra usar o telefone e entrei pra sair desse vento desgraçado!"

"Ainda está um sopro lá fora pelo que eu estou vendo." A mulher do balcão sorriu, somando a ração que Toni ia jogar fora numa NCR 1280 comprada com desconto que somava os recibos num rolo que durava um dia e que eles guardavam numas latinhas que tinham que ser levadas para fora para desenrolar se fosse para fazer uma auditoria de campo, com o escritório cheio de tiras de 25 metros de papel como um navio de cruzeiro decorado de bandeirolas ao partir.

"Estava que quase me joga pra fora da estrada quando eu cheguei", Toni disse. A mulher do balcão parecia não perceber que Toni Ware estava afetando o mesmíssimo sotaque e a cadência de sua própria fala. A suposição de que todo mundo é como você. De que você é o mundo. A doença do capitalismo de consumo. O solipsismo complacente.

"Arranjou uns cachorrinhos que comem bem, hein?"

"Nem me fale. Eu que o diga."

"Ficou $11,80." O sorriso bem treinado para parecer sincero. Como se Toni fosse ser lembrada um segundo depois de ter forçado a porta e saído trôpega sob a bandeira como todos os outros. E por que o convencional *ficou*? A criatura mirrada atrás cheirava a óleo capilar e ao café da manhã ambiente; ela imaginou partículas de carne e de ovos nos pelos daquele rosto e por baixo daquelas unhas enquanto entregava uma cédula do Tesouro.

"A grandona, de vinte", a mulher do balcão disse, como que sozinha, apertando os botões com a ligeira força extra que uma 1280 demanda.

Um momento depois Toni já estava fora da loja, abrigada dos olhos de quem estivesse no terreno graças à máquina de gelo Kluckman, com a parte de cima da sacola de plástico chicoteando o ar e batendo entre os pés de seu sapato enquanto ela tirava um Kleenex de viagem da bolsa, rasgava pela metade, de novo, e enrolava um quarto do lencinho bem apertado em volta do dedo mínimo, cuja unha era perfeita e tinha forma de amêndoa, pintada de um vermelho arterial. E cavidade nasal direita adentro e à volta toda numa espiral abrangente, e o que saiu incluía um coágulo de cor-padrão, simultaneamente viscoso e duro e até com a minúscula linha de um capilar na borda direita. A única coisa que alguém numa loja ou numa fila podia perceber nela era uma vaga abstração afetiva, uma espécie de descolamento que não era o descolamento da paz ou de uma relação pessoal com Nosso Senhor Jesus Cristo. O qual ela limpou cuidadosamente na lapela esquerda de seu casaco cor de creme, com pressão suficiente para lhe dar alguma extensão mas não o bastante para comprometer sua aderência ou distorcer o nougat em seu coração. Uma uniformidade plastificada em torno dela que lembrava ar processado, comida de companhias aéreas, som transistorizado. Isso era meramente para fazer hora até que seu pedido na Butts Hardware fosse processado. A sala de estoque quando ela entrou só tinha coisas de papel e caixas grandes de papelão e bórax na junção piso-parede por causa das baratas, e a porta do escritoriozinho do gerente com suas pinups adesivas e um pôster Paz com Honra de uma águia com um nariz de rampa de esqui e a barba por fazer estava entreaberta e emitia aroma de Dutch Master e o lamento apaziguado da música country num radinho de bolso. O gerente do período diurno, que não tinha crachá com seu nome (a mulher do balcão era "Cheryl") e estava com os pés para cima lendo exatamente o que ela teria imaginado, e que tinha uma testa alta e convexa e um desses ritmos de piscar velozes e fortes demais como alguém quase fazendo cara de assustado quando piscava e que significava que alguma coisa estava neuralmente errada, só um tantinho, tirou os pés da mesa e levantou com rangidos complexos da cadeira quando as tímidas batidinhas dela e a força com que ela praticamente cambaleou porta adentro escancararam toda a inocência do choque que alguém haveria de admitir na personagem dela. Ela eliminara a cor do rosto e ficara de olhos abertos no vento quando saiu da lateral para a frente da loja de novo, o que a deixou de olhos úmidos, e estava com os ombros encolhidos e os braços estendidos numa atitude de tácita profanação. Parecia tanto maior quanto menor do que de fato era, e o gerente com as piscadelas que pareciam um tique não se mexeu nem foi até lá nem encontrou dentro de si a força necessária para reagir nem quando ela se preparava, um processo que foi sôfrego e hipóxico, e esboçava uma história em que era uma freguesa assídua ou melhor ainda habitual desse Tumor de Acostamento QWIK'N'EZ e tinha sempre recebido não somente o que lhe rendia o dinheirinho suado que ganhava fazendo costura em casa, o que como mãe solteira de duas crianças era tudo que conseguia fazer, embora tivesse formação de secretária jurídica, resultado de cinco anos de estudos noturnos durante o tempo em que cuidava da mãe cega nos momentos finais de sua longa doença terminal, não apenas mercadorias e gasolina mas sempre um atendimento simpático e educado das meninas do balcão, até que — aqui um arrepio fez o gerente, que ainda segurava o que restava de algum produto Little Debbie na mão esquerda, a quase dar a volta na mesa para consolá-la até ver o caos de cinco centímetros na lapela esquerda dela, que era resultado de vários dias sem cotonetes e com a sensação constante de quase espirro e era de fato um coágulo mucal de um horror de fazer parar relógios —, até que hoje agora mesmo, agorinha, ela nem sabia como dizer aquilo — seu impulso mais forte tinha sido simplesmente dirigir quase cega pelas lágrimas até chegar em casa para jogar o casaco cuja aquisição lhe custara meses de privações para poder levar os dois filhinhos para a igreja usando algo de que eles não tivessem vergonha na lixeira do cortiço financiado e passar o resto do dia rezando a Deus para que Ele a ajudasse a tentar compreender a incompreensível violação que acabara de sofrer e a evitar para sempre doravante aquele QWIK'N'EZ movida por degradação e horror mas não, ela sempre tinha feito boas compras e sido bem atendida nesse estabelecimento e portanto sentia que era quase seu dever, por mais que lhe fosse constrangedor e degradante assumir, contar a ele o que a funcionária que operava a caixa registradora tinha feito, ainda que não fizesse sentido, muito menos para ela mesma, que certamente parecia normal e até simpática e com quem tinha tentado ser agradável e não tinha feito mais do que tentar pagar pelos itens que decidira comprar aqui, que tinha, enquanto ela pegava suas moedinhas e ela a fitava direto nos olhos tinha, tinha, com a outra mão metido o dedo no nariz e aí estendido o braço e... e... aqui se entregando completamente aos soluços e a uma espécie de uivo agudo e olhando para a lapela de um casaco do qual dava a impressão de simultaneamente tentar se afastar horrorizada como se o único motivo de ainda não ter tirado o casaco lambrecado de verde era não conseguir suportar a ideia de tirar aquilo, sentindo as piscadas clônicas concentradas na pelota para registrar até o risco de sangue rubro que o deixava mais horrendo, e então se virando para cambalear como que transtornada demais para prosseguir ou insistir numa compensação, saindo se esgueirando até que a canção transistorizada de uísque e perda tivesse sumido e ela estivesse de novo sob a luz descolorida da própria loja, com o som dos saltos do sapato no corredor bem mais veloz e mais satisfatório enquanto o aceno e o tchauzinho-até-a--próxima da mulher do balcão iam sumindo sem resposta e o gerente ficava ali parado tentando sair de um estado de choque para um estado de fúria e os meninos calados e dóceis como gárgulas no banco de trás mesmo quando ela entrou e praticamente disparou dali, caso o gerente tivesse chegado até a loja, coisa de que ela duvidava, entrando derrapando na Frontage Road com uma força tão histérica que um cachorro foi lançado sobre o outro, ela se firmando com um braço direito apoiado na sacola de tijolos, semicantarolando o refrão da canção country, casaco profanado já saindo de um ombro rumo à caixa de correio.

§48

"É tudo meio nebuloso."

"Isso certamente é compreensível, senhor."

"Acho que eu preciso te dizer que estou bem transtornado."

"Nós certamente podemos imaginar."

"Não. Não. Eu estou falando por dentro. Transtornado por dentro."

"Acho que eles previram isso, senhor, e que toda possível…"

"Pra baixo mesmo, sabe."

"Talvez se o senhor pudesse apenas nos transmitir a informação como se estivesse repassando dados, senhor."

"Você sabe: *pra baixo*? Você está me entendendo?"

"São só os efeitos, senhor. Não precisa ter pressa."

"Era o piquenique anual. É isso que vocês querem?"

"Isso nós já sabemos, senhor."

"Todo ano, no verão. No Coffield Park, financiado por Obrigações do Tesouro. O piquenique anual das Análises. Frango frito mumificado, salada de batata. Uns ovos recheados acho que com páprica que deixa uns pontinhos que parecem sangue seco — um horror. A carne pro almoço disposta em leque nas mesas. Um monte de proteína. Os analistas comem que nem uns animais selvagens, como sei que vocês sabem. O pessoal da Auditoria é mais frugal. Vocês devem saber disso. A variação de…"

"Nós certamente recebemos os relatórios, senhor."

"E umas coisas grelhadas. Aquelas grelhas esquisitas fixas que ficam nos parques, pode apostar que financiadas pelas Obrigações também. Salsicha, uns hambúrgueres empilhados num papel branco brilhante. Enxames gigantescos e nuvens de insetos na comida em cima da mesa. Moscas esfregando as perninhas. Vocês sabem o que significa quando uma mosca faz isso? Vespas nas latas de lixo, sobrevoando. Melancia com formiga. Quando ela esfrega as pernas desse jeito?"

"…"

"Um hambúrguer cru é que nem sangue na água pra um inseto, gente."

"O senhor estava inventariando os itens do piquenique, senhor."

"Chá gelado, Kool-Aid. Tinha refrigerante numa caixa térmica que o GG trouxe. Umas gelatinas de cores primárias. Vermelhas e verdes ou vermelhas-e-verdes. É pro moral do pessoal, o piquenique anual, mudar o contexto de interação."

"Nada de errado num piquenique, senhor."

"Ver a família de todo mundo, as crianças. As crianças. Você não imagina que os GS-9s têm filhos, brincam com os filhos, os Linha 40, pequenininhos. E mesmo assim eles estão lá todo ano. As mães inventam brincadeiras. E garrafas de cerveja numa caixa térmica que o marido da Marge van Hool trouxe."

"Nós conversamos com o sr. Van Hool, senhor."

"E mosquito por toda parte. Do tipo terrível, que projeta sombra e tem perna cabeluda. Dá pra você ouvir esses mosquitos mas não dá pra ver. Até. O sangue atrai tudo quanto é — e os caras da Auditoria, os caras da Auditoria estavam brincando com algum joguinho de criança com aquele disco voador da Hasbro. Um disco aerodinâmico, bem colorido, da Hasbro, onde foi que…?"

"Um frisbee, talvez, senhor?"

"A Hasbro agora tem uma divisão que eu acho que é de Diversões Unidas, supostamente com sede em St. Paul, mas com significativas contas fora do país."

"…"

"E vocês sabem tão bem quanto eu o que isso normalmente quer dizer."

"E o senhor não percebeu nada fora do comum no que se refere ao chá gelado, à gelatina."

"Então eles acham que foi a gelatina."

"Isso não seria questão para o nosso departamento, senhor."

"A gelatina tinha uns marshmallows bem pequenininhos até onde me lembro. Uma daquelas cores primárias bem fortes, a gelatina. As moscas deixaram em paz, se bem que aqueles mosquitos sanguinolentos Jesus amado se você…"

"Sim, senhor."

"Eu preciso te dizer que estou extremamente agitado e transtornado."

"Nós estamos registrando esse fato pela segunda vez, sr. Diretor, para deixar bem marcado."

"Acho que os efeitos ainda não desapareceram completamente."

"Só continue, por favor, lembrando que não temos poder sobre isso, senhor."

"Eu falei com os representantes da lei, acho, a não ser que fossem os efeitos."

"Isso foi várias horas atrás, senhor. Nós somos do Serviço. Eu sou o agente Clothier e esse é o agente especial Petaypelor."

"É um prazer conhecê-lo, senhor, apesar de eu lamentar muito que tenha que ser nessas circunstâncias."

"Vocês são da DIC?"

"Não, senhor, nós somos das Inspeções, lá de Chicago, Posto 1516."

"Eles trouxeram vocês."

"Todo mundo está bem preocupado, senhor, como é compreensível."

"Um mosquito mal passa de uma agulha com asas."

"Eu não sei bem como responder a isso, senhor."

"Não tinha ninguém da DIC no piqueninque."

"Não, senhor, como o senhor deve lembrar a DIC tinha um serviço interno de contabilidade forense lá na Regional naquele fim de semana, senhor."

"Eles não se misturam muito, via de regra, o pessoal da DIC."

"Não, senhor."

"Ficam meio de canto, se é que vocês me entendem. Vomitando."

"Vomitando, senhor?"

"Quando elas esfregam as perninhas. Parece inócuo, mas na verdade as moscas estão vomitando sucos digestivos nas pernas e aplicando aquilo à comida. É um dos animais que pré-digerem. Mosquito é igualzinho."

"Senhor, eu…"

"Vômito dentro de você. É isso que levanta aquele calombo. Eles estão pré-digerindo o sangue antes de te chuparem. Umas coisonas grandalhonas de perna cabeluda. Elas se reproduzem no mato, sabe. Umas agulhas com asas. Vetor de doenças. Civilizações inteiras derrubadas. Leiam um pouco de história."

"Nós estamos dando a devida importância ao problema dos insetos aqui, senhor."

"Eu estava na grelha. Salsichão e hambúrguer. Pelo menos um tempinho. Me deram um avental. Alguma coisa engraçadinha escrita na frente. Uma certa impertinência que a gente deixa passar nos piqueniques, na festa de Natal. Deixar todo mundo mais à vontade, se é que vocês me entendem."

"O senhor estima que tenha ficado na grelha durante os primeiros momentos do piquenique, então, o que confirma o relato do sr. Van Hool."

"O chá gelado foi feito ali mesmo, não aquela coisa horrorosa em pó com uma espuminha em cima."

"O chá gelado teria sido consumido por quantas pessoas, na sua opinião, ali no piquenique, senhor?"

"Pletoras. Quente pacas, sabe? Ninguém quer refri quando está calor, fora as crianças, claro, que aí elas ainda ficam com a boca toda grudenta, que aí o açúcar do refri atiça os mosquitos."

"Ave-maria, Clothier, os mosquitos de novo."

"Pecapelapeapebopeca."

"Nada contra a DIC, sabe. Parte indispensável do mecanismo. Uns sujeitinhos trabalhadores e sérios. Apesar daquela montoeira de casos condenados, um desperdício horroroso de recursos, a Regional tinha umas cifras de…"

"Então, se havia um denominador comum, senhor, o senhor diria que era o chá gelado, é isso que o senhor está nos dizendo?"

"Todo mundo bebeu. Um calor do cão. Quem é que quer tomar cerveja com uma lua daquelas? Vocês, algum de vocês está ouvindo um… um barulhinho?"

"Mas ao mesmo tempo o senhor está dizendo que não viu ninguém levando o chá gelado para a área do piquenique nem fazendo o chá gelado."

"Uma urna. Um jarro grande com torneira. De plástico laranja granuladinho, com um jorro que parecia de um barril, não é?"

"O chá gelado, o senhor está dizendo."

"Eu não lembro de já ter me sentido tão agitado assim. Parece que eu."

"Eles disseram que vai durar um tempo ainda, senhor, enquanto o nível se estabiliza na circulação."

"Disseram que daqui a pouquinho o senhor vai estar normal, senhor."

"Tentando ficar feliz por estar ajudando. Os nossos rapazes de farda."

"Clothier, que tal…"

"O senhor estava nos ajudando a identificar a urna, senhor, do chá gelado."

"Um jarrão laranja que dizia Gatorade ali do lado. Umas das crianças mais velhas se animaram; acharam que era Gatorade."

"Nenhuma criança bebeu o chá."

"Os analistas chamam os filhos de Linha 40. Como todo mundo sabe é onde você registra a CCDC do Formulário 2441 na 1040. Tinha umas crianças jogando Cobranças. Perto das quadras de jogo de ferradura. Mais velhas. Arresto de brinquedos, uma avaliação de risco financeiro e apreensão das coisas das crianças menores; teve o chororô de sempre."

"E o senhor diria que percebeu os primeiros efeitos estranhos ou alguma coisa fora do comum quando, então, senhor, se o senhor tivesse que dizer?"

"Uma atividade terrível de ensinar pras crianças. As Cobranças eram problema do Ghent. Eram do Ghent. Eu evito as Cobranças."

"Compreensível do nosso ponto de vista, senhor."

"Isso aí são óculos de sol, então?"

"Senhor, nós não estamos usando nenhum tipo de proteção ocular."

"O meu nariz está coçando que é uma loucura."

"Infelizmente não podemos encostar em nenhuma parte da sua pessoa, senhor."

"A minha cabeça normalmente é bem mais organizadinha do que isto."

"Por favor, vá com toda a calma necessária."

"Parecia um horror total. Umas nuvens. Nuvens, neves, névoas de mosquitos. E eles são vetor de doença sabe. Leiam um pouco de história. Se reproduzem nas árvores. Quando eu fui olhar numa das sombras, duas criancinhas menores estavam cobertas. Uma névoa de mosquito em volta das duas, nos olhos, no nariz, deixando elas sem ar — eu vi uma delas cair; não deu nem pra gritar. A Linhazinha 40 do Pendleton."

"Então aí o senhor diria que esse foi o primeiro sinal observável de algum efeito, então, senhor?"

"Eu estava com um garfão bem comprido, sabe?"

"Pra grelha, não é verdade, senhor?"

"Vamos levantar acampamento, Norm, meu chapa. Esse cara ainda está no mundo da lua. Coça o nariz dele e simbora."

"Peespepepera, Petaypelor."

"O *Culex* e a malária. O *Aedes aegypti* e a dengue. Podem ler. Está escrito. Com ou sem garfo."

"Para o seu trabalho na grelha do quadrante sudeste da área de piquenique segundo este esquema aqui, senhor."

"Um garfo comprido *pacas*. Acho que vocês não estão entendendo. Com uns dentes serrilhados. Fazia sombra."

"E por acaso — por acaso o senhor pôde observar nesse momento algum dos outros agentes ou membros das famílias agindo de alguma maneira incomum ou mexendo no chá gelado de alguma forma, senhor?"

"Se bem que eu percebi os joguinhos americanos. Nas mesas. De pano xadrez. E só tinha faca. Nada de colher, nada de garfo. *Eu* estava com o garfo. Faca, prato, faca, faca. Três facas medonhas pra cada pessoa. Em outros anos às vezes a brisa soprava os pratos da mesa. Mas esse ano não, isso eu vi."

"Então isso era um efeito, ou o senhor estava observando um efeito, será que o senhor consegue dizer se era uma coisa ou outra?"

"O Fechner tem um olho de vidro."

"Seria o Agente Fechner do Serviço, senhor. O senhor ficou observando enquanto ele punha as facas na mesa?"

"Perdeu um olho na guerra. Ele diz assim: 'Perdi um olho'. Que ideia. Digam lá, rapaziada, será que alguém não viu meu *olho* por acaso?"

"Portanto o senhor não tinha observado nenhuma pessoa ou pessoas pondo de fato essas facas todas na mesa, então, senhor?"

"Norm, meu chapa, que facas? Vamos levantar acampamento."

"Isso é vocabulário de guerra, se não estou enganado. Agente Taylor. Você acha que eu não sei o que é isso?"

"É Petaypelor, senhor. Prazer em conhecê-lo, senhor, apesar de eu lamentar muito que tenha que ser nessas circunstâncias."

"Eles estavam saindo das *árvores*."

"Era rapel, senhor. A incursão pode ou não ter sido uma manobra tática, até aí a gente já sabe."

"Teve arremesso de ovo e corrida do saco — o ovo não se mexeu; ficou parado em pleno ar. A corrida de três pernas estava acontecendo quando eles saíram das árvores e o pessoal tentou correr, tentou chegar até as crianças, mas estavam de pernas amarradas. Foi uma carnificina, os mosquitos — e eu sacudindo aquele garfão."

"E o senhor disse que observou o agente Fechner do Serviço sofrendo os efeitos do chá adulterado."

"Então era o chá."

"Não é a nossa área, senhor, sinto muito. Nós estamos reunindo informações."

"Sobre as facas."

"Um belo conjunto de facas mesmo, senhor, o senhor se incomoda de dar uma olhada nelas?"

"Quem é que vocês são de verdade? Você são homens?"

"O senhor estava dizendo que o agente Fechner e o seu olho de vidro."

"Que ele estava na frente da caixa térmica de cerveja do Van Hool; tinha tirado o olho de vidro, então era só o buraco."

"E será que por algum acaso essas facas eram mais ou menos… *assim*, senhor?"

"Pepapecipeenpecipea, Petaypelor. Pessem pecorpetar peapeinpeda."

"Vocês acham que eu não falo latim?"

"Senhor, que bom que o senhor fala latim."

"Quem é esse sujeito do seu lado esquerdo e direito?"

"Tente se concentrar, senhor. Eu sei que é difícil."

"O Fechner estava na frente da caixa térmica, tinha tirado o olho e estava… estava abrindo garrafas de cerveja com o buraco do olho. O buraco do abridor. Pega uma garrafa, dá uma viradinha. Os Linha 40 só olhando — era uma coisa horrorosa!"

"O agente Fechner vai ficar bem, senhor. Eles acharam o olho e ele vai ficar novinho em folha."

"Estava chovendo, senhor?"

"Colocando a tampinha no buraco e aí virando a garrafa pra baixo com um tranco, aí as crianças gritaram e bateram palmas porque a tampinha ficou no buraco. Um sol cinza ali naquele olho. Olho olho!"

"Por mim a gente só corta fora de uma vez. Está bem ali, Clothier, está vendo?"

"Escopolamina segundo vocês. Burundanga. Parentis. *Mens sano in corpus*. E nada de faquinha de plástico não. E me permitam dizer que vocês têm uns crânios lindos aí por baixo dessa pele, rapazes."

"E a última vez que o senhor viu o agente Drinion foi antes da incursão tática, senhor, ou depois?"

"O Drinion estava à mesa. Segurando lugar na mesa, como se diz. Quase dormindo, parecia. O Drinion nunca participa. Eles não estavam encostando nele — os mosquitos. Ele com o queixo na mão."

"O senhor não quer dizer literalmente, não é, senhor?"

"Perceba a borda afiada. Perceba o comprimento de dezoito centímetros, seu coió. Perceba as cinco estrelas na lâmina e o lugar onde diz Inoxidável, Enrijecida a Frio, Zwilling e J. A. Henckels, Solingen FRG. Você sabe o que é isso aqui?

"Eu ainda estou me sentindo bem mal. Os analistas — uma maçaroca de gente se contorcendo e rolando pelo chão."

"Por causa da corrida de três pernas, não é, senhor, o senhor não está falando do que a Miriam chamava de sua 'terceira perna', lá no tempo em que ela queria a tal perna, senhor, não é, senhor, antes dela pegar nojo da tal perna."

"Eles estavam fazendo rapel. Cordas nas árvores. Victor Charles. Uma maçaroca de analistas GS-9 se contorcendo — copulação em massa entre os analistas que eu pude observar pessoalmente — está tudo lá no meu relatório num Formulário 923(a) pra observações pessoais de conduta inadequada; vocês lá das Inspeções sabem tudo desses 923(a)s, não é verdade."

"O senhor observou isso lá da grelha, então, senhor."

"Eu observei o efeito do chá nos buracos abertos e na copulação e encoxação em massa alucinada e meio com jeito de orgia embaixo das árvores, em cima da mesa, embaixo do ovo arremessado, dos dois lados da gruta das ferraduras. Tinha uma bunda de verdade aparecendo embaixo da minha grelha."

"E eu acho que o senhor disse que estava usando um avental, senhor."

"Corta. Arranca isso de uma vez, Clothier."

"Então a essa altura todo mundo com a possível exceção das crianças estava sofrendo efeitos claros, senhor, é o que o senhor está dizendo."

"Até as salsichas estavam se contorcendo, dando estocadas. Roliças, lúbricas, reluzentes e molhadas ali na grelha, na bandeja de alumínio da sra. Kagle, pelo ar. Eu com o garfo e observando aquilo tudo até que lá das *árvores* onde eles se reproduzem! Reprodução, sem parar, reprodução!"

"Acho que já temos um bom retrato da situação do seu ponto de vista, senhor."

"O senhor sabe que não passa, senhor. Não tudo. O senhor vai ficar desse jeito. Olhe pra mim. O senhor vai ficar com essa aparência, senhor. Sempre. A gente veio dizer isso pro senhor. A gente corta agora mesmo se o senhor quiser. É só pedir."

"Agulhas com asas. Facas com asas, dançando todas ali naquelas pontinhas afiadas, névoas de mosquitos escurecendo tudo. O céu não é mais o céu."

"Ele não quer, Clothier."

"O ar não é mais branco por causa daquilo."

"Vai se acostumando, sua *bicha* velha impotente. Isso mesmo: *bicha*."

"Penão, Taylor."

"Eu vi a minha mulher arrancar a própria pele, sabe? Já que você chegou até aqui, hein? Descascar a pele branca do braço inteirinha como se fosse uma luva de ópera. Tirar do topo do rosto até o queixo."

"Mais ou menos: *assim*, senhor?"

"Acho que eu vou passar agora para o nosso próximo entrevistado, senhor. Muitíssimo obrigado pelo seu tempo."

"Como se ainda fosse seu, hein, Dwitt? Hein?"

"Eu estou simplesmente transtornado de maneira inédita. Acho que isso não vai melhorar."

"Você sabe o que os médicos fazem, não sabe? Quando você está dormindo. Do topo pra baixo, como se você fosse uma uva velha molenga lá no fundo da geladeira que alguém esqueceu de jogar fora. DeWitt, eu já te disse isso milhões de vezes."

"Eu vou registrar isso, senhor, assim como o agradecimento das Inspeções pela sua cooperação em tais circunstâncias."

"Bom, então não fique aí parado à toa e diga alguma coisa. Diga o que eles querem senão eles vão cortar fora. Eles praticamente disseram isso com todas as letras. Você é bobo por acaso?"

"E eu sei que eles vão voltar e vão fazer tudo o que for possível para o seu conforto até isso sair, senhor. Quer dizer até passar. O nível no sangue."

"Eu estou pelado, sabe. Por baixo disso tudo."

"Pode ser que a gente precise e pode ser que a gente não precise falar com o senhor de novo. Quando os efeitos estiverem menos perceptíveis digamos assim."

"Que nem um pintinho. Peladinho. Em pelo."

"Fala logo pra eles, anda. É *alemão*."

"É e eu tenho sim, eu tenho um pênis. Pênis."

"Eu odeio essa palavra, Clothier."

"Palavra horrorosa, hein? Pênis? Parece uma coisa que só ia dar pra pegar com uma luva de borracha bem grossa e olha lá."

"Ah DeWitt, seu esperobão! Eu ainda sou mulher, sabe!"

"Digam comigo, rapazes. Pênis pênis pênis pênis pênis."

"Você não esqueceu, ah DeWitt, *que* lindo."

"Tente descansar, senhor."

"O nome dele é — eu não vou te dizer. Que tal essa agora? Não vou não!"

"Eu lembro que você olhava pra *mim* desse jeito."

"E tem nome. O nome dele é — eu não vou te dizer. É meu. É a minha terceira perna, como diz a Miriam. Mas nunca da testa. Não é uma máscara. Eles começam pelo queixo. Levantadinho. E lá vem a agulha de asas!"

"Pevapemos, Petaypelor?"

"Meu probóscide está coçando pra eu poder enfiar bem *fundo* antes de vomitar."

"Não em mim, DeWitt. Parece que você está vomitando dentro de mim. Até a sua cara é de uma pessoa doente. Se você pudesse se ver, você…"

"A Miriam é frígida sabe."

"Eu vou trancar quando sair, senhor, mas é só procedimento de praxe."

"Desde o nosso terceiro. Um parto horrível. Natimorto. Roxo e frio. Sabe que nome a gente deu?"

"Taylor?"

"Isso mesmo. Taylor. Um belo de um Clothier que nem o papai."

"Eu não quero mesmo. Não me torture por não querer, eu estou implorando."

"Vamos… está aqui, senhor."

"Nenhum interesse depois. Frígida. Seca como um bom martíni, Bernie Cheadle diria."

"Então tchauzinho, senhor."

"Graças a Deus que a gente tem o nosso trabalho, hein? E os hobbies. As oficininhas em casa, não é mesmo? Pra fazer agulhas e asas pra comunidade, não é, Taypelor?"

"Só que eu vou voltar com mais uma dessas se o senhor não ficar quietinho deitado aí que nem uma criança boazinha, senhor, esperando eles virem pegar, senhor, pro senhor poder ficar: *ASSIM!* Só um puxão bem firme e lá se vai."

"Ela diria *Dê o puxão você mesmo, seu velho degenerado.*"

"Quase nem sentiu nada. O pessoal vai rolar de rir dessa, hein, senhor, não é verdade?"

"Eu consigo puxar o ar, mas parece que não dá pra soltar."

[Vozes no corredor.]

"A minha oficina *é* organizada, é *mesmo*, vocês tinham que ir *ver*."

[Vozes no corredor.]

"Eu consigo achar qualquer coisa lá."

[Vozes no corredor.]

"Vocês vão ver."

[Vozes no corredor.]

§49

Fogle estava sentado aguardando na pequena sala de espera diante do escritório do Diretor. Ninguém sabia o que significava o fato de Merrill Errol Lehrl ainda estar usando o escritório do sr. Glendenning. O sr. Glendenning e a sua equipe sênior estavam lá na Regional; podia ser só uma coisa cordial de polidez profissional o Lehrl ainda estar usando o escritório do sr. Glendenning. A sra. Ooooley não estava à sua mesa na recepção; em vez dela à mesa estava um dos assistentes de Lehrl cujo nome ou sobrenome era Reynolds. Ele tinha deslocado um pouco as coisas de Caroline por ali, dava pra ver. A área tinha um grande tapete cujos padrões geométricos, que eram intricados, faziam o tapete parecer turco ou bizantino. As lâmpadas de teto estavam apagadas; alguém tinha distribuído vários abajures pela sala, criando atraentes oásis numa atmosfera geral de melancolia. Fogle achava a meia-luz melancólica. O outro assistente do dr. Lehrl, Sylvanshine, estava numa cadeira logo à direita de Fogle, de modo que os dois assistentes estavam logo além da periferia da visão de Fogle e não podiam ser vistos ambos ao mesmo tempo, e ele tinha que virar a cabeça um pouquinho para olhar diretamente para qualquer um deles. O que se via forçado a fazer, e bastante, porque eles pareciam estar lhe passando instruções prévias por alguma razão. Coordenadamente. Mas pareciam também, de certa forma, estar conversando um com o outro por cima de Fogle. Quando se dirigiam diretamente a Chris Fogle, tendiam a afetar certo didatismo, mas ao mesmo tempo a coisa não era de todo desinteressante. Tanto Reynolds quanto Sylvanshine tinham muita informação a respeito das trajetórias de carreira e dos currículos de vários poderosos administradores. Era o tipo de coisa que você podia contar que os assistentes na Nacional conheciam a fundo; eles eram meio parecidos com cortesãos das antigas. Quase todos os nomes das pessoas que eles mencionavam eram pessoas da Nacional; Fogle só tinha ouvido falar de uns poucos. Como era de praxe no Serviço, os assistentes falavam de maneira veloz e empolgada sem que o rosto deles demonstrasse empolgação e nem mesmo interesse pelo tema de que estavam tratando, que começou como uma pequena aulinha sobre as duas diferentes maneiras pelas quais uma pessoa podia subir e alcançar proeminência e grande responsabilidade na estrutura burocrática do IRS. A aerodinâmica burocrática e os modos de progresso interno eram tópicos de interesse muito comuns entre os analistas; não ficou claro se Reynolds e Sylvanshine não sabiam que Fogle já conhecia boa parte daquilo tudo ou se não davam bola. Fogle imaginou que onde quer que fosse o Posto em que aqueles dois estavam lotados, eles eram notórios malas.

Segundo os dois assistentes, uma forma de progredir para níveis gerenciais acima de GS-17 era o acúmulo de lentas e constantes demonstrações de competência, lealdade, iniciativa razoável, habilidades inter-humanas com as pessoas que estivessem acima e abaixo de você, subir lentamente os degraus das promoções.

"A outra, menos conhecida, é o estalo."

"Estalo significa aquela ideia ou inovação repentina e extraordinária que faz o pessoal dos níveis mais altos prestar atenção em você. Até os dos níveis nacionais." Dava a impressão de que eles estavam macaqueando um ao outro.

"O dr. Lehrl é do segundo tipo. Do tipo do estalo."

"Deixa a gente explicar o contexto aqui."

"Faz um tempinho. Será que eu especifico o ano?"

O ritmo da troca de réplicas de Reynolds e Sylvanshine era muito preciso. Não havia tempo perdido. As perguntas tinham um vago quê de encenação. Se o próprio dr. Lehrl estava atrás daquela porta de vidro jateado, não estava claro se Reynolds e Sylvanshine achavam que ele podia ouvir o que estavam dizendo.

"Os detalhes são desimportantes. Ele não passava de um carinha de nível básico num grupo de auditoria num distrito qualquer no meio do nada e teve uma ideia."

"Ele não lida nem com as 1040 ali naquele grupo, veja bem. Ele está nas microempresas e nas empresas S."

"Só que a ideia se refere às 1040."

"Especificamente às isenções."

"Uma área que não é desconhecida pra você, eu imagino." Nenhum deles tinha sotaque de espécie alguma."

"Você, por exemplo, pode ou não saber que até 1979 quem preenchia as fichas podia declarar os dependentes só pelo nome."

"Na 1040 daquela época."

"Dependentes. Filhos, idosos sob os cuidados do declarante."

"Acho que dá pra supor que ele sabe o que é um dependente, Claude."

"Mas você conhece a 1040 daquele período? O que o declarante tinha que fazer era colocar o primeiro nome da criança na Linha 5c, nomes e grau de parentesco dos outros na 5d."

"Agora, claro, é tudo 6c e 6d. A gente está falando de 1977."

"Mas a questão é que é só nome e parentesco. O que já dá pra ver o problema."

"Não tem como verificar", Sylvanshine disse.

"Olhando agora, parece um absurdo", Reynolds disse.

"Mas é depois do estalo que a coisa parece tão simplória. Já que não tinha como verificar."

"Não mesmo. Só nome e parentesco."

"Era no fio do bigode. Não tinha como garantir de verdade que os dependentes existiam."

"Não de um jeito eficiente, pelo menos."

"Ah claro, claro, eles imaginavam que o declarante imaginava que eles *tinham* como verificar, mas no fundo a gente não tinha como verificar. Não mesmo. Não de um jeito definitivo."

"Especialmente se você pensar que o processamento de dados estava num estágio superprimitivo. Você podia até conferir a consistência dos dependentes listados em anos sucessivos, mas era lento e não era conclusivo."

"Um filho podia ter completado dezoito. Um dependente idoso podia ter morrido. Um filho novo podia ter nascido. Quem é que ia correr atrás disso tudo? Não valia as horas-homem pra ninguém aqui."

"É bem verdade que se desse auditoria e tivesse dependente inventado ali, o declarante estava bem ferrado e tinha até consequências criminais além de juros e multas. Mas isso era só na base do acaso mesmo. Os dependentes por si só não tinham como detonar uma auditoria."

"Cada dependente eu acho que era duzentos dólares a mais na dedução-padrão."

"Coisa que hoje em dia vocês chamam de faixa de isenção." Os dois assistentes estavam perto de seus trinta anos de idade, mas falavam com Fogle como se fossem muito, mas muito mais velhos que ele. "Porém antes de 78 todo mundo conhecia como dedução-padrão."

"Mas isso foi em 77."

Sylvanshine deu uma olhada para Reynolds, cuja impaciência se transmitiu pela duração e não pela expressão. Então ele disse: "Caso isso possa parecer bobagem ou mesquinharia, vamos deixar bem claro aqui que a gente está falando de $1,2 bilhão".

"Bilhão com bê, por uma mudancinha minúscula."

Fogle ficou pensando se devia perguntar qual mudança, se estava sendo incluído ali na coreografia como uma espécie de escada, se a sofisticação do duo tinha chegado a esse grau.

Sylvanshine disse: "O que o dr. Lehrl viu, ao contrário de todos os outros auditores GS-9, foi a falta de incentivos adequados pros declarantes registrarem acuradamente os dependentes. Incentivo institucional. Olhando daqui, parece óbvio".

"O gênio funciona assim, o estalo."

"E a solução dele parece simples. Ele simplesmente sugeriu que se passasse a exigir que os contribuintes incluíssem o número da identidade de cada dependente."

"Exigir um número de identidade ao lado de cada nome."

"Já que tudo na base de dados de Martinsburg naquela época estava indexado por número de identidade."

"O que na verdade não aumentava muito a facilidade de realmente verificar aquilo."

"Mas o declarante não sabia. A exigência ia aumentar em muito o medo do declarante de que se detectasse um dependente fantasma."

"Tamanho o poder do número de identidade."

"Aquilo, em outras palavras, criou um incentivo adicional pra adimplência no que se refere aos dependentes."

"E era bem simples e baratinho. Só acrescentar 'e número de identidade' nas instruções para a 5c e a 5d."

"O Diretor Distrital dele teve o bom senso de reconhecer um estalo e passou a ideia pra Regional, que mandou pro escritório de Adimplência da Capital no 666 da Independence."

"Ninguém conseguia acreditar que ninguém tinha pensado naquilo antes."

"O primeiro ano fiscal em que a diretriz é efetivamente implementada é 78, como Seção 151(e) do Código. Então 79 é o primeiro ano em que as novas instruções aparecem nas 1040. Seis-ponto-nove milhões de dependentes desaparecem."

"Das 1040 do país inteiro."

"Chá de sumiço, puff."

"Na comparação com as declarações de 77."

"Não há sanção. Todo mundo decide simplesmente fingir que os dependentes fajutos nunca existiram."

"O que dá um acréscimo líquido de $1,2 bilhão no primeiro ano."

"É um típico estalo."

"E também é politicamente brilhante. Porque tem mais de um tipo de estalo."

"Esse foi as duas coisas."

"Porque apesar de não custar quase nada pra implementar, demanda uma alteração na Seção 151 do Código Fiscal dos EUA, o que demanda que um membro da equipe sênior do Deus-Tripartite faça aquilo tudo passar pelo processo do comitê federal, pra se transformar em lei."

"O que significa que a ideia acaba sendo comentada nos níveis mais altos do Três-Meias."

"E do meio do nada o dr. Lehrl pula quatro níveis e até pula a Regional depois de dois trimestres e rapidinho vira a figura que os Sistemas da capital consideram mais preciosa…"

"Bom, uma das mais preciosas, pra falar a verdade, já que também tem o —— em ——."

"Que é uma história completamente diferente, que envolve uma subida mais lenta e mais convencional pela estrutura."

"Mas com certeza um dos caras mais preciosos dos Sistemas."

"Meio que um consultor interno."

"Principalmente depois da Iniciativa."

"Principalmente nos Sistemas de RH."

"Que é onde o senhor entra, sr. Fogle."

"Essencialmente, ele chega e reconfigura os Postos pra maximizar a renda."

"Essencialmente, ele é um reorganizador."

"O cara das ideias."

"Fazer o dinheiro render mais."

"Verdade, mais no nível Distrital."

"Mas esse aqui está longe de ser o primeiro Centro Regional dele."

"Tem umas coisas aqui que a gente não pode comentar."

"Dever profissional."

"Dá pra pensar nele como um cara do RH ou um cara dos Sistemas."

"Sistemas de RH, essencialmente."

"Mas ele responde aos Sistemas. Ele segue ordens do Comissário Substituto dos Sistemas. Ele é um instrumento do CSS, por assim dizer."

"Mas não é escravo de sistema nenhum."

"Ele é um leitor de pessoas."

"Ele é um administrador, no fim."

"Ou está mais pra um administrador de administradores."

"A Divisão de Sistemas, como você pode ou não saber, antes era chamada de Administração."

"É um termo vago, com certeza."

"Ele se descreveria mais como um ciberneticista."

"O Serviço, afinal, é um sistema composto de muitos sistemas."

"O trabalho dele é chegar aqui e reprojetar os Postos pra fazer eles renderem mais. Encontrar maneiras de repensar e aumentar a produtividade, eliminar gargalos, resolver travas. Isso funde um conhecimento avançado de automação, de RH, de logística de apoio e dos sistemas em geral."

"Ele vai aonde mandam. A lotação dele é simplesmente um dado Posto. Os memorandos de lotação sempre têm coisa de uma linha de extensão."

"A primeira fase é descobrir os fatos. Tatear e perceber a situação."

"O maior gênio que ele tem é o do incentivo. De criar incentivos. Descobrir o que move as pessoas."

"Ele te desmonta que nem uma maquininha."

"Não é que a Linha 5 tenha sido o único estalo dele. A gente só está te dando um exemplo. O que ele é de verdade é um gênio das motivações e dos incentivos humanos e de projetar sistemas pra atingir essas motivações e incentivos."

"Ele vai testar você."

"Quando você entrar ali."

"Ele lê as pessoas. Chega a dar um medinho."

"A gente só está dizendo fique preparado."

"Mas não dê pinta de nervoso ou de estar pronto pra uma bateria de testes." Fogle tinha ouvido falar de culturas orientais em que cada pequena transação comercial precisava ser negociada através de intricados sistemas de conversinhas e fingimentos rituais. Só um idiota não teria parado para pensar se não era isso que estava acontecendo, ou se Reynolds e Sylvanshine seriam apenas sujeitos extremamente chatos e que demoravam demais para dizer o que queriam, isso se você acreditasse que eles queriam mesmo dizer alguma coisa. Fogle já estava há meia hora longe de sua mesa. Sylvanshine continuava. "Por que a coisa não funciona assim. Não é esse tipo de teste."

"Dá um exemplo pra ele, de repente", Reynolds disse a Sylvanshine, indicando Fogle com um movimento de cabeça como se houvesse outra pessoa a quem ele pudesse estar se referindo.

"Beleza." Sylvanshine fez todo um ritual do movimento de olhar diretamente para Chris Fogle. "Onde é que você estudou?"

"Hmm, em que nível?"

"Na universidade. Onde você se formou."

"Eu cursei várias, na verdade."

Se Sylvanshine ficou impaciente, era impossível discernir. Seu rosto não entregava jogo algum, até onde Fogle pudesse ver. "Escolhe uma."

"UIC. DuPage. DePaul."

"Ótimo. DePaul. Aí ele vai perguntar, você vai dizer DePaul, ele vai dizer 'Ah, os Demônios Azuis'. Só que não são os Demônios Azuis, são os Diabos Azuis. Mas e você corrige o cara?"

"Pra dizer a verdade, são os Demônios Azuis. Os Diabos Azuis são da Duke."

Uma pausa de um instante. "Enfim. Seja lá qual for o nome do time, ele diz o nome errado. Mas e daí: Você corrige o cara?"

Fogle olhava de Sylvanshine para Reynolds. Os paletós de ambos não eram idênticos, mas as camisas e as calças, sim, ele podia ver. Reynolds disse: "Corrige?".

"Se eu corrijo o cara?", Fogle disse.

"Eis a questão."

"Eu não sei se estou entendendo direitinho o que você está perguntando."

"Corrige. A resposta certa é que você corrige o cara", Sylvanshine disse. "Porque é um teste. Ele está testando pra ver se você é um puxa-saco, se você fica intimidado, se você é vaquinha de presépio."

"Um sicofanta", Reynolds diz.

"Era um teste?"

"Se ele disser Diabos Azuis e você só concordar com a cabeça e der um sorrisinho, ele não vai falar nada, mas você foi reprovado no teste."

Fogle deu uma olhadela no relógio. "Tem mais de um?"

"Bom, tem e não tem", Sylvanshine disse. "É extremamente sutil. Você não vai ter a menor ideia do que está rolando. Mas durante o tempo todo da interface ali ele vai estar testando você, sondando. O tempo todo."

"Mais uma coisa", Reynolds disse, forçando Fogle a virar a cabeça de novo. "Vai ter um menino ali com ele. Um menino de sete, oito anos de idade."

Houve um momento de silêncio. Um olhar indecifrável foi trocado por Reynolds e Sylvanshine. Sylvanshine tinha um bigode pequeno, fininho, muito bem cuidado.

"É o filho do dr. Lehrl?", Fogle perguntou finalmente.

"Não pergunte isso a ele. O negócio é bem esse. O menino vai ficar num canto, lendo, brincando com alguma coisa. Ignore o menino. Não pergunte a ele nem se refira ao menino. O menino vai ignorar você, você vai ignorar ele."

"Pode também ter um fantoche. É uma coisa antiga lá das auditorias que ele não abandonou. Digamos que é uma excentricidade. Se eu fosse você, também não mencionava o fantoche."

"Só pra constar", Sylvanshine disse, "o menino não é dele."

Fogle estava olhando direto para a frente, de maneira ruminativa.

"O menino é filho de um membro da equipe sênior do dr. Lehrl lá em Danville", Reynolds disse. "O dr. Lehrl só gosta de ter o menino por perto."

"Mesmo que o pai não esteja lá."

"É uma história longa e tediosa. A questão, no que se refere a você, é ignorar o menino, você é que decide, mas o nosso conselho é você ignorar o fantoche do dobermann também."

A pálpebra de Fogle estava fazendo aquele tremelique irritante de novo, coisa que nenhum dos assistentes podia ver. Ele disse: "Tem uma coisa, posso fazer uma pergunta?".

"Manda."

"Isso do time da universidade — como é que pode vocês me contarem isso?"

Reynolds, sentado à mesa, fez um minúsculo ajuste no punho de uma de suas mangas. "Como assim?"

"Bom, se vai ser um teste quando ele me perguntar, por que me dizer antes o que é pra eu falar? Isso não vai contra a ideia do teste?"

Sylvanshine abriu o processo que estava no topo da pilha a seu lado e de modo algo ostensivo fez uma marquinha ali dentro. Reynolds se reclinou na cadeira de Caroline Oooley e ergueu os braços, dizendo: "Muito bem. Pegou a gente".

"Desculpa?"

"Você pegou a gente. Passou. O teste era: Por acaso você é um mero puxa-saco, tão ansioso pra agradar o figurão da Nacional que ia engolir a fofoca dos funcionários e entrar lá e dizer o que a gente te mandou dizer?"

"Coisa que você não fez", Sylvanshine disse.

"Mas eu ainda não entrei lá", Fogle disse.

"Você preferiu questionar um detalhe lógico."

"Tudo bem que era uma questão bem óbvia."

"Mas você ia ficar surpreso de saber quanta gente não faz isso. Quantos GS-9 entram ali de rabinho no meio das pernas e corrigem o suposto engano do dr. Lehrl, tentando ser um sicofanta."

"Um ruminante de presépio lambedor de botas."

O que parecia que a pálpebra dele fazia era o equivalente de uma pessoa estremecendo de medo. "Então o teste era *esse*?"

"Considere-se merecedor de tapinhas nas costas."

Erguer os braços num gesto de rendição e congratulação fez os punhos das mangas de Reynolds protuberarem dos braços do paletó assimetricamente de novo, e agora ele os ajustava de novo.

"Aí, mas eu posso fazer outra pergunta?"

"O garoto está embaladão", Sylvanshine disse.

"Quando eu entrar ali, o dr. Lehrl vai me perguntar da universidade? Vocês só inventaram essa?"

"Vamos olhar pra isso pelo outro lado", Sylvanshine disse.

Então agora ele teve que olhar de novo para Sylvanshine do outro lado, que não tinha mudado de posição na sua cadeira junto à mesinha de revistas e boletins internos nem uma única vez, durante todo aquele tempo, pelo que Fogle viu.

Sylvanshine disse: "Digamos que você entre ali pra uma interface e que num dado momento ele identifique equivocadamente o seu time de futebol — o que é que você faz?".

"Porque", Reynolds disse, "se você não corrigir o erro dele, vai estar sendo vaquinha e, se corrigir, de repente também vai estar sendo vaca de presépio por estar agindo motivado por informações privilegiadas que a gente acaba de te dar."

"E ele despreza vacas de presépio", Sylvanshine disse, abrindo de novo o processo.

"Mas ele está mesmo lá, pra começo de conversa?", Fogle disse. "Com alguma criancinha misteriosa que é pra eu fingir que não está lá? E isso é outro teste — eu ignoro ou não ignoro a presença do menino depois do que vocês falaram?"

"Um item de cada vez", Reynolds disse. Ele e Sylvanshine olhavam muito intensamente para Fogle; Fogle pensou, pela primeira vez, que talvez eles pudessem ver a coisa da pálpebra. "Ele chama o time de Diabos Azuis — o que é que você faz?"

§ 50

O escritório podia ser qualquer escritório. Lâmpadas fluorescentes embutidas e com dimmer, mobília modular, uma mesa que é praticamente uma abstração. O sussurro da ventilação de fonte oculta. Você é um observador treinado e não há nada a observar. Uma lata de Coca Diet cuja cor parece obscena contra o bege e o branco. O gancho de aço inoxidável para o seu paletó. Sem fotos nem diplomas ou toques pessoais — a mediadora é ou recém-lotada ou terceirizada. Uma mulher com uma cara agradável, de olhos esbugalhados, cabelo começando a ficar grisalho, numa poltrona estofada idêntica à sua. Certos olhos protuberantes dão ao rosto um aspecto medonho, obsessivo; não os da mediadora. Você recusou a sugestão de tirar o sapato. O botão ao lado do dimmer é o controle da sua poltrona; ela reclina e os pés sobem. É importante que você esteja confortável.

"Você tem um corpo, sabe?"

Ela não tem um caderno, agora lhe ocorre. E dada sua posição no extremo noroeste do prédio, o escritório devia ter uma janela.

A regulagem em que você não sente o próprio peso na poltrona é de uma reclinação de dois terços. Há um pedaço descartável de papel preso ao apoio da cabeça. A sua linha de visão é a emenda da parede com o forro rebaixado;

o bico dos seus pés de sapato fica visível na periferia inferior. A mediadora não fica visível. A emenda parece se espessar, já que as lâmpadas estão reduzidas ao nível de uma falsa aurora.

"A gente começa relaxando e ganhando consciência do corpo.

"É no nível do corpo que nós continuamos.

"Não tente relaxar." O som de sua voz é alegre. É delicado sem ser suave.

Como todos nós respiramos, o tempo todo, é impressionante o que acontece quando uma pessoa te orienta sobre como e quando respirar. E a nitidez com que alguém sem um pingo de imaginação consegue ver o que lhe dizem que está bem ali, com corrimão, passarelas de borracha e tudo mais, numa curva que desce e segue à direita para uma escuridão que se afasta de você.

Não tem nada a ver com dormir. E a voz dela também não se altera nem parece se afastar. Ela está bem ali, falando calmamente, e você também.

Notas e apartes

Em todo o manuscrito de *O rei pálido*, David Foster Wallace deixou centenas de notas, observações e ideias mais amplas. Alguns desses apartes sugerem rumos possíveis para a trama do romance. Outros dão informações adicionais a respeito do passado ou do desenvolvimento futuro dos personagens. Contradições e complicações abundam entre esses registros. Por exemplo, algumas notas dizem que é DeWitt Glendenning quem está levando analistas com habilidades singulares para Peoria; outras, que é Merrill Errol Lehrl. Uma nota relativa ao capítulo 22 sugere que Chris Fogle conhece uma sequência de algarismos que, quando recitada, lhe dá o poder da concentração total, mas em parte alguma dos demais capítulos Fogle demonstra tal capacidade. (Talvez essa capacidade seja o motivo de Fogle ter sido chamado para uma reunião com Merril Lehrl no capítulo 49.) Esperamos que essas notas permitam compreender as ideias que David estava explorando e esclareçam o estágio de desenvolvimento do romance.

Notas vinculadas a capítulos específicos aparecem antes, seguidas de notas provindas de outras partes do manuscrito.

O editor

§7 Sylvanshine quer desesperadamente entrar para a DIC — é por isso que ele quer passar na prova para COC. Os membros da DIC precisam ser COCs, exatamente como os do FBI precisam ser advogados. Sylvanshine representando diante do espelho — "Parado aí! É o Tesouro Federal!".

3 figuras no topo — Glendenning, um sujeito especial do RH de que Glendenning precisa para encontrar analistas dotados de talentos, Lehrl. Mas nós nunca os vemos, só seus assistentes e os funcionários que preparam o terreno para eles.

§12 Stecyk é chamado por obra de Lehrl para ajudar a deixar os analistas malucos.

§13 *Predisposto* é uma das palavras do IRS para o ato de colocar os analistas num estado em que eles prestam o máximo de atenção às declarações.

nota de rodapé 34, a imagem do dragão sempre guarda algo de valor inestimável. Esse outro menino jamais, em toda sua instrospecção e análise infindável, concebeu os ataques como formas de chorar com todo o corpo e nem mesmo como tristeza — pelo fim da infância, pelo ego cindido que a sociedade exige, por quaisquer possíveis traumas e alienações. A repulsa dos outros era uma vil projeção de seu segredo mais íntimo, que o dragão tanto guardava quanto representava — ele desconhecia a piedade.

§15 Sylvanshine é que é o médium de fatos, e Lehrl, que acredita em ocultismo, mandou que ele fosse localizar e instalar os melhores de todos os fraldinhas GS-7 que conseguisse num dado grupo, de modo que, quando o A/NADA ultrapassar os índices de performance deles em termos de renda, a coisa seja convincente para o Três-Meias. Isso exigiria reescrever a sequência da chegada de Sylvanshine... S quer se tornar COC porque todos os outros nos Sistemas de Controle Interno são COCs? Ou para poder sair do Serviço?

§19 São os caras do RH que acabam sendo substituídos por computadores — eles se distraem fácil demais, se deixam desviar demais.

O filho de Glendenning num navio da Marinha ancorado no mar do Irã? Apavorado com a ideia de estar arriscando a vida por um país pelo qual já não vale a pena lutar.

§22 Chris "Irrelevante" só é irrelevante no que se refere a ele mesmo? Em todos os outros tópicos/assuntos ele é objetivo & persuasivo e interessante? O veredicto sobre ele no CRA é que ele é boa gente desde que você evite que ele fale de si próprio — porque aí a coisa desanda?

Fogle acaba no IRS como o insuportável certinho que Stecyk era na infância?

A "entrevista filmada" era uma armação? O objetivo era extrair de Chris Fogle a sequência de números que permite a concentração total? A questão é que ele não lembra — ele não estava prestando atenção quando leu por acaso a série de documentos que, somados, geraram a sequência numérica que, ao ser mantida em ordem em sua mente, permite que ele permaneça interessado e concentrado como bem quiser? Vão ter que dar um jeito de fazer sem ele se dar conta? Os números têm como efeito colateral uma dor de cabeça incrível.

§24 Richard "Dick" Tate é o Diretor de Pessoal. Ned Stecyk é seu Vice-Diretor. Tate se opõe a Lehrl e ao SCI porque quer poder, controle — não há poder se houver menos funcionários vivos.

Glendenning é ineficiente — perdido numa névoa de idealismo cívico — o CRA na verdade é basicamente administrado por Tate e Stecyk e pela pessoa dos Sistemas de Informação.

Quando DW e Stecyk cruzam olhares no momento em que Stecyk acalma o sujeito no escritório, uma expressão de tremenda compaixão e empatia se espalha pelo rosto de Stecyk, basicamente por causa da pele hedionda de DW. Stecyk assim vai procurar DW e tenta ser simpático com ele, imaginando que ele foi evitado e traumatizado a vida toda. DW não gosta disso — sua posição é de que se as pessoas forem rasas a ponto de considerar a pele de alguém como a definição total de seu valor e de seu caráter, então que se fodam; ele não precisa delas — mas está disposto a explorar a bondade de Stecyk para conseguir diversas vantagens para si próprio.

David Wallace, depois de se acomodar ali, tem essa coisa de olhar pela janela e ver, no outro prédio, mais de elite, alguém à janela trabalhando num computador e olhando de volta para ele. Com óculos grossos. Seus olhares se cruzam, mas eles nunca se encontram e nunca conversam.

Pacer azul-claro com adesivo de peixe. Esse carro é de Lane Dean — que tem que correr como um alucinado de manhã porque vai à missa (ou Sheri, sua mulher, é quem vai) bem cedinho, e sempre está a ponto de se atrasar (Dean foi ficando menos fervorosamente cristão desde que começou a trabalhar no CRA, enquanto Sheri ficou mais) — que fazia essa manobra quase toda manhã.

§26 Stecyk sabe de Blumquist. Ele estava no CRA quando Blumquist morreu. Tinha acabado de sair da academia do IRS em Columbus e trabalhava como líder de tento nas molezas. Foi ele quem teve que entrevistar os fraldinhas (em 1978?) que tinham continuado a trabalhar e ficado trabalhando por coisa de três dias enquanto Blumquist estava sentado rígido à mesa, morto. Alguns deles se sentiram mal por causa disso. Uns pediram transferência. Stecyk vai descobrir que o total geral da renda derivada das auditorias dos analistas a cada mês aumenta quando Blumquist fica ali sentado com eles, sem conversar nem se distrair, mas simplesmente sentado ali, *ficando* com eles. Teoriza que equipes de duplas de Analistas poderiam compensar o custo maior — o salário dobrado poderia ser ultrapassado pela renda total derivada das auditorias. Mas como vender essa ideia? O Diretor de RH da Regional ia querer saber como isso lhe ocorreu originalmente... como Stecyk pode se referir a um fantasma? Ou quem sabe tenha sido ideia de um Substituto anterior de RH, que se complicou porque a Regional sacou que ele tinha tentado um experimento com dois analistas de fato, o que significava salário dobrado. Seria um enredo plausível?

Como é Stecyk agora, quando adulto? Ainda incrivelmente bonzinho, mas sem ser um mané completo? Um pouco mais triste? Um distribuidor de lugares-comuns de psicologia de balcão? O que aconteceu para ele perceber que aquele lado "bonzinho" da sua infância era no fundo sádico, patológico, egoísta? Que as outras pessoas também querem se sentir boas e fazer favores, que ele tinha sido gigantescamente egoísta no que se referia a generosidade? Num evento esportivo universitário, será que ele ficava deixando o outro time marcar pontos por "bondade" e acabou recebendo uma visita do árbitro — alguém vestido todo de preto e branco, como o jesuíta do Irrelevante Chris Fogle na universidade —, que muito rispidamente lhe disse que ele era um bostinha e que a verdadeira decência era diferente da generosidade patológica, porque a generosidade patológica não levava em consideração os sentimentos das pessoas que eram o objeto da generosidade? Stecyk causava engarrafamentos em entroncamentos rodoviários por sempre deixar os outros passarem na sua frente? Ou o árbitro magicamente faz Stecyk entender como sua mãe tinha se sentido quando Stecyk levantava todo dia cedo para cuidar da casa para ela — como se fosse inútil, como se a família achasse que ela era incompetente etc. Stecyk conta a David Wallace a história da borboleta — se você ajudar ela a sair do casulo quando ela parece estar com dificuldade, e à beira da morte, suas asas não ficam fortes e ela não sobrevive.

Os patologicamente bonzinhos são um dos tipos básicos atraídos para o IRS, porque se trata de um trabalho tão terrível e impopular — sem gratidão —, que apenas aumenta a noção de sacrifício.

Sylvanshine tem uma opinião diferente sobre a questão Blumquist. Sylvanshine descobriu que alguns dos melhores Analistas — os mais atentos, os mais minuciosos — são os que têm algum tipo de trauma ou de abandono no passado. Ele está ali para intuir quais são os melhores para que possam ser testados para a comparação com o A/NADA. Blumquist, afinal, tinha pais de um fundamentalismo brutal — eram do tipo que considera leques e colchões um luxo excessivo. Eles tinham um castigo especial: faziam ele ficar de cara para a parede da sala de estar — uma parede vazia — e ficar encarando aquilo por horas a fio. Esse era o trauma. Havia um espelho na outra parede, atrás dele; ali só apareciam suas costas. É essa a imagem que Sylvanshine recebe de Blumquist; uma visão de suas costas infantis, imóveis, com uma moldura de madeira trabalhada à volta. Blumquist tinha índices de produtividade bem, bem mais altos que os de qualquer outro funcionário, embora tenha recusado oportunidades de ser promovido a um nível funcional mais alto e a um posto administrativo. Sylvanshine procura um analista moleza com a mesma qualidade, para participar da série de comparações com o programa A/NADA e seu computador digital. Vários Analistas recém-transferidos estão entre os melhores de todos os analistas de rotina que sobraram nos CRAs regionais. Os carinhas de Lehrl nos Sistemas querem uma comparação justa, o computador e o A/NADA contra os melhores de todos os analistas de rotina que possam encontrar… para que quando o A/NADA acabar com o outro grupo, o teste seja ainda mais definitivo.

§30 LEHRL & PRO-TECH LEHRL VS GLENDENNING & OS DIRETORES DISTRITAIS: o projeto é substituir os Analistas humanos por computadores exatamente como Lehrl inventou os Sistemas Automatizados de Cobrança — os Diretores Distritais não querem, porque são fiéis à ideia tradicional do IRS-como--Civismo, enquanto a nova escola tem uma filosofia corporativa: maximizar a rentabilidade minimizando os custos. A grande P é se o IRS será uma entidade essencialmente empresarial ou *moral*.

Charles Lehrl está se preparando para informatizar as Análises como informatizou o Sistema Automatizado de Cobranças nas Cobranças — os experimentos que aconteceram em Rome e na Filadélfia. Inventou o PRI que compara as w2 e as 1099 às declarações — inutilizou o trabalho dos Analistas.

Reynolds & Sylvanshine (namorados? colegas de quarto?) disputam a atenção & a preferência de Lehrl como cortesãos ou criancinhas — é como eles passam o tempo em meio ao tédio que são as intrigas internas do IRS.

Reynolds & Sylvanshine vivem juntos — mais ou menos como Rosencrantz & Guildenstern no *Hamlet*. Eles têm uma reprodução incrivelmente boa da *Advertência Paterna* de Gerard ter Borch (28 × 71 × 73 cm, Rijksmuseum, Amsterdã) que penduram onde estiverem morando — ou talvez uma falsificação incrivelmente boa, feita por um dos grandes pintores-imitadores dos EUA modernos.

§38 DW, por causa do sururu, favorece a ideia de atualizar os sistemas informáticos do IRS — Stecyk quer preservar os analistas humanos?

§43 Não existe bomba. O que se revela é que uma carga de fertilizante à base de nitrato foi o que alguém detonou. De novo, algo grande *ameaça* acontecer, mas não chega a acontecer de fato.
    Isso se torna um desastre — os scanners digitais passam a ser considerados como possível *substituição* dos analistas — seus empregos se veem ameaçados: disputa entre Drinion + um scanner é preparada.

§46 Rand trabalha na Solução de Problemas, e não nas Análises? Porque a beleza dela ajuda a neutralizar os querelantes e evita que eles deem tanto trabalho quanto poderiam dar? Outro golpe de RH de X, o gênio da distribuição de talentos?
    Drinion um dia chegou em casa na infância e descobriu que toda sua família tinha ido embora — ao menos é o que se diz. Boa parte das coisas a respeito de Drinion, sua maneira de prestar atenção, deveria ser implícita, ou deveria ir se mostrando bem mais lentamente.
    A opinião geral do IRS sobre Meredith Rand: ela é bonitinha, mas fala mais que a mulher da cobra, sem parar, é uma tortura — eles especulam que o marido dela deve usar algum tipo de aparelho auditivo que pode ser desligado quando ele quer.
    No último encontro entre Rand e Drinion, no livro, Drinion pergunta: "Você prefere que seja barra-pesada ou casual?". Rand cai no choro.
    Rand fica obcecada por Drinion (como um tipo de "salvador") exatamente como ficou obcecada por Ed Rand no hospital?
    O Centro de CRA num subúrbio de Peoria chamado "Anthony, Illinois"? Quem é Santo Antônio? O tornado continua...

Fim da parte 1. Na parte 2 (em breve?) Rand descreve, rapidamente, como eles se envolveram sentimentalmente (ou Rath ou outra pessoa descreve, ou a coisa se apresenta em sumário mediado por vários narradores diferentes): M. R. sentiu que precisava de Rand, ou na verdade sentiu pena dele porque ele era doente e nada atraente (outros sintomas particulares repulsivos) e ia morrer logo. Sempre à espera de que venha a morrer em breve. E viu o quanto a vida dele era triste e solitária, e seu apartamento também. Então casou com ele com apenas dezenove anos de idade... Mas ele não morreu, não morre; e agora M. R. está presa, infeliz, especialmente porque Ed não lhe tem gratidão, riria com desdém se ela tentasse lhe dizer que ele devia sentir gratidão, que ela tinha ficado com pena — Rand diria que a pessoa de quem ela tinha pena de verdade era ela mesma, e que casar com alguém sempre à beira de uma possível morte era uma ótima maneira dela se sentir tanto segura quanto heroica.

Todo dia no fim do dia eles trocam as mesmas frases:

"Como foi o seu dia?"

"Eu trabalho num hospital psiquiátrico. Como você acha que foi o meu dia?"

Não é uma coisa engraçada ou íntima, não é uma piada dos dois — eles estão no mesmo relacionamento básico há seis anos, s/ mudança nem crescimento, e Rand está em busca de alguém que a salve, que a tire dali.

***

A grande questão é analistas humanos ou máquinas. Sylvanshine está atrás dos melhores analistas humanos que puder encontrar.

Esqueleto embriônico:
2 Grandes arcos:
1. Prestar atenção, tédio, TDA, Máquinas vs pessoas na realização de trabalhos repetitivos.
2. Ser um indivíduo vs ser parte de coisas maiores — pagar impostos, ser "pistoleiro solitário" no IRS vs homem de equipe.

David Wallace desaparece depois de 100 pp.

Questão Central: Realismo, monotonia. A trama é uma série de preparações para coisas que vão acontecer, sem que nada aconteça de fato.

David Wallace desaparece — torna-se criatura do sistema.

Movimento geral: a velha guarda do IRS é movida por correção moral, fraudadores fiscais como gentinha, pagamento de impostos como virtude, ou pela resolução de suas próprias questões psíquicas como raiva, rancor, subserviência à autoridade etc. Ou ainda são funcionários públicos enfadonhos que estão ali por causa da segurança, barnabés-padrão. A jovem guarda do IRS é formada por pessoas que são não apenas boas contadoras mas também boas de planejamento estratégico e comercial: a questão central é maximizar a renda — desconsideram a virtude cívica, desconsideram o lado "guardião da moralidade" de se trabalhar na arrecadação de impostos. O novo diretor de RH do CRA de Peoria é da jovem guarda: ele só quer saber de encontrar funcionários e organizar as coisas de modo a possibilitar que os analistas maximizem a arrecadação que os auditores e as cobranças podem render. Sua disposição para experimentar/pensar de maneiras novas leva, paradoxalmente, a um profundo misticismo: um certo conjunto de algarismos que permite que os analistas se concentrem melhor etc. A questão final é determinar se humanos ou máquinas conseguem fazer melhor as análises, conseguem maximizar a eficiência ao perceber quais declarações podem precisar de auditoria e podem gerar receita.

Drinion é *feliz*. Capacidade de prestar atenção. Revela-se que um êxtase — uma alegria segundo a segundo + gratidão pelo presente de estar vivo, consciente — é a contrapartida do tédio mais absoluto e aniquilador. Preste muita atenção à coisa mais entediante que puder encontrar (declarações de renda, golfe na televisão), e, em ondas, um tédio como você jamais conheceu vai te cobrir e praticamente te matar. Pule essas ondas, e é como sair de um mundo em preto e branco para um mundo em cores. Como água depois de dias no deserto. Êxtase constante em cada átomo.

STECYK?
Há uma contrapartida a Sylvanshine. Trata-se de uma pessoa de alto escalão do RH do CRA (do lado dos que defendem os analistas humanos contra os computadores e o FID). Ele procura imersivos. Laranjas que podem ser convocados para analisar declarações complexas com o tipo de tédio que te

nocauteia. (Ou é Stecyk, um analista totalmente devotado ao seu trabalho — odiado, uma aplicação abstrata da probidade e da virtude — constantemente em busca de formas de ser útil. É ele quem vai até o escritório de Meckstroth com a ideia de mandar os recibos das declarações direto para o banco, poupando dinheiro e tempo.) Stecyk agora no RH e no Treinamento de RH?

Elas são raras, mas estão entre nós. Pessoas capazes de atingir e manter certo estado de concentração constante, de atenção, fazendo o que quer que façam. A primeira que Stecyk viu foi na biblioteca do Peoria College of Business, na sala de leitura, um rapaz asiático numa dessas cadeiras de leitura que parecem bem mais confortáveis do que são de verdade, com o corpo largado e as pernas cruzadas, tornozelo sobre o joelho, lendo um manual de estatística. Stecyk passa de novo ali vinte minutos depois, o rapaz ainda está exatamente na mesma posição, lendo. Stecyk atravessa a sala para olhar por trás e analisar que o rapaz avançou várias páginas. Suas anotações são precisas e alinhadas perfeitamente à esquerda, numa caligrafia minúscula e legível. Uma hora depois, o rapaz <u>ainda</u> está na mesma posição, lendo o mesmo livro, agora catorze páginas depois.

Um guarda cuidando da segurança na frente de uma cooperativa de crédito. Parado na posição de descansar dos exercícios de ordem unida, o dia todo. Não pode ler nem bater papo. Simplesmente vendo pessoas entrarem e saírem, cumprimentando com a cabeça quem o cumprimenta com a cabeça. Com a falsa farda de polícia dos Seguranças da Midstate. Esperando caso haja algum problema. Stecyk entra e sai várias vezes, ocasiões para observar o guarda. O que é impressionante é que o guarda presta cada vez mais atenção nele, o que significa que o guarda registra que Stecyk está entrando e saindo mais vezes do que é normal. Ele é capaz de <u>prestar atenção</u> mesmo no que tem que ser um trabalho horrendamente maçante.

Semifinal do torneio de meditação da Midwest. Competidores ligados a aparelhos de EEG — ganha quem conseguir atingir e manter ondas theta pelo período mais longo.

Mulher na linha de montagem contando o número de voltas visíveis de barbante na parte externa de um rolo de barbante. Contando sem parar. Quando o apito toca, todos os outros operários praticamente disparam rumo à porta. Ela se demora um instante, imersa no trabalho. É a capacidade de ficar <u>imerso</u>.

Quatro cenas previamente inéditas de O *rei pálido*

Entre as milhares de páginas do material que David Foster Wallace esboçou e desenvolveu durante os anos em que trabalhou em O *rei pálido*, havia diversas cenas que retratavam o Centro Regional de Análise do IRS e seus personagens principais, mas que não se encaixavam no restante da narrativa. Algumas eram fragmentos e ideias abandonadas. Outras tinham contradições internas ou apresentavam personagens em papéis diferentes daqueles que Wallace acabou lhes dando. Apesar de não se encaixarem no restante do romance, muitos desses esboços são hilariantes e envolventes e revelam as ideias em que Wallace trabalhava enquanto escrevia O *rei pálido*. Quatro dessas cenas mais completas são apresentadas a seguir.

Um funcionário de nível baixo do IRS lembra de uma epifania, durante seus estudos universitários, a respeito de seu comportamento perdulário e de seu autocentramento. É uma experiência parecida com a de Chris Fogle no §22, mas com a típica vivacidade e compressão da ficção de Wallace. Nos primeiros esboços por vezes Shane Drinion era mencionado como uma figura central.

Um dos maiores serviços prestados pelo Serviço consiste no fato dele agir como um antídoto ou antagonista do egoísmo natural das pessoas. Nós estamos ali — amplamente capacitados — para lembrar aos americanos que eles são parte de algo maior do que eles e suas famílias, e que devem um tributo a esse coletivo mais amplo. É possível enxergar o governo federal como um parasita que se alimenta do sangue e da vida do contribuinte. Mas a finalidade do sangue é circular, é suprir; ele anda ou há morte. Também é possível enxergar o governo federal como o coração das pessoas enquanto Povo — como a Constituição é Nosso cérebro — e o Serviço como as vigorosas contrações desse coração.

Eu prefiro esta última visão; acho esta última visão simultaneamente mais precisa e mais fértil. Shane Drinion foi quem me ensinou. Eu adoro

Shane Drinion; ele me ensinou muita coisa. A história que tenho a oferecer é a história dele, e eu a entendo como uma história de amor.

A vida da maioria das pessoas é pequena, restrita, pálida e triste, mais trágica que a morte de cada uma delas. Nós morremos de fome no banquete: não conseguimos ver que há um banquete porque enxergar o banquete exige que também nos vejamos ali sentados morrendo de fome — a ideia de nos vermos claramente, ainda que apenas por um momento, é aterradora.

Nós não estamos mortos mas adormecidos, sonhando conosco. Eu não me excluo dessa categoria. Mas me debati na cama. Eu, muito de vez em quando, despertei brevemente. Acordei quase já dando um passo no dia 5 de outubro de 1975, meu terceiro ano no PCB. Eu tinha ido a uma festa em uma das fraternidades da Bradley University do outro lado da cidade. Tinha tomado quatro copas da espuminha e dado duas bolas de Indica num cachimbo de Sherlock Holmes que andava de mão em mão ali nos quartos do primeiro andar; eu tinha me sujeitado a dançar com quatro meninas diferentes da Bradley ao som de canções de três épocas diferentes do pop comercial, tinha conseguido dois números de telefone e combinado de sair da festa com uma menina medianamente bonita que acabou aceitando uns goles de Everclear de um copinho de plástico e ficou impossibilitada de sair dali com quem quer que fosse. Lembro de tudo com alguns detalhes, e no entanto estava dormindo. Mais tarde eu estava voltando para o carro e por acaso olhei para a vitrine de uma livraria para avaliar o jeito que eu estava andando — como todos nós fazemos distraída, hipnoticamente, em dezenas de espelhos e superfícies oportunas todo dia, tanto concentrada quanto distraidamente, tentando ao que parece analisar alguma coisa que nem saberia descrever — quando me dei conta de que tinha conhecido e conversado com pelo menos uma dúzia de pessoas novas na festa (eu me via como uma pessoa "social", mas não da maneira convencional, que envolvia ir a um monte de festas) e não fazia a menor ideia se eu tinha ou não gostado de alguém — eu tinha ficado tão obcecado em imaginar se *elas* estavam gostando de *mim* que mal percebi a existência delas, pelo menos não daquele jeito que — foi então que percebi, e ainda é difícil verbalizar — de repente me pareceu ao mesmo tempo importante e algo de que eu era incapaz. Eu não consegui dar nome à sensação que me assolou, apoiado num parquímetro, mas sei que tinha percebido um vislumbre periférico e desperto de mim mesmo, e não numa vitrine qualquer.

Seria exagero dizer que isso foi além de um breve bater de pálpebras ou uma virada de travesseiro — porque a percepção foi quase de imediato absorvida pela ideia relacionada mas sonolenta de que ser tão inseguro e tão autocentrado a ponto de não conseguir conceber sentimentos em relação às pessoas que eu tinha conhecido certamente não podia me fazer parecer muito interessante ou atraente para aquelas pessoas e de que assim elas muito provavelmente não tinham gostado nadinha de mim, e tinham desgostado de mim não apesar de, mas perversamente *porque* me parecia ser tão importante que pessoas de quem eu nem sabia se eu gostava gostavam de mim, e toda essa reflexão se emaranhou e virou um desses paradoxos insolúveis e sufocantes que são a matéria tanto dos pesadelos quanto da auto-obsessão, e eu fiz uma careta e me afastei enojado do campus da Bradley e fiquei meditando a respeito daquele lampejo por semanas a fio e supus que toda aquela meditação estivesse a serviço da auto-honestidade. Mesmo assim tive aquele lampejo inicial, e a ideia de que eu era capaz de reações tão limitadas assim não me abandonou e sobreviveu à meditação sobre a aparência dessas limitações para os outros, e durante o resto da minha vida acadêmica e mesmo durante a pós-graduação eu me mantive mais atento a deformidades autoconscientes e obsessões introrsas na minha personalidade — tive a vaga noção de um banquete que eu estava perdendo porque ficava fixado no meu reflexo numa das colheres de sopa, tentando determinar o que no reflexo era correto e o que era distorção — e na dos outros.

Eu sou um Contador Público Certificado e um Agente da Receita de grau D-4 no IRS. Fiz a prova para COC em abril de 1979 e depois fiz de novo em outubro de 79.

Este capítulo se entrecruza com outros do livro em seus comentários a respeito da imagem pública dos agentes do IRS. Seu narrador parece criado como um oposto do personagem autoconsciente da seção anterior.

Eu sou um bandido. Nunca fui outra coisa. Isso tem que ficar claro já de cara. O mundo é um lugar abominável, uma fogueira que se consome sozinha, todos contra todos. Duvido que você ignore isso — já que tem tempo livre e os recursos para ler estas memórias — que você não tenha chegado a uma aceitação sobre os fatos brutais da vida — de que a vida se preserva a si mesma através da consumação de outras vidas. De que ou você come ou vira comida. É uma lei que não foi feita por nenhum de nós, até onde eu possa determinar.

Então fique sabendo: se você quiser conhecer a história bem impressionante do Agente da Receita Shane Drinion, GS-13, Setor de Auditorias Técnicas do IRS 44/42/04, você depende para essa história de uma consciência narrativa limitada, de um homem de "ação" e não de "ideias", de uma consciência "vai-e-faz", "automotivada", "focada-em-resultados", "pragmática", "mão-na-massa" (todos os termos entre aspas vêm de várias Análises Anuais de Desempenho de supervisores tanto das Cobranças quanto dos AI) que estava determinada, em primeiro e em último lugar, a se preparar para conseguir o que quer, a agir antes de ouvir. Eu não reflito muito: a reflexão paralisa. Pode surpreender um civil isto dele ficar sabendo que a Receita necessita de bandidos, de homens de ação — você pensa que o IRS se compõe de sujeitinhos cinzentos de gravata-borboleta, de legiões dos que sofreram bullying na escola agora armados com a lei para praticar bullying em você com uma precisão desprovida de humor. Existem personalidades assim, algumas, nas Análises. Mas eu era das Cobranças. Alguém, na hora do vamos ver, quando um contribuinte simplesmente se recusava a pagar o que a Análise tinha estabelecido que ele devia ao Estado — alguém tinha que ir lá pegar o dinheiro. Bandidos. Homens de ação. Do lado da lei — atrás da lei.

Eu poderia contar a minha própria história. Eu não vou fazer isso. Você me conhece. Na infância eu tinha "cólicas", me alimentava de maneira tão voraz que a minha mãe me desmamou cedo para se salvar. Mais tarde tive "déficits de controle de impulsos" e "podia melhorar" tanto em "resolução de conflitos" quanto nas minhas "capacidades de dividir coisas". Quando criança, eu era um valentão. Eu tinha seguidores como todo valentão tem seguidores — mantidos pelo medo de serem o próximo, por desprezo a mim, escravizados pela linha que eu traçava entre os de Dentro e os de Fora, entre quem comia e quem era comida. Eu ridicularizava nomes incomuns e infortúnios de rosto e corpo. Pequenas extorsões, humilhações na cantina, surras no parquinho que acabavam quase ao mesmo tempo que começavam — as lágrimas da vítima depois da primeira pancada, lágrimas vistas e apontadas por todos, eram sua derrota, minha comida: eu entendia isso. No primário, as avaliações dos professores me classificavam como "perturbado" ou "com baixa autoestima" ou "com tendência a reagir". Eu não era nada disso. O que eu era era presciente da minha compreensão do mundo, que não tinha nada a ver com as histórias e os gráficos que eles me ensinavam em salas de lâmpadas fluorescentes. Eu não era desprovido de inteligência pragmática — compreendia a economia do poder. Era um bom atleta e não tinha piedade de quem não era.

Eu era ameaçador. Eu fui, desde o primeiro dia do ensino médio, um bandido. Ameaçador. Alguém com quem era melhor não mexer. Os alunos do segundo e até do terceiro ano aquiesciam aos meus desejos ou pelo menos me evitavam; alguns bandidos de classe mais alta e eu simplesmente nos excluíamos da nossa atenção, uma tensa neutralidade que compunha uma espécie de tácito respeito mútuo. Eu não era um cara enorme, ou anormalmente forte, nem um desses psicóticos que mais tarde viemos a conhecer, que não têm nenhum senso de autoproteção e que depois de provocados simplesmente não se detêm, absorvendo violências horrendas sem se importar, querendo apenas causar dor, o tipo que morde ou usa um cano de chumbo, o tipo que acaba na cadeia e não consegue lembrar direito os detalhes do que fez quando estava enfurecido. Esses não são bandidos. Esses são psicóticos, escravos da sua própria fúria — eles viram vítimas, encarcerados ou desempregados, surtados, fora dos círculos do poder.

Essa não é a minha história. Eu estou te falando de mim só pra você poder conhecer a sensibilidade através da qual se media a história do Setor Técnico 44-04. Eu te devo isso. Eu não me importo muito se você gosta ou não de mim — eu mesmo não gosto de narradores que se preocupam principalmente em saber se as pessoas gostam deles ou se eles são narradores inteligentes. A linguagem e as observações empetecadas e a diversão à custa dos personagens da história — elas são todas exibicionismo, a forma mais baixa de manipulação. Mas eu te devo, acho — já que entramos nessa juntos — uma parte suficiente de mim pra você entender com quem e com o que está falando. Se isso pode ou não comprometer certa intensidade dramática ou certa "realidade" que algumas histórias usam pra manter o controle do ouvinte, nada mais justo. Eu não deixo de ter interesse em controlar. Mas existem tipos diferentes. Nada me parece mais justo.

Todas as burocracias são microcosmos do mundo. Como tais elas se compõem dos dois tipos que existem no mundo, os devoradores e a comida. Pessoas abstratas vs homens de ação.

Essa história é cheia de segredos. Lá vai um. É pra meninos, portanto é tarde demais para você usar. O segredo de ser um bandido; o segredo de ser fisicamente ameaçador: *disposição pra agir*. Nada de tamanho nem de habilidade. Disposição permanente pra agir. Alergia à abstração. Um gatilho levíssimo e controlado logo atrás dos olhos. Toma pancada — bate de volta: automática, imediatamente. Sem mais demora do que a que existe na mão que se afasta do forno quente. Você não pensa. Você não fica ali tentando se conformar com o fato de que acabou de levar uma pancada. Você bate de volta. Ou bate primeiro. Entre o impulso e a ação há apenas nervos espinhais e feixes musculares de resposta rápida. Não é uma vida da mente.

Esta cena com Claude Sylvanshine e Charles Lehrl morando juntos não se alinha com os detalhes do personagem Merrill Errol Lehrl no restante do livro. Mas sua evocação de uma infância na Peoria semirrural acrescenta dados à imagem da cidade que se constrói em outros momentos.

Charles Lehrl cresceu não em Peoria mas em Decatur, ali pertinho, terra da Archer Dentists Midland e segundo Lehrl uma cidade de uma miséria e de um abandono tão desinteressantes e incessantes que os peorianos apontam com legítimo orgulho o fracasso de sua cidade em ser tão ruim quanto Decatur, cujo ar fede ou a processamento de carne suína ou a milho queimado dependendo do vento, e cuja classe aristocrática se distinguia por mascar chiclete com os dentes da frente. A narrativa de Lehrl era que ele tinha crescido em um trailer cor de fruta podre em frente a uma vala de drenagem ao lado da Self-Storage Parkway, uma ramificação da rodovia interestadual que um dia construíram para uma subsidiária da A. E. Staley que fechou quando o mercado de barriga de porco estagnou completamente e agora era lar de mosquitos, cladóforas, sorgo selvagem e de uma abundância de ervas daninhas hipertróficas em consequência dos fertilizantes nitrogenados em que se dissolviam os animais domésticos do verão. //O que impediu seu pai de se tornar um alcoólatra de fato foi que ser um alcoólatra de fato daria muito trabalho. O sr. e a sra. Lehrl não apenas permitiam como ainda encorajavam as crianças a brincar na estrada. Os únicos negócios ainda abertos na vizinhança eram os 3,4 acres de unidades de armazenamento U-Lock It e uma pequena graxaria que era de uma grande família de albinos que parecia crescer constantemente sem nenhuma espécie de renovação genética não albina e que mesmo sendo composta de oitenta e sete pessoas não conseguia lidar com mais de um animal por vez. O sr. Lehrl passou a maior parte da infância de Charles deitado no sofá com o braço sobre os olhos. Lehrl falava de Decatur no verão como se tivesse crescido suspenso no ar: as planícies enflaneladas e os alfabetos de canos de irrigação instalados nos campos de soja — Peoria, Lake James e Pekin eram milho, Decatur e Springfield, soja para os japoneses —, campos que chiavam estrídulos, céus azuis cremosos e encobertos intocados pelas chaminés da ADM cujo produto era invisível mas perceptível ao olfato e, segundo os boatos, inflamável, mosquitos que surgiam como um único corpo do sistema de valas ao pôr do sol — e detalhava o ponto alto desses dias de verão, que consistia de Lehrl, seu irmão e sua irmãzinha bem pequena vencendo valas e cercas e atravessando a Self-Storage Parkway para escalar o suporte da placa de um restaurante Big Boy e espiar pelo buraco que era o incisor esquerdo do ícone do Big Boy (um grande menino sorridente num copo de lanchonete, segurando uma bandeja) para ficar vendo a vaca ou o porco solitários da graxaria, ali acorrentados sobre o capim enquanto quatro ou mais das crianças albinas ensandecidas arremessavam pedras e cacos de vidro no bicho até que algum sistema lá dentro estivesse preparado e o animal fosse levado para um curral que parecia uma calha e ficava cercado pelos dois lados por diversos albinos mais velhos trepados em blocos de concreto com martelos e rifles de pequeno calibre, quando então Lehrl, seu irmão e sua irmã desciam e tentavam atravessar de volta a via expressa para brincar na rua que ficava na frente do trailer deles. Muitas vezes Lehrl, que tinha crescido não em Decatur mas em Chadwick, uma confortável cidade-dormitório pertinho de Springfield onde seu pai era funcionário do financeiro da Comissão de Tráfego e Estradas de Rodagem e sua mãe estava no quinto mandato como Notária Municipal, gostava de evocar sua infância enquanto ele e Sylvanshine relaxavam cada um com sua lager Dorfmurderer Onion durante a meia hora (10h40-11h10) de relaxamento de Lehrl antes dele se preparar para ir dormir, e Sylvanshine gostava de ficar ouvindo, interrompendo apenas para fazer pequenas perguntas ou manifestar espanto nos momentos adequados, até porque gerava nele uma espécie de ternura o fato de algo manifesto mas inexprimível na hidráulica do sorriso de Lehrl deixar tão paternalmente claro quando o que ele estava dizendo não era literalmente verdade. Havia uma imensa quantidade de pequenas variáveis e compensações que equilibravam a dinâmica dos dois, uma espécie de complexa congruência de caixa-e-espiga entre seus ativos e passivos enquanto homens e faixas etárias, e, embora Sylvanshine nunca tivesse se dado conta disso de maneira consciente, era um dos motivos deles terem se tornado tão amigos e de preferirem tão marcadamente a companhia um do outro à de quaisquer outras pessoas, que lá na Filadélfia tinham decidido morar juntos, apesar das aparências e das consequências dessas aparências a que a decisão os sujeitou. Era por Lehrl ser ambicioso mas não de maneira convencional que ele sugeriu essa solução, e Sylvanshine seria forçado a admitir que a inconvencionalidade da ambição de Lehrl e o estranho caráter de autodestruição de muitas de suas decisões profissionais — malgrado seu extraordinário talento acadêmico e suas avaliações inalteravelmente altas por todos os DDs dos lugares em que esteve lotado, Charles Lehrl ainda era G-2 e pra dizer a verdade subordinado em nível funcional a muitas pessoas que ele supervisionava — eram um grande mecanismo — e uma ternura — que nivelava as coisas, já que a carreira do próprio Sylvanshine não estava exatamente indo rápido, se bem que quando ele passasse na prova para COC, como com certeza passaria, também seria promovido a G-2 e poderia ao menos pagar exatamente metade das despesas comuns dos dois, uma igualdade com que Sylvanshine sonhava ali sentado sozinho com seu chinelo de couro e robe xadrez, esperando que o inevitável terceiro xixi que cada cerveja representava ganhasse corpo e fosse eliminado para ele poder ir dormir sem se preocupar em ter que levantar de novo bem quando suas ideias fossem ficando pictóricas e de associação mais livre e muitas vezes matizadas de sépia ou até com uma espécie de filtro visual salmão/amarelado, o que costumava ser sinal de que ele estava de fato caindo no sono e não meramente se iludindo por medo da insônia e pelo medo terrível do que a privação de sono faria com seu estado de alerta e de concentração no dia seguinte. Há muito pouco espaço em qualquer ramo da contabilidade para imprecisão, lentidão ou qualquer tipo de abstração de faculdades ou no enfoque dos problemas em pauta. É a busca por uma atenção escrupulosa e por clareza e precisão metálicas. Isso pelo menos Sylvanshine sabia com certeza.

Esta seção, ambientada num refeitório, mostra Sylvanshine observando vários personagens que não são vistos em lugar nenhum do romance. Sua discussão obsessiva das minúcias de um projeto muito complexo se interrompe de maneira abrupta, e os personagens e o projeto nunca mais reaparecem.

Era 12h40 e o terceiro turno do almoço no CRA, e Claude Sylvanshine e Keith Singh voltaram a área de alimentação para tentar ver quem estava pegando o almoço na máquina automática versus quem trazia marmita de casa, já que tipos diversos de personalidades gravitavam para diferentes tipos de opções prandiais. O terceiro turno do almoço tinha primeiramente vira-bostas das 9h às 17h30, G-2s sazonais fazendo análises cruzadas de vira-bostas em 1040As e em Estimadas em células de doze homens. Alguns eram alunos que estavam nas férias de verão do Peoria College of Business ou da Illinois State. O espaço afinal se revelou quase cheio; Sylvanshine observou que os analistas mais jovens tendiam a se congregar durante o almoço enquanto os analistas mais velhos, mais experientes ou especializados tendiam a ficar no seu canto e trazer marmita. Os fumantes não tinham escolha senão ir fumar no calor obliterante que fazia lá fora. Na área de alimentação estavam analistas de ou três ou quatro células diferentes; Singh e Sylvanshine precisariam da planilha do primeiro trimestre para saber exatamente de que grupos dentro das células se compunham as diversas mesas.

Eles estavam no segundo andar seção D. Não havia janelas, o ar-condicionado jogo-sério da seção D ficava reservado para o equipamento de ACS, estava quente e abafado no lugar e aquilo cheirava a comida aquecida às pressas e ao desodorante de diversas pessoas. O piso não tinha sido encerado e as cadeiras faziam barulhos horrorosos quando arrastadas para reposicionamento em diferentes mesas. Havia relógios no alto de duas paredes diferentes, corretos até nos segundos.

Singh estava começando a sacar qual era a dos analistas durante os intervalos. Havia uma noção fosforescente tanto de alívio quanto de tensão no ambiente, como uma pessoa irrompendo na superfície depois de uma longa imersão e respirando bem fundo antes de voltar a mergulhar. A mente de alguns analistas ficava acelerada e eles tagarelavam e riam alto demais; outros pareciam atônitos e vítreos, retirados de uma letargia mineral, e encaravam a comida na mesa como se tentassem decifrá-la.

O grupo mais loquaz e mais coeso no bufê acabou se revelando o aglomerado de elementos de dois grupos de uma célula de vira-bostas na seção de Justine Downer. Nenhum muito mais velho que Singh e todos com as identificações presas aos bolsos porque você tinha que estar com elas para entrar e sair das células. Havia uma dúzia de pessoas à mesa; de todas, só duas não eram homens, e todas pareciam fundamentalmente similares em sua energia geral. Os olhos dos G-2 estavam vidrados e suas mentes aceleravam depois de uma manhã de declarações moleza. Vários ainda estavam com suas trapaças de mindinho. Dois tinham molduras azuis nos crachás que significavam que eram líderes de grupo; eram C. Pulte e K. Evashevsky, sendo que este último Singh já tinha ouvido ser chamado de Ken Meio-Que-Assim mas não sabia por que Singh nunca tinha conversado com ele e o conhecia só pela sua ficha funcional. Carol Pulte era uma mulher de menos de trinta com grandes óculos redondos à la Elton John e volumosos lábios vermelhos, que estava numa extremidade da mesa comendo alguma coisa num pote Tupperware. A outra mulher bebia um refrigerante enlatado e usava o dedo para delinear um elaborado desenho na mesa de plástico com a condensação da latinha. Keith Singh sorriu e fez rapidamente um irônico símbolo da paz para Pulte, que ele tinha conhecido na segunda operação interna e que podia, sob certas circunstâncias, ser chamada de atraente. Pulte olhou rapidamente para ele e revirou os olhos para indicar a interface de grupo que se desenrolava entre os homens da mesa. Sylvanshine encontrou um lugar para fazer sua entrada e dizer oi para todos os G-2s e se apresentar e apresentar Keith e perguntar de maneira casual o que eles estavam fazendo, o que andavam inventando etc. Havia uma discussão se desenrolando a respeito de um dos G-2s da mesa, um rapaz corpulento com um chapéu espertinho e uma linguagem corporal muito equilibrada e contida, de olhos baixos. O tipo de rapaz que no ensino médio os outros meninos acham que é descolado unicamente por causa da linguagem corporal e de uma expressão entediada ou indiferente. O nome no crachá dele logo abaixo da fotinho era T. Hovatter. Na luz fluorescente, seu rosto era da cor de chumbo molhado. Segundo alguns dos outros vira-bostas, esse rapaz estava trabalhando num turno de sessenta horas, evidentemente dedicando-se a uma frugalidade ascética extrema em sua vida pessoal, poupando uma porcentagem máxima de seu salário de modo a que a partir do quarto trimestre do ano seguinte pudesse ficar um ano todo sem trabalho e sem escola para se devotar a um projeto pessoal de obviamente assistir a todo e qualquer segundo das transmissões televisivas do mês de maio de 1986. A mulher sentada com Carol Pulte fez o gesto de quem quer tapar as orelhas e perguntou se por favor eles podiam ser poupados de ouvir aquilo tudo de novo. O rosto de Carol Pulte era redondo e sardento, mas seus lábios eram grandes e de um contorno perfeito e inflados como se quase estivessem para estourar como gemas de ovo se você lhe desse um beijo muito forte. Keith Singh, que associava TV a enervação e miséria, esperava um sinal de Sylvanshine para saber se eles iam sentar ali ou estavam só de passagem para trocar saudações com o resto dos vira-bostas na área de alimentação. Os G-2s cujos nomes eram Tantillo e Randall, respectivamente, se dirigiam a Claude Sylvanshine como se ele viesse de uma nação e de uma cultura totalmente diferentes. Pareciam de alguma maneira representar ou ser a voz dos G-2s. Com o advento da televisão a cabo em todos menos os distritos mais afastados e rurais de Peoria, já não havia somente os quatro canais clássicos e tradicionais de televisão à disposição hoje em dia; havia também HBO, Cinemax, a WGN de Chicago, a TNT-Superstation de Atlanta, CNN, ESPN, USA Network, e um canal especial que era só uma varredura de radar no centro do estado de Illinois mostrando se havia tempestades e onde. O que significava doze canais ao todo. Assim, assistir tudo que era transmitido localmente por um mês demandaria doze meses, o que significava um ano, por isso a folga de ano inteiro de todas as outras atividades. Singh ficou observando Sylvanshine em um de seus talentos de RH, que parecia ser uma passividade desprovida de pavio curto que tornava impossível irritá-lo, concordar atenta e atenciosamente com a cabeça enquanto pensava, Singh de alguma maneira podia afirmar isto, em questões que nada tinham a ver com aquilo. O projeto de Hovatter, durante maio de 86, portanto, Tantillo disse, exigia que ele conseguisse gravar o que estivesse passando nos outros canais que não fosse o que estivesse assistindo em dado momento, usando VHS e/ou Sony Betamax. Hovatter, que também usava uma viseira verde de caixa de banco, estava reclinado na cadeira de pernas cruzadas, sem abrir a boca. Outro G-2 disse que obviamente Hovatter até ali só tinha conseguido arranjar oito amigos que aceitaram deixar Hovatter levar uma televisão e um videocassete para a casa deles e pedir para a Multivision ir instalar o cabo e aí deixar a televisão ligada e sintonizada num canal a cabo específico gravando vinte e quatro horas por dia em alguma área da casa deles. Este último G-2 era extremamente pequeno e compacto, e intenso, o tipo de pessoa que fecha as mãozinhas ao lado do corpo quando fala, e apesar de seu crachá estar pendurado torto em um clipe jacaré defeituoso, e ser difícil de ler, Singh o conhecia das fichas como F. A. Runyon 79954, já no seu segundo ano, mas ainda G-2 com os temporários. E que a questão ali na mesa, Tantillo explicou, eram os quatro amigos ou assistentes adicionais que Hovatter precisaria recrutar para completar os preparativos para o projeto.

"Mais três, na verdade", Tantillo corrigiu. "Já que o próprio Hovatter é o décimo segundo."

Runyon se deu um tapa na testa com a base da mão demonstrando estar se corrigindo.

"Então vocês estão só dando uma descansada e limpando as fitas mentais aqui com a discussão desse projeto externo", Sylvanshine disse.

"E ainda são onze TVs e videocassetes pra comprar, além dos pacotes a cabo pra todos os onze mais as fitas." Isso vindo de alguém com um topetinho cujo crachá Singh não conseguia ver. "Supondo que o Hovatter já tenha a sua própria TV e a conexão."

Hovatter sorriu em particular, consigo próprio.

Randall disse: "Depois de um mês ele desconecta o cabo e devolve as TVs e os videocassetes".

"Melhor guardar as notas", Sylvanshine disse como um tipo de tiradinha para entendidos que supostamente intensifica as relações pessoais. Houve um ou dois gestos bem sérios de cabeça, mas ninguém riu. Pulte e a outra mulher estavam se retirando sem fazer muita força para limpar os restos que tinham deixado ou a condensação das bebidas, que Singh podia ver que tinha sido moldada no formato de uma estrela intricadamente rotacionada com outro padrão dentro do pentágono central que a evaporação parcial já tinha obscurecido.

"Mas ele vai de Beta ou VHS", interpôs um G-2 chamado Wakeland que tinha ou uma leve gagueira do tipo da Costa Leste ou os vestígios de um problema fonoaudiológico real.

"Mas alguém sabe o que quer dizer VHS?"

A pessoa do topetinho disse: "Fora que a fita de vídeo mais longa dura quatro horas, então os caras iam ter que trocar de fita cinco vezes por dia".

"Seis", Randall disse. "Vinte e quatro horas por quatro horas."

"Não, cinco. Da meia-noite às quatro é a primeira fita. Você não troca aquela fita. É a fita original."

"Vídeo alguma coisa Storage."

Randall: "Mas você trocou à meia-noite, Pethwick. Você trocou a das oito à meia-noite da noite anterior pela fita da meia-noite às quatro à meia-noite".

Tantillo suspirou de maneira exagerada. "Só depende de como o Hovatter contabiliza as trocas de fitas, se a troca da fita da meia-noite é uma entrada, por assim dizer, do dia anterior ou do tia atual."

"Como se fizesse diferença", resmungou Pethwick, que Singh comprovou era o nome do rapaz com apenas um topetinho aparecendo por sobre o ombro direito de Hovatter. Hovatter, que tinha um submarino aquecido no micro-ondas à sua frente, ainda na embalagem de papel, ergueu o punho até a boca e delicadamente deu uma tossidinha nele. Vários rapazes em torno da mesa encaravam o vazio.

Wakeland: "M-mas quem é que vai fazer essas trocas a cada quatro horas? Essa é que é a pergunta fulcral aqui. Vamos dizer que eu deixo o Terry ligar uma TV e um videocassete em algum cômodo que não uso e que eu até banco a eletricidade pra deixar aquilo rodando vinte e quatro horas por dia...".

"Putz, ele tem razão. O Hovatter vai ter que reembolsar os caras pela conta de luz." Era de novo o G-2 chamado Runyon, que tinha o tipo de cabelo raspado bem reto no alto que fazia com que sua cabeça parecesse a pista de um porta-aviões. "Como é que dá pra calcular a quantidade de eletricidade consumida? Acho que você olha a mediana das contas do trimestre anterior e registra o aumento de maio pra obter o saldo devedor líquido."

"Se bem que se for no verão a conta do ar-condicionado vai afetar a mediana das contas, distorcendo o…"

"O trimestre seria março abril maio, Runyon. Fica na sua."

"Exatamente, porque em maio você já pode estar registrando aumentos de consumo. Ou digamos que você tenha um aquecedor elétrico e deixe o aquecedor ligado em março."

Hovatter tinha um caderninho espiral na mesa ao lado do seu refrigerante, e agora fez ali uma pequena anotação cifrada.

Wakeland disse: "Mas a questão re-relevante é quem é que vai trocar as fitas. Vamos dizer que mesmo que eu deixe o Hovatter alterar a minha vida e o meu jeito de viver com uma televisão ali tocandinho um canal só o tempo todo…".

"É só um mês", Randall disse. Ele parecia se dirigir à mesa toda. "Não é uma doação de rim."

Wakeland assentiu com a cabeça num gesto de concessão. "Mesmo assim, eu é que não vou pra casa de quatro em quatro horas pra trocar a fita, nem dar um jeito de acordar à meia-noite e às quatro toda noite pra trocar a fita do Hovatter."

"Está certo, aí já é abuso."

Eles não estavam mais nem olhando muito para o G-2 Terry Hovatter. Singh percebeu que Sylvanshine nunca olhava para o rosto da pessoa que estivesse falando. Ele costumava olhar para o rosto e os olhos dos outros G-2, alternadamente.

"A não ser que o Hovatter dê algum jeito de compensar o pessoal", Tantillo refletiu.

"Como é que você calcula o pagamento adequado por uma coisa que é mais uma encheção que um trabalho?"

"Claro que ele ia ter que negociar as condições com cada pessoa individualmente, uma por vez."

"Será que pelo menos o Hovatter estimou uma curva de referência pra isso tudo? Será que dá pra gente dar uma olhada?"

Tantillo: "Você está dizendo que os limites orçamentários do Hovatter podem ser usados pra negociar compensações com os onze amigos. Ele podia apontar a planilha e dizer: 'Olha, é com esses recursos que eu tenho que trabalhar'".

"As negociações iam ficar bem complicadas."

"Bom, vai ser em maio de 86. Não é mês que vem. O Hovatter já previu as complicações. Ele nunca disse que não ia ser difícil." Randall e Tantillo eram obviamente os porta-vozes de Hovatter no que se referia ao projeto. Singh estava irrequieto e queria seguir adiante. O G-2 Pethwick disse:

"Claro que a outra opção é que ele mesmo podia trocar as fitas."

"Aí ele ia precisar de treze meses no total, e não doze", Wakeland disse, "porque o primeiro mês inteirinho ele ia ficar indo de um lado pro outro trocando fita, inclusive as da casa dele mesmo porque ele nunca ia estar em casa pra assistir o que estivesse passando; ia ficar o tempo todo no carro."

"O Hovatter está morando com os pais."

"Mas como é que ele vai me fazer uma coisa dessas então?"

"É parte de um plano radical de economizar dinheiro pra poder guardar o salário pro projeto."

"Não era isso que eu estava dizendo." Essa era uma conversinha paralela entre Tantillo e outro G-2 chamado G. Sandover, que tinha arrastado uma uivante cadeira da mesa adjacente. Dois outros G-2s originais tinham deixado a mesa, e Singh percebeu Sylvanshine observando detidamente os dois no que eles saíam. Ele também parecia estar registrando quais analistas olhavam para os relógios na parede e com que frequência. Restavam dezenove minutos no terceiro turno do almoço. Sandover tinha uma mancha ou um borrão qualquer de um lado do colarinho da camisa.

No que parecia ser a interface principal, contudo, o líder de grupo K. Evashevsky, que comia de maneira muito ordenada e metódica e era obviamente o tipo de pessoa que não falava enquanto não tivesse comido seu sanduíche e pressionado com o polegar todas as várias migalhas e sobras de alface para levá-las à boca de maneira eficiente, estava perguntando: "Qual é o custo mensal médio de uma televisão compatível com um videocassete e que também pode acomodar uma dessas conexão de cabo? Duzentos dólares? Meio que assim".

"Precisa ser colorida ou preto e branco está beleza?"

"Se a transmissão original é colorida, você não acha que o Hovatter tinha que ver colorido?"

"A gente não sabe quantas televisões o Hovatter tem que nem precise comprar, vai que de repente os pais dele emprestam uma ou duas."

Wakeland disse: "Sem falar que os horários em que ele vai colocar as fitas novas nos videocassetes vão ter que ficar escalonados entre as várias casas onde as televisões forem ficar, já que o Hovatter não tem como estar em doze lugares ao mesmo tempo exatamente às oito ou à meia-noite pra trocar as fitas".

Randall passava os dedos pela mandíbula enquanto falava. "Então a distância entre a casa dele e, digamos, a do Fulano e entre a do Fulano e a seguinte vai ter que ser fatorada na hora de estabelecer um sistema e um cronograma pra quando o Hovatter for trocar as fitas."

Pethwick: "Fora que ele quer que as fitas todas comecem ao mesmo tempo, certo? O projeto é assistir tudinho por exatamente um mês. Os videocassetes portanto vão ter que começar todos à meia-noite ou ao meio-dia". Com todos que abriam a boca Sylvanshine concordava com a cabeça da mesmíssima maneira encorajadora. Singh estava ficando extremamente entediado e inquieto, e frustrado por ter que ficar olhando o tempo todo para o crachá das pessoas para identificá-las, por não ser melhor em ligar de vez os nomes das pessoas a um ou dois traços de identificação e ser capaz de acompanhar a conversa sem ficar olhando o crachá das pessoas. Involuntariamente, Singh sentia que estava começando a apagar como apagava quando era um lesado na escola. Lembrava de viagens de carro com os pais na infância quando eles ainda estavam juntos e sentados no banco da frente e Singh ficava caindo no sono no banco de trás e a conversa dos pais ia ficando apressada, rugida e desconexa aos seus ouvidos e era só assim que ele sabia que estava começando a cair no sono de verdade e não apenas deitado ali no banco de trás ouvindo a conversa dos pais enquanto seu pai dirigia.

"Por que é que as fitas iam precisar de troca, pra começo de conversa?", perguntou um G-2 chamado M. Rabwin, que tinha uma pálpebra meio caída do lado esquerdo, e sua pergunta só foi registrada por olhares vazios e um átimo de um silêncio atônito, murcho. Hovatter estava com a mão no queixo e um vago sorriso misterioso que por algum motivo irritava Singh. Hovatter o lembrava alguém de quem ele não gostava, mas não conseguia lembrar quem era.

"Mas", Wakeland disse, "se eles começarem todos ao mesmo tempo, como é que vai dar pra trocar as fitas em vários horários escalonados sem…"

"Você está supondo uma condição ideal em que cada minutinho de cada fita acaba sendo usado", Tantillo disse. "Não é um problema matemático. Algumas fitas podem ter três horas e meia de duração."

"O que você há de admitir que vai se acrescentar à rubrica total disponível pra fitas de VHS que já está cobrindo cento e oitenta fitas vezes onze — vezes doze se for ele mesmo de carro de um lado pro outro trocando as fitas todas — e aí você acrescenta duas ou três fitas às cento e oitenta por causa da de utilização incompleta de cada fita e já lá se vão…"

Randall: "Vocês estão esquecendo que no mínimo metade desses canais sai do ar à noite. As redes pelo menos saem".

"Então o tempo total é de menos de treze meses, é isso que você está dizendo."

"A ESPN desliga de noite?"

"Mas por que ele quer fazer uma coisa dessas?"

"Hino, bandeira, esquadrilha, informação sobre a licença de transmissão, despedida, listrinhas coloridas."

"E o Hovatter tem que assistir as listrinhas coloridas? Se isso é o que as redes transmitem depois das duas da manhã, será que as listrinhas fazem parte do que ele tem que assistir?"

"A PBS desliga lá pelas onze, sem hino nem bandeira."

"Vamos dizer que um canal tenha problemas técnicos e fique só aquela estática por três horas, como no dia 17 de maio, por exemplo — o Hovatter tem que ficar ali sentado assistindo a estática?"

"Se as listrinhas entrarem na conta, aí a gente volta pros treze meses."

"Ele precisa de um conjunto de parâmetros e de regras claramente delineadas pra esse projeto."

K. Evashevsky: "Sou só eu ou parece que o Hovatter está complicando demais isso tudo? Meio que assim. Por que não deixar todas em casa mesmo?".

"Mas era bem isso que eu estava dizendo", o tal do Rabwin tentou interpor sem ninguém registrar de maneira alguma a não ser pelo fato de Runyon olhar para ele com os olhos apertados. Nem mesmo Sylvanshine olhava para M. Rabwin 78 225.

"Não, olha só. Se você está pagando pelas televisões e pelas conexões, se você não vai usar as TVs e o cabo dos amigos ou dos funcionários, por que não colocar todas as onze…"

"Ainda assim seriam doze", o rapaz do topete. Pethwick. Tantillo fez uma careta exagerada para ele.

Evashevsky estava inclinado para a frente com os cotovelos apoiados na mesa na clássica posição de líder de grupo. "Por que não manter simplesmente o total agregado de quantas televisões e videocassetes forem necessários na própria casa dele? Com as fitas todas sendo trocadas ali mesmo, pim-pam-pum, meio que assim. Por que complicar com isso dos amigos e das TVs em momentos diferentes por toda parte que o Terry tem que ir cuidar, meio que assim?"

"Porque você ia ficar louco, porra. Doze televisões berrando o dia inteiro e a noite toda. Doze telas diferentes. Ia ser uma sobrecarga sensória. Eles iam achar o cara desmontado ali no meio."

Pethwick disse: "De qualquer modo eles vão achar o cara desmontado. Um ano assistindo televisão sem parar? Parece alguma experiência nazistoide de entretenimento".

"Sem falar de como ele ia fazer os pais embarcarem nessa."

"Ele ainda está na casa dos pais durante o projeto? Ou será que ele aluga, assim, um apê só pra ele?"

Num dado momento Singh percebeu que Hovatter não estava mais ali à mesa. Não tinha visto sua saída. Não sabia dizer quem mais teria percebido que Hovatter não estava mais ali.

"Além de tudo", Wakeland disse, "por mais que as televisões estejam aqui ou ali e por mais que ele tenha esse ou aquele cronograma pra trocar as fitas, no fundo ia levar bem mais de um a-a-ano pro projeto. Parem pra pensar. Um mês de transmissão dia e noite da HBO. A gente até aqui está trabalhando com a premissa de que o Hovatter pode assistir vinte e quatro horas de conteúdo em vinte e quatro horas. Mas ele tem que comer, dormir, tomar banho."

Randall sorriu. "Acho que não precisa fatorar muito tempo de banho pro Hovatter." Ele estendeu a mão e Tantillo deu um tapa nela com a sua.

"Então, e-escovar os dentes, então. A questão aqui é que são no fundo fundamentalmente mais coisa de umas dezesseis horas de televisão em cada vinte e quatro."

Rabwin: "Fora que sem nem falar do monte de vezes que ele ia ter que assistir o mesmo filme sem parar na HBO. Eles ficam reprisando as coisas o tempo todo. *A força do destino, A força do destino*".

"E o Cinemax não é quase só um monte de filme que já passou agorinha há pouco na HBO? Ele vai ficar maluco."

"O Cinemax põe umas coisas novas."

"Não muito, não mesmo."

"A CNN também repete sem parar."

"Ele pode variar? Ele pode assistir duas horas de HBO e duas horas de NBC e aí duas de HBO? Meio que assim."

"Quais são os parâmetros?" Pethwick, que agora mostrava ter uma testa alta e branca, disse: "Ele tem que estabelecer um parâmetro e um conjunto de procedimentos. Tem umas partes imensas do projeto como um todo que ainda não foram codificadas como precisam ser".

Todos os G-2s ficaram em silêncio e concordando com a cabeça por um tempo, durante o qual Keith Singh limpou de leve a garganta e disse: "Eu só tenho uma pergunta, e a pergunta é por quê".

"Por que fazer uma coisa dessas", Randall disse.

"Não se preocupem", Runyon disse. "O Hovatter tem as suas razões."

"O Hovatter é excêntrico mas não é imbecil."

"Ele não se importa com a opinião dos outros."

"Tem que ser uma coisa comercial. O Hovatter achou algum jeito de capitalizar em cima disso — por que é que ele ia contar pra vocês?"

"Um esquema de sonegação, talvez?", Sylvanshine perguntou. "Perdas passivas?"

De novo alguns olhares mas nenhuma risada, o que aparentemente não incomodou Sylvanshine. Singh não entendia nem tinha nenhuma compreensão do tipo de pessoa que Sylvanshine podia ser.

"Melhor nem deixar o Hovatter começar a falar disso, cara", Tantillo disse a Singh. "Ele fala até te torrar a orelha."

"Ele está falando disso desde o começo do ano."

"Você vai pedir misericórdia. Ele tem montes de motivos, vai por mim."

Singh inclinou a cabeça. "Eu acho que vou perguntar mesmo assim."

Hovatter tirou a mão do queixo e olhou vagamente na direção de Singh, ainda que não direto para ele, como que para não lhe conceder o privilégio de uma abordagem direta. "Por que as pessoas escalaram o K2?"

"Porque ele estava lá, é isso que você está dizendo?", Pethwick disse.

"Pra mostrarem que dava pra fazer."

Wakeland ergueu a mão. "O K2 também é conhecido como Monte G-Godwin-Austen."

"É isso. Godwin-Austen escalou pra montanha ter o nome dele depois."

"Negativo. A primeira escalada foi em 1948, de uma equipe italiana."

"1958."

"Godwin e Austen descobriram a montanha, logo, ela foi batizada assim."

"E como é que alguém 'descobre' uma montanha gigante com gente morando em volta há milênios? Meio que assim. Meio que assim."

"Tinha um prêmio. Tinha alguma competição que os alpinistas italianos ganharam."

"É um desafio. É uma coisa por si própria difícil de fazer", Runyon disse. "O hercúleo desafio e o indomável ímpeto humano de superar desafios."

Singh fingiu derrubar um pedacinho de papel, se abaixou e pode apostar que as mãozinhas curtas de Runyon estavam fechadas embaixo da mesa.

Hovatter enquanto isso olhava para Singh e esperava que ele recuperasse o papel e ressurgisse, dando então de ombros várias vezes, esperando (Singh tinha certeza) que os outros à mesa percebessem o gesto despreocupado e ficassem impressionados de uma maneira meio ensino médio. Hovatter, cuja voz era mais aguda do que seu tamanho indicaria, disse: "Só pra mostrar pra eles que é possível. Que alguém consegue".

Os crachás dos dois vira-bostas que estavam no círculo da discussão em torno da mesa mas não tinham aberto a boca os identificavam como os G-2s M. Hafaf e B. Wiegand. Singh estava registrando mentalmente.

Pethwick estava dobrando o papel que embalava seu sanduíche no complexo formato triangular que os fuzileiros navais usam para dobrar a bandeira. "Mas e os segundos que iam ficar faltando quando ele trocasse as fitas? Por mais que você seja rápido, vai ficar com cinco, seis segundos a menos na fita antes da outra começar a gravar."

"A não ser que você dê um jeito de ligar dois videocassetes diferentes na televisão e ligar o outro antes de desligar o primeiro."

"Você está dobrando o custo bruto dos videocassetes aqui."

"Mesmo supondo que seja possível esse negócio dos dois vídeos."

"Ele *devolve* tudo no fim do mês, o Hovatter explicou."

"O Pethwick está vendo pelo em ovo. Se o próprio Hovatter trocar as fitas, ele está ali bem na frente da televisão assistindo esses cinco segundos em que nenhuma fita está gravando. Não está perdendo os cinco segundos."

Pethwick gesticulou com a embalagem dobrada. "Mas ele não está assistindo TV nessa hora — ele está trocando fita."

"Ele está a coisa de quinze centímetros da televisão, a televisão está ligada, a tela bem ali na cara dele."

"O Pethwick tem r-razão. O que na verdade significa 'assistir'? Se é só ficar ali na frente da TV quando ela está ligada, então o Hovatter pode dormir no sofá com a TV ligada e contar essas horas também."

"Ou ele pode ficar sentado na frente das doze empilhadinhas ali uma em cima da outra e nem precisa gravar nada."

O G-2 Wiegand, que parecia ter algo de errado ou atrofiado no braço esquerdo, que se enroscava de um jeito anormal, encarava concentradamente o relógio da parede como se quisesse se fundir a ele.

O G-2 Randall: "Então ele tem que estar o quê, assim, em posição de lótus com os olhos grudados na tela e sem fazer mais nadinha? Pra alguém poder dizer que ele estava assistindo? Ninguém assiste TV desse jeito".

Wakeland e Runyon tentaram falar ao mesmo tempo; houve um brevíssimo impasse e então Runyon desistiu e ficou encarando Wakeland. Wakeland, que tinha olhos encavados e uma aura meio nórdica, disse: "A questão relevante é que o Hovatter vai ter que estabelecer critérios ele mesmo pra definir o que ele considera que é assistir. Além da presença física, quanta atenção você tem que prestar, se ele pode alternar o que assiste, se precisa dar pause na fita cada vez que vai ao banheiro etc.".

"Taí mais uma. Dá pra dar pause no videocassete, mas quando você assiste mesmo televisão não tem como dar pause pra mijar ou ir pegar uma cerveja. O Hovatter quer assistir de uma maneira tradicional à la televisão mesmo ou de uma maneira totalmente nova, de videocassete?"

"É mais complicado do que você pensa, quando você começa a olhar. O Hovatter sabe bem disso."

Hovatter tinha se reclinado bem na cadeira e posto a mão atrás da cabeça. Era a postura universal da autoconfiança relaxada. A viseira sombreava seu rosto de verde. Só então Singh percebeu, quando as mangas de Hovatter desceram da posição mais esticada, que ele usava um relógio em cada pulso.

Tantillo disse: "Em resumo, Sandover, é uma coisa que eles não estão esperando e não imaginavam".

"'Eles'"?

"Quatro canais era uma coisa. Agora doze. Ano que vem vai saber quantos mais, ou ainda depois? O que é que você faz quando eles vierem com cinquenta canais?"

Sandover disse: "Além de não ter a mais mínima de quem sejam 'eles', o que é que tem de errado em ter cinquenta canais pra escolher?".

"Não é escolha se te afoga num monte de escolhas pra você não ter como escolher de verdade porque tem opções demais pra escolher."

"Você está dizendo que é uma conspiração?"

"É o mercado. As pessoas querem escolhas, você dá as escolhas?"

Tantillo estava olhando para Sandover de modo muito frio e direto. "Alguém quer que você *não* assista."

"Não assista o quê?"

"Pense um pouco. Você assiste uma coisa, tem mais onze coisas que você não pode assistir. Você vai tendo que não escolher cada vez mais coisas só pra poder escolher alguma coisa. É demais."

"Não à noite quando seis saem do ar, aí não", Rabwin disse e foi de novo ignorado. A conversa agora era entre Tantillo e Sandover.

Tantillo deu uma breve olhada para Hovatter e continuou: "Imagine que tem alguma coisa importante de verdade. Uma coisa que é fundamental você assistir. Como é que você vai saber? Quanto mais escolhas irrelevantes, mais escondida fica a coisa de verdade".

"Ele está falando de um tipo de padrão de fatos."

"Eu estou falando de sinal e ruído, o sinal se perdendo no ruído. Imagine que eles querem que fique em segredo, então em vez de esconder eles simplesmente enterram a coisa no meio desse monte de escolhas?"

"Ele está falando de um tipo de metacensura. Eles vão conseguir colocar qualquer coisa no ar, sem se dar mal, porque todo mundo vai estar paralisado e assoberbado demais pra prestar atenção."

"De novo nos surge o misterioso Eles."

"Ou eles deixam tudo supertedioso e estatístico e cercam tudo com essas outras opções todas que são bem mais interessantes e mais divertidas e coisa e tal."

Tantillo: "A tese do Hovatter é que eles não acham que a gente consegue. Ele vai mostrar que é possível. É rebelião da única maneira que a rebelião vai ter pra continuar sendo relevante daqui pra frente. Ele vai absorver tudo que mandarem pra cima dele. Vai engolir tudinho".

"Isso não é rebelião. Isso é obsceno, sugerir que ficar sentado num sofá olhando pra uma caixinha é um ato de rebelião."

"Uma espécie de superconsumidor?"

"Eles vão ter que parar pra pensar."

"Eu percebo que ninguém ainda explicou esse *eles*."

"Você não está percebendo. Pode ser a última vez que um homem sozinho consiga absorver tudo. Com cinquenta, nem a pau — são cinquenta meses pra assistir um mês de programas."

"Quarenta e nove, Jesus."

"Como é que você consegue ser tão ingênuo?"

"Na pior das hipóteses, dá pra ver que a configuração toda vai dar um certo trabalho. Tem muita coisa pra codificar."

Todo mundo estava levantando porque o rapaz que tinha ficado monitorando o relógio o tempo todo estava levantando.

"Se dá pra fazer, o Hovatter é o cara."

ESTA OBRA FOI COMPOSTA POR ACOMTE EM ELECTRA E IMPRESSA
PELA GEOGRÁFICA EM OFSETE SOBRE PAPEL PÓLEN SOFT
DA SUZANO S.A. PARA A EDITORA SCHWARCZ EM MARÇO DE 2022

A marca FSC® é a garantia de que a madeira utilizada na fabricação do papel deste livro provém de florestas que foram gerenciadas de maneira ambientalmente correta, socialmente justa e economicamente viável, além de outras fontes de origem controlada.